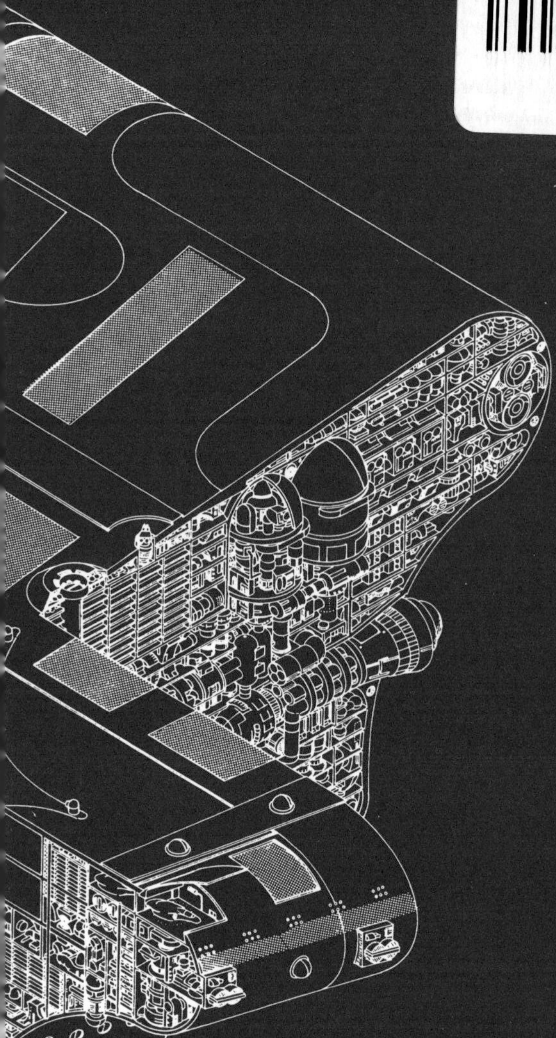

Zeichnung: Hans Knößlsdorfer

Perry Rhodan

Armada der Orbiter

Perry Rhodan

Armada der Orbiter

Pabel-Moewig Verlag GmbH, Rastatt

Die Welt von PERRY RHODAN

Informationen anfordern bei:

Pabel-Moewig Verlag GmbH
PERRY RHODAN-Kommunikation
Karlsruher Straße 31
76437 Rastatt

Bitte Rückporto beifügen
www.perry-rhodan.net

www. perry-rhodan.net
Bearbeitung: Hubert Haensel
Redaktion: Sabine Kropp
Titelillustration: Johnny Bruck
Vertrieb: Edel Germany GmbH, Hamburg
Druck und Bindung: GGP Media GmbH, Pößneck
Printed in Germany 2010
ISBN: 978-3-8118-4096-6

1.

Ein unheimliches Feuer umfloss Perry Rhodan und Atlan – eine Energie, die beide Männer jederzeit töten konnte. Manchmal schien das leuchtende Toben fahler zu werden, aber jeweils schon Sekunden später breitete es sich golden aufflammend wieder aus.

Die leuchtende Aura reagierte mit der Hülle der Kosmischen Burg. Jeder Schritt, den die Aktivatorträger taten, brachte das Metall unter ihren Füßen zum Kochen und hinterließ eine zähflüssige, nur langsam wieder erstarrende Masse.

Das Feld, das die Männer umgab, bewahrte sie zugleich vor den Gefahren, die es heraufbeschwor. Der Terraner und der Arkonide konnten erkennen, was um sie herum vorging. Dabei war unerheblich, dass ihre Augen nur eintönig blaue Konturen wahrnahmen, weil die Energiehülle nur für einen kurzwelligen Bereich des sichtbaren Spektrums durchlässig war.

Jede Berührung der Burg nutzten die Männer, um sich abzustoßen. Sie trieben dann Dutzende Meter weit in den Raum hinaus, doch die Gravitation des riesigen stählernen Kolosses holte sie immer wieder zurück.

Noch gab es keine Verständigung mit der BASIS, dem in der Nähe wartenden terranischen Fernraumschiff. Seitdem Rhodan und Atlan den Mikrokosmos verlassen hatten, versagte ihr Helmfunk. Untereinander verständigten sie sich durch Gesten.

Sie suchten nach einer Möglichkeit, sich weiter als bisher von der Burg zu entfernen.

Mit kräftigen Sprüngen setzten die Männer über die gewölbte Metallebene hinweg. Ihr Ziel war ein kuppelartiger, etwa zehn Meter hoher Vorsprung, von dem aus Atlan den entscheidenden Versuch unternehmen wollte. Rhodan folgte dem Gefährten dichtauf, und erst der letzte Satz führte ihn seitlich an der Kuppel vorbei.

Der Arkonide landete zielsicher auf dem Vorsprung, Rhodan stoppte etwa fünfzig Meter entfernt. Das Material der Kuppel reagierte sofort auf das Atlan umgebende Energiefeld; das eben noch glänzende Metall wurde stumpf, dunkle Glut breitete sich rasch aus. Perry Rhodan sah, dass eine ungewöhnlich starke Wechselwirkung erfolgen würde, und er machte den Freund durch einen warnenden Wink auf die Gefahr aufmerksam. Doch Atlan reagierte nicht. Er konzentrierte sich bereits darauf, das Feldtriebwerk seines Schutzanzugs zu aktivieren. Das Risiko war groß. Im schlimmsten Fall wurde die freigesetzte Schubkraft von der goldenen Energiehülle im Innern reflektiert.

Atlans Aura wechselte jäh die Farbe. Sekundenlang schimmerte sie wie flüssiges Silber. Der Feldantrieb des Anzugs arbeitete, allerdings hob der Arkonide nur langsam von der Kuppel ab. Warum beförderte ihn das Transportfeld nicht mit der üblichen Geschwindigkeit in den Raum hinaus?

Rhodan erkannte, dass der Versuch fehlschlagen würde. Das Triebwerk funktionierte keineswegs fehlerfrei; die Verfärbung der Aura wies darauf hin, dass das Transportfeld mit der hyperenergetischen Hülle interferierte.

Rhodans warnender Aufschrei blieb ungehört, seine hastigen Gesten schien Atlan nicht zu sehen. Die Aura des Arkoniden wurde unerträglich grell, wie eine winzige Sonne trieb er über die Kosmische Burg hinweg und entfernte sich in den Raum.

Aus halb geschlossenen Augen verfolgte Rhodan die Leuchterscheinung. Ein greller, blutroter Blitz schien den Weltraum aufzureißen. Der Terraner blinzelte geblendet, vor allem aber fürchtete er, dass die Explosion den Freund getötet hatte.

Als er Atlans schimmernde Aura etliche hundert Meter entfernt treiben sah, war seine Erleichterung unbeschreiblich.

Aber der Arkonide war dem schwachen Schwerefeld von Partocs Burg nicht entkommen. Seine Flugbahn hatte die Form einer Parabel, schon nach wenigen Minuten erreichte er den höchsten Punkt, dann senkte er sich langsam wieder auf die Burg herab.

Rhodan eilte mit weiten Sprüngen dorthin, wo Atlan landen würde.

Wegen der geringen Gravitation sank der Arkonide sanft wie ein fallendes Blatt. Er landete vor Rhodan. Sein Raumanzug schien unversehrt zu sein, trotzdem gab Atlan kein Lebenszeichen von sich.

Vergebens versuchte der Terraner, die hochpolarisierende Morphoglassit-Hülle des Helms zu durchdringen. Atlans Gesicht blieb ihm verborgen. Die matte Helligkeit der Sterne von Erranternohre reichte nicht aus, um durch die Helmscheibe hindurch wahrnehmbare Reflexe zu erzeugen.

Der Arkonide wäre durch den Aufprall, wie schwach dieser auch sein mochte, wieder in den Raum abgetrieben worden, denn die Aura wirkte wie eine elastische Hülle. Rhodan verhinderte dies, indem er sich gegen Atlan warf und ihn ruckartig zu Boden drückte.

Der Arkonide bewegte sich immer noch nicht. In der schimmernden

Aura lag er auf der stählernen Fläche, und in Sekundenschnelle bildete sich unter ihm ein düsterer Glutherd, der mit beängstigender Geschwindigkeit heller und größer wurde. Binnen kurzer Zeit würde sich ein größeres Areal in brodelndes Magma verwandeln.

Rhodan gab der reglosen Gestalt einen zweiten Stoß, der Atlan diesmal schräg aufwärts beförderte, und er stieß sich einen Augenblick danach ebenfalls ab. Wie erhofft prallte er mit dem Arkoniden zusammen. Der Zusammenstoß verringerte seine eigene Geschwindigkeit, doch Atlans weiterhin regloser Körper wurde auf eine neue, steiler aufwärts gerichtete Flugbahn gebracht.

Rhodan verdrängte die Befürchtung, dass Atlan in der Lichtexplosion den Tod gefunden hatte. Vorerst war es ihm unmöglich, die Wahrheit herauszufinden. Er konnte nur hoffen, dass der Cybermed in Atlans Raumanzug daran arbeitete, das Wohlbefinden seines Trägers wiederherzustellen. Der Cybermed – ein mikrominiaturisiertes kybernetisches Gerät mit medizinischem Wissen und der Fähigkeit, therapeutische Maßnahmen beschränkten Umfangs vorzunehmen.

Trotzdem war die Situation unhaltbar. Atlan brauchte dringend Hilfe von außen. Rhodans Hoffnung konzentrierte sich auf den fernen Lichtpunkt, der nur die BASIS sein konnte. Der Gedanke, dass er auf die Hilfe anderer angewiesen war, bereitete ihm einiges Unbehagen.

Das Hauptproblem war die hyperenergetische Aura. Ihre Analyse konnte mit angemessener Aussicht auf Erfolg nur mit den komplexen Gerätschaften an Bord der BASIS durchgeführt werden. Die Raumanzüge verfügten über kein einziges entsprechendes Messinstrument.

Rhodan entsann sich des grellen Blitzes, als Atlan das Feldtriebwerk eingeschaltet hatte. Sämtliche Ereignisse bis zu diesem jähen Aufflammen hatte er stark blaustichig gesehen und jetzt wieder, den Blitz jedoch als blutrote Leuchterscheinung. Er fragte sich, warum er diese Farbe wahrgenommen hatte und ob dieses Phänomen auf einen Schwachpunkt in der hyperenergetischen Aura hinwies.

2.

Reglos saß Payne Hamiller vor den Ortungsauswertungen. Nur die Augen des wissenschaftlichen Leiters der BASIS-Expedition bewegten sich. Er folgte gebannt den Daten, die der Rechner des hyperenergetischen Zentrallabors auswarf.

»Gibt es Neuigkeiten?«, erklang es jäh in der Stille. Aus dem Hintergrund des halbdunklen Raums näherte sich eine untersetzte Gestalt. Reginald Bull kam heran, Rhodans ältester und unermüdlichster Gefährte. Bully war deutlich anzusehen, dass er sich Sorgen machte.

Geoffry Abel Waringer, der hochgewachsene, schlanke Mann, der hinter Hamiller stand und die Datenkolonnen mit ebenso großem Interesse verfolgt hatte wie dieser, hob in einer abwehrenden Geste die Hände.

»Also nichts Neues ...«, brummte Bull.

»Warte noch einige Minuten – vielleicht haben wir dann etwas!«, erklärte Waringer, der als Aktivatorträger zu den potenziell Unsterblichen gehörte.

»Zum Beispiel was, Geoffry?«, fragte Bull unterdrückt.

Der Hochgewachsene fasste Bull am Arm und zog ihn von der Datenstation weg. »Payne hat eine neue Theorie über die Struktur der hyperenergetischen Auren entwickelt«, erklärte er. »Nach seiner Ansicht ist die Reaktion der Felder mit der Umwelt vergleichbar der Wechselwirkung von Anti- und Normalmaterie. Als er mir diese Hypothese auseinandersetzte, erinnerte ich ihn an einen Vorfall in der Vergangenheit ...«

»Die Accalauries! Das Maverick-Cape!«

Waringer nickte. »Genau das. Payne hat sich die Unterlagen angesehen. Er weiß, wie das Cape konstruiert war. Jetzt sucht er eine Bestätigung für seine Hypothese.«

»Bezüglich der Feldstruktur?«

»Ja. Seine bisherigen Berechnungen legen ein Strukturmodell der goldenen Aura fest. Payne glaubt, dass er die beobachtete Lichtexplosion als eine Wechselwirkung zwischen Transportfeld und hyperenergetischer Feldhülle identifizieren kann.«

»Das heißt, Atlan müsste versucht haben, sein Feldaggregat zu aktivieren.«

»So sieht es aus. Payne interessiert sich für die Spektralverteilung des Blitzes. Falls die Charakteristika den Vorhersagen seiner Theorie entsprechen, sind wir einen gewaltigen Schritt weiter.«

Bulls Blick wanderte zu dem Panoramaholo, das die Umgebung der

BASIS zeigte. Partocs Kosmische Burg erschien als ein matter, ovaler Lichtfleck. Über ihr bewegten sich zwei sehr viel intensiver leuchtende Punkte.

»Ist erkennbar, wie Atlan das Experiment überstanden hat?«, fragte Bull.

»Bislang nicht«, antwortete Waringer. »Ich habe angeordnet, dass weitere Mikrosonden abgesetzt ...«

Hamiller klatschte in die Hände. »Ich habe die Bestätigung!« Triumphierend hallte seine Stimme durch das Labor. »Die Wellenlängen des Blitzes variieren von 650 bis 1800 Millimikron, sein Spektrum hat die Form einer Landau-Verteilung. Der größte Teil der Energie wurde im Infrarot-Bereich freigesetzt – genau wie die Theorie vorhersagt.«

Was war geschehen?

Von Lorvorcs Burg kommend, hatte sich die BASIS durch die Galaxis Erranternohre auf den Standort der Kosmischen Burg des Mächtigen Partoc zubewegt. Niemand an Bord war überrascht gewesen, dass von Partocs ehemaliger Heimstatt an der Stelle, an der sie sich eigentlich hätte befinden müssen, keine Spur zu sehen gewesen war. Alle Kosmischen Burgen waren hinter einer unsichtbaren Barriere verborgen, die nur Perry Rhodan und der Arkonide Atlan durchdringen konnten. Spekulationen zielten nach wie vor darauf ab, dass dies mit den auf die individuelle Zellstrahlung ihrer Träger zugeschnittenen Aktivatoren zu tun haben müsse, die beide trugen.

Von dem einäugigen Roboter Laire und dem Maskenträger Alaska Saedelaere begleitet, hatten Rhodan und Atlan die Grenze überschritten und waren in Partocs Burg eingedrungen. An Bord der BASIS hatte niemand erwartet, den Stoßtrupp innerhalb weniger Tage wieder zu Gesicht zu bekommen – doch von einer Sekunde zur nächsten war Partocs Burg in der Ortung erschienen, und Rhodans Gruppe hatte sich über Funk gemeldet.

In der Burg war der Trupp auf Fremde gestoßen, Androiden, die im Begriff standen, die Kosmische Burg mithilfe eines mächtigen Aggregats in Bewegung zu setzen. Das war ihnen auch gelungen, und Partocs Burg war im Normalkontinuum erschienen.

Doch von Perry Rhodan und Atlan hatte es kein Lebenszeichen gegeben – bis die beiden Vermissten auf höchst dramatische und gefährliche Art und Weise kurze Zeit später wieder erschienen waren. Mehrere Mitglieder eines wissenschaftlichen Teams hatten dabei den Tod gefunden. Offensichtlich wegen ihrer goldenen Aura war es unmöglich, Verbindung mit Rhodan oder Atlan aufzunehmen.

Messsonden hatten der BASIS erste Informationen über die Beschaffenheit der Energiefelder, die beide Zellaktivatorträger umgaben, übermittelt. Seitdem arbeitete der Krisenstab ohne Unterbrechung. Payne Hamiller und Geoffry Waringer hielten sich mit Medikamenten wach.

Obendrein gab es die Gefahr im Hintergrund. Die Demontagetrupps hatten sich zwar von Partocs Burg zurückgezogen, niemand glaubte aber ernsthaft, dass sie für immer verschwunden bleiben würden. Diese Fremden hatten im Zusammenhang mit der Kosmischen Burg einen Auftrag auszuführen, so viel war klar geworden. Also musste man damit rechnen, dass sie zurückkehren würden.

Payne Hamiller nippte an dem kochend heißen Kaffee, den er aus einem voluminösen Becher trank. Er starrte über den Becherrand hinweg Reginald Bull an.

»Wir brauchen einen Aktionsplan«, sagte Bull. »Gerade weil es dir gelungen ist, das Hyperenergiefeld zu analysieren, in dem Perry und Atlan gefangen sind, musst du sagen, wie es jetzt weitergehen soll. Mit Begriffen wie Penta-Synodal ...«

»Symodal!«, verbesserte ihn Hamiller leicht ungehalten.

»Meinetwegen Symodal. Wie gesagt: Um die Theorie fünfdimensionaler Felder zu verstehen, brauchen viele von uns etwas mehr Zeit. Aber wenn du uns aufzählst, was nötig ist, um die beiden aus ihrer Zwangslage zu befreien, dann verspreche ich dir, dass alles auf dem schnellsten Weg zur Verfügung gestellt wird.«

Hamiller nickte geistesabwesend, und beim nächsten tiefen Schluck aus dem Becher verbrannte er sich die Zunge.

»Ein Anzeigebrett – das ist das Erste«, stieß er gepresst hervor.

»Anzeigebrett?«, wiederholte Bull ratlos.

»Wie willst du dich sonst mit den beiden verständigen? Möglichst groß, damit wir uns nicht allzu nah heranwagen müssen.«

»Was noch?«

»Eine Fertigungsabteilung muss voll und ganz zu meiner Verfügung stehen.«

»Wozu?«

»Anfertigung einer Schutzverkleidung, mit der zwei Fahrzeuge ausgestattet werden, sodass wir Rhodan und Atlan an Bord bringen können. Eine entsprechende Verkleidung brauchen wir für den Raum, in dem sie unterkommen sollen. Außerdem muss dieser Raum groß und leer sein und in unmittelbarer Nähe einer Fahrzeugschleuse mittlerer Größe liegen.«

Reginald Bull nickte stumm.

»Meine Leute müssen von allen sonstigen Aufgaben freigestellt werden«, fuhr der Wissenschaftler fort. »Ich brauche ständig Zugang zu Geoffry. Außerdem etliche tausend Mikrosonden – je mehr, desto besser!«

»Mikrosonden ...« Bulls Oberlippenbart schien sich zu sträuben. »So viele haben wir nicht!«

»Dann lass sie anfertigen!«

»Wozu brauchst du sie?«

»Ich muss das Loch im Universum wiederfinden. Nach allem, was wir von Pankha-Skrin wissen, haben unbelebte Objekte kein Problem, die unsichtbare Grenze zu überqueren. Ich brauche Messungen und Proben aus dem Raumsektor der Kosmischen Burgen.«

»Ist das alles?«

»Wenn du noch eine gut aussehende, intelligente Hyperphysikerin auftreiben kannst, die bereit ist, sich meiner Gruppe anzuschließen, wäre ich dir dankbar«, erklärte Hamiller mit scheinheiligem Augenaufschlag.

Bull war im ersten Moment sprachlos. Schließlich wetteiferte Hamiller mit Roi Danton und Hytawath Borl um die Gunst der schönen Demeter. Oder hatte Hamiller eingesehen, dass sein Bemühen um die Wyngerin vergebens war?

Bull nickte knapp. »Alles wird schnellstens erledigt«, versicherte er. »Einschließlich der Hyperphysikerin.«

Das Geschehen wurde zur ermüdenden Routine. Perry Rhodan bugsierte den immer noch reglosen Körper des Freundes vor sich her. Eine Sprungparabel folgte der anderen. Am Anfang hatte der Terraner Mühe gehabt, seine Manöver so abzuschätzen, dass er in Atlans Nähe blieb, mittlerweile hatte er gelernt, seinen Schwung so anzubringen, dass er sich während des Flugs nicht weiter als ein paar Dutzend Meter von dem Arkoniden entfernte.

Mehr als fünf Stunden waren seit Atlans verhängnisvollem Versuch mit dem Feldtriebwerk vergangen. Rhodan konnte sich des Gefühls dumpfer Verzweiflung nicht mehr erwehren. Wenn weder der Cybermed noch Atlans Zellaktivator bislang eine Verbesserung des Zustands herbeizuführen vermocht hatten, dann war der Arkonide aller Wahrscheinlichkeit nach tot. Den Freund für immer verloren zu haben erschien Rhodan in dieser Lage unerträglich.

Wieder hatte er den Arkoniden von der Oberfläche der Burg weggestoßen. Er schwebte dicht hinter Atlan und suchte wie üblich nach dem fernen Lichtpunkt der BASIS, an dem er sich orientierte. Während der Aufwärtsbewegung entfernte sich das Trägerraumschiff vom sichtbaren Rand der Burg. Die Bewegung wurde dann langsamer, erstarb schließlich ganz, und während des Absinkens näherte der Lichtpunkt sich wieder dem Rand der Burg.

Rhodan versuchte abzuschätzen, an welcher Stelle Atlan die metallene

Oberfläche erreichen würde. Dieser Bereich der Burg war nicht mehr eben, buckelförmige Erhebungen prägten den Rumpfabschnitt. Rhodan erkannte, dass er Mühe haben würde, den Freund auf die gewohnte Weise wieder in Bewegung zu bringen, weil ihm der Bewegungsraum dafür fehlte.

Er wusste noch nicht, dass die nächste Berührung mit Partocs Burg eine Katastrophe auslösen würde.

Der Arkonide landete sanft zwischen zwei Buckeln. Einen Atemzug lang wartete Perry Rhodan auf das Wunder, dass Atlan endlich die Besinnung wiedererlangte. Er hoffte vergeblich.

Stattdessen erkannte er, dass dort, wo der Arkonide lag, eine hell strahlende Glutfläche ungewöhnlich schnell anwuchs. Schon geriet die Oberfläche der Burg in Bewegung, das Metall wurde zähflüssig und trat mit Atlans Aura in immer intensivere Wechselwirkung. Fontänen glutender Materie schossen in die Höhe. Ein Riss bildete sich am Rand der aufweichenden Fläche und wuchs mit unvorstellbarer Geschwindigkeit quer über die Metallebene.

Mit einem Satz warf Rhodan sich auf den Freund. Es ging nicht mehr darum, den Arkoniden in eine aufwärtsgerichtete Flugbahn zu bringen, sondern nur noch darum, ihn schnell aus der brodelnden Gluthölle zu entfernen. Atlan schwamm bereits in dem kochenden Metall und sank tiefer.

Rhodan konnte den Arkoniden nicht einfach packen, weil ihre Feldhüllen wie elastische Barrieren wirkten. Ihm blieb keine andere Wahl, als Atlan auch jetzt anzustoßen, indem er sich niederwarf. Unmittelbar vor sich hatte er die glutflüssige Masse, in deren Sog er nun ebenfalls zu geraten drohte. Er war umgeben von kochendem Metall, dessen mörderische Hitze er nur deswegen nicht fühlte, weil die energetische Aura ihn umgab – dieselbe Energie, die das Chaos erst erzeugte.

Der Terraner kämpfte mit aller Kraft gegen den zähen Morast aus Schmelzgut, der ihn in seinen Bewegungen behinderte und in die Tiefe ziehen wollte. Mit letzter Anstrengung gelang es ihm endlich, Atlan mehrere Meter weit zur Seite zu rollen, sodass er zumindest für den Augenblick dem glühenden Sumpf entkam.

Rhodan hatte keine Zeit, auf seine Umgebung zu achten. Er sah nicht, dass die Glut sich entlang des Risses ausbreitete. Die grellen Fontänen hoch erhitzten Metalls, die in den Raum hinausschossen und in der Kälte sublimierten, blieben ihm ebenso verborgen. Er hatte nur Augen für den Arkoniden, der schon wieder in der brodelnden Masse zu versinken drohte. Erneut warf er sich vorwärts, um den Freund abermals einige Meter weiter zu bugsieren.

Im Unterbewusstsein war ihm klar, dass er keine Aussicht hatte, diesen

Kampf zu gewinnen. Er kämpfte aus Starrköpfigkeit, aus Sturheit – weil in einer Lage wie dieser ein Mann nicht aufgab, solange noch ein Quäntchen Kraft in seinen Muskeln steckte.

Die Rettung kam aus demselben Vorgang, der die Gefahr heraufbeschworen hatte. Entlang des Risses tobte eine Explosion. Rhodan spürte einen heftigen Ruck. Dann sah er, aufwärts blickend, die Sterne kreisen. Er war erschöpft wie nie zuvor in seinem langen Leben, und die Müdigkeit verlangsamte sein Denken. Als er sich wieder seiner Aufgabe zuwenden wollte, war die glühende Fläche verschwunden, in deren Sog er sich noch vor wenigen Sekunden befunden hatte. Weit unter sich erblickte er ein wirbelndes Bruchstück der Burg, das sich von dem Rest der gigantischen Konstruktion gelöst hatte und nun allein durchs All trieb.

Verschwunden war aber auch der Arkonide. Rhodan versuchte, den Blick der wirbelnden Bewegung des abgesprengten Teils der Burg anzupassen, um zu erkennen, ob sich der Freund noch dort unten befand. Er sah Atlan nirgendwo. Mit beiden Armen machte er eine Bewegung, die ihn in langsame Rotation versetzte. Schließlich entdeckte er, schon mehrere Kilometer entfernt, ein golden leuchtendes Objekt, das sich offenbar von ihm entfernte. Es war ihm unmöglich, zu erkennen, ob es sich um den Arkoniden oder lediglich um einen glühenden Metallbrocken aus Partocs Burg handelte. Sein müde gewordener Verstand entschied sich allerdings für die günstigste Deutung.

Rhodan reagierte erleichtert. Atlan schien gerettet. Das war der Moment, in dem die Erschöpfung trotz der belebenden Impulse des Zellaktivators ihren Preis verlangte.

Perry Rhodan versank in eine wohltuende Ohnmacht.

An Bord der BASIS hatte Payne Hamillers Krisenstab inzwischen die Kontrolle über alle Produktionsstätten übernommen und quasi per Handstreich mehr als zweitausend Männer und Frauen rekrutiert, deren Aufgabe von nun an die Fertigung von Mikrosonden und die Herstellung pseudoenergetischer Schutzfolien für Buffalo Coats war – Letzteres ein Begriff, mit dem niemand etwas anzufangen wusste. Nur einige Mitglieder des Krisenstabs munkelten, dass Buffalo Coats etwas Ähnliches seien wie Maverick-Capes, nur auf die besonderen Gegebenheiten zugeschnitten.

Die Produktion war bereits angelaufen, als Hamiller die Hiobsbotschaft von den Vorgängen auf Partocs Burg erhielt. Er begab sich per Transmitter in das Labor, in dem er sein Hauptquartier eingerichtet hatte. Die Datenstationen waren ständig mindestens dreifach besetzt. Aktuell jedoch hatte sich die gesamte Mannschaft eingefunden, um die Vorgänge bei der Burg zu verfolgen. Hamiller drängte sich durch die Menge. Dabei rammte er einer jungen Frau den Ellbogen in die Seite.

»Pass auf, du Grobian!«, fuhr sie den Wissenschaftler an. Sie war zornig, ihre Augen leuchteten in hellem Grün. Sie hatte langes, dunkelblondes Haar und einen etwas zu breit geratenen Mund. Hamiller wollte sie zunächst ignorieren, ohne auf ihren Protest zu achten. Ihre grünen Augen ließen ihn jedoch innehalten.

»Wer sind Sie ... bist du?«, stotterte er verwirrt.

»Ennea Gheet«, stieß sie aufgebracht hervor. »Und du bist offenbar der Chef von diesem Haufen, nicht wahr? Das gibt dir wohl das Recht, mit deinem Ellbogen in der Gegend umherzuschlagen ...« Sie sprach so laut, dass alle Umstehenden aufmerksam wurden.

Hamiller versuchte vergebens, die junge Frau mit beschwichtigenden Gesten zum Schweigen zu bringen. Sie wurde erst ruhiger, als sie merkte, dass mittlerweile aller Blicke auf sie gerichtet waren. Hastig wischte sie sich eine Haarsträhne aus der Stirn.

»Man hat mich zu diesem Haufen abgestellt. Aber wenn hier solche Sitten herrschen, dann habe ich hier nichts verloren!«

Sie wandte sich tatsächlich zum Gehen.

»Sind Sie ... bist du die Hyperphysikerin, die Bully mir versprochen hat?«, rief Hamiller ihr nach.

Ohne anzuhalten, warf sie ihm über die Schulter einen erbosten Blick zu. »Ja, die bin ich!«, antwortete sie.

»Dann melden Sie sich bei Bull!«, rief Hamiller, der nun ebenfalls die Geduld verlor. »Sagen Sie ihm: Was können muss sie, einsatzbereit sein muss sie, und wenn sie gut aussieht, dann schadet das nichts. Aber Mimosen sind hier fehl am Platz!«

Damit war der Fall für ihn erledigt. Hamiller eilte auf das zentrale Schaltpult zu.

Eine Vielzahl von Holodarstellungen zeigte ihm deutlich, dass sich ein großes Bruchstück aus Partocs Kosmischer Burg herausgelöst hatte. Es bewegte sich auf eigenem Kurs, mit mäßiger Geschwindigkeit um die Achse des größten Trägheitsmoments rotierend. Die Oberfläche sowohl des Bruchstücks als auch der Burg glühte entlang der Abbruchkanten. Wahrscheinlich befand sich das Metall in glutflüssigem Zustand.

»Wo sind die beiden?«, wollte Hamiller wissen.

Jemand überspielte ihm aufbereitete Ortungsbilder. Die goldenen Leuchtpunkte wären dem Wissenschaftler sonst kaum aufgefallen.

»Was genau ist geschehen?«, wollte er wissen.

Einer seiner Spezialisten erstattete knapp Bericht, was sich in den letzten Stunden ereignet hatte.

Hamiller nickte. »Sie wurden in den Raum hinausgewirbelt. Das könnte ihre Rettung gewesen sein.« Er fixierte die Darstellung eine Zeit lang. »Sie entfernen sich voneinander, aber sie haben bei der Explosion anscheinend genug Anfangsgeschwindigkeit mitbekommen, dass die Burg sie nicht mehr festhält. Jetzt müssen wir sie scharf im Auge behalten. Unsere Rettungsaktion startet in frühestens zwanzig Stunden. Bis dahin ...« Er unterbrach sich und musterte die Wiedergabe, als hätte er etwas Ungewöhnliches gesehen.

»Was ist?«, erkundigte sich Waringer, der hinter ihm stand.

»Das Bild hat geflackert. Einer der Punkte war für eine Zehntelsekunde verschwunden. Wie steht's mit der Leistungsanzeige? Gab es in der vergangenen Minute Schwankungen?«

»Keine!«, erklang es aus dem Hintergrund.

Waringer legte Hamiller die Hand auf die Schulter. »Wahrscheinlich spielen deine Augen schon nicht mehr mit, mein Junge«, sagte er begütigend. »Du bist sicher nicht mehr der Wachste.«

»Vermutlich hast du recht.« Hamiller erhob sich. In die Runde gewandt, fuhr er fort: »Wir dürfen Rhodan und Atlan keinesfalls aus den Augen verlieren! Regelmäßige Kursberechnungen müssen vorgenommen werden – schon weil wir nicht wissen, wie die hyperenergetischen Auren reagieren.«

Er wandte sich dem Ausgang zu, der in den kleinen Transmitterraum führte. In der Nähe des Schotts stutzte er. Dort stand Ennea Gheet und musterte ihn mit merkwürdigem Blick.

»Sie hätten mich tatsächlich fortgeschickt, nicht wahr?« Die Hyperphysikerin lächelte matt.

Merkwürdig, fand Waringer. *Wenn sie nicht wütend ist, sind ihre Augen grau.*

»Ich hätte nicht nur«, antwortete er. »*Ich habe!*«

»Das können Sie sich nicht leisten!«

»Wer sagt das?«

»Ich!«

Ihr Lächeln wurde intensiver, ihre Augenfarbe wechselte von Grau zu Blau. Payne Hamiller blickte sie fasziniert an. »Sind Sie wirklich so gut?«, wollte er wissen.

»Testen Sie mich!«

Hamiller streckte ihr die Hand entgegen. »Also dann – nichts für ungut! Willkommen in unserem Haufen, wie Sie das nennen.«

Ennea Gheet schlug ein. »In einem bin ich allerdings nicht so gut«, gestand sie.

»Was ist das?«

»Im Mundhalten. Mir wurde von verschiedenen Seiten versichert, ich hätte ein unflätiges Mundwerk.«

Hamiller grinste. »Was Sie nicht sagen. Das hätte ich Ihnen gar nicht zugetraut.«

3.

Perry Rhodan registrierte nicht ohne Besorgnis, dass sich Atlan immer weiter von ihm entfernte. Ohne die leuchtende Aura wäre der Freund wahrscheinlich längst aus seinem Blickfeld verschwunden.

Immerhin war eine Bedrohung gebannt: Die Explosion hatte sie beide schnell genug davongeschleudert, sodass sie dem Schwerkraftfeld von Partocs Burg entkommen waren. Hilfe musste nun von der BASIS kommen.

Der Terraner sah an der im Helm eingespiegelten Zeitanzeige, dass er nur wenige Minuten bewusstlos gewesen war. Ohnehin fühlte er sich so erschöpft wie zuvor.

Er hatte ein Summen in den Ohren, und die Sternenfülle der Galaxis Erranternohre bot sich ihm dar, als blicke er durch ein langes dünnes Rohr. Er schob das auf seine Schwäche. Doch das Summen wurde intensiver, und sein Blickfeld verengte sich schließlich so weit, dass er alle Sterne der Umgebung in einem dicht gedrängten Haufen vor sich sah.

Dieser Vorgang konnte nicht allein physischer Natur sein. Etwas anderes geschah mit ihm ...

Das Weltall verschwand. Rhodan spürte einen ziehenden Schmerz, der bis in die untersten Tiefen seines Bewusstseins vorzudringen schien. Lichtlose Schwärze umgab ihn.

Dieser Zustand dauerte nur einen Sekundenbruchteil, dann wurde es schon wieder hell – oder wenigstens verlor die Dunkelheit an Intensität. Zum ersten Mal seit Tagen nahm der Terraner wieder einen Schwerkrafteinfluss wahr. Er sah sich verwundert um und erkannte, dass er auf felsigem Boden stand.

Seine Augen waren an das Licht der Galaxis Erranternohre gewöhnt. Es dauerte eine Zeit lang, bis sie sich auf das diffuse Dämmerlicht umstellten. Rhodan gewahrte hoch über sich matte, flimmernde Lichtpunkte, insgesamt nicht mehr als drei Dutzend. Am Horizont zeichnete sich ein grünlicher Schimmer ab, der langsam kräftiger zu werden schien. Der Himmel war nicht schwarz, sondern eigentümlich grau.

Der Terraner blickte an sich hinab. Die eigene Aura war ihm nie in jenem intensiv goldenen Schimmer erschienen, wie er Atlans energetische Hülle gesehen hatte, sie war für ihn lediglich ein mattes Flimmern gewesen.

Dieses Flimmern war verschwunden.

Rhodan nahm überrascht zur Kenntnis, dass er die Aura verloren hatte. Das war der Grund, schloss er, warum der Boden unter ihm nicht schon glutflüssig brodelte.

Sowohl die BASIS als auch Atlan schienen verschwunden zu sein. Rhodan war klar, dass zwischen ihm und der Kosmischen Burg eine möglicherweise enorme Distanz lag. Ob die Entfernung mit den herkömmlichen Werten des Einsteinraums gemessen werden konnte oder ob er ein anderes Universum erreicht hatte, blieb ihm verborgen. Allerdings gab ihm das Verschwinden der Aura zu denken. Zu einer Wette gezwungen, hätte er darauf gesetzt, dass er sich nicht mehr in demselben Universum befand wie Atlan und die BASIS.

Solche Überlegungen brachten ihn jedoch nicht weiter. Erst musste er sich mit seiner neuen Umgebung vertraut machen, später konnte er darüber nachdenken, wie es möglich sein würde, Verbindung mit der BASIS aufzunehmen.

Über das Head-up-Display rief er die vom Umweltanalysator gesammelten Daten ab. Er befand sich auf einer Welt, die durchaus erträgliche Bedingungen bot. Die Atmosphäre enthielt ausreichend Sauerstoff und keinerlei Beimengung schädlicher Substanzen. Die Temperatur war mit zwölf Grad Celsius ein wenig frisch, aber das störte ihn herzlich wenig.

Rhodan zögerte kurz, dann löste er den Helm. Die scheinbar stabile Hülle fiel in sich zusammen wie eine Kapuze, er schob sie in den Nacken zurück. Tief atmete er ein.

Perry Rhodan befand sich in einem weiten Tal. Zu beiden Seiten erstreckten sich niedrige Hügelketten.

Der grüne Schein am Horizont war intensiver geworden, und nun schob sich ein größerer Stern über den Horizont. Es wurde heller, aber nach wie vor waren die Lichtverhältnisse nicht besser als auf der Erde bei Vollmond. Der Stern war ein grüner Glutfleck im Grau des Himmels; er schien ein paar hundert astronomische Einheiten entfernt zu sein. Rhodan zögerte jedenfalls, ihn als Muttergestirn des Planeten anzusehen. Wie hätte eine Sonne, die von ihrem Trabanten etliche hundert Mal weiter entfernt war als Sol von Terra, derart verträgliche Temperaturen erzeugen können?

Der grüne Lichtfleck schob sich über dem jenseitigen Talende empor. Rhodan glaubte, in der Ferne zwischen den beiden scheinbar zusammenlaufenden Hügelketten eine symmetrische Struktur wahrzunehmen. Er schätzte ihre Entfernung auf mehrere Kilometer, und das bedeutete, dass jene Struktur ein beachtliches Ausmaß haben musste.

Er entschied, sich das eigenartige Objekt aus der Nähe anzusehen.

Zuvor raffte er jedoch Gesteinsbrocken zusammen und häufte sie zu einer kleinen Pyramide auf. Er wusste, wie wichtig es sein konnte, den Ort zu markieren, an dem er diese Welt erreicht hatte. Womöglich stellte sich heraus, dass Übergänge nur von hier aus möglich waren.

Das Tal war für einen Fußmarsch keineswegs ideal. Felstrümmer lagen überall und behinderten das Vorankommen. Trotzdem verzichtete Rhodan darauf, eines der Antriebssysteme seines Raumanzugs einzuschalten. Obwohl er überzeugt war, dass sich die gefährliche Aura aufgelöst hatte, war ihm Atlans Schicksal eine deutliche Warnung.

Mühsam bahnte er sich seinen Weg und legte von Zeit zu Zeit eine Pause ein. Die Umgebungstemperatur veränderte sich nicht, dabei stand der grüne Stern schon hoch am Himmel. Der matte grüne Schimmer sorgte also nicht für die Wärme auf dem Planeten.

Erst als Rhodan im Zenit eine kaum wahrnehmbare ins Bräunliche spielende Verfärbung des Himmels bemerkte, die sich als lang gestreckte, dünne Sichel abzeichnete, wurde ihm einiges klar. *Ein brauner Zwerg!,* schoss es ihm durch den Sinn. Braune Zwerge waren ursprünglich kleine Sonnen gewesen, die im hohen Alter zwar kollabierten, aber nicht massiv genug waren, zum Schwarzen Loch zu werden. Die terranische Raumfahrt hatte viele braune Zwerge gefunden. Die Schiffe hielten sich jedoch von ihnen fern, denn sie waren Gravitationsfallen.

Rhodan nahm zur Kenntnis, dass er sich in einem Doppelsternsystem befand. Die massivere Komponente war der braune Zwerg, dessen sichelförmigen Umriss, angestrahlt von der fernen grünen Sonne, er über sich sah. Der Größe der Sichel nach zu schließen, umkreiste der Planet den braunen Zwerg auf einer engen Bahn und erhielt aus der Restemission der toten Sonne genug Wärme. Die fahle Helligkeit hingegen kam nur von dem grünen Stern.

Perry Rhodan nannte die fremde Welt Green Darkness.

Die ferne Sonne beschrieb im Lauf weniger Stunden eine wahrhaft abenteuerliche Bahn. Sie stieg annähernd senkrecht empor, kulminierte an einem Punkt, der etwa sechzig Grad über der Horizontalen lag, und machte sich dann mit beträchtlicher Geschwindigkeit wieder an den Abstieg. Sie sank ebenso steil, wie sie aufgestiegen war, was zur Folge haben musste, dass der Punkt ihres Untergangs nur unwesentlich von dem Ort entfernt lag, an dem sie aufgegangen war. Die Beleuchtungsverhältnisse auf Planeten, welche die massivere und dunkle Komponente eines Doppelsternsystems umkreisten, während sie von der hellen ihr Licht erhielten, waren stets verwirrend und in keinen zwei Fällen identisch.

Perry Rhodan verspürte keine Lust, anhand seiner Beobachtungen die Konstellation des Planeten und seiner Sonnen zu analysieren. Mittlerweile hatte er etwa die halbe Entfernung zurückgelegt, und der Weg verlor nun ein wenig von seiner Beschwerlichkeit.

Nach etwa zwei Stunden stand der Terraner vor einer monströsen, fugenlosen Mauer. Sie ragte wenigstens fünfzig Meter hoch auf und erstreckte sich nach rechts und links jeweils mehr als einhundert Meter weit. Aus der Distanz hatte er ein Gebilde wahrzunehmen geglaubt, das über die Mauer aufragte. Es befand sich im Innern der umschlossenen Fläche. Rhodan konnte es nicht mehr sehen, weil er schon zu nahe stand. Es war ihm jedoch erschienen, als hätte jenes seltsame Etwas Ähnlichkeit mit einem ins Enorme vergrößerten menschlichen Schädel. Er ging an der Mauer entlang und suchte nach einem Durchgang, durch den er in den umschlossenen Innenraum gelangen konnte.

Er hatte die Richtung, talabwärts der grünen Sonne entgegen, willkürlich als Süd bezeichnet. Nun drang er entlang der Nordseite der Mauer bis an deren östliches Ende vor und bewegte sich von da an wieder nach Süden. Erst an der nächsten Mauerecke erkannte er, dass es sich keineswegs um einen geschlossenen Wall handelte. Auf der Südseite gab es keine Mauer.

Rhodan blickte in einen Innenraum, der etwa zweihundert mal zweihundert Meter maß. Der Boden war mit einer glatten, matt schimmernden Masse überzogen, die unter normalen Lichtverhältnissen wahrscheinlich weiß oder hellgrau erschienen wäre. Keinen Zweifel gab es allerdings hinsichtlich der natürlichen Farbe der riesigen Statue innerhalb des Vierecks, deren Schädel Rhodan aus der Ferne gesehen hatte. Sie war glänzend schwarz.

Die Statue stellte eine sitzende Frau dar. Die Gestalt war im höchsten Maß android – davon lenkte auch eine Ausbuchtung inmitten der hohen Stirn nicht ab, die ein drittes Auge sein mochte. Sie trug schulterlanges straffes Haar. Der Mund war ungewöhnlich vollippig und groß und wölbte sich unter einer prägnanten Nase. Die Arme hingen wie lässig herab, die Hände stützten sich auf die Knie.

Wer immer die Skulptur geschaffen hatte, musste eine eigenwillige Kunstauffassung besessen haben. Er stellte die unbekleidete Frau als hager, fast dürr dar, doch alle weiblichen Merkmale waren überproportional betont.

Rhodan umrundete die mächtige Figur mehrmals. Er war sich selbst nicht darüber im Klaren, was er zu finden hoffte. Wahrscheinlich wäre es ihm nicht einmal möglich gewesen, eine Inschrift zu entziffern.

Nach der dritten Runde verhielt er seine Schritte in dem Bereich, von dem aus er die Skulptur zum ersten Mal betrachtet hatte. Die grüne Sonne schickte sich an, hinter dem Horizont zu versinken.

Es war reiner Zufall, dass der Aktivatorträger in dieser Sekunde zu dem vermeintlichen dritten Auge in der Stirn der Statue aufblickte. Täuschte er sich – oder sah er dort oben wirklich ein Aufblitzen? Er kam nicht mehr dazu, sich Gewissheit zu verschaffen. Sein Blickfeld verengte sich, es wurde finster ringsum. Er hatte ein dröhnendes Summen in den Ohren, und schon empfand er wieder jenen ziehenden Schmerz, der bis in die tiefsten Schichten seines Bewusstseins vordrang.

Perry Rhodan erkannte instinktiv, was geschah. Die Gefahr, in der er schwebte, war ihm mit peinigender Deutlichkeit bewusst. Als er die Sterne von Erranternohre sah, wollte er instinktiv den Helm schließen, doch das war bereits ohne sein Zutun geschehen.

Payne Hamiller musterte den Arzt mit nicht eben freundlichem Blick. »Wenn alles vorbei ist, mache ich vier Wochen Urlaub im Wiesenwinkel«, versprach er und stemmte sich mühsam aus dem Sessel hoch.

»Bis alles vorbei ist, haben wir dich wahrscheinlich im Wiesenwinkel begraben«, erwiderte der Arzt ungerührt. »Du weißt ganz genau, dass du Schonung brauchst.«

»Also dann her mit dem Monitor!«, knurrte Hamiller.

Der Arzt reichte ihm ein winziges Gerät, das nur wenige Millimeter durchmaß. »Unters rechte Ohr ...«, sagte er. »Es haftet von selbst.«

Hamiller befestigte den Monitor. Das Gerät würde seine wichtigen Körper- und Bewusstseinsfunktionen aufzeichnen und die Daten permanent dem medizinischen Zentralrechner übermitteln.

»Wenn es wirklich gefährlich wird, dann lass es mich wissen«, sagte Hamiller.

Der Arzt nickte. Nur einen Augenblick später stürmte einer von Hamillers Spezialisten herein.

»Rhodans Aura ist intensiver geworden!«, meldete der Mann.

»Einfach so?«

»Anscheinend. Die ersten Anzeichen vor etwas mehr als einer Stunde hielten wir noch für Messfehler. Inzwischen scheint sicher zu sein, dass tatsächlich eine Intensivierung stattgefunden hat.«

Hamiller vergaß völlig, dass der Arzt noch bei ihm war. Zusammen mit seinem Spezialisten verließ er das Labor.

»Mehr als eine Stunde«, wiederholte er murmelnd. »Das muss also etwa zu der Zeit gewesen sein, als ich im Rechnerraum war.«

»Damals hatten wir noch keine Ahnung ...«

»Ich will keine Entschuldigung«, wehrte Hamiller ab. »Lässt sich der Zeitpunkt der Intensivierung exakt eingrenzen?«

»Selbstverständlich.«

»Und das Autolog läuft?«

»Wie immer. Worauf willst du hinaus?«

»Erinnerst du dich, dass ich eine der beiden Auren flackern sah, bevor ich den Rechnerraum verließ?«

»Du dachtest an eine Leistungsschwankung.«

»Genau. Es gab aber keine. Und jetzt interessiert mich, ob die Intensivierung der Aura mit dem Flackern zusammenhängt.«

»Die erste Sondenbatterie ist startbereit«, meldete Ennea Gheet, als beide Männer den Rechnerraum erreichten.

»Nicht jetzt!«, brummte Hamiller ungeduldig. »Ich habe keine Zeit dafür.«

Die Hyperphysikerin grinste ihn an. »Der Herr sind ungnädiger Stimmung. Wie kann plötzlich so unwichtig sein, was vor wenigen Minuten noch höchste Priorität hatte?«

Payne Hamiller wischte sich über die Stirn. »Ennea – entschuldigen Sie! Ich bin ein wenig durcheinander. Wollen Sie die Sonden in eigene Verantwortung übernehmen? Sie haben freie Hand. Sie wissen ohnehin, worauf wir aus sind.«

Er hastete weiter zum nächsten Infoplatz und rief die Aufzeichnungen ab.

Der Zeitpunkt, zu dem die Intensivierung der Aura stattgefunden hatte, war schnell bestimmt. Das Autolog ließ ohnehin auf Anhieb erkennen, wann er sich wegen des vermeintlichen Flackerns einer der goldenen Auren mitten im Wort unterbrochen hatte.

Beide Zeitangaben waren bis auf wenige Millisekunden identisch.

»Ich brauche eine Nahauswertung der optischen und der Orteranzeige. Jeweils zehn Sekunden vor und nach dem kritischen Moment. Die Auswertung beschränkt sich auf Rhodan.«

Die Aufzeichnungen in Bildform lagen kurz darauf vor. Waringer war inzwischen gekommen. Angespannt verfolgten beide Männer die Szene. Rhodans goldene Aura erschien als verwaschener Lichtfleck.

»Da ...!«, stieß Waringer hervor.

Die Wiedergabe stoppte sofort.

»Hast du etwas gesehen?«, wollte Hamiller wissen.

»Für einen Moment war er weg!«, erklärte Waringer aufgeregt. »Hast du es nicht bemerkt?«

Hamiller fuhr die Aufzeichnung zurück. Diesmal nahm auch er wahr, dass der Lichtfleck für den Bruchteil einer Sekunde verschwand – ganz wie er es vor mittlerweile zwei Stunden gesehen hatte.

»Das war keine Zehntelsekunde, sondern noch kürzer«, sagte Waringer. »Achte auf Umfang und Leuchtkraft der Aura! Da – jetzt!«

Das war genau der Sekundenbruchteil, in dem Perry Rhodan verschwand und wieder auftauchte.

»Die Aura ist heller«, bemerkte Hamiller. »Und größer.«

»Egal, wo er während dieser hundertstel Sekunde gewesen sein mag, seine Aura wurde dort aufgeladen«, kommentierte Waringer.

Payne Hamiller sah sich vergebens nach der Hyperphysikerin um. Die Frau war verschwunden, und niemand wusste, wohin. Er ließ sie schließlich über Interkom rufen, und sie meldete sich einige Zeit später.

»Wo stecken Sie?«, fragte der Wissenschaftler, als Ennea Gheets Konterfei sichtbar wurde.

»Eine seltsame Frage«, antwortete die Hyperphysikerin verwundert. »Sie selbst haben mir die Verantwortung für die Sonderaktion übertragen.«

»Natürlich. Aber der Start und die Überwachung der Sonden werden von hier aus durchgeführt.«

»Ach Quatsch!«, erwiderte die Frau ungnädig. »Ich habe den Informationsgehalt, der mit der Sondenaktion zu tun hat, auf einen Zweigrechner übernommen und komme hier ganz gut zurecht.«

»Haben Sie genug Unterstützung?«

»Ich brauche keine!«

»Die Sondenaktion ist wichtig. Ich erwarte die Resultate so rasch wie möglich. Wenn sich der Start noch lange verzögert ...«

»Was für ein Start? Der Start der ersten Sondenwelle? Ist vor dreiundzwanzig Minuten abgelaufen.«

»Was ...?« Hamiller schrie beinahe. »Und wie hat ...«

»Fünfhundert Mikrosonden wurden planmäßig ausgeschleust und auf rechnergestützten Kurs gebracht. Wir scheinen Glück zu haben. Während der letzten drei Minuten haben vierzehn Sonden zu funken aufgehört.«

Payne Hamiller war wie vor den Kopf geschlagen. »Wieso ist das Glück, wenn sie ...«

»Das würden Sie doch erwarten, sobald die Sonden durch das Loch im Universum verschwinden, oder nicht?«, fiel Ennea Gheet dem wissenschaftlichen Leiter abermals ins Wort.

»Ach so!«, murmelte Hamiller.

»Soeben kehrt die erste zurück!«

»So schnell?«

»Ich dachte, Sie hätten es eilig.«

»Schon ... aber ... meine Güte, was kann die Sonde in dieser kurzen Spanne überhaupt festgestellt haben?«

»Sie haben sich nicht explizit geäußert, was mit dem Experiment eigentlich bezweckt wird«, erläuterte die Frau. »Deshalb dachte ich mir, dass es um eine Messung der Strangeness geht.«

»Natürlich, das ist richtig«, antwortete Hamiller verdattert. »Und wie wollen Sie die Strangeness in derart kurzer Zeit feststellen?«

»Mit dem einfachsten und zuverlässigsten Versuch, den man sich denken kann«, erklärte die Hyperphysikerin gelassen. »Millikan.«

Hamiller gewann allmählich seine Fassung wieder. »Das Resultat muss ich sehen!«, stieß er hervor. »Sagen Sie mir, wo Sie stecken – ich bin sofort da!«

Er fand Ennea Gheet in einem abseits gelegenen Raum, der nur eine Datenstation enthielt.

»Setzen Sie sich!«, sagte die Hyperphysikerin, als sie ihn eintreten hörte. »Ich überprüfe die Auswertung soeben zum dritten Mal. Sie werden staunen, was wir gefunden haben.«

Payne Hamiller sah sich um, doch es gab keinen einzigen Einrichtungsgegenstand, den er als Sitzmöbel hätte benützen können. Also blieb er stehen. Die Frau rief neue Datenkolonnen ab.

»Das war's!«, stellte sie gleich darauf fest. »Maximale Ungenauigkeit plus/minus zwei Prozent. Die Elementarladung beträgt drüben, jenseits des Lochs, zwei Komma acht mal zehn hoch minus neunzehn Amperesekunden. Was sagen Sie jetzt?«

Hamiller war blass geworden. »Zwei Komma acht ...«, ächzte er.

Die klassische Elementarladung, also die elektrische Ladung eines Elektrons, beträgt eins Komma sechs mal zehn hoch minus neunzehn Amperesekunden. Sie wird bei Messungen der Strangeness, also des Strukturunterschieds zweier Universen, gern als Referenzgröße herangezogen, weil sie leicht zu ermitteln ist, und zwar mit wesentlich derselben Versuchsanordnung, die der amerikanische Physiker Robert A. Millikan zu Beginn des 20. Jahrhunderts für denselben Zweck verwendet hatte.

Hamiller studierte die Rechenergebnisse. Obwohl das Resultat ihn zutiefst erschüttert hatte, verfolgte er konzentriert jeden Analyseschritt, den Ennea Gheet vollzogen hatte. Im Stillen musste er sich eingestehen, dass er die Sache nicht besser hätte machen können.

»Das ist fantastisch!«, stieß er schließlich hervor. »Welche weiteren Experimente haben Sie geplant?«

»Ausbreitungsgeschwindigkeit elektromagnetischer Wellen, Planck'sches Wirkungsquantum und Wellenwiderstand des Vakuums.«

»Sie wissen, was das bedeutet?«, fragte Hamiller erregt. Kaum hatte er den Satz zu Ende gebracht, da wurde ihm bewusst, dass sein »Relationenmodell der Kontinua« noch unveröffentlicht war und daher niemand damit vertraut sein konnte. »Vielmehr – Sie wissen es wahrscheinlich nicht«, fügte er enttäuscht hinzu.

Ennea Gheet lächelte. »Ich kann spekulieren. Es gibt im System der quinternionischen Differenzialgleichungen eine Variable, die als symodal bezeichnet wird, weil sie auf recht eigenartige Weise zur Lösungsvielfalt beiträgt. Der Wert der Variablen bewegt sich zwischen null und eins. Jeder Wert außerhalb dieses Bereichs führt zu einer Zahl von null Lösungen. Die symodale Variable hat, solange sich ihr Wert zwischen den Grenzen null und etwa null Komma acht bewegt, keinen nennenswerten Einfluss auf den Lösungsausgang. Steigt sie jedoch über null Komma acht hinaus, wird sie dominierend und bläht die Lösungsvielfalt bis zum Höchstwert von 2048 auf. Diese Zahl wird allerdings erst erreicht, wenn der Wert der Symodal-Variablen sich eins nähert.«

Payne Hamiller blinzelte kurzsichtig. Seine Lippen bebten. Es bedurfte einiger Anstrengung, bis er die Sprache wiederfand.

»Woher ... wissen Sie das alles?«

Ennea Gheets Lächeln wurde verschmitzt. »Ich bin stets auf der Suche nach einem neuen Einstein«, bekannte sie. »Oder sagen wir, nach einem Dirac, der ist wirklich mehr mein Typ. Ich verfolge alles, was auf dem naturwissenschaftlichen Markt vorgeht, und wenn ich mir einen Kandidaten ausgesucht habe, er sich jedoch weigert, seine Theorien zu veröffentlichen, dann schrecke ich auch nicht davor zurück, mir Zugang zu seinen privaten Aufzeichnungen zu verschaffen.«

»Sie haben ... Sie haben ...« Hamiller stotterte.

»Ganz richtig«, kam ihm die Hyperphysikerin zu Hilfe. »Ich habe Einsicht in die Unterlagen genommen, die Sie vom Zweigrechner Servac-2 aufzeichnen ließen. Das ist in Wirklichkeit ganz einfach, glauben Sie mir, und wahrscheinlich nicht einmal verboten. Sie haben nämlich mit dem Rechner keinen Zugriffsschutz vereinbart.«

»Das ist ... Ich meine, das lag auch gar nicht in meinem Sinn! Ich halte meine Hypothesen nicht geheim, sondern habe bislang nur keine Zeit für die Veröffentlichung gefunden.«

»Okay«, erwiderte Ennea Gheet gelassen. »Dann machen wir uns eben an die Arbeit! Ist Ihnen schon die Idee gekommen, dass die geheimnisvolle Symodal-Variable die Strangeness sein könnte?«

Hamillers Augen leuchteten.

»Ennea, Sie sind unersetzlich!«, stieß er hervor. »Natürlich ist mir die Idee gekommen. Aber sie erschien mir nutzlos. Die Sache war viel zu hypothetisch. Ich wollte mit dem System der Quinternionen-Gleichungen verwertbare Lösungen erzielen – nicht die Verhältnisse in einem anderen Universum klären, das von dem unseren so verschieden ist, dass die Zeit dort wahrscheinlich rückwärts läuft.«

Die Frau wandte sich vorübergehend ab. Zwei weitere Sonden waren aus dem Raum zurückgekehrt, in dem sich Partocs Burg bis vor Kurzem befunden hatte. Sie rief die Daten ab.

»Lichtgeschwindigkeit knapp 500.000 Kilometer pro Sekunde, Planck'sches Wirkungsquantum rund elf anstatt sechs Komma sechs mal zehn hoch minus vierunddreißig«, las sie ab. »Das reicht aus, meinen Sie nicht auch? Wir haben es in der Tat mit einem überaus fremdartigen Kontinuum zu tun.«

»Wie hoch errechnet sich die Strangeness?«, fragte Hamiller.

»Ich möchte erst die Rückkehr der restlichen Sonden abwarten. Überschlägig würde ich allerdings sagen, zwischen null Komma neun und eins.«

Payne Hamiller klatschte begeistert in die Hände. Im selben Augenblick meldete sich sein Armbandfunk.

»Die Buffalo Coats sind fertig und installiert. Zwei Shifts sind startbereit.«

Hamiller ignorierte plötzlich alles andere. »Ich bin in einer Minute in der Zentrale!«, sagte er.

4.

Perry Rhodan war verwirrt. Nach seiner Schätzung hatte er sich etliche Stunden auf Green Darkness aufgehalten, die eingespiegelte Zeitanzeige behauptete jedoch, seit er aus seiner Bewusstlosigkeit erwachte und Atlan in einigen Kilometern dahintreiben sah, seien erst wenige Sekunden vergangen. Er orientierte sich und stellte fest, dass er von dem Arkoniden in der Tat noch ebenso weit entfernt war wie in dem Moment, als sich sein Gesichtskreis verengt und er Green Darkness erreicht hatte.

Natürlich bestand die Möglichkeit, dass die Episode auf dem Planeten nichts weiter als eine Halluzination gewesen war. Sein überreizter Verstand hatte ihm das Erlebnis vorgegaukelt, womöglich hatte ihm der Cybermed eine halluzinogene Droge verabreicht. Die Hypothese gewann dadurch an Plausibilität, dass Rhodan sich noch nicht erklären konnte, wieso sein Raumhelm bei der Rückkehr wieder geschlossen war, obwohl er sich deutlich entsann, den Helm auf Green Darkness geöffnet zu haben.

Er würde wohl so schnell keine Antwort darauf erhalten, und es gab andere Dinge, um die er sich kümmern musste. Atlan gab weiterhin keinerlei Lebenszeichen von sich. Allerdings war auf die Entfernung unmöglich zu erkennen, ob der Arkonide womöglich doch wieder zu sich gekommen war.

Bei der BASIS blitzte es hell auf. Rhodan registrierte drei kurze und zwei lange Lichtblitze. Sie erschienen ihm wegen der filternden Wirkung der wieder vorhandenen Aura türkisfarben. Die Impulsfolge schien ein Signal zu sein, das ihn zur Aufmerksamkeit aufforderte.

Wenige Minuten vergingen, dann erschienen in der Nähe der BASIS zwei winzige Lichtpunkte, die rasch an Leuchtkraft gewannen. Zwei Fahrzeuge bewegten sich eine Zeit lang auf parallelem Kurs. Erst als sie schon sehr nahe waren, trennten sie sich.

Rhodan erkannte die Silhouette eines Shifts, der auf ihn zukam. Als der Flugpanzer bis auf gut einen Kilometer heran war, leuchtete an seinem Bug etwas auf, was wie eine Reklametafel aussah. Erst etwas später, bei einer Distanz von nur mehr wenigen hundert Metern, gelang es dem Terraner, das verwirrende Leuchten in einzelne Lichtquellen aufzulösen.

Kommen, um euch zu retten, las er. *Shifts mit Schutzverkleidung innen ausgestattet. Kodename Buffalo Coats. Hamiller.*

Das Fahrzeug kam neben Rhodan zum relativen Stillstand. Als er sah, dass aus dem Schleusenschott ein eigenartig glitzernder Stab hervorragte, griff er mit beiden Händen zu. Jede normale Materie hätte sofort nach der Berührung zu glühen angefangen und wäre geschmolzen. Der Stab blieb stabil.

Das Schott öffnete sich und ließ erkennen, dass die Schleuse ebenfalls mit dem glitzernden Überzug versehen war. Rhodan hangelte sich an dem Stab entlang und schwang sich in die Schleusenkammer.

Ohne Zwischenfall gelangte er in die Kabine. Alles, sogar die Griffe der Haltestangen, die Sitzflächen und Lehnen der Sessel, war mit jener schimmernden, die Aura neutralisierenden Schicht überzogen. Rhodan gewöhnte sich schnell daran, dass der Boden unter ihm nicht mehr glutflüssig wurde.

Er setzte sich in den Pilotensessel, obwohl er sicher war, dass niemand von ihm erwartete, er würde die Steuerung des Shifts übernehmen. Ein Bildempfänger zeigte Hamillers angespannte Miene. Der Wissenschaftler sprach, und Rhodan schüttelte den Kopf, um zu verdeutlichen, dass er nichts verstand. Schall durchdrang die hyperenergetische Aura nicht.

Hamiller verstand. Er verschwand von der Bildfläche, und ein Schriftzug erschien.

So weit, so gut. Wir haben dich in Fernsteuerung und können dich mühelos an Bord nehmen. Ein Aufenthaltsraum mit entsprechender Buffalo-Coat-Ausstattung ist präpariert. Aber Atlan macht uns Sorgen. Er scheint unser Angebot nicht annehmen zu wollen. Antwort bitte über Dataset.

Rhodan wandte sich der Konsole zu. Die ihn umschließende Aura machte das Tippen nicht eben zur Freude.

Atlan ist seit dem Experiment mit dem Feldtriebwerk entweder bewusstlos oder tot. Manövriert mich zu ihm hinüber – ich hole ihn an Bord!

Einverstanden, lautete Hamillers Antwort.

Der Shift setzte sich in Bewegung. Einer kurzen Beschleunigungsphase folgte ein vorsichtiges Abbremsen. Rhodan begab sich wieder in die Schleuse und öffnete das Außenschott.

Hamiller hatte perfekte Arbeit geleistet. Die beiden Fahrzeuge waren nur wenige Meter voneinander entfernt und bildeten mit ihren Längsachsen einen stumpfen Winkel, in dessen Mitte der Arkonide schwebte. Die Haltestangen an den Schleusenschotten beider Shifts wären für Atlan leicht zu greifen gewesen. Der Arkonide bewegte sich jedoch nicht.

Rhodan schwang sich an der Stange hinaus, bis er den Freund unmittelbar vor sich hatte. Er streckte das rechte Bein aus und holte die reglose Gestalt mit der Stiefelspitze langsam und vorsichtig zu sich heran. Fast eine halbe Stunde verging, bis er Atlan endlich an Bord des Shifts hatte. Er bugsierte den Arkoniden aus der Schleusenkammer bis in den kurzen Gang, der zur Innenkabine führte. Dort legte er ihn behutsam nieder und wandte sich erneut dem Pilotenplatz zu.

Atlan ist an Bord!, tippte er. *Holt beide Fahrzeuge zurück!*

Verstanden und okay, war die Antwort von der BASIS zu lesen.

Rhodan wartete, bis der Shift beschleunigte. Dann erhob er sich, um nach Atlan zu sehen. Die Überraschung ließ ihn in der Bewegung innehalten.

Atlan stand im Zugang zur Kabine. Er machte mit beiden Händen eine Geste, als bitte er um Entschuldigung.

Rhodan winkte ihn zu sich, und als der Arkonide näher kam, zeigte er auf die Konsole mit der Bildfläche. *Ich habe mir Sorgen um dich gemacht!,* tippte er.

Der Arkonide las, dann schob er Rhodan zur Seite. *Ich mir auch!,* schrieb er.

Payne Hamiller verfolgte die Bergung in allen Einzelheiten. Er reagierte überaus erleichtert, als sich auch der Arkonide endlich an Bord befand, und sorgte dafür, dass beide Shifts umgehend den Rückflug antraten.

Unerwartet überfiel ihn eine tiefe Müdigkeit. Er versuchte zwar noch aufzustehen, aber es war wohl doch besser für ihn, wenn er sich für ein paar Minuten zurücklehnte und die Augen schloss. Er hätte diesem Gedanken wahrscheinlich nachgegeben. Im selben Moment nahm er jedoch einen durchdringenden Geruch wahr. Zögernd hob er die Augenlider. Vor ihm stieg ein Faden graublauen Rauchs auf.

Ein Knistern erklang von der Bildfläche, ein bedrohlich wirkendes Geräusch. Hamillers Müdigkeit verflog. Instinktiv warf er sich zur Seite. Gleichzeitig explodierte neben ihm die Konsole mit der Wucht eines kleinen Sprengsatzes. Hamiller wurde gegen die Wand geschleudert. Er schaffte es gerade noch, die Arme hochzureißen und den Sturz einigermaßen abzufangen, deshalb trug er nur Prellungen davon.

Immerhin war er wieder hellwach. »Alles raus hier!«, ordnete er an, während der Rechnerraum sich mit beißendem Qualm füllte.

Durch den Rauch sah er schemenhafte Gestalten. Er wandte sich zum Ausgang, da packten helfende Hände zu und zerrten ihn hinaus in den breiten Korridor, wo die Luft wesentlich leichter zu atmen war.

»Er ist der Letzte«, hörte Hamiller jemanden sagen. »Schließt das Türschott!«

Er hatte mit einem Mal keine Kraft mehr in den Beinen und rutschte an der Wand entlang zu Boden. Dort hockte er und atmete hastig, bis Ennea Gheet auf ihn zukam.

»Sie wollen hoffentlich nicht schon aufgeben?«, fragte sie.

»Was zum Teufel ist los?«, ächzte Hamiller.

»Ihre Datenstation ist explodiert, einfach so«, antwortete die Hyperphysikerin.

Hamiller schüttelte sich. Schwankend kam er wieder in die Höhe. Mit dem Handrücken wischte er sich über den Mund. »Datenstationen explodieren nicht«, knurrte er. »Dahinter muss mehr stecken.«

»Richtig«, bekräftigte Gheet. »Was haben Sie zuletzt empfangen?«

»Nachrichten von Rhodan und Atlan.«

Die junge Frau versteifte sich. »Sehen Sie ...?«, sagte sie.

Hamiller hatte Geoffry Waringer und Ennea Gheet zur Besprechung gebeten. Aus der Halle, in der Rhodan und Atlan untergebracht waren – jemand hatte ihr den Namen Asyl X gegeben –, wurde keine Veränderung gemeldet.

»Enneas Idee spukt mir im Kopf herum.« Hamiller massierte sich mit den Fingerspitzen die Schläfen, er wirkte immer noch angeschlagen. »Ist es wirklich denkbar, dass die Datenstation explodierte, weil sie Daten aus einem Buffalo Coat empfing? Daten, die von einem Mann abgesandt wurden, der in eine fremdartige hyperenergetische Aura gehüllt ist?«

Waringer drehte die Hand unschlüssig hin und her. »Denkbar? *Ja.* Nachweisbar? *Wohl kaum.* Was soll man damit anfangen? Hast du Indizien, die diese Hypothese stützen?«

»Ich war plötzlich müde«, entfuhr es Hamiller. »Ja, ich meine, es kam ...«

»Hör zu!«, fiel ihm Waringer ins Wort. »Deine Müdigkeit wundert keinen von uns. Eher schon, dass du nicht längst auf die Nase gefallen bist.«

Payne Hamiller wischte die Bemerkung mit einer unwilligen Handbewegung beiseite. »Ich werde medizinisch überwacht und hätte sofort einen Hinweis bekommen, wenn die Müdigkeit wirklich von mir selbst ausgegangen wäre.«

Geoffry Waringer horchte auf. »Du meinst im Ernst, dass der Trägheitsanfall über die Datenstation gekommen sein könnte?«

»Darauf will ich hinaus.«

»Das würde bedeuten, dass Rhodan und Atlan über einen reinen Datenkanal psionische Impulse verbreiten könnten«, gab die Hyperphysikerin zu bedenken. »Darauf wollen Sie doch hinaus, oder?«

»Könnten Sie die Wahrscheinlichkeit einer solchen Übertragung ermitteln, Ennea?«, rief Waringer dazwischen.

Die Frau antwortete nicht sofort. Ihr war anzusehen, dass sie die Komplexität der Aufgabe abzuschätzen versuchte. Hamiller saß ein wenig verdutzt da und ließ den Blick von einem zum andern wandern.

»Ich könnte es versuchen«, antwortete Ennea Gheet schließlich. »Mit dem vermutlichen Ergebnis, dass die Wahrscheinlichkeit eines derartigen Vorgangs ziemlich nahe null ist. Ich frage mich nur, ob die herkömmliche Theorie auf diesen Fall überhaupt anwendbar ist.«

Sie stand auf und verließ den Raum.

Die Halle war geräumig und nahtlos mit der schimmernden Schicht ausgekleidet, die Payne Hamiller als Buffalo Coat bezeichnete. Einrichtungsgegenstände gab es nicht.

Die Situation der beiden Aktivatorträger hatte sich nicht verändert. Perry Rhodan hatte erkannt, dass zwei Gründe Hamiller bewogen hatten, die Bergungsaktion mit der größtmöglichen Schnelligkeit durchzuführen, obwohl sie den Geborgenen selbst keine nennenswerte Erleichterung brachte: Zum einen konnten die Eigenschaften der hyperenergetischen Auren an Bord der BASIS besser beobachtet und analysiert werden als im freien Weltraum, zum anderen erforderte die Lage der Dinge, dass die BASIS rasch ihren Flug zur nächsten Kosmischen Burg fortsetzte. Es galt, alle sieben Zusatzschlüssel zu finden, die benötigt wurden, um den Weg nach Jenseits der Materiequellen gehen zu können.

Zwei Schlüssel waren bereits in den Burgen Murcons und Lorvorcs geborgen worden und befanden sich im Besitz des Quellmeisters Pankha-Skrin. Den dritten Schlüssel aus Partocs Burg trug Rhodan bei sich. Das nächste Ziel der BASIS war Ariolcs Kosmische Burg.

Perry Rhodan wusste besser als jeder andere, dass einfach keine Zeit mehr blieb. Die Aktivität der Androiden war eindeutig gewesen. Er durfte als gegeben annehmen, dass ähnliche Vorgänge auch auf den anderen Burgen stattfanden. Wer sie durchsuchen wollte, musste rasch zugreifen – später würde sich keine Gelegenheit mehr bieten.

Rhodan ging in der geräumigen Halle auf und ab. Er wurde in seinen Überlegungen gestört, als Atlan sich ihm in den Weg stellte.

Der Arkonide gab ihm mit einer Geste zu verstehen, dass er ihn auf etwas aufmerksam machen wolle. Dieses Etwas hatte offensichtlich mit Rhodan selbst zu tun. Atlan beugte sich vornüber und strich mit den Händen an seinen Beinen entlang, dann am Leib und schließlich an den Schultern vorbei, bis die Hände einander über dem Kopf berührten.

Etwas, das dich einhüllt, musste das bedeuten. *Die Aura!*

Der Arkonide streckte die Hände nach vorn und hielt sie parallel zueinander, als wolle er eine Spanne abmessen. Schließlich bewegte er sie mit einem Ruck voneinander fort und gab dadurch und durch seine Mimik zu verstehen, dass dieses Etwas an Größe zugenommen hatte.

Rhodan glaubte zu verstehen, dass seine Aura größer oder intensiver geworden war – vielleicht sogar beides. Er musterte den Arkoniden, suchte aber vergeblich nach entsprechenden Anzeichen. Atlans Aura erschien ihm unverändert.

Wie hatte es geschehen können, dass nur seine Aura größer geworden war? Der Zwischenfall mit Green Darkness kam ihm wieder in den Sinn. War es doch mehr als eine Halluzination gewesen und war dort seiner Aura zusätzliche Energie zugeführt worden?

Er kam nicht dazu, diesen Gedanken weiterzuverfolgen. In der Decke der Halle bildete sich eine Öffnung. Es gab dort einen Antigravschacht, durch den sich ein Aggregat herabsenkte, das mühelos als Datenstation zu erkennen war. Das Gerät ebenso wie das sichtbare Stück der Schachtwandung waren durch die schimmernde Hülle des Buffalo Coats geschützt.

Die Datenstation wurde abgesetzt, die Deckenöffnung schloss sich wieder. Die Bildfläche des Aggregats zeigte Payne Hamiller, der seltsamerweise eine ebenfalls abschirmende Raummontur trug. Eine geschriebene Information erschien: *Von euch Botschaften zu empfangen ist äußerst gefährlich. Beim letzten Versuch ist unsere Datenstation explodiert.*

Rhodan musterte die Tastatur. Bislang hatte er die schimmernde Schicht, die alles überzog, für ein zumindest halb metallisches Material gehalten, von dem Hamiller aus irgendeinem Grund wusste, dass es die Wirkung der hyperenergetischen Auren neutralisierte. Doch bei näherer Betrachtung erschien es ihm, als schwebe das Flimmern ein bis zwei Millimeter über allen Flächen, die es bedeckte. Er kam zu dem Schluss, dass es sich um einen energetischen Schutz handeln musste.

Die Kosmischen Burgen befinden sich im Mikrokosmos, tippte er ein. *Was Atlan und ich wissen, geben wir dir zur Auswertung. Einverstanden?*

Hamillers Augen weiteten sich in ungläubigem Staunen. Dass die Nachricht ihn in Erregung versetzt hatte, war an den Tippfehlern in seiner Antwort zu erkennen.

Unbeddimgt – müchte sofprt alles darüber erfagren!

Es war Zufall, dass Rhodan zur Seite sah. Er wollte sich mit Atlan abstimmen, in welcher Form ihre Erfahrungen von Partocs Burg Hamiller am besten mitzuteilen seien. Für einen Moment hatte er den Eindruck, als sehe er den Arkoniden durch eine Art Nebel. Dieses Phänomen verschwand jedoch sofort. Dafür wirkte Atlan verwirrt und irgendwie ratlos, als sei ihm soeben etwas absolut Unerklärliches zugestoßen.

Was war das?, kam Hamillers Frage.

Rhodan achtete kaum darauf. Er beobachtete den Arkoniden, der offenbar leichte Gleichgewichtsprobleme hatte. Aber schon machte Atlan eine beschwichtigende Geste.

Die Beleuchtung der Halle hatte sich nicht verändert, dennoch erschien Rhodan das Gesicht des Freundes verschwommener als bisher. Er erkannte, dass Atlans Aura mit einem Mal intensiver flimmerte. Und nicht nur das: Sie hatte sich scheinbar aufgebläht.

Der Arkonide beantwortete Hamillers Frage.

Nichts von Bedeutung! Wir werden später darüber reden müssen.

Rhodan sah Hamillers ungläubigen Gesichtsausdruck und erkannte Atlans Erklärung ebenfalls als Hinhaltemanöver. Er schob den Arkoniden sanft beiseite und wollte die schriftliche Unterhaltung auf das Thema Mikrokosmos zurückbringen. Aber schon als er die ersten Sensoren berührte, sprang Hamiller entsetzt auf. Wovor der Wissenschaftler floh, wurde fast gleichzeitig sichtbar. Dichter Qualm wogte auf, grünlich leuchtende Blitze zuckten auf.

»Vorsicht!«, schrie Rhodan.

Er fuhr herum und stieß Atlan zur Seite. Nur einen Lidschlag später explodierte auch die Datenkonsole in der Halle. Es war ein gespenstischer und scheinbar lautloser Vorgang. Rhodan sah nur dichten Qualm, eine grelle Entladung, und schon wurden Atlan und er von davonwirbelnden Aggregatfetzen getroffen.

Die Aura schützte ihn ebenso gut wie ein Schirmfeld. Rhodan spürte nicht einmal den Aufprall der glühenden Splitter.

Erst als die Luftumwälzung den Qualm einigermaßen abgesaugt hatte, zeigte sich, dass die Trümmer überall in der Halle verstreut lagen. Die Möglichkeit der direkten Kommunikation hatte sich als wenig nachhaltig erwiesen.

Payne Hamiller war es gerade noch gelungen, das Schirmfeld zu aktivieren, das ihn schützte. Er war auf die Gefahr vorbereitet gewesen, die Heftigkeit der Explosion übertraf jedoch seine Befürchtung.

Hamiller war körperlich unversehrt, aber seelisch erschüttert. Als er sich des Raumanzugs entledigt hatte und er Waringer sowie Ennea Gheet gegenübersaß, stand ihm das Erschrecken immer noch ins Gesicht geschrieben.

»Sie wollten mir gerade über das Versteck der Kosmischen Burgen berichten«, stellte er zerknirscht fest.

Waringer ging nicht darauf ein.

»Was hat die Explosion verursacht?«, fragte er stattdessen. »Müssen wir bei jeder Kontaktaufnahme mit einer solchen Katastrophe rechnen?«

»Ich fürchte.« Hamiller seufzte. »Die Wirkung der hyperenergetischen Aura beschränkt sich offenbar nicht auf die unmittelbare Berührung. Banal ausgedrückt kontaminiert sie alles, was aus ihr hervorgeht.«

»Meine Analyse hat ergeben, dass die Wahrscheinlichkeit einer psionischen Unterschwingung im Energiehaushalt der Aura nahezu gleich null ist«, wandte die Hyperphysikerin ein. »Die Berechnung zeigt einen Wert in der Gegend zehn hoch minus acht.« Sie lächelte bitter. »Da wissen wir wenigstens, was wir von unseren Algorithmen zu halten haben.«

»Ich sehe weit mehr Probleme auf uns zukommen«, fuhr Hamiller fort. »Die Belüftungsschächte der Halle sind nur bis auf eine gewisse Distanz energetisch verkleidet. Ich habe angenommen, dass alle Wirkungen, die von den Auren ausgehen und sich der Atmosphäre mitteilen, nach zehn bis zwanzig Metern irrelevant werden. Jetzt bin ich dessen nicht mehr so sicher.«

»Wir müssen die Schächte unter Beobachtung halten!«, bemerkte Waringer.

»Das ist schon veranlasst«, sagte Hamiller. »Aber noch etwas gibt mir zu denken. Unmittelbar vor der Explosion ging mit Atlan eine merkwürdige Veränderung vor. Ich sah ihn flackern – eigentlich für den Bruchteil einer Sekunde verschwinden. Nach dem Wiederauftauchen schien er verwirrt und aus dem Gleichgewicht gebracht. Über die Konsole teilte er mit, dass nichts von Bedeutung geschehen sei.«

»Dann kam die Explosion?«, fragte Waringer.

»Kaum, dass ich Zeit fand, Atlans Antwort zu lesen.«

»Der Flackereffekt wird bereits untersucht«, warf Ennea Gheet ein. »Er ist bis jetzt zweimal aufgetreten. Wir sammeln alle Daten, die damit in Zusammenhang stehen können.«

»Woran denken Sie dabei?«, fragte Payne Hamiller.

»An alles Ungewöhnliche, das sich annähernd zur selben Zeit ereignet hat.«

»Sie glauben, der Flackereffekt wird von äußeren Einflüssen ausgelöst?«

»Als Mensch glaube ich an Gott, als Physikerin ziehe ich Messungen vor«, erwiderte die Frau. »Das Phänomen der hyperenergetischen Auren ist so verwirrend, dass wir keine Informationsquelle – und sei sie an den Haaren herbeigezogen – außer Acht lassen sollten.«

Hamiller wollte zu einer Erwiderung ansetzen, aber da heulte der

Alarm los. Selbsttätig aktivierte sich der Interkom: »... Serie mittelschwerer bis schwerer Explosionen in Sektor Cäsar, Deck Q-einundzwanzig. Ursache unbekannt. Die folgenden Abschnitte sofort evakuieren ...«

»Der Klimaschacht!«, stieß Hamiller hervor. »Da arbeiten Techniker!«

Eine Zeit lang herrschte Ruhe. Die beiden Männer versuchten, sich durch Gesten miteinander zu unterhalten.

Perry Rhodan wollte erfahren, was Atlan während des vermeintlich flüchtigen Moments zugestoßen war. Er vermutete, dass der Arkonide ebenfalls auf den Planeten verschlagen worden war, auf dem er selbst vor kurzer Zeit gewesen war. Er unterstützte Atlans Erklärungsversuch, indem er mit zahlreichen Gesten zunächst unebenen Boden, dann eine in die Höhe ragende Struktur und schließlich die Umrisse einer Frauengestalt darzustellen versuchte. Als er eine unmissverständliche Geste machte, stimmte der Freund begeistert zu.

Rhodan zweifelte nicht mehr daran, dass der Aufenthalt auf Green Darkness die Aura verstärkte. Doch mit jeder Aufladung wurden Unfälle wie die Explosion der Datenstation wahrscheinlicher. Die Aura übte ihre zerstörerische Wirkung offensichtlich nicht nur über direkten Kontakt aus. Ein noch undefinierbares Trägermedium trug die Zerstörungskraft weiter. Deshalb war Hamillers Datenstation explodiert. Die Detonation des Aggregats, das sich in der Halle befand, führte Rhodan auf einen Rückkopplungseffekt zurück.

Was den Übertritt nach Green Darkness auslöste, war vorerst nicht kontrollierbar. Schon in der nächsten Sekunde konnte es wieder geschehen.

Damit standen die Prioritäten fest. Beide Auraträger mussten die BASIS auf dem schnellsten Weg wieder verlassen. Die von ihnen ausgehende Gefahr war minimal, solange sie frei im Raum schwebten. Dann konnten die Spezialisten darangehen, den Faktor zu suchen, der die Versetzung nach Green Darkness bewirkte. Und vielleicht ergab sich dann ein Zugriff auf Bedeutung und Wirkungsweise der Auren.

Diese Überlegungen mussten Hamiller mitgeteilt werden. Also galt es, eine neue Möglichkeit der Kommunikation zu schaffen. Rhodan war überzeugt, dass Hamiller und seine Experten schon daran arbeiteten.

Kurze Zeit später bemerkte er eine heftige Vibration des Hallenbodens. Atlan deutete auf das Abschlussgitter des Belüftungsschachts, aus dem graublauer Qualm drang. Die Erschütterungen hielten eine Weile an. Dann erkannte Rhodan am Verhalten des Qualms, der plötzlich in die Höhe stieg und sich verflüchtigte, dass die Luft aus der Halle abgesaugt wurde. Es fiel ihm nicht schwer, sich den Vorgang zusammenzureimen. Die Auren hatten die Atmosphäre kontaminiert, die schließlich während der Umwälzung mit ungeschützter Materie in Berührung gekommen war und eine Serie von Explosionen ausgelöst hatte.

Die Reaktion auf dieses Geschehen war logisch korrekt. Nur ein Vakuum in der Halle konnte die Möglichkeit weiterer Kontamination drastisch vermindern. Die beiden Männer wurden davon ohnehin nicht betroffen, denn sie atmeten die Luftvorräte ihrer Raumanzüge.

Was geschehen war, mochte allerdings auch eine gute Seite haben, überlegte Rhodan. Hamiller würde erkennen, dass es keine Zeit mehr zu verlieren galt.

Payne Hamiller und seine Mannschaft arbeiteten wie die Besessenen, um die Männer und Frauen zu retten, die auf Messstationen entlang des Klimaschachts verteilt waren. Nahe der Halle gab es zwei Schwerverletzte, doch darüber hinaus war die mehr als zehn Minuten anhaltende Serie der Detonationen vergleichsweise glimpflich verlaufen.

Hamiller ordnete an, in der Halle ein Vakuum herzustellen und sie hermetisch abzuriegeln. Währenddessen ignorierte er zwei nacheinander eingehende Anrufe seines Arztes, der ihn wohl zur Ruhe auffordern wollte. Mit dem Handrücken wischte er sich den Schweiß von der Stirn. Mitten in den nächsten Anordnungen verdrehte er die Augen und sank mit einem leisen Ächzen in sich zusammen.

Augenblicke später war ein Medoroboter zur Stelle. »Nichts Lebensbedrohliches«, stellte er nach einer kurzen Untersuchung fest. »Trotzdem muss Hamiller stationär aufgenommen werden. – Es ist alles in Ordnung, Leute. Keine Notwendigkeit, dass eure Arbeit unterbrochen wird ...«

Diese Szene fand Ennea Gheet vor, als sie sich ziemlich ungestüm durch das Notschott zwängte, das vom Q-Deck zu den Wartungsräumen des Klimaschachts führte. Sie stutzte.

»Hamiller ist aus den Stiefeln gekippt? Ich hoffe, nur ein Schwächeanfall. Oder gibt es ein ernsthaftes Problem?«

»Menschliche Unvernunft«, stellte der Roboter fest. »Hamiller hat sich zu viel zugemutet. Es ist angeraten, ihn vorübergehend unter Aufsicht ruhigzustellen.«

Die Hyperphysikerin nickte knapp.

»Zwei Mann bleiben hier und prüfen die Haltbarkeit der Versiegelung!«, ordnete sie an. »Der Rest kommt mit mir!«

Keiner fragte nach ihrer Zuständigkeit. Sie führte die Gruppe durch eine Kurzstrecken-Transmitterstation in ein größeres, unaufgeräumt wirkendes Labor. In der Mitte des Raumes erhob sich ein halb fertiges bizarres Aggregat.

»Das ist der Strukturriss-Projektor, an dem Hamiller bis vor Kurzem gearbeitet hat«, erklärte Ennea Gheet. »Das Gerät soll die Oberfläche einer hyperenergetischen Aura lokal zumindest vorübergehend neutralisieren, sodass durch die Aura hindurch Gegenstände übergeben werden können. Da die Verständigungsversuche bisher nur zu katastrophalen Folgen führten, hielt Hamiller es für aussichtsreicher, den physischen Austausch von Botschaften zu versuchen. Grundlagenarbeit ist nicht mehr nötig, Hamillers Unterlagen sind gespeichert. Ich möchte, dass Sie alle das Gerät umgehend fertigstellen. Die Priorität muss ich hoffentlich nicht besonders betonen.«

Ohne eine Erwiderung abzuwarten, verließ die Frau den Raum.

Kurze Zeit später sprach Ennea Gheet mit Waringer. »Ich habe eine Überraschung für Sie.« Die Hyperphysikerin fiel geradezu mit der Tür ins Haus.

»Ich dachte es mir.« Waringer nickte lächelnd. »Sie stecken voller Überraschungen.«

»Tue ich das?«, fragte Gheet verwirrt.

»Ständig. Aber worum geht es eigentlich?«

Die Frau lächelte gewinnend und geheimnisvoll zugleich. »Statt aufwendig nach Ereignissen zu suchen, die zeitlich mit dem sogenannten Flackereffekt zusammenfallen, habe ich eine Kreuzkorrelation zwischen den Anzeigen aller Externsensoren und den beiden Flackereffekten gefahren.«

Waringer nickte anerkennend. »Was haben Sie gefunden?«

»Jeweils unmittelbar vor dem Auftreten des Flackereffekts wurde die BASIS von kurzen und nicht besonders intensiven hyperenergetischen Impulsen getroffen. Zumindest eine Sonde, die zum Zeitpunkt des ersten Flackereffekts schon jenseits von Partocs Burg stand, hat den Impulsschauer ebenfalls registriert. Wir können also davon ausgehen, dass der Schauer weiträumig wahrzunehmen war. Perry Rhodan und Atlan lagen sowohl beim ersten als auch beim zweiten Auftreten des Flackereffekts im Bereich dieser Impulse.«

»Was hat es damit auf sich?«, fragte Waringer. »Sie würden bestimmt nicht so ausführlich darüber reden ...«

»Die Impulse sind gering in der Amplitude, aber unwahrscheinlich steil in der Anschwellzeit. Geringer als eine Pikosekunde. Wir haben es mit fünfdimensionalen Frequenzen zu tun, die uns bislang unbekannt waren.«

Geoffry Waringer nahm sich Zeit, darüber nachzudenken.

»Konnte der Ausgangsort der Impulse ermittelt werden?«, wollte er endlich wissen.

»Ein blauer Zwerg, wenige hundert Lichtjahre von unserer aktuellen Position entfernt.«

»Andere Eruptionen des Sterns wurden nicht festgestellt?«

»Nein. Ich habe alle Aufzeichnungen der letzten zweihundert Stunden überprüft. Mofura wurde nur zweimal aktiv, und beide Male trat der Flackereffekt auf.«

»Mofura?«

»Der Stern brauchte einen Namen«, antwortete Ennea Gheet, als wolle sie sich dafür entschuldigen. »Ich habe ihn nach meiner Amme benannt.«

»Amme? Sie hatten eine Amme? Ich dachte, alle Ammen wären mitsamt der absoluten Monarchie außer Mode gekommen!«

»Es gibt Ausnahmen«, antwortete die Hyperphysikerin voller Ernst. »Ich kann Ihnen später davon erzählen, wenn Sie Wert darauf legen.«

»Sagen Sie mir lieber, was wir in der Zwischenzeit mit den Impulsschauern von Mofura unternehmen!«

»Das wollte ich Sie eben fragen«, stellte Gheet unumwunden fest.

5.

Diesmal kam der Übergang weniger überraschend als beim ersten Mal. Perry Rhodan wusste, was ihn erwartete, als er das Rauschen vernahm und sich sein Gesichtskreis verengte. Er leistete dem Phänomen keinen Widerstand. Nahezu ohne Zeitverlust veränderte sich die Welt ringsum, und als er wieder freie Sicht hatte, stand er auf Green Darkness.

Er war der hohen Mauer und der exotischen Statue näher als nach dem ersten Ortswechsel. Dass er zwar an einer anderen Position, aber trotzdem in der Nähe der Skulptur stand, bedeutete für ihn, dass die Statue bei der Versetzung auf den Planeten eine zentrale Rolle spielte.

Rhodan setzte sich sofort in Richtung der riesigen Gestalt in Bewegung. Der matte Umriss des braunen Zwergs schwebte über ihm im düsteren Himmel. Die Lichtverhältnisse kündigten den Aufgang des grünen Sterns an. Vielleicht, überlegte der Terraner, hatte auch die Konstellation der beiden ungleichen Sonnen mit den Übertritten zu tun.

Als das grüne Gestirn aufging, hatte er die Einfriedung mit der Statue fast schon erreicht. Sein erster Aufenthalt auf dem Planeten war abgebrochen worden, als die grüne Sonne unterging. Falls das wieder so sein sollte, blieb ihm diesmal mehr Zeit, die Figur zu untersuchen.

Rhodan stand kurz darauf vor der Statue. Wieder faszinierte ihn die eigenwillige Schönheit des dargestellten Wesens. Von besonderer Bedeutung schien das dritte Auge zu sein – oder vielmehr was er dafür hielt. In dieser Minute wirkte es jedoch düster, wie tot.

Er hatte schon festgestellt, dass auch diesmal seine hyperenergetische Aura verschwunden zu sein schien. Eigentlich wollte er sich das Gesicht der Statue aus nächster Nähe ansehen – trotzdem zögerte er, eines der Antriebssysteme des Raumanzugs einzuschalten.

»Sag mir, wer du bist und was ich von dir zu halten habe!«, sagte er, ohne es eigentlich zu wollen, halblaut im Selbstgespräch.

Fast im selben Moment formte sich ein Gedanke in seinem Bewusstsein. Er war zunächst undeutlich und schien zu flackern, als fände er sich im Gehirn des Terraners nicht zurecht. Dann jedoch festigte er sich. Rhodan verstand so klar, als rede jemand, der neben ihm stand: *Ich bin die Macht und werde dich zu einem Machtvollen machen!*

Der Vorgang war gespenstisch. Perry Rhodan hatte deutlich den Eindruck, dass sich der Gedanke eines weiblichen Wesens in seinem Bewusstsein gebildet hatte. Zudem erschien es ihm unvorstellbar, dass der Mentalimpuls von einem anderen Ort als von der Statue ausgegangen sein könnte.

»Ich bin ein Unwissender«, sagte er in derselben Weise, wie er sich zuvor geäußert hatte. »Ich bin verwirrt. Wo bin ich hier, und wie bin ich hierhergekommen?«

Die fremden Gedanken antworteten ohne Zögern: *Du befindest dich am Sitz der Macht, und die Seinscharakteristiken deines Schicksals sind es, die dich hierher gebracht haben. Nur wenige sind berufen!*

»Hast du einen Namen?«, wollte Rhodan wissen.

Nenne mich die Macht!

»Du willst mich zu einem Machtvollen machen. Was soll ich mit der Machtfülle tun, nachdem du sie mir verliehen hast?«

Was willst du damit tun?, lautete die Gegenfrage.

Der Aktivatorträger stutzte. Schwang ein spöttischer Unterton mit? »Ich weiß es nicht; ich bin zu überrascht«, antwortete er.

Das sind alle! Aber dein Weg ist vorgezeichnet: Alles Kleine wird dich meiden, alles Schwache vor dir fliehen. Die Macht wird dich wie ein goldener Mantel umgeben. Vernichtung wird deinen Weg säumen, wenn du dich unter Sterbliche begibst. Dein Name wird durch den gesamten Kosmos genannt werden, und selbst die werden vor ihm zittern, die sich bisher vor nichts gefürchtet haben.

»Das verstehe ich noch immer nicht«, beklagte sich Rhodan. »Was ist meine Aufgabe?«

Das, was sich nicht vermeiden lässt!, antwortete die Mentalstimme kühl. *Unsere Unterredung ist nun beendet! Ich werde dich wiedersehen, und bei jeder Begegnung wird deine Machtfülle größer!*

»Halt!«, rief Rhodan. »Ich will ...«

Im dritten Auge der Statue blitzte es auf, und er fühlte sich wieder in den mahlenden, brausenden Wirbel gerissen, der ihn zurückführte in seine gewohnte Umgebung.

Aber war sie es wirklich? Er sah eine Wand aus Feuer und Qualm. Inmitten dieses Chaos gewahrte er, in goldenes Leuchten gehüllt, eine menschliche Gestalt. Atlan! Er war also zurückgekehrt. Aber seine Rückkehr bedeutete eine Katastrophe für die Welt, der er angehörte.

»Ein neuer Flackereffekt wurde soeben gemeldet! Ich hoffe, dass ...« Ennea Gheet verstummte, als der Alarm aufheulte.

»... schwere Explosionen im Sektor Cäsar, Decks Q-achtzehn bis Q-dreiundzwanzig. Der gesamte Sektor ist sofort zu evakuieren. Roboter auf dem Weg zur Unfallstelle«, verkündete der Interkom-Rundruf.

Die Hyperphysikerin wirkte äußerlich ruhig, doch ihre Stimme klang nur mühsam beherrscht. »Der Effekt ist ein drittes Mal aufgetreten«, fuhr sie fort. »Ich weiß noch nicht, ob Rhodan oder Atlan davon betroffen war, aber die Buffalo-Coat-Felder verlieren ihre Wirksamkeit. Die beiden Aktivatorträger müssen umgehend von Bord gebracht werden!«

Ihre Zuhörerschaft bestand aus Geoffry Waringer und mehreren Wissenschaftlern aus Hamillers Stab. Unter ihnen einer der Männer, die sie auf nicht allzu freundliche Weise von den Arbeiten im Klimaschacht abgezogen und für das Strukturriss-Projektor-Vorhaben abgestellt hatte.

»Was ist mit dem Projektor?«, fragte sie ihn. »Sind wir schon weit genug, dass wir Rhodan und Atlan sagen können, was wir mit ihnen vorhaben?«

»Die Leute brauchen noch vier bis fünf Stunden.«

»Dann transportieren wir beide ohne ihr Wissen. Geoffry – kann ich auf Sie zählen?«

Waringer nickte knapp.

»Die Buffalo-Coat-Feldgeneratoren müssen hochgefahren werden!«, drängte die Frau. »Und wenn wir die Hälfte aller Leistungsreserven der BASIS anzapfen – wir müssen den Sektor Cäsar besser schützen. Vor allem den Schacht, der von dort zur Lastschleuse führt, eingeschlossen die Schleuse selbst.«

Sie wandte sich wieder an den Mann, mit dem sie vor Waringer gesprochen hatte. »Sehen Sie zu, dass der Strukturriss-Projektor schnellstens fertiggestellt wird! Wenn Sie mehr Leute brauchen, lassen Sie es mich wissen.«

Der Angesprochene wehrte ab. »Wir schaffen es!«, versprach er. »Geben Sie uns drei Stunden!«

»Zwei ...«, erwiderte Gheet. »Das muss reichen.«

»Wie haben Sie vor, Rhodan und Atlan nach draußen zu befördern?«, fragte jemand aus dem Hintergrund.

»Wir haben Telekineten an Bord, nicht wahr?«, sagte die Hyperphysikerin.

Perry Rhodan verstand. Seine hyperenergetische Aura hatte durch den zweiten Besuch auf Green Darkness eine weitere Intensivierung erfahren. Das energetische Schutzfeld in der Halle war dem zerstörerischen Ansturm nicht mehr gewachsen. Es kam zu Überschlägen und denselben Effekten wie schon auf der Oberfläche von Partocs Burg.

Rhodan kannte das Ausmaß der Schäden nicht, die er anrichtete. Er blieb nun ständig in Bewegung, aber das schien nicht viel zu helfen.

Endlich spürte er, dass die künstliche Schwerkraft nachließ. Augenblicke später war sie völlig verschwunden. Er atmete auf und stieß sich leicht vom Boden ab, brachte sich mit viel Mühe in eine Position, in der er von Boden und Decke annähernd gleich weit entfernt war. So richtete er vielleicht den geringsten Schaden an. Über seinen Standort relativ zu den Hallenwänden konnte er keine Aussage machen, denn Feuer und Qualm behinderten die Sicht.

Atlan trieb durch den Dunst auf ihn zu. Der Arkonide machte eine hilflos anmutende Geste. Rhodan gab sich einen Ruck, er wollte nicht mit Atlan zusammenstoßen. Doch anstatt dem Arkoniden auszuweichen, hielt er nun geradewegs auf ihn zu.

Da geschah das Seltsame. Atlan, ebenso schwerelos wie Rhodan, schien jäh gegen ein unsichtbares Hindernis zu stoßen. Schon in der nächsten Sekunde schwebte er zurück und verschwand in dem Brodeln von Feuer und Qualm.

Eine unsichtbare Kraft griff auch nach dem Terraner. Er fühlte sich sanft beschleunigt. Grünlich brauner Dunst wirbelte an ihm vorbei. Nur hin und wieder nahm Rhodan undeutlich Umrisse von Gegenständen wahr. Schließlich befand er sich in einem weiten, röhrenförmigen Stollen. Rings um ihn, wo seine Aura die Wände berührte, blitzte es unaufhörlich. Aufglühendes Metall spritzte in alle Richtungen. Auch hier wurde der Qualm rasch dichter.

Am Ende des Stollens erblickte Rhodan allerdings die von Sternen übersäte Schwärze des Weltalls. Offensichtlich hatte jemand an Bord der BASIS die einzig mögliche Lösung des Problems erkannt und ohne zu zögern gehandelt. Die beiden Aktivatorträger durften nicht an Bord bleiben.

Nur eine Kraft konnte die in ihren hyperenergetischen Hüllen gefangenen Männer bewegen: Telekinese.

Rhodan atmete auf, als die Mündung des Stollens an ihm vorbeiglitt und er in die Leere hinaustrieb.

»Die Mutanten sind erschöpft«, sagte Geoffry Waringer hart. »Auf ein hyperenergetisches Gebilde dieser Art einzuwirken bereitet ihnen körperlichen Schmerz. Sie könnten sogar zu Schaden kommen.«

Ennea Gheet sah von ihren Unterlagen auf. »Ich hatte so etwas befürchtet. Gott sei Dank ist die Gefahr fürs Erste vorüber. Wenn wir Glück haben, brauchen wir die Hilfe der Telekineten in diesem Zusammenhang nicht mehr.«

»Was wird jetzt?«, wollte Waringer wissen. »Die BASIS bewegt sich im Schleichflug, um Perry und Atlan nicht zu verlieren. Und wir haben registriert, dass sich Fahrzeuge der Demontagetrupps wieder Partocs

Burg nähern. Ich weiß nicht, wie hoch wir die Gefahr einschätzen sollen, dass sie die BASIS angreifen werden.«

»Glauben Sie wirklich, dass wir mit ihnen nicht fertig werden können?«, fragte Ennea Gheet.

Waringer hob die Schultern. »Wir wissen wenig über die Demonteure. Außerdem befinden wir uns in einer äußerst verwundbaren Position.«

Gheet lächelte matt. »Es wäre fantastisch, würde jemand einen Mechanismus ersinnen, mit dem wir Rhodan und Atlan auch bei höherer Geschwindigkeit schleppen könnten.«

Vom Eingang her ertönte ein krächzendes Husten. »Gerade aus diesem Grund bin ich hier. Ich glaube ...«

»Payne!«, stieß die Frau hervor. »Payne Hamiller, ich dachte, dich hätten sie ... Ich meine, Sie wären noch ...«

Hamiller grinste breit. »Es kann nicht viel passieren«, behauptete er schwer atmend. »Die Quacksalber haben mich nach wie vor auf dem Monitor. Falls ich wieder kurz vor dem Umkippen bin, kommt einen Roboter, der mich abholt.«

Er ging auf die Hyperphysikerin zu, und sie machte ihm bereitwillig Platz an der Arbeitskonsole.

»Ich dachte an ein kugelförmiges Traktorfeld, bestehend aus zwei gegenläufig gepolten Feldhüllen. Dadurch müsste im Innern des Feldes eine neutrale Zone entstehen, in der die Hyperenergie kein Unheil anrichten kann. Gleichzeitig stellte das Feld einen unauflöslich mit der BASIS verbundenen Raumsektor dar. Nach meiner Überlegung könnten wir mit dieser Konstellation sogar durch den Linearraum gehen.«

»Was für eine Idee!«, stieß Waringer anerkennend hervor. »Zwei gegenläufig gepolte Feldhüllen! Das erzeugt absolute Neutralität! Aber wie lässt sich ein solches Feld stabilisieren?«

Hamiller grinste. »Rechnerisch kein Problem. Wir haben die entsprechenden Aggregate an Bord. Einige Vorbereitungen sind allerdings nötig.«

»Uns bleibt wenig Zeit«, warnte Ennea Gheet. »Die Demonteure werden womöglich nicht mehr lange zusehen.«

»Immer macht einem die Politik einen Strich durch die Rechnung«, knurrte Hamiller ärgerlich. »Wie steht es mit dem Strukturriss-Projektor?«

»Die Arbeiten sind so gut wie abgeschlossen. Ich erwarte jeden Augenblick die Mitteilung, dass der Projektor einsatzbereit ist.«

»Eine stabile Kommunikation mit Rhodan und Atlan nähme uns eine Sorge ab«, sagte Hamiller.

»Wohin fliegen wir, wenn wir die beiden Männer sicher haben?«, fragte die Hyperphysikerin.

»Zu Ariolcs Burg, wohin sonst?« Hamiller war leicht erstaunt. »Es sei denn, es hat sich in der Zwischenzeit ...«

»Es hat sich.« Gheet berichtete von den Beobachtungen im Zusammenhang mit der Sonne Mofura. Sie schloss: »Es kann keinen Zweifel daran geben, dass das seltsame Verhalten der Auren durch die Impulsschauer von Mofura beeinflusst, wenn nicht sogar gesteuert wird. Wir dürfen das nicht außer Acht lassen.«

Perry Rhodan und Atlan schwebten etwa sechs Kilometer über dem gewölbten Rücken der BASIS. Auf der größten der Landeplattformen unter ihnen stand ein Schlachtschiff der GALAXIS-Klasse startbereit.

Rhodans Gedanken weilten auf Green Darkness. Bei seinem sicher kommenden nächsten Besuch auf dem Planeten wollte er besser vorbereitet sein. In erster Linie beschäftigte ihn die telepathische Stimme, die zu ihm gesprochen hatte. War sie wirklich eine lebende Stimme gewesen – oder nur das Geplapper einer vor langer Zeit aufgezeichneten Sendung mit telepathischem Inhalt?

Er entsann sich, dass die mentalen Impulse unpersönlich geklungen hatten, aber zugleich auch, dass er einen leisen Spott in den fremden Gedanken zu erkennen geglaubt hatte. Beides passte nicht recht zusammen. Er musste in Erwägung ziehen, dass technisch weit fortgeschrittene Zivilisationen telepathische Aufzeichnungen mit simuliertem »Gefühl« versehen konnten.

Perry Rhodan neigte zu der Ansicht, dass seine Übertritte nach Green Darkness zufällig erfolgt waren. Er glaubte nicht, dass es in dieser entlegenen Ecke des Universums eine Macht geben könne, die ausgerechnet ihn und Atlan als Empfänger einer neuen Machtfülle auswählen würde.

Er wurde in seinen Überlegungen abgelenkt, denn etwas kam auf ihn zu. Es war eine schimmernde, durchsichtige Kugel, die in ihrem Innern etwas enthielt, was wie ein Notizblock wirkte. Dieses seltsame Objekt schien von der BASIS zu kommen.

Rhodan hielt unwillkürlich den Atem an, als die schimmernde Kugel seine Aura berührte. Er erwartete eine heftige Reaktion, doch statt aufzuglühen, verschmolz die Kugel mit der Aura. Er streckte hastig die Hand aus – und bekam einen Gegenstand zu fassen, der sich tatsächlich als Block aus mehreren zusammengehefteten Schreibfolien entpuppte. *Erster Versuch einer neuen Kommunikationsmethode,* stand auf dem Deckblatt.

Er bog die Folie zurück und fand darunter weitere ausgedruckte Nachrichten. Zuerst war die Rede von dem Schaden, der an Bord der BASIS entstanden war. Dann gab es eine kurze Abhandlung über eine

Sonne namens Mofura, die eigenartige hyperenergetische Impulse emittierte, die offenbar mit dem Aufblähen der Auren zu tun hatten. Zum Schluss war in der trockenen Diktion Payne Hamillers angegeben, wie die beiden Aktivatorträger mithilfe eines »bidirektional gepolten Traktorfelds« an die BASIS gefesselt werden sollten, sodass erstens ihnen selbst kein Schaden entstand und zweitens die Beweglichkeit des Trägerschiffs im Einstein- und Linearraum erhalten blieb.

Rhodan las mit wachsendem Staunen. Er blickte zu Atlan hinüber, der nicht weiter als fünfzig Meter entfernt war, und zeigte dem Arkoniden den Block. Er konnte nicht erkennen, ob Atlan tatsächlich verstand.

An den Folien hing ein Vakuumstift. Rhodan schrieb auf, was er über die Vorgänge in Partocs Burg wusste. Bislang hatte er nur mit wenigen Worten darüber informieren können, dass die Kosmischen Burgen der ehemaligen Mächtigen sich im Mikrokosmos befanden. Nun ließ er sich ausführlich darüber aus.

Er schrieb fast eine ganze Stunde lang, dann schob er den Vakuumstift zurück. Der Block begann zu leuchten und bewegte sich von ihm fort. Mit dem erneuten Durchdringen der Aura erschienen die Folien wie zuvor in eine transparente Kugel gehüllt. Schon nach wenigen Sekunden war sie Rhodans Blicken entschwunden.

Hamiller verschlang die Mitteilungen des Aktivatorträgers mit dem Eifer des eingefleischten Wissenschaftlers, vor dessen Auge sich eine neue Welt voller abenteuerlicher Hypothesen auftat. Die Kosmischen Burgen im Mikrokosmos! Jetzt hatte er es definitiv schriftlich. Welch eine fantastische Vorstellung – und wie nahtlos erklärte sie Dinge, an denen die Wissenschaftler der BASIS seit Wochen ergebnislos herumrätselten.

Hamiller schrak auf, als Ennea Gheet sein kleines Labor betrat.

»Was macht das Bipolarfeld?«, wollte sie wissen.

»Ich lasse soeben die Hyperstatik berechnen. Haben Sie Rhodans Nachricht gelesen?«

»Den Anfang überflogen«, antwortete Gheet. »Wir haben keine Zeit zu verlieren. Ein Schwarm von Fahrzeugen nähert sich der Burg. Sie ignorieren den Schiffsverband, mit dem Kanthall die BASIS deckt.«

In einem Datenholo erschienen die Ergebniskolonnen. Hamiller atmete geräuschvoll aus. »Die Hyperstatik stimmt!«, rief er erregt. »Wir können die Feldprojektoren in etwa einer Stunde in Betrieb nehmen.«

Roi Danton meldete sich über Interkom. Seine Miene wirkte undurchdringlich. »Was macht das Bipolarfeld?«, erkundigte er sich. »Wie lange noch?«

»Etwa eine Stunde«, antwortete Hamiller knapp.

»Kanthall kann die Front nicht mehr halten, vor allem will er keine Verluste riskieren. Die Demonteure haben einen seiner Kreuzer halb wrack geschossen. Sein Abwehrfeuer bleibt allem Anschein nach wirkungslos.«

»Wir setzen alle Hebel in Bewegung!«, erklärte der Wissenschaftler.

»Gibt es einen Alternativplan?«, wollte Danton wissen.

»Keinen – es sei denn, wir wollten Atlan und deinen Vater im Stich lassen. An Bord der BASIS können wir sie nicht wieder aufnehmen, das wäre unser Untergang.«

Perry Rhodan hatte den Start eines Verbands von achtundzwanzig Leichten Kreuzern aufmerksam registriert. Mittlerweile wurde er ständig durch die von Hamiller als Strukturrissverfahren bezeichnete Methode mit Informationen versorgt. Er wusste deshalb, dass an Bord der BASIS kaum noch jemand den Demonteuren traute. Die Androiden zeigten ein auffälliges Interesse an dem terranischen Fernraumschiff. Für den Fall, dass es zu Auseinandersetzungen kommen würde, hatte Jentho Kanthall die Aufgabe übernommen, die Feindseligkeiten von der BASIS fernzuhalten. Er führte den Befehl über die Leichten Kreuzer.

Rhodan bemerkte, dass Atlan inzwischen ebenfalls Nachrichten von der BASIS erhielt. Das gab ihm die Möglichkeit, wenn auch auf einem Umweg, mit dem Arkoniden Informationen über Green Darkness auszutauschen. Er bat zunächst um eine eingehende Beschreibung der Phänomene, die Atlan unmittelbar vor der Intensivierung seiner Aura beobachtet hatte.

Rhodan wartete noch auf die Antwort, als ein Leichter Kreuzer sich der BASIS näherte. Ein großer Rumpfbereich des Schiffes war geschwärzt und vom Triebwerksringwulst fehlte ein Stück.

Offensichtlich wurde das Schiff von Traktorstrahlen in einen Hangar bugsiert. Der Kreuzer war nur noch beschränkt navigationsfähig. Rhodan bezweifelte nicht, dass der Kugelraumer zu Kanthalls Verband gehörte. Der Gegner meinte es offenbar ernst.

Kurze Zeit später erhielt er eine unmissverständliche Information: *Die Demonteure sind auf dem Vormarsch. Kanthall zieht sich zurück. Wir hoffen, das Bipolarfeld rechtzeitig einsetzen zu können.*

Der Bipolar-Projektor wurde in einem leeren Lagerraum unmittelbar unter der Außenhülle der BASIS installiert. Die geräumige Halle lag unterhalb der Zentralplattform, die den Ankerplatz für ein Schlachtschiff der GALAXIS-Klasse bildete.

Ein Trupp von fünfzehn Technikern und mehr als vierzig Robotern war mit der Installation des schweren Geräts beschäftigt. Payne Hamiller überwachte die Arbeiten und legte selbst mit Hand an. Er hatte keine Zeit, sich um Dinge zu kümmern, die nicht unmittelbar mit dem Aufbau des Projektors zu tun hatten. Diese Aufgabe war Ennea Gheet zugefallen, vor allem musste sie Hamiller über Aktionen des Gegners auf dem Laufenden halten.

Roi Danton und Reginald Bull hatten inzwischen einen Alternativplan für den Fall entwickelt, dass die Installation des Projektors nicht rechtzeitig abgeschlossen werden könne. Bull selbst besprach mit Gheet die Einzelheiten.

»Eigentlich wollten wir Feindseligkeiten grundsätzlich aus dem Weg gehen. Aber diese Strategie hat ihre Grenzen. Wenn die Demonteure uns zu sehr zusetzen, müssen wir uns wehren. Jentho Kanthall versucht noch eine Hinhaltetaktik, und er macht seine Sache so gut, wie es unter den Umständen möglich ist. Ich rechne, es werden noch rund fünfzehn bis zwanzig Minuten vergehen, bevor er sich auf die BASIS zurückziehen muss. Ist der Projektor bis dahin nicht einsatzbereit, müssen wir auf ein größeres Kaliber umschalten, um uns die Demonteure so lange wie möglich vom Leibe zu halten.

»Womöglich ist der Gegner technisch so hoch überlegen, dass ihn auch das *größte Kaliber* nicht beeindruckt«, kommentierte Ennea Gheet.

»Deswegen brauchen wir einen Alternativplan«, bestätigte Bull. »Wenn die BASIS sich nicht wirkungsvoll verteidigen kann, wird sie die Flucht ergreifen.«

»Und die beiden Männer dort draußen?«

»Sie bleiben dann zurück. – Wolle Gott, dass es so weit nicht kommt!«

Bulls Wunsch erfüllte sich nicht, denn in dem Moment wurde die Alarmmeldung durchgegeben: »Die Demonteure haben Kanthalls Front durchbrochen und stoßen direkt zur BASIS vor!«

Bull musterte die soeben aktualisierte Fortschrittsanzeige für die Inbetriebnahme des Bipolar-Projektors. »Noch acht Minuten«, murmelte er tonlos. »In acht Minuten kann die Welt untergehen.«

Perry Rhodan sah zwischen den Sternen einen winzigen Lichtpunkt heller werden. Was immer sich dort näherte, bewegte sich mit höllischem Tempo.

Weitere Punkte erschienen – acht insgesamt, und alle wurden ungewöhnlich schnell heller. Das konnten keine der Leichten Kreuzer sein. Offenbar hatten die Gegner Kanthalls Widerstand gebrochen und kamen nun heran.

Offensichtlich verzögerten die Schiffe mit extrem hohen Werten. Rhodan erkannte schon die stark aufgewölbte Diskusform der Kleinraumschiffe. In enger Formation näherten sie sich der BASIS und fächerten auf. Eine der Scheiben beschleunigte erneut, sie raste dicht über den Rücken der BASIS hinweg. Wahrscheinlich flog sie sofort danach eine enge Kurve, denn sie kehrte Augenblicke später zurück. Abbremsend zog sie an dem GALAXIS-Raumer auf der Hauptplattform der BASIS vorbei.

Rhodan erkannte, wonach die Demonteure Ausschau hielten. Sie wollten sich nicht mit der BASIS anlegen, vielmehr suchten sie nach den beiden Männern, denen auf Partocs Burg ein so ungewöhnliches Schicksal widerfahren war. Nur damit ließ sich erklären, dass der Diskus wenige hundert Meter über Rhodan und Atlan stoppte und dass die übrigen sieben Schiffe ebenfalls näher kamen.

Rhodans verzweifelter Blick galt der BASIS. An Bord schien man abzuwarten.

Die Diskusschiffe formierten sich zu einem engen Kreis. Von jedem dieser kleinen Schiffe ging nun ein matt flirrendes Strahlenbündel aus. Nahe vor Rhodan vereinigten sich die acht Bündel zu einem flimmernden Feld ...

Plötzlich sah er die BASIS in Bewegung geraten. Er verstand im selben Sekundenbruchteil, dass in Wahrheit er seinen Standort veränderte. Die flimmernden Strahlen waren Traktorfelder, die ihn an Bord eines der Diskusschiffe holten.

Bei der BASIS blieb weiterhin alles ruhig.

Payne Hamiller war überaus konzentriert, als er an den Kontrollen des Bipolar-Projektors hantierte. Vor ihm zeigte ein Hologramm die in ihre leuchtenden Auren gehüllten Aktivatorträger. Soeben schien sich etwas wie ein dünner Schleier über das Bild gelegt zu haben. Hamiller hatte keine Erklärung für diesen Effekt. Er konnte auch nicht darüber nachdenken, denn es ging um Sekunden, die über das Leben der beiden Männer entschieden.

»Acht gegnerische Schiffe versuchen, Rhodan und Atlan mit Traktorstrahlen zu bergen«, kam die Meldung aus der Zentrale. »Jedes weitere Zögern wäre unverantwortlich. Wir eröffnen das Feuer!«

Hamiller zuckte heftig zusammen. »Auf keinen Fall!«, rief er. »Wenn das Bipolar-Feld und eine Strahlsalve einander beeinflussen, gibt das eine Katastrophe. Wir ... – Geschafft! Rhodan und Atlan sind sicher! Die BASIS soll Fahrt aufnehmen!«

Ein greller Blitz zuckte auf. Perry Rhodan gewann den Eindruck, dass sich eine milchig trübe Schicht zwischen ihn und die acht Diskusschiffe geschoben hatte. Der Blitz war in dieser Schicht entstanden, hatte sich entlang der Traktorstrahlen ausgebreitet und hüllte die Diskusse in energetische Entladungen.

Rhodan verstand intuitiv, dass die milchige Schicht ein Energiefeld sein musste, mit dem Atlan und er geschützt werden sollten. Dass dieses Feld mit den Traktorstrahlen der Demonteure in Wechselwirkung treten würde, mochte ein unerwarteter Nebeneffekt sein. Von heftigen Entladungen umgeben, trieben die acht Diskusschiffe auseinander.

Im nächsten Moment fielen sie ruckartig zurück und verschwanden. Die BASIS beschleunigte, das erkannte Rhodan deutlich. Das milchige Leuchten hatte Bestand, es hielt die beiden hyperenergetischen Auren fest.

Damit waren die Probleme zwar noch nicht gelöst, aber sie wurden wieder ein Stück erträglicher.

»Ein kleiner Teufel ist das dort«, bemerkte Payne Hamiller, nachdem er die von den Sonden eingehenden Daten überflogen hatte. »Durchmesser 150.000 Kilometer, Oberflächentemperatur 35.000 Grad, 150-fache Sonnenmasse.«

Die intensiv blaue Sonne hatte nur zwei Planeten. Der innere, eine glutflüssige Welt, war noch namenlos. Der äußere, ebenfalls sehr ungastlich, hatte von den Terranern den Namen Prisor erhalten.

Ennea Gheets Blick wanderte zu dem Holoschirm, auf dem Perry Rhodan und Atlan zu sehen waren. Beide hatten den Linearflug ohne Schaden überstanden, sie waren nach wie vor in die golden leuchtenden Auren gehüllt.

»Wir müssen sie darüber informieren, was wir hier vorhaben«, sagte Hamiller. Er fuhr sich mit einer Hand durchs Haar und machte ein missmutiges Gesicht. »Eigentlich folge ich einer äußerst vagen Idee – aber so ganz bin ich mir auch darüber noch nicht im Klaren.«

6.

Roi Danton sah auf, als er das summende Geräusch des aufgleitenden Schotts vernahm. Er war überrascht, Laire zu sehen. Der zweieinhalb Meter große Roboter war von ästhetischer Schlankheit und wirkte, als sei er aus einem Stück geschaffen. Seine Hülle aus dunklem, nicht reflektierendem Metall ließ keine Gelenke erkennen, aber dennoch bewegte er sich elegant und leicht, wobei sich an den Gliedmaßen mitunter leichte Falten bildeten.

Laire hatte sechsfingrige Hände, die früher sensitiv, feinfühlig gewesen sein mochten. Seit langer Zeit waren die Fingerspitzen jedoch ausgeglüht und tot.

Der Schädel des Roboters war durchaus humanoid; Mund, Nasen- und Ohrenöffnungen wurden durch Schlitze angedeutet. Laires rechtes Auge wirkte wie ein Diamant, und er war so groß, dass ihn die Augenhöhle kaum zu fassen vermochte. Die linke Augenhöhle dagegen war leer – ausgeglüht.

»Ich will erfahren, wann die BASIS Kurs auf die terranische Galaxis nimmt«, sagte der Roboter mit tiefer, kraftvoller Stimme.

»Das weiß ich selbst noch nicht«, antwortete Danton, ohne zu zögern.

»Ich bin mir der Situation bewusst«, kommentierte der Roboter. »Aber für mich ist es von höchster Bedeutung, so schnell wie möglich die Milchstraße zu erreichen. Mein linkes Auge wird nicht ewig dort zu finden sein.«

Loower hatten Laire das Auge geraubt, und seine Suche, über eine Ewigkeit hinweg, hatte nie den erhofften Erfolg gezeigt.

Erst seit Kurzem wusste Laire, wohin sein Auge verschleppt worden war.

Roi Danton musterte den Roboter ruhig.

»Wir alle haben Probleme, Laire. Da nicht alle Probleme gleichzeitig gelöst werden können, müssen wir ihnen Prioritäten zuweisen. Die Lösung des wichtigsten Problems erfolgt zuerst, danach kommen die anderen.«

Laire antwortete nicht sofort.

»Ich danke dir für die Aufklärung über das Prioritätenprinzip der terranischen Logik«, erwiderte er nach einigen Sekunden, und es schien, als schwinge eine Spur von Spott in seiner Stimme mit. »Es unterscheidet sich nicht wesentlich von dem Prinzip, an das ich gewöhnt bin. Du gibst mir also zu verstehen, dass dieses Schiff die Milchstraße selbst in naher Zukunft noch nicht anfliegen wird?«

»So ist es!« Danton nickte mit Nachdruck.

Wortlos wandte Laire sich um und ging.

Laire war über Jahrzehntausende hinweg in der Rolle des Alles-Rads der Alleinherrscher über die Zivilisation der Wynger in der Galaxis Tschuschik gewesen. In grauer Vergangenheit war er zudem das einzige Bindeglied zwischen den sieben Mächtigen und den Kräften jenseits der Materiequellen gewesen. Da er durchaus menschlich wirkte und keineswegs wie ein herkömmlicher Roboter, bewohnte er an Bord des terranischen Fernraumschiffs mehrere Räume. Diese Wohnung teilte er mit dem Ka-zwo Augustus, der sich vor Kurzem entschieden hatte, für Laire zu arbeiten. Augustus war selbst ein Roboter, ein Relikt aus der Zeit der Aphilie, der Lehre der reinen Vernunft.

»Die BASIS wird nicht ins Solsystem zurückkehren«, eröffnete Laire, als er die Unterkunft betrat. »Das bedeutet, dass eine Situation entstehen muss, mit der die BASIS zur Umkehr gezwungen wird.«

Augustus trug noch heute die einstige gelbbraune Uniform der Aufpasser der Aphilie. Er hatte einen starren Blick, und seine Stimme klang blechern. »Einiges wird von der Rettungsaktion für Rhodan und den Arkoniden abhängen«, erwiderte er.

»Die erforderlichen Maßnahmen verzögern den Aufbruch der BASIS weiterhin«, bestätigte Laire.

»Nicht nur das. Wenn beide Männer gerettet werden, übernimmt Rhodan wieder das Kommando. Ihn wirst du aber nie davon überzeugen können, dass er die Suche nach den Kosmischen Burgen abbrechen und nach Terra zurückkehren muss.«

»Deine Analyse ist korrekt«, lobte Laire. »Wenn es gelänge, Atlan zu retten und die Hilfe für Rhodan eine Zeit lang hinauszuschieben, dann gäbe es eher eine Aussicht. Der Arkonide ist besorgt über die Entwicklung in der Milchstraße. Er hat nicht das unerschütterliche Vertrauen in Julian Tifflor wie Rhodan. Wir müssen also eine Möglichkeit finden, die Pläne der Schiffsleitung zu ändern!«

Während Laire in seinem Quartier konspirierte, arbeiteten die Wissenschaftler Payne Hamiller, Waringer und Ennea Gheet bis zur Erschöpfung. Hamillers Bipolarfeld funktionierte in jeder Hinsicht erwartungsgemäß. Dadurch wurde verhindert, dass die flammenden Auren Perry Rhodans und Atlans mit Materie des Normaluniversums in Berührung kamen und ihre zerstörerische Wirkung entfalteten.

Vor der BASIS hing die blaue Sonne Mofura im Raum. Die Analyse der von Mofura ausgehenden Hyperimpulse verursachte beträchtliche Schwierigkeiten. Sie lagen am Rand des ultrahochfrequenten Strahlungsspektrums, für das es nur unzureichende Messverfahren gab und dessen Bedeutung der terranischen Wissenschaft bisher unklar geblieben war. Überhaupt wurde vermutet, dass dies der Bereich psionischer Vorgänge war. Doch es gab bislang nicht mehr als skizzenhafte Arbeitshypothesen zu diesem Thema.

Ennea Gheet, mit dem Hamiller'schen Relationenmodell der Kontinua und dessen ultrakomplexer Algebra vertraut, hatte die mittlere Frequenz der den Impulsen zugrunde liegenden Schwingungen errechnet. Das Ergebnis lautete auf eine Größenordnung von zehn Gigahef – hyperenergy equivalent frequency. Von der Annahme ausgehend, dass das Hef die Charakteristik hyperenergetischer Strahlung in ähnlicher Weise beschrieb wie das Hertz das Verhalten elektromagnetischer Strahlung, gelangte die Hyperphysikerin zu dem Schluss, dass es sich bei den Impulsen der Sonne Mofura um Phänomene handelte, die am ehesten mit ultraharter Gammastrahlung im elektromagnetischen Spektrum zu vergleichen waren.

Während Gheet mit der Analyse der Hyperimpulse befasst war, widmete Hamiller seine Aufmerksamkeit Mofuras beiden Planeten. Die innere Welt war ein glutflüssiger Ball mit einer Atmosphäre aus Metalldämpfen. Die äußere, Prisor, zeigte sich ebenfalls als Hölle, wenn auch in abgeschwächter Ausprägung. Als Einseitendreher wandte Prisor seiner Sonne stets dieselbe Seite zu, und ein Prisor-Tag war gleich einem Prisor-Jahr. Auf der Tagseite des Planeten herrschten Temperaturen, bei denen die meisten Metalle nur in flüssigem Zustand existieren konnten. Auf seiner Nachtseite war es bitterkalt. Der Planet besaß jedoch eine Atmosphäre, und in einer schmalen Zone entlang des Terminators schienen einigermaßen erträgliche Bedingungen zu herrschen – wenn man von den Orkanen absah, die dort zur Tagesordnung gehörten.

Doch das interessierte Hamiller nur beiläufig. Er hatte festgestellt, dass Prisor ein vergleichsweise intensiver Hyperstrahler war. Die von dem Planeten ausgehenden Impulse lagen in demselben hochfrequenten Bereich wie die Schauer, die nach Ennea Gheets Hypothese den Flackereffekt verursachten.

Für Hamiller ergab sich damit die Notwendigkeit, dass Perry Rhodan und Atlan für weitere Untersuchungen auf die äußere Welt gebracht werden mussten. Die BASIS selbst konnte Prisor nicht anfliegen, der Transport der beiden Männer innerhalb des Bipolarfelds schied also aus. Ein Fahrzeug musste für Rhodan und Atlan hergerichtet werden, und es würde die Berührung mit den Auren nicht überstehen.

Eine Korvette wurde entsprechend vorbereitet. Die Wandungen der

Gänge und Räume, mit denen die beiden Aktivatorträger während des Fluges in Berührung kommen würden, wurden mit einem Buffalo Coat verkleidet. Dieses energetische Formfeld ließ die zerstörerische Wirkung der beiden Auren zumindest verzögert ablaufen.

Inzwischen schwebten Perry Rhodan und Atlan nach wie vor hoch über dem gewölbten Rücken der BASIS.

Der sechzig Meter durchmessende kleine Kugelraumer verließ den Schatten der BASIS und glitt auf die beiden Männer zu. Aus einer geöffneten Schleuse im Äquatorbereich ragten zwei mit Buffalo Coat beschichtete lange Stahlstäbe hervor. Perry Rhodan ergriff einen der Stäbe und zog sich daran in die Schleusenkammer hinein. Atlan folgte ihm dichtauf.

Rhodans erster Impuls war, den gewiss kurzen Flug in der Schleuse abzuwarten. Aber schon reagierten die Wände und der Boden unter dem Einfluss seiner hyperenergetischen Aura und glühten auf. Zugleich fühlte Rhodan sich angestoßen. Es war Atlan, der ihn geradezu vor sich herstieß, tiefer ins Innere der Korvette.

Perry wurde in dem Moment bewusst, dass er keine Schwerkraft spürte. Zweifellos war das künstliche Gravitationsfeld der Korvette abgeschaltet worden, um seine und Atlans Lage zu erleichtern. Ein Bodenkontakt hätte schnell irreparable Schäden hervorgerufen.

Durch den nächstgelegenen Antigravschacht glitt Rhodan hinab zu den unteren Decks. Dort befanden sich die Shift-Hangars und Laderäume – die größten Hallen an Bord. Die Hangars waren ausgeräumt worden. Rhodan stoppte seine Bewegung ungefähr im Mittelpunkt der Halle. Atlan schwebte gleich darauf nahe neben ihm.

Eine Zeit lang widerstand der schimmernde Buffalo Coat den zerstörerischen Kräften der goldenen Auren. Aber seine abschirmende Wirkung wurde schwächer. Rhodan bemerkte, dass an einigen Stellen der Glanz der Formenergieschicht verblasste. Der Zerstörungsprozess ließ sich nicht aufhalten. Schon platzten an den Wänden glühende Blasen auf.

Rhodan schwebte auf den breiten Antigravschacht zu und glitt durch die Einstiegsöffnung. Seine Aura berührte die Schachtwand und reduzierte seine Vorwärtsbewegung. Der Buffalo Coat wurde matter.

Rhodan ließ sich zum untersten Deck des Verladebereichs absinken. Atlan folgte ihm.

Diesmal bewegten sie sich mit mäßiger Geschwindigkeit im Kreis, um die Wandstrukturen immer nur für wenige Sekunden mit ihrer Aura zu belasten.

Die von Payne Hamiller überwachte Fernsteuerung beschleunigte die Korvette mit dem höchstmöglichen Wert von achthundert Kilometern in der Sekunde. Innerhalb weniger Minuten erreichte das Schiff die Eintrittsgeschwindigkeit für den Linearflug. Die Etappe war auf eine Reichweite von wenig mehr als neun Lichtstunden programmiert. In einer kaum messbaren Zeitspanne überwand die Korvette eine Distanz von mehr als zehn Milliarden Kilometern in Richtung Prisor.

»Deutliche Energieechos!«, meldete Ennea Gheet. »An Bord ereignen sich Explosionen!«

Hamiller stand der Schweiß auf der Stirn. Der Buffalo Coat war früher zusammengebrochen, als er befürchtet hatte. Die Korvette verzögerte mit Höchstwerten, während sie auf den Planeten zuschoss.

»Triebwerkstätigkeit?«

»Planmäßig und ungestört!«

Hamiller atmete auf.

Die Korvette drang über Prisors Nachtseite in die Atmosphäre ein und raste dem Terminator zu. Wie ein fallender Meteorit musste sie jetzt schon einen kilometerlangen Glutschweif hinter sich herziehen.

»Erste Schäden an der Außenhülle!«, rief Gheet warnend.

Endlich war die Restgeschwindigkeit des kleinen Kugelraumers aufgezehrt. Das Schiff sackte wie ein Stein in die Tiefe. Die Landebeine waren schon ausgefahren. Das Steuerprogramm würde die Korvette ruckartig abbremsen.

»Neutralisator fällt aus!«

Hamiller ballte die Hände. »Nur noch ein paar Sekunden!«, knurrte er, und das klang wie ein Stoßgebet.

»Das Triebwerk flackert ...!«

Die letzten Sekunden dieses irrwitzigen Landemanövers waren für Payne Hamiller wie ein Albtraum. Als das Triebwerk der Korvette versagte, sackte das Fahrzeug ab. Die von dem Beiboot gesendeten Datenströme waren sekundenlang wirr und enthielten kaum verwertbare Informationen, dann brachen die Frequenzen nacheinander weg. Das konnte nur bedeuten, dass das Schiff beim Aufprall zerstört war.

Gram und Bitterkeit spiegelten sich in Hamillers Miene.

»Da ist immer noch was!«, murmelte Ennea Gheet. »Unsere Ortungen lassen hinreichend Einzelheiten erkennen.«

»Was hast du in der Erfassung?«

»Eine Hyperimpulsquelle!«, rief die Hyperphysikerin. »Fremdartige Strahlungscharakteristik ... Nein, warte – es sind zwei Quellen. Sie entfernen sich von dem Wrack! Jetzt sieht es so aus, als würden sie innehalten.«

Hamiller schaute der Frau über die Schulter und fixierte die vielfältigen Anzeigen. Lachend atmete er auf. »Sie haben es geschafft! Natürlich. Das sind Teufelskerle, alle beide.« Er stieß mit ausgestrecktem Zeigefinger in Richtung einer der Anzeigen. »Zwei Impulsquellen, beweglich und so nahe am Wrack – das können nur Rhodan und Atlan sein!«

»Trotzdem wissen wir nicht, wie beide den Absturz überstanden haben ...«

»Die TRANS-X ist bereits gestartet und wird in Kürze auf Prisor landen. Ich gehe über Transmitter an ...«

Hamiller verstummte abrupt. Das Hauptschott zum wissenschaftlichen Überwachungsbereich hatte sich geöffnet. Die hagere Gestalt, die soeben die Halle betrat, sah Hamiller stets mit einem gewissen Unbehagen.

»Ich komme mit einer Bitte«, sagte Laire.

Hamiller nickte stumm.

»Ich habe erfahren, dass du auf Prisor Experimente durchführen willst, mit denen Atlan und Perry Rhodan unter Umständen geholfen werden kann.«

Der Wissenschaftler nickte erneut.

»Ich möchte mitkommen«, sagte Laire. »Ich besitze Kenntnisse, die dir womöglich zustattenkommen.«

Das hätte Hamiller gewiss nicht bestritten. Dennoch fühlte er sich unbehaglich, und eine innere Stimme drängte ihn, das Anliegen des Roboters einfach abzuschlagen.

»Ich handle keineswegs eigenmächtig«, erklärte Laire. »Danton und Bull sind mit meinem Vorhaben einverstanden.«

Es kostete den Wissenschaftler nur wenig Mühe, diese Behauptung zu überprüfen. Rhodans Sohn und Rhodans bester Freund hatten tatsächlich ihre Zustimmung erteilt. Bull bemerkte obendrein, es sei eine vorzügliche Idee, den Roboter in die Rettungsaktion einzubinden. Wenn Laire nicht von sich aus diesen Wunsch geäußert hätte, dann wäre der Vorschlag von ihm, Bull, unterbreitet worden.

Seufzend fügte Hamiller sich in sein Schicksal.

7.

Perry Rhodan und der Arkonide Atlan hatten sich im Schutz ihrer glühenden Auren etwa zwei Kilometer von dem Schiffswrack entfernt, das Deck für Deck in sich zusammensank. Die Umgebung erschien dem Terraner wie der Vorhof zur Hölle. Ein Orkan fegte über die felsige, längst glatt geschliffene Ebene hinweg.

Die großflächig glühende Korvette war nicht explodiert. Rhodan vermutete, dass der Nugas-Treibstoffvorrat von Hamiller exakt kalkuliert und mit der ruppigen Landung aufgebraucht worden war.

Er kannte die Pläne nur vage. Anscheinend gab es auf Prisor Hyperstrahlung, wie sie für den Flackereffekt verantwortlich zu sein schien. Hamiller beabsichtigte, die Wechselwirkung zwischen Aura und übergeordnetem Impuls zu studieren und auf diese Weise eine Methode zu suchen, wie die Auren abgebaut werden konnten. Rhodan hatte keine Ahnung, ob Hamiller schon den Punkt kannte, an dem er ansetzen musste, und es fiel ihm schwer, die Erfolgsaussichten zu beurteilen.

Mit Spannung wartete er jedoch darauf, dass er abermals nach Green Darkness versetzt wurde. Er hatte sich einige Fragen zurechtgelegt, die er der Mentalstimme zu stellen gedachte. Dabei ging es ihm vor allem darum, zu erfahren, wie die Versetzung nach Green Darkness erfolgte.

Er trank etwas Wasser aus dem Reservoir, das sein SERUN mithilfe der Wiederaufbereitung gefüllt hielt. Die Flüssigkeit war angenehm kühl, schmeckte jedoch schal. Rhodan verstand das Gefahrenzeichen: Der SERUN näherte sich seiner Kapazitätsgrenze, denn die Wiederaufbereitung war kein unendlicher Prozess. Der Zeitpunkt, ab dem Qualität und Menge des Ausgangsmaterials zur Herstellung trinkbarer Flüssigkeit und essbaren Proviants nicht mehr ausreichten, war nahe.

Er sah auf, als Atlan sich erhob. In der Dunkelheit der immerwährenden Nacht war seine Aura ein golden strahlendes Gebilde von geheimnisvoller Schönheit. Das Leuchten, das inzwischen fast haushoch aufragte, wurde lediglich zu den Rändern hin lichter und verlor sich schließlich im Nichts. Die Aura hatte keine genau definierbare Grenze.

Der Terraner sah, was den Freund zu der Bewegung veranlasst hatte. Rings um die beiden Männer fing der Fels an zu glühen. Seit gut fünfzehn Minuten wirkten die Auren auf den Boden ein, das Resultat zeigte sich jetzt. Ihre Energie erhitzte das Gestein.

Atlan machte eine resignierende Geste. *Es geht wieder los!,* bedeutete das. *Von nun an heißt es erneut, in Bewegung zu bleiben!*

Die TRANS-X war ein zum Laborschiff umgebauter Leichter Kreuzer, ursprünglich dafür bestimmt, im intergalaktischen Leerraum Experimente zur Krümmung hyperenergetischer Strahlenbündel auszuführen. Die Kodebezeichnung der Versuchsreihe lautete TRANS-X. Im Sog der turbulenten Ereignisse seit dem Start der BASIS aus dem heimischen Sonnensystem hatte Payne Hamiller aber nie Zeit für sein TRANS-X-Experiment gefunden.

Jetzt kam ihm das Schiff mit der umfassenden hyperphysikalischen Ausstattung zurecht. An Bord befand sich alles, was auf Prisor benötigt wurde.

Laires Anliegen hatte Hamiller nachdenklich gemacht. Sein Vorhaben, auf Prisor mit möglichst wenigen Begleitern zu arbeiten, erschien ihm auf einmal nicht mehr so klug. Wenn er Laire mitnehmen musste, dann war es unter Umständen geraten, den eigenen Stab in vernünftigem Umfang zu erweitern. Achtundzwanzig Männer und Frauen begleiteten ihn nun, und natürlich stand Ennea Gheet am Anfang der Liste.

Um 13.40 Uhr am 8. März 3587 verließ die TRANS-X den Linearraum wenige Lichtsekunden von Prisor entfernt. Mit hoher Bremsbeschleunigung näherte sie sich der Nachtseite des knapp merkurgroßen Planeten.

Prisor hätte längst keine Atmosphäre mehr besessen, wenn es auf seiner Nachthälfte kalt genug gewesen wäre, um die Gashülle zu kondensieren. Dann hätte sich der gesamte Luftmantel des Planeten als Eis auf der dunklen Seite niedergeschlagen. Geblieben wäre ein atmosphäreloser Einseitendreher, wie es sie in großer Zahl gab. Allerdings standen die Schwerkraft und die von der hoch erhitzten Luft der Sonnenseite verursachte Konvektion einem solchen Prozess entgegen. Die Wärme der über den Terminator hinwegbrausenden Stürme reichte aus, um selbst den kältesten Zonen der Nachtseite mittlere Temperaturen von nicht weniger als minus 130 Grad Celsius zu garantieren.

Die TRANS-X flog das Wrack der Korvette an. Ennea Gheet und einige ihrer Mitarbeiter suchten nach den beiden Männern. Eine schmale Glutspur zog sich über das felsige Gelände nahe dem Terminator, und schon nach wenigen Augenblicken waren in der Ferne zwei helle Lichtflecke zu sehen.

»Sie scheinen unversehrt zu sein, also überlassen wir sie vorerst noch sich selbst«, stellte Hamiller fest. »Unsere Aufgabe ist zuerst, das Areal zu vermessen, von dem die Hyperimpulse ausgehen. Es liegt nur wenige Kilometer jenseits des Terminators auf der Tagseite.«

Die TRANS-X landete in unmittelbarer Nähe der Tag-Nacht-Grenze, die wegen der vergleichsweise dichten Atmosphäre als diffuse Zone von lediglich einigen hundert Metern Breite ausgebildet war. Payne Hamiller fing sofort an, das Gelände zu vermessen.

Schroffe Bergketten wechselten ab mit einer von spiegelglatten Flächen durchsetzten Ebene – ausgedehnte Seen, von denen der Sturm dünne Rauchfahnen verwehte. Geschmolzenes Metall, Blei vielleicht, füllte Bodensenken aus. Das erklärte auch, warum der Orkan auf der Oberfläche keine Wellen erzeugte. Hamiller übergab schließlich der Positronik die Aufgabe, eine maßstabsgerechte Karte des Geländes zu erstellen.

Den Ursprung der Hyperimpulse konnte er noch nicht eingrenzen. Deshalb ließ er die TRANS-X wieder aufsteigen und nahe dem größten der fünf Seen landen.

»Ich frage mich, warum du die Messungen nicht von Sonden vornehmen lässt«, bemerkte Waringer, der von Anfang an darauf bestanden hatte, an der Expedition teilzunehmen.

»Ich halte die Sonden für derart feine Messungen für nicht geeignet«, erwiderte Hamiller. »Meine Anforderungen an die Messgenauigkeit sind kritisch. Wenn wir nicht bereit sind, die Nase unmittelbar in das Phänomen zu stecken, hätten wir gleich zu Hause bleiben können.«

»Hört sich so an, als wolltest du sogar aussteigen!«

Hamiller nickte verkniffen. Zugleich sah er sich um. »Wo steckt übrigens Ennea?«, wollte er wissen.

»Sie arbeitet im Rechnerraum«, antwortete Waringer. »Sie sagte nur, sie sei einem Rätsel auf der Spur.«

Zu der Einsicht, dass sie etwas Wesentliches übersehen hatte, war Ennea Gheet auf Umwegen gelangt. Es hatte angefangen, als sie die Lokalisatoren kalibrierte, die permanent Rhodans und Atlans Aufenthalt anzeigen sollten. Die Geräte nutzten die Streustrahlung der Auren und arbeiteten nach der Justierung einwandfrei. Die Hyperphysikerin ließ die Aufzeichnungen der ersten Minuten auswerten, um zu erfahren, ob es währenddessen zu Flackereffekten gekommen war.

Das schien jedoch nicht der Fall gewesen zu sein. Obwohl die Sonne Mofura wesentlich intensiver im hochfrequenten Hyperspektrum strahlte, als aus der Ferne vermutet worden war. Dass die Eigenstrahlung des Planeten ebenfalls in dem fraglichen Frequenzbereich lag, ließ eigentlich ein häufigeres Auftreten des Flackereffekts erwarten.

Ennea Gheet fertigte eine vergleichende Feinanalyse der verschiedenen Impulsformen an und fand winzige Unterschiede, die ihr bisher entgangen waren. Impulse entstanden durch Überlagerung unifrequenter Schwingungen verschiedener Frequenz. Der Unterschied der verschiedenen Impulse ließ sich, das zeigte die Analyse deutlich, darauf zurückführen, dass Schwingungen rings um die Frequenz 2,83 Gigahef mit unterschiedlichen Amplituden in die Mischung eingingen. Die Amplitudenwerte erschienen quantisiert. Nicht jeder beliebige Wert war demnach zulässig, sondern zwei benachbarte Werte mussten sich voneinander um einen bestimmten, nicht vernachlässigbaren Betrag unterscheiden.

An dieser Stelle erkannte die Hyperphysikerin, was sie übersehen hatte. Wenn die Hyperstrahlung der Sonne Mofura der ausschlaggebende Faktor war, warum unterlagen dann nicht Perry Rhodan und Atlan gleichzeitig dem Effekt? Warum war immer nur einer von ihnen betroffen gewesen?

Es erschien ihr unglaublich, dass eine derart grundlegende Frage so lange hatte übersehen werden können. Sie begann eine fieberhafte Suche, wobei sie ihr besonderes Augenmerk auf eine winzige Frequenzspanne rings um den Wert 2,83 Gigahef richtete. Und nun, da sie wusste, wonach sie suchte, fand sie ohne besondere Mühe die Antwort.

Zwei Impulsserien der bisherigen Flackereffekte waren identisch. Die dritte war um eine Winzigkeit verschieden – die 2,83-Gigahef-Komponente war in ihr mit einer Amplitude vertreten, die um einen Quantensprung unterhalb des Wertes lag, mit dem die kritische Frequenz an der Erzeugung der anderen beiden Impulsserien mitmischte. In zeitlicher Reihenfolge waren die beiden identischen Serien die Nummer eins und drei. Die Abweichung wurde in der Serie Nummer zwei beobachtet.

Die Impulsserien eins und drei hatten den Flackereffekt an Perry Rhodan bewirkt. Von Serie zwei war nur der Arkonide betroffen gewesen. Die Intensität der Hyperstrahlung mit der Frequenz 2,83 Gigahef war dafür verantwortlich, ob der Flackereffekt Rhodan, Atlan oder keinen von beiden betraf.

Ennea Gheet stürzte sich Hals über Kopf in die Arbeit.

Mehr als eine Stunde später, nachdem die TRANS-X längst knapp einen Kilometer westlich des größten der Metallseen gelandet war, erschien Hamiller bei der Hyperphysikerin. Gheets Gesicht glühte, sie führte ein wortreiches Selbstgespräch.

»Was gibt's Neues?«, fragte Hamiller.

Die Frau sah verwirrt auf. »Was gibt's?«, echote sie. »Wir sind einer dicken Sache auf der Spur! Dank der Hamiller'schen Algebra!«

Payne Hamiller machte eine abwehrende Geste. »Die Algebra ist nicht hamillerisch. Fortgeschrittenere Zivilisationen kennen sie wahrscheinlich schon seit Jahrtausenden. Ich bin ihr durch Zufall auf die

Spur gekommen. Der Name ›Relationenmodell der Kontinua‹ ist nicht nur zutreffender, sondern auch anständiger.«

»Wie du willst!« Gheet reagierte ein wenig ärgerlich. »Aber vielleicht möchtest du lieber hören, hinter was ich her bin. Ich kann eine helfende Hand brauchen, schließlich bin ich kein Genie.«

Hamiller hörte aufmerksam zu, als die Frau ihm das seltsame Verhalten der 2,83-Gigahef-Komponente und deren Einfluss auf den Flackereffekt auseinandersetzte.

»Lässt sich der Wert des Quantensprungs ermitteln?«, erkundigte er sich schließlich.

»Der kleinste bisher beobachtete Wert errechnet sich aus dem Unterschied, der zwischen Perrys und Atlans Impulsserien besteht. Ich bin überzeugt, dass wir daraus eines Tages ein fünfdimensionales Wirkungsquantum errechnen werden, eine neue universelle Konstante. Aber darum geht es momentan gar nicht.« Gheet ließ mit einer hastigen Handbewegung mehrere holografische Abbildungen entstehen. »Sieh's dir an! Das ist der Versuch einer Fourier-Analyse der hyperenergetischen Impulse. Und das dort sind parametrische Berechnungen, ausgeführt mit einem quinternionischen Gleichungssystem. Weißt du, welchen Parameter ich variiert habe?«

»Nein.«

»Die Strangeness!«

»Und?« Hamiller zog die Brauen in die Höhe.

»Die Lösungen 1025 bis 2048 des Gleichungssystems beschreiben die beobachteten Vorgänge genau. Die Unterschiede in der Amplitude der 2,83-Gigahef-Schwingung ergeben sich als notwendige Folge der Variation der Strangeness.«

»Bemerkenswert.«

Gheet wirkte mit einem Mal sehr ernst. »Payne – als was hast du den Faktor Strangeness bisher betrachtet?«

Hamiller besann sich ein paar Sekunden, bevor er antwortete: »Als ein Maß, mit dem sich feststellen lässt, wie verschieden das Universum, aus dem ein fremder Körper zu uns kommt, von dem unseren ist.«

»Richtig! Hier aber bewirkt die Strangeness einen anderen Effekt. Sie befähigt die Hyperimpulse, zwischen Rhodan und Atlan zu unterscheiden. Das bedeutet, dass wir einen Zusammenhang zwischen der abstrakten Größe der Strangeness und den gar nicht so abstrakten psionischen Charakteristiken des Menschen gefunden haben!«

Payne Hamiller stand sekundenlang wie versteinert da. Er war blass geworden.

»Das ... das würde ich ... so rasch doch noch nicht sagen«, stieß er verwirrt hervor. »Vielleicht sitzen wir ... einem voreiligen Schluss auf, meinst du nicht?«

8.

Sie marschierten. Jeder Schritt fraß sich tief in die Oberfläche des fremden Planeten, und glühendes Gestein blieb hinter den beiden Männern zurück.

Perry Rhodan registrierte deutlich, dass er von seiner Aura getragen wurde, aber dennoch hatte er das Gefühl, den felsigen Boden unter den Füßen zu spüren. Er sah, dass Atlan wie er nicht in der Glut einsank, sondern schwebte. Es musste eine merkwürdige Energieform sein, die ein solches Phänomen zustande brachte.

Beide bewegten sie sich parallel zum Terminator und hielten respektvoll Abstand zu dem hellen Strich am Horizont. Sie wollten sich nicht mehr als zehn bis fünfzehn Kilometer von der zerstörten Korvette entfernen, deshalb kehrten sie von Zeit zu Zeit um und liefen den Weg zurück, den sie gekommen waren, nur jeweils einige hundert Meter weiter ostwärts, damit ihre Auren nicht zweimal dieselbe Fläche berührten.

Sie hatten den Leichten Kreuzer jenseits des Terminators verschwinden sehen. Rhodan war überzeugt davon, dass Hamiller wusste, was er tat, und er war sicher, dass Atlan ebenso wenig daran zweifelte.

Bei jeder Umkehr näherten sie sich ein Stückchen weiter dem Terminator. Es konnte nicht schaden, in Hamillers Nähe zu bleiben.

Tatsächlich schickte Hamiller eine Nachricht – auf die übliche Weise, per Strukturrissverfahren. Offenbar hatte der Wissenschaftler wenigstens zwei Telekineten mit nach Prisor gebracht. Denn Rhodan sah, dass Atlan ebenfalls kontaktiert wurde.

Die Nachricht enthielt einen Abriss von Hamillers Überlegungen. Von einem Metallsee war die Rede, der Impulse ähnlich denen emittierte, die den Flackereffekt erzeugten. Hamillers Stab war mit Analysen befasst, wie die Strahlung des Sees moduliert werden könne, dass sie den Abbau der Auren ermöglichen würde.

Rhodan ließ die Information unbeantwortet. Er war sicher, dass Hamiller keine Reaktion erwartete, vor allem, weil diese Art der Kommunikation den Mutanten größte Anstrengung abverlangte. Die Möglichkeit, sich wieder wenigstens indirekt mit Atlan zu verständigen, entfiel damit.

Noch während er darüber nachdachte, verengte sich sein Gesichtsfeld.

Jenes eigenartige Brausen erklang, als treibe er mit hoher Geschwindigkeit auf einen mächtigen Wasserfall zu.

Perry Rhodan kannte das Phänomen. Ein neuer Übertritt nach Green Darkness stand bevor.

Im letzten Moment aktivierte er den Laufzeitmesser seines Chronometers.

Auf undeutliche und schwer erklärbare Art und Weise hatte Rhodan den Eindruck, dass sich der Übertritt diesmal rascher vollzog als bisher, außerdem zielsicherer und mit einer gewissen Wucht. Als er aufblickte, sah er die Wand vor sich, die von drei Seiten die geheimnisvolle Statue umschloss. So nahe am Ziel war er zuvor nie angekommen.

Die Aura war wieder verschwunden. Rhodan war sich dessen aber keineswegs sicher. Die Möglichkeit bestand, dass seine Aura lediglich unsichtbar geworden war, weil sie sich mit der Umwelt von Green Darkness vertrug. Aus demselben Grund reagierte sie dann wohl auch nicht mit den Substanzen, die sie berührte. Wegen dieser Ungewissheit vermied der Terraner alle Handlungen, bei denen ihn eine vorhandene hyperenergetische Aura gefährdet hätte – zum Beispiel die Aktivierung eines der Triebwerkssysteme seines Raumanzugs.

Der düstere Planet hatte sich während Rhodans Abwesenheit nicht verändert. Hier wirkte alles, als sei es für die Ewigkeit gemacht. Der Himmel war schwarz. Die hingehauchte Verfärbung in der Form einer dünnen, aber weiten Sichel zeigte das Muttergestirn von Green Darkness. Und wie immer, wenn Rhodan Green Darkness erreicht hatte, stieg der grüne Stern soeben über den Horizont empor.

Der Aktivatorträger umrundete die Mauer und stand kurz darauf vor der Statue.

Bei seinem ersten Besuch hatte er für den Weg hierher so viel Zeit verloren, dass ihm nur wenige Minuten geblieben waren, die seltsame Anlage zu bestaunen. Mit dem Untergang der grünen Sonne war er in die Nähe der BASIS zurückgeschleudert worden. Beim zweiten Mal hatte er zwar die mentale Stimme gehört, die ihn zu einem Machtvollen machen wollte, aber auch dieser Besuch war zu schnell unterbrochen worden. Wegen der eigenartigen Rotation des Planeten um sein Muttergestirn beschrieb der grüne Stern am Himmel eine höchst ungewöhnliche Bahn und war nur wenige Stunden lang sichtbar.

Für diesen neuerlichen Aufenthalt auf Green Darkness hatte sich Rhodan einiges vorgenommen. »Hier bin ich wieder«, sagte er. »Mich interessiert, wie du mich zu einem Machtvollen machen willst, obwohl mir an der Machtfülle gar nichts liegt.«

Sekunden vergingen, dann erklang in seinem Bewusstsein die Antwort der Mentalstimme: *Ich bin die Macht und werde dich zu einem Machtvollen machen!*

»Das weiß ich«, erklärte der Terraner. »Ich war schon einmal hier. Erinnerst du dich?«

Diesmal dauerte es ein wenig länger, bis sich die Stimme wieder meldete. *Das ist unmöglich!,* behauptete sie. *Niemand kommt zweimal an den Sitz der Macht.*

»Ich bin schon zum dritten Mal hier! Nur kamen wir bei meinem ersten Besuch nicht dazu, uns zu unterhalten.«

Du bist ein Machtvoller, ein Regent?

»Ich bin kein Machtvoller in deinem Sinn, und was ein Regent ist, weiß ich nicht.«

Regenten und Machtvolle sind identisch. Du sagst, du seist kein Regent. Aber trotzdem warst du bereits einmal hier?

»Zweimal«, verbesserte Rhodan.

Wer an den Sitz der Macht kommt, der verlässt ihn erst dann wieder, wenn die Macht ihm das Amt eines Regenten verliehen hat. Wie kannst du behaupten, bereits einmal hier gewesen und dennoch kein Regent zu sein?

»Frag mich nicht danach!«, rief der Aktivatorträger. »Ich habe keine Ahnung, wieso das geschieht.«

Die Mentalstimme schwieg, und Rhodan nützte die Zeit, um seine Gedanken zu sammeln. Er konnte nur durch einen reinen Zufall in diesen exotischen Kreislauf geraten sein. Trotzdem hatte er nicht bezweifelt, dass die Stimme ihn wiedererkennen würde, sobald er zum dritten Mal Green Darkness erreichte. Das Amt, das sie ihm zu verleihen gedachte, hörte sich wichtig und bedeutungsvoll an. *Dein Name wird durch den gesamten Kosmos genannt werden,* hatte sie gesagt. Dennoch gab sie jetzt vor, ihn nicht zu kennen?

Grauen beschlich ihn, als er sich in diesen Sekunden einen seelenlosen Prozess ausmalte, der wahllos Individuen aus ihren angestammten Universen nach Green Darkness rief, sie mit einer unvorstellbaren Machtfülle belud und wieder in ihre Heimat entließ – ein Prozess, der weder Ursprung noch Ziel hatte, der sein Dasein selbst einem Zufall verdankte und womöglich völlig sinnlos war. Wie viele der Machtbeladenen mochten die Sinnlosigkeit des Vorgangs erkannt und auf ihre Machtfülle verzichtet haben? Ihre Zahl war gewiss verschwindend gering neben der jener, die das Amt eines Regenten angenommen hatten – in der Überzeugung, dass sie eine unendlich wichtige Aufgabe versahen. Und wie viel Elend mochte die Ausübung solcher Macht in die Universen getragen haben? Denn Intelligenzen, die sich die Macht schenken ließen, ohne zu fragen, ob sie diese auch verdienten, zeichneten sich gewöhnlich nicht durch Weisheit in ihrer Anwendung aus.

Wem gehörte diese mentale Stimme?

Perry Rhodan wurde aus seinen düsteren Überlegungen aufgeschreckt.

Ich habe deinen Fall analysiert, sagte die Stimme. *Du bist entweder ein Verräter oder ein Unwürdiger. In beiden Fällen ist deine Vernichtung unerlässlich.*

Der potenziell Unsterbliche blickte zu der Frauengestalt empor. Ein Leuchten quoll aus der Statue hervor und hüllte sie ein. Es war ein unschönes Licht von feindseliger, giftgrüner Farbe, und schon im nächsten Moment wurde die Strahlung im Kopfbereich der Figur blendend intensiv. Fauchend zuckte ein Strahlenbündel nur wenige Schritte vor Rhodan in den Boden und erzeugte eine wuchtige Detonation, die glühende Steinsplitter wie eine Fontäne in die Höhe schleuderte.

Rhodan warf sich instinktiv zur Seite. Er rollte sich ab, kam sofort wieder auf die Beine und hastete auf die Umfriedung zu. Hinter ihm prasselte es. In steter Folge lösten sich Strahlenbündel aus der leuchtenden Hülle der Statue, die ihn aber jedes Mal verfehlten.

Es war fast schon ein Wunder, dass er nicht getroffen wurde, bis er die Mauer erreichte. Im Schutz der hohen Wand war er für eine Weile sicher. Er blickte den Weg zurück, den er gekommen war. Der Innenhof war von mehr als einem Dutzend hässlicher schwarzer Krater aufgewühlt. Qualm wogte über dem Boden.

Die Figur war immer noch in das grüne Leuchten gehüllt. Rhodan zuckte heftig zusammen, als erneut ein Strahlenbündel auf ihn zuschoss und nur wenige Meter entfernt den Boden aufriss.

Rhodan suchte die grüne Sonne. Sie hatte eben erst den höchsten Punkt ihrer Bahn erreicht. Er würde es also noch eine Zeit lang auf Green Darkness aushalten müssen. Wo war er am sichersten?

Die Frage ließ sich nicht beantworten, solange ihm unklar blieb, welche Wahrnehmungsfähigkeiten der Gegner besaß. Der Angreifer war nicht die Statue, sondern ein fremdartiger Mechanismus, der sein Ziel wahrscheinlich nicht nur optisch erfasste.

Hinter der Mauer durfte Rhodan sich also nicht nennenswert sicherer fühlen als anderswo. Tatsächlich stach ein grelles Energiebündel schräg an der Wand herab und brannte abermals nur wenige Meter von ihm entfernt einen Krater in den Boden.

Allmählich sah es so aus, als habe er es nicht nur seinem Glück zu verdanken, dass er noch lebte. Rhodan gewann den Eindruck, dass der unbekannte Schütze sich zwar einer hoch entwickelten Waffentechnik, außerdem aber eines fehlerhaft justierten Zielmechanismus bediente. Die Einschläge lagen mit befriedigender Stetigkeit etwa um dieselbe Distanz zu kurz, zu lang, zu weit nach hüben oder drüben.

Ein Gedanke ging Rhodan durch den Sinn. Es war die Aura, die ihn in die Gruppe jener Auserwählten eingereiht hatte, die nach Green

Darkness berufen wurden, um Amt und Würde eines Regenten zu erhalten. Die Aura war das Auswahlkriterium, anhand dessen die Macht erkannte, wer ihres Angebots würdig war und wer nicht. Wer keine Aura trug, würde nie nach Green Darkness gelangen.

Allerdings musste es verschiedene Aurentypen geben. Wenn jeder Auserwählte seine Aura auf dieselbe Art und Weise wie Rhodan und Atlan hätte erwerben müssen, wäre die Macht wahrscheinlich seit Beginn ihrer Existenz arbeitslos gewesen. Rhodan glaubte, dass es einen durchaus normalen Weg gab, eine hyperenergetische Aura zu erwerben. Atlans und seine Aura unterschieden sich von der Energiehülle der wahren Auserwählten in der Struktur, im Gehalt oder sonst irgendwie. Daraus erklärte sich wohl, dass er nach seinen bisherigen beiden Aufenthalten auf Green Darkness lediglich an den Ort seiner Herkunft zurückgeschleudert und keineswegs in die Lage versetzt worden war, die ihm angeblich verliehene Machtfülle auch zu benützen. Der Prozess, den Atlan und er durchliefen, spielte sich anders ab als der Werdegang der eigentlichen Regenten, und der Grund dafür lag in der Unterschiedlichkeit der Auren.

Wie nun, wenn die Aura das Einzige wäre, was der unbekannte Gegner wahrzunehmen vermochte? Das erklärte, warum er Individuen nicht voneinander unterscheiden konnte. Er sah nur die Aura, und aus irgendeinem Grund blieb ihm verborgen, dass sich die hyperenergetischen Hüllen unterschieden. Aber weil Rhodans Aura anders war, ließ sie den Gegner seinen jeweiligen Standort nur mit einer gewissen Ungenauigkeit oder Verschiebung erkennen.

Das war eine Hypothese. Der Terraner stellte sie auf die Probe, indem er hinter der Mauer hervortrat und sich wieder in den Innenhof begab. Erneut zuckte ein Strahlenblitz herab. Rhodan sprang zur Seite, doch nur, um dem aufspritzenden Hagel von Steinsplittern zu entgehen. Er bewegte sich ohne sonderliche Eile über den Hof. Jeder Schuss aus der Lichthülle der Statue verfehlte ihn um etwa dieselbe Distanz.

Rhodans Theorie erwies sich als richtig. Infolge der Fremdartigkeit seiner Aura war der Gegner nicht in der Lage, seinen Standort genau zu erkennen. Der Unbekannte glich einem Fischer, der schräg auf die Wasseroberfläche blickte und einen Fisch aufzuspießen versuchte. Er sah den Fisch deutlich, aber sein Speer fuhr weit daneben, weil er die Lichtbrechung durch das Wasser nicht berücksichtigt hatte.

Rhodan fragte sich, was der Fremde in diesem Augenblick empfinden mochte, falls er überhaupt zu einer Empfindung fähig war. Er hatte mehrere Dutzend Schüsse auf sein Opfer abgegeben, und jeder Schuss hätte den Frevler treffen müssen. Wie erklärte er sich, dass der vermeintliche Verräter immer noch auf den Beinen stand?

Rhodans Überlegungen wandten sich anderen Dingen zu. Er hatte mehr über Atlans und seine Aura herausfinden wollen, seine Chance auf eine Antwort aber selbst zunichtegemacht. Weil er nicht rechtzeitig erkannt hatte, wie gefährlich es war, zu berichten, dass er nicht das erste Mal hier war.

Was er nicht geschafft hatte, das konnte immer noch Atlan gelingen. Doch Rhodan kannte den Freund. Wenn Atlan ein zweites Mal nach Green Darkness kam, würde er ebenfalls nicht verschweigen, dass dies nicht sein erster Besuch war.

Atlan musste gewarnt werden.

Rhodan verließ den von Kratern zerfressenen Hof. Die Schüsse fielen bereits in größeren Zeitabständen. Der Fremde schien sich allmählich damit abzufinden, dass er den Verräter nicht unschädlich machen konnte.

Der Terraner sammelte Steine und legte sie zu Buchstaben aneinander. Innerhalb einer Stunde hatte er seine Warnung aufgeschichtet: *Verheimlich, dass du schon einmal hier warst!*

Er kehrte in den Hof zurück. Die Steine waren tatsächlich gut zu erkennen. Atlan würde sich erinnern, dass sie früher nicht da gewesen waren, und die Warnung erkennen.

Die grüne Sonne schickte sich bereits an, hinter dem Horizont zu versinken. Ein neuerlicher Energieblitz verfehlte Rhodan wie alle anderen Schüsse zuvor um etwa vier Meter.

In dem Augenblick, in dem der Terraner die Sterne der Galaxis Erranternohre wieder vor sich sah, stoppte er den Laufzeitmesser. Erst als er die Anzeige ablas, wurde ihm bewusst, dass er eine wichtige Entdeckung gemacht hatte.

Seit seinem Übertritt nach Green Darkness waren minus zwölf Sekunden vergangen.

9.

Payne Hamiller hatte sein Vorhaben wahr gemacht, seit Stunden erhob sich nahe am Seeufer eine aus Fertigteilen erstellte flache Stahlkuppel. Im Schutz einer aus glasähnlicher Substanz bestehenden Felsgruppe trotzte sie dem Orkan.

Hamiller und seine engsten Mitarbeiter waren in die autarke Station übergewechselt. An Bord der TRANS-X hatte Waringer das Kommando übernommen.

Aufgrund der neuen, weiter verfeinerten Messergebnisse definierte Ennea Gheet die Charakteristiken eines Projektors, der der hyperenergetischen Ausstrahlung des flüssigen Metalls einen Strangeness-Wert verleihen sollte, der es erlaubte, mit Rhodans und Atlans Aura in Wechselwirkung zu treten. Die praktische Umsetzung würde jedoch geraume Zeit in Anspruch nehmen, falls sich nicht immer neue Schwierigkeiten ergaben.

Die Hyperphysikerin hatte zur Kenntnis genommen, dass der Roboter Laire und sein Begleiter Augustus plötzlich dem Team angehörten. Laire befasste sich eingehend mit dem geplanten Experiment. Hier und da wies er auf Einzelheiten hin, die verbessert oder modifiziert werden konnten. Gheet war für diese Hilfe dankbar und überwand einen Teil ihres Misstrauens, das sie gegenüber dem Roboter empfand. Sie war davon überzeugt, dass es Hamiller wie ihr erging.

Fast jeder sah verwirrt auf, als die Außenüberwachung ein rhythmisches, krachendes Geräusch übermittelte. Es wurde rasch lauter und hörte sich an, als stampfe ein Gigant auf die Kuppel zu. Gleichzeitig veränderten sich die Bilder der optischen Überwachung. Eine der Kamerasonden war in halber Höhe des Glasfelsens installiert worden, in dessen Windschatten die Station lag.

Gegen den dunklen Horizont der Nachtseite zeichnete sich eine monströse Leuchterscheinung ab. Sie war gut hundert Meter hoch und näherte sich mit geringer Geschwindigkeit. Im Innern des hellen Leuchtens: eine menschliche Gestalt.

Perry Rhodan?

Es konnte kaum anders sein.

Jeder seiner Schritte fraß einen brodelnden Krater in den Felsboden, aber dennoch versank er nicht in der tiefen glühenden Furche, die er hinterließ.

»Er kommt genau auf uns zu!«, stieß Ennea Gheet hervor.

Hamillers Blick suchte Atlan, und er fand den Arkoniden am Rand des Erfassungsbereichs. Atlans Aura hatte noch ihre frühere Größe. Nur Rhodans Energiehülle war mindestens um das Fünffache angeschwollen.

Der Aktivatorträger war noch rund zweihundert Meter entfernt. Sicherlich hatte er nicht im Sinn, die Kuppel zu zerstören. Aber was, wenn die wochenlange Gefangenschaft in der hyperenergetischen Hülle ihn verwirrte und er zum Berserker geworden war?

Rhodan näherte sich bis auf etwa einhundertundfünfzig Meter, dann bog er scharf nach rechts ab. Er verschwand dadurch aus dem normalen Blickfeld, weil er den Felsen zwischen sich und die Station brachte, die Sonde verfolgte ihn jedoch weiter.

»Er folgt einer bestimmten Absicht«, behauptete Laire. »Anders lässt sich die abrupte Richtungsänderung kaum erklären.«

Der Blick der Hyperphysikerin wanderte über den Holoschirm. Sie sah, dass Atlan sich kaum mehr bewegte und von brodelnder Glut eingehüllt wurde. Aber warum verharrte er plötzlich? Gheet kam in den Sinn, dass der Arkonide die Aufmerksamkeit auf seine Position lenken wollte.

Sie betrachtete das Gelände aufmerksamer. Unweit des Arkoniden begann eine tiefe Furche, die nur Rhodan mit seiner riesig aufgeblähten Aura gegraben haben konnte. Ihr Blick folgte dem eigenartig gekrümmten Lauf der Furche bis zu einem Punkt etwa einen Kilometer nordwestlich der Kuppel. Dort endete die Furche. Eine weniger tief eingeschnittene Spur führte nach Süden und mündete dort in einen wieder tieferen Graben. Der flachere Einschnitt ließ vermuten, dass sich Rhodan hier schneller bewegt hatte.

Ennea Gheet sah auf, als Rhodans turmhohe Aura erneut schneller wurde. Mit weiten Sprüngen eilte er über das felsige Terrain hinweg, und wieder hinterließ er eine nur flach eingegrabene nachglühende Spur.

»Das sind Buchstaben!«, schrie die Frau. »Er will uns etwas mitteilen!«

Sprengkapsel, Zeitzünder, lautete die Botschaft. Perry Rhodan hatte gut zwei Stunden gebraucht, um die Nachricht in den Fels zu stapfen. Hunderte Tonnen Gestein hatten sich dabei in Dämpfe aufgelöst.

»Wozu braucht er eine Sprengkapsel?«, fragte Hamiller verwundert.

»Das ist doch wohl unerheblich«, antwortete Ennea Gheet. »Hauptsache, wir geben ihm eine.«

Der Wissenschaftler blickte nachdenklich vor sich hin. »Ich weiß nicht, ob das den Telekineten zugemutet werden kann«, murmelte er.

»Frag sie!«, forderte die Hyperphysikerin entschlossen.

Die Mutanten waren in der TRANS-X geblieben, von der aus Mausbiber Gucky den Kontakt zwischen beiden Gruppen aufrechterhalten sollte. Auf Hamillers Koderuf hin meldete er sich sofort.

»Ich weiß schon«, stellte er fest. »Perry will eine Sprengkapsel, und wir sollen sie ihm zustellen.«

»Geht das?«, fragte Hamiller.

»Die Kameraden hier sind schon ziemlich angeschlagen«, antwortete der Ilt. »Aber wenn du mit mir allein vorliebnehmen willst, bin ich gern bereit ...«

»Schaffst du es?«

Gucky zuckte in typisch menschlicher Manier mit den Schultern. »Warum nicht? Wenn alles überstanden ist, falle ich wahrscheinlich flach aufs Gesicht, aber bis dahin ...«

»Wir brauchen Informationen!«, sagte Hamiller in einem Tonfall, der keinen Zweifel daran ließ, dass er dieser Sache größte Bedeutung beimaß. Gucky nickte.

»Ich weiß. Es hat wenig Sinn, wenn ihr euch wegen des Experiments die Haare rauft, während Perry inzwischen seinen eigenen Projekten nachgeht. Ich schicke einen Notizblock mit der Kapsel!«

»Du bist ein Freund in der Not!« Hamiller lächelte müde.

»Ich stelle dir Perrys Antwort auf dem direkten Weg zu«, versprach der Mausbiber. »Aber du wirst vorsichtig damit umgehen müssen.«

»Wir können den Block hier dekontaminieren. Ich sehe keine Schwierigkeiten.«

»Erinnerst du dich an die Explosionen, als du über Datenkanal mit den beiden kommunizieren wolltest?«

»Deutlich genug«, bestätigte der Wissenschaftler. »Doch der physische Nachrichtenaustausch hat bisher reibungslos funktioniert. Die Dekontaminierung arbeitet einwandfrei.«

»Hast du dir Perrys Aura angesehen? Ich meine, während der letzten halben Stunde?«

Hamiller nickte. »Sie ist sprunghaft angewachsen.«

»Das könnte bedeuten, dass die Dekontaminierung nicht mehr ausreicht. Eine Aura dieses Umfangs gibt dem Block womöglich zu viel gefährliche Strahlung mit ...«

»Wir werden besonders vorsichtig sein. Notfalls schicken wir Perrys Antwort ins Sonderlabor.«

Die Anzeige des Laufzeitmessers erinnerte Rhodan an Diskussionen, die er vor vielen Jahren mit Arno Kalup geführt hatte, dem seinerzeit hervorragendsten Wissenschaftler Terras. Kalup war von den Möglichkeiten der Zeitreise begeistert gewesen. Eines Tages hatte er sich hingesetzt und eine Serie von Formeln geschrieben, die nach seiner Ansicht den Mechanismus bestimmten, der dem Menschen freie Beweglichkeit in der Dimension Zeit ermöglichte.

Er war bald auf erwartete Schwierigkeiten gestoßen, und seine Formeln hatten sich zu Gleichungssystemen entwickelt, die entweder über- oder unterbestimmt waren. Er war gezwungen gewesen, Abstriche von seinem ursprünglichen Vorhaben zu machen, und hatte sich schließlich auf die theoretische Suche nach dem Mechanismus beschränkt, der eine paradoxfreie Reise in die Vergangenheit und zurück in die Gegenwart gewährleistete. Das hypothetische Gerät, mit dem eine solche Expedition bewerkstelligt werden sollte, hatte er den Paradoxfreien Zeit-Transformator genannt, kurz PZT.

Nach Abschluss seiner Berechnungen war Kalup zu der Erkenntnis gelangt, dass der Transformator mit einer bestimmten Form von Hyperenergie betrieben werden müsse, die offenbar noch niemand nachgewiesen hatte.

»Es war alles nur ein Traum – viel zu schön, um wahr zu sein«, hatte Kalup in einem seiner letzten Gespräche mit Rhodan resigniert. »Der Umstand, dass die PZT-Energie bisher nicht beobachtet wurde, führt unweigerlich zu dem Schluss, dass sie nicht existiert. Dabei erscheint sie in den Formeln ungemein logisch. Der Zeit-Transformator-Effekt ist dem Transmitter-Effekt verwandt. Wie der eine durch den Raum führt, so führt der andere durch die Zeit, und am Zielpunkt wäre nicht einmal ein Empfangsgerät erforderlich. Um genau zu sein: Der Transformator wäre ein hysteretisch gepolter Transmitter.«

Diese Sätze kamen Rhodan wieder in den Sinn. Er hatte sich mehrere Stunden lang auf Green Darkness aufgehalten, aber sein Chronometer, das offenbar dem Normaluniversum verhaftet geblieben war, hatte vom Ablauf der Zeit nichts gespürt. Im Gegenteil – die Anzeige wies zwölf Sekunden weniger aus. Rhodan war von jener Welt zurückgekehrt, bevor er überhaupt durch den Flackereffekt versetzt worden war.

Unter normalen Umständen hätte er bei seiner Rückkehr sich selbst erblicken müssen – ein Zeitparadoxon. Aber er hatte von einem zeitlichen Doppelgänger nichts gesehen. Obwohl er an demselben Ort materialisierte, von dem aus er nach Green Darkness verschwunden war. Wenn es einen Doppelgänger gegeben hätte, wäre ihm das unmöglich entgangen.

Er hatte also eine paradoxfreie Zeitreise unternommen. Es sah so aus, als sei die Energieform, an der seinerzeit Arno Kalup verzweifelt hatte, nun doch gefunden worden. Die »Macht« benützte sie, um ihre Auserwählten zu holen.

Rhodan hatte auch Kalups Erläuterung des hysteretisch gepolten Transmitters nicht vergessen. In primitiver Darstellungsweise ließ sich ein Transmitter mit Hysterese-Polung als ein Anti-Transmitter beschreiben – ein Gerät, das eine Reise durch die Zeit erzielte, nicht durch den Raum.

Rhodan war unklar, welchen Einfluss die »Macht« über Universumsgrenzen hinweg ausüben konnte. Die Statue musste allerdings im Handeln des Gegners eine wichtige Rolle spielen. Welche Bewandtnis es mit ihr auch haben mochte, er würde sein Vorhaben erst ungestört verfolgen können, wenn die Skulptur ausgeschaltet wurde.

Er näherte sich Atlan und gab ihm zu verstehen, dass er Wichtiges vorhabe und dass der Arkonide sich während der nächsten Stunde nur unwesentlich von seinem derzeitigen Standort entfernen dürfe. Er brauchte den Freund, um die Wissenschaftler der TRANS-X auf die Nachricht aufmerksam zu machen, die er übermitteln wollte.

Dann begann er, mit seiner Aura Worte in den Boden einzubrennen.

Sprengkapsel.

Zeitzünder.

Perry Rhodan öffnete den kleinen Behälter, der die Aura durchstoßen hatte, und entnahm ihm nicht nur das erwartete Sprengelement, sondern außerdem ein Bündel Schreibfolien.

Er verstand, dass Informationen von ihm erwartet wurden. Mit dem Vakuumstift schrieb er: *Seltsame Dinge geschehen. Mir fehlt die Zeit, sie zu erklären. Bitte habt Verständnis!*

Er legte die Folien in den Behälter zurück, der noch geraume Zeit vor ihm schwebte, sich dann aber wie von Geisterhand gesteuert in Bewegung setzte und in Richtung der Kuppel davonschwebte.

Rhodan inspizierte die Sprengkapsel und stellte den Zeitzünder auf eine Dauer von dreißig Minuten ein. Der Zünder wurde dadurch noch nicht aktiviert. Die Schaltung würde Rhodan erst vornehmen, wenn er wieder auf Green Darkness weilte.

Atlan über sein Vorhaben zu informieren war eine unlösbare Aufgabe. Der Arkonide hatte allerdings verstanden, dass sich etwas Wichtiges anbahnte. Er folgte inzwischen den in den Fels eingebrannten Furchen und kannte demzufolge den Text. Worüber er wohl nur spekulieren konnte, war der Zweck, für den Rhodan die Sprengkapsel verwenden wollte.

Der kleine Folienblock glitt durch das Schleusenschott und landete auf einem Tisch. Vor Payne Hamiller erschien zugleich eine holografische Mitteilung: »Bitte in den nächsten beiden Stunden nicht mit meinen Diensten rechnen. Gucky.« Der Mausbiber war offensichtlich erschöpft.

»Jemand soll den Transmitter aktivieren, falls wir das Ding in aller Eile loswerden müssen!« Hamiller entsann sich der Warnung des Mutanten. Der Transmitter, ein Kleinstgerät, verband die Station mit dem Sonderlabor der TRANS-X, in dem ausschließlich Roboter tätig waren.

Die Folien mit Rhodans Notizen wurden in eine Dekontaminierkammer geschoben, ein Gerät, in dem minutenlang hyperenergetische Wechselfelder auf den eingebrachten Gegenstand einwirkten. Diese Methode hatte sich mittlerweile bestens bewährt.

Zuversichtlich nahm Hamiller den Block zur Hand, als die Kammer sich wieder öffnete. Enttäuschung spiegelte sich auf seinem Gesicht.

»Seltsame Dinge geschehen«, las er laut. »Mir fehlt die Zeit, sie zu erklären. Bitte habt Verständnis!«

»Du hast wohl kein Verständnis?«, spöttelte Ennea Gheet.

»Ein paar Worte mehr hätte Rhodan ruhig an uns verschwenden können«, meinte Hamiller ärgerlich. »Wo eilt er denn hin?«

Er warf die Folien zurück auf den Tisch, auf dem sie zuvor gelegen hatten. Es gab einen scharfen Knall. Die Tischplatte platzte auseinander und fiel polternd in sich zusammen. Die Folien flatterten zu Boden. Wo sie auftrafen, fing der hellgraue Plastikonkrit an zu glühen. Qualm wölkte auf.

»Alles zurück!«, schrie Hamiller.

Er schnellte vorwärts, bückte sich und griff nach den Folien, die glücklicherweise noch zusammengeheftet waren. Mit einer hastigen Bewegung schleuderte er den dünnen Stapel in das aktivierte Transmitterfeld. Mit einem fahlen Aufleuchten verschwand die gefährliche Fracht.

Hamiller klemmte sich die rechte Hand unter den linken Arm. Er zuckte heftig zusammen, als Gheet ihm begeistert auf die Schulter schlug.

»Das war die richtige Reaktion im richtigen Augenblick!«, rief die Frau. »Das macht dir sobald niemand nach!« Erst dann fiel ihr seine schmerzverzerrte Miene auf.

»Was ist?«, erkundigte sie sich besorgt.

»Ich glaube, ich habe mir die Finger verbrannt«, knirschte Hamiller.

Ein Medoroboter fand kaum Zeit, die schwere Brandwunde zu behandeln, da wollte Payne Hamiller schon das erste Experiment starten.

»Fühlst du dich wohl dabei?« Ennea Gheet wirkte keineswegs begeistert, als sie seine Eile bemerkte.

Hamiller wusste sofort, worauf sie hinauswollte. »Wenn du unbedingt die Wahrheit hören willst: Nein, ich fühle mich nicht wohl«, antwortete er. »Ich komme mir sogar wie ein Quacksalber vor. Ich habe keine Ahnung, warum ich tue, was ich tue – ganz davon zu schweigen, dass ich die Erfolgsaussichten überhaupt nicht beurteilen kann.«

»So schlimm ist es auch wieder nicht«, schwächte die Hyperphysikerin ab. »Wir wissen eine Menge über die Hyperenergieform, die mit den Auren reagiert. Beim Kontakt mit der Strahlenquelle im See wird entweder gar nichts oder etwas Positives geschehen.«

»Aber warum?«, rief Hamiller in halb gespielter, halb echter Verzweiflung. »Welche Mechanismen sind da am Werk? Welche Komponente gibt den Ausschlag, was tatsächlich geschehen wird? Ich weiß nicht einmal, ob ich Rhodan und Atlan zusammen oder zuerst nur einen von ihnen in den See schicken soll.«

»Darauf kann ich Antwort geben«, meldete sich Laire, der inzwischen herbeigekommen war und das Gespräch verfolgt hatte. »Aufgrund der Arbeitshypothesen habe ich neue Berechnungen vorgenommen. Die im See gespeicherte Hyperenergie kann unmöglich für mehr als einen der beiden Männer ausreichen.«

Verblüfft fragte Hamiller mehrfach nach. Laires Antworten überzeugten ihn, dass der Roboter tatsächlich korrekte Berechnungen angestellt hatte und dass sich an seinen Resultaten nicht rütteln ließ.

»Das wirft die Frage auf, wer von beiden den ersten Versuch unternimmt«, stöhnte der Wissenschaftler. »Bei allen Sternengeistern – an diesem Projekt ist wirklich *nichts* einfach.«

»Wir überlassen die Entscheidung den beiden«, schlug Gheet vor.

Hamiller lächelte säuerlich. »Sag den Burschen auf der TRANS-X, sie sollen das Transparent ausfahren!«

Perry Rhodan und der Arkonide hatten ihre Wanderung wieder aufgenommen. Rhodan fühlte sich mittlerweile schwächer werden, er bewegte sich immer langsamer und brannte mit seiner Aura tiefe Gräben in den Boden.

Weder der Cybermed noch sein Zellaktivator konnten diese Schwäche länger unterbinden. Die Medikamente des Cybermeds bewirkten kaum noch eine nennenswerte Kräftigung. Vielleicht einen, höchstens zwei Tage, erkannte Rhodan, dann würde Schluss sein. So also sah das Ende aus: kein Verhungern, Verdursten oder Ersticken infolge einer

Anhäufung nicht mehr verarbeitbarer Abfallprodukte, sondern einfach ein Kollaps.

Er sah in den dunklen Himmel auf, als müsse irgendwo in weiter Ferne die Rettung erscheinen.

Sein Blick fiel auf die funkelnde Hülle der TRANS-X, die halb über den Horizont aufragte. Er sah buntes Flackern, das seine Aufmerksamkeit erregte. Zugleich winkte Atlan ihm aus der Ferne zu, er solle näher kommen.

Endlich erkannte Rhodan, dass aus der großen Äquatorialschleuse der TRANS-X ein riesiges Transparent ausgefahren worden war. Es klebte, wahrscheinlich von einem Traktorfeld gehalten, an der oberen Rumpfwölbung. Das bunte Glitzern, das Rhodan zuerst wahrgenommen hatte, stammte von großen leuchtenden Schriftzeichen auf dem Transparent.

Erklärung des bevorstehenden Experiments, las er.

Die Schrift wechselte kurz darauf. Mit knappen Worten, die erkennen ließen, dass er keine Zeit verlieren wollte, erklärte Hamiller die Überlegungen seines Stabs während der letzten Stunden. Er verriet, dass er sich über den heilenden Mechanismus der Strahlenquelle des Sees keineswegs im Klaren war. Er versprach keinen Erfolg; aber er betonte, dass nach menschlichem Ermessen auch kein Schaden entstehen könne. Der geringe Energiegehalt würde zunächst nur einem der Auraträger helfen können, falls überhaupt. Es blieb Rhodan und Atlan überlassen, wer den Anfang machte. Inzwischen, versicherte Hamiller, war die Suche nach einem zweiten geeigneten Metallsee angelaufen; vielleicht würde es nicht lange dauern, eine weitere geeignete Quelle aufzuspüren.

Der kritische Faktor ist die Zeit!, endete die Nachricht. *Die Erzeugung der Zusatzimpulse, die nötig sind, um die heilende Wirkung der Quelle zu erschließen, ist energetisch ungeheuer aufwendig. Wir können die entsprechenden Projektoren jeweils nur wenige Augenblicke in Betrieb halten. Der erste Versuch beginnt in zwanzig Minuten. Dieses Transparent wird dann in rotem Licht erstrahlen. Einer von euch hat danach zehn Sekunden Zeit, Kontakt mit der Strahlungsquelle aufzunehmen.*

Das Transparent wurde dunkel. Rhodan sah, dass Atlan sich wieder in Bewegung setzte. Der Arkonide lief weiter in die Nachtzone hinein. Damit zeigte er seine Entscheidung: Rhodan sollte der Erste sein, der möglicherweise die Aura verlor.

Bei anderer Gelegenheit hätte der Terraner den Entschluss des Freundes sicherlich zu schätzen gewusst, wenn er auch nicht ohne Weiteres zugestimmt hätte. Im Moment hielt er es sogar für reine Torheit, Atlan gewähren zu lassen, denn es gab keine Erfolgsgarantie. Vielleicht entstieg er lediglich mit einer geschwächten Aura dem Metallsee. Auf eine Schwächung seiner Aura aber durfte Rhodan es keinesfalls ankommen lassen. Wenn Hamillers Methode versagte, gab es nur noch einen Weg, die Aura zu beseitigen – und dieser Weg führte über Green Darkness. Je stärker die Aura, desto größer die Wahrscheinlichkeit, dass der nächste Übertritt auf den Planeten schon bald erfolgen würde. Rhodan durfte also nicht zulassen, dass Atlan ihm den Vortritt zum See überließ!

Der Terraner nahm seine Kräfte zusammen und hastete dem Freund hinterher.

Als Atlan ihn bemerkte, lief er zuerst noch schneller davon. Dann jedoch schien er über Rhodans wirbelnde Armbewegungen nachzudenken, denn er kam in weitem Bogen zurück.

Rhodan deutete auf die Detonationskapsel, die er an seinem Gürtel befestigt hatte. Dazu machte er mindestens ein Dutzend Mal immer wieder dieselbe Geste. *Ich weiß, was zu tun ist!*, bedeutete sie. *Der See gehört dir!*

Es ging nicht mehr um Freundschaft und Opferbereitschaft. Mittlerweile galt allein das Prinzip der Zweckmäßigkeit.

Noch 15 Minuten!, zeigte das Transparent an der TRANS-X.

Die beiden Männer waren knapp drei Kilometer vom See entfernt. Mit weiten Sprüngen konnten sie das flüssige Metall schnell erreichen. Rhodan hielt sich hinter dem Arkoniden und brachte damit erneut zum Ausdruck, dass er abwarten wolle.

In der Schattengrenze des Terminators erhob sich eine flache, aber weitläufige Felsgruppe. Der Terraner schätzte die Distanz und stieß sich mit der nötigen Kraft vom Boden ab. Er fühlte, dass ihm der Cybermed währenddessen eine neue kräftigende Injektion verabreichte.

Der Sprung trug ihn Dutzende Meter weit. Er berührte den Boden und wollte sich gerade wieder abstoßen, als wie aus dem Nichts eine Gestalt vor ihm auftauchte. Rhodan reagierte mit ungläubigem Erstaunen.

Laire stand ihm im Weg und zeigte mit heftigen Armbewegungen, dass er Wichtiges mitzuteilen habe.

Atlan war schon mehr als einen Kilometer weit entfernt. Der Roboter beugte sich nach vorne und fing an, mit seinen verstümmelten Fingern Rillen in die harte Felsoberfläche zu kratzen. Rhodan sah ihm ungeduldig zu. Die Rillen bildeten unregelmäßige Linien und formten ein Muster. Es war eine Landkarte.

Laire wies auf die sonnenüberflutete Taghälfte des Planeten hinaus. Er zeigte auf eine flache Bergkette, die am Horizont gerade noch zu erkennen war. Dann beugte er sich wieder über die provisorische Karte und wischte mit der Hand über eine Serie wellenförmiger Rillen. Sie stellten den Bergzug dar. Dahinter zeichnete der Roboter nun einen kreisförmigen Umriss. Nacheinander deutete er auf den See, den Kreis und auf Rhodan.

Wir haben einen zweiten geeigneten See gefunden, bedeutete das. *Er ist für dich!*

Der Terraner wiederholte seine Geste von vorhin. *Zur Seite!,* befahl er. Laire gehorchte, und Rhodan setzte zum Sprung an.

Noch 1 Minute, verkündete die grelle Schrift auf dem Transparent.

Der Arkonide hatte das Ufer des Metallsees fast erreicht, als Rhodan in flachem Sprung an dem Roboter vorbeiglitt. Der Terraner war verwirrt. *Falls Laire verhindern wollte, dass ich als Erster in den See gehe, dann hätte er es nicht geschickter anfangen können,* schoss es ihm durch den Sinn.

Atlan erreichte den See. Zweifellos richtete er den Blick auf die TRANS-X, um den Moment nicht zu versäumen, in dem das Transparent rot aufleuchtete.

Das geschah, als Perry Rhodan sich dem See bis auf etwa siebenhundert Meter genähert hatte. Atlan, von einer Wolke verdampfenden Gesteins umwogt, schwang sich das steile Ufer hinab zur Oberfläche des Metallsees.

Rhodan sah, dass die Aura zum Teil in das zähflüssige Metall eindrang. Atlan schien jedoch auf der Seeoberfläche zu stehen.

Die Hitze des geschmolzenen Bleis empfand der Arkonide offenbar nicht. Die Aura schützte ihn vor allen äußeren Einflüssen. Allerdings reagierte sie mit dem Metall. Aufsteigender Dampf wurde von dem tobenden Sturm in dünnen, wirbelnden Fahnen fortgerissen. Wo Atlan stand, geriet die Seeoberfläche in Aufruhr. Wellen breiteten sich träge über das flüssige Metall aus.

Augenblicke später eruptierte der See, seine gesamte Substanz wurde förmlich in die Höhe geschleudert. Eine schillernde Fontäne aus geschmolzenem Metall stieg auf und breitete sich schließlich fächerartig aus. Das Metall stürzte jedoch nicht zurück, sondern verdampfte und wurde von dem Orkan mitgerissen.

Der Vorgang hatte sich unglaublich schnell abgespielt. Getrieben von der Sorge um Atlan, hastete Rhodan weiter auf den See zu, der nichts anderes mehr war als eine gut dreißig Meter tiefe Senke.

Unten auf dem Seeboden war Atlan schon wieder in Bewegung. Seine immer noch golden schimmernde Aura fraß bereits eine lange Furche in den felsigen Grund. Rhodan wollte der TRANS-X signalisieren, dass der Arkonide wohlauf sei, da entdeckte er die kleine Flugsonde in Atlans

Nähe. Die Wissenschaftler wussten also schon, dass dem Arkoniden nichts Ernsthaftes zugestoßen war.

Auf dem Transparent an der TRANS-X erschien eine neue Leuchtschrift.

Tut uns leid. Der gewünschte Erfolg blieb leider versagt. Wir arbeiten weiter.

Rhodan fragte sich, wie viel Verzweiflung und Enttäuschung hinter diesen Sätzen steckte. Er kannte Hamiller und seine Mitarbeiter und wusste, dass sie verbissen weiterarbeiten würden.

Doch jetzt war er an der Reihe.

Für einen Sekundenbruchteil wurde es finster um ihn herum.

Kaum spürte Perry Rhodan festen Boden unter den Füßen, da erklang ein dumpfes Fauchen aus der Höhe. Ein scharfer Knall neben ihm, und ein Geröllhagel überschüttete ihn.

Diesmal kommst du nicht davon, Verräter!, zeterte die mentale Stimme unter seiner Schädeldecke.

Erst jetzt erkannte der Aktivatorträger, dass er dicht vor der riesigen Statue materialisiert war. Er stand in dem von Einschusskratern zerrissenen Hof, und der eben erst entstandene jüngste Krater war lediglich zwei Meter von ihm entfernt.

Einen derart bedrohlichen Empfang hatte Rhodan nicht erwartet. Er dachte nicht daran, der Mentalstimme zu antworten, sondern glitt auf die Basis der Statue zu. Unterdessen verfehlte ihn ein weiterer Energiestrahl um abermals zwei Meter.

Er hakte die Sprengkapsel vom Gürtel, eine Fissionsbombe mit einer Sprengwirkung von nicht mehr als zehn Tonnen TNT. Er wollte die Figur lediglich in Stücke brechen sehen und barg die Kapsel am Fuß der Statue, während ein weiterer Energiestrahl nach ihm stach und ihn wiederum nur um rund zwei Meter verfehlte.

Nachdem er den Zünder auf dreißig Minuten gestellt hatte, eilte er, von Strahlschüssen verfolgt, davon, verließ den ummauerten Bereich und wandte sich in nördliche Richtung. Während er über das zerklüftete Gelände hastete, dachte er über seine Lage nach, die abermals gänzlich anders war als erwartet. Nichts, was mit Green Darkness zu tun hatte, schien sich nach den herkömmlichen Maßstäben menschlicher Logik beurteilen zu lassen. Bei seinem dritten Besuch hatte ihn die »Macht« für einen Neuling gehalten. Er hatte damit gerechnet, dass er diesmal wieder unerkannt bleiben könne, doch diese Ansicht war ihm gründlich vergangen. Die Strahlschüsse, die ihm selbst in mehr als einem Kilometer Entfernung von der Statue folgten, belehrten ihn eines Besseren.

Inzwischen erinnerte er sich an eine Bemerkung der Mentalstimme bei seinem zweiten Besuch: »Ich werde dich wiedersehen, und bei jeder Begegnung wird deine Machtfülle größer!«

Wie vertrug sich das mit dem Umstand, dass der Fremde ihn bei seinem nächsten Besuch nicht wiedererkannt hatte? Rhodan ertappte sich bei dem Gedanken, dass an der Summe seiner Überlegungen etwas Grundsätzliches falsch sein müsse. Die Menschheit war bereits vielen Zivilisationen begegnet, aber nicht einer einzigen, die eine von der menschlichen verschiedene Logik praktiziert hätte. Das Fremdeste in der Hinsicht waren die Kelosker gewesen. Aber sogar ihre Denkweise war irgendwie vertraut erschienen, wenngleich der menschliche Verstand vor den mathematischen Verwicklungen zurückschreckte, die sich daraus ergeben hatten.

Was Rhodan auf Green Darkness bisher zugestoßen war, ließ sich am besten damit erklären, dass der Mechanismus, den die »Macht« hier installiert hatte, nicht mehr wie ursprünglich geplant funktionierte.

Die Statue hatte seit einigen Minuten nicht mehr auf ihn geschossen, möglicherweise entfernte er sich aus ihrem Wirkungsbereich. Rhodan hielt dennoch erst inne, als er eine tief eingeschnittene Schlucht erreichte. Die grüne Sonne näherte sich dem höchsten Punkt ihrer eigenartigen Bahn.

Wahrscheinlich fehlten nur Minuten, bis die Sprengkapsel detonieren und die Statue zerstören würde. Perry Rhodan konnte die Zeit nur abschätzen, die verstrichen war. Angespannt blickte er in Richtung des Standbilds, da gewahrte er nahe der Umfassungsmauer eine Bewegung. Die Lichtverhältnisse waren alles andere als ideal, und die Entfernung betrug annähernd zwei Kilometer, dennoch glaubte der Terraner, eine menschliche Gestalt zu erkennen.

Atlan?

Der Schreck elektrisierte Rhodan geradezu. Wenn der Arkonide sich nicht schnellstens aus dem Staub machte, würde die Explosion ihn umbringen.

Rhodan schrie eine Warnung – in der Hoffnung, dass der Lautsprecher seines Raumanzugs genug Lärm verursachte, um Atlan aufmerksam zu machen.

Der Freund hatte sich mittlerweile von der Statue abgewandt und ging an der Mauer entlang nach Süden. Dort hatte Rhodan beim letzten Mal seine Warnung mit Steinen aufgeschichtet.

Es sah aus, als lese Atlan die Nachricht. Jedenfalls stand er sekundenlang still, und dann lief er los. Er wandte sich nach Osten – wie

Rhodan es ebenfalls getan hätte –, und seine Eile verriet, dass er die Gefahr zumindest ahnte.

Im Laufen wandte er sich um, und schließlich entdeckte er den Terraner und änderte abermals seine Richtung. Trotz der Schwäche, die ihm zunehmend zu schaffen machte, eilte Rhodan dem Freund entgegen.

Sie waren nicht einmal mehr hundert Meter voneinander entfernt, als die Sprengkapsel detonierte.

10.

Erst sah es so aus, als hebe die Mauerstruktur mitsamt der Frauengestalt vom Boden ab. Doch schon entstanden Risse in der Umfriedung. Die geringe Gravitation des Planeten ließ den Vorgang langsamer ablaufen, als er sich unter gewohnten Verhältnissen abgespielt hätte. Zögernd sank die Mauer in sich zusammen. Der Glutball der nuklearen Detonation hüllte die Statue ein, während die Mauertrümmer von einer riesigen Staubwolke verschluckt wurden. Brüllend rollte der Donner durch das Tal, und der Boden zitterte nicht nur unter der Wucht der Entladung, sondern auch unter dem Aufprall der Trümmerstücke.

Die beiden Männer hatten sich zu Boden geworfen. Ein wahrer Geröllhagel ging in ihrer Nähe nieder, ohne jedoch Schaden anzurichten. Als Rhodan sich zögernd wieder aufrichtete, wuchs ein Rauchpilz in die Höhe. Es war windstill. Der dicke Qualm würde sich eine Zeit lang halten.

Die grüne Sonne war noch ein gutes Stück vom Horizont entfernt.

Rhodan ging auf den Freund zu. Er öffnete seinen Helm und sah, dass Atlan es ihm nachtat.

»Ich habe geradezu Sehnsucht danach, ein Wort mit einem anderen Menschen zu wechseln«, sagte der Terraner stockend.

Atlan grinste vieldeutig. »In letzter Zeit ist es ziemlich einsam, nicht wahr?«

»Diese Begegnung hat ein glücklicher Zufall herbeigeführt.«

»Wurde aber auch Zeit«, knurrte der Arkonide. »Wir haben uns das Glück reichlich verdient.«

»Ich habe eine Hypothese«, erklärte Rhodan. »Ich bin fast sicher, dass uns auf vergleichsweise einfache Art und Weise geholfen werden kann, sobald wir nach Prisor zurückkehren.«

Atlan deutete mit dem Daumen über die Schulter. »Gehört die Explosion zu deiner Hypothese?«

»Natürlich. Die Statue fungierte als Projektor eines unbekannten Gegners. Sie musste ausgeschaltet werden.«

»Ich nehme an, dass von ihr – viel eher als von der Sonne Mofura – die Impulse ausgehen, die uns hierher verschlagen«, sagte der Arkonide. »Mofura ist nur scheinbar die Quelle. Wahrscheinlich gibt es einen interuniversellen Kanal, der geradewegs von hier in den Mofura-Sektor führt.«

»Das ist eine interessante Theorie.« Rhodan nickte nachdenklich.

»Hast du bei deinem ersten Besuch hier auf die Zeitanzeige geachtet?«

»Alles verlief ohne Zeitverlust, von unserem Universum aus gesehen. Ich glaube sogar, dass ich früher zur BASIS zurückkehrte, als ich sie verlassen hatte. Das erinnerte mich an Arno Kalup und seinen Paradoxfreien Zeit-Transformator. Ein hysteretisch gepolter Transmitter – nannte er das Ding nicht so? Ich habe mich gefragt, ob die Intensivierung unserer Auren womöglich davon herrührt, dass wir durch einen Anti-Transmitter befördert werden. Vielleicht ließen sich die Auren einfach abbauen, wenn wir ein paarmal durch einen Normaltransmitter gingen. Aber ich rede nur. Was ist mit deiner Hypothese?«

Rhodan musterte den Arkoniden mit einem schwer zu beschreibenden Gesichtsausdruck.

»Was ist los?«, fragte Atlan verwirrt. »Habe ich Unsinn verzapft?«

»Du hast mir soeben meine eigene Hypothese vorgetragen!«

Der Ort, an dem sich Mauer und Skulptur erhoben hatten, war eine Stätte der Verwüstung. Aber Rhodan hatte sein Ziel erreicht: Die Statue war nicht verdampft. Die Detonation hatte sie in Dutzende Stücke zerrissen, schwarze Blöcke aus unbekanntem Material.

Seit er seine Überlegungen zum Kalup'schen Hysterese-Transmitter mit Atlan hatte abgleichen können, war Perry Rhodan überzeugt, dass er die Lösung des Problems gefunden hatte. Es ging nur noch darum, die Maschinerie der BASIS rasch genug anlaufen zu lassen, damit eine Transmitterstrecke aufgebaut werden konnte. Rhodan gab sich nicht mehr als einen Tag, bis sein SERUN endgültig aufhörte, genießbare Substanzen zu erzeugen, und nicht mehr als zwölf Stunden, bis ihn selbst endgültig die Kräfte verließen. Bis dahin musste alles geschehen sein, oder die Rettung kam zu spät.

Während die grüne Sonne dem Horizont entgegensank, besprachen beide Männer ihre Eindrücke von Green Darkness. Rhodan wies auf die Widersprüche im Verhalten des Unbekannten hin.

»Ich habe das Ding von Anfang an für eine Maschine gehalten, nicht für ein beseeltes Wesen«, stellte der Arkonide fest. »Wir sind in den Sog eines Zufalls geraten. Wenn wir diesen Ort jemals wiederfinden könnten, würde ich vorschlagen, dass wir uns die Überreste der Mauer und der Statue genau ansehen und zu ermitteln versuchen, was das Ganze zum Ticken bringt. Wie die Dinge liegen, fürchte ich allerdings, dass wir längst nicht schlau genug sind, uns über Universumsgrenzen hinweg zurechtzufinden. Ich stimme dir voll und ganz zu: Wir haben es wahrscheinlich nicht mit fremder Logik zu tun, sondern einfach mit einem Versager in der Maschinerie. Wer weiß, wie alt das alles sein mag.«

»Eines hat mir von Neuem zu denken gegeben«, hielt Rhodan dem Freund entgegen. »Mein Chronometer funktioniert nicht, wenn ich auf Green Darkness bin. Der Zeitzünder der Kapsel arbeitete hingegen einwandfrei. Darüber habe ich mir den Kopf zerbrochen, bis mir einfiel ...«

»... dass der Zünder mit einer herkömmlichen Quarzuhr arbeitet, während dein Chronometer positronisch kontrolliert wird und die Positronen hyperenergetisch stabilisiert sind, damit sie nicht bei jedem Zusammenstoß mit einem Elektron zerstrahlen.«

»Ganz recht.« Rhodan nickte. »Wenn ich vorhersähe, dass ich noch einmal nach Green Darkness komme, würde ich bei Hamiller zuvor eine Quarzuhr bestellen.«

Sie sprachen über all die Ungereimtheiten, mit denen Green Darkness und der fremdartige Mechanismus sie überrascht hatten. Als der grüne Stern den Horizont berührte, schloss Rhodan seinen Helm.

»Das ist auch so eine Sache«, sagte er. »Als ich das erste Mal hier war, hatte ich den Helm geöffnet. Die Rückkehr zur BASIS kam für mich völlig überraschend. Eigentlich hätte ich sofort ersticken müssen, als ich über Partocs Burg materialisierte. Aber der Helm hatte sich merkwürdigerweise von selbst wieder geschlossen.«

Atlan machte eine beschwichtigende Geste. »Eines Tages werden wir alles verstehen, und wenn es bis dahin Jahrtausende dauern sollte.« Er schloss ebenfalls den Helm.

Die grüne Sonne verschwand. Nur ein matter Schimmer hing noch über dem Horizont.

Irritiert sahen die beiden Freunde einander an.

Als der letzte fahle Schimmer erlosch, wussten Perry Rhodan und Atlan, dass sie gestrandet waren.

»Was ist eigentlich mit dem Sonderlabor?«, fragte Ennea Gheet.

Payne Hamiller saß vor zwei Hologrammen und beobachtete auf dem einen Atlan, der sich dem steilen Ufer genähert hatte, und auf dem anderen Perry Rhodan, der noch hoch über dem Arkoniden an der Abbruchkante verharrte. Er fühlte sich leer und ausgebrannt, sein Experiment war misslungen. Es hatte misslingen müssen, redete er sich ein, weil es ohnehin nur ein Provisorium gewesen war.

»Was soll mit dem Labor sein?«, fragte er mürrisch zurück.

»Mittlerweile müssten die Roboter den Folienstapel grundlegend analysiert haben.

»Ist das jetzt wirklich von Bedeutung?« Hamiller fuhr sich mit der Hand über die Stirn.

»Meinst du, wir leben ab sofort von Gewissensbissen über das fehlgeschlagene Experiment?«, rief Gheet. »Wir brauchen neue Daten, neue Gedanken, neue Erkenntnisse! Wenn wir nur den Misserfolg bedauern, verlieren wir unsere wichtigsten Leute!«

Hamiller starrte sekundenlang vor sich hin. Er nickte zögernd. »Worauf warte ich eigentlich?«, gestand er ein. »Fragen wir nach!«

Zwei Minuten später war er wieder um eine Hoffnung ärmer. Die Analysen hatten bislang nichts ergeben, die Folien, hieß es, hätten nichts Abartiges oder Ungewöhnliches an sich.

Währenddessen achtete niemand auf die Bildübertragung.

»Es muss mit dem dritten Auge zu tun haben!«, rief Perry Rhodan. Er berichtete dem Arkoniden, was er bei seinen ersten Besuchen auf Green Darkness beobachtet hatte. Beim Untergang der grünen Sonne hatte das dritte Auge der Statue geheimnisvoll aufgeleuchtet. Rhodan hatte anfangs angenommen, dass dieses Aufblitzen die Aktivierung eines Mechanismus signalisierte, der seine Rückführung in das gewohnte Universum bewirkte. Seit seinem dritten Besuch war er sich dessen nicht mehr sicher; denn er hatte von dem Aufleuchten nichts bemerkt und war dennoch nach Prisor zurückgekehrt.

Atlan machte eine bezeichnende Kopfbewegung in Richtung des Trümmerfelds. »Soll das bedeuten, dass wir für immer hier gefangen sind?«

»Im schlimmsten Fall, ja«, antwortete der Terraner. »Aber du sagtest selbst, wir haben uns ein wenig Glück verdient. Lass uns nach dem Auge suchen!«

Sie wandten sich dem Trümmerfeld zu. Es war finster geworden, und trotz der Helmlampen erschien ihr Vorhaben ziemlich aussichtslos. Die Überreste der Mauer und der Statue lagen weit verstreut, und viele Brocken ließen ihre ursprüngliche Form nicht mehr erkennen. Stunden vergingen, bis beide Männer unabhängig voneinander feststellten, dass die Hitze offenbar nur die Bestandteile der Mauer und des Bodenbelags angegriffen hatte. Das Material der Statue war weitaus hitzebeständiger und war lediglich auseinandergebrochen.

Atlan entdeckte schließlich Teile des Frauenkopfes. Mauerfragmente erschwerten die Suche. Sie wurden weggeräumt, und dann fand Rhodan einen Teil der Stirn mit dem dritten Auge. Das Bruchstück war unregelmäßig geformt, knapp einen Meter lang und halb so dick. Rhodan taxierte es von allen Seiten.

»Irgendein Hinweis sollte sich doch finden lassen, dass dieses Auge Teil eines größeren Ganzen war, oder nicht?«

»Schwer zu sagen«, erwiderte Atlan. »Wir müssten wenigstens etwas über die fremde Technologie wissen. Wie wäre es, wenn wir das Auge in Position bringen?«

Sie entschieden sich für einen Bereich im Anschluss an die Warnung, die Rhodan für den Freund im Gelände hinterlassen hatte. Sie hatte ihren Zweck gerade noch rechtzeitig erfüllt und Atlan wohl das Leben gerettet.

Perry Rhodan legte das Stirnfragment auf eine Felsplatte und richtete es so aus, dass es der grünen Sonne, wenn diese wieder über dem Horizont erschien, dauernd zugewandt sein würde.

»Hast du eine Ahnung, wie lange wir warten müssen?«, fragte Atlan. Rhodan schüttelte nur den Kopf.

Sie hockten sich auf die Felsplatte und warteten. Gesprochen wurde wenig. Rhodan spürte seine Erschöpfung immer deutlicher, und er war sicher, dass es dem Freund nicht anders erging. Die Strapazen hätten jeden anderen längst umgebracht. Dass sie beide sich überhaupt noch auf den Beinen halten konnten, verdankten sie vor allem ihren Zellaktivatoren.

Rhodan sank schließlich in einen unruhigen Schlaf. Erst Atlans Stimme im Helmfunk schreckte ihn wieder hoch.

»Mach die Augen auf, oder du versäumst den entscheidenden Moment!«

Rhodan fuhr in die Höhe. Er sah die kleine grüne Sonne dicht über dem Horizont stehen.

»Ist sie eben aufgegangen?«

»Sie geht schon wieder unter«, antwortete der Arkonide. »Du hattest die Ruhe nötig, deshalb wollte ich dich nicht schon vorher wecken.«

Rhodan fixierte den sinkenden grünen Lichtfleck, bis seine Augen tränten und die ferne Sonne den Horizont berührte. In dem Moment stand er auf und musterte das Stirnfragment der Statue. Wenn seine Vermutung richtig war und der geheimnisvolle Mechanismus noch funktionierte ...

Er dachte den Gedanken nicht zu Ende. Das Auge leuchtete auf.

»Dort – sieh!«, stieß Ennea Gheet entsetzt hervor. Payne Hamiller wirbelte herum.

Perry Rhodan stand noch am Ufer des Sees, aber seine Aura strahlte plötzlich so hell, dass sie selbst gegen das grelle Sonnenlicht der Tagseite mühelos zu erkennen war. Auch Atlan war von einer intensivierten Aura umgeben.

Hamiller sah Rhodan heftige Gesten machen.

»Er will uns etwas mitteilen«, vermutete die Hyperphysikerin. »Ich habe das Gefühl, dass wir sofort reagieren müssen.«

»Ich informiere die Mutanten!«

Seit der letzten telekinetisch gesteuerten Kommunikation waren mehr als zwei Stunden verstrichen. Gucky war sofort bereit, Rhodan telekinetisch die üblichen Schreibfolien zukommen zu lassen.

Es dauerte nicht lange, dann lagen die Notizen des Terraners vor.

Auf Prisor ist eine dreistufige Transmitterstrecke einzurichten. Großtransmitter, deren minimale Feldöffnung durch den Umfang unserer Auren bestimmt ist. Der lückenlose Anschluss der Stufen aneinander und der Weitertransport müssen gewährleistet sein. Für den Aufbau der Transmitterstrecke bleiben nur noch ein paar Stunden Zeit. Beeilt euch! Es geht um unser Leben!

Payne Hamiller hatte in aller Eile gelesen, ohne die Folien zu berühren. Gucky stieß sie danach mit seiner Psi-Kraft in den Kleintransmitter der Verbindung zum Sonderlabor.

»Deshalb also!«, murmelte Hamiller. »Die Roboter im Labor konnten nichts mehr feststellen, weil der Transmitter tatsächlich eine korrigierende Wirkung ausübt.«

Die Erstellung der dreistufigen Großtransmitterstrecke auf der Oberfläche eines Planeten mit mörderischen Umweltbedingungen und innerhalb von weniger als fünf Stunden ist als Meisterleistung des menschlichen Durchsetzungsvermögens in die Geschichtsschreibung eingegangen. Payne Hamiller leitete Rhodans Anweisung umgehend an die BASIS weiter. Das Trägerschiff, derzeit unter Reginald Bulls Kommando, nahm sofort Fahrt auf, und während es Prisor anflog, wurden in den Werkhallen bereits die Großtransmitter montiert.

Knapp vierzig Minuten nach Beginn der Aktion erschien die BASIS über dem Planeten. Die teilmontierten Transmitterkonstruktionen und alle noch benötigten Strukturteile wurden über vier Positionen entlang des Terminators abgesetzt. Wissenschaftler, Techniker und ein Heer von Robotern folgten und nahmen die Endmontage der Großtransmitter in Angriff.

Drei Stunden nach Hamillers Benachrichtigung stand die Transmitterstrecke. Ihre Energieversorgung erfolgte über Fusionsmeiler. Ein Probelauf ergab, dass der Anschluss zwischen zweiter und dritter Stufe nicht lückenlos war. Ein Transportobjekt, das am Ende der zweiten Stufe materialisierte, wurde nicht automatisch von der Feldöffnung der dritten Stufe aufgenommen. Die Nachjustierung nahm eine weitere Stunde in Anspruch. Beim nächsten Probelauf ereignete sich eine Kommunikationspanne am Ende der dritten Stufe, die jedoch keinen Einfluss auf die Materialisation des Versuchsobjekts hatte.

Die ganze Zeit über bewegten sich Perry Rhodan und der Arkonide über die Felsebene des Terminators und der Nachtseite. Die Wechselwirkung zwischen Rhodans Aura und der Oberfläche des Planeten war derart intensiv, dass er einen Strom von glühendem Gestein hinter sich ließ.

Nach vier Stunden und achtundvierzig Minuten leuchtete das Transparent an der TRANS-X rot auf. Perry Rhodan und Atlan, die sich seit einiger Zeit in der Nähe der ersten Transmitterstation aufhielten, schritten Seite an Seite auf die riesige torbogenförmige Öffnung des Transmitterfelds zu.

Die Ungewissheit nagte in ihm, denn im Prinzip verließ er sich ausschließlich auf seine Hoffnung. Was blieb ihm auch anderes übrig? Perry Rhodan erinnerte sich an Atlans lange Bewusstlosigkeit nach dem Experiment mit dem Feldtriebwerk. Er vermutete, dass derselbe Effekt beim Durchgang durch die Transmitterstrecke eintreten werde.

Etwa hundert Meter vor dem leuchtenden Torbogen bedeutete der Terraner dem Freund, dass er vorangehen solle. Diesmal sträubte sich Atlan nicht. Seine Aura reichte etwa bis zur halben Höhe des Torbogens. Er schritt auf das Transmitterfeld zu, drang darin ein und verschwand.

Rhodan folgte dem Arkoniden. Er war sich der Gefahr bewusst, die der Transmitterdurchgang bedeutete, aber sie kümmerte ihn nicht. Die letzten Tage und Wochen hatten seine Empfindungen abstumpfen lassen.

Der letzte, entscheidende Schritt – Rhodan tat ihn rein mechanisch. Er fühlte die Einwirkung des Transportfelds wie einen körperlichen Schlag. Sein Gehirn schien zu explodieren, dann war nichts mehr ...

Reginald Bull stand am Ende der dritten Transmitterstufe. Er war mit dem Beiboot gekommen, als die Kommunikationspanne zu klären gewesen war.

»Atlan geht soeben über die Strecke!«, wurde ihm von der TRANS-X gemeldet.

Der Arkonide erschien zeitgleich. Er hielt sich noch einen Moment lang auf den Beinen und machte einen stockenden Schritt vorwärts, dann sank er in sich zusammen und rührte sich nicht mehr. Zwei Medoroboter eilten zu ihm.

Die goldene Aura ist verschwunden! Das war Bullys erlösender Gedanke in dieser Sekunde. Der Gang über die Transmitterstrecke hatte die Energiehülle beseitigt. Wahrscheinlich hatte er auch die Bewusstlosigkeit des Arkoniden ausgelöst, aber das war von untergeordneter Bedeutung. Die beiden Medos signalisierten, dass Atlan lebte, sie hatten sich mit dem Cybermed seines Raumanzugs zusammengeschlossen.

Sekunden später erschien Perry Rhodan. Auch seine Aura war erloschen. Wie Atlan sank er in sich zusammen und blieb reglos liegen.

Weitere Medoroboter kümmerten sich sofort um Rhodan. Seine Lebensfunktionen waren zwar schwach, aber durchaus wahrnehmbar.

Reginald Bull ließ die Bewusstlosen an Bord des Raumboots bringen. Das Schiff startete kurz darauf, gefolgt von Hamillers Experimentalkreuzer.

Der kleine Planet Prisor lag wieder so still und verlassen wie in den Jahrmilliarden seiner Entwicklung. Nur die tief eingeschnittenen Gräben auf der Nachtseite, sehr nahe der Terminatorlinie, gaben Aufschluss, dass Prisors Einsamkeit durch einen ungewöhnlichen Zwischenfall unterbrochen worden war.

Ein Tag verging, ohne dass sich der Gesundheitszustand der beiden Aktivatorträger veränderte. Ihre Bewusstlosigkeit musste vom Zusammenwirken der Aura und des Transmitterfelds herrühren. Mehr als diese spekulative Hypothese hatten die Ärzte an Erklärungen nicht anzubieten.

Am zweiten Tag erwachte zunächst Atlan. Er hatte Hunger und Durst, aber keine Beschwerden. Nachdem er eine leichte Speise und ausreichend Flüssigkeit erhalten hatte, kam er allmählich wieder auf die Beine.

Am Abend desselben Tages kam Perry Rhodan zu sich. Er war schwächer als der Arkonide; aber auch sein Zustand besserte sich zusehends, als er gegessen und getrunken hatte.

Gegen Mitternacht trafen beide mit Roi Danton und Reginald Bull zu einer Besprechung zusammen. Die BASIS befand sich noch im Raumsektor Mofura. Der Start in Richtung Ariolcs Burg war weiter hinausgezögert worden.

»Hamiller hat eine recht plausible Theorie für die Erklärung der Auren vorgeschlagen«, sagte Bull. »Plausibel für jeden, der die Algebra der Quinternionen versteht. Seine Hypothese läuft darauf hinaus, dass beim Übergang zwischen zwei Universen ein Objekt die Tendenz entwickelt, Charakteristika des Ursprungsuniversums beizubehalten. In eurem Fall war das Ursprungsuniversum der Mikrokosmos, in dem sich Partocs Burg befand. Die Beibehaltungstendenz wurde offenbar durch die Strahlung der Zellaktivatoren verstärkt und führte zur Entstehung der hyperenergetischen Auren.«

»Hamiller glaubt, einen Kompensationsmechanismus zu kennen, durch den das Entstehen einer Aura in Zukunft verhindert werden kann«, führte Roi Danton weiter aus. »Nur über ein Phänomen ist er sich völlig im Unklaren. Er zögert, mit der Arbeit an dem Kompensiergerät zu beginnen, solange er sich nicht Klarheit verschafft hat.«

»Um welches Phänomen dreht es sich?«, fragte Rhodan.

»Es geht um den sogenannten Flackereffekt.«

Rhodan und Atlan sahen einander an. »Flackereffekt?«, wiederholte der Arkonide verständnislos. »Was ist das?«

Bull stutzte. »Hamiller gab an, er hätte mit euch darüber gesprochen. Wenn man das ›Sprechen‹ nennen kann. Ihr habt wirklich keine Ahnung?«

»Nicht die geringste«, antwortete Rhodan, und irgendwie kam ihm dabei in den Sinn, dass die »Macht« es verstand, ihre Geheimnisse zu wahren.

11.

Ariolcs Kosmische Burg erschien nach einem längeren Flug auf den Schirmen der BASIS.

»Das habe ich befürchtet.« Perry Rhodans Blick fraß sich förmlich an der Wiedergabe fest. Seine Augen verengten sich, um seine Mundwinkel grub sich ein nachdenklicher, fast schon ärgerlicher Zug ein. Ihm gefiel nicht, was er nach der letzten Überlichtetappe der BASIS zu sehen bekam. »Die Burg befindet sich bereits im Einsteinraum. Also waren auch hier schon die Demontagetrupps im Einsatz.«

»Die Zeit drängt«, pflichtete Atlan bei. »Wenn wir uns nicht beeilen, werden wir die restlichen Burgen nicht mehr vorfinden.«

Mehrere Peripherieholos zeigten die permanente Aktualisierung der Mess- und Ortungsdaten. Der Informationsfluss war so umfangreich, als würden jetzt schon alle Geheimnisse des riesigen Gebildes aufgedeckt.

Ariolcs Burg bot sich als Speichenrad gigantischen Ausmaßes dar und unterschied sich damit schon äußerlich erheblich von den ehemaligen Heimstätten der Mächtigen Murcon, Partoc und Lorvorc.

»Die Burg könnte ursprünglich eine Art Kommunikationszentrum gewesen sein«, bemerkte Atlan. »Was die Detailanalyse zeigt, ist unglaublich vielfältig.«

»Allerdings.« Rhodan nickte knapp. »Vielleicht konnte über diese Burg Verbindung zu den Kosmokraten aufgenommen werden.«

Sie glich einem Rad mit zwölf Speichen. Im Zentrum befand sich eine relativ plump wirkende zylinderförmige Nabe. Die Messwerte zeigten ihre Höhe mit 3233,42 Metern an, der Durchmesser betrug 981,71 Meter. In halber Höhe der Nabe waren die Speichen befestigt. Sie durchmaßen an der Verbindung etwa vierhundert Meter und hatten einen kreisförmigen Querschnitt, der sich auf ihre Länge von ebenfalls vierhundert Metern bis auf zweihundert Meter verjüngte. Das Außenrad bestand aus einem offensichtlich exotischen Metall, das den ersten Analysemessungen mühelos widerstand. Die Gesamtkonstruktion durchmaß mehr als 2780 Meter.

Wo die Speichen mit ihrem verjüngten Ende in das Außenrad mündeten, erhoben sich auf dem Rad oben und unten jeweils halbkugelförmige Konstruktionen. Payne Hamiller, der wissenschaftliche Leiter der BASIS-Expedition, identifizierte sie als Richtantennen, war allerdings nicht in der Lage, auch nur eine Schätzung der Leistungsparameter abzugeben. Alle vierundzwanzig Halbkugeln waren jeweils etwa sechzig Meter hoch und durchmaßen an den runden Auflageflächen fast einhundertzwanzig Meter.

»Die Burg dürfte sich als Fundgrube erster Güte erweisen«, stellte Hamiller fest. »Wir sollten hier einige Zeit bleiben. Wer weiß, ob wir je wieder eine derartige Gelegenheit erhalten, vom Wissen der Mächtigen zu profitieren.«

»Ausgeschlossen. Wir müssen alle Burgen besucht haben, bevor die Kosmokraten sie aus unserem Universum zurückziehen«, sagte Rhodan schwer. »Fehlt uns am Ende nur einer der gesuchten Zusatzschlüssel, war alles umsonst.«

»Das ist mir klar«, bestätigte der Wissenschaftler. »Zumindest muss ein Forschungsteam hier auf Ariolcs Burg bleiben, während die BASIS weiterfliegt. Wir können es uns nicht leisten, derartige wissenschaftlich-technische Schätze zu verschenken.«

»Einverstanden.« Rhodan nickte knapp. »Mach dir Gedanken über die Zusammensetzung eines solchen Teams. Später entscheiden wir, ob es wirklich zum Einsatz kommt. Im schlimmsten Fall hält die Burg Überraschungen bereit, die uns die Gedanken an Forschungsarbeit gründlich vertreiben.«

»Seit wann bist du so pessimistisch?«, fragte Atlan spöttisch. »Steckt dir dein Dasein als Mikrowesen im Stromkreis immer noch in den Knochen?«

»Nicht mehr als dir«, antwortete Rhodan.

»Ortung!«, wurde in dem Moment gemeldet. »Diskusraumer!«

Rhodan hatte genau das schon erwartet, die Raumschiffe waren Einheiten der Demontagetrupps. Kanthall ließ die BASIS stoppen. Die Entfernung zu Ariolcs Burg betrug noch etwa eine Lichtminute.

Die Ortungsbilder, teilweise überlagert mit den optischen Wiedergaben, ließen immer noch neue Einzelheiten erkennen. Auf dem Außenring und den Speichen der Burg erhoben sich zahllose Gebilde. Auf einer Speiche stand gar eine mittelalterlich wirkend Gebäudeanlage mit Türmen und von Zinnen gekrönten Mauern. An anderer Stelle ragte ein Meer von Türmen auf. Die selektive Ortung verriet, dass diese Bauten leer und ohne technische Funktion waren.

Die BASIS befand sich in einer Position schräg »über« der Kosmischen Burg. Aus den Ortungsdaten erstellte die Hauptpositronik Schaubilder, die das Aussehen des gesamten Objekts wiedergaben. Dabei wurde deutlich, dass ausgedehnte Schleier an der äußeren Rundung des Speichenrads wie Flammen ins All hinausgriffen.

»Das Bild passt zu Ariolc«, bemerkte Ganerc-Callibso, der ehemals Mächtige. »Ariolc hat die Burg verändert. Sie ist Ausdruck seines Geisteszustands geworden.«

»Das Werk eines Wahnsinnigen«, sagte Atlan. Ariolc hatte seine Burg mit bestechend schönen Mustern versehen, aber auch mit abstoßend hässlichem Zierrat.

»Er kann das nicht allein gebaut haben«, stellte Ganerc fest.

»Wer könnte ihm geholfen haben?«, wollte Rhodan wissen.

»Eigentlich nur die *Fehlersucher*«, antwortete der Gnom nachdenklich. »Es hat kurz nach der Versetzung der Burgen in das Mikrouniversum noch robotische Montagekommandos gegeben, die als Nachhut der Konstrukteure fungierten.«

»Das wäre nur logisch und aus technischer Sicht zwingend notwendig.« Rhodan war längst bewusst, welch gigantisches Unternehmen die Kosmokraten vor mehr als einer Million Jahren vollbracht hatten. Ein Heer von Helfern aller Art musste dafür notwendig gewesen sein. Das Problem, Fehler zu finden, wuchs mit dem Grad der technischen Entwicklung. Anlagen wie die Kosmischen Burgen waren gespickt mit technischen Geräten, von denen jedes zahllose Funktionen zu erfüllen hatte.

»Leicht dürfte es für Ariolc nicht gewesen sein, die Fehlersucher zu solchen Arbeiten heranzuziehen«, fuhr Ganerc-Callibso fort. »Aber er hat es geschafft, wie wir sehen. Die Grenze zwischen Genialität und Wahnsinn ist schmal. Ariolc mag sich mal auf dieser, mal auf jener Seite aufgehalten haben.«

»Ich fliege mit einem Einsatzkommando zur Burg«, entschied Rhodan. »Diesmal begleiten uns einige Mutanten, damit wir notfalls schnell genug zurückkehren können.«

»Ich bin wieder mit dabei«, sagte Atlan.

Zu dieser Zeit weilte Jagur schon einige Tage in Ariolcs Burg. Er befand sich in einer schweren Krise, die er sich nicht erklären konnte.

Schon immer litt er an seiner geringen Größe. Die meisten Männer in seinem Alter maßen wenigstens einen Meter achtunddreißig. Er war kleiner und schon deshalb mit sich und seinem Schicksal unzufrieden. Nicht einmal die Tatsache, dass ihm das Kommando über mehr als tausend Homoniden erteilt worden war, tröstete ihn darüber hinweg, dass jeder ihn als Zwerg ansah.

Seine Kleinwüchsigkeit wurde ihm besonders bewusst, als er den Prunkmantel anlegte, der aus violetten, hellblauen und grünen Streifen zusammengesetzt war. Jeder erkannte auf den ersten Blick, dass dieses Kleidungsstück für ein übergroßes humanoides Wesen gefertigt worden war.

»Du hast keine andere Wahl«, sagte Jagur zu sich selbst. »Du musst einige Männer abkommandieren, damit sie den Mantel umarbeiten.

Nichts ist so wichtig. Der Mantel unterstreicht meine Würde ... die Würde des ...« Er verstummte verwirrt.

Wovon hatte er gesprochen?

Weshalb trug er den Mantel überhaupt?

Er schüttelte das Kleidungsstück ab und ließ es auf den Boden fallen, dessen transparentes Material eine unüberschaubare Zahl von Dämonenmasken überdeckte.

Die Tür öffnete sich, und Jagur fuhr herum. Achtzehn Androiden marschierten im Gleichschritt in den Raum. Sie blickten starr auf die gegenüberliegende Tür. Donnernd prallten ihre Füße auf den Boden.

»Was hat das zu bedeuten?«, fragte Jagur.

Sie beachteten ihn nicht. Einer der Androiden eilte mehrere Schritte voraus und öffnete den Ausgang. Die anderen marschierten wie Puppen weiter und durch die Tür hinaus. Dumpf krachend fiel sie hinter ihnen zu.

Jagur lief ihnen hinterher und blickte auf den Gang hinaus. Aber die Androiden waren schon verschwunden.

Ein achtbeiniges, bepelztes Wesen, ebenso lang wie er groß, kroch auf ihn zu. Es wurde von humanoiden Zwergen begleitet, jeder nur mehrere Handspannen hoch. Mit erhobenen Armen trugen sie ein riesiges, golden schimmerndes Blasinstrument. Das achtbeinige Wesen umklammerte das Mundstück mit einem Bein und blies mit aller Kraft hinein. Ohrenbetäubender Lärm schlug Jagur entgegen. Er presste die Handflächen gegen die Ohren und wich zurück, schrie dem achtbeinigen Wesen zu, dass es ruhig sein sollte, konnte den Lärm aber nicht übertönen. Schmerzgepeinigt sank er auf die Knie, während die Gruppe blasend an ihm vorbeizog, den Raum durchquerte und durch die gegenüberliegende Tür verschwand.

Jagur atmete auf, als der enervierende Lärm gedämpft wurde. Jagur versetzte dem Prunkmantel einen Fußtritt, verfing sich jedoch in dem Stoff und stürzte. Er schlug so hart mit der Schulter auf, dass er vor Schmerz wie gelähmt war.

Johlend stürmten zwei Androiden herein. Jagur erkannte einen von ihnen an der breiten Stirnnarbe. »Passo!«, rief er.

Der narbige Homonide ritt auf den Schultern des anderen. »Wo ist er denn?«, fragte er und blickte sich suchend um.

»Hier bin ich.« Jagur richtete sich mühsam auf. Selten hatte er sich so gedemütigt gefühlt. Er glaubte, dass Passo nur so tat, als sehe er ihn nicht.

»Wo denn?«, fragte der Androide erneut und stieß seinem Träger die Hacken in die Seite. »Wo?«

Jagur verschlug es den Atem. Er griff zur Waffe und riss sie aus dem Gürtel, während die beiden Androiden aus dem Raum eilten, als wäre nichts geschehen. Der Kommandant zielte auf sie, ließ den Strahler dann aber doch sinken, ohne den Auslöser zu betätigen. Langsam wandte er sich zum Spiegel um.

»Es ist deiner nicht würdig, sich so aufzuführen«, sagte er laut, hob den Mantel auf und legte ihn sich wieder über die Schultern. Dann schritt er langsam vor dem Spiegel auf und ab.

Wieder öffnete sich die Tür. Ein Androide trat ein. Er trug eine flammend rote Kombination und einen gelben Hut, dessen Krempe weit über seine Schultern hinausreichte. In den Händen hielt er einen schwarzen Holzstab.

»Geh mir aus dem Weg, Wicht!«, befahl der Androide und schritt hochmütig an Jagur vorbei. »Du weißt wohl nicht, wen du vor dir hast?«

Jagur zog erneut die Waffe. »Allerdings nicht«, antwortete er. »Wer bist du denn?«

Der Androide blickte verächtlich auf ihn herab.

»Ariolc!«, sagte er.

Jagur schoss, und sein Gegenüber brach auf der Stelle zusammen. Es war alles noch viel schlimmer gekommen, als der Kommandant des Demontagetrupps befürchtet hatte. Er erinnerte sich daran, wie alles vor wenigen Tagen begonnen hatte.

12.

»Lebt Ariolc?«, fragte der Androide Alta.

»Das weiß ich nicht«, antwortete Jagur. »Vermutlich nicht. Seit Jahrhunderttausenden hat niemand mehr von ihm gehört. Wie es heißt, soll er den Verstand verloren haben. Doch das Universum ist groß und voller Wunder, ein Heilkundiger könnte im Dunkel der Vergangenheit bei Ariolc erschienen sein und ihn geheilt haben. Vielleicht hat der Mächtige seine Burg auch für einige Jahrhunderttausende verlassen, um sich im Universum umzusehen. Ich weiß es wirklich nicht.«

»Du weißt es nicht – aber was glaubst du?«

Sie standen vor einem Außenschott der Kosmischen Burg. Jagur hantierte an der Positronik und öffnete das Schott. Mit zehn Androiden betrat er Ariolcs Heimstatt.

»Ich glaube, dass der Mächtige tot ist«, erklärte er. »Ich kann mir nicht vorstellen, dass Ariolc noch in der Burg haust und auf das Ende wartet, das für einen Unsterblichen vielleicht nie kommt. Und jetzt reden wir nicht mehr darüber. Viel Arbeit wartet auf uns.«

Jagur war einerseits stolz, dass er den Auftrag bekommen hatte, Ariolcs Kosmische Burg aus dem Mikrokosmos in den Normalraum zu überführen und danach bis an die Materiequelle zu bringen, doch behagte ihm nicht ganz, dass es ausgerechnet die Burg eines Wahnsinnigen war. Hätte es nicht die eines anderen Mächtigen sein können?

Das äußere Schleusenschott schloss sich, gleich darauf öffnete sich das Innenschott. Jagur blickte in einen Gang, in dem Ariolc alle Schätze des Universums angesammelt zu haben schien.

Die Wände und die Decke bestanden aus edelsten Metallen und Steinen. Der Boden war mit einem glitzernden, Jagur unbekannten Material bezogen. Eine seltsame Kraft schien davon auszugehen, die er sich nicht erklären konnte.

Zögernd betrat er den taghell erleuchteten Gang. Er sah, dass sich unter den prunkvollen Darstellungen primitive Figuren aus billigem Material befanden, das im Lauf der Jahrhunderttausende brüchig geworden war. Einige Metallplatten waren mit abstoßenden Farben beschmiert und mit Stoffresten beklebt. Aus verschiedenen Materialien hatte ein unbekannter Künstler Darstellungen von Folterungen geformt, die den Kommandanten erschauern ließen.

Die Androiden schwiegen, obwohl sie neue Eindrücke sonst lebhaft schwatzend zu kommentieren pflegten. Jagur sah ihnen an, dass sie die Darstellungen voller Unbehagen betrachteten.

»Es ist unheimlich hier, ich fürchte mich«, sagte Berb, der den zweiten Rang bei den Androiden einnahm.

»Das vergeht bald«, erklärte Jagur. »Sorgt dafür, dass die anderen eingeschleust werden. Wir erledigen unsere Aufgabe schnell und genau.«

Die Androiden waren wie Kinder, die nichts aus eigenem Entschluss heraus taten und die im Grunde genommen weitaus weniger leisteten als Roboter. Jagur erteilte ihnen einige Befehle, mit denen er sie nachhaltig von den seltsamen Darstellungen und Einrichtungen der Burg ablenkte.

Wenig später erhielt er die Nachricht, dass die Androiden weitere Zugänge zur Burg geöffnet hatten. Mehr als tausend von ihnen strömten in das gigantische Speichenrad.

Jagur befahl Alta zu sich und drang mit ihm zusammen weiter in die Burg vor. Durch eines der Speichenräder näherten sie sich dem Zentrum, der Radnabe.

Staunend durchschritt Jagur Räume und Gänge, in denen sich Schätze von unsagbarer Schönheit neben extrem hässlichem Gerümpel stapelten. Immer wieder blieb der Kommandant vor Kunstwerken der verschiedensten Art stehen, um sie zu bewundern. Das fiel ihm nicht jedes Mal leicht, da sich häufig direkt daneben Bilder befanden, die er als Schmierereien ansah. Teilweise hatte Ariolc sogar die Kunstwerke verunstaltet.

Je näher der Kommandant der Nabe kam, desto häufiger erreichten ihn Funkmeldungen, dass es gelungen sei, Teile des Drugun-Umsetzers zu finden. Alle Teile dieser Anlage waren dezentralisiert in der Burg versteckt. Die Unterführer der Androidenkommandos hatten Zeichnungen und Ortungsgeräte, mit denen sie die Fragmente aufspüren konnten. Doch die Bauteile des Drugun-Umsetzers waren vor Jahrhunderttausenden versteckt worden.

Es zeigte sich, dass Ariolc einige von ihnen gefunden und zweckentfremdet hatte.

»Ob er wusste, dass es Teile des Drugun-Umsetzers sind?«, fragte Alta.

»Natürlich nicht«, antwortete Jagur. »Aus keinem der Einzelteile konnte er auf das Ganze schließen. Vergiss nicht, dass der Drugun-Umsetzer dieser Burg aus mehr als zwanzigtausend Einzelteilen besteht. Deshalb sind wir mit über tausend Mann hier erschienen. In anderen Burgen reichen kleinere Kommandos aus, hier nicht.«

Je weiter er in die Burg eindrang, desto redseliger wurde der Kommandant des Drugun-Unternehmens.

Er spürte selbst, dass er zu viel redete, doch er konnte nicht anders. Die Worte quollen aus ihm heraus, als würden sie von einer fremden Kraft erzwungen.

Von den Bildern, Skulpturen, Möbeln und Maschinen, die Ariolc in der Burg zusammengetragen oder selbst gebaut hatte, fühlte sich Jagur abwechselnd angezogen und abgestoßen. Einige Dinge sprachen ihn so intensiv an, dass er den Tränen nahe war, andere erregten Übelkeit in ihm. Die seltsame Welt der Kosmischen Burg Ariolcs nahm ihn gefangen und versetzte ihn in einen Taumel, aus dem er sich lange nicht befreien konnte, zumal aus Akustikfeldern eine berauschende Musik ertönte. Erst als die beschwingten Melodien durch Disharmonien angereichert wurden und die Musik sich zu einem Geräuschinferno steigerte, endete der Rauschzustand.

Jagur schlug sich die Hände vors Gesicht und krümmte sich wie unter großen Schmerzen zusammen. Er glaubte, die geistige Ausstrahlung eines Wahnsinnigen zu spüren.

»Schaltet die Musik ab!«, schrie er gepeinigt. »Ich will Ruhe! Hört ihr nicht? Ich will Ruhe!«

Überraschenderweise reagierte die Anlage auf seine Schreie. Die Musik verstummte. Nur noch ein leises, besänftigendes Rauschen und Plätschern wie von fließendem Wasser erklang.

»Ich habe das Gefühl, eine Welt der Dämonen betreten zu haben«, sagte Jagur. »Warum schweigst du? Was ist deine Meinung?«

Altas Gesicht zuckte. Er hatte Angst.

»Ich weiß nicht, was Dämonen sind. Mein Gehirn ist nicht so konstruiert, dass es etwas anderes empfinden kann als Furcht.«

Jagur warf eine goldene Vase nach ihm. Natürlich sah Alta das Wurfgeschoss kommen, er wich ihm dennoch nicht aus. Sein Gehorsam ging so weit, dass er sich Jagur als Opfer anbot. Die Vase traf ihn an der Stirn. Die Haut platzte auf, er blutete aber kaum.

»Ist dir jetzt wohler, Herr?«

Jagur schwieg. Er ging weiter und gelangte durch ein mehrere Meter breites Schott in eine große Halle. In ihrer Mitte erhob sich in Form einer Stufenpyramide eine riesige Rechenanlage.

Der Kommandant der Androiden war schon nicht mehr überrascht, als er sah, dass der Mächtige auch hier nicht mit allerlei Zierrat und Malereien gegeizt hatte. Er betrachtete die Pyramide voller Unruhe und Unbehagen.

Hinter ihm kicherte Alta verhalten.

Jagur fuhr herum und blickte den Androiden forschend an. Alta verdeckte erschrocken den Mund mit der Hand.

»Was ist los?«, fragte der Kommandant. »Warum lachst du?«

»Habe ich gelacht?«

Jagur griff zu seiner Waffe und zielte auf den Androiden. »Ich will den Grund wissen!«, drängte er.

Alta wich einen Schritt zurück. Verzweifelt streckte er die Hände aus. »Ich weiß es nicht, Herr. Es kam über mich. Ich musste einfach lachen, ohne zu wissen, warum.«

Jagur sah dem Androiden an, dass er die Wahrheit gesagt hatte. Er beruhigte sich ein wenig, während sich seine Überzeugung vertiefte, dass die Burg ein Geheimnis barg, von dem selbst die Mächte jenseits der Materiequellen nichts wussten.

Minuten später traf die Meldung bei ihm ein, dass nahezu fünf Prozent des dezentralisierten Drugun-Umsetzers gefunden und zusammengesetzt worden waren.

Für diese Arbeit hatten die Androiden auf seinen Befehl hin eine Halle gewählt, die sich im oberen Teil des nabenförmigen Burgzentrums befand. Darüber lag die ausgedehnte Plattform, auf der die Androiden mit ihren Raumschiffen gelandet waren.

Jagur gab den Befehl, die Plattform zu räumen und die Schiffe zwischen den Speichen des Rades zu verankern. Ein unbestimmtes Gefühl veranlasste ihn dazu, diese Anordnung zu erteilen.

Fünf Stunden später meldete ihm Alta, dass nunmehr einundzwanzig Prozent des Umsetzers zusammengesetzt waren. Jagur lag in einem bequemen Sessel und hatte eine Reihe von Hologrammen aus verschiedenen Räumen der Burg vor sich. Er bedauerte, dass er die Übertragung nicht anders justieren konnte und sich einer geradezu unerträglichen Farborgie ausgesetzt sah. Der Mächtige Ariolc hatte in seinem Wahnsinn jeden Raum so ausgestattet.

Dem Kommandanten fiel auf, dass Alta blieb. Erstaunt drehte er sich um. »Gibt es noch etwas?«, wollte er wissen.

»Etwas Seltsames«, erwiderte der Androide. »Jetoy und Heiteh lassen jegliche Disziplin vermissen. Sie kommen ihren Pflichten nicht nach.«

Der Kommandant erhob sich. Eine Zornesfalte bildete sich auf seiner Stirn, und seine violett glänzenden Augen funkelten drohend.

»Die beiden tragen Verantwortung«, sagte er. »Sie wurden zu Unterführern ernannt. Was soll das heißen, dass sie ihren Pflichten nicht nachkommen? Was tun sie?«

Alta zögerte. »Sie haben ein berauschendes Getränk gefunden und getrunken«, erklärte er vorsichtig. »Sie hatten Durst und konnten die Wirkung des Getränks nicht vorher kennen. Nun lärmen sie.«

»Führe mich zu ihnen!«

Alta senkte den Kopf und drehte sich um. Er hatte zu gehorchen.

Widerspruch gegen einen Befehl gab es nicht, ebenso wenig dessen Missachtung.

Alta führte den Kommandanten durch Räume, die mit Maschinen und Ersatzteilen bis unter die Decke gefüllt waren. Schließlich betraten sie eine kleinere Halle.

Zwei Androiden saßen auf dem Boden. Sie hielten einander umklammert, lachten und sangen. Neben ihnen lagen zahlreiche leere Becher. Ein süßlicher Geruch hing in der Luft, der auf Jagur abstoßend wirkte.

»Was ist hier los?«, fragte der Kommandant.

»Hallo, Süßer.« Heiteh kicherte. »Wir haben etwas Besonderes gefunden.« Er hatte Mühe, verständlich zu sprechen. Eine rötliche Flüssigkeit lief ihm aus den Mundwinkeln. Er schwankte und wäre gestürzt, wenn Jetoy ihn nicht gehalten hätte. Dabei war dessen Zustand kaum weniger befremdlich.

»Rufe einige andere zur Unterstützung!«, befahl Jagur.

»Herr, sie wissen nicht, was sie tun. Das Getränk ist schuld«, gab Alta zu bedenken.

»Wenn du nicht sofort gehorchst ...«

Alta hastete schreckensbleich davon.

Jagur war grenzenlos verwirrt. Niemals in der Geschichte der Androiden war es zu einem so eklatanten Verstoß gegen die Disziplin gekommen. Er musste mit aller Härte reagieren.

Acht Androiden, von Alta geführt, betraten den Raum. »Bringt die beiden zur nächsten Schleuse!«, befahl der Kommandant.

Die Betrunkenen lachten, als die anderen Androiden sie packten und aus dem Raum schleppten. Sie begriffen den Ernst der Lage nicht.

Dann standen alle vor einem Schleusenschott.

»Hier ist es aber ungemütlich«, lallte einer der Betrunkenen. »Jagur, was ist hier los?«

Der Kommandant gab Alta ein Handzeichen. Das Schleusenschott glitt auf. Die Androiden schoben die Betrunkenen in die Schleusenkammer und entfernten sich rasch von ihnen.

Nun erst begriffen die beiden, was geschah. Sie streckten Jagur Hilfe suchend die Arme entgegen.

»Schott zu!«, befahl der Kommandant.

Alta gehorchte, doch seine Hände zitterten dabei.

Jagur hörte, dass die Betrunkenen mit ihren Fäusten gegen das Schott hämmerten. Er gab Alta ein Zeichen, und die Kontrolle zeigte an, dass sich das äußere Schott öffnete. Augenblicklich wurde es still in der Schleusenkammer.

Jagur empfand keine Gewissensbisse. Die Androiden entstanden in einem technischen Fabrikationsprozess, sie waren für ihn keine Lebewesen, sondern nicht mehr als biologische Roboter und in diesem Sinn Maschinen, die man ein- oder ausschaltete.

»Ich hoffe, das war deutlich genug«, sagte der Kommandant. »Wir haben eine Aufgabe zu erfüllen. Dafür benötige ich jeden Mann. Also berichtet den anderen, was geschehen ist. Ich erwarte, dass niemand mehr vergisst, wie er sich zu verhalten hat.«

»Die Arbeit kommt flott voran«, meldete Alta sieben Stunden später. »Wir haben vierunddreißig Prozent zusammengebaut. Wäre es jetzt nicht an der Zeit, den Kerlen eine kleine Pause zu gönnen?«

»Von wem sprichst du?« Jagur blickte den Androiden verblüfft an.

Alta griff in seine blaue Kombination und holte einen mit einer Feder geschmückten Hut darunter hervor. Er strich ihn mit den Fingern glatt, drehte ihn lächelnd zwischen den Händen und setzte ihn schließlich auf. Er befeuchtete sich die Fingerspitzen und strich damit am Rand der Hutkrempe entlang. »Sicher hast du mich verstanden, Jagur«, erwiderte er. »Warum so penibel? In welcher Zeit leben wir denn?«

»Ich warne dich, Alta«, entfuhr es dem Kommandanten. »Noch ein Wort in diesem Ton, und du bist ein toter Mann.«

»Bitte, bitte, schieß mich über den Haufen. Aber dann wirst du das Geheimnis Ariolcs und seiner Burg niemals erfahren.« Alta streckte zwei Finger der rechten Hand aus und schob sich den Hut genüsslich in den Nacken. »Oder hast du etwa auch eine Nachricht von dem Mächtigen erhalten?«

»Eine Nachricht?« Jagur hatte stundenlang konzentriert an einem fehlerhaften positronischen Gerät gearbeitet, jetzt war er abgespannt und müde. Er hatte das Gefühl, nicht mehr klar denken zu können. »Heraus damit!«

»Nicht doch in diesem Ton, Jagur. Entweder du bist höflich, oder du kannst deine Lauscherchen bis ans Ende des Universums ausstrecken. Von mir wirst du nichts hören.« Alta drehte sich um und verließ den Raum. Er ging langsam, mit leicht tänzelnden Schritten, als wisse er genau, dass ihm nichts passieren würde.

»Alta!«, schrie Jagur hinter ihm her. »Du bleibst hier!«

Alta schloss die Tür hinter sich.

Der Kommandant lief hinter ihm her und riss die Tür auf. »Ich werde dich wegen Befehlsverweigerung töten!«, brüllte er dem Androiden hinterher.

»Das musst du dann aber auch tun«, erwiderte Alta, ohne sich umzuwenden. »Sonst werden die anderen gar nicht mehr gehorchen.« Er ging weiter, öffnete die nächste Tür und ließ sie hinter sich ins Schloss fallen.

Stöhnend griff Jagur sich an den Kopf. Er fühlte sich hilflos und spürte zugleich eine Gefahr von ungeahnten Dimensionen heraufziehen. Er konnte sie aber nicht lokalisieren, da er nicht die geringste Erklärung für das Verhalten der Androiden hatte. Bislang hatte niemand auch nur einen Gedanken an die Möglichkeit verschwendet, dass die Homoniden ungehorsam sein könnten. Daher wusste Jagur auch nicht, mit welchen Mitteln er sie zwingen konnte, dass sie sich seiner Befehlsgewalt wieder beugten. Er war davon überzeugt gewesen, dass es genügte, ihnen mit der Todesstrafe zu drohen. Jetzt musste er erkennen, dass es in der Kosmischen Burg Ariolcs etwas gab, was stärker war als jede Drohung.

Er sah sich um. An den Wänden und an der Decke klebten die Gesichtsmasken von abstoßend aussehenden Wesen. Eine unheimliche Kraft ging von ihnen aus. Jagur hatte das Gefühl, von den Masken angesprochen zu werden. Er sträubte sich mit allen Fasern seines Körpers dagegen.

Was die Androiden veränderte, konnte nicht nur von den Masken ausgehen. Es musste etwas anderes sein. Jagur biss die Zähne zusammen. Er hatte einen Auftrag zu erfüllen, und das würde er auch tun. Die Arbeit am Drugun-Umsetzer musste weitergehen, und niemand würde ihn davon abhalten. Auch Ariolc nicht, falls er hinter diesen Vorfällen steckte.

Tatsächlich gelang es Jagur, die Arbeiten voranzutreiben und dabei so zu tun, als sehe er die Respektlosigkeiten der Androiden nicht. Diese wiederum mäßigten sich umso mehr, je ruhiger und nachgiebiger er ihnen gegenübertrat.

Der Kommandant musste Ariolcs Burg in das Normalkontinuum versetzen. Sobald sie erst einmal dort war, so meinte er, würde alles leichter für ihn werden.

Je weiter die Arbeiten am Drugun-Umsetzer fortschritten, desto schwieriger wurde es für ihn jedoch, die Androiden zu beherrschen. Ihm blieb schließlich nichts anderes mehr übrig, als die wichtigsten Arbeiten selbst zu übernehmen.

Allerdings fiel es Jagur zunehmend schwerer, sich zu konzentrieren. Immer öfter glaubte er, eine flüsternde Stimme zu hören. Der Name Ariolc schien ihn zunächst zu umgeben, später zu erfüllen. Einige Male glaubte er, einen prächtig gekleideten Riesen zu sehen, der in seiner Nähe erschien und ihn mit flammenden Augen betrachtete.

Oft fiel er für Stunden aus, weil er sich vor Müdigkeit nicht mehr auf den Beinen halten konnte.

Der Drugun-Umsetzer wuchs zu einem Gebilde von etwa zwanzig

Metern Höhe an. Je mehr er sich seiner Vollendung näherte, desto mehr glich er einer menschlichen Gestalt, desto weiter zogen sich aber auch die Androiden von ihm zurück. Jagur merkte es zunächst nicht einmal, bis er schließlich mit dem Drugun-Umsetzer allein war.

Wie Schuppen fiel es ihm von den Augen. Als er die Burg betreten hatte, war alles in Ordnung gewesen. Dann hatten die Androiden begonnen, den Drugun-Umsetzer zusammenzubauen. Je mehr Teile sie herbeigeschafft hatten, desto stärker war der Einfluss des Unheimlichen geworden. Nun war die Maschine bis auf wenige Kleinteile vollkommen, aber das Chaos war total.

Jagur fühlte sich in unerträglicher Weise gedemütigt. Seine Hand glitt zur Waffe, er richtete sie auf die Maschine – und glaubte, in Ariolcs grinsendes Gesicht zu sehen. Der Umsetzer funkelte und blitzte, und jeder Lichtreflex schien eine Botschaft des Mächtigen zu enthalten, schien Ausdruck seines Wahnsinns zu sein.

Der Kommandant ließ die Waffe wieder sinken. Er begriff, dass seine Probleme nicht gelöst waren, wenn er die Maschine vernichtete. Damit bekam er die Androiden wieder in seine Gewalt, doch die Kosmische Burg würde im Mikrokosmos bleiben.

Plötzlich glitt ein Lächeln über das Gesicht Jagurs. Die Lösung war so einfach, dass er sie längst hätte erkennen müssen. Es galt, den Drugun-Umsetzer zu vollenden, damit die Maschine ihre Funktion erfüllen konnte. War das erreicht, würde sie die Burg aus dem Mikrokosmos in den Normalraum führen. Das bedeutete, dass die Androiden von ihrem Einfluss befreit wurden.

Kaum hatte Jagur diesen Gedanken zu Ende gebracht, als er auch schon loslief, um die noch fehlenden Teile zu besorgen. Er hatte das Gefühl, nie zuvor so klar gedacht und so konsequent gehandelt zu haben.

Triumphierend schleppte er die letzten Bauteile zur Nabe und fügte sie in das Konglomerat ein.

Bald darauf war es so weit. Jagur nahm eine letzte Überprüfung vor und aktivierte den Umsetzer.

Die Maschine dröhnte und heulte, als behauptete sie sich unter größten Qualen gegen Gewalten, die sie von innen heraus zerreißen wollten. Der Boden bebte, und endlich kamen die Androiden wieder. Sie waren farbenprächtig gekleidet.

Die Außenbeobachtung zeigte mit einem Mal funkelnde Sterne. Ariolcs Kosmische Burg hatte den Normalraum erreicht.

Alta kam näher. »Du hast es geschafft, Jagur«, sagte der Androide.

Wieso nennt er mich Jagur?, fuhr es dem Kommandanten durch den Kopf. *Ich bin doch Ariolc!*

Galbraith Deighton schaute sich in Rhodans Kabine um. Voller Bedenken wiegte er den Kopf. »Mir gefällt das nicht«, sagte er. »Irgendetwas stimmt nicht mit dieser Burg. Sie hat etwas von Wahnsinn an sich.«

Rhodan blickte den Gefühlsmechaniker überrascht an. »Du bist dir nicht eindeutig klar darüber, was es ist? Liegt das Problem an der Entfernung?«

»Die dürfte nichts damit zu tun haben. Was sagen die anderen Mutanten? Haben sie etwas entdeckt?«

»Sie äußern sich ähnlich wie du. Gucky meinte sogar, Ariolcs Geist spuke noch in der Burg.«

»Ein Spukschloss? Das sieht dem Kleinen ähnlich.« Deighton lachte. »Doch so ganz ausgeschlossen ist wohl nicht, dass da etwas ist, was sich nicht mit normalen Sinnen erklären lässt. Eigentlich müsste ich es identifizieren können, aber ich schaffe es nicht. Ich erfasse nur die Impulse von Lebewesen, die nicht mehr Herr ihrer Sinne sind – obwohl ich nicht sagen möchte, dass sie wahnsinnig sind.«

»Du sprichst von den Androiden des Demontagekommandos?«

»Sicher. Außer ihnen ist niemand in der Burg.«

»Was befürchtest du?«, fragte Rhodan.

»... dass dieser Wahnsinn auch unsere Expedition erfassen könnte.«

»Wir sind uns bis jetzt noch nicht einmal einig, ob alle Androiden und ihr Kommandant den Verstand verloren haben. Du hast selbst gesagt, dass du nicht zu einem eindeutigen Ergebnis gekommen bist. Hinzu kommt, dass du den Zeitfaktor nicht berücksichtigt hast.«

»Welchen Zeitfaktor?«

»Die Androiden und ihr Kommandant sind vielleicht schon seit Monaten in der Burg. Wir werden nur wenige Stunden dort sein, bis wir den Schlüssel gefunden haben. Hinzu kommt, dass wir jederzeit mithilfe der Teleporter aus der Burg fliehen können, wenn sich zeigt, dass wir einem bewusstseinsverändernden Einfluss unterliegen.«

Deighton hatte bislang gestanden. Jetzt setzte er sich.

»Mir wäre wohler, wenn ich exakt sagen könnte, was da drüben ist. Eigentlich beunruhigt mich nur meine eigene Unsicherheit. Deshalb habe ich lange überlegt, ob ich dir überhaupt meine Bedenken vortragen soll. Die Androiden in der Burg können nur aus zwei Gründen wahnsinnig geworden sein. Entweder haben sie etwas zu sich genommen, was diese Wirkung ausgelöst hat, oder sie sind einem paranormalen Einfluss ausgesetzt.«

»Du weißt, dass ich so leicht keine Warnung in den Wind schlage«, entgegnete Rhodan. »Uns bleibt diesmal jedoch keine Wahl. Oder wollen wir wieder über die Notwendigkeit diskutieren, die Schlüssel zu holen?«

Galbraith Deighton senkte überlegend den Kopf. Er blickte auf seine Hände.

»Wir können wohl nur weitermachen.«

Jagur wehrte sich mit aller Kraft gegen die flüsternde Stimme, die ihm einreden wollte, dass er der Mächtige Ariolc sei. Doch die beschwörende Kraft ließ ihn nicht los.

Als er seinen Irrtum erkannt hatte, war er aus der Halle des Drugun-Umsetzers geflohen. Er hatte geglaubt, dass es genüge, sich weit von dem Aggregat zu entfernen, um frei zu werden, aber auch diese Annahme war falsch gewesen.

Mittlerweile glaubte er, die Wahrheit herausgefunden zu haben. Der verhängnisvolle Einfluss ging nicht vom Drugun-Umsetzer aus. Jedes Mal, wenn die Androiden ein Bauteil aus dessen Versteck geholt hatten, musste dieses Versteck als Wahnsinnsstrahler aktiviert worden sein. Niemand konnte das jetzt noch rückgängig machen. Jagur hätte alle Androiden einsetzen müssen, um den Drugun-Umsetzer wieder zu demontieren und auf die Verstecke zu verteilen. Aber das war unmöglich geworden, weil die Androiden ihm den Gehorsam verweigerten.

Er saß in einem kleinen Raum, an dessen Wänden Bilder von Ariolc prangten. Der Mächtige war als freundlich lachender Mann dargestellt und machte einen vertrauenerweckenden Eindruck. Seine Bilder hatten nichts von Wahnsinn an sich. Ariolc machte zwar den Eindruck eines außerordentlich eitlen und prunksüchtigen Mannes, aber keineswegs den eines Mannes, der den Verstand verloren hatte.

Alta trat taumelnd ein. Er lachte. Drei Androiden folgten ihm.

»Hallo, Ariolc«, sagte Alta mit schwerer Zunge. »Treffe ich dich endlich, alter Junge?«

»Was willst du?«, fauchte Jagur, der in diesen Sekunden nicht mehr wusste, ob er wirklich nur der Kommandant war. »Wie sprichst du mit mir?«

»Nicht doch ...« Alta richtete sich hoch auf, und die anderen Androiden hielten ihn, damit er nicht umkippte. »Soeben habe ich eine neue Regierung errichtet. Du sollst der neue Imperator sein.«

»Ist gut«, antwortete der Kommandant, mühsam artikuliert. Er klammerte sich verzweifelt an den Gedanken, dass er Jagur und nicht Ariolc war. »Als Erstes befehle ich, dass der Drugun-Umsetzer gesprengt wird.«

Alta wiederholte den Befehl mehrere Male. Schließlich stutzte er. »Dann fliegt die ganze Burg auseinander«, stellte er fest.

»Es bleibt dabei«, erwiderte Jagur.

»Ich führe den Befehl aus.« Der Androide wirkte nun weit weniger betrunken als zuvor. »Du kannst dich auf mich verlassen.«

»Ich gehe mit dir.« Jagur raffte sich auf. »Die Burg wird gesprengt. Sie darf nicht durch die Materiequelle, denn sie würde Wahnsinn jenseits der Quelle verbreiten. Glaubst du, dass es das ist, was Ariolc wollte? Wollte er sich an jenen rächen, die jenseits der Materiequellen sind?«

Alta lallte nur noch. Er stürzte zu Boden, als die anderen Androiden ihn losließen. Jagur sah ein, dass er allein gehen musste.

Während er sich dem Zentrum wieder näherte, wurde er sich dessen bewusst, dass irgendwo ein Widerspruch in seinen Überlegungen war. Es gelang ihm aber nicht, den Denkfehler aufzuspüren. Je näher er der Nabe kam, desto mehr versteifte er sich darauf, dass die Zerstörung des Drugun-Umsetzers die einzige Lösung war, die es für ihn gab. Dabei bemerkte er nicht, dass sich sein Verstand mehr und mehr umnebelte.

Als ihm schließlich ein Trupp pausbäckiger Zwerge begegnete, die feierlich in einer Halle im Kreis marschierten, vergaß er seinen Plan völlig.

Die Zwerge trugen lilafarbene Spitzengewänder, aus denen hier und da züngelnde Flammen emporschlugen. Sie fingen an zu singen. Einige von ihnen schleppten eine Ballonhülle herbei und bliesen sie auf. Der Gesang steigerte sich zu schrillem Geschrei, das Jagur als umso unerträglicher empfand, je größer der Ballon wurde.

Befremdet und verwirrt zog er sich zurück. Er fragte sich, wie viele fremdartige Lebewesen es in der Burg gab, von denen er noch nichts wusste.

Donnernd platzte ein Türschott auseinander. Ein riesiger Roboter kam auf breiten Raupenketten näher. Seine vier Arme waren mit Zangen und Schneidwerkzeugen ausgerüstet. Außerdem trug er vier Linsen an der Spitze tentakelartiger Arme. Aus dem Kugelrumpf ertönte ein Schrei, der aus der Kehle eines riesigen Raubtiers zu kommen schien.

Jagur flüchtete entsetzt. Der Roboter folgte ihm in beängstigendem Tempo.

Und mit einem Mal verflog der Wahn. Jagur wusste wieder, dass er nicht Ariolc war und wodurch das Chaos innerhalb der Burg ausgelöst wurde.

Er glaubte, den Plan zu erfassen, der in einem wahnwitzigen Hirn entstanden war. Ariolc hatte gewusst, sodass seine Zeit ablief. Vielleicht war ein rascher Alterungsprozess eingetreten, dass Ariolc das Ende hatte absehen können. In dieser Situation mochte der Mächtige überlegt haben, wie er dennoch weiterleben könnte. In seinem eigenen Körper war es nicht mehr möglich gewesen. Die Macht, die ihn unsterblich gemacht hatte, hatte ihm offenbar ihre Gunst entzogen.

Also hatte Ariolc den Plan gefasst, sein Bewusstsein mithilfe einer Vielzahl von Maschinen, die er in der Burg versteckte, auf andere Lebewesen zu projizieren. Dabei war er davon ausgegangen, dass irgendwann ein Einsatzkommando kommen und die Burg in den Bereich jenseits der Materiequellen holen würde. Er hatte sich auf die Mitglieder dieses Einsatzkommandos konzentriert.

»Eines hast du jedenfalls erreicht«, entfuhr es Jagur, während er durch ein offenes Schott flüchtete. »Wir verfallen alle dem gleichen Wahnsinn wie du.«

13.

»Von mir aus kann es losgehen«, sagte der Teleporter Ras Tschubai. Er blickte Alaska Saedelaere an, der Transmittergeschädigte wirkte unruhig. Hinter seiner Gesichtsmaske zuckte es zuweilen hell hervor. Das Cappinfragment entfaltete eine Aktivität, die Saedelaere zu quälen schien.

Ein knappes Nicken, dann ergriff der hagere Mann die ausgestreckte Hand des Teleporters. Tschubai konzentrierte sich auf den mittleren Bereich der Kosmischen Burg.

Sie rematerialisierten in einer Menschenmenge, die um ein Feuer herumtanzte. Beißender Rauch erfüllte den Raum. Tschubai, der dem Feuer zu nahe kam, warf sich zurück. Dabei ließ er Saedelaeres Hand los.

Beide erkannten sofort, dass sie es mit Androiden zu tun hatten. Diese trugen allerdings nicht die üblichen blauen Kombinationen, sondern farbenprächtige, geschmückte Kleidung. Die Androiden stampften rhythmisch mit den Füßen und klatschten in die Hände.

Tschubai bemerkte, dass sie getrocknete Pflanzen in die Flammen warfen und den Rauch einatmeten, der offensichtlich berauschende Wirkung hatte.

»Weg hier!«, rief er Saedelaere zu und griff mit beiden Händen nach dem Transmittergeschädigten, während er fühlte, dass eine unheimliche Macht seine Sinne benebelte.

Einer der Androiden warf sich auf Saedelaere und entriss ihm die Maske. Tschubai teleportierte gleichzeitig und nahm den Transmittergeschädigten mit. Er erkannte die tödliche Gefahr, in die er damit geriet, konnte seinen Begleiter aber nicht mehr zurückstoßen.

Er schrie entsetzt auf, als sie materialisierten. Obwohl er die Augen instinktiv schloss, glaubte er, ein Feuerwerk grellfarbiger Blitze wahrzunehmen, das von Saedelaere ausging. Ras Tschubai teleportierte erneut, diesmal allein.

Alaska Saedelaere sank stöhnend zu Boden. Er hielt sich die Hände vors Gesicht, um das Cappinfragment zu bedecken. Gleichzeitig spürte er, dass etwas Fremdes und Bösartiges auf ihn eindrang, ließ die Hände fallen und sah sich um.

Er befand sich in einer kuppelartigen Halle. An den Wänden standen bizarr geformte Statuen, von denen jede ein anderes Geschöpf darstellte. Eines wirkte humanoid, ein anderes war insektoid, das nächste glich einem Fisch, wiederum ein anderes sah aus wie ein Vogel. Eines aber hatten alle Darstellungen gemein: Sie trugen Ariolcs Gesichtszüge. Saedelaere erkannte sie aufgrund der guten Beschreibung, die Ganerc-Callibso von Ariolc gegeben hatte.

Zwölf Androiden kauerten auf dem Boden. Sie starrten Saedelaere an. Namenloses Entsetzen zeichnete sich in ihren Gesichtern ab.

Der Transmittergeschädigte erhob sich.

»Hört mich an!«, sagte er, und seine Worte wurden vom aktivierten Translator übersetzt. »Ich bin Ariolc, zurückgekehrt aus der Ewigkeit. Ihr werdet mir dazu verhelfen, die Macht über meine Burg wiederzugewinnen.«

Das Cappinfragment tobte in grellem Feuer. Scheu und verängstigt wichen die Androiden vor Saedelaere zurück, aber der Anblick des zuckenden Gewebeklumpens in seinem Gesicht schien ihnen nichts anhaben zu können.

Sie warfen sich auf den Boden und umschlangen die Köpfe mit ihren Armen.

Saedelaere stieß einen der Androiden mit dem Fuß an. »Steh auf!«, verlangte er.

Der Androide kroch über den Boden. Die anderen wimmerten ängstlich. Alaska zog einen von ihnen zu sich heran und blickte ihm forschend ins Gesicht. Er sah die funkelnden Reflexe, die das Cappinfragment in den Augen dieses Wesens hervorrief, und erkannte, dass die Androiden den Verstand verloren hatten und dass er dafür verantwortlich war.

Für einen flüchtigen Moment erinnerte er sich daran, wer er wirklich war. Aber schon gewann das Fremde wieder Gewalt über ihn, und er entsann sich, dass er der Mächtige Ariolc war.

Verächtlich wandte er sich ab und verließ die Kuppelhalle. Er gelangte in einen Raum, in dem wie in einem Museum zahlreiche Gegenstände und Präparate verschiedenster Lebewesen ausgestellt waren. Mehrere Masken aus einem schwarzen Material stachen ihm sofort ins Auge.

Er legte sie nacheinander probeweise an. Ihm war klar, dass er die Macht über die Kosmische Burg nicht zurückgewinnen konnte, wenn alle wahnsinnig wurden, denen er mit ungeschütztem Gesicht begegnete.

Eine Maske passte. Er befestigte sie mit Bändern um den Kopf. Es war eine hässliche Dämonenmaske, die sogar auf ihn abstoßend wirkte. Ihm blieb jedoch keine andere Wahl, als sie zu nehmen.

Einige Minuten lang betrachtete er sein Spiegelbild in einem gläsernen Kasten, dann lachte er laut auf. Wie groß die Heere auch sein mochten, die ihm die Gegner entgegenwarfen, er konnte sie schlagartig um ihren Verstand bringen, sobald er die Maske abnahm.

Ras Tschubai materialisierte nach seiner panikartigen Flucht in einer Maschinenhalle. Er blickte sich nur flüchtig um. Obwohl er sah, dass er allein war und von niemandem bedroht wurde, war er bis ins Innerste aufgewühlt.

Immer noch glaubte er, das flammende Cappinfragment zu sehen, und mit aller Kraft sträubte er sich gegen die Gefühle, die in ihm aufbrachen. Er spürte, dass er mehr und mehr von Saedelaere, Rhodan, Atlan und den anderen Freunden abrückte, und er stufte diese Wirkung als Anzeichen dafür ein, dass er den Verstand verlor.

Ich muss zur BASIS zurück!, durchfuhr es ihn. *Ich muss berichten, was geschehen ist, außerdem brauche ich einen Arzt.*

Er konzentrierte sich auf die Teleportation zur BASIS, doch die Anstrengung bewirkte nichts. Er schloss die Augen, um durch nichts abgelenkt zu werden, aber seine Gedanken liefen in allen Richtungen davon. Vorübergehend bildete er sich sogar ein, er sei Ariolc.

Ras Tschubai atmete einige Male tief durch. Er war verunsichert und versuchte, sich zu beruhigen. Er ging einige Schritte auf und ab und setzte sich danach erneut. Wieder versuchte er zu teleportieren, und abermals scheiterte er an den Gedanken, die auf ihn einstürmten.

Er wollte Funkverbindung zur BASIS aufnehmen, doch dann ließ er den schon angewinkelten Arm wieder sinken.

Es ist eines Mächtigen nicht würdig, um Hilfe zu rufen!

Er horchte in sich hinein, löste das Funkgerät vom Handgelenk, ließ es auf den Boden fallen und zertrat es.

Richtig! Ein Mächtiger braucht solche Hilfsmittel nicht.

Er bemerkte, dass sich in einem Seitenraum eine Schalt- und Kontrollstation befand. Er ging hinüber, und an der Wand erschienen Pläne der Kosmischen Burg. Im Mittelteil einer der Radspeichen wurde ein stabförmiges rotes Feld ausgewiesen – zweifellos die Halle, in der er sich befand. Sie lag nur etwa hundert Meter von der Nabe entfernt. Symbole zeigten an, dass die Erbauer der Burg in der Nähe eine Kommunikationszentrale errichtet hatten, von der aus die Burg eingesehen und kontrolliert werden konnte.

Jetzt war der Teleporter davon überzeugt, dass ihn keineswegs nur der Zufall hierher geführt hatte, sondern jene geheimnisvolle Macht, die ihm einflüsterte, dass er Ariolc sei und die Pflicht habe, die Macht über die Burg zu ergreifen.

Er versuchte, in die Kommunikationszentrale zu teleportieren, doch das gelang ihm nicht. Er tat sein Versagen achselzuckend ab, weil er davon überzeugt war, dass seine parapsychische Fähigkeit früher oder später von selbst zurückkehren würde.

Niemand kann mich aufhalten – mich, Ariolc!

Perry Rhodan blickte zur Kosmischen Burg Ariolcs hinüber, die noch zehn Kilometer vor der Space-Jet im Raum hing. Ihr helles, fast weißes Material reflektierte das Licht der Sterne.

»Keiner meldet sich«, sagte Ganerc-Callibso.

»Seltsam«, bemerkte Rhodan. »Sie müssen sofort überwältigt worden sein, sodass sie nicht mehr in der Lage waren, zu funken.«

»Ausgeschlossen«, widersprach Atlan. »Ich möchte denjenigen kennenlernen, der einen Teleporter vor sich auftauchen sieht, dieses Phänomen sofort erfasst und verarbeitet und dann noch so schnell mit einem Angriff reagiert, dass der Teleporter sich nicht wehren oder fliehen kann.«

»Und falls derjenige in einer panikartigen Reaktion schießt und tödlich trifft«, erwiderte Rhodan düster. Er sah, dass Atlans Augen vor Erregung tränten. »Mehr als eine Stunde ist verstrichen. Wir müssen etwas tun.«

Atlan wandte sich an den Puppenspieler von Derogwanien. »Bisher wissen wir nur, dass die Androiden mit ihrem Kommandanten in der Burg sind. Wer könnte noch dort sein?«

»Das kann ich nicht mit Sicherheit sagen. Vermutlich gibt es eine Vielzahl von Robotern und eine Reihe organischer Helfer. Von Ariolc kann ich mir gut vorstellen, dass er sich Sklavenvölker mit in die Burg genommen hat. Aber das ist nur eine Vermutung.«

Rhodan rief die BASIS. Hamiller meldete sich.

»Wir haben noch immer nichts von Ras und Alaska gehört«, sagte der Aktivatorträger. »Gibt es eine Abschirmung in der Burg?«

»Bislang kein Nachweis«, antwortete der Wissenschaftler. »Wir empfangen Funksignale aus der Burg, eine Entschlüsselung war aber noch nicht möglich.« Er blickte auf eine Anzeige, die Rhodan in der Übertragung nicht sehen konnte. »Es scheint jedoch gewisse paraenergetische Spannungsfelder in der Burg zu geben. Außerdem haben wir festgestellt, dass die Halbkugel-Konstruktionen, die wir als Richtantennen identifiziert haben, Strahlung aussenden.«

»Etwas deutlicher, bitte«, drängte Rhodan. »Was für Strahlung?«

»Vorläufig möchte ich von Hyperfunk mit extremer Überreichweite sprechen.«

»Ruft jemand aus der Burg um Hilfe?«, fragte Atlan.

»Nein – das mit Sicherheit nicht. Das würde nach allen Informationen, die uns vorliegen, völlig anders aussehen. Die PEW-Mutanten haben ausgesagt, dass die Hyperstrahlen mit parapsychischen Elementen angereichert sind. Ich vermute, dass wir es mit einem Phänomen zu tun haben, das meine theoretischen Überlegungen über psionische Erscheinungen untermauern könnte. Du kennst meine Ansicht, dass bei nahezu allen psionischen Phänomenen ein gewisser Frequenzbereich der Hyperenergie eine wichtige Rolle spielt.«

»Was hat das mit Ras und Alaska zu tun?«, entgegnete der Arkonide. »Glaubst du, dass ihre Eigenständigkeit und geistige Unabhängigkeit dadurch eingeschränkt wird?«

»Keineswegs. Ich habe nur die Hyperstrahlung mit Überreichweite festgestellt. Für eine Schlussfolgerung ist es noch zu früh, da uns weitere Informationen aus der Burg fehlen.«

»Wir dürfen Ras und Alaska nicht länger allein lassen«, sagte Rhodan.

Gucky materialisierte nur Sekunden später. »Dann bin ich jetzt also dran?«, krähte der Ilt. Er blickte den Terraner mit freudig funkelnden Augen an.

»Du hast also gelauscht«, stellte Rhodan fest.

»Es geht um die Sicherheit meiner Freunde«, erwiderte der Mausbiber. »Da muss ich doch lauschen. Es wäre unanständig, sorglos zu tun und mich mit anderem zu beschäftigen.«

»Es gefällt mir nicht, wie du dich benimmst.«

»Bei Bullys Bart! Ich schwöre, dass es mir nur um Ras und Alaska geht.«

»Du hältst uns auf, Kleiner«, wehrte Rhodan ab. »Damit hilfst du den beiden am wenigsten.«

Gucky klatschte in die Hände.

»Mensch, Perry, dann lass mich doch in den Laden rüberspringen und reinen Tisch machen.«

»Glaubst du, ich will meinen fähigsten Mutanten leichtfertig aufs Spiel setzen?«

»Fähigsten Mutanten?«, fragte der Ilt argwöhnisch und neigte den Kopf zur Seite.

»Das bist du. Das kann ich nicht bestreiten, und das will ich auch gar nicht. Aber gerade deshalb werde ich dich nicht jetzt schon losschicken. Du bist erst dran, falls alle anderen Mittel versagen. Einen Gefallen könntest du mir allerdings tun.«

»Gern. Welchen?«

»Kannst du Ras oder Alaska espern?«

Gucky schüttelte den Kopf. Er deutete auf die Burg. »Da drüben kreucht und fleucht allerlei Intelligenzgetier herum, aber ich kann keinen Einzeleindruck heraushören. Da ist irgendetwas dazwischen. Vielleicht die überreichweitige Hyperstrahlung. Jedenfalls kann ich von hier aus nicht viel machen.«

»Bully schlägt vor, einen Vorstoß von der BASIS aus zu unternehmen«, wandte Payne Hamiller ein.

Rhodan wandte sich wieder der Bildübertragung zu. Reginald Bull blickte ihm entgegen.

»Ich habe Takos Bewusstsein in mich aufgenommen«, erklärte Bully. »Außerdem ist Galbraith bei mir – zusammen mit Tama.«

»Welchen Vorschlag hast du?«

»Wir legen schwere Kampfanzüge mit Energieschirmen an, und Tako teleportiert mit uns in die Burg. Welches Gespenst auch immer da herumspukt, es wird nichts gegen uns ausrichten. Wir könnten uns umsehen und permanent berichten.«

»Vielleicht sollte ich als Telepath ebenfalls dabei sein«, bemerkte Fellmer Lloyd, der neben Bull erschien. »Ich werde Ras und Alaska schnell finden, wenn sie noch leben.«

»Du bleibst in der BASIS«, entschied Rhodan. »Sobald Bully und Galbraith in der Burg sind, werden sie uns benachrichtigen. Die Suche nach den Vermissten beginnen sie mit Funkaufrufen. Das genügt.«

»Okay«, sagte Bull. »Dann verschwinden wir jetzt.«

»Einen Moment noch«, wandte Rhodan ein. »Tako wird euch nicht direkt in die Burg bringen, sondern vor eine der Außenschleusen. Ihr werdet sie öffnen und im Schutz der Energieschirme eintreten.«

»Warum so umständlich?«

»Weil ihr höfliche Leute seid. Und weil Ras mit seiner Teleportation offensichtlich gescheitert ist. Wir können nicht ausschließen, dass etwas in der Burg den Einsatz parapsychischer Mittel unmöglich macht. Das könnte unter anderem bedeuten, dass auch eine Rematerialisation nicht möglich ist.«

»Ich habe verstanden.« Bull war blass geworden. »Wir werden vorsichtig sein.«

Er trat vom Holoschirm zurück. Einige Sekunden verstrichen, dann teilte Hamiller mit, dass Bull und Deighton teleportiert waren.

Fast gleichzeitig meldeten sie sich über Funk.

»Wir stehen vor einer Schleuse«, sagte Bull. »Galbraith öffnet sie gerade. Alles in Ordnung.«

»Keine Komplikationen«, fügte der Gefühlsmechaniker hinzu. »Die Schleuse ist offen. Wir treten ein. Das Schott schließt sich hinter uns. Könnt ihr uns noch verstehen?«

»Ausgezeichnet«, antwortete Rhodan.

»Das innere Schott gleitet auf«, fuhr Bull fort. »Wir betreten die Burg. Weiterhin alles ruhig. Keine Roboter, keine Lebewesen ...«

»Wir beginnen mit der Suche«, kündigte Deighton an. »Wir melden uns spätestens in einer Minute wieder. Die Energieschirme sind eingeschaltet.«

»... und die Waffen sind schussbereit«, ergänzte Bull.

»Fällt euch irgendwas auf?«

»Eigentlich nicht«, antwortete Deighton. »Bis auf die Musik.«

»Was für eine Musik?«, forschte Atlan.

»Sie ist überall. Jemand besingt Ariolc.« Der Gefühlsmechaniker lachte leise.

»Ich höre nichts von der Musik«, sagte Bull.

»Du bist schon immer unmusikalisch gewesen, du Bartträger«, bemerkte Gucky.

»Wir schalten nun ab«, erklärte Deighton. »Bis gleich.«

Es knackte in der Übertragung.

»Seltsam«, sagte Atlan. »Wieso hat Bully die Musik nicht gehört? Hat Galbraith seinen Helm geöffnet?«

»Das glaube ich nicht!«, rief Gucky schrill. »Eher umgekehrt. Bully ist viel zu neugierig, um ...«

»Es reicht«, unterbrach Rhodan verärgert. »Gucky, du verschwindest zur BASIS. Ich rufe dich, wenn ich dich brauche.«

»Ist das dein Ernst?«

»Du kannst dich darauf verlassen, dass ich dich rufe.«

»Das meinte ich nicht. Du willst wirklich, dass ich verschwinde?«

»War ich nicht deutlich genug?«

»Doch, schon, aber ...«

»Kein Aber. Zur BASIS.«

Gucky fiepte unlustig und teleportierte.

»Was ist los mit dir?« Atlan schaute den Terraner forschend an. »Was stört dich an Gucky? Er ist doch nicht anders als sonst.«

»Vielleicht bin ich es«, erwiderte Rhodan schroff. »Ich komme mir so hilflos vor. Ich fühle, dass wir in Gefahr sind, aber ich weiß nicht, wie ich darauf reagieren soll.«

»Bully müsste sich wieder melden«, stellte Ganerc fest.

Mehr als zwei Minuten waren schon verstrichen, seit Reginald Bull die Verbindung abgebrochen hatte. Es wurde tatsächlich Zeit, dass er sich wieder meldete.

Rhodan versuchte bereits, die Verbindung herzustellen. »Meldet euch!«, sagte er drängend. »Meldet euch endlich!«

Doch Bull und der Gefühlsmechaniker schwiegen. Nur ein eintöniges Rauschen kam aus den Lautsprecherfeldern.

14.

Jagur erkannte, dass er verloren war. Der Roboter, der ihn verfolgte, rückte immer näher. Jedes Mal, wenn Jagur eine Tür öffnen musste, verlor er kostbare Sekundenbruchteile. Einige Male konnte er den Verlust ausgleichen, weil es ihm gelang, eine der Türen wieder hinter sich zu verschließen. Aber der Roboter ging dazu über, geschlossene Türen einfach zu zerschmettern.

Jetzt flogen Jagur schon die Trümmer um den Kopf. Er hatte ein Gewölbe erreicht, in dem ein exotisches Wesen auf einer positronischen Orgel spielte. Dieses Geschöpf glich einem Pilz, unter dem hutartigen Gebilde schlängelten sich zwölf Tentakel hervor, sodass das Wesen auf zwölf Manualen gleichzeitig spielen konnte.

Der ohrenbetäubende Lärm übertönte sogar das Bersten der Tür. Aus dem Hut des Pilzes hob sich ein zottiger Kopf mit überraschend menschlichem Gesicht hervor. Das Wesen lachte, als es sah, dass Jagur verfolgt wurde.

»Hilf mir!«, reif der Kommandant dem Fremden zu, während er an ihm vorbeilief. »Hilf mir doch!«

Der Orgelspieler dachte nicht daran. Er hieb die Finger an den Tentakelenden nur noch heftiger auf die Tasten. Der Lärm schwoll zum infernalischen Crescendo.

Jagur sprang über einen Schaltkasten hinweg und verschaffte sich damit einen hauchdünnen Vorsprung, weil der Roboter auf seinen Raupenketten das Hindernis umfahren musste. Er flüchtete aus dem Gewölbe und gelangte in eine riesige Waffenkammer. Kampfausrüstungen aller Art lagerten hier auf Schaupodesten.

Jagur griff nach einer Waffe, die wie ein Energiestrahler aussah, warf sie aber sofort wieder weg, weil er feststellte, dass sie nicht geladen war. Während er weitereilte, erkannte er, dass keine der Waffen einsatzbereit war. Ariolc mochte wahnsinnig gewesen sein, aber er war immer noch klug genug gewesen, seine zahllosen Helfer nicht mit gefährlichen Kampfgeräten auszurüsten.

Der Kommandant hatte einen Vorsprung von fast hundert Metern gewonnen, als der Roboter in die Halle rollte. Zahlreiche Podeste und Schaukästen befanden sich zwischen Jagur und seinem Verfolger. Doch dann suchte er nach einem Ausgang – und fand keinen.

In seiner Nähe lag eine Art Rüstung. Sie mochte für ein garnelenähnliches Wesen gedacht sein, bestand aus einem exotischen Metall und war mit Zierrat und Beschlägen versehen. Jagur kroch in aller Eile hinein; durch einige Spalten am Kopfende konnte er seine Umgebung überblicken. Er wartete ab. Rasselnd und klirrend rollte der Roboter heran. Etwa drei Meter entfernt drehte er sich langsam um sich selbst. Jagur glaubte bereits, entdeckt worden zu sein, als die Maschine sich wieder von ihm entfernte. Erleichtert atmete der Kommandant auf.

Er wollte die Rüstung schon wieder verlassen, als ihm auffiel, dass seine Gedanken wieder klar und unbeeinflusst waren. Er war Jagur und niemand sonst. Geradezu grotesk erschien ihm, dass er sich vorübergehend für Ariolc gehalten hatte. Zugleich wurde ihm bewusst, in welche Katastrophe das ihm unterstellte Androidenkommando geraten war.

Von einer Kontrolle über die Kosmische Burg konnte keine Rede mehr sein. Die Zustände waren chaotisch.

Jagur hörte, dass der Roboter die Halle verließ. Nachdenklich kroch er aus der Rüstung hervor, und augenblicklich war die flüsternde Stimme wieder da, die ihm einreden wollte, dass er Ariolc sei. Er stutzte – und warf sich sofort zurück. Diesmal war er keineswegs mehr überrascht, dass er wieder unbeeinflusst denken konnte. Der Zufall hatte ihm eine Abschirmung in die Hand gespielt, mit der er sich gegen die geheimnisvolle Macht behaupten konnte.

Jagur stieg in der Rüstung von dem Podest herunter und eilte auf die Tür zu, durch die der Roboter verschwunden war. Doch sehr schnell überlegte er es sich anders. Er lief in der klirrenden und rasselnden Rüstung durch die Halle und suchte etwa eine halbe Stunde lang, bis er einen weiteren Ausgang entdeckte. Die Tür lag hinter einer Statue, die Ariolc darstellte.

Jagur betrat eine der vielen Steuerzentralen der Burg. Innerhalb weniger Minuten ermittelte er, dass von hier aus die Frischluftversorgung und die hydroponischen Anlagen gelenkt wurden. Eine Kontrollschaltung zeigte ihm an, wie weit er von der Hauptzentrale entfernt war und wo sie lag.

Jagur war entschlossen, sich zum Herrn über die Burg zu machen, ohne Ariolcs Identität anzunehmen.

Alaska Saedelaere hörte die immer wiederkehrenden Rufe Reginald Bulls und Galbraith Deightons. Sie waren ihm lästig. Außerdem nannten ihn die beiden *Alaska*. Hatten sie vergessen, dass er jene Persönlichkeit längst überwunden hatte? Weshalb beleidigten sie ihn damit?

Ein Symbol zeigte ihm an, dass er die Nabe des Rades erreicht hatte. Er fragte sich, ob es richtig sei, schon jetzt die Macht über die Burg zu ergreifen, oder ob es taktisch klüger war, zuvor den Wahnsinn in die BASIS zu tragen. Nur dunkel erinnerte er sich an die Gesichter jener, die mit dem großen Fernraumschiff gekommen waren. Er empfand nichts bei dem Gedanken an sie – weder Freude noch Abneigung.

In einem Antigravschacht sank er abwärts und erreichte eine Halle, in der etwa fünfzig Androiden auf dem Boden saßen. Sie hatten ein offenes Feuer entzündet, und auf einem darüber errichteten Stahlgestell schmorte ein großes Stück Fleisch. Saedelaere hatte keine Ahnung, woher das Fleisch kam. Der Gedanke daran, dass es von einem jener zahllosen intelligenten und halbintelligenten Wesen der Burg stammte, bereitete ihm Übelkeit.

Einige Androiden sprangen lachend auf. Sie hüpften und tanzten auf ihn zu und forderten ihn auf, mit ihnen zu essen. Er sah, dass sie eine Reihe von Konserven geöffnet und geleert hatten.

»Zurück!«, herrschte er sie an. »Wer wagt es, Ariolc in dieser Weise zu beleidigen?«

»Ariolc?«, rief einer lachend. »Jeder von uns ist Ariolc. Er und er und jener dort. Alle sind Ariolc. Du auch. Warum nicht?«

»Ich befehle euch aufzustehen!«, schrie der Maskenträger. »Erhebt euch und bezeugt mir eure Verehrung.«

Einige Androiden lachten. Andere standen furchtsam auf und verneigten sich vor ihm.

»Alle!«, forderte der Transmittergeschädigte. Seine Stimme klang dumpf unter der Maske hervor. »Ich verlange Gehorsam!«

Einer kam auf ihn zu und schlug ihm die Faust in den Magen. »Du sprichst mit Ariolc!«, rief der Androide empört. »Wage es nicht noch einmal, mir so gegenüberzutreten!«

Saedelaere riss sich die Dämonenmaske vom Gesicht. Schreiend wichen die Angehörigen des Demontagetrupps vor dem flammenden Cappinfragment zurück. Alle verloren sie nun vollends den Verstand.

Unter normalen Umständen hätte Alaska das Cappinfragment bestimmt nicht als Waffe eingesetzt. Mittlerweile war er jedoch selbst nicht mehr Herr seiner Sinne und wusste nicht, was er tat. Ohne innere Anteilnahme ging er an den wimmernden Androiden vorbei und verließ den Raum.

Dabei überlegte er, dass es ihm wenig nützte, wenn er die Androiden auf diese Weise kampfunfähig machte. Er benötigte sie noch für den Kampf gegen die BASIS-Besatzung.

Es würde leicht sein, das seltsame fremde Schiff zu erobern. Er brauchte nur eines der Diskusschiffe des Demontagetrupps zu nehmen und damit zur BASIS zu fliegen. Die wichtigsten Männer und Frauen dort würden sich zu seiner Begrüßung einfinden. Sobald er dann die Maske abnahm, machte er sie kampfunfähig.

Die Versuchung, so und nicht anders vorzugehen, wurde von Minute zu Minute größer.

Etwa zur gleichen Zeit betrat Ras Tschubai einen düsteren Raum, dessen Wände und Decke er nicht erkennen konnte. Im Hintergrund standen einige entfernt humanoide Gestalten, deren hässliche Gesichter von innen heraus leuchteten oder aus nicht erkennbaren Quellen angestrahlt wurden. Ein Hüne mit zottigem Haar schritt schwerfällig auf ihn zu. Er gab drohende Laute von sich und streckte ihm die Pranken angriffslustig entgegen.

Tschubai wich zur Seite aus, näherte sich dabei aber einem anderen Wesen, das unvermittelt aus dem Dunkel erschien. Es sah aus wie eine Schlange, deren Kopf von filigranen Gebilden umhüllt wurde.

»Zurück!« Der Teleporter griff zur Waffe. »Niemand soll es wagen, Ariolc anzugreifen. Zurück!«

Überraschenderweise gehorchten die Fremden. Dabei fielen ihm die Geräusche auf, die sie verursachten. Einer jähen Eingebung folgend, sprang er auf das Schlangenwesen zu und zerriss das Filigrangebilde mit der Hand. Darunter wurde ein metallener Kopf sichtbar.

»Roboter«, entfuhr es ihm. »Ihr erlaubt euch, Ariolc zu bedrohen?«

Er ging jetzt auf den Riesen zu. Dieser wich vor ihm zurück, doch aus dem Dunkel der Decke stürzte etwas herab. Tschubai blieb stehen. Ein Vogel jagte heran und reckte ihm kreischend die Krallen entgegen.

»Verschwinde! Aus dem Weg!«

Auch dieser Roboter gehorchte und glitt lautlos ins Dunkel zurück. Einige Schritte weiter stieß Tschubai auf einen schalenförmigen, mit weichen Polstern ausgestatteten Antigravschweber. Er nahm das Angebot gerne an, schneller die Zentrale zu erreichen, und schwang sich in die Schale. Sie hob sanft ab.

Endlich offenbarte sich ihm der eigentliche Charakter der Anlage, die der Mächtige errichtet hatte. Sie war nicht mehr und nicht weniger als eine Geisterbahn kosmischer Ausmaße. Während die Antigravschale durch Gemächer, Gänge und Gewölbe glitt, führten zahlreiche Monstren Scheinangriffe gegen Tschubai. Er ließ das Geschehen belustigt über sich ergehen.

Je länger die Fahrt dauerte, desto mehr fühlte er sich als Ariolc. Seine Erinnerung an die BASIS erlosch fast vollständig. Er dachte hin und wieder an die Brüder aus dem Bund der Zeitlosen. Die Bilder Kemoaucs, Bardiocs, Lorvorcs und der anderen Mächtigen erschienen vor seinem geistigen Auge.

Die Fahrt endete in einem projizierten Wasserfall. Erst als Tschubai überrascht feststellte, dass er nicht nass wurde, erkannte er, dass er abermals getäuscht worden war. Sein Gefährt hielt in einem Raum, dessen Wände pulsierten, als befinde er sich mitten in einem riesigen Herzen. Tschubai verließ es durch sich öffnende Segelklappen, schwebte, von einem Antigravfeld getragen, zu einem Schott und betrat gleich darauf ein riesiges Kommunikationszentrum.

Obwohl die Technik nur wenig mit vergleichbaren terranischen Einrichtungen gemein hatte, war sie ihm doch seltsam vertraut. Wo er auf Unerklärliches stieß, blieb er stehen und horchte in sich hinein. Dann meinte er, das notwendige Wissen aus seinem Gedächtnis abzurufen. Von hier aus konnte er jeden in der Burg aufspüren und ansprechen.

Nach etwa einer halben Stunde hatte er sich weitgehend mit der Technik vertraut gemacht und fing an, damit zu experimentieren. Er fand Alaska Saedelaere und sah gerade noch, wie dieser seine Maske wieder aufsetzte. Wenig später entdeckte er Galbraith Deighton und Reginald Bull, die sich an der Peripherie der Burg in einem Lagerraum aufhielten und teilnahmslos auf dem Boden saßen. Flimmernde Energieschirme umgaben sie, doch schienen sie kein Schutz vor der Macht der Burg zu sein.

Darüber dachte Tschubai allerdings nicht nach. Er sah in den beiden Männern nur Feinde, die vergeblich versucht hatten, gegen ihn anzutreten. Da sie keine Bedrohung mehr darstellten, fuhr er mit seinen Experimenten fort und schaltete nacheinander Außenkameras und Ortungssysteme ein. Die BASIS erschien auf den Schirmen. Er war nicht überrascht, dass er sie vorübergehend aus seinen Gedanken verdrängt hatte. Die BASIS bedeutete ein Problem für ihn, das gelöst werden musste.

Er suchte etwa eine halbe Stunde lang nach Informationen über Offensiv- und Defensivwaffen, fand jedoch keine. Ariolcs Kosmische Burg besaß keine Raketenwerfer, Transformkanonen oder Energiestrahler. Dadurch, dass sie sich in den Mikrokosmos zurückgezogen hatte, war sie ausreichend geschützt gewesen. An Situationen wie diese hatte offenbar keiner der Erbauer gedacht.

Ras Tschubai stieß wüste Beschimpfungen gegen die Kosmokraten aus. Ihm wäre es lieber gewesen, er hätte das Fernraumschiff mit einigen Breitseiten angreifen und vernichten können, doch das erwies sich als unmöglich.

Also schaltete er eines der Funkgeräte ein und rief die BASIS.

Perry Rhodan blieb nicht untätig. Als weiterhin keine Nachricht von Bully und Deighton kam, forderte er Kampfroboter und robotische Analyseeinheiten an. Die Maschinen schwebten wenig später von der BASIS zur Space-Jet herüber.

»Payne schickt vier Kampfroboter und zwei Forschungsroboter«, berichtete Atlan, der an den Ortungsgeräten saß.

»Das sollte genügen.« Rhodan nickte knapp.

»Ich übernehme«, meldete Atlan zur BASIS.

Die Bilder auf den Ortungsschirmen wechselten, Ariolcs Burg erschien aus der Sicht der Roboter. Behutsam führte Atlan die Kampfmaschinen an das radförmige Gebilde heran.

Rhodan hatte entschieden, dass er keine weiteren Besatzungsmitglieder in die Burg schicken würde. Erst musste klar sein, welche Bedrohung dort lauerte. Wenn nur die Roboter verloren gingen, war der Schaden zu verschmerzen.

»Da ist eine Schleuse«, sagte Ganerc, als ein Gebilde sichtbar wurde, das wie ein Drudenfuß aussah.

Atlan lenkte einen der Kampfroboter zu der Schleuse. Der Roboter benötigte nur Sekunden, bis er den Öffnungsmechanismus entschlüsselt hatte. Das Schott spaltete sich in fünf Segmente, die sich nach außen wegschoben.

»Setzen wir alle Roboter auf einmal ein?«, fragte der Arkonide.

»Alle«, antwortete Rhodan, ohne zu zögern.

Atlan lenkte die Maschinen in die Schleusenkammer und verteilte sie, als erwartete er einen Angriff, sobald das Innenschott geöffnet wurde. Eine der Analyseeinheiten befasste sich mit dem Schottmechanismus.

Rhodan, Atlan und Ganerc-Callibso warteten.

»Da stimmt doch etwas nicht«, sagte der Terraner, als zwei Minuten ereignislos verstrichen waren. »Ich spüre es.«

»Die Decke der Schleuse!«, rief der Puppenspieler von Derogwanien.

Die Decke senkte sich. Beide Analyseroboter arbeiteten jetzt, doch weder das Innenschott noch das äußere öffneten sich.

»Sie werden zerquetscht«, sagte Rhodan, der unwillkürlich befürchtete, dass es Bully und Deighton ähnlich ergangen sein könnte wie den Robotern.

Atlan gab den Feuerbefehl. Eine gleißende Energieflut brandete gegen das Innenschott und sprengte es auf. Im selben Moment stürzte die Decke herab.

Die Bildübertragung fiel aus. In einer der anderen Wiedergaben beobachtete Rhodan, dass ein Feuerball über der Schleuse aufstieg. Er leuchtete sekundenlang wie eine Kleinstsonne.

Atlan schrie auf und zeigte auf einen der Schirme. Ras Tschubai blickte ihnen verbissen entgegen.

»Ras?«, fragte Rhodan. »Hörst du mich? Ras, antworte endlich!«

Die Augen des dunkelhäutigen Teleporters richteten sich auf ihn. »Wer immer du sein magst, Fremder, ich kann dir nur raten, so schnell wie möglich zu verschwinden«, sagte Tschubai stockend. »Wer meine Burg betritt, wird vernichtet. Wer sich ihr nähert, wird abgeschossen.«

»Entschuldige, Ras«, erwiderte Rhodan beherrscht. »Ich habe dich nicht verstanden. Der Empfang war schlecht justiert. Wir freuen uns, dich wohlauf zu sehen.«

»Mäßige dich, Fremder«, sagte Tschubai drohend. »Ich bin nicht der, für den du mich hältst.«

»Wer bist du?«

»Ich bin Ariolc, der Mächtige, Herr der Kosmischen Burg, die du vor dir siehst, Beherrscher der mächtigsten Waffen. Zieh dein Raumschiff sofort ab, oder ich werde es vernichten.«

»Das geht nicht so schnell. Wir benötigen einige Stunden Zeit für die Vorbereitungen. Bis dahin werden wir uns friedlich verhalten. Ich hoffe, du hast Verständnis dafür, dass es nicht so schnell geht.«

»Ich habe Verständnis«, erklärte Tschubai-Ariolc. »Aber danach kenne ich keine Gnade mehr.«

»Wir haben mitgehört«, erklärte Payne Hamiller, als Rhodan, Atlan und der Gnom Ganerc-Callibso in die Hauptzentrale der BASIS zurückkehrten. »Ras hat maßlos übertrieben, als er von Vernichtung sprach. An unseren Erkenntnissen hat sich nichts verändert: Die Burg ist unbewaffnet.«

»Er hat geblufft«, sagte Rhodan, der kein Wort über die misslungene Expedition verlor. »Dennoch müssen wir ihn ernst nehmen.«

»Er hält sich fraglos für Ariolc«, bemerkte Atlan. »Auf mich hat er den Eindruck eines Geisteskranken gemacht.«

»Was er zurzeit wohl auch ist«, bestätigte Hamiller.

»Er gibt sich wie Ariolc«, stellte Ganerc fest.

»Wir haben inzwischen alle verfügbaren Möglichkeiten genutzt«, erklärte Hamiller. »Es gibt in der Burg eine Strahlung, deren Charakter wir aber nicht eindeutig erkennen können. Die Mutanten bestätigen, dass es eine Art parapsychische Strahlung sein muss, und wir vermuten, dass sie von maschinellen Einrichtungen erzeugt wird. Ich bin mir sicher, dass Ras ein Opfer dieser Strahlung geworden ist.«

»Ebenso Alaska, Bully und Galbraith«, sagte Atlan.

»Von ihnen wissen wir leider nicht einmal, ob sie noch leben«, erwiderte Hamiller vorsichtig. »Es gibt keine Nachricht von ihnen. Das ist für mich umso beunruhigender, als Bully und Galbraith mentalstabilisiert sind und der parapsychischen Strahlung gegenüber eigentlich immun sein müssten.«

»Wenn Ras sich meldet, müssen wir ihm Informationen über die drei entlocken«, sagte Atlan.

»Vorerst ziehen wir die BASIS von der Burg zurück«, entschied Rhodan. »Das könnte aus psychologischen Gründen vorteilhaft sein. Danach kesseln wir die Burg mit Beibooten ein. Ich möchte verhindern, dass einer der Verschwundenen mit einem Fahrzeug die Burg verlässt. Das könnte schlimme Folgen für sie haben, wenn es ihnen ebenso ergangen ist wie Ras.«

»Wir müssen sie herausholen!«, sagte der Arkonide. »Aber ich habe noch keine Ahnung, wie wir das machen sollen.«

Rhodan zuckte mit den Schultern.

»Wir schicken einen Teleporter, der sich vorher exakt auf sie einpeilt und sie holt, ohne sich lange in der Burg aufzuhalten«, schlug Hamiller vor. »Er darf der Strahlung nur für einen Sekundenbruchteil ausgesetzt sein.«

»Wir haben nur noch einen Teleporter an Bord«, entgegnete Rhodan.

»Genau – und das bin ich!«, rief Gucky, der zwischen ihnen materialisierte. Er entblößte seinen Nagezahn. »Gucky schmeißt wieder alles. Ich komme mir bald vor wie der *Leo ex Machina*. Wenn ihr eure Probleme nicht lösen könnt, macht ihr es wie die alten Griechen in ihren Dramen. Ihr holt den Problemlöser aus dem Hut – mich. Gucky.«

Er stemmte die Fäuste in die Seiten, löste sich telekinetisch vom Boden und schwebte langsam in die Höhe, bis er nicht mehr zu Rhodan aufblicken musste. »Da fragt man sich natürlich, warum ihr mich nicht gleich an diese schwierigen Sachen ranlasst«, stellte er großspurig fest.

»Erstens bist du kein Leo, sondern höchstens eine Maus, wenn auch eine etwas groß geratene«, erwiderte Rhodan ernsthaft. »Zweitens heißt es nicht Leo ex Machina, sondern Deus ex Machina. Und ein Gott bist du schon gar nicht.«

»Was nicht ist, kann ja noch werden«, krähte der Mausbiber, den es nicht im Geringsten zu stören schien, dass Rhodan ihn eine Maus genannt hatte. Dabei war er sonst in dieser Hinsicht besonders empfindlich. »Außerdem kommt es nicht *darauf* an, sondern darauf, dass ich jetzt mal eben zur Burg springe und die Gespenster heraushole, die da herumspuken.«

»Davon war nicht die Rede«, sagte Rhodan scharf. »Vorerst haben wir nur überlegt, nicht entschieden. Du bleibst hier.«

»Es ist die einzige Lösung«, betonte der Ilt. »Was wollt ihr ohne mich machen? Ihr seid doch aufgeschmissen. Macht euch das mal klar.«

»Ein Bruder Leichtfuß in der Burg fehlt mir gerade noch«, widersprach Rhodan. »Vergiss nicht, dass es nicht nur um unsere Freunde geht. Wir sind hier, um einen der Zusatzschlüssel für das Auge zu holen. Das Aggregat ist in der Burg, und wir müssen es haben. Nach allem, was geschehen ist, können wir uns unbedachte Schritte nicht leisten.«

»Mit anderen Worten, du willst den Deus ex Machina noch nicht?« Gucky legte den Kopf schräg.

»Du hast es klar erkannt.«

»Mist«, murmelte der Ilt enttäuscht und verschwand.

»Vielleicht sollten wir ihn doch einsetzen«, sagte Hamiller.

»Nein«, beharrte Rhodan. »Solange wir andere Möglichkeiten haben, gehe ich das Risiko nicht ein, dass Gucky auch durchdreht. Ich will mir nicht vorwerfen müssen, dass ich mit seinem Leben gespielt hätte.«

»An welche anderen Möglichkeiten denkst du?«, fragte Atlan.

»Wir schicken weitere Roboter. Sie werden härter und entschlossener vorgehen und sich den Weg frei sprengen. Sind sie erst einmal in der Burg, dürfte es schwer sein, sie aufzuhalten.«

»Und wenn das scheitert?«

»Dann bleibt uns keine andere Wahl, als mit dem ganzen Potenzial der BASIS vorzugehen. Zuvor aber werden wir versuchen, die Strahlenquelle zu lokalisieren und zu zerstören.«

»Ich habe Bedenken«, wandte Hamiller ein. »Vermutlich gibt es nicht nur eine Strahlenquelle, sondern mehrere.«

»Ob eine oder ein Dutzend, das spielt keine entscheidende Rolle. Wenn es uns gelingt, auch nur die Hälfte auszuschalten, haben wir schon so gut wie gewonnen.« Rhodan wandte sich an den Arkoniden: »Dich bitte ich, ein Team zusammenzustellen, zu dem auch Ärzte gehören. Sie sollen sich auf das nächste Gespräch mit Ras vorbereiten. Wir müssen ihn zu einem möglichst ausführlichen Gespräch verleiten, damit er uns alles sagt, was er über die Burg und die dortige Situation weiß.«

Ras Tschubai wusste, dass ihm von vielen Seiten Gefahr drohte und dass er sich darauf vorbereiten musste, wenn er seine Position behaupten wollte.

Bull und Deighton kauerten nach wie vor teilnahmslos am Boden. Der Mutant beschloss, sie von Robotern in einen anderen Raum bringen zu lassen, in dem sie es bequemer hatten. Er benötigte nur kurze Zeit, bis er eine Anlage gefunden hatte, von der aus er mehrere Roboter aktivieren und steuern konnte. Doch zeigte sich sehr schnell, dass die Maschinen den Schutzschirm nicht überwinden konnten, den beide Männer um sich herum errichtet hatten.

Tschubai brauchte eine Weile, bis er sicher war, dass sie hören konnten, was er sagte.

»Bully«, rief er mehrmals, bis Reginald Bull endlich den Kopf hob und träge in die Aufnahmeoptik blickte. »Ich will dir helfen, Bully. Die Roboter sollen dich und Galbraith in einen anderen Raum bringen, in dem ihr es bequemer habt.«

»Wer bist du?«, fragte Bull mit schwerer Stimme.

»Ariolc«, erwiderte der Teleporter.

Bull kicherte. »Der verrückte Ariolc ... Was willst du von mir?«

»Schaltet die Schutzschirme ab, damit meine Roboter euch tragen können!«

Bull gehorchte sofort. Deighton zögerte einige Sekunden, ließ sein Energiefeld dann aber doch zusammenfallen.

Die Roboter trugen beide in einen luxuriös eingerichteten Raum. Zu den Annehmlichkeiten dort gehörte unter anderem sogar eine Schwimmkabine. Tschubai ließ die Wohnung von Robotern umstellen und befahl den Maschinen, niemanden herauszulassen. Anschließend machte er sich auf die Suche nach Saedelaere, den er wegen der Wirkung des Cappinfragments fürchtete.

Er fand den Transmittergeschädigten schon nach kurzer Suche, weil eine Massenflucht von mindestens zweihundert Androiden seine Aufmerksamkeit weckte. Saedelaere hatte offenbar seine Maske gelockert, sodass ein Teil des Cappinfragments sichtbar geworden war.

Tschubai beobachtete Saedelaere und erkannte, dass der Hagere die Androiden nur vertrieben hatte, um ungehindert eine lange Halle durchqueren zu können. Kurz darauf erreichte der Transmittergeschädigte den Raum, in dem sie beide nach der Teleportation angekommen waren. Tschubai erkannte den Raum sofort wieder, obwohl er sich nur kurz dort aufgehalten hatte. In sichtlicher Erregung durchsuchte Saedelaere den Raum und brachte gleich darauf seine alte Plastikmaske unter einem Sessel zum Vorschein.

Ras Tschubai blickte zur Seite, als der Transmittergeschädigte die hässliche Dämonenfratze gegen die vertraute Plastikmaske austauschte.

Der Teleporter hatte keine allzu große Mühe damit, eine Sprechverbindung herzustellen.

»Ich habe dich lange gesucht«, sagte er. »Ich bin froh, dass ich dich endlich gefunden habe.«

»Wer spricht da?«, fragte Saedelaere.

»Ariolc«, antwortete der Teleporter.

Der Maskenträger wandte sich ab und eilte aus dem Raum.

»Warte, Alaska!«, rief Tschubai ihm nach. »So höre mich doch an.«

Saedelaere blieb unter dem Ausgang stehen. »Wo bist du?«, wollte er wissen.

»In der Kommunikationszentrale«, antwortete der Mutant. Erst danach wurde ihm bewusst, dass er dem Transmittergeschädigten niemals die Wahrheit hätte sagen dürfen. »Das heißt, ich ...«

Saedelaere lachte höhnisch auf. »Ich komme zu dir, und ich

werde klären, wer hier Ariolc ist«, verkündete er und nahm die Maske ab.

Tschubai hatte den Kopf rasch zur Seite gedreht, um das Fragment nicht sehen zu müssen. Er schaltete ab. Sein Herzschlag beschleunigte sich, als er erkannte, in welcher Gefahr er schwebte. Er konnte Saedelaere nicht ausweichen, wenn dieser zu ihm kam. Vor allem konnte er nicht mit ihm verhandeln, da der Transmittergeschädigte offenbar fest davon überzeugt war, selbst Ariolc zu sein.

Alaska hat den Verstand verloren, dachte Tschubai betroffen. *Eine andere Möglichkeit gibt es wohl nicht.*

Mithilfe der Überwachung suchte er nach dem Mann. Dieses Mal verging jedoch geraume Zeit, bis er ihn endlich fand. Saedelaere hatte sich der Kommunikationszentrale schon sehr weit genähert. Er schob einen Androiden vor sich her, dem er den Arm auf den Rücken gedreht hatte. Von ihm ließ er sich den Weg zeigen.

Tschubai erkannte, dass er einem Kampf auf Leben und Tod mit dem Transmittergeschädigten nicht mehr ausweichen konnte.

Während Ras Tschubai sich auf den bevorstehenden Kampf mit Saedelaere konzentrierte, näherte sich ihm von anderer Seite eine unerwartete Gefahr.

Jagur, der Kommandant der Androiden, erholte sich von Minute zu Minute mehr. Er konnte klar denken und die Situation so analysieren, dass er zu einer realistischen Beurteilung kam. Es gelang ihm, bis in die Hauptzentrale vorzudringen. Dabei begegnete er zahlreichen Androiden, die durch die Räume der Burg tobten. Sie beachteten ihn nicht, und er versuchte auch gar nicht erst, sie wieder unter seine Befehlsgewalt zu bekommen.

Als Jagur die Hauptzentrale erreichte, verriegelte er alle Zugänge. Dann erst atmete er auf. Er war in Sicherheit; solange er in der Rüstung blieb, konnte ihm nichts geschehen.

Nun ging er ähnlich vor wie Tschubai in der Kommunikationszentrale, die etwa zweihundert Meter von der Hauptzentrale entfernt war. Er begann damit, die Räumlichkeiten der Burg zu untersuchen. In rascher Folge wechselten die Bilder auf den Monitorschirmen, oftmals so schnell, dass Jagur kaum etwas erkannte. Das beunruhigte ihn aber nicht. Er hatte die Kontrollen so eingestellt, dass die Bilder stoppten, sobald ein lebendes Wesen erfasst wurde.

Geraume Zeit verstrich, dann entdeckte er Tschubai im Kommunikationszentrum und beobachtete ihn. Schon nach wenigen Minuten stand für ihn fest, dass dieser Fremde als gefährlicher Gegner einzustufen war. Er verhielt sich nicht wie die Androiden, sondern schien sich fest in der Gewalt zu haben. Jagur fand schnell heraus, dass der Dunkelhäutige einen anderen Fremden beobachtete, der sein Gesicht hinter einer Maske verbarg. Zuweilen blitzte es an den Rändern und in den schmalen Öffnungen der Maske auf, als verberge sich ein Energiewesen dahinter.

Der Mann mit der Maske bewegte sich in Richtung Kommunikationszentrale. Er hatte einen Androiden dazu gezwungen, ihn zu führen. Jagur erkannte den Androiden Berb, der zum Kreis seiner engsten Mitarbeiter gehört hatte.

Er entschied, sich zunächst auf den dunkelhäutigen Fremden zu konzentrieren. Ohnehin war Jagur mit den Mechanismen der Burg so gut vertraut, dass es ihm gelang, den Mann mit der Maske in einer Maschinenhalle zu stoppen. Er verriegelte von der Zentrale aus die Ausgänge und setzte eine Sensorschaltung ein, die ihm anzeigen würde, wenn der Gefangene mit Gewalt auszubrechen versuchte.

Anschließend sicherte er auch die Ausgänge der Kommunikationszentrale und leitete Betäubungsgas ein. Das Gas wirkte schnell, der Dunkelhäutige brach bewusstlos zusammen.

Mittlerweile hatte Jagur herausgefunden, dass sich das große Raumschiff über der Burg weit zurückgezogen hatte. Allerdings waren kleinere Einheiten näher herangerückt, aber von ihnen fühlte der Kommandant sich nicht ernsthaft bedroht.

Er schickte einen Roboter in die Kommunikationszentrale und ließ den Bewusstlosen in einen kleinen, abgesicherten Raum bringen. Währenddessen wandte er sich schon dem Mann mit der Maske zu, der sich vergeblich bemühte, ein Schott zu öffnen. Er löste die Verriegelung, und der hagere Fremde schien tatsächlich zu glauben, er habe den Ausbruch aus eigener Kraft fertiggebracht. Jagur dirigierte ihn in eine vorbestimmte Richtung, indem er ihn nur bestimmte Schotten passieren ließ. Als der Maskenträger endlich die Falle erkannte, war es für ihn zu spät. Ein Schott schlug hinter ihm zu, und aus verborgenen Düsen strömte das betäubende Gas. Zusammen mit dem Androiden brach er zusammen.

Jagur setzte die Suche fort. Es dauerte nicht lange, bis er Reginald Bull und Galbraith Deighton fand. Erstaunt stellte er fest, dass sie gefangen waren und sich aus eigener Kraft nicht befreien konnten. Er konnte sich ihre Situation und ihr Verhalten zunächst nicht erklären, doch ihr Aussehen zeigte ihm an, dass sie zu den Fremden gehörten. Eigentlich konnten sie nur von dem Dunkelhäutigen in der Kommunikationszentrale eingesperrt worden sein.

Jagur begann nun seinen Angriff auf die Androiden. Innerhalb weniger Minuten betäubte er etwa hundert von ihnen und ließ sie von Robotern in sicheren Gewahrsam bringen. Er war überzeugt, dass er die Situation bald bereinigt haben würde.

Als Ras Tschubai erwachte, wusste er zunächst nicht, wo er sich befand und was mit ihm geschehen war. Er lag auf dem Boden eines fast leeren Raumes und hatte Atemschwierigkeiten.

Erst als er der Meinung war, wieder klar genug denken zu können, richtete er sich auf. Dann allerdings spürte er neue Erregung in sich aufsteigen. Eine unbekannte Macht hatte es gewagt, Ariolc anzugreifen. Das war ein unerhörter Vorgang, und nur die Besatzung des Raumschiffs BASIS kam als Angreifer infrage. Verantwortlicher war demnach der Terraner Perry Rhodan, der keinen Mächtigen neben sich dulden wollte.

Ras Tschubai untersuchte den Raum, der lediglich eine Liege und hygienische Einrichtungen enthielt. Die Tür ließ sich nicht öffnen, auch nicht, nachdem er sie sorgfältig untersucht hatte.

Schließlich konzentrierte er sich auf die Kommunikationszentrale und versuchte zu teleportieren.

Dass er tatsächlich in der Zentrale materialisierte, überraschte ihn derart, dass er wie erstarrt innehielt. Seine Gedanken überschlugen sich. Warum hatte seine Psi-Kraft vorher versagt und reagierte nun wieder normal? Er fand keine einleuchtende Erklärung und wischte die Überlegungen mit einem heftigen Kopfschütteln beiseite.

Augenblicke später stand er wieder an den Kontrollen. Niemand hatte etwas verändert, es gab keinen Hinweis darauf, was hier vorgefallen war. Er erinnerte sich deutlich, dass er plötzlich müde geworden war, aber danach ...?

»Du bist wieder in der Kommunikationszentrale, aber du benimmst dich, als seist du nicht seit Jahrtausenden hier zu Hause, sondern nur ein Gast«, sagte er im Selbstgespräch. »Dein Platz ist die Hauptzentrale.«

Verwundert schüttelte er den Kopf. Es war nie seine Art gewesen, mit sich selbst zu reden. Warum tat er es jetzt? Vage empfand er das Gefühl, nicht mehr er selbst zu sein.

Tschubai ging zum Steuergerät des Monitorsystems und schaltete auf die Hauptzentrale um. Er sah ein seltsames Wesen, das eine Rüstung trug. Es saß in einem viel zu großen Sessel und beobachtete mehrere Holos, die Beiboote der BASIS und die BASIS selbst zeigten.

Ras Tschubai konzentrierte sich und teleportierte. Er rematerialisierte hinter dem seltsamen Wesen, das ihn nicht bemerkte. Es schien einen Angriff des großen Raumschiffs zu erwarten.

15.

Nach wie vor gab es keinen Kontakt mit Ras Tschubai oder den anderen. In der Hauptzentrale der BASIS herrschte Aufbruchsstimmung, als Perry Rhodan eintrat.

»Ist das Robotkommando einsatzbereit?«, wollte Rhodan wissen.

»Bereit.« Hamiller zeigte auf eine der vielen Holoüberwachungen. Zwölf Kampfroboter schwebten im freien Raum. Sie umringten einen schweren Desintegratorstrahler, mit dem sie sich Einlass in die Burg verschaffen wollten.

»Dann los!«

Hamiller gab Kanthall einen Wink. Der Kommandant der BASIS erteilte die Einsatzorder. Die Roboter entfernten sich, wurden schnell zu winzigen Punkten und verschwanden schließlich aus der optischen Erfassung.

»Wir beobachten sie weiter.« Hamiller schaltete auf eines der Beiboote um. Da waren die Roboter und das Geschütz wieder. Einblendungen zeigten die Entfernung zur Burg, die sich wie eine weiße Wand ins Bild schob.

Als die Roboter und der Desintegrator noch knapp hundert Meter von der Burg entfernt waren, verschwanden sie. Die eingeblendeten Daten erloschen.

»Was ist geschehen?«, fragte Rhodan.

Hamiller biss sich auf die Unterlippe. Endlos anmutende Datenkolonnen wechselten vor ihm und überschütteten sein plötzlich starr wirkendes Gesicht mit grellen Lichtreflexen.

»Die Messwerte sind nicht eindeutig«, antwortete er. »Es hat jedoch den Anschein, dass der Trupp im Mikrokosmos verschwunden ist.«

»Das würde bedeuten, dass es in der Burg eine Art Projektor gibt, der auch außerhalb der Burg wirksam wird«, sagte Atlan erregt.

»So ist es«, bestätigte der Wissenschaftler. »Wir haben es doch schon einmal erlebt. Zweifellos ist der Demontagetrupp der Androiden dafür verantwortlich. Warum sollten sie nicht in der Lage sein, die nötigen technischen Apparaturen so einzustellen, dass sie außerhalb der Burg wirksam werden?«

»Ja, natürlich. Warum eigentlich nicht?« Atlan fuhr sich mit gespreizten Fingern durch das weißblonde schulterlange Haar. »Dann müssen wir damit rechnen, dass die Burg von einem Umsetzungsfeld umgeben ist, das alles in den Mikrokosmos versetzt, was sich ihr nähert.«

»Das müssen wir wohl«, bestätigte Hamiller.

»Lässt sich die Existenz eines solchen Feldes nachweisen?«, fragte Rhodan. »Und vor allem: Können wir das Feld lokalisieren?«

Der wissenschaftliche Leiter schüttelte den Kopf. »Wenn wir genügend Zeit dafür hätten, fänden wir es vielleicht heraus – aber diese Zeit haben wir nicht. Wir müssen bald handeln, oder es ist zu spät für Ras und die anderen.«

»Mit anderen Worten, ohne Teleportation geht nun überhaupt nichts mehr.« Gucky materialisierte in einem Sessel neben Rhodan. »Oder willst du einen nach dem anderen in den Mikrokosmos schicken?«

Rhodan schüttelte den Kopf. »Deine Stunde kommt noch, Kleiner. Bis dahin solltest du Geduld haben. Ich will allerdings wissen, ob du mittlerweile Ras oder die anderen espern konntest.«

»Eine Menge Gedankeneintopf ist da drüben in der Burg. Alles geht wie Kraut und Rüben durcheinander. Einen klaren Gedanken habe ich noch nicht erfasst. Auch Fellmer nicht. Das wird wohl erst möglich sein, wenn ich drüben in der Burg bin. Aber mich lässt man ja nicht.«

»Also nicht.« Rhodan wandte sich an Atlan. »Versuche noch einmal, mit Ras Verbindung aufzunehmen. Gib dich als Partoc aus, immerhin war er für einige Zeit gezwungen, unter Sterblichen zu leben. Behaupte ruhig, du seist Partoc und hättest dich entschlossen, über die Sterblichen zu sprechen, weil nur dann die Materiequellen erhalten werden könnten.«

»Wir haben über einen solchen Trick bereits diskutiert. Das Team verspricht sich nicht viel davon.«

»Wenn Ras weiterhin schweigt, haben wir Pech gehabt, aber versuchen sollten wir es.«

Ras Tschubai beobachtete den Fremden in der Rüstung. In den Holos sah er, dass sich der Burg mehrere Kampfroboter und ein großer Desintegratorstrahler näherten.

Der Fremde ließ seine Finger durch ein aufleuchtendes Schaltfeld gleiten. Die Roboter und der Desintegrator verschwanden gleichzeitig aus der Wiedergabe. Tschubai blinzelte irritiert und hüstelte.

Der Fremde, dessen Kopf in einem Gewirr von Blechen und Drähten steckte, fuhr herum und griff sofort zur Waffe.

Tschubai reagierte ebenso schnell. Er teleportierte und prallte so heftig gegen den Unbekannten, dass dieser zu Boden stürzte. Knirschend platzte die Rüstung auf und fiel auseinander.

Ein Zwerg blickte dem Mutanten aus angstvoll geweiteten Augen an.

Tschubai vermutete, dass er den Kommandanten des Androidenkommandos vor sich hatte.

»Wie kommst du hierher?«, stammelte Jagur.

»Das ist unwichtig. Wichtiger ist, wie du dazu kommst, Ariolc anzugreifen und einzusperren.«

»Du bist Ariolc?« Stöhnend richtete der Kommandant sich auf und presste die Handflächen gegen den Schädel. Seine Fingernägel schimmerten blau.

»Ich bin Ariolc«, bestätigte Ras Tschubai. »Oder zweifelst du daran?« Auffordernd zeigte er auf das Hauptschott.

Der Zwerg schien einzusehen, dass er in jeder Hinsicht unterlegen war. Jedenfalls entriegelte er mit einer schnellen Schaltung die Schotten und verließ die Hauptzentrale.

Ras Tschubai war allein.

Vor ihm in der Luft blinkte ein blaues Licht. Dieses Blinken entwickelte eine lästige Hartnäckigkeit, es war immer wieder von Neuem aufgeflammt. Jemand suchte Funkkontakt. Bislang hatte Tschubai den Versuch ignoriert, nun nahm er das eingehende Gespräch an. Schon weil er eine gewisse Neugierde verspürte.

Atlans Konterfei stabilisierte sich. Der Arkonide schien überrascht zu sein.

»Ariolc«, sagte er. »Es ist gut, dass ich dich endlich sprechen kann. Ich habe eine wichtige Nachricht für dich.«

»Deine Nachrichten interessieren mich nicht, Arkonide«, antwortete der Mutant abweisend. »Aber ich habe einen Befehl für dich. Ich will, dass Icho Tolot, Gucky und Fellmer Lloyd zu mir in die Burg kommen. Nur mit ihnen werde ich reden.«

»Garantierst du ihre Sicherheit?«

»Sie sollen kommen!«

»Wir haben versucht, Roboter zu dir zu schicken, um Verbindung aufzunehmen. Sie sind im Mikrokosmos verschwunden. Tolot, Gucky und Lloyd werden nicht kommen, bevor wir sicher sind, dass sie nicht ebenfalls in den Mikrokosmos versetzt werden. Außerdem müssen wir wissen, was aus Alaska, Bully und Deighton geworden ist.«

Ras Tschubai lachte. »Sie halten sich für Ariolc, werden diese Krise jedoch bald überwunden haben. Ich garantiere die Sicherheit der Emissäre, wenn sie innerhalb der nächsten Stunde eintreffen.« Damit schaltete er ab.

Er war zu der Überzeugung gekommen, dass er die BASIS erobern musste. Dazu würde er früher oder später die Kosmische Burg verlassen müssen, um den Kampf in der BASIS aufnehmen zu können. Er kannte Guckys Fähigkeiten und wusste, dass der Ilt ihm die größten Schwierigkeiten bereiten konnte. Auch die Kampfkraft des Haluters fürchtete er. Deshalb hatte er sich entschlossen, beide rechtzeitig auszuschalten. Fellmer Lloyd hielt er für den fähigsten Telepathen, der ebenfalls aus dem Weg geräumt werden musste.

Während er auf die Entscheidung des Oberkommandos der BASIS wartete, stellte er fest, dass der Kommandant des Demontagetrupps nicht nur ihn, sondern auch zahlreiche Androiden und Alaska Saedelaere gefangen hatte. Der Transmittergeschädigte war bei Bewusstsein, konnte den Raum aber nicht verlassen, in dem er gefangen war. Tschubai fand schnell die richtige Akustikschaltung.

»Alaska, hörst du mich?«

»Ras – wo bist du?«

»Ich bin nicht Ras Tschubai, auch wenn du mich viele Jahre unter diesem Namen gekannt hast. Ich bin Ariolc.«

»Unmöglich. Ariolc bin ich.«

»Du irrst dich, Alaska. Ich weiß, dass eine flüsternde Stimme dir einreden will, dass du Ariolc seist. Aber diese Stimme lügt. Ich bin Ariolc. Ich allein. Also akzeptiere die Wahrheit.«

»Es fällt mir schwer.«

»Dir bleibt keine andere Wahl.«

»Lass mich wenigstens aus diesem Loch frei.«

»Sofort. Zuvor möchte ich jedoch wissen, ob du bereit bist, mit mir gegen die BASIS zu kämpfen. Das Schiff bedroht uns. Allein kann ich es nicht schaffen, aber mit deiner Hilfe setzen wir uns durch.«

Saedelaere überlegte lange. Schließlich hob er zustimmend die Hand.

»Ich bin einverstanden, Ariolc. Wir werden gegen die BASIS kämpfen. Wir können die Burg nur zur Materiequelle bringen, wenn wir die BASIS beherrschen. Öffne.«

»Gern. Ich danke dir, Alaska.«

Der Transmittergeschädigte hatte Mühe, ernst zu bleiben. Tschubai bildete sich offensichtlich ein, Ariolc zu sein. Das war natürlich Unsinn.

Saedelaere wusste jedoch, dass es sinnlos gewesen wäre, sich mit dem Mutanten zu streiten, denn zurzeit saß der Teleporter am längeren Hebel. Er beschloss, die demütigende Abhängigkeit von Tschubai schnell zu beenden. Eigentlich musste er den ehemaligen Freund nur zwingen, das Cappinfragment anzusehen. Aber war es wirklich nötig, mit solcher Härte vorzugehen?

Die Tür öffnete sich.

»Geh nach rechts«, sagte eine Stimme aus dem Unsichtbaren. »Auf diesem Weg kommst du zu mir in die Hauptzentrale. Beeile dich. Die Lage ist ernst.«

Alaska Saedelaere ging ohne besondere Eile weiter. Er empfand es als unwürdig, allzu schnell zu gehen.

Er dachte an die BASIS und ihre Besatzung und wunderte sich, dass ihm so viele Besatzungsmitglieder bekannt waren. Wie passte das damit zusammen, dass er der Mächtige Ariolc war?

Reginald Bull empfand zur gleichen Zeit den schweren Kampfanzug als lästig. Er schwitzte, weil der Wärmeaustauscher nicht einwandfrei funktionierte, und schon deshalb fiel es ihm schwer, klar zu denken. Eine flüsternde Stimme wollte ihm zudem einreden, dass er Ariolc, der Mächtige, sei.

Hin und wieder blickte er zu Deighton hinüber, der ausgestreckt auf einer Liege ruhte und sich nicht bewegte. Er fragte sich, ob der Gefühlsmechaniker noch lebte.

Ächzend und stöhnend streifte Bully den Kampfanzug ab. Seine Müdigkeit war danach tatsächlich wie weggewischt. Er erinnerte sich wieder an seine Aufgaben, aber zugleich gewann die flüsternde Stimme an Einfluss. Vielleicht war er wirklich nicht Reginald Bull.

Er ging zu Deighton, packte ihn an den Schultern und schüttelte ihn. »Was ist los mit dir?«, fragte er zornig. »Du liegst hier wie ein nasser Sack.«

»So fühle ich mich auch«, antwortete der Gefühlsmechaniker.

»Tu etwas dagegen! Zieh den verdammten Kampfanzug aus, dann geht es dir besser.«

Deighton weigerte sich, aber Bully brachte ihn schließlich mit sanfter Gewalt dazu, dass er den Anzug doch ablegte. Tatsächlich wich nun auch seine Lethargie. Deighton interessierte sich wieder für die Vorgänge in der Burg.

»Ich finde, dass du mich recht respektlos behandelst«, sagte er, als Bull ihn nach Waffen abtastete. »Ich bin so etwas nicht gewohnt.«

»Wir benötigen eine Waffe, wenn wir die Tür öffnen wollen, Galbraith.«

Deighton griff in seine Hosentasche und holte einen stabförmigen Desintegratorstrahler hervor, der nicht größer war als sein Zeigefinger. »Das dürfte wohl genügen. Und jetzt an die Arbeit. Oder glaubst du, ich dulde es, noch länger hier eingeschlossen zu sein?«

»Du duldest?«, fragte Reginald Bull gereizt. Er mochte diese Ausdrucksweise nicht und fühlte sich durch sie herausgefordert. »Was bildest du dir ein? Was glaubt der Herr denn, wer er ist?«

Deighton hob die Augenbrauen. Missbilligend blickte er Bully an. »Ich erinnere mich an eine lange Freundschaft mit dir«, erklärte er. »Das hat dir in diesem Moment das Leben gerettet.«

Er drückte Bully die Projektionsmündung des Desintegrators auf die Brust. »Für die Zukunft bitte ich mir aber Respekt aus. Ein Ariolc lässt sich nicht in dieser Weise behandeln.«

Bull wich erbleichend zurück. »Hast du den Verstand verloren?«, fragte er ärgerlich. »Wie kannst du es wagen, dich Ariolc zu nennen? Dieser Name steht allein mir zu.«

»*Du* hast den Verstand verloren.«

»Das behaupte ich zu Recht von dir. Und nimm das verfluchte Ding endlich weg, Gal!«, sagte Bull ärgerlich.

»Du wagst es, Ariolc zu befehlen?«, ereiferte sich Deighton. »Ich werde dich nur am Leben lassen, wenn du mir einen Treueeid ablegst.«

»Das ist also die Revolte gegen mich, Ariolc.« Bull strich mit den Fingerspitzen über seinen Oberlippenbart und lenkte den Gefühlsmechaniker damit für den Bruchteil einer Sekunde ab. Blitzschnell schlug er die Hand mit dem Desintegratorstrahler zur Seite.

Deighton reagierte einen winzigen Moment zu spät. Er wollte ausweichen, konnte der Faust jedoch nicht mehr entgehen, die ihn mit verheerender Wucht traf und zu Boden schleuderte. Der Desintegrator entfiel seiner Hand und rollte bis in die äußerste Ecke.

Beide Männer schnellten der Waffe hinterher. Bull hielt den Gefühlsmechaniker fest und versuchte, ihn mit einer Dagor-Kombination auszuschalten, doch er hatte einen Gegner, der in dieser Kampftechnik nicht weniger geübt war als er selbst.

Beide spürten, dass es plötzlich um Leben und Tod ging. Der Kampf eskalierte zu extremer Härte, und beide bemühten sich, an den Desintegratorstrahler zu kommen. Nur einer von ihnen konnte diese Auseinandersetzung überleben.

»Uns sind die Hände gebunden«, stellte Perry Rhodan fest. »Wir können nichts tun. Oder hat jemand einen Vorschlag zu machen?« Er blickte sich in der Hauptzentrale der BASIS um, sah aber nur ratlose Gesichter.

»Offensichtlich gerät jeder, der sich in Ariolcs Burg wagt, in den Bereich einer parapsychischen Strahlung, die ihm die Überzeugung aufzwingt, dass er Ariolc sei. Am stärksten scheint dieser Effekt bei Ras zu sein. Mentalstabilisiert zu sein genügt offenbar nicht als Schutz. Wir müssen herausfinden, mit was für einer Strahlung wir es zu tun haben, und erst wenn wir eine Abschirmung haben, können wir gefahrlos in die Burg gehen.«

»Das dauert zu lange«, wandte Hamiller ein. »Noch haben wir keine Informationen über die Strahlung. Wir wissen, dass sie da ist, mehr aber auch nicht. Was sollen wir daraus entwickeln?«

»Ras hat gefordert, dass ich in die Burg kommen soll«, verkündete Icho Tolot dröhnend. »Also werde ich gehen und alle herausholen.«

»Genau das wirst du nicht tun«, widersprach Rhodan. »Uns fehlte gerade noch, dass du beeinflusst wirst und dich in der Burg als Ariolc aufspielst.«

»Ich wiederhole mich ungern!«, rief Gucky. »Mittlerweile ist wohl nicht mehr zu übersehen, dass ich der Einzige bin, der die Lage klären kann. Ich springe und hole die vier heraus.«

»Du würdest dich für Ariolc halten und drüben bleiben«, sagte Rhodan abwehrend.

»Ich könnte mit einem Roboter teleportieren und ihn außen auf der Burg absetzen. Ich glaube nicht, dass die Burg so unmittelbar von Fallen umgeben ist, die alles Mögliche in den Mikrokosmos versetzen. Der Roboter könnte durchbrechen und für uns günstige Voraussetzungen schaffen.«

Hamiller nickte.

»Das ist eine Möglichkeit. Auf der Oberfläche der Burg wird die Strahlung nicht wirksam. Wenn Gucky sich also sofort wieder zurückzieht, kann ihm kaum etwas passieren.«

Rhodan überlegte kurz, dann gab er ebenfalls seine Zustimmung.

Der Ilt teleportierte und kam nach etwa zwei Minuten wieder in einem Raumanzug. Kurz darauf erschien der angeforderte Roboter in der Hauptzentrale.

»Ich wiederhole, damit alles unmissverständlich ist«, sagte Rhodan. »Du setzt den Roboter in der Nähe der Nabe zwischen den Speichen und unmittelbar auf der Außenhaut der Burg ab, und du kehrst sofort hierher zurück!«

»Worauf du dich verlassen kannst«, erwiderte der Mausbiber. »Ich habe keinerlei Ambitionen, Ariolc zu werden.«

»Hoffentlich.«

»Hör mal, Perry. Du misstraust mir hoffentlich nicht?«

»Hätte ich Grund dazu?«

»Nicht den geringsten.«

»Dann ist es ja gut.«

»Also – ich verschwinde dann.« Gucky blickte sich um, als erwarte er Beifall von allen Seiten, doch niemand kam auf den Gedanken, ihm auf die Schulter zu klopfen und ihn mit Lob zu überschütten. Der Ilt rümpfte die Nase. »Ist denn keiner unter euch, der mir zugesteht, dass ich der Größte bin?«

»Dazu werden wir uns verpflichtet fühlen, wenn du wieder hier bist«, sagte Rhodan.

»Mann, ist das ein Frust!« Gucky seufzte entsagungsvoll und griff nach einem Arm des Roboters. »Also – ich verschwinde.«

»Heute noch?«, fragte Rhodan.

Der Mausbiber verzog das Gesicht, als habe er eine Ohrfeige erhalten. Er teleportierte und nahm den Roboter mit.

Gucky rematerialisierte zielgenau dicht an der Außenhaut der Burg zwischen den Speichen des Rades und in der Nähe der Nabe. Er sah sich um. Neben ihm erhob sich die Wölbung einer Speiche, er konnte weder die Turmaufbauten noch die halbkugelförmigen Antennen sehen.

Niemand griff ihn an, und der Roboter schwebte reglos neben ihm. Gucky wollte nicht so recht einsehen, weshalb er nicht einmal einen wirklich nur kurzen Blick in die Burg werfen sollte. Niemand würde es bemerken, wenn er für eine Sekunde nach innen sprang und sich sofort wieder zurückzog. Dennoch zögerte er. Er hatte Perry versprochen, sofort zur BASIS zurückzuspringen.

Aber da war eine flüsternde Stimme in ihm, einschmeichelnd, weich und verführerisch. Sie bestätigte ihm seine Stärke und seine überragende Bedeutung. Und sie machte ihm klar, dass er selbst unter kosmischen Gesichtspunkten ein einzigartiges Wesen war.

Gehorche nur dir selbst, wisperte sie. *Du bist Ariolc. Niemand kann dir etwas befehlen.*

Er hatte nie daran gezweifelt, dass er Ariolc war!

Er schleuderte den Roboter telekinetisch von sich weg. Die Maschine wirbelte ins All hinaus und entfernte sich rasch.

Gucky teleportierte in der Gewissheit, endlich zu sich selbst gefunden zu haben.

Der Kampf zwischen Reginald Bull und Galbraith Deighton wurde wilder und härter. Das Wissen um die tödliche Bedrohung aktivierte die von ihnen aufgenommenen Bewusstseine der Altmutanten Tako Kakuta und Tama Yokida.

Deighton bäumte sich in höchster Not auf, als es Bull gelang, ihm beide Hände um den Hals zu legen. Der Telekinet in ihm sprengte den Griff und schleuderte die Hände zurück.

Bully erfasste sofort, was geschah und dass er gegen die Kombination Deighton-Yokida hoffnungslos unterlegen war. Der Telekinet konnte ihm, wenn er wollte, das Herz in der Brust zerquetschen.

Verzweifelt warf Bull sich zur Seite. Er rollte über den Boden und streckte die Hände nach dem Desintegrator aus, der noch in der Ecke des Raumes lag.

Gleichzeitig fühlte er einen erstickenden Druck im Brustkorb. Ihm wurde schwarz vor Augen. Alles in ihm schrie nach dem Teleporter Tako Kakuta, den er aus dem PEW-Block aufgenommen hatte.

Der Mutant griff gerade noch rechtzeitig ein. Bully teleportierte. Zu spät bemerkte Deighton, dass der Gegner hinter ihm materialisierte. Bull schlug dem Gefühlsmechaniker da schon beide Hände ins Genick.

Deighton stürzte zu Boden, verlor die Besinnung aber nicht. Dadurch erhielt Tama Yokida eine zweite Gelegenheit, Bull anzugreifen. In seiner Todesangst kannte auch der Telekinet keine Rücksicht. Er versuchte, Bull das Genick zu brechen, scheiterte jedoch erneut, weil das Kakuta-Bewusstsein mit Bull teleportierte.

Sie materialisierten unmittelbar neben dem Desintegrator. Bull riss die Waffe an sich und stürzte sich auf den auf dem Boden liegenden Deighton. Bebend presste er dem Mann die Waffe an den Hinterkopf und versuchte, sie auszulösen. Doch jetzt blockierte der Telekinet den kleinen Strahler, und Tako Kakuta teleportierte zum dritten Mal.

Urplötzlich stand Ras Tschubai zwischen den Kämpfern.

»Ras«, entfuhr es Bull überrascht. »Was willst du hier?«

»Ich will euch Narren daran hindern, euch gegenseitig umzubringen«, sagte der Teleporter. »Schluss damit!«

»Was fällt dir ein, so mit mir zu reden?«, fragte Bull ärgerlich. »Du weißt nicht, wen du vor dir hast?«

Tschubai lächelte herablassend. »Schön ruhig bleiben, Dicker«, erwiderte er. »Ich weiß, dass du dir einbildest, Ariolc zu sein. Aber du bist es nicht. Und das gilt auch für dich, Galbraith. Ich bin Ariolc, der Mächtige. Macht euch das klar, und alles ist in Ordnung.«

Bull fuhr sich mit dem Handrücken über die Stirn.

»Jetzt reicht es wirklich«, sagte er grollend. »Ich habe es mit lauter Irren zu tun. Wer es wagt, meine Identität als Ariolc zu bestreiten, spielt mit seinem Leben.«

Gucky materialisierte. Er überkreuzte die Arme vor der Brust.

»Bei euch piept's gehörig!«, stellte er ruhig fest. »Es gibt nur einen Ariolc – und der bin ich!«

Kommandant Jagur saß der Schreck in allen Gliedern. Er floh aus der Nähe der Hauptzentrale, vorbei an johlenden und tobenden Androiden. Er wehrte sich verzweifelt gegen die Impulse, die ihm einreden wollten, dass er Ariolc sei. Er wusste, dass er nicht Ariolc aus dem Bund der Zeitlosen war, und er wollte es auch nicht sein. Ihm schien es, als sei durch die Rüstung Widerstandskraft auf ihn übergegangen.

Allmählich wurde er ruhiger.

Er betrat einen kleinen Raum, über dem sich eine transparente Kuppel erhob. Vielleicht konnte er hier für einige Zeit allein und unbedrängt sein. Außerdem befand sich hier ein Kommunikationsverteiler.

Während sich alles in ihm gegen die flüsternde Stimme sträubte, blickte Jagur ins Dunkel des Weltraums hinaus. Er bemerkte einen winzigen fahlen Lichtpunkt weit von der Burg entfernt, bei dem es sich nur um ein Raumschiff der Fremden handeln konnte.

Allein konnte er nichts mehr ausrichten. Er hatte auch keine Möglichkeiten mehr, die Hauptzentrale zu betreten. Dort befand sich nun der Dunkelhäutige, der unter rätselhaften Umständen aufgetaucht war. Sosehr Jagur sich auch den Kopf zermarterte, er kam nicht darauf, wie es dem Fremden möglich gewesen war, die verriegelte Zentrale zu betreten.

Eigentlich blieb ihm nur noch eine Möglichkeit, die Burg zu retten. Er musste Verbindung mit den Fremden aufnehmen. Zugleich hatte er Bedenken, mit ihnen zu reden, da er sich nicht erklären konnte, was sie wollten. Immer wieder hatte er sich gefragt, weshalb sie sich für die Burg interessierten. Eine Entführung? Dann wäre eine Auseinandersetzung mit den Kosmokraten unvermeidlich gewesen. Es erschien ihm undenkbar, dass jemand bewusst die Konfrontation mit den Mächten hinter den Materiequellen suchen könnte.

Vielleicht wissen sie gar nichts von den Kosmokraten?, durchfuhr es ihn. *Womöglich halten sie die Burg für herrenloses Gut?*

Jagur fasste einen spontanen Entschluss. Er verließ die Beobachtungskuppel und hastete an miteinander kämpfenden Androiden vorbei zu einem Beiboothangar. Er fand eine kleine Flugkapsel, die ihm dennoch genügend Platz bot. Für einen Riesen wie Ariolc wäre er nicht ausreichend gewesen.

Die Kapsel startete mit hoher Beschleunigung. Die Instrumente zeigten Jagur den Standort des Raumschiffs der Fremden. Sie machten ihn auch auf kleinere kugelförmige Einheiten rings um die Burg aufmerksam.

Er schaltete das Funkgerät ein.

»Hier spricht der Kommandant des Demontagetrupps!«, rief er. »Ich verlasse Ariolcs Kosmische Burg, um mit euch zu sprechen.«

Die flüsternde Stimme wich weit zurück. Dennoch verstummte sie nicht. Jagur hatte erwartet, dass er sie außerhalb der Burg nicht mehr hören würde. Jetzt zeigte sich, dass sie ihn begleitete. Sie war schwächer als in der Burg, aber sie war präsent.

Die Fremden meldeten sich. Jagur atmete auf. Einen derart schnellen Erfolg hatte er nicht erwartet.

»Mein Name ist Jagur«, sagte er. »Die Zustände in der Kosmischen Burg zwingen mich, mit euch zu reden.«

Guckys Ausbleiben löste tiefe Betroffenheit aus.

»Genau das habe ich befürchtet«, sagte Rhodan. »Ich hätte nicht zulassen dürfen, dass es geschieht.«

»Wir mussten das Risiko eingehen«, widersprach der Arkonide. »Uns blieb gar keine andere Möglichkeit. Den Fehler hat Gucky gemacht, weil er nicht sofort zurückgekehrt ist.«

»Vielleicht hatte er von Anfang an keine Möglichkeit dazu«, erinnerte Hamiller besorgt. »Ich vermute, dass alles viel zu schnell für ihn ging.«

Eine erregte Diskussion über die nächsten Schritte begann. Alle vertraten die Ansicht, dass etwas geschehen musste, doch keiner hatte einen praktikablen Vorschlag für einen Rettungseinsatz.

»So kommen wir nicht weiter«, unterbrach Rhodan die Debatte. »Atlan und ich sind mentalstabilisiert ...«

»Das ist Galbraith auch«, fiel Balton Wyt ihm ins Wort. »Und Bully ebenso.«

»Dennoch werden Atlan und ich es versuchen«, beharrte Rhodan. »Wir fliegen mit einer Space-Jet, die einen Transmitter an Bord hat. Sobald wir das Gefühl haben, einer Bedrohung nicht mehr gewachsen zu sein, werden wir zurückkommen. Wir nähern uns der Burg so weit wie möglich, steigen aber vorerst noch nicht aus.«

Rhodan wollte Einzelheiten festlegen, da wurde der Anruf von der Burg gemeldet. Augenblicke später redete Rhodan schon mit dem Kommandanten des Demontagetrupps. »Komm zu uns an Bord«, lud er ihn ein. »Uns ist ein Treffen willkommen.«

Etwa zwanzig Minuten später betrat Jagur die Hauptzentrale der BASIS. Zehn Besatzungsmitglieder, die ihn deutlich überragten, begleiteten ihn. Jagur trug einen flammend gelben Raumanzug, den Helm hatte er geöffnet.

»Wer ist der Bestimmer?«, fragte er schrill.

Perry Rhodan ging ihm freundlich lächelnd entgegen und stellte sich vor, was er während des kurzen Funkgesprächs nicht getan hatte.

»Was führt dich zu uns?«, fragte Rhodan und bot dem Gast Platz an. Er spürte, dass Jagur unter dem Größenunterschied zwischen ihnen litt. Immer wieder blickte der Kommandant sich furchtsam um. Das besserte sich erst, als er in einem Sessel saß und ihre Augen sich annähernd auf gleicher Höhe befanden.

»Ariolc hat ein gefährliches Vermächtnis hinterlassen. Wir haben den Drugun-Umsetzer zusammengebaut, mit dem wir die Burg aus dem Mikrokosmos geholt haben. Mit jedem Stück, das wir dazu aus den Verstecken entnommen haben, haben wir einen Wahnsinnsstrahler aktiviert. Jetzt verliert jeder den Verstand, der die Burg betritt. Viele halten sich für Ariolc, und sie führen sich auch so auf, als wären sie der Mächtige.«

»Du sprichst von unseren Männern?«
»Auch von ihnen«, erwiderte das zwergenhafte Wesen. »Sie haben die Burg in ihrer Gewalt. Deshalb bitte ich euch, sie von dort abzuziehen, damit ich die Burg an ihren Bestimmungsort bringen kann.«
»Wir haben das bereits ohne Erfolg versucht«, antwortete Rhodan.
»Dann müssen wir gemeinsame Schritte überlegen. Meine Androiden gehorchen mir ebenfalls nicht mehr. Nur ich bin frei. Ich habe das Wissen über die Burg. Von mir könnt ihr alles erfahren, was ihr wissen müsst. Ihr habt genügend Männer und Frauen, mit denen ihr mir als Gegenleistung für die Informationen helfen könnt. Gemeinsam müssten wir es schaffen.«
»Wir sind zur Zusammenarbeit bereit«, sagte Rhodan. »Aber was wird geschehen, wenn wir das Problem gelöst haben?«
»Das wird sich zeigen. Damit brauchen wir jetzt keine Zeit zu vergeuden.«
Rhodan und Atlan wechselten einen raschen Blick miteinander. Sie hatten verstanden. Jagur wollte das Problem mit ihnen gemeinsam lösen. Danach aber hatte er die Absicht, sich möglichst schnell wieder abzusetzen.
»Gut«, sagte Rhodan. »Fangen wir erst einmal an.«
Ihm kam es ebenso wie Jagur darauf an, das Problem zu lösen. Er wollte alles über die Zustände in der Burg erfahren, und nur der Kommandant des Demontagetrupps konnte ihm die nötigen Informationen geben.
»Zunächst wüsste ich gern, was aus unserem Freund Gucky geworden ist.« Perry Rhodan beschrieb den Mausbiber, um Jagur klarzumachen, wen er meinte.

Reginald Bull, Tschubai und Deighton blickten den Ilt an, als habe er den Verstand verloren. Tschubai lächelte geringschätzig.
»Du willst Ariolc sein?«, fragte der Teleporter. »Dass ich nicht lache. In Wahrheit bist du nur die Riesenmaus Gucky.«
Er verlor den Boden unter den Füßen, schwebte schnell in die Höhe und schlug gegen die Decke. Im letzten Moment gelang es ihm noch, den Aufprall abzumindern, indem er sich mit den Händen abfing.
»Wer ist Ariolc?« Drohend entblößte der Ilt seinen Nagezahn.
»Du bist es bestimmt nicht.« Bull strich sich mit den Fingerspitzen über die Lippen. »Ras hat schon recht, du bist eine lausige Maus.«
Gucky schrie empört auf, und Bull machte drei Saltos hintereinander, obwohl er immer wieder versuchte, sich irgendwo festzuhalten oder auszubrechen. Währenddessen stürzte Tschubai auf den Boden zurück

und warf sich auf den Ilt. Er erreichte ihn aber nicht, weil Gucky quer durch den Raum teleportierte. Bull schlug der Länge nach hin, während Tschubai erneut den Boden unter den Füßen verlor und auf eine Wand zuraste.

Unmittelbar vor dem Aufprall endete Tschubais Flug jedoch. Hilflos hing er in der Luft und ruderte mit den Armen.

»Tama!«, kreischte Gucky. »Wenn du mir noch einmal in die Quere kommst, bringe ich Ras um.«

Bull entmaterialisierte plötzlich und erschien dicht hinter dem Ilt. Er stieß mit beiden Händen zu, aber der Mausbiber reagierte schneller und teleportierte ebenfalls.

Tschubai, Bull und Deighton waren sich einig darüber, dass sie gegen Gucky nur bestehen konnten, wenn sie gemeinsam gegen ihn vorgingen. Deightons Yokida-Bewusstsein versuchte, den Ilt zu würgen.

Gucky schlug entschlossen und hart zurück. Telekinetisch drückte er auf Deightons Halsschlagader und unterbrach den Blutstrom zum Gehirn. Der Gefühlsmechaniker sackte bewusstlos in sich zusammen. Bevor Gucky sich den anderen wieder zuwandte, löste er allerdings die Blockade wieder.

»Nun, ihr beiden Zwerge?«, fragte er höhnisch. »Bildet sich noch einer von euch ein, Ariolc zu sein?«

Bull und Tschubai verstanden sich auch ohne Worte. Beide teleportierten sie, doch als sie materialisierten, war Gucky schon nicht mehr da.

Verblüfft blickte Bull sich um.

»Verdammt! Wo ist er?«

»Weg«, antwortete Tschubai. »Er fürchtet meine Macht, die Macht Ariolcs.«

»Du willst Ariolc sein?« Bull schüttelte den Kopf. »Dass ich nicht lache.«

Über ihnen kicherte jemand. Die beiden Männer blickten nach oben. Gucky schwebte mit verschränkten Armen unter der Decke. Es sah aus, als liege er in einer unsichtbaren Hängematte.

»Bei euch haben sich wohl die Gehirnwindungen verheddert?«, rief der Ilt. »Aber das ist typisch fürs Fußvolk. Kaum ist man ihnen aus den Augen, bilden sich alle schon ein, der Boss zu sein. Ich will euch mal was sagen, ihr Zwerge: Ich bin Ariolc. Und das werdet ihr mir jetzt bestätigen.«

»Ich werde dir deinen Biberschwanz um die Ohren hauen, bis du endlich begreifst, wer die Hosen anhat!«, schnaubte Bull. »Komm endlich herunter.«

Gucky griff telekinetisch zu.

Bull stöhnte gequält auf, aber Tschubai brach als Erster zusammen.

»Du bist Ariolc«, röchelte der Teleporter noch, bevor er bewusstlos wurde.

Bull hielt sich nur einige Sekunden länger auf den Beinen. Zeitlupenhaft langsam sackte er auf die Knie. Sein Gesicht verzerrte sich zur Grimasse.

»Wer ist Ariolc, der Mächtige?«, fragte Gucky immer wieder.

»Du bist es«, keuchte Bull schließlich. »Du bist Ariolc.« Dann fiel er vornüber.

Gucky schwebte triumphierend hinab. Er rieb sich die Hände. »Und jetzt beginnt das Spektakel«, verkündete er. »Die Burg bringe ich in meine Hand, dann kommt die BASIS dran. Die da drüben werden ihr blaues Wunder erleben!«

16.

»Wir wissen jetzt, was geschehen ist«, fasste Perry Rhodan mit wenigen Worten zusammen. »Ein Schritt in die richtige Richtung könnte die Rüstung sein, von der Jagur sprach. Wir müssen sie holen und das Material analysieren ...«

»Ohne Teleporter?«, fragte Hamiller. »Alle sind drüben in der Burg.«

»Jagur könnte einen Roboter in die Zentrale der Burg führen. Er kennt den Weg und hat wohl die größte Aussicht auf Erfolg.«

»Da täuscht ihr euch aber gewaltig, ihr Knilche«, ertönte eine helle Stimme.

Rhodan fuhr herum. Auf einer Konsole der Zentrale hockte Gucky. Er trug einen feuerroten Hut mit breiter Krempe und einer gelben Feder.

»Gucky! Endlich bist du zurück!«, rief der Terraner erleichtert. »Wir haben schon das Schlimmste befürchtet.« Er ging auf den Ilt zu.

»Bleib, wo du bist!«, sagte der Mausbiber harsch. »Sonst nehme ich deinen Zellaktivator und sorge dafür, dass du innerhalb von ein paar Stunden zum Greis wirst.«

Rhodan runzelte die Stirn. Aber er blieb stehen und blickte den Ilt forschend an. »Ich finde das überhaupt nicht witzig«, sagte er.

Eine unsichtbare Kraft erfasste ihn und schleuderte ihn zurück. Was Rhodan eben noch vehement aus seinen Gedanken verbannt hatte, war also bittere Realität geworden. Er stellte sich sofort darauf ein.

»Verzeih mir«, bat er. »Ich war unhöflich und beleidigend, ich habe dich mit dem falschen Namen angesprochen. Du bist nicht Gucky, sondern Ariolc, der Mächtige.«

Der Ilt stieß die rechte Faust in die Höhe. »Ich habe zu mir selbst gefunden und meine wahre Identität entdeckt. Nur euch habe ich es zuzuschreiben, dass ich jahrhundertelang unter einer falschen Identität gelebt habe. Ihr habt mir eingeredet, ich sei Gucky. Aber das war eine erbärmliche Lüge.«

»Niemand hat dich erkannt. Aber das geschah nicht in böser Absicht. Wir wussten ebenso wenig wie du, wer du wirklich bist.«

»Hoffentlich habt ihr es endlich begriffen«, sagte der Mausbiber. »Ab sofort weht nämlich ein anderer Wind.«

Er teleportierte zu Tolot. Der Haluter lachte gutmütig, als Gucky auf seiner Schulter materialisierte.

»Mein Kleiner«, dröhnte Tolots Bass durch die Zentrale der BASIS. »Ich wusste, dass du zu mir kommen würdest. Was kann ich für dich tun?«

»Bilde dir bloß keine Schwachheiten ein«, krähte der Ilt. »Ich komme zu dir, weil ich meine Pläne mit dir habe. Glaubst du, ein Ariolc wisse nicht genau, was er zu tun hat?«

Im nächsten Moment entmaterialisierte er zusammen mit dem Haluter. Viele Mitglieder der Zentralebesatzung machten ihrer Überraschung Luft, indem sie gleichzeitig losredeten.

»Ruhe!«, rief Rhodan. »Ab sofort trägt jeder in der BASIS einen Paralysator. Sobald einer der Teleporter auftaucht, wird er paralysiert.«

»Glaubst du ...?«, begann der Arkonide, ließ die Frage aber offen.

»Ich glaube, dass Gucky und die anderen Teleporter zurückkommen und weitere von uns entführen werden«, antwortete Rhodan. »Die Mutanten wären ein lohnenswertes Ziel.«

»Das wäre widersinnig.« Atlan schüttelte den Kopf. »Gucky würde sich damit nur Konkurrenten in die Burg holen. Er glaubt, Ariolc zu sein, aber die anderen glauben es auch. Je mehr Mutanten der Ilt in die Burg holt, desto mehr Ariolcs gibt es, mit denen er sich auseinandersetzen muss. Logisch wäre der umgekehrte Weg, dass er Ras, Galbraith, Bully und Alaska zur BASIS bringen würde.«

»Wir diskutieren weiter, sobald alle bewaffnet sind«, erwiderte Rhodan.

Jentho Kanthall, der Kommandant der BASIS, hatte Alarm ausgelöst. Über Interkom informierte er die Besatzung und ordnete an, Gucky, Tschubai und Reginald Bull sofort zu paralysieren, sobald sie sich an Bord zeigten.

Noch während er sprach, erschien der Mausbiber erneut in der Hauptleitzentrale.

»Wenn ihr mich erwischen wollt, müsst ihr schon früher aufstehen!«, rief der Kleine, griff nach Fellmer Lloyd und teleportierte mit ihm, bevor jemand auf ihn schießen konnte.

»Die Mutanten müssen ab sofort auf engstem Raum zusammenbleiben, sonst holt sich Gucky einen nach dem anderen, und wir können nichts tun«, stellte Atlan fest.

Nur einige Mutanten hielten sich momentan in der Zentrale auf, und sie rückten ohnehin näher zusammen. Über Interkom rief Rhodan die anderen.

Als sich das Hauptschott öffnete, sah er Irmina Kotschistowa eintreten. Hinter ihr materialisierte Gucky.

Der Ilt tippte die Metabio-Gruppiererin an. Sie blieb stehen und drehte sich um.

»Vorsicht, Irmina!«, rief Rhodan. »Zur Seite.«

Sie zögerte. Gucky teleportierte mit ihr, und Rhodan schoss zu spät. Der Paralysestrahl traf eine junge Frau, die der Mutantin gefolgt war, und lähmte sie.

»Gucky macht uns fertig«, sagte Atlan stöhnend.

Takvorian meldete sich über Interkom. »Was ist eigentlich los?«, fragte der Zentaur hastig.

»Alle Mutanten sind in Gefahr«, antwortete Rhodan. »Gucky versucht, sie zu entführen. Auch du könntest ...«

Takvorian fuhr erschrocken zurück. Rhodan sah, dass Gucky auf dem Rücken des Pferdekörpers saß. Innerhalb eines Lidschlags verschwanden beide aus der Bilderfassung.

»So kann es nicht weitergehen«, sagte Atlan bestürzt. »Perry, wir müssen die Burg mit Lähmstrahlern beschießen, sonst bekommen wir keine Ruhe.«

»Wir greifen an!«, stimmte Rhodan zu und wandte sich an Kanthall. Augenblicke später setzte sich die BASIS schon in Bewegung.

Lord Zwiebus betrat die Hauptzentrale. »Gucky hat Ribald geholt«, berichtete er. »Und er hat Merkosh, der bei ihm war, gleich mitgenommen.«

»Ich wusste, dass wir es uns nicht leisten können, Gucky zur Burg zu lassen«, sagte Rhodan.

»Trotzdem hatten wir keine andere Wahl«, erwiderte Atlan.

»Wir erreichen Wirkungsdistanz für Paralysegeschütze!«, meldete Kanthall. »Erste Salve in fünf Sekunden.«

Rhodan sah Atlans angespannte Erwartung. Die Augen des Arkoniden tränten leicht. Nur die Anzeigen verrieten, dass die BASIS das Feuer eröffnete, in der optischen Wiedergabe veränderte sich nichts.

Eine zweite Salve bestrich die Kosmische Burg.

»Jetzt können wir wohl sicher sein, dass da drüben niemand mehr auf den Beinen steht«, sagte Atlan. »Damit hat Gucky vermutlich nicht gerechnet. Seine Machtträume sind zu Ende.«

Der Ilt materialisierte auf Atlans Schultern. Er fuhr dem Arkoniden mit beiden Händen durchs Haar und zerrte daran.

»Wenn ihr Narren noch einmal solch einen Blödsinn macht, jage ich die BASIS in die Luft!«, schrie Gucky und teleportierte zwischen die Steuerkonsolen, bevor jemand auf ihn schießen konnte. »Erreicht habt ihr überhaupt nichts. Die Burg ist mit derart läppischen Maßnahmen nicht anzugreifen. Ich, Ariolc, verbiete euch jede Einmischung in meine inneren Angelegenheiten.«

Telekinetisch schleuderte er Mentro Kosum zu Boden, der eben auf ihn schießen wollte.

»Nun reichen uns deine albernen Witze endgültig«, sagte Roi Danton erregt. »Wir sehen über manches hinweg, weil du ...«

Er kam nicht weiter. Eine unsichtbare Kraft riss ihm die Beine unter dem Leib weg. Er stürzte zu Boden.

»Begreift endlich, dass ich keine Witze mache!«, sagte Gucky schrill und verschwand.

»Das ist nicht mehr der Gucky, den wir kennen, sondern Ariolc mit all seinen Charakterschwächen und nur noch zu einem verschwindend geringen Teil Gucky«, stellte Perry Rhodan fest. »Wäre dieser geringe Anteil von ihm nicht mehr wirksam, erginge es uns wahrscheinlich noch viel schlechter.«

»In der Burg müssten eigentlich alle auf der Nase liegen.« Danton hatte sich wieder aufgerichtet, hielt sich aber die linke Schulter. Offenbar war er schwer aufgeschlagen.

»Könnte die Hülle der Burg für Paralysestrahlen undurchlässig sein?«, fragte Rhodan.

Hamiller schüttelte den Kopf. »Kaum vorstellbar«, antwortete er. »Ich vermute eher, dass es in der Burg Umlenkeinrichtungen gibt, die die Paralysestrahlung ableiten.«

»Sie könnten Bestandteil des Drugun-Umsetzers sein, aber das weiß ich nicht genau«, meldete sich Jagur zu Wort.

Rhodan blickte den Zwerg nachdenklich an. Er war überzeugt davon, dass der Kommandant der Androiden sehr wohl wusste, welche Verteidigungseinrichtungen es in der Burg gab und wo sie zu finden waren. Jagur dachte jedoch nicht daran, Geheimnisse zu verraten, weil es ihm nur darum ging, die Situation zu bereinigen. Sobald sein Ziel erreicht war, würde er keine Sekunde länger an Zusammenarbeit denken.

Alaska Saedelaere war fest davon überzeugt, Ariolc zu sein. Er war auf dem Wege zur Zentrale der Kosmischen Burg, und es beunruhigte ihn zutiefst, dass Tschubai glaubte, Ariolc zu sein. Ihm missfiel, dass ein offenbar Wahnsinniger die Macht über die Burg in Händen hielt. Dieser Zustand musste rasch beendet werden. Ras Tschubai war nicht mehr Herr seiner Sinne, aber dennoch als Gegner ernst zu nehmen.

Saedelaere betrat eine Halle, die an die Nabe der Burg angrenzte. Eine künstliche Landschaft von eigenartiger Schönheit erwartete ihn. An den Ufern eines Sees wuchsen farbige Felsen auf. Wasserfälle tosten aus der Höhe herab, und aus zahllosen Gesteinsspalten wucherten exotische Pflanzen.

Tiere kletterten auf der Suche nach Nahrung zwischen den Felsen. Der Maskenträger zweifelte nicht daran, dass es Roboter waren.

Er vergaß, dass er zur Hauptzentrale wollte. Stattdessen glaubte er, sich erinnern zu können, dass er diese Landschaft angelegt hatte. Jetzt erst entsann er sich, dass er viele Dinge ganz anders hatte gestalten wollen. Die Farben gefielen ihm nicht, und das Rauschen des Wassers hatte nicht den gewünschten Klang.

Er klatschte in die Hände und wartete, dass Roboter und Androiden erschienen, um seine Befehle entgegenzunehmen.

Er wartete vergebens, und bald blickte er sich zornig um. Etwa fünfzig Meter von ihm entfernt hockten zwei Androiden an einem offenen Feuer.

»Kommt hierher!«, rief er ihnen zu. Vergeblich.

Zornentbrannt ging er auf sie zu, um sie zu bestrafen, und er hatte sie fast erreicht, da brach hinter ihm ohrenbetäubender Lärm los. Er fuhr herum. Eine Wand war auseinandergebrochen. Icho Tolot kletterte durch die entstandene Öffnung. Zwischen den Zähnen zermalmte er ein Stück blauen Fels. Er drehte und wendete sich hin und her, als könne er sich nicht für eine Richtung entscheiden.

Saedelaere ging dem Haluter langsam entgegen. »Du Narr!«, rief er. »Habe ich dir erlaubt, sinnlose Zerstörungen anzurichten?«

Tolot lachte dumpf. »Aus dem Weg, Alaska, sonst vergesse ich, dass wir befreundet sind.«

Der Maskenträger griff zur Hüfte.

Tolot erkannte die Bedrohung. Er stürmte los und raste quer durch die Halle. Saedelaere versuchte zwar auszuweichen, der Haluter schleuderte ihn aber dennoch zur Seite. Saedelaere stürzte in den künstlichen See.

Tolot rannte brüllend weiter. Sein massiger Körper bohrte sich wie ein Geschoss durch die nächste Wand und zertrümmerte sie.

Alaska Saedelaere kroch mühsam aus dem Wasser. Er konnte sich nicht auf den Beinen halten. Die beiden Androiden kamen zu ihm und stützten ihn, als sie merkten, dass er nicht allein stehen konnte.

»Ich muss etwas tun«, sagte er kaum verständlich. »Dieses Ungeheuer muss aus der Burg verschwinden, oder es ist mit uns allen vorbei.«

Er griff an seinen Gürtel, doch die Waffe war nicht mehr da. Vielleicht hatte er sie im Wasser verloren.

»Ich muss etwas Verrücktes tun«, fuhr er fort. »Etwas, womit sie nicht rechnen. Sie glauben, dass ich mich ihnen hier zum Kampf stellen werde. Aber das werde ich nicht tun. Wo sind die Beiboote, mit denen ihr gekommen seid?«

»Kommandant Jagur hat befohlen, sie zwischen den Speichen des Rades zu verankern«, antwortete einer der Androiden.

»Bringt mich zum nächsten Raumschiff!«, befahl Saedelaere. »Wir fliegen zur BASIS.«

»Was ist die BASIS?«, fragten die Androiden wie aus einem Mund. Sie hatten Mühe, mit dem Transmittergeschädigten Schritt zu halten.

»Die BASIS ist das Raumschiff der Terraner.« Er verstummte und horchte überrascht in sich hinein. Für einen Moment hoffte er, ergründen zu können, woher er diese Information hatte, aber es fiel ihm nicht ein. Vor allem schaffte er es wegen der Schmerzen nicht, sich zu konzentrieren. Das wurde auch nicht viel besser, als er in dem scheibenförmigen Raumschiff der Androiden saß.

Erst als er sich von der Burg entfernte, erholte Saedelaere sich ein wenig. Immerhin gelang es ihm nun, die BASIS über Funk zu rufen.

»Hier spricht Ariolc«, meldete er sich, als Rhodans Gesicht erschien. »Ich komme, weil die Zustände in der Burg mich dazu zwingen. Öffne die Schleuse, damit ich an Bord kommen kann.«

»Wie du befiehlst, Ariolc.«

»Ich warne dich vor falschem Spiel«, sagte Saedelaere drohend. »Ich werde jeden vernichten, der sich mir entgegenstellt.«

»Wir kennen deine Macht.«

Der Maskenträger schaltete ab. Schmerzen überfluteten seinen Körper, vor seinen Augen tanzten feurige Lichter. Er nahm kaum noch wahr, was um ihn herum geschah.

Seine Sinne klärten sich erst wieder etwas, als die Androiden ihm mitteilten, dass das Raumschiff in einem Hangar der BASIS gelandet war.

»Es ist gut«, sagte er. »Helft mir.«

Die beiden Androiden führten ihn von Bord. Perry Rhodan kam ihnen entgegen, als sie das Schiff verlassen hatten. »Willkommen an Bord, Ariolc«, sagte der Terraner.

Alaska schob die Androiden zur Seite. In diesem Moment wurden zwei Roboter sichtbar, die hinter Deflektorfeldern verborgen gewesen waren. Sie paralysierten den Transmittergeschädigten und seine Begleiter.

Gucky befand sich in der Nähe der Hauptzentrale der Kosmischen Burg in einem Raum, in dem Ariolc mehrere hundert Skulpturen aufbewahrt hatte. Die künstlerischen Arbeiten bestanden fast ausschließlich aus filigranen glasartigen Gebilden.

Während Gucky die Objekte noch betrachtete, hörte er Tolot nahen. Telekinetisch öffnete der Ilt ein Schott, um zu vermeiden, dass der Haluter einfach durchbrach. Trotzdem zertrümmerte der Koloss viele der Kunstwerke.

Erneut griff der Ilt telekinetisch zu. Er hob den Haluter vom Boden hoch.

»Glaubst du, ich habe diese Kunstwerke gesammelt, damit du hier wie ein Elefant im Porzellanladen auftreten kannst?«, rief Gucky empört.

Erst jetzt schien Tolot den Mausbiber zu sehen. »Lass mich sofort herunter!«, befahl er. »Ich bin Ariolc.«

»Du bist gewaltig im Irrtum, Tolotos«, erwiderte der Ilt. »Ich bin hier der Boss! Klar?«

Gucky ließ den Haluter abstürzen, fing ihn aber knapp über dem Boden wieder ab, sodass die wirbelnden Arme und Beine noch keinen Halt fanden.

»Ich werde dir zeigen, wer der Herr der Burg ist!«, rief der Mausbiber.

Tolot schlug wie rasend um sich, erreichte damit jedoch nur, dass er sich einige Male in der Luft überschlug. Als er etwas ruhiger wurde, drehte Gucky ihn so herum, dass sie einander ansehen konnten. Der Haluter knurrte drohend.

»Benimm dich gefälligst«, sagte Gucky, als Tolot nach Minuten endlich verstummte. »Ich dulde ein derartiges Geschrei in meiner Burg nicht.«

»Ich bin Ariolc!«, schrie der Haluter. »Nie zuvor hat es jemand gewagt, mir so zu kommen.«

Gucky tippte sich gegen die Stirn. »Jeder kann mal ein bisschen durchdrehen, Icho. Dennoch solltest du wissen, wo deine Grenzen sind. Oder muss ich dir erst noch zeigen, was eine Harke ist?«

»Wage es!«, fauchte der Haluter.

»Oh, daran soll es nicht liegen, du Brüllaffe.« Der Mausbiber trat zur Seite. Tolot flog an ihm vorbei, raste in etwa fünf Metern Höhe dahin und wurde immer schneller. Gucky trieb ihn bis an das Ende des lang gestreckten Raumes, dann holte er den Haluter zurück und jagte ihn gegen eine Wand. Tolot durchbrach die massive Mauer und stürzte in den Nebenraum.

Gucky kicherte belustigt.

Nur wenige Sekunden vergingen, dann brach der vierarmige Riese wie ein Raketengeschoss durch die Wand und raste auf den Ilt zu, der ihm den Rücken zuwandte.

»Jetzt habe ich dich!«, schrie der Haluter.

»Denkste«, erwiderte der Mausbiber und ließ den Angreifer senkrecht aufsteigen. Tolot bohrte sich mit dem Kopf in die Deckenverkleidung und verkeilte sich darin.

Der Ilt beobachtete, wie der Haluter das Deckenmaterial zerfetzte, bis er endlich freikam und in die Tiefe stürzte. Sofort griff er wieder an, doch der Telekinese hatte er nichts entgegenzusetzen.

»Mann, Icho ...« Gucky trat langsam an den Haluter heran, den er in knapp drei Metern Höhe waagerecht in der Luft hängen ließ. »Wann wirst du endlich begreifen, dass ich Ariolc bin? Gegen mich richtest du nichts aus.«

Tolot drohte ihm mit vier Fäusten.

»Ich jage dich in den Weltraum hinaus«, versprach der Ilt. »Entweder du beugst dich, oder du fliegst raus. Im wahrsten Sinne des Wortes.«

Tolot überlegte nur kurz. »Also gut. Ich sehe ein, dass ich nichts bin, wenn du mich in der Luft hängen lässt. Du kannst dich auf mich verlassen, Ariolc.«

Gucky ließ den Haluter auf den Boden fallen. Sofort versuchte Tolot, sich auf ihn zu stürzen, doch der Ilt teleportierte.

»Mein lieber Freund«, sagte Gucky tadelnd. »Du benutzt deine beiden Gehirne falsch. Mit dem einen machst du den Strahlemann, mit dem anderen versuchst du, mich abzumurksen. Das passt mir nicht.«

»Ich gebe auf.« Icho Tolot reckte sich zu seiner vollen Größe. »Niemand kann dich besiegen.«

»Es wird langsam Zeit, dass du das einsiehst«, erwiderte Gucky mit stolz geschwellter Brust. »Also gut, Kleiner, ich habe einen ersten Auftrag für dich. Du flitzt jetzt durch die Burg und verkündest überall, dass ich der einzige und wahre Ariolc bin. Hast du verstanden?«

Tolot stürmte tatsächlich los. Gucky blickte ihm grinsend nach. Er fühlte sich ausgesprochen wohl als Ariolc.

»Die Beeinflussung fällt langsam von ihm ab«, sagte der Mediziner Mestman. Mit prüfendem Blick überflog er die Messwerte von Saedelaeres Vitalfunktionen.

Rhodan blickte nachdenklich auf den Transmittergeschädigten. Unter der Plastikmaske zuckte und blitzte es heftiger. Das Cappinfragment war äußerst aktiv.

Saedelaere öffnete endlich die Augen.

»Verräter«, sagte er verächtlich. »Ich wusste, dass ich dir nicht vertrauen darf.«

Rhodan, Atlan und Hamiller standen vor dem Bett in einer der Krankenstationen nahe der Hauptzentrale. Der Arzt hatte die Maske des Transmittergeschädigten auf Rhodans Anweisung hin so befestigt, dass Saedelaere sie nicht abreißen konnte, ob in einer unkontrollierten Bewegung oder aus voller Absicht.

»Es ist genug, Alaska«, sagte Rhodan ruhig. »Du bist an Bord der BASIS und kannst die Schmierenkomödie aufgeben.«

»Wovon sprichst du?«, fragte Saedelaere verwirrt. »Ich verstehe dich nicht.«

»Komm zu dir, Alaska«, bat Atlan. »Du bist von Ariolcs Burg geflohen ...«

Der Transmittergeschädigte schüttelte mitleidig lächelnd den Kopf. »Ihr begreift überhaupt nichts. Ich bin hier, weil ich Unterstützung fordere. Seht ihr denn die Realitäten nicht?«

Erschüttert stellte Rhodan fest, dass er sich grundlegend getäuscht hatte. Er war davon überzeugt gewesen, dass der Ariolc-Wahn verflog, sobald die davon Betroffenen die Burg verließen. Nun musste er feststellen, dass dem nicht so war.

Forschend blickte er den Arzt an. Mestman war blass. Glaubte er, dass Saedelaere einen irreparablen geistigen Schaden erlitten hatte? Wenn dem so war, waren dann auch die anderen mittlerweile unheilbar geisteskrank?

»Wehre dich gegen die Stimme in dir!«, befahl Rhodan. »Du bist nicht Ariolc. Du bist Alaska Saedelaere, und du wirst nie ein anderer sein. Du weißt, dass du Alaska bist – also kämpfe!«

Der Transmittergeschädigte schürzte die Lippen. Er griff zur Maske und versuchte, sie abzunehmen. Als er das nicht konnte, ließ er die Hände rasch wieder sinken, um seine Absicht zu verbergen.

»Bringt mich in die Burg zurück!«

»Damit der Kampf weitergehen kann?«, erwiderte Rhodan, der ahnte, was in der Burg geschehen war. »Und du musst dich nicht nur mit Tolot auseinandersetzen, sondern auch mit den anderen, die glauben, ebenfalls Ariolc zu sein. Keiner wird dir gehorchen. Vor allem Gucky nicht.«

»Gucky glaubt auch, Ariolc zu sein?«, fragte Saedelaere betroffen. »Wie kommt er dazu? Was veranlasst ihn zu diesem Irrglauben?«

»Nicht nur Gucky. Auch Ribald, Irmina, Bully, Galbraith und Ras und noch einige mehr«, erwiderte Payne Hamiller. »Alle sind Opfer einer parapsychischen Strahlung und glauben, Ariolc zu sein. Du bist also nicht allein.«

»Man muss ihnen irgendwie helfen. Vor allem müssen sie aus der Burg entfernt werden. Ich dulde nicht, dass jemand außer mir Ansprüche stellt.«

»Alaska«, sagte Rhodan eindringlich. »Nicht nur die anderen sind ein Opfer dieser Strahlung. Du bist es auch.«

Saedelaere lächelte nachsichtig. »Schon gut, Perry. Ich verstehe, dass du mich beeinflussen willst, aber das wird dir nicht gelingen. Entweder hilfst du mir bei meinem Kampf gegen die anderen, oder ich werde alles daransetzen, um dich und die BASIS zu vernichten.«

Der Transmittergeschädigte setzte sich auf. Er blickte Rhodan durchdringend an.

»Ich bin hier, weil ich ein klares Wort hören will. Deinen Verrat verzeihe ich dir. Du konntest wohl nicht anders handeln. Aber jetzt will ich Klarheit. Bist du auf meiner Seite oder nicht?«

Bevor Rhodan antworten konnte, materialisierte Gucky auf dem Bett.

»Du spinnst wohl, was?«, fragte er schrill. »Wie kommst du dazu, hier Verhandlungen zu führen?«

»Gucky!«, rief Atlan und griff zur Waffe.

»Das ist mein Untertan«, erwiderte der Ilt und entriss dem Arkoniden telekinetisch den Strahler. »Meine Untertanen will ich in der Burg haben, nirgendwo sonst. Haben wir uns verstanden?«

Er verschwand mit Saedelaere.

»Schlimmer hätte es kaum kommen können«, sagte Rhodan. Ratlos blickte er den Arkoniden an.

17.

Atlan tippte Perry Rhodan an. »Sieh mal, wer da kommt«, sagte er.

Rhodan, der am Steuerleitpult mit Jentho Kanthall gesprochen hatte, drehte sich um. Er sah, dass Ribald Corello in seinem Laufroboter und das Konzept Kershyll Vanne soeben die Zentrale betreten hatten. Es gab wohl kaum ein Besatzungsmitglied, das in dem Moment nicht zur Waffe griff, Rhodan nahm sich da keineswegs aus.

Corello hob mahnend eine Hand. »Keine Angst«, sagte er. »Ich bin völlig in Ordnung.« Er griff sich an den riesigen Schädel. »Nun ja – ein wenig verwirrt bin ich noch, aber das ist alles. Ihr braucht nicht zu befürchten, dass ich mich für Ariolc halte.«

»Gucky hat dich entführt«, sagte Rhodan. »Du warst in der Kosmischen Burg. Wieso hat die Strahlung dich nicht beeinflusst?«

»Sie hat«, erwiderte der Hypnosuggestor. »Ich war auch eine Zeit lang davon überzeugt, Ariolc, der Mächtige, zu sein. Genauso, wie alle anderen davon überzeugt sind, vorneweg Gucky. Er spielt verrückt und will jedem seinen Willen aufzwingen. Bei mir hat er das auch versucht.«

»Es ist ihm nicht geglückt«, bemerkte Rhodan. »Wie könnte es auch.«

»Gucky hat sein blaues Wunder erlebt, in der Hinsicht bin ich ihm weit überlegen. Das hat er schnell begriffen.« Corello lächelte. »Als Gucky merkte, dass er kurz vor seiner Niederlage stand, erklärte er, dass er mich strafversetzen müsse. Er hat meine Hand genommen und mich zur BASIS zurückgebracht, was mir durchaus recht ist.«

Rhodan atmete auf. »Siehst du eine Möglichkeit, Gucky und die anderen zurückzuholen?«

»Ich habe schon versucht, ihnen zu suggerieren, dass sie aufgeben sollen, doch die Parastrahlung in der Burg ist zu stark, sie überlagert alles andere.«

»Du sagtest, dass Gucky dich nicht überwinden konnte«, bemerkte Kershyll Vanne. »Wieso warst du so stark, wenn die Strahlung alles überlagert?«

»In der Burg glaubte ich, Ariolc zu sein, weil ich beeinflusst wurde«, erklärte Corello. »Mit dieser Hilfe war ich doppelt stark gegen Gucky. Wenn ich aber von hier aus versuche, den Ilt und die anderen von ihrem Wahn zu befreien, komme ich nicht durch.«

»Einleuchtend.« Vanne nickte, er war mit dieser Erklärung zufrieden.

»Außerdem hat Gucky vermutlich nicht nur mit dir Schwierigkeiten, sondern mit allen.«

»Vielleicht nicht mehr lange. Der nächste Versuch läuft.« Payne Hamiller zeigte auf eines der großen Panoramaholos, auf denen die Kosmische Burg zu sehen war. Sie rückte schnell näher. Jagur stand neben dem Wissenschaftler und beobachtete das Geschehen. Er gab Hamiller hin und wieder einen Hinweis und half ihm auf diese Weise, den Roboter zu lenken.

Der Automat erreichte eine Schleuse im nabenförmigen Zentralkörper der Burg und glitt hinein.

»Sobald einer der Mutanten in der Nähe des Roboters auftaucht, halten wir die Maschine an, damit sie so wenig Aufmerksamkeit wie möglich erregt«, mahnte Rhodan.

Der Roboter passierte die Schleuse und drang ins Innere der Burg vor. Endlich erhielten die Männer und Frauen in der Zentrale einen Einblick in die einstige Wohnstätte des Mächtigen Ariolc. Sie sahen Kunstwerke und Kitsch, Einrichtungen, die von erlesenem Geschmack zeugten, neben Dingen, die absolut hässlich waren. Sie beobachteten die Androiden, von denen einige umhertobten, während andere teilnahmslos ins Leere blickten.

Einige Male erschienen Mutanten im Bild. Dann stoppte Hamiller den Roboter und wartete, bis sie wieder verschwunden waren. Ihre Gesichter wirkten leer und ausdruckslos, der parapsychische Einfluss hinterließ deutliche Spuren.

»Sie bemerken den Roboter nicht«, sagte Vanne.

»Mit Absicht haben wir einen Reparaturroboter ausgewählt, der mit einem Reinigungsteil kombiniert ist«, erläuterte Hamiller. »Vielleicht halten ihn alle nur für einen Staubsauger, falls er überhaupt Verdacht erweckt.«

Das Schott der Burgzentrale glitt vor dem Roboter zur Seite.

»Gucky und Fellmer!«, sagte Atlan.

Die beiden Mutanten standen am Schaltpult und redeten miteinander, obwohl sie sich ebenso gut telepathisch hätten austauschen können. Die Stimme des Ilts wurde verständlich. Gucky war dabei, Lloyd zu erklären, warum er allein Ariolc war und niemand sonst.

»Weiter!«, drängte Rhodan. »Der Roboter soll die Metallteile aufnehmen, die auf dem Boden liegen. Es ist normal, dass er sich so verhält. Damit erfüllt er nur seine Aufgabe.«

Payne Hamiller schaltete eine zweite Optik zu, sodass er gleichzeitig die Mutanten beobachten und mit der anderen verfolgen konnte, wie der Roboter die Teile der Rüstung aufsammelte.

Gucky und Fellmer kehrten sich flüchtig dem Roboter zu, als sie das Metall klirren hörten, wandten sich danach aber rasch wieder ab und beachteten die Maschine nicht mehr. Sie waren derart an Reinigungsroboter gewöhnt, dass sie diese kaum noch wahrnahmen.

Ungehindert konnte der Automat die Zentrale wieder verlassen.

Atlan atmete hörbar auf. »Wenn sich nicht noch ein Roboter der Burg einschaltet und unseren Helfer mitsamt der Rüstung kassiert, haben wir es geschafft«, sagte er verhalten, so als schrecke er davor zurück, zu frühzeitig zu triumphieren.

Hamiller leitete den Roboter mithilfe Jagurs zur Schleuse zurück. Abermals erschienen Androiden und einige der Mutanten in der Bilderfassung, aber sie stellten keine Gefahr dar. Der Reinigungsroboter konnte die Burg ungehindert wieder verlassen.

Minuten später traf er mit den Metallteilen auf der BASIS ein.

»Ich werde die Analysen selbst leiten«, sagte Hamiller. »Immerhin ist es das erste Material, das wir kennenlernen, das parapsychische Strahlung abschirmen kann.«

»Die Parastrahlung in der Burg«, verbesserte Rhodan.

»Richtig. Wir wissen bisher nur, dass es gegen diese Strahlung wirksam ist. Versuche mit den Mutanten werden zeigen, was dieses Metall außerdem leisten kann.«

»Atlan und ich benötigen einen Kopfschutz«, erinnerte Rhodan. »Damit ausgerüstet werden wir den zweiten Vorstoß unternehmen.«

»Das veranlasst mich zu der Frage, was ihr eigentlich in der Burg wollt«, versetzte Jagur. »Bisher hat mir das noch niemand erklärt.«

Es war, als habe Laire nur auf diese Frage gewartet. Bisher hatte er sich im Hintergrund gehalten und geschwiegen. Die Vorgänge um Ariolcs Kosmische Burg interessierten ihn nicht. Sein Ziel lag in der Milchstraße, weil er dort das ihm entwendete Auge zurückbekommen konnte.

Mit der rechten Hand deutete Laire auf seine leere linke Augenhöhle. »Jemand hat mein Auge gestohlen«, erwiderte er. »Wir hoffen, es in der Burg zu finden.«

Das entsprach nicht der Wahrheit. Rhodan suchte nicht das Auge des Roboters, sondern einen fassförmigen Gegenstand als Teil eines Schlüssels, der im Zusammenwirken mit Laires Auge dazu befähigte, die Materiequelle zu durchschreiten.

»Ein Auge?«, fragte Jagur überrascht und blickte Rhodan an. »Das glaube ich nicht.«

»Es stimmt«, betonte Laire. »Wir suchen ein Auge oder doch wenigstens einen Teil dieses Auges. Wir vermuten, dass es sich in der Nähe des Mächtigen Ariolc befindet. Weißt du, wo Ariolc ist?«

Rhodan erkannte die Absicht des Roboters. Laire hatte einsehen müssen, dass die BASIS nicht in die Milchstraße zurückkehren würde, solange Rhodan die Zusatzschlüssel nicht hatte, und schon gar nicht, solange sich Besatzungsmitglieder im Bann der Parastrahlung befanden. Deshalb hatte er sich entschlossen, den Einsatz zu unterstützen.

»Ist dieses Auge oder dieses Teil eines Auges so wichtig, dass ihr deshalb so viel unternehmt?«, fragte der Kommandant des Demontagetrupps.

»Für mich ist es wichtiger als alles andere«, bestätigte Laire. »Unterstütze uns bei unserer Suche. Wir werden verschwinden, sobald wir das Gesuchte haben.«

»Ich weiß nicht, wo Ariolc ist. Ich habe nicht den Auftrag, ihn in seiner Ruhe zu stören, sondern die Burg zur Materiequelle zu bringen.«

»In seiner Ruhe zu stören ...«, wiederholte Rhodan. »Ariolc ist also tot?«

»Er ist tot, und er ist irgendwo in der Burg. Ich weiß aber nicht, wo. Findet ihn und nehmt das Teil, nach dem ihr sucht. Es interessiert mich nicht.«

»Atlan und ich werden das übernehmen«, erklärte Rhodan.

»Ich halte es für möglich, dass doch eine Einrichtung existiert, mit der die Strahlung abzuschalten ist«, sagte Hamiller, der bereits von Jagur erfahren hatte, dass es mehr als zehntausend parapsychisch wirksame Strahlungsquellen in der Burg gab. »Ich glaube nicht, dass Ariolc eine so gefährliche Falle aufgebaut hat, ohne sich abzusichern. Eine derartige Leichtfertigkeit würde nicht zu ihm passen.«

»Obwohl er wahnsinnig war?«, fragte Atlan.

»Ariolc wurde erst später wahnsinnig«, wandte Ganerc-Callibso ein. »Wann er die Falle errichtet hat, ist mir nicht bekannt.«

»Wenn es eine zentrale Möglichkeit gibt, die Strahlungsquellen abzuschalten, dann wohl dort, wo Ariolc sich hauptsächlich aufgehalten hat.«

»Ich sehe noch nicht ein, dass es eine solche Vorrichtung geben muss«, widersprach Kershyll Vanne. »Immerhin hämmern die Strahlungsquellen den Leuten in der Burg doch ein, dass sie Ariolc sind. Ariolc brauchte sie daher nicht zu fürchten, denn er war ja wirklich Ariolc.«

»Das ist richtig«, erwiderte Hamiller. »Ariolc musste jedoch damit rechnen, dass irgendwann vielleicht fremde Mächte in die Burg kamen, mit denen er sich auseinanderzusetzen hatte. Bei einem Kampf mit ihnen wollte er sich nicht selbst behindern, denn diese Strahlung bewirkt ja auch charakterliche Veränderungen. Einige Teile der Persönlichkeit werden überdeckt, während andere betont werden – und das scheinen nicht immer die besten zu sein.«

Kershyll Vanne nickte. Seine sieben Bewusstseine nivellierten sich immer mehr. Sie passten sich an und stritten sich nur noch selten um die Vorherrschaft im Körper. Im gleichen Maße bildete sich die Persönlichkeit Vannes stärker aus.

»Ich finde, zwei Mann in der Burg sind zu wenig«, sagte er. »Perry und Atlan sollten nicht allein gehen. Wir müssen wenigstens fünf Kommandos aus Zweiergruppen bilden, die nach Ariolcs Leichnam suchen. Schließlich bietet die Burg ein beachtliches Volumen.«

»Wenn sich Freiwillige melden, bin ich einverstanden«, erwiderte Rhodan. »Unter den gegebenen Umständen dürfte die Aktion aber nicht gerade ein Vergnügen sein.«

»Ich bin jedenfalls dabei«, stellte Vanne fest.

Die Luft flimmerte zwischen Rhodan und ihm. Reginald Bull, der das Bewusstsein des Teleporters Tako Kakuta in sich trug, materialisierte.

»Was werden hier für Pläne geschmiedet?« Grinsend schaute Bully sich um.

Rhodan richtete den Paralysator auf den Freund, löste die Waffe aber nicht aus, da Bully ihm abwehrend die Hand entgegenstreckte.

»Nicht doch, Alter«, sagte der Rothaarige. »Auf solche Kinkerlitzchen wollen wir lieber verzichten. Ich bin hier, um das Kommando über die BASIS zu übernehmen.«

Als sich Rhodans Finger krümmte, teleportierte er. Hinter dem Terraner wurde er wieder sichtbar und stieß ihm die Mündung seines Energiestrahlers in den Rücken.

»Ich habe keine Lähmwaffe, Freunde, sondern ein tödlich wirkendes Schießeisen«, verkündete er. »Also legt eure Waffen ab! Beeilt euch, sonst ist es aus mit Perry.«

»Sei vernünftig, Bully«, mahnte Rhodan.

»Ariolc! Das solltest du allmählich begriffen haben.«

»Jetzt reicht es aber!«, schrie Gucky schrill, kaum dass er neben Bull materialisierte. »Ich war wohl noch nicht deutlich genug.« Er packte Bull und verschwand mit ihm.

Rhodan atmete auf.

»Sie sind sich nicht einig«, sagte er. »Schade, dass keiner von euch geschossen hat. Wenn wir die beiden paralysiert hätten, wären wir einen entscheidenden Schritt weiter.«

»Es war zu befürchten, dass Bully seinen Strahler noch abfeuern konnte, bevor die Lähmung ihn daran gehindert hätte«, erwiderte Atlan. »Hätten wir das riskieren sollen?«

Als Reginald Bull mit Gucky in der Burg materialisierte, schlug er so schnell zu, dass der Mausbiber ihm nicht mehr ausweichen konnte. Er traf den Ilt am Kopf. Aufschreiend stürzte Gucky zu Boden. Benommen blickte er Bully an, der spöttisch mit den Fingern schnippte und seinerseits mit einer Teleportation verschwand.

Bull materialisierte in der Triebwerkszone der BASIS, die einen Durchmesser von fast 1500 Metern hatte. In dem riesigen Saal erhoben sich die dreißig Nugas-Schwarzschild-Reaktoren, denen zurzeit nur ein Bruchteil dessen abgefordert wurde, was sie zu leisten imstande waren. Bull sah nur wenige Roboter, die an den Maschinen arbeiteten; Techniker hielten sich in der Nähe nicht auf.

Reginald Bull kannte die Reaktorsteuerung. Unbemerkt nahm er die Arbeit an einem der Rechner auf und veränderte das Steuerprogramm. Dabei hatte er keineswegs die Absicht, den Reaktor zur Explosion zu bringen. Obwohl er meinte, Ariolc zu sein, hütete er sich doch, den Reaktor durch eine Falschprogrammierung so zu schädigen, dass eine wochenlange Reparatur nötig wurde. Er sorgte lediglich dafür, dass die Leistung bis nahe null sank und eine komplizierte Umprogrammierung notwendig wurde.

Die Spezialisten der BASIS würden Stunden benötigen, bis sie den Fehler fanden. Danach brauchten sie ein neues Programm, das die Fehler ausmerzte und für störungsfreien Lauf sorgte. Sie würden vor allem deshalb viel Zeit benötigen, weil sie nicht wissen konnten, ob irgendwo eine Information eingespeist war, die eine Spontanreaktion auslösen würde.

Bull wusste aber auch, dass seine Manipulationen in der Steuerleitzentrale des Triebwerksbereichs Alarm auslöste. Deshalb teleportierte er sofort zum nächsten Rechnerblock und nahm hier die gleiche Umprogrammierung vor. Dafür benötigte er nur noch die Hälfte der Zeit.

Als er zur dritten Einheit sprang, sah er einige Männer, die zu den manipulierten Positroniken eilten. Sie bemerkten ihn nicht. Mittlerweile kannte er die notwendigen Schaltungen so gut, dass er kaum noch eine Minute für die Umprogrammierung eines Blocks benötigte.

Der Alarm schrillte durch den Triebwerksbereich. Bewaffnete stürmten herein.

Bull teleportierte weiter. Er manipulierte siebzehn Rechner, bis er entdeckt wurde. Doch er konnte fliehen. Gleich darauf hallte Rhodans Stimme durch die Triebwerkszone. Rhodan appellierte an ihn, mit der Sabotage aufzuhören.

Reginald Bull lachte. Bis zu diesem Zeitpunkt hatte er die Nugas-Schwarzschild-Reaktoren ihrer örtlichen Anordnung entsprechend behandelt, sodass Rhodan sich ausrechnen konnte, wo er als Nächstes auftauchen würde. Jetzt änderte er seine Taktik und setzte die Manipulationen an der am weitesten entfernten Positronik fort.

Er schaffte es gerade noch, das Programm zu beenden, als vier Bewaffnete in den Raum stürmten und ihre Paralysatoren auf ihn abfeuerten. Bull teleportierte.

Als er materialisierte, gab das rechte Bein unter ihm nach. Er stürzte zu Boden und zog sich mühsam wieder hoch. Sein Bein war gelähmt. Dennoch führte er aus, was er sich vorgenommen hatte.

Danach aber materialisierte er inmitten einer Gruppe von fünf Männern. Er floh sofort weiter, fand aber nun keine unbesetzte Zentrale mehr.

Schließlich sprang er in eine der sechs Kraftwerksanlagen, die aus Sicherheitsgründen zusätzlich in der BASIS angelegt worden waren. Sie waren von den Nugas-Reaktoren unabhängig, sättigten den Hochstrombedarf der gesamten BASIS und sprangen ein, falls die ständige Stromversorgung der Treibstoff-Kugel-Kraftfelder einmal ausfallen sollte. Das war jetzt der Fall, weil nur noch ein Drittel des Energiebedarfs aus dem Triebwerkssektor geliefert wurde.

Auch hier erschienen die ersten bewaffneten Einheiten. Doch sie entdeckten Bull nicht, und er arbeitete konzentriert und schnell. Seine Manipulationen bewirkten, dass ein Kraftwerk nach dem anderen aus Sicherheitsgründen von der überwachenden Hauptpositronik ausgeschaltet wurde.

Als er das vierte Kraftwerk lahmgelegt hatte, erfasste ihn ein Paralysestrahl voll und warf ihn zu Boden. Doch Bull gab keineswegs auf. Er war zwar gelähmt, seine Sinne nahmen jedoch alles wahr, und er konnte denken.

Er versuchte eine Teleportation, und sie gelang. – er materialisierte auf einer Medoliege.

Einige Sekunden lang schien es, als würde sein spontan gefasster Entschluss scheitern. Dann aber senkte sich eine blitzende Nadel in seinen Arm. Die Stichwunde brannte leicht. Ein Hitzegefühl erfasste von ihr ausgehend den Arm und die Schulter und überflutete gleich darauf den ganzen Körper.

Die Lähmung wich. Bull atmete tief durch und begann mit leichten gymnastischen Übungen der Hände und der Füße.

Fünf Minuten nach der Injektion stand er wieder auf den Beinen. Er konnte sich ungehindert bewegen, litt aber unter bohrenden Kopfschmerzen als Folge der Injektion.

Vom Interkomanschluss aus wählte er die Hauptzentrale. Eine junge Frau erschien, ihr Abbild wich aber sofort Rhodans Konterfei.

»Gib auf, Perry«, sagte Reginald Bull. »Jede Gegenwehr ist sinnlos. Wenn es hart auf hart geht, hast du keine Chance.«

Er schaltete wieder ab.

»Uns bleibt keine andere Wahl«, sagte Atlan. »Wir müssen die Altmutanten aus dem PEW-Block mobilisieren und gegen die übrigen Mutanten einsetzen.«

»Das werden wir keinesfalls tun«, widersprach Rhodan, der die Hauptzentrale seit Stunden nicht verlassen hatte. »Die Gefahr, dass die Teleporter alle Bewusstseinsträger in die Burg entführen, ist zu groß. Damit würden wir unsere Schwierigkeiten nur noch vergrößern. Mir reicht eigentlich schon, was wir haben.«

Payne Hamiller, der mit der Ausbeute des Reinigungsroboters im Labortrakt verschwunden war, kam endlich in die Zentrale zurück. Er hielt zwei schimmernde Metallstreifen in der Hand und reichte sie Rhodan und Atlan.

»Das sollte genügen«, sagte er. »Natürlich kann ich nicht beschwören, dass das Metall auch bei euch wirksam ist. Bei Jagur hat es abschirmend gewirkt, aber sein Gehirn kann völlig anders aufgebaut sein als eures. Möglich, dass er bereits über natürliche Abwehrkräfte verfügt, die euch fehlen. Außerdem wäre eine Wechselwirkung denkbar, weil ihr mentalstabilisiert seid.«

Rhodan lächelte.

»Mit anderen Worten: Der geniale Payne Hamiller sieht sich gezwungen, uns etwas zu übergeben, was uns schützen soll, aber er hat keine befriedigende wissenschaftliche Erläuterung als Zugabe.«

»So ist es«, erwiderte der blonde Wissenschaftler sichtlich unzufrieden. »Das Metall ist eine Legierung aus vielen Grundstoffen, die an sich nichts Besonderes bieten.«

»Du weißt also nicht, warum diese Ringe abschirmend wirken – falls sie das wirklich tun«, stellte Atlan fest.

»Ich weiß es nicht. Ich habe keine Erklärung. Und ich kann mich nur auf das verlassen, was Jagur gesagt hat.«

»Zweifelst du daran?«, fragte der Kommandant des Demontagetrupps hitzig.

»Keineswegs«, antwortete Hamiller. »Ich wünschte nur, ich wüsste mehr.«

Rhodan legte seinen Reif an. Er glaubte nicht an einen ausreichenden Schutz. Aber dann schien es ihm, als höre er eine leise Stimme. Forschend blickte er Atlan an.

Der Arkonide hatte sich den Reif ebenfalls aufgesetzt. Offensichtlich überrascht ließ er seine Fingerspitzen über das Metall gleiten.

»Gibt es etwas, das ich wissen sollte?«, fragte Hamiller angespannt.

Rhodan schüttelte zögernd den Kopf. »Eben glaubte ich, eine Stimme zu hören, aber ich habe mich wohl geirrt.«

»Eine Stimme ...«, wiederholte Atlan zögernd. »Mir ging es ebenso.«

»Was sagte sie?«, drängte Hamiller.

»Ich bin mir nicht einmal sicher, dass da tatsächlich eine Stimme war.« Rhodan nahm den Metallstreifen ab und ließ ihn prüfend durch die Finger gleiten. »Viel weniger weiß ich, was sie sagte. Auf jeden Fall scheint mehr in dem Metall zu stecken, als wir angenommen haben.«

Er gab Atlan einen Wink.

»Wir fliegen zur Burg. Je eher wir drüben sind, desto besser.«

»Ich begleite euch, auch wenn ich keinen Ring habe«, erklärte Ganerc-Callibso mit einem Seitenblick auf Hamiller.

»Mehr als diese beiden Ringe konnte ich aus der Rüstung nicht formen«, sagte der Wissenschaftler. »Das Metall zerbröckelte mir unter den Händen.«

»Hoffentlich glaubt Gucky nicht, dass unser neuer Kopfschmuck etwas wie eine Herrscherkrone sein soll«, bemerkte Atlan. »Dann bildet er sich noch ein, dass wir ihm die Ariolc-Rolle streitig machen wollen.«

Der Puppenspieler von Derogwanien schloss sich ihnen an, als sie die Zentrale verließen. Perry Rhodan befürchtete, dass die anderen Burgen mittlerweile auch von Demontagetrupps aus dem Mikrokosmos versetzt wurden. Mit jeder Stunde, die verstrich, wurde die Wahrscheinlichkeit größer, dass die Kosmischen Burgen in Richtung Materiequelle verschwanden und mit ihnen die noch fehlenden Zusatzschlüssel.

18.

Das Gesicht Fellmer Lloyds blickte von einer Vielzahl von Schirmen herab. »Er ist an Bord«, sagte Jentho Kanthall zu Roi Danton, der neben ihm stand. Mit einer knappen Geste deutete der Kommandant der BASIS auf eine Leuchtanzeige, die verriet, wo sich der Telepath aufhielt.

»Ich bin hier im Auftrag Ariolcs, um die Übergabe an ihn vorzubereiten!«, rief Lloyd.

Hamiller gesellte sich zu Kanthall und Danton. Auch das Konzept Kershyll Vanne kam näher.

»Von welchem Ariolc sprichst du?«, fragte Kanthall. »Es gibt in letzter Zeit mehrere, die von sich behaupten, der Mächtige zu sein, und die doch nur Lügner sind.«

»Ihr wisst, wen ich meine«, erwiderte Lloyd. »Ich spreche von Ariolc, dem Ilt.«

»Ich hielt dich für Ariolc.«

Kanthalls Hoffnung, den Mutanten verwirren zu können, erfüllte sich nicht. Gucky hatte es offensichtlich verstanden, seine überlegenen Kräfte voll einzusetzen. Fellmer Lloyd beugte sich seiner Gewalt.

»Also gut«, sagte der Kommandant. »Wir wissen nun, wer Ariolc ist. Was verlangt er?«

»Das habe ich bereits erklärt: die BASIS.«

»Er sollte uns gut genug kennen, um zu wissen, dass wir die BASIS auf keinen Fall aufgeben werden.«

»Ariolc macht euch ein friedliches Angebot, und ich kann euch nur raten, es anzunehmen. Der Mächtige ist bereit, um die BASIS zu kämpfen, auch wenn abzusehen ist, dass sie am Ende zerstört sein wird.«

Auf den Schirmen war zu sehen, dass zwei bewaffnete Männer hinter Lloyd auftauchten.

»Nicht!«, wehrte Kanthall ab. »Das bringt uns nicht mehr weiter. Lasst Fellmer aussprechen.«

»Wenn ihr mich paralysiert, schickt Ariolc einen anderen, aber der wird dann nicht verhandeln, sondern mit dem Vernichtungswerk beginnen«, sagte der Mutant gelassen.

»Warum kommst du nicht zu uns in die Zentrale?«, fragte Kershyll Vanne.

»Das werde ich jetzt tun.« Der Telepath schaltete ab.

»Perry und Atlan sind gestartet«, teilte Hamiller mit. »Inzwischen haben sich genügend Freiwillige gemeldet, dass wir vier weitere Einsatzkommandos zu je vier Mann bilden können.« Er wandte sich an das Konzept: »Willst du immer noch zur Burg?«

»Natürlich«, antwortete Vanne.

»Die Space-Jets werden in Kürze starten.«

Vanne nickte Hamiller grüßend zu und eilte aus der Zentrale.

Kurz darauf kam Lloyd. Äußerlich war nicht zu erkennen, dass er einer Beeinflussung unterlag.

»Zuerst muss ich klarstellen, dass ihr die Waffen abzulegen habt«, eröffnete der Orter und Telepath. »Werft sie dort in die Ecke!«

Payne Hamiller legte seine Waffe als Erster ab. Die anderen folgten dem Beispiel. Letztlich kam es darauf an, Zeit zu gewinnen.

»Also gut«, sagte Kanthall. »Ariolcs Forderung ist erfüllt. Wie geht es weiter?«

Gucky materialisierte mit Takvorian in der Zentrale, er saß auf dem Rücken des Zentauren. »Gibt es Schwierigkeiten, Untertan?«, fragte er Fellmer.

Der Ilt trug einen blutroten, mit weißem Pelz verbrämten Umhang, der nicht nur ihn, sondern auch fast den ganzen Körper Takvorians verhüllte. Einer der Funker lachte. Der Ilt blickte ihn an und wirbelte ihn telekinetisch durch die Zentrale. Schreiend flog der Mann über ein Kontrollpult hinweg, landete auf dem Boden und rutschte noch einige Meter weiter. Er prallte mit der Schulter gegen die Wand neben dem Eingangsschott und blieb stöhnend liegen.

»Ist noch jemand da, der glaubt, Witze über mich machen zu können?« Der Mausbiber blickte sich hastig um. »Auf den Boden mit euch!«, befahl er im nächsten Moment. »Kniet euch hin und erweist mir Ehrfurcht!«

Lediglich Hamiller machte Anstalten, der Aufforderung nachzukommen. Die anderen blieben stehen.

Gucky griff hart und rücksichtslos durch. Nacheinander zwang er alle telekinetisch auf den Boden. Sogar Laire riss er die Beine unter dem Leib weg.

»Untertan Fellmer, siehst du, dass sie sich weigern?«, rief er. »Erkennst du jetzt, dass sie nicht bereit sein werden, uns die BASIS freiwillig zu übergeben? Untertan Bull hat den einzig gangbaren Weg eingeschlagen. Takvorian – kämpfe!«

Payne Hamiller löste den Notruf seines Kombiarmbands aus. Drei beeinflusste Mutanten befanden sich in der Zentrale, das war eine Gelegenheit, die er nicht verstreichen lassen durfte. Nur Sekunden danach stürmten sieben Bewaffnete in die Zentrale. Sie brachten allerdings nicht einen Paralysetreffer an, denn der Ilt warf sie mit seinen telekinetischen Kräften zurück. Als Telepath hatte er die Vorbereitungen für diesen Angriff rechtzeitig geespert.

Zugleich wurde Takvorians Eingriff in die Hauptpositronik wirksam. Der Movator veränderte die Zeitabläufe in der Positronik. Einige Bereiche beschleunigte er um einen minimalen Faktor, andere verzögerte er erheblich.

Dieser Eingriff hatte weitreichende Folgen. Im steten Informationsfluss stimmte nichts mehr. Das begann mit der Steuerung der Luftumwälzung und der Überwachung der Antigravschächte bis hin zum Stabilisierungssystem für die unterschiedlichen Schwerkraftvektoren der BASIS und zur Regulierung der nuklearen Vorgänge in den Schwarzschild-Reaktoren, deren Leistung ohnehin stark beeinträchtigt war.

In vielen Bereichen der BASIS herrschte plötzlich Panik. Alarm heulte auf, wo keine Gefahr bestand, und blieb in Bereichen stumm, in denen lebenswichtige Systeme versagten.

»Nur nicht die Nerven verlieren«, mahnte Kommandant Lester Percat. »Früher oder später bekommen wir sogar einen verrückt gewordenen Gucky in den Griff. Es ist unmöglich, dass er allein ein Raumschiff wie die BASIS lahmlegt.«

Percat saß mit Ephraim Morgen in einem Aufenthaltsraum zusammen. Morgen hatte ebenso wie er als Kommandant die Verantwortung für eines der sechzehn Großbeiboote der BASIS. Percat schätzte sein Gegenüber als zuverlässigen und entscheidungsfreudigen Mann. Ein wenig störend wirkte für ihn nur, dass der andere zum Pessimismus neigte.

»Gucky ist nicht allein«, widersprach Morgen prompt. »Die wichtigsten Mutanten stehen auf seiner Seite. Das ist eine Streitmacht, der wir nichts entgegensetzen können.«

»Alles halb so schlimm.« Percat winkte ab.

Er sah, dass sich die Augen seines Gesprächspartners weiteten. Zugleich spürte er, dass sie nicht mehr allein waren, und fuhr hastig herum. Hinter ihm stand Reginald Bull und blickte grinsend auf ihn herab.

Percat erhob sich zögernd. Er dachte in dem Moment nicht daran, dass er es nicht allein mit Bull, sondern mit dem Teleporter Tako Kakuta zu tun hatte – und dass beide unter einem geheimnisvollen mentalen Einfluss standen.

»Hallo, Freund.« Bull strich mit dem Zeigefinger über den Oberlippenbart. »Wie wäre es mit einer kleinen Reise?« Er legte Percat die Hand auf die Schulter und teleportierte mit ihm.

Der Kommandant fand sich in einer weiten Halle wieder, die einige Ausrüstungscontainer enthielt, ansonsten aber leer war.

»Was soll ich hier?«, fragte er.

Reginald Bull antwortete nicht. Er verschwand. Und kehrte Sekunden später mit Ephraim Morgen zurück.

»Damit du Gesellschaft hast, Lester.« Bull-Kakuta teleportierte erneut.

»Ich sah ihn plötzlich hinter dir, aber es war zu spät«, bemerkte Morgen. »Ich konnte dich nicht mehr warnen.«

»Vergiss es.« Percat ging zu einem Schott, aber es gelang ihm nicht, den Durchgang zu öffnen.

»Es ist verschweißt.« Morgen deutete auf einen verfärbten Fleck am oberen Rahmen. »Man kann es nur noch aufbrechen.«

»Versuchen wir es beim nächsten.«

Die beiden Männer gingen an der Wand entlang weiter. Sie bemerkten nicht, dass Bull mit zwei weiteren Kommandanten in der Halle erschien. Während sie feststellten, dass auch das zweite Schott jedem Öffnungsversuch widerstand, verschwand der untersetzte Unsterbliche und kehrte kurz darauf mit zwei weiteren Männern zurück. Jetzt endlich sah Percat, dass sie nicht mehr allein waren.

»Mir geht ein Licht auf«, sagte er stöhnend, während er zu den anderen ging, die ihm erwartungsvoll entgegenblickten. Bevor er weitersprechen konnte, materialisierten Gucky, Tschubai und Bull-Kakuta mit fünf Kommandanten.

»Jetzt schlagen sie voll zu.« Percat ächzte.

»Wir müssen gegen sie vorgehen!«, rief Morgen. »Passt auf, wenn sie materialisieren.«

Er griff zur Hüfte, stellte jedoch fest, dass Reginald Bull ihn entwaffnet hatte. Auch die anderen trugen keine Waffen mehr.

Die drei Teleporter brachten weitere Kommandanten, materialisierten jedoch so weit entfernt in der Halle, dass jeder Angriff auf sie von vornherein aussichtslos war.

Schlag auf Schlag ging es weiter. Die Mutanten entblößten alle Beiboote ihrer Kommandanten und deren Stellvertreter. Keiner der Entführten hatte überhaupt eine Chance, angemessen zu reagieren.

Die Halle füllte sich. Bald waren über hundert Frauen und Männer gefangen. Unter Percats Kommando verteilten sie sich gleichmäßig in der Halle, um ihre Angriffschancen zu verbessern. Aber auch damit hatten sie keinen Erfolg. Schließlich materialisierten die Mutanten auf den Containern, wo sie unangreifbar waren. Sie zwangen ihre Opfer, auf den Boden zu springen. Wer sich weigerte, wurde von Gucky telekinetisch nach unten befördert.

Als die Zahl der Entführten auf fast zweihundert angewachsen war, warteten die Mutanten auf einem Container, bis es ruhig in der Halle wurde. Gucky reckte sich und zeigte seinen Nagezahn. Reginald Bull legte dem Ilt einen leuchtend gelben Mantel, der mit grünen und roten Pelzstücken besetzt war, um die Schultern.

»Hört mich – Ariolc, Beherrscher des Kosmos!«, rief der Mausbiber. »Dies war nur eine kleine Demonstration meiner Stärke. Hier kommt ihr ohne meine Hilfe nicht mehr heraus, und draußen ahnt niemand, dass ihr eingeschlossen seid. Ich habe dafür gesorgt, dass ihr euch nicht bemerkbar machen könnt. Von jetzt an nehmt ihr Befehle nur von mir entgegen.«

Einige Kommandanten lachten. Wie ernst der Ilt es meinte, bekamen sie augenblicklich zu spüren, als er seine telekinetischen Kräfte einsetzte. Danach gab es ringsum schreckensbleiche Gesichter.

»Die Mutanten sind tatsächlich wahnsinnig geworden«, flüsterte Percat seinem Freund zu. »Jetzt glaube ich auch nicht mehr, dass wir hier mit heiler Haut wieder herauskommen.«

»Nur wenn Rhodan Erfolg hat«, erwiderte Morgen.

Ungehindert erreichten Perry Rhodan, Atlan und Ganerc-Callibso die Kosmische Burg. Der Terraner fand eine Hangarschleuse, die groß genug für die Space-Jet war, sodass er mit dem Diskusschiff einfliegen konnte.

»Es scheint zu funktionieren«, sagte er, als das Beiboot aufgesetzt hatte. Er tastete nach dem Metallreif, der seinen Kopf umspannte. »Ich höre keine Stimme, die mir einreden will, dass ich Ariolc sei.«

»Ich auch nicht«, entgegnete Atlan und blickte Ganerc-Callibso an. Der Puppenspieler von Derogwanien nickte.

»Die Stimme ist da«, erklärte Ganerc. »Ich höre sie, aber sie zwingt mir nichts auf.«

Alle drei Männer verließen die Space-Jet und betraten den Hangar. Durch ein Schott gelangten sie auf einen Gang, dessen Verlauf in seltsamen Farbmustern verschwamm. Er schien in ständiger Bewegung und von geheimnisvollem Leben erfüllt zu sein. Mal entstand der Eindruck, dass der Korridor steil anstieg, dann wieder schraubte er sich in lang gestreckter Spirale in die Tiefe. Mit jedem Schritt, den Rhodan und seine Begleiter vorankamen, änderten sich die Eindrücke.

»Das Werk eines Verrückten«, bemerkte der Arkonide.

»Wer sagt denn, dass Ariolc das alles errichtet hat, als er schon den Verstand verloren hatte?«, erwiderte Rhodan.

»Wahrscheinlich ist er bei der Arbeit verrückt geworden«, sagte Ganerc. »Mir würde es bestimmt so ergehen.«

Als sie den Gang etwa halb durchschritten hatten, entdeckte der Arkonide ein Schott. Es gelang ihm, den Durchgang zu öffnen.

Sie gelangten in eine große Kuppelhalle. Annähernd hundert Androiden arbeiteten an einem undefinierbaren Gebilde, und die meisten Bauteile dafür hatten sie aus den Wänden der Kuppel entnommen. Viele Androiden schleppten weiteres Material herbei, das sie inzwischen aus entfernteren Bereichen der Burg zu holen schienen.

»Was soll das?«, fragte Ganerc.

»Vielleicht bilden sie sich ein, ein großes Werk für Ariolc zu errichten«, sagte Rhodan. »Wir gehen an ihnen vorbei. Sie werden uns nicht aufhalten, weil sie genug mit sich selbst zu tun haben.«

Zunächst blickte keiner der Androiden auf. Sie arbeiteten unermüdlich weiter. Je näher Rhodan dem Bauwerk kam, desto deutlicher wurde ihm dessen Sinnlosigkeit bewusst. Es glich einem Kartenhaus, das beim leisesten Lufthauch zusammenbrechen würde.

Er gab Atlan und Ganerc einen Wink, und sie wichen dem Bau etwas weiter aus. Gerade dadurch erregten sie aber die Aufmerksamkeit einiger Androiden.

Rhodan ging schneller. Auch das erwies sich als falsch.

»Seht doch mal!«, rief eines dieser Wesen.

»Bleibt stehen!«, befahl ein anderes.

Rhodan, der sie nicht herausfordern wollte, gehorchte. Schnell bildete sich ein Halbkreis um ihn und seine Begleiter.

»Haltet uns nicht auf!«, rief er den Androiden zu. »Wir sind unterwegs im Auftrag Ariolcs.«

Seine Worte beeindruckten die Androiden nicht. Sie schienen sie nicht einmal zu hören. Einer von ihnen zeigte auf die schimmernden Metallreifen.

»Seht doch«, sagte er mit hallender Stimme. »Das sind die göttlichen Kronen, die uns noch fehlen.«

Wie auf ein geheimes Kommando hin stürzten sich alle auf die drei Männer. Atlan schoss sofort, Rhodan und Ganerc benutzten ihre Paralysatoren nur einen Augenblick später. Dennoch konnten sie die Übermacht nicht aufhalten. Ungestüm drängten die Androiden heran wie eine alles mit sich reißende Woge. Weder Rhodan noch Atlan konnten verhindern, dass die Androiden ihnen die Waffen entrissen und ihre Metallreifen vom Kopf zerrten.

Die Androiden rasten. Es schien, als habe die parapsychisch wirksame Maschinerie sie zu diesem wilden Angriff gezwungen.

Rhodan, Atlan und Ganerc-Callibso bäumten sich verzweifelt gegen die Übermacht auf. Sie verfügten alle drei über die bessere Kampftechnik, und nach einiger Zeit gelang es ihnen, sich etwas Luft zu verschaffen.

Unvermittelt wandten sich die Androiden ab und blickten zu der Pyramide auf, in die ihr bizarres Bauwerk auslief.

Auch Rhodan schaute in die Höhe. Er sah, dass zwei Androiden die

Metallreifen zur Spitze der Pyramide gebracht hatten und dort an einer Stuhllehne befestigten.

»Kommt weiter!« Rhodan eilte vor Atlan und Ganerc her zum Ausgang. Aber schon nach wenigen Metern zögerte er. »Wir sollten wenigstens eine unserer Waffen wiederhaben.«

»Willst du etwa auch nach oben klettern?« Atlan zeigte in die Höhe. Mehrere Androiden brachten die Kombistrahler soeben ebenfalls zur Spitze der Pyramide hinauf.

Rhodan presste die Lippen zusammen, warf noch einen bitteren Blick nach oben, dann lief er weiter.

Sie verließen die Halle.

»Spürst du etwas?«, fragte Atlan.

»Ich höre eine Stimme«, antwortete der Terraner. »Aber ich glaube nicht, dass sie stärker ist als ich.«

»Sie scheint auf jeden anders zu wirken«, bemerkte Ganerc.

Die Gang, in dem sie sich nun befanden, gabelte sich nach etwa zwanzig Metern. Gerümpel lag auf dem Boden. Die Androiden hatten hier offensichtlich verschiedene Behälter ausgepackt.

Während Rhodan sich bemühte, die Stimme zurückzudrängen, die ihm einreden wollte, er allein sei Ariolc, ging er bis zur Gabelung. Ihm fiel ein roter Faden am Boden auf.

Rhodan bückte sich und nahm den Faden auf. Nachdenklich ließ er ihn durch die Finger gleiten und folgte der roten Linie mit seinen Blicken. Der Faden schien endlos zu sein. Er reichte bis zu einem fast fünfzig Meter entfernten Schott und war wohl auch dort noch nicht zu Ende.

»Ein Faden, weiter nichts«, bemerkte Ganerc-Callibso.

»Möglicherweise führt er uns irgendwohin«, sagte Atlan.

»Eine Art Ariadnefaden?«, überlegte Rhodan.

»Die Frage ist nur, wer ihn gelegt hat«, entgegnete der Arkonide. »Und wozu?«

»Es kann Ariolc selbst gewesen sein.« Rhodan ging zu dem Schott und öffnete es. Dahinter führte ein großer, gut zwanzig Meter durchmessender Schacht senkrecht in die Tiefe. Unmöglich zu erkennen, wie tief er hinabreichte. Die Wände waren unverschalt, als seien die Arbeiten an einem Transportschacht begonnen, aber nicht zu Ende geführt worden.

Der rote Faden reichte noch etwa drei Meter weit, dann endete er.

»Er ist abgerissen«, stellte Atlan fest. »Die Frage ist nur, wohin führte er ursprünglich? In die Tiefe oder zu dem Schott hinüber?«

Er zeigte zu einem Schott auf der anderen Schachtseite. Mithilfe seines Flugaggregats schwebte der Arkonide hinüber.

Hinter dem Schott lag ein blau schimmernder Gang.

»Von einem Faden ist nichts zu sehen«, sagte der Arkonide. Seine Stimme klang mit einem Mal seltsam schwer. Er griff sich an den Kopf.

»Atlan!«, rief Rhodan. »Was ist los?«

Eine Welle ungemein intensiver Impulse traf den Terraner so hart, dass er für einige Sekunden an seiner Identität zweifelte. Aber schon setzte sich sein Ich wieder durch. Perry Rhodan behauptete sich gegen den Zwang, Ariolc sein zu müssen.

Atlan stand immer noch an der Schachtkante und hielt sich den Kopf mit beiden Händen. Er schwankte und drohte abzustürzen, da er sein Fluggerät ausgeschaltet hatte.

»Atlan«, sagte Rhodan, während er sich dem Freund vorsichtig näherte. »Atlan, erinnere dich daran, wer du bist. Du bist Atlan!«

Der Arkonide öffnete die Augen und blickte ihn voller Verzweiflung an. Langsam schüttelte er den Kopf.

»Ihr erreicht überhaupt nichts, wenn es so weitergeht«, sagte Payne Hamiller, als Gucky in der Hauptzentrale erschien. Eine große Zahl von Spezialisten war damit beschäftigt, die Schäden zu beheben, die Takvorian angerichtet hatte. Die Hauptleitzentrale bot ein chaotisches Bild.

»Ihr zerstört die BASIS. Das ist alles«, fügte der Wissenschaftler nach einigen Sekunden hinzu.

»Wenn wir das schaffen, dann machen wir es euch unmöglich, uns zu gefährden«, erwiderte der Ilt. »Ihr werdet dann hoffentlich begreifen, wie sinnlos es ist, gegen Ariolc aufzubegehren.«

Hamiller glaubte immer noch, Gucky aufhalten zu können. Als er einen erneuten Versuch unternahm, vernünftig mit dem Ilt zu reden, packte der blitzschnell zu und teleportierte mit ihm.

Payne Hamiller fand sich in einem Beiboothangar wieder, der nahezu drei Kilometer von der Zentrale entfernt war. Er sah ein, dass er sich eine andere Taktik zurechtlegen musste. Ein positiver Einfluss auf die Entwicklung schien unmöglich zu sein. Eigentlich ging es nur noch darum, die Schäden so gering wie möglich zu halten.

Ribald Corello kam ihm in den Sinn. Corello hatte die Größe eines zweijährigen Kindes, aber sein Schädel war riesig, und die großen Augen dominierten in seinem Gesicht. Gucky hatte ihn aus der Burg zurückgeschickt, weil Corello ihm zu gefährlich geworden war.

Hamiller wählte den Rufkode des Mutanten über sein Kombiarmband. Corello meldete sich augenblicklich.

»Du bist es, Payne.« Das klang überrascht. »Was kann ich für dich tun?«

»Wo bist du?«

Corello nannte eine Kennung. Hamiller nickte überrascht. Aber warum, fragte er sich, sollte das Glück nicht auch einmal auf seiner Seite sein? Der Mutant befand sich nicht sehr weit entfernt.

»Ich komme zu dir«, sagte Hamiller. »Warte.«

Zwei Minuten später betrat er ein kleines Labor, in dem Corello an einem metallurgischen Experiment arbeitete.

»Hat das etwas zu bedeuten?« Hamiller deutete auf die Gerätschaften.

»Nein«, erwiderte der Mutant. »Ich will mich damit nur ablenken. Ich sollte stattdessen zur Burg fliegen und den Kampf aufnehmen.« Ärgerlich über sich selbst, wischte er eine Schale zur Seite. »Ich sollte Gucky nicht im Stich lassen, aber ich weiß, dass er mich augenblicklich zurückbefördern würde.«

»Gucky ist in der BASIS«, sagte Hamiller. »Er terrorisiert uns. Takvorian hat die Positronik geschädigt, die Teleporter haben die Kommandanten aller größeren Beiboote entführt. Wir wissen inzwischen, wo sie sind, und ein Einsatzkommando versucht, sie zu befreien. Allerdings glaube ich nicht an einen Erfolg.«

»Also haben wir die Schlacht um die BASIS bereits verloren.« In Ribald Corellos kindlich wirkendem Gesicht zuckte es.

»Noch haben wir beispielsweise dich«, widersprach Hamiller. »Du könntest deine Fähigkeiten voll auf Gucky richten. Zwinge ihn, solange er an Bord ist, zu seinem eigenen Ich zurückzufinden.«

Corello schüttelte den Kopf. »Darin sehe ich keinen Sinn. Vielleicht gelingt es mir, ihn vorübergehend zu packen, aber er wird mir schnell entkommen, und dann beginnt alles von vorn.«

»Wir sollten es wenigstens versuchen. Komm mit in die Zentrale. Vielleicht können wir Gucky wirklich nicht lange halten, aber unter Umständen erreichen wir, dass er die anderen Mutanten nicht mehr so deutlich beherrscht. Wenn sie untereinander uneins werden, verschaffen wir uns wenigstens eine Atempause.«

Wortlos setzte Corello seinen Laufroboter in Bewegung und ließ sich aus dem Labor tragen. Hamiller blieb neben ihm.

In höchster Eile legten sie den Weg zur Hauptzentrale zurück. Überall trafen sie auf Reparaturtrupps, die sich bemühten, die Schäden zu beheben. Zahllose Systeme waren ausgefallen und mussten neu justiert werden. Die Arbeiten waren außerordentlich schwierig, weil die Informationssysteme nicht mehr funktionierten. Schaltpläne konnten nicht mehr wie gewohnt abgerufen werden oder wurden sogar angezweifelt. Dennoch war Hamiller davon überzeugt, dass sich alle Schäden innerhalb weniger Tage beheben ließen, sobald das Ariolc-Problem erst gelöst war.

Gucky materialisierte in der Hauptleitzentrale, als Hamiller und Ribald Corello eintraten. Der Ilt wandte sich an Mentro Kosum, der an den Funkgeräten arbeitete.

»Hör sofort auf damit!«, hörte Hamiller den Mausbiber zetern. »Noch eine Schaltung, und du wirst es schwer bereuen.«

Hamiller gab Corello ein Zeichen. Der Mutant stoppte seinen Roboter und konzentrierte sich auf den Ilt. Gucky richtete sich ruckartig auf und fuhr herum. Seine Augen weiteten sich, als er Corello sah.

»Was fällt dir ein?«, rief er schwerfällig. »Was erlaubst du dir eigentlich?«

Gucky taumelte und schien einem Zusammenbruch nahe zu sein. Als Hamiller schon glaubte, dass Ribald Corello den Mausbiber hypnosuggestiv überwältigt hatte, verschwand Gucky.

Corello fluchte leise.

»Ich hatte ihn im Griff, und fast hätte ich gewonnen. Es hat nicht mehr viel gefehlt.«

»Er wird es nicht wagen, wieder zurückzukommen«, bemerkte Mentro Kosum. »Das war zu viel für ihn.«

»Irrtum!«, kreischte Gucky, der in diesem Moment hinter Ribald Corello materialisierte. »So leicht ist Ariolc nicht zu schlagen!«

Er warf sich nach vorn, umklammerte Corello und teleportierte mit ihm. Sekunden später war er schon wieder in der Zentrale. Triumphierend watschelte er auf Hamiller zu und blieb etwa zwei Meter vor ihm stehen.

Grinsend stemmte er die Fäuste in die Hüften.

»Das sollte ein Geniestreich sein, wie? Aber nicht mit mir, Untertan. Einem Ariolc musst du schon raffinierter kommen.«

Er streckte die rechte Hand aus. »Gib mir deine Hand, Blondie«, verlangte er.

»Wozu?«

»Wir beide verreisen.«

Wohin?, dachte Hamiller betroffen – und schwieg.

»Keine Angst. Ich bringe dich nicht in den Weltraum. Du kommst zu den anderen Gefangenen. Da kannst du nach Lust und Laune Pläne schmieden, die dir bestimmt nicht mehr helfen.«

»Ich bleibe hier.« Hamiller verschränkte die Arme vor der Brust.

Gucky zwang ihn telekinetisch, den Arm auszustrecken. Er grinste breit, als er Hamillers Hand mit den Fingerspitzen berührte, dann teleportierte er.

»Jetzt wird aufgeräumt«, versprach Gucky, als er einen Augenblick später schon wieder in der Hauptzentrale materialisierte.

»Wer kommt freiwillig mit mir?« Das war wohl eher eine rhetorische Frage.

Der Ilt sprang zu Mentro Kosum, berührte ihn und teleportierte. Danach erging es den führenden Kräften der BASIS wie zuvor den Beibootkommandanten. Gucky brachte einen nach dem anderen in einen ausbruchsicheren Raum. Tschubai und Bull halfen ihm dabei.

Nach einer Stunde war die BASIS führungslos. Mehr als vierhundert Männer und Frauen waren gefangen.

Gucky materialisierte noch einmal in der Hauptzentrale, in der einige Techniker scheinbar unermüdlich an der Wiederherstellung der Positronik arbeiteten.

»Ich habe die BASIS in der Hand.« Der Ilt schlug sich die linke Hand klatschend auf die Brust. »Erkennt ihr das an?«

»Uns bleibt wohl nichts anderes übrig«, antwortete einer der Techniker wütend. »Ich bin allerdings gespannt, was du noch alles anrichtest.«

»Das«, erwiderte Gucky und zwang einen zweiten Techniker, dem ersten eine schallende Ohrfeige zu verpassen. »Genügt das?«

Er kicherte zufrieden, als er sah, wie der Getroffene sich die Wange hielt.

»Respektlosigkeiten kann ich nicht dulden. Das war die mildeste aller Strafen. Ab sofort wird es härter. Hat noch jemand was zu sagen?«

Gucky blickte sich um, wobei er herausfordernd seinen Nagezahn zeigte. Niemand antwortete ihm.

Er kicherte erneut und watschelte zum Sitz des Kommandanten, hob sich selbst telekinetisch hinein und schaltete auf dieselbe Weise die Hauptkommunikationssysteme ein.

»Die BASIS ist in meiner Hand!«, rief er, und seine Stimme war überall im Schiff und in den Beibooten zu hören. »Ariolc ist euer neuer Oberbefehlshaber. Wer noch Widerstand leistet, wird geohr...« Er verstummte, weil ihm bewusst wurde, dass eine derartige Strafandrohung vielleicht nicht so überzeugend war, wie er sich das erhofft hatte. Daher räusperte er sich kräftig, bevor er fortfuhr.

»Wer Widerstand leistet, muss mit härtesten Strafen rechnen. Bisher wurden Rebellen lediglich inhaftiert. Da die Gefängnisse voll sind, muss ich andere Maßnahmen ergreifen. Ich werde also ...« Er rieb sich die Nasenspitze, die plötzlich juckte. Als er nach einiger Zeit merkte, dass die Kommunikationssysteme noch eingeschaltet waren, räusperte er sich erneut.

»Ist ja auch egal«, sagte er. »Hauptsache, ihr pariert. Wenn nicht, dann werdet ihr schon sehen, was euch blüht.« Er schaltete aus und blickte sich Beifall heischend in der Zentrale um.

»Was ist?«, fragte er, als niemand reagierte. »Warum applaudiert ihr nicht? Oder war das etwa keine mitreißende Rede?«

Die Techniker blickten sich bestürzt an. Sie konnten ihre Gedanken nicht vor dem Mausbiber verbergen, und diese waren alles andere als schmeichelhaft für ihn. Sie hielten ihn für wahnsinnig und hatten für seine Rede höchstens ein mitleidiges Lächeln.

Gucky entgingen diese Gedanken nicht. Sie erregten ihn dermaßen, dass er einem Wutanfall nahe war. Zugleich aber erwachte eine Stimme in ihm, die ihm sagte, dass sie nicht völlig unrecht hatten. Er spürte, dass mit ihm etwas nicht in Ordnung war. Dieses warnende Gefühl erhob sich als letzte Schranke vor den Technikern und bewahrte sie vor einem schlimmen Schicksal.

Gucky merkte, dass er dicht davor war, etwas Ungeheuerliches zu tun. Er teleportierte und kam sich dabei vor wie jemand, der in höchster Not die Flucht ergriff.

19.

Perry Rhodan fürchtete, zu spät zu kommen. Atlan stand zitternd an der Schachtkante, und seine Beine knickten ein.

»Atlan!«, brüllte der Terraner. »Nimm dich zusammen!«

Der Arkonide zuckte zurück. Er presste beide Hände auf die Stelle der Brust, an der sich sein Zellaktivator befand. »Es konzentriert sich auf mich«, brachte er stockend über die Lippen. »Es will mich vernichten.«

»Unsinn«, erwiderte Rhodan und stieß den Freund weiter zurück. »Die Strahlung ist überall. Sie wird bei dem besonders wirksam, der ihr zu wenig Widerstand leistet. Du gibst nach. Das passt nicht zu dir, Arkonide. Setz dich zur Wehr!«

Ganerc-Callibso schwebte ebenfalls heran. Er landete neben Rhodan.

»Hast du es nicht bemerkt?«, fragte er und deutete zurück. »Da ist ein schmaler Bereich, in dem die Stimme besonders laut und intensiv erklingt. Atlan hat zu lange in diesem Bereich gestanden.«

Die Augen des Arkoniden tränten vor Erregung.

»Ich hatte Sehnsucht nach der Tiefe«, gestand er. »Es zog mich nach unten. Mit aller Kraft.«

»Schon gut. Hauptsache, du bist jetzt wieder in Ordnung.«

»In Ordnung – was heißt das schon? Ich fühle mich mies wie schon lange nicht mehr.« Atlan schlug sich mit den Knöcheln an die Stirn. »Wenn diese verdammte Stimme nur nicht wäre.«

Ein fernes Dröhnen und Heulen ließ jeden aufhorchen.

»Was ist das?«, fragte Ganerc-Callibso überrascht. »Es hört sich an, als spiele jemand auf einem großen und total verstimmten Blasinstrument.« Er hielt sich die Ohren zu. Sein Gesicht verzerrte sich trotzdem.

»Das ist Merkosh«, sagte Rhodan.

»Er kommt näher.« Atlan zeigte auf den Gang auf der anderen Schachtseite. Deutlich war zu hören, dass Materialien und Gerätschaften unter der Gewalt der *Bösen Stimme* zerbarsten. Merkosh, der Gläserne, strahlte psionische Intervallenergie des Quintadimbereichs ab.

»Er hält sich für Ariolc und versucht auf seine Weise, Widerstand niederzuwalzen.« Rhodan war bleich geworden. »Schnell weg von hier!«

Er zog Ganerc mit sich, da der Zwerg noch zögerte. Atlan lief bereits voraus. Ihnen war klar, dass sie verloren waren, sobald sie in den Bereich der psionischen Strahlung gerieten. Ihre Körper würden ebenso zerstört werden wie Stahlwände oder Steinfiguren.

Eine Reihe von dumpfen Erschütterungen zeigte an, dass der Gläserne einige Maschinen zur Explosion gebracht hatte.

Rhodan, Atlan und Ganerc liefen schneller. Der Gang endete unvermittelt an einem violetten Schott, das mit zwei augenförmigen Edelsteinen verziert war.

Während der Terraner versuchte, das Schott zu öffnen, erschien Merkosh am anderen Ende des Ganges. Unter dem Aufprall der psionischen Energien, die er aussandte, zerfiel das Tor vor dem Schacht zu Staub.

Der Gläserne blieb am Schacht stehen, etwa hundertfünfzig Meter entfernt. Rhodan war sich nicht sicher, ob er sie erkannte.

»Wer seid ihr?«, brüllte der Opronoser. »Seid ihr Untertanen? Dann werft euch auf den Boden und beweist mir eure Demut. Oder seid ihr Agenten Ovarons? Dann legt die Waffen nieder und ergebt euch. Andernfalls sehe ich mich gezwungen, euch zu vernichten.«

»Ich hab's«, sagte Atlan leise.

Das Schott öffnete sich.

»Ihr wollt fliehen?«, hallte es durch den Gang. »Also seid ihr feindliche Agenten. Sterbt!«

Die drei von der BASIS warfen sich durch die Öffnung. Hinter ihnen glitt das Schott wieder zu. Sie stürmten weiter, während sich hinter ihnen ein infernalisches Gebrüll erhob, in dem sich der Zorn und die Enttäuschung des Gläsernen spiegelten.

Allmählich blieb Merkoshs wütende Stimme zurück.

Rhodan hielt hin und wieder inne und horchte. Die Geräusche zeigten ihm, dass sie einen immer größeren Vorsprung gewannen und dass der Gläserne sich vergeblich bemühte, ihre Spur zu finden.

»Er weiß nicht mehr, wo wir sind«, sagte Atlan, als das tödliche Trompeten kaum mehr wahrzunehmen war. »Er sucht uns in einem anderen Teil der Burg.«

»Ich schlage vor, dass wir umkehren.« Rhodan tippte einen humanoiden Roboter an, der vor einer zur Hälfte bemalten Wand stand. Die Maschine war seit langer Zeit stillgelegt, denn eine dicke Staubschicht bedeckte sie.

»Wieso umkehren?«, fragte der Arkonide. »Wir können ebenso in diese Richtung gehen oder in jene. Dort können wir Ariolc ebenso finden wie hier. Was hinter uns liegt, wissen wir. Vor uns ist das Unbekannte.«

»Welche weisen Worte«, sagte Rhodan spöttelnd. »Aber ich habe einen roten Faden gesehen, und den will ich weiterverfolgen.«

»Es ist riskant, umzukehren«, warnte Ganerc. »Merkosh könnte auf uns warten.«

»Wir müssen die Suche dort fortsetzen, wo sich uns die Gelegenheit dafür bietet«, erwiderte Rhodan. »Ganz gleich, ob Merkosh uns auflauert oder nicht.«

Rhodan schaltete sein Armbandfunkgerät ein und gab Kershyll Vannes Kode ein. Er hoffte, von ihm eine positive Antwort zu bekommen. Das Konzept, so meinte er, hatte vielfältige Möglichkeiten, sich gegen die Parastrahlung der Burg zu wehren.

Vanne meldete sich so schnell, als habe er nur auf den Anruf gewartet.

»Wie kommst du voran, Kershyll?«, fragte Rhodan.

»Ausgezeichnet.«

»Gibt es Probleme?«

»Eigentlich nicht. Ich frage mich nur, warum du mich Kershyll nennst. Wer ist das?«

Einige Minuten vorher

Kershyll Vanne merkte schon, dass sich etwas veränderte, als er die Burg betrat. Mit aller Macht drängte Pale Donkvents Bewusstsein in den Vordergrund. Vanne versuchte, das zu verhindern, weil Donkvent die schwächste Stelle der Gesamtpersönlichkeit bildete. Es gelang ihm jedoch nicht, sich gegen Pale zu behaupten, da er zugleich von einer Parafront zurückgeworfen wurde, die ihm die Ariolc-Persönlichkeit aufzwingen wollte.

Vanne blickte auf die Männer der Einsatzkommandos, die mit ihm durch die gleiche Schleuse gegangen waren, ohne sie wirklich wahrzunehmen. Einige von ihnen streiften ihre Kampfanzüge ab. Andere setzten sich auf den Boden. Ihre Augen waren plötzlich leer und leblos.

Pale Donkvent drängte stürmischer.

Tu es nicht, bat Vanne, doch seine mentale Stimme schien den Ultra-Physiker nicht zu erreichen, oder Donkvent wollte ihn nicht hören.

Du hast Durst?

Mag sein, aber das ist nicht ausschlaggebend antwortete Donkvent, während das Bewusstsein Kershyll Vannes immer mehr in den Hintergrund gedrängt wurde. *Ich habe eine Aufgabe zu erfüllen.*

Vanne glaubte, körperlichen Schmerz bei dieser Antwort zu fühlen. Alles in ihm empörte sich gegen das Donkvent-Bewusstsein, während er sich nur noch mit äußerster Mühe gegen die Parastrahlung behauptete.

Donkvents Denken richtete sich schon nach wenigen Minuten ausschließlich auf alkoholische Getränke. Und das war bereits das Ende seiner Herrschaft über das Konzept.

Es wird Zeit, Pale zu bestrafen, meldete sich das Bewusstsein Indira Vecculis.

Ich habe es nicht anders erwartet, kommentierte Vanne. *Du musst dich einmischen.*

Glaubst du, ich habe Lust, unter den Folgen seiner Sauflust zu leiden? Ihre Antwort war wie ein Peitschenhieb. Die Positronikerin schien nicht daran zu denken, dass sie eine ganz andere Aufgabe zu erfüllen hatte.

Du hast lange geschwiegen, bemerkte Vanne spöttisch. *Es war eine erholsame Zeit für uns alle.*

Sie reagierte mit einem geradezu bösartigen Gedankenimpuls. Vanne setzte zu einer zornigen Antwort an, als sich die dynamische Persönlichkeit Hito Gudukas meldete.

Es reicht, erklärte Guduka in seiner cholerischen Art. *Wir alle sind in erheblicher Gefahr. Unter diesen Umständen kann ich es nicht dulden, dass Schwachköpfe wie Pale oder Indira die Regie übernehmen.*

Es ist eine bodenlose Frechheit, mich mit dem Säufer in einen Topf zu werfen, ereiferte sie sich.

Bleibt in der Versenkung!, befahl Guduka. *Ihr seid ja nicht einmal in der Lage, einen klaren Gedanken zu fassen – ihr Mini-Ariolcs!*

Seine Gedanken lösten Empörung aus. Keiner der anderen hielt sich für einen Mini-Ariolc! Alle glaubten, *der* Ariolc zu sein.

Das Funkgerät sprach an. Guduka, der Totalenergie-Ingenieur, meldete sich. Zugleich öffnete er die Augen und stellte fest, dass der Vanne-Körper auf dem Boden lag. Keiner hatte bemerkt, dass er gestürzt war.

»Wie kommst du voran, Kershyll?«, fragte Perry Rhodan.

Guduka grinste, als er den Namen hörte. »Ausgezeichnet.«

»Gibt es Probleme?«

»Nein, eigentlich nicht. Ich frage mich nur, warum du mich Kershyll nennst. Wer ist das?«

Guduka schaltete ab und lachte laut auf. Er erhob sich.

Das hättest du nicht tun dürfen, schimpfte Kershyll.

Du bist im Keller, da bleibst du auch! Du hast uns lange genug verdrängt, sodass ich schon fürchtete, mich völlig aufzulösen.

Hito Guduka konzentrierte sich mit aller Kraft darauf, Vanne zurückzuwerfen. Er wollte die Kontrolle über den Körper, die er nach langer Zeit endlich wiedergewonnen hatte, nicht mehr abgeben. Dabei übersah er völlig, dass es einen viel mächtigeren Gegner gab als Kershyll Vanne.

Guduka behielt die Kontrolle über das Konzept, aber er glaubte, Ariolc zu sein.

Rhodan blickte bestürzt auf sein Kombiarmband. Er hatte Mühe, sich zu konzentrieren, und er wusste, dass es seinen beiden Begleitern ebenso erging. Auch sie behaupteten sich nur mit äußerster Anstrengung gegen die Strahlung.

»Nur noch wir drei sind übrig«, sagte er in beinahe melancholischem Tonfall. »Auch das Konzept müssen wir abschreiben.«

»Viele Persönlichkeiten in einem Körper sind also kein Garant für Sicherheit«, stellte der Arkonide fest. »Das Konzept hat nur ein Gehirn, und das scheint ausschlaggebend zu sein.«

Rhodan versuchte, die übrigen Mitglieder der Einsatzkommandos zu erreichen, erhielt aber keine Antwort. Das überraschte ihn schon nicht mehr. Auch die BASIS schwieg.

»Der Wahnsinn hat Methode«, zitierte Atlan. »Ein effektiveres Abwehrsystem hätte Ariolc kaum erfinden können. Wir werden sicherlich nicht mehr lange frei herumlaufen können. Und was ist dann?«

Rhodan zuckte die Achseln. »Ich weiß es nicht.«

Gucky materialisierte neben ihnen. Er grinste herausfordernd.

»Da hat sich tatsächlich jemand eingebildet, mich, Ariolc, den Größten, den es je gegeben hat, aufhalten zu können. Aber was Rang und Namen in der BASIS hat, sitzt im Loch. Die Mutanten sind erklärte Untertanen meiner Herrlichkeit. Und endlich kommt ihr drei auch noch in einen sicheren Bau.«

»Wir sind in einer wichtigen Mission für dich unterwegs«, erwiderte Rhodan rasch. »Hast du das schon vergessen?«

Der Mausbiber neigte den Kopf zur Seite. »Glaubst du, ich wüsste nicht, was mein Fußvolk zu tun hat? Du versuchst, mich mit billigen Tricks hereinzulegen?«

»Durchaus nicht, Ariolc. Wir suchen deinen Vorgänger, der irgendwo in der Burg sein muss. Er ist dafür verantwortlich, dass viele deiner Untertanen dir noch den Gehorsam verweigern.«

»Hör auf mit diesem Blödsinn!«, ereiferte sich der Ilt. »Das liegt einzig und allein daran, dass ihr nicht anerkennen wollt, dass ich Seine Mächtigkeit Ariolc bin. Du glaubst wohl, ich sei nicht ganz dicht hier oben, wie?«

Gucky packte Ganerc und teleportierte mit dem Gnomen.

»Weg hier!«, rief Atlan. »Schnell!«

Rhodan reagierte augenblicklich. Mit dem Arkoniden rannte er zur nächsten Tür, riss sie auf und hastete weiter. Sie hetzten einfach nur davon.

»Er findet uns nicht«, sagte Atlan schließlich, als sie einen kleinen Raum erreichten, in dem sich ein altarähnliches Gebilde erhob. »Er kann uns beide nicht espern. Daran hat er wohl nicht gedacht.«

»Jetzt sind wohl nur noch wir übrig«, sagte Rhodan. »Und ich habe Mühe, mich gegen diese Stimme zu behaupten.«

»Steter Tropfen höhlt den Stein«, entgegnete der Arkonide, und das sollte wohl sarkastisch klingen. Rhodan presste die Lippen zusammen und schwieg.

»Zunächst ist es gar nicht so schlimm, man glaubt, damit fertig werden zu können«, redete Atlan weiter. »Aber die Stimme verschwindet nicht. Sie lässt sich nicht verdrängen. Sie verstummt nicht. Sie kommt wieder. Immer wieder. Ariolc – Ariolc – Ariolc ...« Er drückte die Handflächen gegen die Schläfen.

Rhodan verstand ihn. Doch nicht der Name des Mächtigen klang beständig in ihm auf, sondern der Gedanke, Ariolc zu sein.

Und mit jedem Impuls erwachte der Zweifel an der eigenen Persönlichkeit.

»Wer sich nicht ohne Unterlass wehrt, wird unsicher.« Rhodan atmete tief ein. »Man fragt sich, wo eigentlich die Wahrheit liegt, und fängt an, am eigenen Ich zu zweifeln.«

»Wir wissen nicht einmal, ob Laire uns helfen könnte«, stellte der Arkonide fest. »Warum greift er nicht ein? Ist er ebenso wenig immun wie wir alle – oder ist es der Konflikt wegen seines Auges ...?«

»Müssen wir jetzt darüber reden?«, fragte Rhodan. »Wir haben keine Wahl, weil wir wissen, dass die Materiequelle bereits manipuliert worden ist. Uns muss klar sein, dass damit der Untergang unseres Universums eingeläutet worden ist. Wenn wir nichts unternehmen, sind wir rettungslos verloren.«

»Alles ist eine Frage der Zeit. Wie lange dauert es wohl, bis unser Bereich des Universums aufhört zu existieren? Wahrscheinlich vergehen einige Millionen Jahre oder noch mehr.«

»Das kann niemand wissen«, widersprach Rhodan. »Außerdem haben wir vermutlich nur jetzt eine Chance einzugreifen. In einigen Jahren könnte es dafür zu spät sein. Ich dachte, wir wären uns in der Hinsicht einig?«

Atlan hielt die Hände noch immer an die Schläfen gepresst. Er schüttelte den Kopf, als wolle er sich von etwas Unsichtbarem befreien, das sich an ihn klammerte.

»Lass mich allein!«, bat er. »Ich muss mich konzentrieren, oder diese verfluchte Stimme siegt. Ich fühle, dass ich nicht die Kraft habe, mich noch lange gegen sie zu behaupten.«

»Ich bleibe bei dir«, beharrte Rhodan. »Und wir gehen weiter.«

Als sie kurz darauf einen Raum mit spindelförmigem Grundriss erreichten, blieb der Terraner stehen. Von der Decke hingen Hunderte fingerbreite Stoffstreifen in den verschiedensten Farben herab. Sie erfüllten keinen erkennbaren Zweck.

»Wo ist eigentlich der Faden geblieben?«, fragte Rhodan. »Wir haben ihn aus den Augen verloren.«

»Glaubst du wirklich, dass er so wichtig ist?«

»Davon bin ich überzeugt.«

»Du meinst, dass er uns zu Ariolc – dem echten Ariolc – führt?«

»Ich denke ...«

»Wie kommst du darauf?«

»Ich denke an einen roten Königsmantel, mit weißem Pelz besetzt und ein Sinnbild von Macht und Würde«, antwortete Rhodan. »Könnte es sein, dass Ariolc einen ähnlichen Mantel getragen hat, als er sich zum Sterben hinlegte? Könnte es weiter sein, dass von diesem Mantel Spuren ausgelegt wurden?«

»Seltsame Idee«, kommentierte Atlan unwillig.

»Ich finde sie gar nicht so seltsam. Die ganze Zeit über versuche ich, mich in Ariolcs Denkweise einzufühlen. Mit ungeheurem Aufwand hat er seine Falle aufgebaut, um der Nachwelt deutlich zu machen, wer er war. Zu dieser Haltung würde passen, dass er Spuren auslegt, die zu ihm führen.«

»Du glaubst, von seiner sterblichen Hülle gehen Fäden in alle Richtungen, dass er sozusagen den Mittelpunkt eines Sterns bildet? Aber ausgerechnet rote Fäden. Er konnte nicht wissen, welchen Symbolgehalt ein *roter Faden* für uns hat.«

Rhodan lachte. »Die rote Farbe kann purer Zufall sein.«

Er schloss die Augen und presste die Lippen zusammen. Auch der Arkonide reagierte in dieser Weise auf eine Parafront, die sie zu übermannen drohte.

Der Terraner erholte sich als Erster wieder.

»Wir müssen weiter, Alter«, sagte er mühsam. »Wir suchen den Faden. Und wenn wir ihn gefunden haben, werden wir ihm folgen.«

Hito Guduka hatte sich nicht nur hinsichtlich der parapsychischen Strahlung getäuscht. Auch die anderen Persönlichkeiten, die sich mit ihm den Körper teilten, machten ihm einen Strich durch die Rechnung.

Noch vor kurzer Zeit schien es so, als wüchsen die sieben Bewusstseine des Konzepts zu einem einzigen zusammen. Nun war alles wieder anders. Seit Kershyll Vanne die Burg betreten hatte, wollte jeder den Körper übernehmen – mit einer Ausnahme.

Hito Guduka hielt sich einige Zeit, wobei er sich allerdings einbildete, Ariolc zu sein. Dann verdrängte ihn Albun Kmunah. Ihr folgte Pale Donkvent, aber er konnte sich nicht gegen Ankamera behaupten, die wiederum Kmunah unterlag. Über sie triumphierte anschließend Indira Vecculi.

Das Karussell drehte sich. Immer erbitterter wurde der Kampf dieser fünf Persönlichkeiten. Kershyll Vanne selbst hielt sich überraschenderweise zurück. Tatsächlich stemmte er sich mit aller Kraft gegen die Parastrahlung und tat daher mehr für die Einheit der Persönlichkeiten als alle anderen. Die Erfolgserwartung, die Rhodan in das Konzept setzte, spornte ihn immer wieder an. Dennoch sickerte die Pseudopersönlichkeit Ariolcs ein, und schließlich musste er den Kampf aufgeben.

Blieb nur noch Jost Seidel.

Das Bewusstsein des Jungen hatte sich von Anfang an zurückgehalten und beobachtet. Mit wachsender Verwunderung hatte er verfolgt, wie die anderen reagierten. Er bemerkte die Strahlung auch, doch für ihn war sie nicht so stark, dass er versucht gewesen wäre, sich als Ariolc zu fühlen.

Seit er in der Burg war, fühlte Jost sich nicht mehr als Bestandteil des Konzepts, sondern als eigenständige Persönlichkeit, die in gewisser Weise unterdrückt wurde. Dennoch dachte er nicht daran, sich gegen die anderen zu wehren. Er war der Jüngste von allen und glaubte, dass ihm die Zukunft ohnehin gehören werde – ohne diesen Anspruch detailliert begründen zu können.

Wenn man wegen der Besonderheit des Konzepts überhaupt von einem Alterungsprozess sprechen konnte, so war Jost Seidel jetzt sechzehn Jahre alt. Es entsprach seinem Charakter, dass er zurückhaltend blieb und abwartete; selten hatte er sich nach vorn gedrängt.

Er verfolgte den Kampf der anderen und stellte fest, dass sie sich verhielten, als hätten sie den Verstand verloren. Deshalb verzichtete er darauf, sich zu melden. Für ihn war zudem erkennbar, dass die anderen Bewusstseinsinhalte unverantwortlich mit ihren Kräften umgingen.

Etwa eine Stunde lang tobte der Kampf der Persönlichkeiten untereinander. Auch Vanne mischte sich ein. Er versuchte, die Kontrolle zurückzugewinnen, aber er scheiterte ebenso wie die anderen.

»Es reicht«, sagte Jost Seidel, als er sich schließlich einschaltete.

Was willst du denn?, fragte Donkvent belustigt.

Dich von der Flasche abhalten, antwortete Jost schlagfertig.

Dem Ultra-Physiker fehlte schon die Kraft zu einem geharnischten Protest. Seufzend verzichtete er auf eine Entgegnung.

Bilde dir nicht ein, dass wir uns das gefallen lassen, schimpfte die zänkische Vecculi. *Früher oder später wirst du schon begreifen, was es heißt, sich mit Ariolc einzulassen.*

Bist du Ariolc oder Ariolca?, fragte der Junge spöttisch zurück. Damit reizte er Indira derart, dass sie wild um die Kontrolle über den Körper kämpfte. Jost wehrte sie ab.

Er übernahm die Kontrolle des Körpers und betrat einen großen

Raum, der mit glitzernden Metallgebilden gefüllt war. Ein Tunnel führte ihn an zahlreichen abstrakten Darstellungen vorbei. Sie mochten alle eine bestimmte Aussage haben, doch konnte Jost diese nicht erfassen, also blieben sie ihm fremd.

Er registrierte, dass die Strahlung stärker wurde und die anderen Bewusstseinsinhalte darauf reagierten. Ihn berührte die Wellenfront nur wenig. Hin und wieder war ihm, als flüstere irgendwo eine Stimme, doch sie erreichte ihn nicht.

Allmählich vermutete er, dass ausgerechnet er gute Aussichten hatte, den in der Burg verborgenen Schlüssel zu finden. Wahrscheinlich war er sogar der Einzige, der die Aufgabe lösen konnte. Dennoch machte er sich keine Illusionen. Er wusste, welche Rolle Gucky spielte, und er war sich darüber im Klaren, dass der Mausbiber ihm weit überlegen war.

Anfangs lief er durch die Burg, ohne jemandem zu begegnen. Dann stieß er auf einige Androiden, die ihn aber nicht beachteten.

In einem Spiegelsaal tauchte unvermittelt Takvorian vor ihm auf. Von der Decke hallte rhythmische Musik durch den Saal. Der Zentaur bewegte sich in langsamen Tanzschritten. Als er das Konzept bemerkte, verharrte er auf der Stelle. »Was treibst du hier?«, fragte er ärgerlich.

»Ich sehe mich nur um«, antwortete Seidel.

»Wer bist du? Kershyll oder einer der anderen?«

Der Junge bemerkte die Falle sofort. Er schüttelte den Kopf.

»Ich glaube, ich bin Ariolc, aber ich bin mir dessen nicht sicher.«

Takvorian nickte, als habe er nichts anderes erwartet. Er begann wieder zu tanzen und beachtete das Konzept nicht länger. Aufatmend eilte Seidel weiter.

Kurz darauf stellte sich ihm Merkosh in den Weg und konfrontierte ihn mit der gleichen Frage. Jost antwortete wie zuvor. Ihm war klar, dass die Mutanten nach Gegnern suchten, die nicht der Strahlung unterlagen.

Je weiter er kam, desto mehr fürchtete Jost sich vor der Begegnung mit einem Telepathen.

Er betrat einen langen Gang, dessen Wände mit aufgemalten Fenstern verziert waren. Als er ihn zur Hälfte durchquert hatte, fiel ihm ein gelber Faden am Boden auf. Der Faden reichte bis zum nächsten Schott. Er war fein wie Seide, und weiße Pelzhaare hingen daran.

Jost Seidel hielt den Faden prüfend zwischen den Fingern, als Gucky vor ihm materialisierte. Jost erschrak, war aber geistesgegenwärtig genug, sofort die Kontrolle über den Körper an Donkvent übergehen zu lassen.

Gucky begnügte sich offenbar mit einer flüchtigen Prüfung. Zweifellos stellte er fest, dass Donkvent der Ariolc-Strahlung unterlag und zudem von dem Wunsch erfüllt war, ein alkoholisches Getränk zu finden. Jedenfalls verschwand der Ilt wortlos wieder.

Seidel verdrängte die Donkvent-Persönlichkeit, ohne sich sonderlich anstrengen zu müssen. Er öffnete das Schott. Der Faden führte auf der anderen Seite weiter und verlief durch eine Halle. An einigen Stellen war er zerrissen, aber trotzdem leicht zu verfolgen.

Anfangs nur etwa einen Millimeter breit, wurde der Faden bald dicker. Dann endete er plötzlich.

Das Konzept hatte eine Halle erreicht, in der zweiundzwanzig raketenartige Geschosse aufgestellt waren. Einige Androiden kletterten auf den Raketen herum, was ihnen höchstes Vergnügen zu bereiten schien.

Vielleicht waren die Geschosse gefährlich. Doch die Androiden waren das mit Sicherheit auch, wenn er ihnen zu nahe kam. Und wie hätte er die Raketen entschärfen sollen? Der Junge durchquerte die Halle im Laufschritt und verließ sie durch den gegenüberliegenden Ausgang. Hier gab es allerdings keinen Faden mehr. Also betrat Jost die Halle wieder und suchte die anderen Ausgänge ab, bis er fündig wurde. Er zweifelte nicht mehr daran, dass der Faden ihn zu einem wichtigen Ziel führen würde. Er lief weiter.

Hin und wieder blieb er stehen, weil die anderen Bewusstseine ihn bedrängten. Er beobachtete er sie sorgfältig und bemerkte bald, dass Kershyll Vanne sich zurückhielt. Anzunehmen, dass der Psychomathelogist Kräfte schöpfen wollte, um sich dann jäh nach vorn zu werfen. Vanne unterlag dem Ariolc-Syndrom.

Jost Seidel wartete einige Zeit ab, dann lockte er Vanne aus der Reserve, indem er Schwäche heuchelte.

Vanne fiel darauf herein und begann einen Kampf, bei dem er schließlich unterlag.

Der Junge hatte den gemeinsamen Körper nun fest im Griff. Der Faden war mittlerweile zum Gewebestreifen geworden und mit größeren Pelzfetzen und Edelsteinsplittern besetzt. Jost zweifelte nicht mehr daran, dass er die Reste eines von Ariolcs Kleidungsstücken vor sich hatte.

Obwohl das Gewebe unvorstellbar alt sein musste, schien es nicht gealtert zu sein. Jost bückte sich einige Male, nahm den Stoff in die Hand und zerrte daran.

Er konnte ihn nicht beschädigen.

Bei jeder dieser Pausen stellte der Junge fest, dass die anderen Bewusstseine unruhig wurden, als sähen sie besonders gute Chancen für sich, sobald er zur Ruhe kam. Also hastete er weiter, um ihren Angriffen vorzubeugen.

Schließlich stand er vor einem mit Schmuck überladenen übergroßen Schott. *Nun werdet ihr sehen, wer wirklich Ariolc ist,* meldete er an die anderen. Sie ignorierten ihn.

In all dem verwirrenden Prunk fand er den Öffnungsmechanismus erst nach langer Suche. Jost drehte einen Stern, der aus zahllosen glitzernden Steinen bestand, und das Tor glitt lautlos zur Seite.

Der Faden, den sie nach langer Suche entdeckt hatten, war rasch breiter geworden. »Die Spur führt wohl tatsächlich zu Ariolc«, bemerkte Atlan. »In seiner Nähe werden wir hoffentlich den Schlüssel finden.«

Rhodan eilte weiter. Sie wussten beide, wie sehr die Zeit drängte. Sie fürchteten den Moment, in dem Gucky oder einer der anderen Teleporter neben ihnen materialisierte und sie aus der Burg entfernte. Damit wäre alles wieder zunichtegemacht worden.

Schließlich standen sie von einem auffallend großen, mit Edelsteinen und Metallen überladenen Schott.

»Dahinter finden wir Ariolc«, sagte Rhodan im Brustton der Überzeugung. »Ich gehe jede Wette ein.«

»Zu diesem Zeitpunkt wette ich nicht mehr«, erwiderte Atlan. »Ich könnte nur noch verlieren.«

Sie untersuchten das Schott und fanden einen aus Edelsteinen zusammengesetzten drehbaren Stern. Vor ihnen öffnete sich ein mit Reichtümern überladener Prunksaal. Gedämpfte Musik erklang, voller Disharmonien und ihren Ohren schmerzend.

Der Saal war rund. Er durchmaß wohl an die hundert Meter. In der Mitte erhob sich ein wuchtiger goldener Sessel. Dort saß Ariolc, eingehüllt in einen vielfarbigen Mantel, dessen Ausläufer nahezu den ganzen Hallenboden bedeckten und durch neun Schotten nach außen führten.

Staub lastete allerdings auf dem edlen Glanz, der einst in diesem Raum geherrscht hatte. Dicke Verkrustungen überzogen die Decke und bedeckten den Boden und die Wände, an denen Ariolc sich in unzähligen Abbildungen in heldenhaften Posen verewigt hatte.

Rhodan und Atlan gegenüber öffnete sich ein Schott.

»Kershyll!«, rief der Arkonide überrascht. »Du hast es geschafft.«

Das Konzept betrat den Saal. »Jost Seidel«, antwortete eine klare Stimme, während die hochgewachsene Gestalt quer durch den Raum ging. »Ich musste übernehmen, weil die anderen nicht dazu in der Lage waren.«

Seidel verhielt seine Schritte unmittelbar vor dem wuchtigen Sessel.

Von Ariolc, sah Rhodan, war nur das Skelett geblieben. Seltsamerweise streckte es den rechten Arm in die Höhe, obwohl die Knochen eigentlich längst hätten auseinanderfallen müssen.

»Ich spüre nichts von der Strahlung«, sagte Seidel, als könne er auf diese Weise den Eindruck des Unheimlichen verdrängen, der von dem toten Ariolc ausging. »Irgendetwas macht mich immun dagegen.«

Rhodan stellte dem Jungen einige Fragen.

Dabei stellte er fest, dass Jost die Wahrheit gesagt hatte. Er war tatsächlich unbeeinflusst.

»Ob der Mantel des Mächtigen eine Bedeutung hat?«, fragte Seidel dann.

»Es ist der Mantel eines Clowns«, antwortete Atlan. »Bunt und sinnlos.«

»Wirklich?«, widersprach Rhodan. »Siehst du das so? Oder gibt es vielleicht einen Zusammenhang mit der Parastrahlung? Schaut euch die Metallstreifen an, die wie eine Verzierung des Mantels wirken. Sie verlaufen sternförmig zu den Schotten.«

»Das habe ich übersehen«, gestand Atlan ein. »Vielleicht haben diese Streifen Antennenfunktion ...« Seine Miene verdüsterte sich. Er griff sich an den Kopf und brachte vorübergehend nicht ein verständliches Wort über die Lippen.

Rhodan litt ebenso unter dem Ansturm der parapsychischen Energie. Er krümmte sich, sank auf die Knie, kämpfte dagegen an. Vanne, hatte er den Eindruck, starrte ihn erstaunt und beunruhigt an. Tatsächlich, das Konzept kam auf ihn zu.

»Trenne ... die Ausläufer ..., Jost!« Krächzend brachte Rhodan die Worte hervor. »Schnell ...«

Kershyll Vanne trug seine Waffe noch. Wie durch dichter werdenden Nabel hindurch sah Rhodan, dass das Konzept über den ausgebreiteten Mantel lief und dabei den Kombistrahler hob. Ein nadelfeiner Energiestrahl zuckte dann über den Boden und durchtrennte den ersten Ausläufer von Ariolcs Mantel.

Ein beißender Geruch breitete sich aus. Im ersten Moment fühlte Rhodan Übelkeit, dann war ihm, als falle eine schwere Last von seinen Schultern. Er verfolgte, wie das Konzept von einem Schott zum nächsten eilte und jedes Mal die Ausläufer des Mantels abtrennte. Flammen leckten über den Stoff. Jost Seidel bemerkte es und trat sie aus, ehe sie um sich greifen konnten.

Als Rhodan sich aufrichtete, kam auch Atlan schwankend wieder auf die Beine. »Die Strahlung ist weniger intensiv als vorher«, sagte der Terraner.

»Sie schwankte schon vorher«, bemerkte der Arkonide. »Aber du hast recht, der Zusammenhang ...«

»Vorsicht!«, rief Vanne-Seidel.

Rhodan fuhr herum. Einer der Mantelausläufer bäumte sich meterhoch auf und raste auf ihn zu. Auch der nächste Ausläufer rollte sich ein und schnellte nach innen. Gerade noch rechtzeitig sprangen die Männer in den freien Raum zwischen den Ausläufern, sonst wären sie mitgerissen worden.

Neun Rollen, jeweils mehrere Meter hoch, umgaben die sterbliche Hülle Ariolcs wie Blütenblätter eine prachtvolle Blume.

Rhodan versuchte, eine der Rollen wieder zu lösen, doch das gelang ihm nicht. Er schaffte es nicht, den Stoff zu bewegen.

»Hoffentlich steckt der Schlüssel nicht im Sessel«, sagte Atlan.

»Dann haben wir Pech gehabt. Aber das glaube ich nicht. Ariolc hatte keinen Grund, ihn an unerreichbarer Stelle zu deponieren.«

»Er hatte auch keinen Grund, eine parapsychische Falle zu errichten«, wandte Atlan ein.

Rhodan betrachtete den Boden, der aus marmorähnlichem Material bestand. Da der Raum keinerlei Schränke oder andere Möbelstücke außer dem Prunksessel enthielt, vermutete er, dass das Versteck irgendwo im Fußboden war.

Sie nahmen alle drei die Suche auf.

Zunächst entdeckten sie nichts, sodass Atlan schon die Vermutung aussprach, das Versteck müsse in einem anderen Raum sein. Rhodan beharrte jedoch darauf, weiterzusuchen. Wenig später hatte Seidel Erfolg.

»Ich glaube, hier ist etwas!« Das Konzept kniete auf dem Boden und fuhr mit der Fingerspitze an einer dunklen Linie entlang, die ein Blumenmuster bildete.

»Ein feiner Riss im Boden. Das könnte der Deckel zu einem versteckten Fach sein.« Atlan kniete ebenfalls nieder. Als er einen dunklen Kreis berührte, sprang das Fach klickend auf.

Ein kleiner, fassförmiger Gegenstand wurde sichtbar.

Atlan nahm das gesuchte Teil an sich. Er wollte es einstecken, reichte es dann aber Jost Seidel. »Du hast die besseren Chancen, den Schlüssel zur BASIS zu bringen.«

»Wir müssen uns trennen«, sagte Rhodan. »Verrate dich nicht, Jost! Sei vor allem auf der Hut, falls ein Telepath in deine Nähe kommt.«

»Ich glaube, dass die Parastrahlung erlöschen wird, wenn der Schlüssel erst in der BASIS ist«, fuhr der Arkonide fort. »Das wäre nur logisch.«

»Atlan und ich werden aus einem Raum in der Nähe irgendeinen Gegenstand mitnehmen«, erklärte Rhodan sein Vorgehen. »Falls wir den Mutanten begegnen, müssen sie glauben, dass wir den Schlüssel haben. Das wird sie von dir ablenken, Jost.«

Sie verließen den Saal durch zwei verschiedene Schotten.

Rhodan und Atlan hatten sich noch nicht weit entfernt, da materialisierte Gucky vor ihnen. Der Ilt schien ebenso überrascht zu sein wie sie, fing sich aber schnell.

»Na also«, sagte er vergnügt. »Nun habe ich euch doch erwischt.«

20.

Sie konnten die Halle nicht verlassen, in die sie von den Teleportern gebracht worden waren. Aber sie hatten inzwischen einen der Container geöffnet. Er war angefüllt mit Behältern, die zum Teil chemische Substanzen enthielten. Payne Hamiller hatte die Entladung vorangetrieben, nun inspizierte er mehrere der kleineren Behälter.

»Und?« Kanthall trat neben den Wissenschaftler und schaute ihm über die Schulter.

»Ich habe mich nicht getäuscht«, sagte Hamiller. »Wir haben genug Material, mit dem wir die Türen aufsprengen können.«

Er ließ sich die Behälter zu einem der Schotten bringen. Unter großer Vorsicht mischte er die verschiedenen Chemikalien miteinander. Schon nach wenigen Minuten entstand ein plastischer Stoff, den Hamiller fingerdick ausrollte und in die Fugen des Schottes drückte.

Als er ein einfaches Kabel an beiden Enden von seiner Isolierung befreite, materialisierte Gucky neben ihm.

»Verräter!«, kreischte der Ilt und stieß Hamiller telekinetisch zurück. »Das ist offene Rebellion.«

»Die Luft wird zu knapp in der Halle«, erwiderte der Wissenschaftler ruhig. »Willst du, dass wir alle ersticken?«

»Mit euch ist es ohnehin vorbei.« Gucky stemmte sich die Fäuste in die Seite. »Derartige Dinge kann ich nicht durchgehen lassen. Ich muss euch bestrafen.«

»Keiner von uns wird sich gegen dich erheben, wenn du für eine vernünftige Belüftung sorgst.«

»Gut. Mir genügt die Kosmische Burg als Herrschaftsbereich. Ich werde die BASIS vorsichtshalber sprengen. Was sagst du dazu?«

»Ein großartiger Plan«, antwortete Hamiller mit belegter Stimme. Er hielt Gucky unter den gegebenen Bedingungen für durchaus fähig, die Drohung wahr zu machen. »Zuvor aber solltest du uns von Bord gehen lassen. Ein Massenmord wäre eines Herrschers vom Rang Ariolcs nicht würdig.«

»Aber es ist die einfachste Lösung. Ich bin für einfache Lösungen.«

Bevor irgendjemand etwas erwidern konnte, teleportierte der Mausbiber.

»Glaubst du, dass er Ernst macht?«, fragte Kanthall.

Hamiller war unfähig, auch nur ein Wort über die Lippen zu bringen. Entsetzt blickte er sich um. Gucky konnte den Vernichtungsplan innerhalb weniger Minuten verwirklichen, und keiner konnte ihn aufhalten.

»Wir müssen den Ilt töten«, sagte Kanthall. »Irgendwie. An Bord gibt es noch genügend Männer und Frauen, die sich wehren können. Wenn wir ihnen irgendwie eine Nachricht zukommen lassen ...«

»Mich erwischt ihr doch nicht«, sagte eine helle Stimme hinter ihm.

Gucky stand auf dem Container. Er war nicht allein. Atlan stand neben ihm. Und jeder konnte erkennen, dass der Arkonide nicht in der Lage war, sich zu bewegen. Gucky hielt ihn telekinetisch fest.

»Ich habe jemanden für euch«, fuhr der Ilt triumphierend fort. »Das ist auch einer von denen, die glaubten, mich reinlegen zu können.«

Er stieß den Arkoniden mit einem Finger an, half aber telekinetisch nach. Atlan konnte sich nicht halten. Er sprang vom Container, kam recht unsanft auf und wälzte sich dennoch sofort herum.

»Jetzt ist es genug, du kleine pelzige Ratte!«, rief er. »Es wird Zeit, dass du zu dir kommst. Wehre dich endlich gegen den Einfluss. Du weißt, dass du nicht Ariolc bist, sondern ...«

»Ich will so etwas nicht hören!«, kreischte der Ilt. »Aber wozu rege ich mich auf? In wenigen Minuten existiert die BASIS nicht mehr, dann hat aller Ärger ein Ende.«

Er verschwand.

An Bord der BASIS herrschte Alpha-Alarm. Niemand zweifelte mehr daran, dass die Existenz des Raumschiffs bedroht war wie niemals zuvor. Und jeder wusste, von wem die größte Gefahr ausging. In dieser Situation waren, bis auf eine verschwindend geringe Minderheit, alle bereit, sofort zu schießen, wenn sie den Mausbiber entdeckten.

Gucky materialisierte in einer Schaltstation des Triebwerksbereichs, nicht mehr als zwei Meter von dem diensthabenden Ingenieur entfernt.

»Bob, alter Freund, was spukt da in deinem Kopf herum?«, fragte der Ilt, als er die Gedanken des Ingenieurs erfasste.

Der Angesprochene wirbelte wie von einem Schlag getroffen herum und griff nach seiner Waffe. Im nächsten Moment verzerrte sich sein Gesicht zur Grimasse. Ihm war anzusehen, wie sehr er sich anstrengte, doch er konnte den Arm nicht mehr bewegen. Weit riss er die Augen auf, und in seinem Blick stand grenzenloses Entsetzen zu lesen.

»Du hast tatsächlich geglaubt, dass du mich so einfach über den Haufen schießen kannst«, sagte Gucky.

»Du hast vergessen, dass wir deine Freunde sind. Du willst uns umbringen. Also müssen wir zurückschlagen.«

»Ich habe es nicht vergessen«, erklärte der Mausbiber. »Aber ein Mächtiger wie ich ist hin und wieder zu Entscheidungen gezwungen, die ihm selbst nicht gefallen. Ich habe mich entschieden. Gib mir deine Hand.«

»Wozu?«, fragte der Ingenieur widerstrebend.

»Weil du mich störst. Deshalb.« Gucky packte einfach zu und teleportierte. Er setzte Bob nur wenige Meter von der Schaltstation entfernt ab, in der er gearbeitet hatte. Dann sprang er zurück und blockierte das Zugangsschott von innen.

Gucky sondierte eine Reihe von Schaltungen, die zur nuklearen Spontanreaktion in den Reaktoren führen mussten. Allerdings erschien ihm das Risiko zu groß, der Vernichtung der BASIS nicht einmal mit einer Teleportation schnell genug entkommen zu können. Wenn er die Schaltung auslöste, brauchte er einen zeitlichen Puffer. Eine Verzögerung von sechzig Sekunden würde ihm genügend Bewegungsfreiheit lassen.

Gut, dass er darüber nachgedacht hatte. Es war eines Ariolc würdig, nicht unüberlegt zu handeln.

»Aber jetzt wird es ernst«, murmelte er im Selbstgespräch. Telekinetisch tastete er nach der ersten Reaktorkontrolle und manipulierte die Schaltungen. Als er in den zweiten Regelkreislauf eingriff, liefen seine Veränderungen beinahe schon wie von selbst ab.

Aber vielleicht war eine Minute doch zu wenig. Gucky fiel ein, dass sich noch ein ernst zu nehmender Gegner in der Burg befand: Perry Rhodan. Der Terraner würde ihm zweifellos bald Schwierigkeiten bereiten. Und hatte er nicht den Arkoniden aus ebendiesem Grund aus der Burg entfernt?

Er sagte sich, dass er die BASIS nicht sprengen durfte, bevor er Rhodan zu den anderen Gefangenen gebracht hatte.

Während er darüber nachdachte, tauchten leise Zweifel an seiner Identität als Ariolc auf. Sie waren so schwach und flüchtig, dass Gucky sie schon mit einem heftigen Kopfschütteln verscheuchte, als er sich ihrer bewusst wurde. Offensichtlich hatte einer der Altmutanten versucht, ihn auf diese Weise auszutricksen.

Fünf Minuten brauchte er, um Rhodan zu holen.

Allerdings ... wenn er nachdachte, wie schwer es gewesen war, Rhodan und Atlan aufzuspüren, da er sie nicht telepathisch orten konnte.

Er entschied sich für eine Frist von fünfzehn Minuten und stellte diesen Wert als Verzögerung ein. Danach würde es ein prächtiges Feuerwerk geben, imposant genug, um eines Ariolc würdig zu sein.

Rein aus Neugierde suchte er noch einmal nach Bobs Gedanken. Der Ingenieur glaubte nicht daran, dass Gucky den Vernichtungsplan verwirklichen würde. Ein solcher Vorgang erschien ihm zu ungeheuerlich.

Gucky teleportierte zu ihm.

»Hallo, Bob, du hast Feierabend«, sagte er augenzwinkernd. »Warum gehst du nicht endlich einen trinken?«

Lachend sprang er weiter, um Rhodan zur BASIS zu holen.

Perry Rhodan wollte Zeit gewinnen. Er war in der Sekunde losgerannt, in der Gucky mit Atlan verschwand. Dem Mausbiber die Suche nach ihm erschweren und ihn zugleich von Seidel ablenken, der Gedanke trieb ihn vorwärts.

In einem Antigravschacht schwebte er mehrere Etagen in die Höhe. Er spürte hin und wieder die Impulse der Parastrahlung, aber sie waren bei Weitem nicht mehr so intensiv wie zuvor. Mühelos behauptete er sich gegen die Einflüsterung.

Als er ein mit abstrakten Mustern verziertes Schott öffnete, sah er Icho Tolot zwischen bizarren Maschinen stehen. Der Haluter bewegte sich nicht. Es schien, als sei er zu Stein erstarrt.

Rhodan ging langsam auf ihn zu. »Tolotos«, sagte er. »Hörst du mich?«

Der Haluter reagierte zunächst nicht. Als Rhodan jedoch zu einer weiteren Frage ansetzte, wandte er sich ihm ruckartig zu.

»Was ist geschehen, Rhodanos?« Tolot dämpfte seine Stimme zwar, aber sie dröhnte dem Terraner dennoch schmerzhaft in den Ohren.

»Warum habe ich dich verraten?«

Der Haluter klang plötzlich unendlich traurig.

»Du bist nicht verantwortlich dafür«, sagte Rhodan. »Es ist die Burg mit ihren vielen Strahlungsquellen. Wir haben uns in Ariolcs Falle gefangen.«

»Die fremde Kraft lässt nach, ich spüre sie kaum noch. Aber ich habe etwas anderes in mir. Einen Schmerz. Ich habe mich nicht gegen das Fremde behauptet.«

Rhodan sah viele zerstörte Maschinen, vor allem in einem Bereich der Halle, den er zuvor nicht hatte einsehen können.

»Die Stimmen kamen von überall her«, dröhnte der Koloss. »Sie verführten mich zu dem Gedanken, ich sei Ariolc. Deshalb habe ich versucht, sie zum Schweigen zu bringen. Ich habe sie gesucht, und ich habe viele von ihnen entdeckt. Vielleicht hundert oder noch mehr, aber das genügte nicht.«

»Es gibt über zehntausend Strahlungsquellen. Aber wir brauchen sie nicht mehr zu zerstören, weil wir den Schlüssel gefunden haben. Wenn wir die Burg verlassen, werden wir die Stimmen nicht mehr hören.«

»Ich bleibe hier«, sagte Tolot dröhnend. »Ich bin ein Verräter, denn ich habe gegen meine Freunde gekämpft.«

»Dafür bist du nicht verantwortlich.«

»Das ist keine Entschuldigung. Ich hätte mich gegen die Stimme behaupten müssen.«

»Keiner konnte das.«

»Bitte, lass mich jetzt allein«, sagte der Haluter. »Ich habe lange gelebt, vielleicht schon zu lange.«

Rhodan erschrak. Suchte Tolot den Tod?

»Du sagtest, du hättest dich behaupten müssen.«

»Das habe ich gesagt.«

»Wenn nur das der Grund sein soll, weshalb du nicht auf die BASIS zurückkehren willst, dann kann ich dir noch einen zweiten nennen.«

»Es gibt keinen anderen.«

»Doch. Die Stimme flüstert dir ein, dass du versagt hast. Und wieder versuchst du nicht, dich zu wehren. Du versagst.«

»Das ist nicht wahr!« Tolots Stimme schwoll zum Donnergetöse an. Er machte einen schnellen Schritt auf Rhodan zu, doch das auflodernde Feuer in seinen Augen erlosch schnell wieder.

»Du solltest so etwas nicht zu mir sagen, Rhodanos.«

»Ich stelle nur fest. Ich weiß, dass dich ein solcher Zwischenfall normalerweise nicht umwirft. Also ist mir klar, dass du nicht Herr deiner selbst bist. Ariolcs Falle wirkt weiter.«

Tolot stöhnte gequält auf. »Ich muss zurück zur BASIS. Lass uns gehen.«

»Das ist nicht notwendig«, verkündete Gucky. Er saß keine fünf Meter von ihnen entfernt auf einer der wenigen nicht zerstörten Maschinen. »Ich bringe euch beide nach drüben.«

Er blickte auf sein Armband, kratzte sich hinter einem Ohr und fügte hinzu: »Es wird knapp.«

»Was wird knapp?«, fragte Rhodan.

»Wer wird denn so neugierig sein?« Gucky hüpfte von der Maschine und sprang erst mit Rhodan, dann mit Tolot in die BASIS.

Er brachte sie beide in die Hauptzentrale, in der ein Heer von Spezialisten daran arbeitete, die Schäden zu beheben.

Rhodan erkannte plötzlich, dass er einen schwerwiegenden Fehler gemacht hatte. Gucky hob den Arm wie zum Abschiedsgruß.

»Warte, Ariolc!«, rief Rhodan. »Es gibt noch etwas Wichtiges.«

»Na schön«, erwiderte der Ilt. »Heraus mit der Sprache!«

»Ich habe einen ganz dummen Fehler gemacht. Ich wollte Kershyll Vanne vor dir verbergen. Das heißt, jetzt beherrscht Jost Seidel das Konzept, nicht Vanne. Aber egal. Ich wollte nicht, dass du ihn findest.«

»Warum?« Gucky blickte Rhodan durchdringend an.

»Jost hat den Auftrag, die Burg zu zerstören. Ich wollte, dass er dein Reich vernichtet. Aber jetzt weiß ich, dass er das nicht tun darf, weil wir dann den Schlüssel zur Materiequelle nie bekommen.«

»Es ist gut, dass du mir das noch gesagt hast.« Gucky blickte sich spöttisch in der Zentrale um. Mehrere Personen hielten Strahler in den Händen, aber niemand wagte, auf den Ilt zu schießen, der Rhodan geschickt als Deckung nutzte.

Gucky teleportierte.

»Hoffentlich findet er Jost und bringt ihn hierher«, sagte Rhodan.

Jost Seidel gönnte sich keine Verschnaufpause. Er hastete durch die Burg, ohne überhaupt zu wissen, ob er die richtige Richtung verfolgte. Er fand den Weg zurück zu der Space-Jet nicht, mit der er gekommen war.

Immer wieder traf er auf Androiden, die sich jedoch fast alle ruhig verhielten. Sie waren erschöpft und müde. Viele lagen auf dem Boden und schliefen.

Endlich akzeptierte Jost, dass er sich gründlich verirrt hatte. Er wusste nicht mehr weiter und wandte sich an die anderen Bewusstseine, weil er sich von ihnen Hilfe erhoffte. Doch sie versuchten gar nicht erst, ihn zu verstehen, sondern bemühten sich, ihn zu verdrängen.

In diesem Moment materialisierte der Ilt vor ihm.

»Hallo, Jost«, sagte Gucky.

Seidel wich vor ihm zurück. Er wollte die Persönlichkeit Pale Donkvents nach oben kommen lassen, doch der Mausbiber gab ihn nicht frei.

»Ich habe gehört, dass du meine Burg zerstören willst«, sagte der Ilt mühsam beherrscht.

Seidel griff nach dem fassförmigen Gegenstand aus Ariolcs Totenhalle.

Womit denn?, fragte er sich unwillkürlich. Er sagte sich, dass er gar keine Möglichkeit hatte, das zu tun. Dann aber kam ihm der Verdacht, Rhodan könnte ihn getäuscht haben. Trug er gar nicht einen Schlüssel zur Materiequelle in der Tasche, sondern eine Bombe?

Er verdrängte diese Gedanken augenblicklich, doch Gucky hatte sie schon erfasst. Unter normalen Umständen hätte der Ilt die Wahrheit erkannt, doch jetzt reagierte er, wie Rhodan es erhofft hatte. Gucky sah seine Burg in Gefahr und teleportierte mit dem Konzept in die Hauptzentrale der BASIS.

»Hier hast du ihn!«, schrie er Rhodan zu.

Seine Augen weiteten sich. Die erhobenen Arme fielen schlaff herab.

Wie ein Häuflein Elend blickte Gucky sich um. Er sah ein Dutzend und mehr Waffen auf sich gerichtet.

»Was ist los, Ariolc?«, fragte Rhodan. »Fühlst du dich nicht wohl?«

»Ariolc?«, kreischte Gucky. »Seid ihr alle wahnsinnig geworden?« Seine Stimme überschlug sich schier.

Der Sofortumschalter Rhodan reagierte schneller als alle anderen.

»Wir haben Alpha-Alarm! Die BASIS ist in Gefahr. Was hast du getan, Kleiner?«

Gucky schrie gequält auf und teleportierte.

»Es ist vorbei«, sagte Jost Seidel. »Ich ziehe mich zurück.«

Die Stimme des Konzepts veränderte sich. Rhodan erkannte sofort, dass Kershyll Vanne wieder die Kontrolle übernahm. »Die Strahlung ist schlagartig erloschen«, sagte Vanne. »Seit wir die Burg verlassen haben, existiert sie nicht mehr.«

»Dann ist auch Gucky wieder normal?«

»Eigentlich müsste er völlig in Ordnung sein.«

Vanne zog den fassförmigen Schlüssel aus der Tasche und reichte ihn Rhodan.

»Also hatten wir doch recht. Der Schlüssel, die Ausläufer des Kleidungsstücks und die Strahlungsquellen standen in engem Zusammenhang.« Der Aktivatorträger atmete auf. »Armer Gucky!«, fügte er hinzu.

Es schien, als habe der Ilt nur auf diese Bemerkung gewartet. Er materialisierte mit Kanthall und Hamiller.

»Ich habe alles wieder in Ordnung gebracht!«, rief er stotternd und stammelnd.

»Wovon sprichst du?«, fragte Rhodan streng.

»Von dem Reaktor.« Gucky war anzusehen, dass er sich am liebsten in irgendeiner Ecke verkrochen hätte. »Ich meine, da ist keine Gefahr mehr.«

Rhodan verstand. »Das dürfen wir nicht auf die leichte Schulter nehmen«, sagte er. »Bringe Payne sofort zu der kritischen Stelle!«

Gucky wagte nicht, den Blick zu heben. Zitternd griff er nach der Hand des Wissenschaftlers und verschwand mit ihm.

Gleich darauf materialisierten Tschubai und Reginald Bull in der Zentrale. Verwirrt blickten sie sich um.

»Mensch, Perry«, sagte Bull. »Mir ist da ein Ding passiert. Also, wenn ich es nicht selbst erlebt hätte ...« Er verstummte, als er die abweisenden Blicke des Freundes bemerkte. Betroffen legte er die Hände an die Brust. »Tut mir leid, Perry, aber das war so stark, ich konnte nichts dagegen tun.«

»Mag sein«, entgegnete Rhodan. »Jetzt wird es aber Zeit, dass alle aus der Burg zurückkehren. Ihr habt sie verschleppt, also sorgt schleunigst für den Rücktransport!«

Einer der Techniker kam zu Rhodan. »Jagur ist zur Burg geflogen«, berichtete er. »Der Kleine hat sich davongeschlichen, wir konnten ihn nicht aufhalten.«

»Jagur spürt ebenfalls nichts mehr von der Strahlung«, sagte Rhodan. »Er wird die Androiden mobilisieren und den Kampf gegen uns wieder aufnehmen.«

»Nun macht schon!«, herrschte Kanthall Tschubai und Bull an. »Worauf wartet ihr noch?«

Die beiden verschwanden.

Abschätzend wog Rhodan den fassförmigen Gegenstand in seiner Hand. »Das bringe ich zu Pankha-Skrin. Er hat auch schon die Schlüssel von Murcon, Partoc und Lorvorc.« Er wandte sich an Kanthall. »Sorge bitte dafür, dass die BASIS so schnell wie möglich den Flug fortsetzt.«

Der Kommandant nickte nur. Es war nicht seine Art, viele Worte zu verlieren. Er ordnete an, endlich die Gefangenen zu befreien.

Als Perry Rhodan die Zentrale verließ, kehrten Tschubai und Gucky mit Merkosh und Galbraith Deighton zurück. Sie verschwanden sofort wieder.

Nachdem Rhodan den Schlüssel an den Quellmeister übergeben hatte, begegnete ihm Ganerc-Callibso, der mittlerweile befreit worden war.

»Gucky wird sich wohl in den nächsten Tagen nicht sehen lassen«, vermutete der Gnom, der einstmals selbst einer der sieben Mächtigen gewesen war.

»Er erholt sich schnell.« Rhodan lächelte, wenn dieses Lächeln auch einen Zug von Bitterkeit nicht überdecken konnte. »In einigen Tagen wird er wieder so vorlaut wie eh und je sein.«

»Das werde ich dann wohl nicht mehr erleben.«

Rhodan hielt überrascht inne. »Warum nicht?«, fragte er.

»Der Zusatzschlüssel, der zu meiner Burg gehört, befindet sich nicht mehr dort, sondern auf Derogwanien. Dorthin habe ich ihn einst mitgenommen. Ich werde also nach Derogwanien fliegen und ihn holen.«

»Ich vermute, Alaska soll dich begleiten.«

»Das wäre mir lieb.«

»Dann verliert keine Zeit. Holt den Schlüssel und bringt ihn zur BASIS.«

Ganerc-Callibso bog in einen Seitengang ab, der zu dem Hangar führte, in dem seine Lichtzelle stand.

Als Rhodan die Hauptleitzentrale betrat, wurde ihm gemeldet, dass die BASIS in rund einer Stunde starten konnte.

»Viel länger dürfen wir auch nicht mehr warten«, sagte Hamiller. »Es gibt Anzeichen dafür, dass Jagur einen Angriff auf uns vorbereitet.«

»In der Burg hält sich niemand mehr von uns auf«, berichtete Kanthall.

»Wo ist Gucky?«

»In seiner Kabine. Er will mit niemandem reden.«

Rhodan lächelte. »Ich werde um eine Audienz bitten. Gucky, der Mächtige, wird sie mir wohl nicht verweigern.«

Die Flibustier

21.

Die HORDANAAR war ein GAVÖK-Schiff mit gemischter Mannschaft. Obwohl es sich bei dem fünfhundert Meter durchmessenden Kugelraumer um ein Schiff terranischer Bauart handelte, war Kommandant Mingun ein Epsaler und damit fast so breit wie groß. Ihm zur Seite stand ein Team von Beratern, das sich aus den Vertretern verschiedener Milchstraßenvölker zusammensetzte.

Noch vor wenigen Jahren wäre es nur schwer denkbar gewesen, ein Schiff mit einer derart zusammengewürfelten Besatzung auf die Reise zu schicken – die Galaktische-Völkerwürde-Koalition machte es möglich. Und was sich im Kleinen an Bord der GAVÖK-Schiffe bewährte, würde sich wohl auch in galaktische Dimensionen umsetzen lassen: die Vereinigung aller in der Milchstraße beheimateten Völker. Dieser Gedanke war keineswegs neu, und die Schwierigkeiten, die Interessen vieler unterschiedlicher Völker auf einen Nenner zu bringen, waren sattsam bekannt. Aber die GAVÖK konsolidierte sich, und der Gedanke der Völkervereinigung wurde immer mehr zum bestimmenden Faktor in der Galaxis.

Die Mannschaft der HORDANAAR war ein gut eingespieltes Team. Das Schiff patrouillierte im Bereich des nördlichen Milchstraßenzentrums. Erst vor wenigen Minuten war von einem nahen GAVÖK-Stützpunkt der Einsatzbefehl gekommen: *Analyse irritierender Vorgänge auf Pansalt, dem zweiten Planeten des Deretreh-Systems. Pansalt ist von Springern besiedelt. Aktuell wird eine extreme Auswanderungsbewegung in die Provcon-Faust beobachtet.*

Die HORDANAAR beschleunigte. Aber noch bevor das Schiff halbe Lichtgeschwindigkeit erreichte, ereignete sich ein verhängnisvoller Zwischenfall.

Es gab keine Vorwarnung, nicht den geringsten Hinweis über die Ortung. Deshalb wurden alle an Bord gleichermaßen überrascht, als der Kugelraumer mit unheimlicher Gewalt erschüttert wurde.

Ein Knirschen durchlief die Schiffshülle und pflanzte sich in die Zentralkugel fort. Es schien, als hätte sich eine Riesenfaust um die HORDANAAR geschlossen und wolle sie zerquetschen. Die künstliche Schwerkraft fiel aus und setzte nur sporadisch wieder ein. Das gesamte Schiff wurde von stärker werdenden Vibrationen geschüttelt. Die Energieversorgung brach zusammen, durch die Düsternis der Notbeleuchtung geisterten Überladungsblitze. Der Alarm wurde zum Crescendo.

Sekundenlang waren nur das Toben der entfesselten Elemente und das Kreischen des überlasteten Materials zu hören. Dann erst klangen Befehle auf. Im geisterhaften Flackern suchten schemenhafte Gestalten ihren Weg durch das Chaos.

Das Schiff wurde ein zweites Mal erschüttert und von einer noch heftigeren Woge unbekannter Kräfte durch den Raum gewirbelt.

Zwei weitere Bebenwellen folgten in kurzen zeitlichen Abständen, jede stärker als die vorangegangene. Danach wurde die HORDANAAR nur noch von schwächeren Nachbeben erschüttert.

Unter der Mannschaft war Panik ausgebrochen. Alles floh zu den Rettungsbooten. Doch da sich das Schiff inzwischen wieder beruhigt hatte und die Stimme des Kommandanten über Rundruf erklang, fand die Besatzung sehr schnell zur gewohnten Ruhe zurück.

Weltraumbeben!

Fast jeder hatte in letzter Zeit von diesem Phänomen gehört, die Gerüchte aber nicht ernst genommen. Jetzt erhielt dieser Begriff auch an Bord der HORDANAAR eine tiefere Bedeutung.

Weltraumbeben!

Die Untersuchungen ergaben starke Schäden in vielen Schiffsbereichen. Unmöglich, unter diesen Umständen noch das Deretreh-System anzufliegen. Die Lineartriebwerke würden einen längeren Flug durch den Zwischenraum nicht mehr überstehen. Ihr Leistungsvermögen brachte die HORDANAAR gerade noch bis zum nahen GAVÖK-Stützpunkt. Dort erstattete der Epsaler Bericht.

Der Zwischenfall war auch für die Mannschaft des GAVÖK-Stützpunkts rätselhaft. Über ähnliche Vorfälle in anderen Bereichen der Milchstraße lagen zwar Meldungen vor, aber keinerlei wissenschaftlich verwertbare Messdaten. Kommandant Mingun erfuhr nicht mehr, als er selbst schon wusste: Zu verschiedenen Zeiten, an weit voneinander entfernten Koordinaten hatten sich gleichartige Phänomene ereignet.

Scheinbar aus dem Nichts bauten sich rätselhafte und unerklärliche Kraftfelder auf, die den Weltraum erschütterten.

Die GAVÖK bezeichnete diese Vorkommnisse mit dem Sammelbegriff »Weltraumbeben«.

Plekeehr war ausgestiegen, ohne sich etwas dabei zu denken. Er war es gewohnt, dass von oberster Instanz für ihn gedacht wurde. Er tat einige Schritte auf dem Boden der fremden Welt. Als er dann das Gefühl hatte, die Entscheidungsfreiheit über seine Handlungen wiederzuhaben, blieb er stehen und drehte sich um.

Da hatte die Leuchtkugel den Landeplatz bereits verlassen und war zu einem fahlen Licht über ihm geworden. Er befand sich in einer Aura der Stille. Erst als diese Aura jetzt zusammenbrach, drang eine Fülle von Umweltgeräuschen auf ihn ein.

Die zu einem Lichtpunkt geschrumpfte Leuchtkugel war in dem Lichtermeer über ihm verschwunden. Ihm wurde kalt, als er sich seines Alleinseins bewusst wurde. Stets hatte er sich in Gesellschaft von seinesgleichen befunden oder die Nähe eines Höheren gespürt. Nun war er allein in unbekannter Umgebung. Das Licht, das für ihn Wärme und Lebensraum, Zuhause und Bestimmung bedeutet hatte, war erloschen.

Er wartete und hoffte immer noch, als das Dunkel von der Dämmerung verdrängt wurde und das Dämmerlicht einer das Weltendach umspannenden Helligkeit wich. Ringsum war weites hügeliges Land, in dem sich kein Leben regte. Zumindest stellte es sich für ihn im ersten Moment so dar.

Er nannte jenen Zeitpunkt »ersten Moment«, als er zu der Überzeugung kam, dass sein Warten vergebens war. Die Leuchtkugel würde nicht mehr zurückkommen, um ihn abzuholen. Er war auf dieser Welt zurückgelassen worden.

Plekeehr fragte sich, ob das ein Versehen oder Absicht war.

Die Sonne stieg höher und brannte heiß herab, aber in ihm herrschte Kälte ... Nein, nicht die Sonne bewegte sich. Sie war ein Fixstern, und der Planet drehte sich um sie, und durch seine Eigenrotation entstand der Eindruck, als wandere die Sonne. Aber diese optische Täuschung konnte ihn nicht die physikalischen Gegebenheiten vergessen lassen.

Er war nicht dumm, gewiss nicht.

Vielleicht war er sogar zu klug geworden?

Er sollte den Denkprozess besser abschalten. Und das tat er. Er hätte von Anfang an eigenständiges Denken unterbinden müssen. Dann wäre er jetzt vielleicht nicht hier.

Alurus hatte ihn darauf aufmerksam gemacht. Schon bei der ersten Gegenüberstellung, als Plekeehrs Bewusstsein in Alurus' Gegenwart erwacht war.

»Du heißt Plekeehr«, hatte der kleine Mächtige gesagt, der für ihn von diesem Augenblick an die oberste Instanz war. »Du bist kein Roboter, sondern ein denkendes Wesen. Aber mache davon keinen übermäßigen Gebrauch. Du bist in erster Linie da, um mir zu gehorchen. Du bist der unscheinbarste und unkomplizierteste Teil in einem großen und komplizierten System. Du bist ein Nichts. Diene und gehorche, dann erfüllst du deinen Zweck.«

Plekeehr hatte sich gefragt, wie gigantisch und differenziert jenes System sein musste, in dem er und seinesgleichen die Unbedeutendsten waren. Er fühlte sich in keiner Weise als Nichts.

Diese erste Frage mochte das Urübel sein, denn sie hatte eine Kettenreaktion anderer Fragen ausgelöst. Alurus mochte erkannt haben, wie sehr er, Plekeehr, gegen das oberste Prinzip verstieß, und deshalb zu dem Entschluss gekommen sein, ihn auszusetzen.

Schon wieder ertappte er sich beim Grübeln. Er schaltete den Denkprozess aus. Vielleicht nutzte es etwas, wenn er sich reuig und schuldbewusst zeigte, sodass Alurus sich erweichen ließ, ihn zurückzuholen.

Plekeehr harrte zwei Planetenumdrehungen aus, ohne zu denken.

Er registrierte die Anwesenheit Fremder erst, als sie ihm schon fast zum Greifen nahe waren. Sie gingen aufrecht wie er und sahen ihm und seinesgleichen sehr ähnlich. Das hatte er bei früherer Gelegenheit schon feststellen können, so kurz der Aufenthalt in diesem Sonnensystem auch gewesen war. Die Ähnlichkeit zwischen Plekeehrs Art und den Planetenbewohnern war in der Tat verblüffend. Nur dass die Menschen – Plekeehr hatte diesen Begriff aufgeschnappt – nicht auf künstliche Weise erschaffen, sondern im herkömmlichen Sinn geboren worden waren. Aber die Unterschiede waren wirklich nicht bedeutsam.

Natürlich erregte auch er ihre Aufmerksamkeit. Trotz der Dunkelperiode war es hell genug, um ihn Einzelheiten erkennen zu lassen. Ein von der Sonne voll beschienener Mond verbreitete genügend Licht.

Die vier Eingeborenen kamen scheu näher. Sie gaben verhaltene Laute von sich. Als Plekeehr sich ihnen zuwandte, zuckten sie erschrocken zusammen. Im ersten Moment schien es, als wollten sie sich wieder zurückziehen, aber dann überlegten sie es sich doch anders. Keiner der Eingeborenen war größer als Alurus, der Plekeehr kaum bis zur Schulter reichte.

Plekeehr schloss daraus, dass es sich um Kinder handeln musste. Er hatte mit solchen schon zu tun gehabt. Er selbst war aber nie Kind gewesen, sondern erst nach Abschluss der Wachstumsphase ins Leben getreten.

Sie sagten etwas zu ihm, doch er verstand ihre Sprache nicht. Obwohl er wusste, dass sie ihn ebenfalls nicht verstehen konnten, hatte er das Bedürfnis, etwas zu erwidern.

Da er nun schon gezwungen war, den Denkprozess wieder aufzunehmen, richtete er diesen vom ersten Moment an auf seine Sicherheit und die Informationsbeschaffung aus. Er saß auf dieser Welt fest und wollte das Beste daraus machen: ausharren, bis Alurus vielleicht zurückkam und ihn abholte.

»Woher kommt ihr, Kinder, und wie habt ihr mich gefunden?«

Die vage Hoffnung, dass sie seine Sprache doch verstanden, zerrann sofort wieder, als sie etwas in ihrem unverständlichen Idiom erwiderten. Ihre bewegten Gesichter veränderten sich während des Sprechens ständig, und er studierte sie fasziniert.

Das machte ihnen Angst. Er kannte diesen Ausdruck, denn er hatte ihn an Bord der Leuchtkugel oft genug gesehen. Sie konnten mit ihren Gesichtern ihre Gefühle darstellen. Das war für ihn eine verblüffende Erkenntnis gewesen; denn Alurus, obwohl ebenfalls mit einem Gesicht ausgestattet, war dazu nicht in solcher Perfektion fähig.

»Geht nicht weg. Ich habe nicht vor, euch zu entführen. Ich bin dazu gar nicht in der Lage.«

Er breitete die Arme aus, hätte darauf aber besser verzichten sollen. Die Kinder stießen schrille Laute aus und stoben auseinander, als hätte in ihrer Mitte eine Explosion stattgefunden.

»Bleibt!«, rief er ihnen nach. »Wir werden einen Weg zur Verständigung finden.«

Er griff in seinen Anzug und holte die Kette hervor, um sie den Kindern als Beweis seines guten Willens zu zeigen. Aber das war der nächste Fehler, denn er verlor damit wertvolle Zeit und gab den Kindern Gelegenheit davonzulaufen.

Während er mit der nutzlos gewordenen Kette dastand, begann sein Verstand langsam zu arbeiten. Jetzt musste er denken und handeln, die Situation erforderte es. Er rief sich in Erinnerung, was er über die Menschen wusste. Sie waren Herdenwesen, die zumeist in größerer Gesellschaft zusammenlebten. Kinder suchten den Beistand der Älteren, und entzog man sie diesem Schutz, waren sie hilflos und ängstlich.

Zweifellos würden auch diese vier Kinder in ihre Gemeinschaft zurückkehren und die Älteren mit ihrer Angst vor ihm, Plekeehr, womöglich anstecken. Das konnte dazu führen, dass jemand nach ihm suchte.

Er musste diesen Ort verlassen und sich verstecken.

Zehnte Rotation

Inzwischen maß Plekeehr die Zeit seines Aufenthalts auf dieser Welt nach den Planetenumdrehungen. Das war ein zuverlässiges System, weil die Sonnen- und Mondperioden einander in regelmäßigen Abständen ablösten. Auf Dunkelheit folgte immer Helligkeit, wenn auch von unterschiedlicher Intensität.

Die Witterung war nicht so beständig. Sonnenschein wechselte in unregelmäßigen Abständen mit Trübung durch Anhäufung nebeliger Gasgebilde. Gelegentlich fiel daraus auch Wasser.

Seine innere Kälte blieb konstant. Plekeehr fing an, unter der Einsamkeit zu leiden. Nun war es endgültig für ihn, dass er auf dieser Welt ausgesetzt oder vergessen worden war. Für ihn ging es nur noch ums Überleben. Aber er fragte sich, ob die nackte Existenz, ohne Aufgaben und Ziele, für ihn Motivation genug sein konnte, den Überlebenskampf aufzunehmen.

Diese Fragen führten zu nichts. Er durfte nicht hinter allem nach einem Sinn suchen, musste vielmehr für sich selbst leben und handeln. Das aber hieß, sich als Fremdling unter Fremden zu behaupten.

Auf seinem Marsch über die fremde Welt ging er den Eingeborenen aus dem Weg.

Zwanzigste Rotation

Plekeehrs Gerätekette bestand aus acht Gliedern. Das war wenig, denn bei manchen Einsätzen, in die Alurus ihn geschickt hatte, war er mit einer Siebzehngerätekette ausgerüstet worden. Diesmal fehlten all jene Geräte, mit denen er Verbindung zu Alurus hätte aufnehmen können. Das bestärkte ihn in der Überzeugung, dass er ausgesetzt worden war.

An seiner Kette fehlten auch die Waffensysteme. Das machte ihn doppelt vorsichtig. Er mied nicht nur die Wohnplätze der Eingeborenen, sondern auch größere Tiere.

Wenigstens ermöglichten es ihm die acht Kettenglieder, einfache Untersuchungen seiner Umgebung anzustellen und so seine Überlebenschancen zu erhöhen. Zudem kam ihm sein Wissen zugute, das er an Bord des Sammelschiffs über diese Welt und seine Bewohner bekommen hatte. Er wusste, dass die Atmosphäre für ihn gut verträglich war und dass der Metabolismus der Eingeborenen einen ähnlichen Aufbau hatte wie der seine. Dieses Wissen kam ihm bei der Nahrungsbeschaffung zugute. Doch konnte er vorerst daraus keinen Nutzen ziehen, denn er mied die Kulturlandschaften rund um die Lebensbereiche der Menschen, in denen Pflanzen für ihre Ernährung angebaut wurden. Ebenso wenig nützte ihm die Entdeckung, dass die Eingeborenen gewisse Tierarten züchteten, die den Großteil ihres Nahrungsbedarfs deckten.

Sein Revier war die Wildnis abseits des menschlichen Lebensraums. Er musste Pflanzen oder deren Früchte einer zeitraubenden Analyse mit dem dritten Kettenglied unterziehen, bevor er sicher sein konnte, dass sie für ihn genießbar waren.

Dreißigste Rotation

Plekeehr beschloss, ein Wagnis einzugehen.

Über zwei Helligkeitsperioden hinweg hatte er eine relativ kleine Wohngemeinschaft beobachtet. Nun glaubte er, genug über die Eigenarten der Eingeborenen zu wissen, um einen Vorstoß in ihren Lebensbereich wagen zu können.

Einige Gebäude wurden von allen möglichen Personen frequentiert. Besonders interessant fand er es, dass die Menschen diese Gebäude mit leeren Händen betraten, sie jedoch zumeist voll beladen wieder verließen. Er nannte diese Örtlichkeiten Verteilerstellen und merkte sie sich gut. Eines dieser Gebäude hatte es ihm besonders angetan, als er entdeckte, dass Eingeborene, die es betraten, in der Regel in anderer Kleidung herauskamen. Das erinnerte ihn daran, dass er noch den verräterischen Anzug trug, durch den er sich vor allem von den Menschen unterschied. Er war sicher, dass er in der Tracht der Einheimischen kaum auffallen würde.

Sein größter Nachteil war jedoch, dass er die Sprache der Menschen nicht verstand. Wozu verfügte er über das sechste Glied der Gerätekette, das dem Zweck diente, fremde Sprachen zu erlernen, wenn er es nicht nützte? Aber das Erlernen der menschlichen Sprache setzte wiederum voraus, dass er sich unter die Menschen mischte. Das konnte er nur, wenn er seine Kleidung der ihren anglich.

Bei Einbruch der Dunkelheit begab er sich zu der Gebäudeansammlung. Er benutzte dabei nur die weniger frequentierten Wege. Dennoch kam es zu einigen Begegnungen, die aber ohne Komplikationen verliefen. Das stärkte seine Selbstsicherheit. Es machte ihm bald nichts mehr aus, dass die Menschen ihm seltsame Blicke zuwarfen und ihn mitunter sogar ansprachen.

Dennoch war er froh, als er die Verteilerstelle für Bekleidung erreichte. Er zögerte nicht einzutreten.

Außer ihm befand sich kein anderes Wesen hier. An den Wänden reihten sich matt leuchtende Holoschirme, von denen gelegentlich einer erhellt wurde und die Projektion eines Fantasiekostüms zeigte. Von irgendwoher erklangen seltsam monotone Laute, die überraschenderweise nicht ohne Wirkung auf ihn blieben. Eine Weile stand Plekeehr da und lauschte, dann wurde die Geräuschfolge von einer plärrenden Stimme übertönt. Er fühlte sich angesprochen und zuckte schuldbewusst zusammen. Hatte er sich falsch verhalten? Würden nun Aufseher kommen und seine Identifikation verlangen?

Er ging schnell zu einem der Monitoren. Kaum stand er davor, zeigte der Schirm ein dreiteiliges Gewand, das aus einem engen Beinkleid, einem Oberteil und einer etwas sinnlos anmutenden Kopfbedeckung bestand. Plekeehr glaubte, die Situation zu erfassen, als er die Lichttastatur unter dem Schirm entdeckte. Um nicht weiter aufzufallen und nicht wieder einen unverständlichen Befehl der Lautsprecherstimme über sich ergehen lassen zu müssen, berührte er einige der Tasten.

Ein hallender Laut ließ ihn zusammenfahren. Gleich darauf öffnete sich in der Wand neben dem Monitor ein Spalt. Dahinter lag ein schmaler Raum – und darin hing das dreiteilige Kleidungsstück, das er gesehen hatte.

Er betrat die Kammer, die Öffnung schloss sich hinter ihm. Panik erfasste ihn, und er wollte im ersten Moment aus dem vermeintlichen Gefängnis ausbrechen. Aber dann sagte er sich, dass, wenn man ihn schon entlarvt hatte, er vorher noch die Kleidung wechseln konnte.

Er schlüpfte aus seinem Anzug, streifte zuerst das etwas zu enge Beinkleid und dann das Oberteil über und setzte die Kopfbedeckung auf. Er raffte seinen eigenen Anzug zusammen und hängte sich die Gerätekette um den Hals.

Damit war er für den Ausbruch bereit. Als er sich jedoch der verschlossenen Wand widmete, öffnete sie sich auf wundersame Weise. Er konnte es kaum fassen, dass er so leicht wieder freigelassen wurde. Machte das die Kleidung aus? Sah er darin vollends wie ein Mensch aus – und hatte er die Automatik der Verteilerstelle überlistet?

Plekeehr lief, seinen Anzug als Bündel unter dem Arm, dem Ausgang zu. Er dachte, das Ärgste schon überstanden zu haben, als er zwei Schritte vor dem Ausgang gegen eine unsichtbare Schranke prallte, die ihn sanft abfing. In seiner Eile hatte er den Warnimpuls der Gerätekette überhört. In aufkommender Panik versuchte er, das Hindernis zu durchbrechen.

Das hatte allerdings Folgen. Neben ihm stand plötzlich ein Automat, der ihm einen eigenartigen Arm hinhielt. Darauf befanden sich leuchtende Instrumente.

Plekeehr wollte in die andere Richtung ausweichen, aber von dort näherte sich ihm ein Mensch, der mit den Armen gestikulierte und ihn mit einem Redeschwall bedachte. Als er Plekeehr erreichte, sprach er noch erregter auf ihn ein. Jäh griff er an den Saum des neuen Obergewands und deutete mit einem Finger auf einen dort angehefteten Faden. Dasselbe tat er mit der Kopfbedeckung und dem Beinkleid, an dessen oberem Abschluss ebenfalls ein solcher störender Faden hing.

Der Mensch wirkte auf Plekeehr in keiner Weise aggressiv. Plekeehr folgerte, dass er ihn nur auf Verarbeitungsmängel aufmerksam machen wollte. Plekeehr riss deshalb die beiden Fäden kurzerhand ab und warf sie achtlos fort. Da er glaubte, die Kopfbedeckung entbehren zu können, drückte er sie dem Eingeborenen in die Hand.

Sie schauten einander an, der Mensch tat es mit offenem Mund. Plekeehr hatte keine Ahnung, wie er darauf reagieren sollte. Da er keine weiteren Fehler begehen wollte, wandte er sich einfach dem Ausgang zu – und siehe da, die Barriere war verschwunden. Er schrieb dies dem Entfernen der beiden Fäden zu, die zuvor eine Sicherheitssperre ausgelöst hatten. So wurde verhindert, dass fehlerhaftes Material die Verteilerstelle verließ.

Plekeehr ging ins Freie und wandte sich gemächlich in die Richtung, aus der er gekommen war. Als er feststellte, dass der freundliche Mensch aus der Verteilerstelle ihm folgte, lief er schneller. Es machte ihm nichts aus, wenn die neue Kleidung weitere Mängel aufwies. Für ihn war wichtiger, dass er seinen auffälligen Anzug eingetauscht hatte. Nun wollte er so schnell wie möglich von hier fort, um nicht noch mehr Aufsehen zu erregen.

Als der Mensch nicht mehr hinter ihm war, überdachte Plekeehr die Situation. Er sah ein, dass es unumgänglich war, die Lebensgewohnheiten der Menschen zu studieren und ihre Sprache zu erlernen, bevor er sich näher mit ihnen einließ.

Vierzigste Rotation

Plekeehr hatte vor der Wahl gestanden, sein Studium entweder in einer der kleineren Wohngemeinschaften, die Siedlung hießen, oder in einer der größeren Städte in Angriff zu nehmen, wo er leichter unbemerkt handeln konnte. Er hatte sich schließlich für die zweite Möglichkeit entschieden.

Er verfügte schon über einige spärliche Kenntnisse der menschlichen Sprache, als er am vierzigsten Tag, wie die Phase einer Planetenumdrehung genannt wurde, in eine Großstadt mit der Bezeichnung Neu-Vindobona kam.

Hier lernte er Wiesel kennen, der ihm eine Menge beibrachte. Von diesem hilfsbereiten, jedoch nicht uneigennützigen Menschen erfuhr Plekeehr, was er in der Verteilerstelle für Bekleidung falsch gemacht hatte. Wiesel lehrte ihn, dass es bei den Menschen nichts umsonst gab und sie für alles, was sie anderen gaben, einen entsprechenden Gegenwert verlangten.

22.

Das Schicksal des Planeten Gornex erfüllte sich innerhalb weniger Minuten. Die Katastrophe brach blitzartig und ohne jede Vorwarnung herein, und danach lag diese aufstrebende Kolonie in Trümmern.

Die Entstehungsgeschichte von Gornex war typisch für viele Blues-Welten. Der Planet war schon vor vielen Jahrhunderten während der explosionsartigen Expansion der Blues-Völker von den Gatasern erschlossen worden. In den Wirren der Bruderkriege wurde Gornex dreimal zerstört, aber stets wieder aufgebaut. Als die Kämpfe in diesem Sektor der galaktischen Eastside einen blutigen Höhepunkt erreichten und Gornex zum vierten Mal im Chaos versank, verzichteten die Gataser vorerst darauf, auf den Ruinen der alten Kultur eine neue Zivilisation aufzubauen.

Erst als während der folgenden Friedensperiode die Bevölkerungszahlen überall wieder sprunghaft anstiegen, wurde ein neuer Besiedlungsplan für Gornex ausgearbeitet. Wenige Generationen danach herrschte auf Gornex beinahe Überbevölkerung, und von den Kriegsschäden vergangener Epochen war bald nichts mehr zu sehen.

Die Zeit der großen Bruderkriege gehörte inzwischen der Vergangenheit an, die Blues-Völker lösten das Problem ihrer üppigen Fruchtbarkeit schon lange nicht mehr mit gegenseitiger Ausrottung. Sie hatten gelernt, in halbwegs friedlicher Koexistenz nebeneinander zu leben, und auch die Methode der Geburtenregelung hatte sich einigermaßen herumgesprochen.

Gornex hatte also eine reelle Chance, und die Blues durften hoffen, auf dieser Welt im fünften Anlauf eine Zivilisation von Bestand begründet zu haben.

Der Planet war zu einer Kulturlandschaft geworden, deren Erträge die Bewohner ernähren konnten. Der Bevölkerungsstand wurde durch strenge Gesetze jährlich um einige Millionen gesenkt, sodass begonnen werden konnte, den Export zu anderen Blues-Welten zu fördern.

Nun traf die Katastrophe Gornex.

Überall auf dem Planeten brach der Boden auf. Die Erschütterungen hatten alle Merkmale tektonischer Beben, aber dennoch waren sie nicht auf Kräfteverschiebungen in der Planetenkruste zurückzuführen.

Der Untergrund verformte sich unter ungeheurem Druck, wölbte sich auf und brach. In den Ebenen türmten sich Gebirge auf, während anderswo Berge versanken. Der Meeresboden hob sich, und das Wasser verschwand gurgelnd in gewaltigen Schlünden. Gigantische Flutwellen brandeten gegen die Ufer und überschwemmten weite Landstriche.

Siedlungen versanken in Bodenspalten oder unter der tosenden Flut. Der Raumhafen der Hauptstadt Haccart, auf absolut bebensicherem Boden gebaut, wurde innerhalb weniger Atemzüge zu einem Ruinenfeld. Die gelandeten Raumschiffe barsten wie Spielzeug.

Augenzeugen berichteten später, dass die Raumschiffe förmlich zerdrückt worden waren, als hätten sie unter starkem Druck von oben gestanden. Dasselbe traf auf die Hochhausparks der Hauptstadt zu. Die Überlebenden sagten einhellig aus, dass die Gebäude zusammengedrückt und wie von einem Riesenhammer in den Boden gestampft wurden.

Haccart wurde von drei kurz hintereinander folgenden Druckwellen heimgesucht. Der erste Ansturm brachte nur die höchsten Gebäude zum Einsturz. Die zweite Welle war lediglich gebietsweise zu spüren und verwüstete vor allem den Raumhafen. Erst die dritte wirkte weiträumig und erschütterte das gesamte Becken, in dem Haccart und die industriellen Satellitenstädte errichtet worden waren. Diese letzte Druckwelle hinterließ die größten Verwüstungen, obwohl sie nur einen Bruchteil der Stärke der vorangegangenen erreichte. Sie hatte jedoch viel länger angehalten.

Als die Überlebenden vor den Trümmern ihrer Welt standen, liefen schon die ersten Untersuchungen über die Ursachen der Katastrophe an. Eindeutig wurde festgestellt, dass die Kräfte, die Gornex verwüstet hatten, aus dem Weltraum gekommen waren.

Rings um den Planeten hatten sich wie aus dem Nichts heraus nach innen drückende Schwerkraftfelder aufgebaut. Sie waren urplötzlich entstanden und hatten sich ebenso schnell wieder verflüchtigt. Der Weltraum in diesem Sektor zeigte danach keinerlei hyperdimensionale Aktivitäten mehr.

Die Zivilisation auf Gornex lag am Boden. Es war zu bezweifeln, dass die Gornex-Blues die Kraft aufbrachten, sie ein weiteres Mal wiederaufzubauen.

Die Überlebenden sandten mit den letzten noch intakten Hyperfunkgeräten Hilferufe aus und erbaten von ihren Brudervölkern und der GAVÖK Unterstützung. So fand die Katastrophe von Gornex Eingang in die Statistik der Weltraumbeben.

Die Blues-Kolonie galt als der erste von den Weltraumbeben betroffene und am ärgsten in Mitleidenschaft gezogene Planet.

»Wenn ich eine Rangordnung für die Probleme der Menschheit aufstellen sollte, dann würde ich die Weltraumbeben an die erste Stelle setzen«, sagte Homer G. Adams betont eindringlich.

Julian Tifflor blickte erstaunt auf. »Trotz Boyt Margor und trotz des ungelösten UFO-Phänomens?«, fragte er. »Von den Loowern ganz zu schweigen.«

»Meiner Ansicht nach drängen diese Weltraumbeben alles andere in den Hintergrund«, erwiderte Adams. »Boyt Margor ist bei Ronald Tekener und seiner Frau in guten Händen. Wir wissen, dass sich die beiden bereits in die Provcon-Faust eingeschleust haben. Hier heißt es, erst einmal abzuwarten. Und UFOs wurden seit zehn Wochen nicht mehr gesichtet ...«

»Aber von den entführten Kindern fehlt weiterhin jede Spur«, fiel der Erste Terraner Adams ins Wort. »Wir müssen das aufklären. Die UFOs sind kein Hirngespinst, Dalanja Tharpos Aussage ist glaubwürdig.«

Dalanja war eines der Kinder, die von den UFOs entführt worden waren. Das Mädchen war als Einzige zurückgebracht worden. Sie hatte die UFO-Besatzung als menschlich wirkende Männer in bläulich schimmernden Kombinationen und mit maskenhaft ausdruckslosen Gesichtern beschrieben. Das deckte sich mit anderen Augenzeugenberichten.

Die Achtjährige hatte zudem erzählt, dass sie an Bord eines Mutterschiffs einem kleinwüchsigen Mann namens Alurus vorgeführt worden war, der behauptet hatte, aus der Zukunft zu kommen und die Kinder nur zu entführen, um durch eine Korrektur der Vergangenheit die zukünftige Entwicklung zu verändern.

Trotz der allgemeinen Skepsis glaubte Tifflor nicht, dass Dalanjas Aussage nur ihrer Fantasie entsprungen war.

»Ich meine nicht, dass wir die UFOs vergessen können, sondern dass die Weltraumbeben ein weit größeres Problem werden«, sagte Adams. »Aus allen Sektoren der Milchstraße erreichen uns Meldungen, dass Raumschiffe innerhalb plötzlich entstehender Kraftfelder in Not geraten. Sogar Planeten werden bis ins Innerste erschüttert, wie das Beispiel Gornex zeigt. Die Tendenz ist ansteigend, es werden immer mehr Weltraumbeben gemeldet.«

»Diese Meldungen widersprechen einander oftmals. Außerdem sind sie ungenau und ohne wissenschaftlichen Wert«, sagte Tifflor.

»Es liegt an uns, diese Vorgänge wissenschaftlich zu untersuchen.«

Der Erste Terraner seufzte. »Wenn die Weltraumbeben eine Gefahr darstellen, dann betrifft sie nicht uns Menschen allein, sondern alle Völker der Milchstraße. Es wäre Aufgabe der GAVÖK, eine Untersuchung einzuleiten.«

»Ich verstehe dich nicht, Tiff. Soll das Schicksal der Milchstraße wegen Kompetenzstreitigkeiten im Ungewissen bleiben? Was wäre dabei, wenn NATHAN damit betraut würde, die Raumbeben rechnerisch zu erfassen?«

»Der lunare Großrechner würde mehr und exaktere Daten benötigen«, antwortete Tifflor leicht ungehalten. »Und überhaupt, ich bin der Meinung, dass du übertreibst. Ich sehe das Problem nicht in dieser Größenordnung.«

»Was muss denn noch passieren, damit du endlich handelst?«

»Was darf ich nach dem aktuellen Stand der Dinge unternehmen?«, fragte Tifflor zurück und winkte ab. »Ich kann nicht auf Verdacht hin Maßnahmen treffen, von denen sich wenig später herausstellt, dass sie falsch waren.«

»Möglicherweise hast du recht, Tiff«, gestand Adams zerknirscht. »Es gibt noch einiges, was vorrangig behandelt werden muss. Da ist die Nachricht des Türmers vom Mars. Hergo-Zovran deutet an, dass die Loower-Flotte das Solsystem verlassen und nach Alkyra-II zurückkehren wird. Hergo-Zovran hat mich zu sich gebeten.«

Tifflor wusste, dass bereits eine Expedition aufgebrochen war, um das Augenobjekt seiner Bestimmung zuzuführen. Er hoffte, dass er über den Verlauf dieser Expedition stetig unterrichtet wurde, denn ihr gehörten das Mädchen Baya Gheröl und die beiden Siganesen Vavo Rassa und Rayn Verser an.

»Ein Gerücht über den bevorstehenden Abzug der Loower hat sich bereits herumgesprochen«, sagte Adams. »Auch über die Weltraumbeben weiß der Mann auf der Straße erstaunlich gut Bescheid. Aus beidem hat sich ein neues Gerücht entwickelt, das womöglich gar nicht so abwegig ist, wie es scheint: dass die Loower unser Sonnensystem nur wegen weiterer bevorstehender Weltraumbeben verlassen. Sage bitte nicht, das sei absurd, Tiff.«

»Das sage ich auch gar nicht«, erwiderte der Erste Terraner nachdenklich. »Ich will die Weltraumbeben keineswegs bagatellisieren. Natürlich werden wir uns intensiver damit befassen. Aber zuerst muss ich mit Hergo-Zovran reden.«

Bis Tifflor Stunden später auf dem Mars landete, hatten ihn vier neue Berichte über Weltraumbeben erreicht. Einer davon stammte von einer terranischen Messstation aus der nördlichen Randzone der Milchstraße – die erste Beobachtung mit wissenschaftlicher Aussagekraft.

Als Julian Tifflor kürzlich die Neunturmanlage auf dem Mars aufgesucht hatte, war dies ein Überraschungsbesuch gewesen. Der Erste Terraner war gekommen, um Hergo-Zovran wegen der Kindesentführungen zur Rede zu stellen. Er hatte wirklich angenommen, die Loower könnten hinter den UFO-Erscheinungen stecken und die Terraner mit den geraubten Kindern erpressen wollen. Inzwischen erschien ihm dieser Gedanke als völlig absurd.

Diesmal hatte Hergo-Zovran ihn zu sich bestellt. Tifflor ahnte den Anlass, zumal offensichtlich war, dass die Loower ihre Flotte im Bereich des vierten Planeten zusammenzogen.

Der Erste Terraner verzichtete auf eine Delegation und ging allein zu den Loowern. Er wurde von Goran-Vran empfangen, der durch den Verlust des entelechischen Denkens in der Lage war, die Menschen besser zu verstehen als seinesgleichen. Goran-Vran führte ihn in die Türmerstube zu Hergo-Zovran, blieb dann aber zurück.

Der Türmer war allein. Das orangefarbene Licht ließ ihn blass und unwirklich erscheinen. Er lag halb aufgerichtet in einem Transport-Helk und erhob sich auch beim Eintreten des Ersten Terraners nicht aus seiner Ruhelage.

Gleich darauf glitt ein zweiter Helk in den Raum und stoppte hinter Tifflor. Der Erste Terraner ließ sich in die Sitzmulde sinken, dann eröffnete er das Gespräch.

»Seit unserem letzten Zusammentreffen ist so einiges passiert, Türmer, sodass wir vor einer völlig neuen Situation stehen. Deshalb begrüße ich diese Aussprache, die einer Neuorientierung dienen könnte.«

Hergo-Zovran klappte seine Flughäute nach vorne, sodass sie seinen nierenförmigen Körper völlig enthüllten. Das war eine typische Denkerpose, wie Tifflor inzwischen wusste. Eine Weile schwieg der Türmer, dann sagte er: »Wir haben das gesteckte Ziel erreicht, Erster Terraner. Wir sind ins Solsystem gekommen, um das von unseren Vorfahren verborgene Objekt abzuholen. Ich bedaure, dass unser Erscheinen solche Verwirrung gestiftet hat und dass widrige Umstände zu Komplikationen geführt haben. Wenn Worte der Entschuldigung zu wenig sind, um den von uns angerichteten Schaden abzugelten, dann werden wir eine materielle Entschädigung leisten.«

»Gar so materialistisch, wie die Loower zu glauben scheinen, sind wir Terraner nicht«, erwiderte Tifflor mit leichtem Sarkasmus. »Die Loower sind unsere Gäste, solange sie wollen. Zuerst sahen wir in euch Invasoren, doch inzwischen sind die wahren Beweggründe bekannt. Wir akzeptieren die Loower als Freunde.«

»Wir werden diese Bekanntschaft in guter Erinnerung behalten.«

»Was soll das heißen?«, fragte Tifflor. Seine Ahnung schien sich zu bestätigen.

»Das ist ein Abschied, Erster Terraner.«

»Die Loower wollen das Solsystem verlassen?«

»Warum braucht ihr Terraner für alles immer eine doppelte Bestätigung? Wir haben das Objekt in unseren Besitz gebracht, und es ist unterwegs an den Ort seiner Bestimmung. Mehr wollten wir nicht. Unsere Anwesenheit im Solsystem ist nicht mehr nötig, wir bereiten den

Aufbruch vor. Das ist nicht schwer zu erkennen, Erster Terraner. Warum wollen Sie die Tatsachen nicht wahrhaben?«

»Ich möchte nur eine plausible Erklärung für diesen plötzlichen Aufbruch.«

»Habe ich Ihnen die nicht gegeben?«

»Wohin werden die Loower gehen?«

»In dieser Galaxis ist Alkyra-II unsere Heimat. Von dort sind wir gekommen, dorthin kehren wir zurück. Tun Sie sich wirklich so schwer, diese Tatsache zu akzeptieren, Erster Terraner?«

»Es ist einiges vorgefallen, was den plötzlichen Aufbruch der Loower in neuem Licht erscheinen lässt«, sagte Tifflor. »Für uns erweckt er den Anschein einer Flucht.«

»Einer Flucht – wovor?« Der Türmer schien wirklich überrascht zu sein.

»Einer Flucht vor den um sich greifenden Weltraumbeben«, antwortete Tifflor. Noch während seiner Unterhaltung mit Adams war ihm dieser Gedanke als völlig absurd erschienen. Doch je mehr er sich damit befasst hatte, desto weniger Argumente hatte er gegen diese Vermutung gefunden.

»Ist es nicht bezeichnend, dass sich die Loower ausgerechnet zu dem Zeitpunkt zurückziehen, da überall in der Milchstraße unerklärliche Kraftfelder entstehen und die Sicherheit gefährden?«, fragte Tifflor. »Die Beben häufen sich und werden stärker. Etliche Raumschiffe sind bereits in Not geraten, und auf besiedelten Planeten tobten schreckliche Katastrophen.«

»Diese Vorfälle haben nichts mit unserem Rückzug zu tun«, beteuerte Hergo-Zovran. »Es stand von Anfang an fest, dass wir das Solsystem wieder verlassen würden, sobald wir unser Ziel erreicht haben.«

»Die Bevölkerung sieht in dem zeitlichen Zusammentreffen mit den Weltraumbeben keinen Zufall«, erwiderte Tifflor. »Damit wir uns nicht falsch verstehen: Niemand hält die Loower für die Verursacher der Beben. Doch viele glauben, dass die Loower aus Furcht vor einer kosmischen Katastrophe aus dem Solsystem fliehen.«

»Ich verstehe die Terraner immer weniger«, sagte Hergo-Zovran. »Anstatt froh zu sein, dass wir, die man für Invasoren hielt, wieder abziehen, wird uns gerade das zum Vorwurf gemacht. Sollen wir zum Bleiben genötigt werden?«

»Genau darum möchte ich Sie bitten, Türmer«, sagte Tifflor. »Ich bin in Sorge. Das Gerücht hält sich hartnäckig, dass die Loower nur wegen der Weltraumbeben das Solsystem verlassen. Wenn die Loower tatsächlich ihre Flotte abziehen, könnte das zu einer Panik führen. Darum wäre ich sehr froh, könnten Sie Ihre Schiffe noch eine Weile zurückhalten. Zumindest, bis wir mehr über diese Weltraumbeben wissen.«

»Ich wiederhole, dass unser Rückzug nichts mit diesen Beben zu tun hat.«

»Aber die Loower haben sie registriert?«

»Wir sind über diese Erscheinungen informiert.«

»Haben Sie etwas darüber herausgefunden? Wissen Sie, worauf die Weltraumbeben zurückzuführen sind und woher sie kommen?«

Der Türmer gab nicht sofort Antwort. Tifflor wusste, dass die Loower auf zwei Bewusstseinsebenen dachten, und Hergo-Zovrans Schweigen ließ ihn vermuten, dass der Türmer diesen Fragenkomplex in seinem Tiefenbewusstsein verarbeitete.

»Ich kann Ihnen leider nicht weiterhelfen, Erster Terraner«, sagte Hergo-Zovran schließlich.

Tifflor reagierte enttäuscht. Er hatte auf Unterstützung durch die Loower gehofft, doch nun fragte er sich, ob die Trümmerleute wirklich nichts über dieses Phänomen wussten oder ob sie ihre Informationen aus besonderen Gründen für sich behielten.

»Wenn Sie Messdaten oder Sonstiges erlangen, Türmer, dann bitte ich Sie, uns diese zukommen zu lassen«, sagte Tifflor mit Nachdruck.

»Ich kann nur wiederholen, dass unser Rückzug nichts mit den Weltraumbeben zu tun hat«, erwiderte der Loower. Seine Sprechblase blähte sich überraschend weit auf, und die beiden Stielaugen schienen Tifflor noch ein Stück weiter entgegenzuwachsen. »Unser Entschluss stand schon lange fest. Wir legen die Neunturmanlage auf dem Mars still und verlassen dieses Sonnensystem.«

»Sie sagten, dass die Loower bereit seien, eine Entschädigung zu leisten«, erinnerte ihn Tifflor in einer plötzlichen Eingebung. »Ich nehme dieses Angebot an. Aber ich muss erst den Terranischen Rat einberufen, um Art und Höhe der Entschädigung aushandeln zu lassen.«

»Dazu stehe ich«, bestätigte Hergo-Zovran. »Doch kommen Sie bitte innerhalb einer angemessenen Frist zur Entscheidung, damit unser Rückzug nicht hinausgezögert wird.«

»Ich werde mich darum bemühen.« Tifflor log. Tatsächlich hatte er diesen Punkt nur aufgegriffen, um Zeit zu gewinnen. Er vermochte nicht zu sagen, ob Hergo-Zovran diesen kleinen Trick schon durchschaut hatte.

Der Abschied fiel kurz und formlos aus.

Tifflor flog sofort zur Erde zurück.

In Imperium-Alpha erwartete ihn bereits Homer G. Adams und legte ihm wortlos einige Bilder vor.

Es waren sieben fotografische Aufnahmen, gestochen scharf und von dreidimensionaler Plastizität. Tifflor betrachtete sie schweigend. Sie zeigten ein Motiv aus verschiedenen Perspektiven: zwei Körper, ein

Mann und eine Frau. Ronald Tekener und seine Frau Jennifer Thyron. Sie machten einen leblosen Eindruck und lagen wie aufgebahrt da.

Tifflor schluckte schwer.

»Tot?«, fragte er.

»Offenbar«, antwortete Adams rau. »Wir erhielten die Bilder kommentarlos über Hyperfunk. Sie kamen über eine Relaisstation aus der Provcon-Faust.«

»Dann ist der Absender Boyt Margor«, stellte Tifflor verbittert fest und ballte die Hände zu Fäusten. »Seine Botschaft ist unmissverständlich: Hände weg von der Dunkelwolke!« Tifflor schlug auf den Tisch. »Homer, verdammt, dieser größenwahnsinnige Mutant hat zwei unserer besten Leute getötet.«

Adams nickte stumm.

Julian Tifflor wandte sich ab. Teks und Jennys Verlust ging ihm sehr nahe. Er hatte mit den beiden zwei gute Freunde verloren – und mehr noch ...

»Weißt du, was das bedeutet?«, fragte Adams in die Stille. Er wirkte gefasster als Tifflor, er hatte Zeit gehabt, den Schock zu überwinden. »Das bedeutet unter anderem, dass Margor nun im Besitz von zwei Zellaktivatoren ist.«

Das Treffen der Pjokkor-Sippe fand in einem sternenarmen Raumsektor an der nordöstlichen Peripherie der galaktischen Scheibe statt. Die Pjokkors waren Springer und verstanden sich immer noch als Galaktische Händler wie ihre legendären Vorfahren, deren Handelsmonopol erst ins Wanken geriet, als das Solare Imperium auf der galaktischen Bühne erschien. Den Pjokkors lag das Handeln im Blut, aber sie hatten schon bessere Zeiten gesehen.

Einige der Älteren behaupteten, dass die Geschäfte während der Larenkrise viel besser gewesen seien als heutzutage. In der Tat waren die Mehandor, wie sich die Springer selbst nannten, von den Laren kaum belästigt worden – sofern sie nicht gerade Schmuggel mit terranischen Flüchtlingen trieben.

Dem Patriarchen Garrulf Onde-Pjokkor, der die Sippe bei Beginn der Larenkrise angeführt hatte, wurde nachgesagt, dass er den Laren damals spontan seine Unterstützung angeboten und zwischen ihnen und den Überschweren vermittelt hatte. Andere Schiffseigner der Pjokkor-Sippe kamen in den Verruf, Menschentransporte an die Laren verschachert zu haben.

Wie dem auch war, die Pjokkors leugneten diese Anschuldigungen und trauerten zugleich jener Zeit nach, in der ihre Sippe bestens verdient hatte. Heute galten sie unter ihresgleichen als Geächtete, und Garrulf

Onde-Pjokkor junior bemühte sich vergeblich, den Ruf seiner Sippe aufzuwerten.

Während er allerdings von Ehre und Standesbewusstsein sprach, drehte er hinter dem Rücken ein krummes Ding nach dem anderen. Deshalb hatte er sogar in der eigenen Sippe einiges von seiner Autorität eingebüßt. Die Sippe hatte sich in zwei Lager gespalten. Eine Gruppe verurteilte Garrulfs zwielichtige Geschäfte und distanzierte sich von ihm, die andere sagte ihm nach, dass er trotz allem zu wenig Kraft habe und die Sippe durch wenig ergiebige Transaktionen in den Ruin führe. Kurz und gut, es wurde von allen Seiten gegen den Patriarchen opponiert.

Garrulf junior war jedoch nicht der Mann, der kampflos kapitulierte. Er kannte die Mentalität der Pjokkors gut genug, um sicher sein zu können, dass auch jene die Moral hochhaltenden Abtrünnigen ihre Skrupel schnell vergessen würden, sobald bei einem Geschäft nur genug für sie heraussprang.

Garrulf junior hatte viele Möglichkeiten ventiliert und war dabei auf Berichte über angebliche Schätze in der Provcon-Faust gestoßen, die in der Milchstraße schon beinahe eine Völkerwanderung ausgelöst hatten. Er griff diesen Gedanken auf und hatte nun die Raumschiffe der Sippe in diesen abgelegenen Sektor gerufen, um seinen Vorschlag zu unterbreiten.

Nur die Hälfte der Schiffseigner war seinem Ruf gefolgt, zur GARRULF-HOJ gesellten sich also nur vier weitere Walzenraumer. Der Patriarch war dennoch zufrieden. Er sah einen gewissen Vertrauensbeweis darin, dass wenigstens vier Familienoberhäupter gekommen waren, obwohl sie nicht wussten, worum es eigentlich ging.

Als Erster kam Araffan Pjokkor, der Sprecher des Talapa-Familienzweigs, zur GARRULF-HOJ. Er war ein Griesgram, der dem Mehandor-Klischee des rotbärtigen Hünen genau entsprach. Sein Wort hatte in der Sippe großes Gewicht, Garrulf begrüßte ihn deshalb besonders herzlich.

Danach folgten die anderen drei Eigner. Ihre Schiffe hatten sie in größerer Distanz zurückgelassen. Garrulf reagierte nicht auf diesen offensichtlichen Beweis ihres Misstrauens.

Als alle an der Patriarchentafel versammelt waren, traten die Überschweren auf den Plan. Sie waren vier und bis an die Zähne bewaffnet. Ihr Erscheinen verursachte einigen Aufruhr, und Garrulf hatte Mühe, die Stimmen, die von Verrat sprachen, zum Verstummen zu bringen. Er erklärte den Familiensprechern sein Vorhaben.

Er wollte mit den fünf Walzenraumschiffen an der Jagd nach den sagenhaften Schätzen der Provcon-Faust teilhaben. Aber keineswegs wollte er sich dabei nur auf das Glück verlassen, denn wie es aussah, dachten Millionen Individuen aller galaktischen Völker ebenso. Garrulf dachte weiter. Der Strom der Abenteurer in die Provcon-Faust würde viele Probleme mit sich bringen, in deren Folge Gesetz und Ordnung bald zur Farce werden mussten. Was lag also näher, als eine schlagkräftige Truppe in die Dunkelwolke einzuschleusen, die in der Lage war, sich unter Gesetzlosen Respekt zu verschaffen. Er sprach von den Überschweren als von einer Schutztruppe, die den Unterdrückten und Schwachen helfen konnte. Selbstverständlich gegen entsprechende Entlohnung. Die Pjokkors würden ihre Prozente einstreichen als Vermittler von Söldnern.

Araffan wandte ein, dass vier Überschwere kaum nennenswerten Profit bringen würden. Daraufhin verriet Garrulf, dass er nicht weniger als fünfhundert Kämpfer an Bord genommen hatte. Und dass er die Koordinaten einer Welt besaß, auf der einige weitere tausend tatendurstige Überschwere auf ihren Einsatz warteten. Den Einwand, dass einige tausend Überschwere eines Tages die Macht in der Dunkelwolke übernehmen könnten, tat Garrulf mit der lapidaren Bemerkung ab, dass die Pjokkor-Sippe bis dahin genug verdient haben würde, um die Provcon-Faust vergessen zu können. Die vier Überschweren lachten dazu.

Während die Familiensprecher sich berieten, ereignete sich etliche Lichtjahre entfernt ein Zwischenfall, der ihnen die Entscheidung abnahm.

Die GARRULF-HOJ fing einen Notruf der terranischen Beobachtungsstation Gamma-Zeta auf. Ein Weltraumbeben hatte eine weit vorgelagerte unbemannte Sonde mit der Wucht von über tausend Gravos förmlich zerquetscht und näherte sich offensichtlich der Station, selbst.

Natürlich wussten die Springer und die Überschweren von diesen unerklärlichen Beben. Da die kleine Flotte nicht sehr weit von Gamma-Zeta entfernt stand, entschieden die Überschweren, ihr Heil in der Flucht zu suchen. Im Handstreich rissen sie das Kommando über die GARRULF-HOJ an sich und beschleunigten den Walzenraumer.

Den vier Familiensprechern gelang die Flucht in ihren Beibooten im letzten Moment, bevor die GARRULF-HOJ in den Linearraum ging und das Weltraumbeben einsetzte.

Es wurde nie geklärt, ob es sich um Ausläufer jenes von Gamma-Zeta gemeldeten Weltraumbebens handelte oder ob die Springerschiffe in andere Kraftfelder gerieten, die sich unabhängig davon aufbauten. Die Schiffe wurden von den unheimlichen Gewalten bis in den Kern erschüttert und schwer beschädigt. Die vier Beiboote, in denen die Familienoberhäupter geflohen waren, hatten danach nur mehr Schrottwert. Aber die Insassen überlebten.

Nach dem Ende des Bebens begann eine weiträumige Suche nach

der GARRULF-HOJ, denn neben den tobenden Kraftfeldern war ein heftiger Energieausbruch angemessen worden. Gefunden wurden einige wenige Wrackteile, die jedoch eindeutig von der GARRULF-HOJ stammten.

Die Wissenschaftler und Techniker der Pjokkor-Sippe kamen übereinstimmend zu der Ansicht, dass die unbekannten Kraftfelder innerhalb des Linearraums, der Librationszone zwischen vier- und fünfdimensionalem Kontinuum, weit stärker als im Normalraum getobt und die GARRULF-HOJ förmlich zerrissen hatten.

Niemand weinte dem Patriarchen eine Träne nach. Araffan Talapa-Pjokkor wurde zum neuen Sippenoberhaupt gewählt und verlangte, dass die Pjokkors endlich das Image ehrbarer Händler anstreben sollten.

23.

10. April 3587

Ein denkwürdiger Tag, und das in zweierlei Hinsicht.

Das erste Ereignis war, dass Wiesel von seiner Freundin vor die Tür gesetzt wurde. Damit hatte das süße Leben für ihn urplötzlich ein Ende, und er stand vor dem Problem, einen neuen Ernährer suchen zu müssen.

Die Wohlfahrt kam nicht infrage, er lebte illegal auf Terra und war in keiner Datei registriert. Statistisch existierte er gar nicht in dieser Stadt, die er abfällig City nannte. Diese futuristisch anmutende Siedlung, die völlig neu aus dem Boden gestampft und erst im Rahmen des Unternehmens Pilgervater bevölkert worden war, wirkte erschreckend kalt auf ihn. Es war ein künstlich gezüchteter Gebäudeberg, in dem es für einen Mann wie Wiesel keine Schlupfwinkel und kein Betätigungsfeld gab.

Er stammte von einer Pionierwelt fern der Zivilisation. Dort war es immer wieder mal möglich gewesen, einem betrunkenen Kolonisten das Geld aus der Tasche zu ziehen oder einem Farmer die Herde seines Nachbarn zu verkaufen. Auf Terra war jedoch alles anders. Die Erde war keineswegs eine Welt der unbegrenzten Möglichkeiten wie in dem Slogan, durch den er sich hatte anlocken lassen. Und Neu-Vindobona war nicht das Dorado für Draufgänger, für das Wiesel diese futuristische Bürokratenburg gehalten hatte, in der nichts zu holen war.

Trotzdem durfte er sich eigentlich nicht beklagen. Und er hätte das auch nicht getan, wäre Elvira nicht auf die verrückte Idee gekommen, dass er Arbeit annehmen müsse.

Nun stand er von einem Tag zum andern ohne Dach und völlig mittellos da. Er hatte den Kopf zwar voll guter Ideen, doch sie ließen sich in dieser City nicht verwirklichen. Er kannte nicht die richtigen Leute – falls es solche hier überhaupt gab.

Er wanderte schon seit Stunden durch die City und hatte Hunderte Leute taxiert, als ihm in der Menge ein Mann auffiel. Wiesel hatte ein gutes Gespür und verließ sich auch diesmal darauf, deshalb folgte er dem Unbekannten.

Der Mann war groß und wirkte muskulös. Er hatte ein maskenhaft ausdrucksloses Gesicht und kalt und unpersönlich wirkende Augen. Aber das besagte wenig. Leute, die präpotent und unnahbar erschienen, waren in der Regel leichter verletzlich als jene, die sich natürlicher gaben. Ihre Unnahbarkeit war ein Schutz, hinter dem sie ihre Schwäche verbargen.

Der Mann mit dem ausdruckslosen Gesicht trug Frauenkleider: ein locker fallendes Oberteil und eine enge Hose. Um seinen Hals baumelte eine Kette, außerdem ging er barfuß. Wiesel stufte ihn entweder als Sektierer oder als Transvestiten ein. Stundenlang schlich er ihm mit knurrendem Magen nach und beobachtete ihn.

Der Mann suchte alle möglichen Geschäfte, Informationsbüros und Vereine auf. Es dauerte lange, bis Wiesel dahinter ein System entdeckte. Es war auch schwer, zwischen der »Union der jungfräulichen Mütter« und dem Verein »Übermorgen-Numismatiker« einen Zusammenhang zu sehen. Doch es gab ihn. Wiesel kam dahinter, dass der Mann wahllos Informationen hamsterte.

Von da an wurde es für ihn richtig interessant. Sein Verstand arbeitete auf Hochtouren, und er kam mit jedem Schritt, den er dem Mann folgte, immer mehr zu der Ansicht, ein potenzielles Opfer vor sich zu haben. Verrückte in Frauenkleidern waren sowieso leichte Beute, aber dieser Spinner war dazu noch unwissend. Er hatte keine Ahnung von der Welt. Weshalb sonst hätte er sich mühsam und auf völlig unrationelle Weise Informationen beschaffen müssen?

Wiesel folgte ihm in ein Reisebüro und belauschte ein Gespräch mit einer Angestellten. Der Mann hatte ausdrücklich nach einem »Menschen« für ein Informationsgespräch verlangt. Von dieser Angestellten erbat er sich radebrechend Informationsmaterial über eine Weltreise in alle Länder der Erde. Abschließend nannte er eine Adresse, an die sie die Unterlagen schicken sollte.

Wiesel wartete, bis sein Opfer das Reisebüro verlassen hatte, dann raffte er an Unterlagen zusammen, was ihm in die Finger kam und was kostenlos war, und begab sich zu der genannten Adresse.

Der Robotportier ließ ihn in das Apartmenthaus ein, als er sich als Reiseleiter ausgab. Er schwebte im Antigravlift in die zwanzigste Etage hinauf und wartete vor dem Apartment seines Opfers.

Der Mann kam erst nach Mitternacht. Er trug eine riesige Tüte, die vor Werbematerial aller möglichen Firmen und Organisationen förmlich überquoll. Er sah Wiesel aus seinen starren Augen ausdruckslos an.

»Ich bringe das Informationsmaterial des Reisebüros«, sagte Wiesel. »Ich wurde für Ihre persönliche Beratung abgestellt. Sie können über mich verfügen. Wenn Sie mich nicht benötigen, dann sagen Sie es nur ruhig.«

»Ich Sie benötigen«, sagte Plekeehr.

Damit hatte Wiesel eine Bleibe und einen neuen Ernährer gefunden. Er hatte allen Grund, sich seine Zukunft im rosigsten Licht auszumalen.

Denn ein Mann, der mit einer Weltreise spekulierte – wahrscheinlich ein steinreicher Farmer von einer Pionierwelt –, bei dem würde es sich ganz gut leben lassen.

Wiesel konnte nicht wissen, dass die Sache ein wenig anders lag.

25. April

Wiesel fiel aus allen Wolken, als er erfuhr, dass Blacky völlig mittellos war – er nannte den Mann Blacky, weil Plekeehr einfach ein unmöglicher Name war.

Wiesel versuchte, Ordnung in seine Gedanken zu bringen. »Schalt doch erst mal dieses verdammte Ding aus«, verlangte er. Als Blacky nicht reagierte, ging er selbst zu der Bildwand, die gerade einen Aufklärungsfilm für Acht- bis Zehnjährige zeigte, und wischte mit der Hand über den Sensor. Die Wiedergabe erlosch.

»Mich interessiert, wie menschliches Leben entsteht«, maulte Blacky. »Vermutlich bin ich auf ähnliche Weise erschaffen worden.«

Er beherrschte Interkosmo schon recht gut. Das war ausschließlich Wiesels Verdienst, denn er hatte für Blacky einen Kurs unter dem Hypnoschuler organisiert – allerdings hatte er da noch geglaubt, dass Blacky sich das leisten könne.

»Letzteres möchte ich fast bezweifeln«, sagte Wiesel, ohne das wirklich ernst zu meinen. »Jedenfalls stellst du dich an, als kämst du von weit hinter dem Andromedanebel.« Als Blacky ihn dabei so seltsam ansah, schwächte er ab: »Na, na, mach dich nicht gleich interessant. Für mich bist du ein naiver und überaus geiziger Bauernlümmel.«

»Naiv, ja«, sagte Plekeehr in seiner emotionslosen Art. »Aber geizig? Du kannst von mir alles haben, ich teile mit dir. Und was ist ein Bauernlümmel?«

Er machte dabei eine penetrante Grimasse, die wohl Erstaunen ausdrücken sollte, jedoch völlig unpassend war. Wiesel hatte Plekeehr dazu gebracht, etwas Schauspielunterricht zu nehmen. Natürlich war das nicht lange gut gegangen, aber immerhin hatte Plekeehr Gelegenheit erhalten, einige Gesten und Grimassen einzustudieren. Nun wirkte er nicht mehr gänzlich seelenlos, neigte aber zum Outrieren, wodurch er in der Öffentlichkeit mehr als früher auffiel.

Aber Wiesel hatte momentan ganz andere Probleme. Es hatte damit begonnen, dass er Blacky um etwas Kleingeld bat.

»Geld? Was ist das?«, hatte Blacky gefragt. Er war schlicht und einfach völlig pleite.

»Wie stellst du dir das Leben eigentlich vor?«, redete Wiesel auf ihn ein. »Wie willst du für unseren Unterhalt sorgen? Womit willst du mich, deinen Lehrer, der dich in die Geheimnisse des Daseins auf Terra einweiht, bezahlen? Und woher soll die Miete für dieses Apartment kommen? Dein Sprachkurs, dein Schauspielunterricht, die Garderobe, die Gebühren für die technischen Geräte, für dieses Studio – wer soll das berappen? Wie bist du überhaupt zu diesem Apartment gekommen?«

»Ich habe mich an den Portier gewendet, und er gab mir einige Wohneinheiten zur Auswahl«, antwortete Plekeehr. »Ich habe ihm meinen Namen genannt, mir meine Mietkarte geben lassen und dieses Apartment gewählt. Gefällt es dir auf einmal nicht mehr?«

Wiesel griff sich an den Kopf.

»Du hast dir eine Kreditkarte geben lassen«, versuchte er Blacky zu erklären. »Wenn du auf dieses Konto nichts eingezahlt hast, bist du wahrscheinlich schon fünfstellig im Minus. Ja, mein Lieber, du lebst auf großem Fuß.«

Blacky blickte tatsächlich auf seine Sandalen hinab.

»Mach keine blöden Witze, sondern streng deinen Grips an, wie wir aus diesem Schlamassel wieder herauskommen!«, herrschte Wiesel seinen Ernährer an.

»Ich verstehe dein Verhalten nicht«, sagte Plekeehr.

»Aber du wirst es verstehen, wenn sie dich eines Tages zur Kasse bitten. Vielleicht geht es noch eine Weile gut. Doch irgendwann ist deine Kreditwürdigkeit zu Ende, dann musst du die Schulden tilgen. Und glaube ja nicht, dass du den Behörden entkommst. Du bist registriert, Blacky! Sie haben dein Gehirnwellenmuster, deinen Biorhythmus und die Frequenz deiner Hautsinne. Damit bist du festgenagelt.«

»Unrichtig«, sagte Plekeehr. »Niemand hat all das, was du aufzählst, von mir verlangt. Was ist darunter überhaupt zu verstehen?«

Wiesel ließ sich aufs Schwebesofa sinken. »Man wird nicht darum gebeten, sein Gehirnwellenmuster abzugeben, du verdammtes Greenhorn.« Er seufzte schicksalsergeben. »Als du dich als Mieter in diesem Haus etabliert hast, wurdest du automatisch durchleuchtet. Und nur weil deine Personalien positronisch gespeichert wurden, giltst du als kreditwürdig. Aber nur bis das festgesetzte Limit erreicht ist. Dann wird dein Datenspeicher Alarm schlagen, und dann musst du zahlen oder deine Schuld zwangsweise abarbeiten. Du kannst natürlich auch das Weite suchen, aber dann darfst du dich in keiner Stadt dieses Planeten mehr blicken lassen. Du wirst ein Gejagter sein.«

Wiesel registrierte zufrieden, dass Blacky bei den letzten Worten zusammenzuckte. Hatte er diesem gefühllosen Klotz tatsächlich Angst einjagen können!

Plekeehr stand auf.

»Sie werden mich jagen? Wann? Sollen wir sofort fliehen?°

»Nun mal sachte«, sagte Wiesel beruhigend. »Ich bin sicher, du besitzt irgendetwas von Wert, was wir zu Geld machen können. Deine Halskette sieht nicht wie billiger Plunder aus.«

»Davon würde ich mich nie trennen«, sagte Plekeehr entschieden.

»Wieso, was ist mit ihr?«

»Sie – ist mein Leben. Ohne sie wäre ich verloren. Es gäbe keine Rückkehr für mich.«

Wiesel horchte den Mann weiter aus und erfuhr, dass die Kette mehr als nur ein Schmuckstück war. Jedes Glied stellte eine komplizierte technische Apparatur dar, und wenn er Blacky glauben wollte, dann hatte der mit einem davon die Grundzüge des Interkosmo gelernt.

»Jetzt brauchst du diese Sprachhilfe nicht mehr. Du beherrschst Interkosmo ganz ausgezeichnet. Gib her!«

Es kostete Wiesel einige Überredungskunst, Blacky das Kettenglied zu entlocken. Danach rückte Blacky ganz von selbst mit einem weiteren Schatz heraus.

»Ich habe noch meinen Einsatz-Anzug«, sagte er und holte aus einem Versteck eine blau schillernde Kombination hervor. »Den brauche ich auch nicht mehr.«

Da sich das Material der Kombination recht exotisch anfühlte, packte Wiesel sie zu dem Kettenglied und ging mit beidem zu einem Hehler, den er schon geraume Zeit kannte.

Das war ein abgefeimter Bursche, dem Wiesel schließlich tausend Solar entlockte. Als Klunkel, wie der Hehler hieß, zum Abschied sagte, Wiesel könne wiederkommen, wenn er wieder was von der Art hätte, da wusste Wiesel, dass er auch zehntausend Solar hätte herausschlagen können.

Wiesel verlebte zwei flotte Tage und kehrte dann mit einer Tasche voll Kleingeld zu Blackys Apartment zurück.

70. Tag

Plekeehr hatte sich auf dem Planeten schon recht gut eingelebt. Nur was Wiesel ihm über das Registrieren gesagt hatte, bereitete ihm Sorgen. Als sein Partner für volle zwei Tage verschwunden war, spielte er ernsthaft mit dem Gedanken an Flucht, obwohl es noch eine Menge für ihn zu lernen gab.

Aber dann tauchte Wiesel wieder auf, und Plekeehr wurde überaus wütend, als Wiesel ihm erklärte, er hätte für das Kettenglied und den Anzug nicht mehr als 67 Solar und dreizehn Soli bekommen. Plekeehr kannte den Wert des Geldes immerhin schon so gut, um zu wissen, dass er das Zehnfache brauchte, um den Fernkurs für Hyperfunktechnik zu bezahlen.

»Wozu willst du diesen albernen Fernkurs?«, fragte Wiesel heftig. »Wenn du ein Hypergramm zu deiner Heimatwelt schicken willst, musst du nur zum nächsten Sender gehen und deine Kreditkarte vorweisen.«

»Das geht nicht.« Plekeehr konnte dem Terraner nicht gut sagen, dass er ein eigenes Funkgerät brauchte, das er modifizieren konnte, um damit auf Alurus' Welle zu senden. So weit wollte er seinen Partner nicht ins Vertrauen ziehen. Er hatte ihm gegenüber behauptet, von einer Pionierwelt namens Hockeeton zu stammen. Wiesel selbst hatte ihm den Namen in den Mund gelegt.

»Warum geht das nicht?«, drängte Wiesel.

»Als ich den Fernkurs bestellen wollte, wurde mir gesagt, dass der Hersteller jemanden schicken wolle, um meine Kreditwürdigkeit zu prüfen.«

»Ach, du Schreck!« Wiesel war wirklich entsetzt. »Das bedeutet, dass die Bombe bald platzen wird. Es sei denn ...«

»Was?«, fragte Plekeehr, als Wiesel auf einmal schwieg. »Weißt du einen Ausweg?«

Wiesel druckste erst eine Weile herum, bis er den Vorschlag machte, dass Plekeehr doch auch die restlichen Glieder seiner Kette zu Geld machen solle.

»Das würde nicht genug bringen.« Plekeehr rechnete im Geist den Betrag durch. »Dabei würden nicht mehr als vierhundertundsiebzig Solar herausschauen.«

»Sage das nicht!« Wiesel war auf einmal wie verwandelt. »Ich muss dir ein Geständnis machen, Blacky. Ich habe dem Hehler das Kettenglied nur so billig gegeben, um ihn zu ködern. Aber ich bin sicher, dass ich nun mehr herausschlagen kann, viel mehr. Genug, um eine komplette Hyperfunkanlage zu kaufen – und Ersatzteile dazu. Und von dem Rest könnten wir beide noch ein Jahr lang in Saus und Braus leben. Du könntest dieses Apartment sogar übernehmen und dich völlig neu einkleiden.«

»Könnte ich mir auch eine Waffe kaufen?«, fragte Plekeehr.

»Ein Waffenarsenal! Ich kenne da die richtigen Leute. Und – wie wäre es eigentlich mit einer Raumjacht?«

»Ein Raumschiff?« Plekeehr schüttelte den Kopf. »So viele Kettenglieder besitze ich nicht. Ich trenne mich überhaupt nicht gerne davon.«

»Es wird dir nichts anderes übrig bleiben, wenn du nicht wegen Hochstapelei verhaftet werden willst, Blacky.«

Plekeehr überlegte. »Also gut. Aber ein Kettenglied muss ich behalten. Ich benötige es, um das Funkgerät umzubauen.«

»Sechs bringen auch genug«, gab Wiesel nach.

Er ließ sich von Plekeehr die sechsgliedrige Kette aushändigen und verabschiedete sich mit der Versicherung, so schnell wie möglich mit einem Haufen Geld zurückzukommen.

80. Tag

Wiesel war noch nicht zurück. Plekeehr geriet allmählich in Sorge. Er hatte Verständnis dafür, dass sein Partner langwierige Verhandlungen führte, um den besten Preis zu erzielen. Aber zehn Tage waren reichlich lang. Das heißt, die zehn Tage waren noch nicht ganz vorbei. Das wollte Plekeehr noch abwarten, aber dann würde ihm nichts anderes als die Flucht bleiben.

Er hatte bereits vor zwei Tagen den Besuch eines Beamten erhalten, der ihm dringend riet, seine finanziellen Angelegenheiten zu regeln. Und das Lehrinstitut hatte ihm einen abschlägigen Bescheid erteilt.

Heute Morgen hatte ihn das Bildsprechgerät geweckt. Plekeehr war in der Hoffnung hingestürzt, von Wiesel eine Nachricht zu erhalten. Doch es war nur die Visio-Gesellschaft gewesen, die ihm durch eine Robotstimme mitteilen ließ, dass sein Anschluss abgeschaltet würde. Danach hatte er über die Hausleitung die Aufforderung erhalten, für die Abbuchung der Miete seine Kreditkarte am Ausgang zu hinterlegen.

Neun Tage lang hatte Plekeehr seine Unterkunft nicht verlassen, nun wollte er endlich wieder unter Menschen gehen.

Er ließ seine Kreditkarte beim Robotportier zurück. Das machte ihm nichts aus, denn sie war ohnehin wertlos für ihn geworden, er hatte keinen Kredit mehr.

Er bestieg ein Transportband ins Stadtzentrum. In der Menge fiel er nicht sonderlich auf, er hatte erkannt, dass die Menschen in der Masse einander keine Beachtung schenkten. In intimeren Bereichen, etwa in Speiselokalen oder Vergnügungsstätten, war das wieder ganz anders. Da sah jeder sich die Gesichter genauer an. Seit Plekeehr einige Male durch falsches Verhalten Aufsehen erregt hatte, mied er diese öffentlichen Lokale.

Wiesel hatte ihn in einen Klub eingeführt, wo lauter »Verrückte wie er« verkehrten. Es störte dort niemanden, wenn er sich einmal falsch verhielt, und keiner mokierte sich darüber, dass er eine Grimasse schnitt, die fehl am Platz war, oder dass er überhaupt nur starr vor sich hin blickte. Es gab dort noch viel »Verrücktere« als ihn.

Plekeehr wechselte aufs mittlere Förderband über, um schneller in den Klub zu gelangen. Dabei kam er in die Nähe zweier Männer, die sich miteinander unterhielten. Er wurde Zeuge ihres Gesprächs.

»Was hältst du von diesen Weltraumbeben, Art?«

»Panikmacherei, sonst nichts.«

»Sage das nicht. Die Loower werden schon wissen, warum sie so plötzlich unser System verlassen wollen. Die wissen, was im Hyperraum vor sich geht. Möglicherweise haben sie herausgefunden, dass Sol bald von den Weltraumbeben heimgesucht wird.«

»Nicht schon wieder, Ben. Du bringst jeden Tag eine neue Prophezeiung vom nahenden Weltuntergang. Hast du dich überhaupt informiert, wo diese angeblichen Weltraumbeben stattgefunden haben?«

»Überall in der Galaxis, Art. Warum also nicht auch ...«

Da war es schon wieder! Plekeehr hatte in den Nachrichten Berichte über Weltraumbeben gehört. Aber leider war kein Bildmaterial gezeigt worden. Er hätte gerne mehr darüber erfahren, um abschätzen zu können, wie weit die Entwicklung tatsächlich fortgeschritten war.

War der Zeitpunkt wirklich schon so nahe?

Plekeehr interessierte sich dafür nur mit der Neugierde des Forschers. Diese Dinge gingen ihm nicht nahe, sie betrafen ihn nicht unmittelbar.

Er kam in den Klub. Zuerst wollte ihn der Portier nicht einlassen, weil er keine Kreditkarte vorweisen konnte. Aber ein weibliches Klubmitglied bürgte für ihn.

»Dafür gehörst du den ganzen Abend mir, Blacky«, sagte sie mit flatternden Lidern. Er versuchte es ihr nachzumachen, und sie lachte.

Die Frau bestellte ihnen Drinks an der Bar. Plekeehr rührte sein Getränk nicht an; er hatte schon herausgefunden, dass ihm so etwas nicht gut bekam. Getränke dieser Art berauschten ihn zu sehr, dann wurde er melancholisch und redete über die alten Zeiten unter Alurus' Kommando. Auf diese Weise hatte er schon einen viel beachteten Auftritt im Klub gehabt. Aber er wollte keine Wiederholung, denn Wiesel hatte ihm Vorhaltungen gemacht.

»Hast du gehört, dass ein Planet der Blues von einem Weltraumbeben vernichtet worden sein soll?«, fragte die Frau. »Für mich ist es unvorstellbar, dass derart gewaltige Kräfte unvermittelt in unser Kontinuum einfallen und alles Leben auf einer Welt vernichten können.«

»Es wird noch schlimmer kommen«, sagte Plekeehr.

»Meinst du?«

»Bestimmt.«

»Aber woher kommen diese Kräfte?«

»Das ist schwer zu erklären.«

»Du glaubst, dass du es könntest, Blacky, aber dass ich zu dumm bin, um dir zu folgen?«

»Nein, Lida, ich meine, dass ich die menschliche Sprache nicht gut genug beherrsche«, erwiderte er. »Ich kenne die Fachausdrücke nicht, die diesen Vorgang beschreiben. Aber die Bezeichnung Weltraumbeben trifft die Sache ziemlich gut.«

»Glaubst du, dass auch Terra in Gefahr ist?«

»Warum sollte ausgerechnet die Erde verschont bleiben?«, erwiderte er spöttisch, aber er glaubte, nicht den richtigen Ton getroffen zu haben.

»Dann bist du einer von denen, die überzeugt sind, dass die Loower die Flucht vor den kommenden Beben ergreifen?«

»Ich habe mich noch nicht mit den Loowern beschäftigt.«

Das Gespräch endete abrupt, als die Frau einen Bekannten sah und ihn sofort mit Beschlag belegte.

Plekeehr blieb noch eine Weile im Klub, dann kehrte er in sein Apartment zurück. Er hoffte, dass Wiesel inzwischen zurückgekommen war. Doch anstelle seines Partners warteten in seiner Unterkunft zwei Männer, die sich als Beamte der LFT-Regierung auswiesen.

»Was wollen Sie von mir?«, fragte Plekeehr.

»Wir müssen uns mit Ihnen über Ihre finanzielle Lage unterhalten, Plekeehr«, sagte der eine Mann. »Dafür haben Sie doch sicherlich Verständnis.«

»Ach so, es geht ums Geld.«

»Bloß ums Geld«, bemerkte der andere Mann. »Allerdings um eine erkleckliche Summe.«

»Ich kann Sie beruhigen«, sagte Plekeehr ernst und mit ausdruckslosem Gesicht. »Wiesel ist unterwegs, um Geld zu beschaffen. Es wird genug sein, um alle meine Verbindlichkeiten zu begleichen. Was übrig bleibt, reicht noch für die Beschaffung einer Hyperfunkstation, für eine Raumjacht und ein Waffenarsenal.«

»Imperium-Alpha ist nicht mehr drin?«, fragte der erste Mann.

»Schluss damit!«, drängte der andere. »Geben Sie uns eine genaue Beschreibung von diesem Wiesel! Und dann begleiten Sie uns. Wir werden Ihren Fall überprüfen. Falls es diesen Wiesel in der Stadt gibt, dann seien Sie sicher, dass wir ihn finden.«

Plekeehr sah keinen Grund, der Aufforderung nicht Folge zu leisten. Schlimmer, als seine Lage schon war, konnte sie nicht mehr werden.

Die Männer führten ihn ab und brachten ihn in Untersuchungshaft. Plekeehr wurde routinemäßig verhört. Das letzte Kettenglied in seinem Besitz fiel den Beamten nicht weiter auf, weil ihre Spionstrahlen nicht darauf reagierten. Sie konnten auch nicht wissen, dass es extraterrestischen Ursprungs war. Plekeehr ließ die Prozedur ruhig über sich ergehen.

Irgendwann wurde ihm eröffnet, dass man Wiesel gefunden hatte.

»Dann wird sich ja alles aufklären«, sagte Plekeehr.

Tatsächlich fingen seine Schwierigkeiten damit erst an.

24.

Der Turmbau schritt rasch voran. Der Turm war schon höher als alle Bodenerhebungen im Umkreis von zwei Tagesmärschen. Wenn die Arbeit rasch weiterging, konnte das Bauwerk termingerecht bis zur nächsten Sonnenfinsternis fertiggestellt sein.

Hobostel O'Donnell, der Hohepriester und Initiator des Turmbaus, suchte die heilige Kugel auf. Er begab sich in das Allerheiligste, richtete seine Instrumente auf den Riss in der Kugelhülle aus und blickte über Kimme und Korn hinaus.

Es fehlten nur noch einige Steinlagen, dann würde es von diesem Standpunkt betrachtet aussehen, als berührte die Turmspitze den Rand der Mittagssonne. Noch einige Tage, dann waren alle Voraussetzungen erfüllt, und die Götter würden die leidgeprüften Völker von Pearsons Planet erhören. O'Donnell glaubte fest daran. Die bevorstehende Sonnenfinsternis ließ ohnehin keine andere Deutung zu.

Danach würden alle Völker wieder eine Sprache sprechen, sodass sie sich miteinander verständigen und Frieden schließen konnten. Denn sie waren alle Brüder, das ging eindeutig aus der Schrift hervor.

Das Kämpfen und Morden würde endlich aufhören.

Der Wille war da, das zeigte der Turm. Egal, welchen Namen die verschiedenen Völker trugen, ob sie O'Donnell, Leclair, Biedermann, MacDonald, Asmussen, TaiLing oder Gorejew hießen, egal, welche Sprache sie sprachen, im Grunde genommen wollten sie die friedliche Koexistenz. Doch das war bisher an der Sprachbarriere gescheitert.

Die Geschichte wusste zu berichten, dass früher alle eine Sprache gesprochen hatten. Sie waren in der heiligen Kugel aus dem Himmel auf diese Welt gekommen. Doch durch einen Frevel waren sie in alle Winde verstreut und dazu verdammt worden, einander fremd zu werden. Als sie sich später wiederfanden, da hatten sie ihre gemeinsame Abstammung vergessen und waren wie Feinde übereinander hergefallen.

Schon einmal hatte der Versuch stattgefunden, die Stämme zu vereinen. Auch damals war es ein O'Donnell gewesen, der einen Turmbau angeregt hatte, an dem sich alle Stämme beteiligen sollten.

Als der Turm zur Sonnenfinsternis fertiggestellt worden war, da hatte sich ein Wunder zugetragen. Eine heilige Kugel war am Himmel erschienen und hatte sich fast bis auf die Spitze des Turmes herabgesenkt. Menschen in Götterkleidung hatten sich zu den Turmbauern herabgelassen. Die Götter hatten zu ihnen in einer Sprache geredet, die alle verstanden. Und sie hatten den Völkern offenbart, dass sie alle Brüder waren und ebenso ihre Brüder.

Aber dann war die heilige Kugel zerborsten. Mit Blitz und Donner war sie auf den Turm herabgefallen, hatte diesen zerstört und fast alle der Turmbauer in den Tod gerissen.

Es gab keine Erklärung für dieses furchtbare Strafgericht der Götter. Doch die meisten Hohepriester der Stämme kamen zu der Ansicht, dass es eben nicht recht sei, wenn die Kinder von Pearsons Planet in ihrer Vermessenheit glaubten, sich verbrüdern zu müssen. Danach waren die Kämpfe unter den verschiedenen Stämmen noch heftiger entbrannt als je zuvor.

Nur die O'Donnells beteiligten sich nicht daran. Denn sie waren Erleuchtete, die aus dem Mund eines der Götter aus der brennenden Kugel die Wahrheit erfahren hatten. Das heißt, er hatte nicht durch seinen Mund, sondern durch sein göttliches Instrument zu ihnen gesprochen, das nach seinem Tode als Grabbeigabe in seine letzte Ruhestätte gelegt worden war.

Die O'Donnells verwalteten ein Dokument dieses Gottes, das er kurz vor seinem Tod verfasst hatte. Niemand von Pearsons Planet konnte dieses Dokument lesen, denn es war in der Sprache der Götter verfasst. Doch Hobostel glaubte, es deuten zu können, und er war sicher, dass darin zu einem neuen Turmbau aufgefordert wurde.

Dieses Dokument lag in der heiligen Kugel verwahrt. Es war in Interkosmo abgefasst, der Ursprache aller Bewohner von Pearsons Planet. Der Inhalt lautete:

Mein Name ist Crofton Pharazeut. Ich war psychologischer Berater auf der EGOCRAFT. Es war Anfang August des Jahres 3483, wir befanden uns auf Schleichfahrt im Feindgebiet, als wir von einer Patrouille der Überschweren entdeckt wurden. Die EGOCRAFT erhielt einen Treffer, der die Lineartriebwerke so stark beschädigte, dass wir nur noch versuchen konnten, uns zum dritten Planeten des Sonnensystems zu retten, in dem wir gerade kreuzten. Wir erreichten diese Welt noch und stellten zu unserer Überraschung fest, dass sie von Menschen bewohnt ist. Wir hielten mit der EGOCRAFT auf ein gewaltiges, wenn auch primitives Bauwerk zu, um die Aufmerksamkeit der Menschen zu erregen. Aber kaum hatte der Kommandant eine Gruppe von Kontaktpersonen ausgeschleust, zu der auch ich gehörte, da erwischte es unser Schiff. Die Überschweren gaben uns keine Chance. Die EGOCRAFT verging in ihrem Feuer und mit ihr das Bauwerk der Planetenbewohner, das, wie ich inzwischen erfahren habe, ein Pendant zum biblischen Turm von Babel darstellte.

Während ich diese Zeilen mit Federkiel und Erdfarben auf getrock-

nete Blätter schreibe, umstehen mich die O'Donnells, die mich bei sich aufgenommen haben. Ich glaube, ich bin der einzige Überlebende, und ich fühle, dass es auch mit mir zu Ende geht. Ich habe bei der Explosion der EGOCRAFT einiges abbekommen, und der Medizinmann, dem ich mich anvertraute, hat mich total verpfuscht. Ich werde mich kürzer fassen. Die Bewohner dieser Welt sind schiffbrüchige Terraner, die vor tausend Jahren mit der PEARSON von der Erde ins All gestartet sind. Sie degenerierten hier, splitterten sich in unzählige Stämme auf und bekriegten einander. Nun erschufen sie ein gemeinsames Werk in der Hoffnung, sich dabei näherzukommen. Aber just in dem Moment, da sie ihr Ziel erreicht zu haben schienen, tauchten wir mit den Kampfschiffen der Überschweren im Schlepptau auf, und ihr in jahrelanger Mühsal erschaffenes Werk verging innerhalb von Sekunden. Wir, die wir den Schiffbrüchigen von Pearsons Planet die Rettung hätten bringen können, haben ihre letzten Hoffnungen zerstört. Jetzt ist alles wieder wie zuvor. Aber vielleicht war doch nicht alles vergebens. Ich habe den O'Donnells alles zu erklären versucht und hinterlasse ihnen einen Translator, dessen Bedienung sie inzwischen kennen. Der Translator soll die Sprachbarriere zwischen den Stämmen überwinden helfen, und vielleicht kann ich auf diese Weise dazu beitragen, dass die Stämme Frieden schließen und wieder zu einem einigen Volk werden. Mehr kann ich nicht tun. Ich lege eine Pause ein, denn ich muss warten, bis man mir neue Erdfarbe ...

Hobostel betrachtete immer wieder das Dokument und studierte intensiv die Symbole, ohne ihre Bedeutung zu verstehen. Aber er glaubte, dass der Inhalt der Schrift von großer Bedeutung für die Menschen von Pearsons Planet war.

Endlich, am Tag der Sonnenfinsternis, war der Turm fertiggestellt. Es war ein feierlicher Moment, und die Vertreter aller Völker hatten sich eingefunden, um die Verdunkelung der Sonne am Fuß des Turmes zu begehen.

Hobostel war bereit für das Zeremoniell. Er verließ mit seinen Dienern die heilige Kugel und erklomm den Turm. Er erreichte den höchsten Punkt mit letzter Kraft, gerade als die Sonne sich langsam verfinsterte.

Jetzt!, dachte er. *Götter, erhört uns! Schickt eine Kugel aus dem Himmel und schwebt daraus über uns herab und lehrt uns die gemeinsame Sprache. Wir, die wir alle Brüder sind, wollen von nun an in alle Ewigkeit in Frieden miteinander leben.*

Hobostel sprach nicht laut. Er war überzeugt, dass die Götter auch seine Gedanken hören konnten.

Die Sonne verdunkelte sich immer mehr. Aber keine heilige Kugel kam aus dem Himmel.

Hobostel starrte intensiv zu dem Feuerball im Zenit hinauf, dessen Licht nun rasch schwächer wurde.

Plötzlich schien es ihm, als würde sich die Sonne verformen. Die leuchtende Scheibe flackerte, wurde zu einem Oval und zuckte. Dann waren da plötzlich zwei Sonnen. Aber eine unwirklicher als die andere, als seien beide nur Trugbilder. Sie überlappten einander wieder und verschmolzen miteinander.

Dann geschah es. Jäh schien die Sonne zu erlöschen. Der Turm, auf dem Hobostel stand, schwankte. Risse bildeten sich, die Lehmmauern brachen auf und gaben die Felsquader frei. Über den Himmel geisterten düstere Leuchterscheinungen.

Von der Spitze des Turmes aus sah Hobostel, wie die Menge in der Tiefe in wilder Panik in alle Himmelsrichtungen auseinanderströmte.

»Bleibt! Lauft nicht weg! Wir sind alle Brüder!«, wollte er ihnen zurufen. »Ihr dürft die Omen nicht falsch deuten. Die Götter werden kommen!« Aber da wurde der Turm erneut heftig erschüttert, und dieser Belastung hielt das Bauwerk nicht mehr stand. Ein plötzlich einsetzender Sturm, so heiß wie der Atem eines Vulkans, riss Hobostel von der sich neigenden Spitze des Turmes und wirbelte ihn durch die Luft. Im Flug sah er, wie die stürzenden Mauern in einem klaffenden Riss versanken, der sich im Boden gebildet hatte.

Der aufbrechende Untergrund verschluckte auch den Hohepriester, der in seinen letzten Sekunden den Glauben an die Götter verlor. Wie hätte Hobostel auch wissen können, dass die »Götter« den Weltraumbeben fast ebenso hilflos gegenüberstanden wie die Schiffbrüchigen von Pearsons Planet.

Julian Tifflor war gerade die neuesten Berichte über die Weltraumbeben durchgegangen, als Homer G. Adams ihn aufsuchte.

»Ich komme von einer Sitzung des wissenschaftlichen Beirats.« Adams setzte sich dem Ersten Terraner gegenüber. »Du kannst dir denken, welches Thema zur Sprache gekommen ist.«

»Die Weltraumbeben?«, fragte Tifflor pflichtschuldig, wartete aber keine Antwort ab, sondern redete sofort weiter. »Wenn ich mir die Berichte ansehe, wird mir angst und bange. Ich will die Gefahr keineswegs verharmlosen, aber es hat in der Milchstraße schon immer tückische Naturereignisse gegeben. Gesammelt erwecken sie allerdings den Eindruck des bevorstehenden Weltuntergangs. Aber wie gesagt, ich will nichts ignorieren. Was hat die Sitzung ergeben?«

»Wir haben endlich eine wissenschaftliche Auswertung über eines der Beben. Die Daten kamen von einem Vorposten im Sektor Nordost.«

»Ich bin unterrichtet«, sagte Tifflor.

Unter den Meldungen in seinem Arbeitsspeicher war auch jene der Beobachtungsstation Gamma-Zeta. Allerdings hatte er nur eine Zusammenfassung ohne wissenschaftliche Details erhalten. Immerhin ging daraus hervor, dass im ungefähren Zentrum des Bebens ungeheure Kräfte frei geworden waren. Die Gravitationsstöße hatten sich wellenförmig nach allen Seiten ausgedehnt.

Eine unbemannte Sonde, nahe dem Bebenzentrum stationiert, war förmlich zerquetscht worden. Im unmittelbaren Bereich der Station Gamma-Zeta war nur noch eine Schwerkraftveränderung von 28 Gravos registriert worden. Und von einer weiter vom Bebenzentrum entfernten Sonde war nur noch wenig mehr als ein Gravo gemessen worden. Aus den Unterlagen ging auch hervor, dass sich die Gravitationswellen mit über hundertfacher Lichtgeschwindigkeit ausgebreitet hatten.

Das war ein beeindruckender Wert, der verriet, dass die Ursache für dieses Weltraumbeben – und vermutlich für alle anderen ebenso – nicht im Einsteinraum liegen konnte, sondern im Hyperraum zu suchen war.

»Wenn du die Unterlagen kennst, will ich dich nicht mit Details langweilen«, sagte Adams. »Die Wissenschaftler sind nach einer ersten Grobauswertung zu der Ansicht gekommen, dass keineswegs schon der Höhepunkt dieser Entwicklung erreicht ist. Früher oder später muss es zu stärkeren Ausbrüchen kommen. Es wurde einstimmig verlangt, dass gewisse Maßnahmen getroffen werden. Ein entsprechender Antrag soll in einer Hauptversammlung der LFT gestellt werden. Ich hoffe, du widersetzt dich den Forderungen nicht, Tiff.«

»Was erwarten die Wissenschaftler?«

»In erster Linie den Einsatz aller verfügbaren Mittel zur Untersuchung des Phänomens. Dazu gehört die Bereitstellung von Schiffen ausschließlich für die Erforschung der Weltraumbeben. Alle Außenposten sollen ebenso gezielt für dieses Projekt eingesetzt werden. Außerdem wird erwartet, dass auch NATHAN zur Verfügung steht. Weiter muss schnellstens eine außerordentliche Sitzung der GAVÖK einberufen werden, um die Richtlinien für eine enge Zusammenarbeit festzulegen. Nur wenn alle Völker gemeinsam der Gefahr gegenübertreten, haben wir eine Chance, sie zu bannen.«

»Übernimmst du das, Homer?«, bat Tifflor.

»Das letzte Wort hast du als Erster Terraner.«

»Ich werde die Vertreter der GAVÖK persönlich empfangen«, versprach Julian Tifflor.

Er war noch nicht lange wieder allein, als eine Nachricht vom Mars kam. Sie schlug in Imperium-Alpha wie eine Bombe ein.

Die Loower verlassen den Mars!

Tifflor konnte nicht glauben, dass Hergo-Zovran entgegen ihrer Vereinbarung abzog, ohne ihn vorher überhaupt noch einmal empfangen zu haben. Tifflor hatte dieses Treffen absichtlich hinausgezögert, um die Loower wenigstens so lange zu halten, bis mehr über die Weltraumbeben bekannt wurde. Die Bevölkerung durfte den Rückzug der Loower keinesfalls als Flucht vor der nahenden Bedrohung ansehen.

Der Erste Terraner verlangte eine sofortige Verbindung zur Neunturmanlage auf dem Mars. Aber der Funkkontakt kam nicht zustande. Allerdings erhielt er Ortungsdaten über den Abzug der Loower.

In Hunderterstaffeln hoben die Kegelraumschiffe aus der Marswüste rings um die Neunturmanlage ab. Pulk um Pulk startete, und zurück blieb eine verwaiste, aufgewühlte Wüstenlandschaft mit dem Ruinenbauwerk der Neunturmanlage.

Die neuntausend Einheiten, die auf dem Roten Planeten stationiert gewesen waren, stießen zu den zweiten neuntausend Kegelschiffen im planetennahen Bereich. Beide Flotten vereinigten sich zu einem ausgedehnten Schwarm.

Und dann, sozusagen aus dem Stand, verschwanden die Raumschiffe, als hätten sie nie existiert. Die gesamte Flotte von achtzehntausend Kegelraumschiffen hatte sich innerhalb weniger Sekunden mittels der Transmittertriebwerke abgesetzt.

Die Loower waren fort.

Der Erste Terraner rief in der Transmitterzentrale an und ließ eines der Geräte justieren. Als er die Transmitterhalle betrat, war alles bereit, um ihn sofort zum Mars zu schicken.

Von der Empfangsstation auf dem vierten Planeten flog er mit einem Gleiter zur Anlage der Loower hinaus.

Vor dem Hauptturm der scheinbar uralten und in Trümmern liegenden Station erwartete ihn ein einzelner Loower. Es war Goran-Vran.

»Hergo-Zovran sah keine Notwendigkeit, noch länger hier zu warten«, sagte der Loower. »Er ist nach Alkyra-II zurückgekehrt. Er war der Meinung, dass alles, was noch zu geschehen hat, auch von dort getan werden kann.«

»Und unsere Abmachung?«, fragte Tifflor rau.

»Du meinst die materiellen Forderungen der Terraner an mein Volk?«, fragte Goran-Vran und gab auch sofort die Antwort: »Du kannst sie an mich stellen, und ich werde sie nach Alkyra-II weiterleiten. Ich bin jetzt gewissermaßen der Türmer hier. Aber ich habe keine Mannschaft, und die Anlagen sind stillgelegt. Von hier wird nie wieder ein Impuls ins Universum hinausgehen. Aber natürlich kann ich auf herkömmliche Art funken. Bist du gekommen, um die Wünsche deines Volkes vorzutragen? Ich kann sie sofort nach Alkyra-II übermitteln.«

»Zum Teufel mit den Forderungen!« Tifflor war wütend und enttäuscht, und obwohl er kein Freund von Flüchen war, tat es ihm diesmal richtig wohl, sich auf diese Weise Luft zu machen.

»Ich habe gehofft, Hergo-Zovran noch eine Weile halten zu können«, erklärte er dann.

»Du darfst mein Volk nicht für undankbar halten, Erster Terraner«, sagte Goran-Vran. »Hergo-Zovran handelte gewiss nicht in egoistischer Absicht, wenn er natürlich die Belange der Loower allen anderen voransetzte.«

Sie gingen nebeneinander in die Wüste hinaus, der Mensch und der letzte Loower im Sonnensystem.

»Wir hätten vielleicht noch die Unterstützung der Loower benötigt«, sagte Tifflor leise. »Warum hat Hergo-Zovran nicht wenigstens die Neunturmanlage in Betrieb gelassen?«

»Das ist auch eine Kostenfrage«, antwortete Goran-Vran. »Der Unterhalt einer solchen Station kommt, alles in allem gesehen, sehr teuer.«

»Ha«, machte Tifflor. »Ist eine solch materialistische Einstellung entelechisch?«

»Hergo-Zovran hat sicherlich nicht nur an materielle Werte gedacht. Der Aufenthalt in der Fremde belastet die Mannschaft, das Nichtstun bedrückt sie. Auch das ist ein hoher Preis.«

»Dich belastet es nicht?«

Der Loower blieb stehen und breitete seine Flughäute aus. »Das Solsystem ist nicht die Fremde für mich. Ich fühle mich hier wie zu Hause. Ich würde es als meine Heimat ansehen, wenn ich bleiben darf.«

»Warum nicht ...«

Tifflor verabschiedete sich von dem Loower und wandte sich seinem Gleiter zu.

»Hast du dir schon überlegt, welcherart Entschädigung du von meinem Volk verlangen wirst?«, rief Goran-Vran ihm nach.

Tifflor drehte sich noch einmal um. »Vielleicht erbitte ich die Neunturmanlage als Geschenk«, sagte er achselzuckend.

Dann ging er endgültig.

Zurück in seinem Büro in Imperium-Alpha, rief der Erste Terraner die neuesten Meldungen ab.

Unter dem Stichwort Weltraumbeben erfuhr er, dass es im Zentrumsgebiet der Milchstraße zu einer Sternexplosion gekommen war, deren genaue Ursache aber noch nicht ermittelt werden konnte. Es stand zwar bereits außer Zweifel, dass Gravitationsanomalien dabei eine Rolle gespielt hatten, doch musste erst geklärt werden, ob tatsächlich ein Weltraumbeben oder doch eher andere Einflüsse dafür verantwortlich waren.

Aus einigen Großstädten wurden Tumulte gemeldet, die sich sofort nach einem Bericht über den Abzug der Loower entwickelt hatten. Ausschreitungen größeren Ausmaßes waren bislang jedoch verhindert worden. Die Öffentlichkeit erwartete eine Stellungnahme der Regierung, was mit anderen Worten hieß, dass sich Tifflor eine Beschwichtigungstaktik zurechtlegen musste.

Adams hatte die Nachricht hinterlassen, dass die Wissenschaftler intensiv an der Auswertung der Daten von Gamma-Zeta arbeiteten.

Zuletzt folgte die Meldung über die Verhaftung eines Betrügers, der in der osteuropäischen Stadt Neu-Vindobona Schulden in Höhe von rund 50.000 Solar gemacht hatte, obwohl er völlig mittellos war.

Tifflor ärgerte sich, dass er mit solchen Bagatellen behelligt wurde. Er hätte die Angelegenheit übergehen können. Aber da er gerade in der richtigen Stimmung war, stellte er den für die Auswahl verantwortlichen Mann zur Rede.

»Sie wollten über alle Vorfälle, die mit den UFOs in Zusammenhang stehen könnten, unterrichtet werden«, verteidigte sich der Mann.

»Wo sehen Sie da einen Zusammenhang?«, fragte Tifflor gereizt.

»Tut mir leid«, entschuldigte sich der Mann. »Aber die Reihung der Meldungen in Sparten und Dringlichkeiten wird positronisch vorgenommen. Ich treffe nur die Auswahl und überprüfe die Berichte nicht. Aber weil er der einzige der Kategorie UFOs war, dachte ich mir ...«

Tifflor winkte ab.

Er ging die Meldung genauer durch und fand bald heraus, warum sie dem UFO-Komplex zugeordnet war. Der verhaftete Hochstapler nannte sich Plekeehr und gab sich als Siedler der Pionierwelt Hockeeton aus. Er wurde als groß und muskulös, mit ausdruckslosem, fast seelenlosem Gesicht beschrieben. Sein Verhalten wurde als atypisch und weltfremd bezeichnet, als asozial und gefühlskalt.

Tifflor musste prompt an die Beschreibung der UFO-Insassen denken, die er von der achtjährigen Dalanja Tharpo erhalten hatte. Diese Ähnlichkeit war vermutlich auch der Positronik aufgefallen.

»Kennen Sie eine Pionierwelt Hockeeton?«, fragte Tifflor den Nachrichtenmann.

»Nein, Sir, leider nicht.«

»Haben Sie nie gehört, dass jemand zu einem, der sich besonders dumm anstellt, gesagt hat, er benehme sich, als stamme er von Hockeeton? Das ist nur eine Redewendung. Früher wurde jemand gefragt, ob er vom Mond kommt. Hockeeton ist nichts anderes als ein fiktiver Begriff, ein Synonym für Ungeschicklichkeit und Dummheit.«

»Wie kann dieser Plekeehr dann behaupten, er stamme ausgerechnet von jener Welt, wenn es sie gar nicht gibt?«

»Genau das werde ich ihn selbst fragen«, sagte Tifflor. »Ich verlange, dass er nach Imperium-Alpha überstellt wird. Außerdem wünsche ich, dass auch Dalanja Tharpo hierher gebracht wird.«

»Und was ist mit Wiesel?«, fragte der Nachrichtenmann. Als er Tifflors verständnisloses Gesicht sah, erklärte er, dass Wiesel Plekeehrs Partner gewesen sei und dessen Unwissenheit offenbar zu seinem eigenen Vorteil ausgenutzt hatte.

»Den Ganoven brauchen wir natürlich auch für eine Gegenüberstellung«, bestätigte Tifflor.

Als er wieder allein war, studierte er die Unterlagen über Plekeehr genauer. Dabei fand er unter anderem die Antwort auf eine Frage, die zwar nicht von grundlegender Bedeutung war, die aber zeigte, wie weltfremd Plekeehr war. Tifflor musste unwillkürlich schmunzeln, als er den Auszug eines Verhörs las.

Fragesteller: Wie kamen Sie eigentlich darauf, sich als Hockeetoner auszugeben, Blacky?

Plekeehr: Ich tat etwas, das Wiesel nicht passte. Daraufhin fragte er mich: Sag, kommst du von Hockeeton? Er hat es mir förmlich in den Mund gelegt. Ich sagte: Ja, ich stamme von Hockeeton. Wieso merkt man das so deutlich?

Wiesel, dessen richtiger Name nicht in den Protokollen vermerkt war und der unabhängig verhört wurde, zeigte sich überaus kooperativ und gab durch seine Aussage wertvolle Hinweise über Plekeehrs Verhalten. Er packte aus, wie man in der Ganovensprache sagte. Natürlich war er bemüht, sein Parasitentum als gute Tat hinzustellen, und verwahrte sich gegen jegliche verbrecherische Absicht.

Dass er die Gegenstände, die Plekeehr ihm anvertraut hatte, ausgerechnet zu einem Hehler brachte, anstatt sie einem Patentamt zur Schätzung vorzulegen oder einem der technischen Dienste der LFT, schrieb er dem Umstand zu, dass er illegal auf Terra lebte. Auch in dieser Beziehung bestritt er die Absicht einer ungesetzlichen Handlungsweise.

Von den sieben Gegenständen – technische Apparate, offenbar nicht terrestrischen Ursprungs –, die Wiesel dem Hehler verkauft hatte, war nicht mehr viel übrig geblieben. Von dem Hehler auch nicht. Es wurde rekonstruiert, dass der Hehler bei dem Versuch, die Gegenstände zu untersuchen, offenbar einen Selbstzerstörungsmechanismus ausgelöst hatte.

Das achte Gerät dieser Art, das sich noch lange Zeit in Plekeehrs Besitz befunden hatte, wurde von seinem Besitzer selbst zerstört, als die Beamten es von ihm forderten, nachdem Wiesel sie darauf aufmerksam gemacht hatte.

Nur noch Plekeehrs blauer Anzug existierte, den er getragen hatte, bevor er sich terranische Kleidung besorgte. Tifflor ordnete an, dass Plekeehr diese Uniform während der Gegenüberstellung tragen sollte.

Plekeehr und Dalanja Tharpo trafen fast gleichzeitig ein. Der Erste Terraner kümmerte sich zuerst um das Mädchen. Er unterhielt sich zwanglos mit Dalanja und kam erst nach und nach auf das eigentliche Thema zu sprechen.

»Ich kann mich kaum mehr erinnern«, sagte Dalanja. »Manchmal denke ich, dass ich alles nur geträumt habe.«

»Tun wir so, als sei es wirklich nur ein Traum gewesen. Aber erinnerst du dich noch, wie die UFOnauten in diesem Traum ausgesehen haben?«

»Ganz genau ...«

Tifflor ließ Dalanja in einen Beobachtungsraum bringen, wo sich zwei Psychologen ihrer annahmen. Er selbst verfolgte das Geschehen über eine Holoprojektion.

Dalanja wirkte unbekümmert und gelöst. Sie lachte gerade schallend über einen Witz der Psychologen, als in ihrem Rücken eine Tür aufging und Plekeehr in seiner blauen Kombination eintrat. Sein Bewacher führte ihn zu Dalanja und blieb mit ihm neben ihr stehen. Plekeehrs Gesicht blieb völlig ausdruckslos. Sein Blick wanderte von den beiden Psychologen zu dem Mädchen, ohne dass er dabei eine Regung zeigte.

Dalanja merkte die Bewegung neben sich und blickte zur Seite. Ihr im Lachen geöffneter Mund erstarrte, ihr Gesichtsausdruck wandelte sich schlagartig.

Sie schrie, sprang von ihrem Platz auf und taumelte rückwärtsgehend zur Wand. Die beiden Psychologen waren sofort an ihrer Seite. Tifflor blickte kurz zu Plekeehr, der eine völlig unpassende Grimasse schnitt, dann wurde seine Miene wieder ausdruckslos.

»Dalanja, was ist los mit dir?«, redete ihr einer der Psychologen zu. »Was hast du? Warum fürchtest du dich vor diesem Mann?«

»Er ist ... sieht aus wie einer von den Männern ...«

»Welche Männer?«

»Die ..., die mich entführten. Die UFOnauten! Er ist einer von Alurus' Leuten.«

»Bist du sicher, Dalanja? Woran erkennst du ihn?«

»An dem Anzug. Die UFOnauten waren genauso gekleidet.«

»Ist das alles?«

»Er sieht auch sonst so aus ... Was will er hier?«

»Keine Angst, Dalanja. Er ist unser Gefangener und kann dir nichts anhaben. Er nennt sich Plekeehr. Hast du den Namen schon gehört?«

Dalanja schüttelte den Kopf. Sie beruhigte sich langsam wieder, doch eine unterschwellige Furcht blieb. Der Anblick des UFOnauten hatte eine längst verheilt geglaubte Wunde aufgerissen.

»Er ist so kalt, so ... so ...«

»Seelenlos?«, half ihr der Psychologe aus.

»Ja, so seelenlos wie die UFOnauten. Ein Mensch könnte gar nicht so sein. Das ist kein Mensch. Sieh nur, wie er mich ansieht! Ich möchte fort.«

»Es ist alles gut. Du hast keinen Grund, dich zu fürchten. Ganz ruhig, Dalanja. Kein Problem.« Auf einen Wink des Psychologen wurde Plekeehr wieder hinausgeschafft.

Julian Tifflor verließ seinen Beobachtungsposten und begab sich zum Verhörraum, um sich Plekeehr vorzunehmen. Für ihn stand nun außer Zweifel, dass er ein Mitglied einer UFO-Besatzung vor sich hatte.

25.

Tifflor war mit dem Gefangenen allein in dem kahlen Zimmer, bei dessen vier Wänden es sich um Projektionsflächen handelte. Der Erste Terraner saß an einem kleinen Mischpult, über das er verschiedene Programme abrufen und bearbeiten konnte. Im Moment bestand ringsum die Holoprojektion von Schaltwänden. Sie erweckten die Illusion einer technischen Zentrale. Es handelte sich um Nachbildungen, die nach Dalanja Tharpos Angaben über das Innere des UFOs erstellt worden waren.

Auf Plekeehr machte dieses Umfeld keinen Eindruck. Sein Blick war starr ins Nichts gerichtet, sein Gesicht ausdruckslos. Er schnitt nicht einmal mehr Grimassen. Tifflors Aufforderung, sich auf den Schwenksessel in der Mitte des Raumes zu setzen, kam er wortlos nach. Er wirkte völlig unbeteiligt.

»Erkennen Sie die Umgebung?«, fragte Tifflor.

»Nein«, antwortete Plekeehr tonlos.

»Bitte sagen Sie mir, was Sie sehen!«

»Eine Ansammlung technischer Geräte.«

»Erkennen Sie die Geräte? Sie sind an Bord eines der UFOs, auf denen Sie Ihren Dienst versahen.«

»Das ist nicht wahr.«

»Was ist hier anders?«

»Alles. Das hier sind nur Attrappen.«

Tifflor fragte sich, ob Plekeehr die Projektionen als solche durchschaute oder ob er nur von Attrappen sprach, weil die Wiedergabe der UFO-Einrichtung nicht naturgetreu war. War Ersteres der Fall, dann würde das bedeuten, dass Plekeehr Wahrnehmungsorgane besaß, die weit über den optischen Bereich hinausgingen. Dabei konnte es sich um Parasinne handeln oder um Ortungsgeräte technischer Art sowie um völlig unbekannte Sensoren.

»Gehen Sie zu einer Schaltwand und versuchen Sie, eines der Geräte zu bedienen!«

Plekeehr kam der Aufforderung nach und ging an die rechte Wand. Er streckte seine Hand aus und stieß gegen die zweidimensionale Projektionsfläche. In dieser Haltung harrte er aus.

»Haben Sie den Trick nicht durchschaut?«, fragte Tifflor.

»Was für einen Trick?«

»Dass es sich bei der technischen Einrichtung nur um eine Projektion handelt.«

»Ich habe nur getan, was Sie mir geraten haben.«

Der Erste Terraner legte die Stirn in Falten. Er wollte nicht zu viel Zeit vergeuden und steuerte mit seiner nächsten Frage einem anderen Thema zu.

»Sind Sie es gewohnt, alles zu tun, was von Ihnen verlangt wird, ohne über Sinn und Zweck nachzudenken, Blacky?« Tifflor entschloss sich spontan zu der etwas vertraulicheren Anrede.

»Ich habe zu viel nachgedacht.«

»Es ist Ihnen untersagt, sich Gedanken zu machen und Fragen zu stellen?«

»Wäre dies der Fall, hätte ich mich auf Terra nicht so lange behaupten können.«

»Zugegeben, Sie haben sich recht gut gehalten. Aber mit meiner Frage wollte ich nur klären, ob Sie ein Befehlsempfänger sind oder ein Kommandierender.«

»Alurus ist der Kommandant.«

»Das wissen wir. Sie und die anderen haben seine Befehle ausgeführt.«

Darauf gab Plekeehr keine Antwort. Tifflor wertete sein Schweigen als Bestätigung.

»Welche Befehle hat Ihnen Alurus gegeben, als Sie in unser Sonnensystem einflogen? Nannte er den Namen des Zielplaneten?«

Tifflor machte eine Pause.

Da er keine Antwort erhielt, stellte er die nächste Frage: »Hat Alurus Ihnen gesagt, warum er ausgerechnet dieses Sonnensystem als Ziel gewählt hat?«

Immer noch keine Antwort.

»Erklärte Alurus die besondere Bedeutung des dritten Planeten? Wie nannte er uns – Menschen, Terraner oder wie sonst? Umriss er eure Aufgabe? Sagte er, dass wahllos eine gewisse Anzahl von Menschen entführt werden sollte, oder mussten es nur Kinder einer bestimmten Altersgruppe sein? Legte er sich auf einzelne Kinder fest? Nannte er Namen, oder musstet ihr euch bei der Auswahl der Opfer nach anderen Kriterien richten? Was war der Maßstab für die Entführungen? Welche Befehle gab Alurus?«

Plekeehr ließ alle diese Fragen unbeantwortet. Er blieb unbewegt, zuckte die ganze Zeit über nicht einmal mit der Wimper. Tifflor gewann aber nicht den Eindruck, dass der Mann eine Mentalsperre besaß, die ihm die Beantwortung dieser Fragen nicht erlaubte. Er war einfach desinteressiert und stur.

»Was sagt Ihnen der Begriff Zeit, Blacky?« Wieder ein Wechsel des Themas.

»Heute ist der 10. Mai 3587.«

Die Antwort verblüffte den Ersten Terraner, denn er hatte auf etwas ganz anderes hinausgewollt. Trotzdem griff er den Faden auf.

»Das Datum stimmt. Aber das ist die terranische Zeitrechnung. Nach welchen Maßstäben berechnen Sie die Zeit?«

»Überhaupt nicht«, antwortete Plekeehr.

»Heißt das, Sie haben überhaupt keinen Zeitbegriff? Teilen Sie Ihr Leben nicht in gewisse Zeitabschnitte ein?«

»Nein.«

»Sie müssen doch in der Lage sein, zwischen gestern, heute und morgen zu unterscheiden.«

»Das schon.«

»Demzufolge wissen Sie, was Vergangenheit, Gegenwart und Zukunft ist.«

»Ja.«

»Und von wo kommen Sie?«

»Aus der Vergangenheit.«

»Nicht aus der Zukunft?«

»Ich kenne die Zukunft nicht.«

»Ist meine Zukunft, die Zukunft dieses Planeten überhaupt, Ihre Gegenwart?«

»Ich kann mir nicht denken, wie das möglich sein sollte.«

»Durch Zeitreise«, sagte Tifflor.

»Die Zeit reist mit uns«, erklärte Plekeehr. »Man befindet sich immer in der Gegenwart, und was ich eben gesagt habe, gehört nun schon der Vergangenheit an.«

»So meinte ich das nicht.« Tifflor schüttelte den Kopf und beschloss, den Haarspaltereien ein Ende zu machen. »Alurus hat behauptet, dass er in einer besonderen Mission aus der Zukunft käme. Stimmt das?«

»Wenn Alurus es sagt!«

»Besitzen Sie kein eigenes Wissen über die Zeit, aus der Sie kommen, Blacky?«

Plekeehr schwieg.

»Warum versuchen wir es nicht einmal andersherum?«, sagte Tifflor jovial. »Wiesel hat uns verraten, dass Sie überaus wissbegierig sind. Tauschen wir einfach die Rollen. Sie stellen nun die Fragen.«

»Wozu? Das wäre sinnlos.«

»Versuchen Sie es! Vielleicht finden Sie Gefallen daran.

»Also gut.« Plekeehr zögerte noch einen Moment. »Warum versuchen Sie, mich auszufragen? Welchen Vorteil versprechen Sie sich für sich selbst, für die Menschen dieses Planeten oder für diesen kosmischen Sektor?«

»Zugegeben, bis jetzt bin ich nicht viel weitergekommen«, gestand Tifflor, der bei Plekeehrs letzten Worten hellhörig geworden war. »Aber vielleicht führt unser Gespräch doch zu einem Ergebnis. So sinnlos erscheint es mir gar nicht.«

»Was, glauben Sie, dadurch ändern zu können?«, fragte Plekeehr. Bevor Tifflor darauf antworten konnte, fuhr der UFOnaut schon fort: »Was immer Sie zu erreichen glauben, Sie können die Geschehnisse nicht mehr aufhalten. Niemand ist dazu in der Lage. Dieser Sektor des Universums strebt unaufhaltsam dem Untergang zu, das Ende steht knapp bevor. Darum ist unsere Unterhaltung sinnlos.«

Tifflor war perplex. Während er noch versuchte, das Gehörte zu verarbeiten, rief er automatisch eine Rechnerauswertung ab. Er wollte den wüsten Spekulationen, die ihm plötzlich durch den Kopf geisterten, durch kühle positronische Logik ein Ende machen. Als dann aber nur ein einziges Wort vor ihm aufleuchtete, war das eine Bestätigung seiner schlimmsten Befürchtungen.

Weltraumbeben.

Nur er konnte die abgeschirmte Projektion erkennen. Die Hauptpositronik von Imperium-Alpha war demnach ebenfalls zu dem Schluss gelangt, dass zwischen Plekeehrs emotionslos vorgetragener Bemerkung vom nahenden Untergang des Milchstraßensektors und den sporadisch entstehenden Kraftfeldern einen Zusammenhang bestehen könnte. Tifflor hatte Mühe, das Zittern in seiner Stimme zu verbergen, als er die nächste Frage stellte.

»Wie kommen Sie zu der Ansicht, Blacky, dass dieser Sektor des Universums dem Untergang geweiht ist?«

»Das ist ein offenes Geheimnis.«

»Hat Alurus das gesagt?«

Plekeehr gab keine Antwort. Es schien dem Ersten Terraner, dass der UFOnaut mit seinem Schweigen ausdrücken wollte, dass die Herkunft seines Wissens in jeder Hinsicht belanglos sei. Und dass die Tatsachen ohnehin nicht zu ändern waren.

Tifflor räusperte sich. »Haben Sie von den Weltraumbeben *gehört* überall in unserer Galaxis gehört, Blacky?«

»Sie waren das Tagesgespräch in Neu-Vindobona.«

»Was halten Sie davon?«

»Sie betreffen mich nicht.«

»Haben Sie sich keine Gedanken darüber gemacht?«

»Doch.«

»Was ist Ihre Meinung?«

»Meine Meinung ist irrelevant.«

»Haben Sie eine Vermutung, was diese Weltraumbeben verursacht haben könnte?«

»Ja.«

»Darf ich diese Vermutung hören?«

»Eine manipulierte Materiequelle.«

»Eine – was?«

»Diese sogenannten Weltraumbeben werden aller Wahrscheinlichkeit nach durch die Manipulation an einer Materiequelle verursacht«, erklärte Plekeehr geduldig. »Die bisherigen Auswirkungen sind noch relativ harmlos. Sie dürften erst der Anfang einer bedrohlichen Entwicklung sein, die an ihrem Höhepunkt zur Vernichtung allen Lebens in diesem Teil des Universums führen muss. Ist das so neu für Sie?«

»Allerdings«, gestand Tifflor und erkannte erst zu spät, dass das Eingeständnis seiner Unwissenheit ein Fehler war. Denn von da an schwieg Plekeehr hartnäckig auf alle Fragen, die diesen Themenkomplex betrafen.

Der Erste Terraner beschloss, eine Pause zu machen und das erarbeitete Material auswerten zu lassen.

In der Folge fand Julian Tifflor keine Zeit, sich persönlich um Plekeehr zu kümmern. Er gab den Gefangenen in die Obhut des Psychologen Ferengor Thaty, bei dem er den UFOnauten in guten Händen wusste.

Professor Thaty hatte Erfahrung im Umgang mit Fremdwesen, was er nicht zuletzt bei der Betreuung des Loowers Goran-Vran bewiesen hatte. Tifflor und der Psychologe verhielten sich zwar wie Hund und Katze, das schloss jedoch nicht aus, dass einer die Fähigkeiten des anderen anerkannte. Tifflor hatte keinen Einwand, als Thaty vorschlug, Plekeehr durch besonders humane Behandlung vergessen zu lassen, dass er ein Gefangener war, und so ein Sympathiegefühl für seine Bewacher zu wecken.

Der Erste Terraner stimmte auch dem nächsten Vorschlag des Psychologen zu. Thaty bat darum, Wiesel und Plekeehr in einem gemeinsamen Quartier unterzubringen. Vielleicht würde Plekeehr in Gegenwart seines früheren Partners und Lehrmeisters gesprächiger werden.

Tifflor hatte die nächsten vierundzwanzig Stunden genug damit zu tun, sich auf die Konferenz mit den GAVÖK-Delegierten vorzubereiten und in der Vollversammlung des Terranischen Rates Maßnahmen zu beschließen, die ihm größere Handlungsfreiheit in allen Bedangen der Weltraumbeben einräumten. Zwischendurch redete er kurz mit Adams.

»Die Lage ist unverändert«, berichtete Adams. »Nur könnte das nach Plekeehrs Aussage die Ruhe vor dem Sturm sein. Die Erwähnung der Materiequelle hat den Wissenschaftlern einiges Kopfzerbrechen bereitet.«

»Wissen sie denn damit überhaupt etwas anzufangen?«, fragte Tifflor.

»Der Begriff ist eigentlich uralt, aber er war bislang eher dem metaphysischen Bereich zuzuordnen. Er tauchte schon in Kosmologien des zwanzigsten Jahrhunderts auf und erfuhr viele Deutungen. Unter einer Materiequelle kann man sich alles Mögliche vorstellen, aber eine wissenschaftliche Interpretation scheint dem Stand unserer Forschung entsprechend nicht eindeutig möglich. Auch andere Völker kennen diesen Begriff. Erinnern wir uns nur des larischen Festes der Urquelle. Die Laren glaubten, dass alles Leben aus der Urquelle kommt und dorthin zurückfließt. Wir haben nie verstanden, weshalb die Laren an diesem primitiven Glauben festhielten. Aber vielleicht ist er mehr als religiöser Mystizismus. Wir sollten Hotrenor-Taak oder Roctin-Par fragen, aber die sind in der Provcon-Faust.«

Julian Tifflor erinnerte sich nur zu gut an den Tag, als Roctin-Par ihm ein Geschenk überbracht hatte. Ein antikes Kunstwerk aus der Provcon-Faust, von dem die drei Gäa-Mutanten behaupteten, es hätte eine Ausstrahlung wie Margor selbst. Die Sache wartete noch auf ihre endgültige Klärung, doch war Tifflor froh, dass dieses Kunstwerk rechtzeitig eliminiert worden war.

Die Vertreter der GAVÖK trafen nach und nach auf Terra ein. Tifflor überließ ihren Empfang und die Vorgespräche den Terranischen Räten. Er selbst wollte sich in aller Eile noch einmal mit Plekeehr unterhalten, aber ihm blieb gerade noch Zeit, Thaty anzurufen.

»Haben Sie Fortschritte gemacht?«, erkundigte sich Tifflor.

»Ja, natürlich«, antwortete der Psychologe frostig. »Aber was Sie wirklich wissen wollen, ist, ob Plekeehr mir sein Wissen mitgeteilt hat. Das ist etwas zu viel verlangt. Ich bin Wissenschaftler, kein Magier.«

Tifflor hätte ihm antworten wollen, dass er mit einer Wahrsagerin vermutlich auch nicht schlechter dran gewesen wäre. Aber da war die Leitung bereits tot, und er musste seinen Ärger hinunterschlucken. Er nahm sich vor, Plekeehr von den drei Gäa-Mutanten verhören zu lassen. So gefühlskalt und unpersönlich der UFOnaut auch wirkte, bar jeder Emotion konnte er nicht sein. Bran Howatzers Fähigkeit des Pastsensors musste also zum Tragen kommen. Tiff ärgerte sich, dass er diese Möglichkeit nicht sofort ins Auge gefasst hatte.

Als er den Konferenzsaal erreichte, hatte er das knappe Gespräch längst vergessen. Seine Stimmung besserte sich weiter, als er unter den Anwesenden auch den GAVÖK-Leiter Mutoghman Scerp entdeckte.

Der Neu-Arkonide kam zu ihm und begrüßte ihn herzlich.

»Allen ist der Ernst der Lage bewusst, obwohl es bisher noch keine größere Katastrophe gab. Es soll auch gar nicht erst dazu kommen, deshalb sind sich alle Delegierten im Klaren, dass vorbeugende Maßnahmen getroffen werden müssen. Wir sind der Meinung, dass wir unbürokratisch vorgehen müssen, um rasch zu einem Ergebnis zu kommen. Dies soll keine Marathonsitzung werden.«

»Das ist ganz in meinem Sinn«, erwiderte Tifflor. »Ist die Versammlung beschlussfähig?«

»Alle Delegierten haben die Vollmacht ihrer Regierung.«

Tifflor war zufrieden.

In seiner Eröffnungsrede beschränkte er sich auf eine kurze Zusammenfassung der Probleme, da ohnehin alle mit dem Thema vertraut waren. Jedes Volk hatte auf die eine oder andere Weise die Auswirkung der Weltraumbeben schon zu spüren bekommen. Zudem hatte Adams Datenpakete über den neuesten Stand der Dinge an die Delegierten verteilen lassen, was einige leidenschaftliche Diskussionen ausgelöst hatte.

Tifflor rannte danach sozusagen offene Türen ein, als er verlangte, dass jedes Volk sein Forschungspotenzial uneingeschränkt für die Untersuchung der Weltraumbeben zur Verfügung stellen sollte. Er ging selbst mit gutem Beispiel voran, indem er alle von Adams' Wissenschaftlerteam gestellten Forderungen erfüllte.

Nach ihm ergriff Mutoghman Scerp das Wort und gab unter anderem bekannt, dass die Neu-Arkoniden eine Forschungsflotte in den Dienst der guten Sache gestellt hatten.

Die Delegierten standen dem nicht nach und zeigten durch die großzügige Bereitstellung von Wissenschaftlern und technischem Material, dass sie die Lösung des Problems mit größtem Einsatz in Angriff nehmen wollten. Abschließend wurde die Entsendung der Forschungs- und Spezialschiffe zur Ergründung des Phänomens der Weltraumbeben in exponierte Gebiete beschlossen.

Der Erste Terraner war mit dem Erreichten zufrieden.

Nachdem der offizielle Teil der Konferenz beendet war, meldete sich der akonische GAVÖK-Delegierte zu Wort.

»Haben Sie schon überprüft, ob zwischen den UFOs, die im Solsystem aufgetaucht sind, und den Weltraumbeben ein Zusammenhang bestehen könnte? Die Aussage Ihres Gefangenen über die Materiequelle erscheint mir in diesem Zusammenhang recht bedeutungsvoll.«

»Die Untersuchungen darüber sind im Gang«, antwortete Tifflor. »Ich bin sicher, dass wir Mittel und Wege finden, Plekeehr zum Sprechen zu bringen. Wenn er mehr über die Weltraumbeben weiß, dann werden wir es von ihm erfahren.«

Tifflor beantwortete noch eine Reihe weiterer Fragen, dann wollte er sich zu einem vertraulichen Gespräch mit Scerp zurückziehen. Doch kaum hatte er sich mit dem Neu-Arkoniden und Adams in einen Nebenraum begeben, da tauchte Ferengor Thaty auf.

Der Psychologe wirkte ernst und machte einen niedergeschlagenen Eindruck. Das ließ nichts Gutes ahnen.

»Was gibt es, Professor?«, fragte Tifflor. »Gehe ich richtig in der Annahme, dass Sie keine guten Nachrichten bringen?«

»Ihrem Scharfsinn bleibt wirklich nichts verborgen, Erster Terraner«, bemerkte der Psychologe. »Da ich mich persönlich dafür verantwortlich fühle, wollte ich Ihnen die unerfreulichen Neuigkeiten selbst überbringen.«

»Was ist passiert?«

»Plekeehr ist geflohen.«

Thaty hatte sich wie ein Anfänger überrumpeln lassen. Er konnte zu seiner Verteidigung nur anführen, dass er den UFOnauten unterschätzt und ihn eines so raffinierten Schachzugs gar nicht fähig gehalten hatte.

»Ehrenwort, Blacky, ich wollte dich nicht reinlegen«, sagte Wiesel. »Nachdem ich Klunkel deine Kette verkauft hatte und mit dem Geld zu dir unterwegs war, wurde ich verfolgt. Dieser Halsabschneider hat mir tatsächlich seine Killer nachgeschickt, damit sie mir das Geld wieder abnehmen sollten. Ich musste fliehen! Als ich die Killer endlich abgeschüttelt hatte und mich in Sicherheit wähnte, schnappten mich die LFT-Leute. Sie sagten, dass Klunkel bei dem Versuch, deine Kette zu untersuchen, in die Luft geflogen sei.«

»Das war zu erwarten«, erwiderte Plekeehr.

»Du hast gewusst, dass das passieren würde, Blacky? Mann, bist du kaltblütig! Dann hast du Klunkel auf dem Gewissen.«

»Seine Neugierde ist ihm zum Verhängnis geworden.«

»Na, mir kann das egal sein. Wir sind ja noch mit einem blauen Auge davongekommen. Uns fehlt es eigentlich an nichts, wir brauchen nur mit dem Finger zu schnippen, wenn wir was wollen, schon bringt man es uns. Ich habe den Verdacht, dass wir diese fürstliche Behandlung nur dem Umstand zu verdanken haben, dass die von der LFT einiges von dir wollen, Blacky.«

»So ist es wohl.«

»Du musst dichthalten, Blacky, sonst ist das süße Leben vorbei.«

»Meinst du, Wiesel?«

»Sicher. Solange du den Mund hältst, werden wir verwöhnt. Aber wenn die erst einmal erfahren haben, was sie wissen wollen, werden sie uns den Prozess machen. – Weißt du überhaupt genug, Blacky?«

»Wäre schon möglich.«

»Sage nichts, ich will es gar nicht wissen ... Das heißt, einen Tipp könntest du mir schon geben.«

»Besser nicht.«

»Hab' dich nicht so, Blacky. Wir beide sind doch Freunde, und bei mir ist dein Wissen gut aufgehoben. Ich weiß doch, dass du zur UFO-Mannschaft gehört hast und dass ihr aus der Zukunft gekommen seid.

Das macht mir nichts aus. Es ändert auch nichts an unserer Freundschaft. Sag schon, hast du noch Verbindung zu deinen Leuten?«

»Ich könnte Verbindung zu Alurus aufnehmen, wenn ...«

»Wenn was?«

»Es gibt einen Brückenkopf auf Terra.«

»Das hab ich mir doch gedacht! Und?«

»Die Terraner würden sehr viel dafür geben, wenn sie diese Geheimstation fänden.«

»Darauf kannst du Gift nehmen. Die würden uns mit Howalgonium aufwiegen, und wir hätten beide für alle Zeiten ausgesorgt!«

»Mir würde die Freiheit genügen.«

Wiesel lachte leise. »Das ist deine Sache, Blacky. Ich bin weniger leicht zufriedenzustellen. Aber Geschmäcker sind eben verschieden ... Warum schlägst du ihnen nicht einfach diesen Tauschhandel vor?«

»Ich bin kein Verräter.«

»Wer spricht von Verrat, Blacky? Eure Mission auf Terra ist doch beendet, oder?«

»Stimmt.«

»Damit ist die Station doch ohnehin nutzlos geworden und wird von Alurus nicht mehr benötigt. Es schadet niemandem, wenn die Terraner sie finden.«

»Es wäre dennoch Verrat.«

»Nun, dann müssen wir eben überlegen ...«

»Ich wüsste einen Ausweg«, sagte Plekeehr nach einer Weile. »Wenn du den Terranern die Information zuspielst, brauche ich mich nicht schuldig zu fühlen.«

»Du würdest das nicht als Vertrauensbruch ansehen? Ich glaube, du bist ein ganz abgefeimter Bursche, Blacky.«

»Ich will nur das Beste aus meiner Situation machen«, sagte Plekeehr.

Ferengor Thaty, der das Gespräch mithörte, hätte eigentlich da schon misstrauisch werden müssen. Aber er unterschätzte Plekeehr, vor allem glaubte er dem UFOnauten, dass er für seine Freiheit jeden Preis zahlen würde. Der Psychologe argwöhnte sogar, dass Plekeehr nur in den geheimen Stützpunkt gelangen wollte, um seinem Kommandanten eine Nachricht zu senden. Deshalb nahm er sich vor, falls es zu einem Tauschhandel kommen würde, geeignete Sicherheitsvorkehrungen zu treffen. Nur mit einem rechnete Thaty nicht. Nämlich damit, dass ein solcher Brückenkopf überhaupt nicht existierte.

Er suchte das Quartier der beiden Gefangenen auf, als finde er sich zu einer routinemäßigen Befragung ein.

Es dauerte nicht lange, da platzte Wiesel mit seinem Wissen heraus. »Es gibt einen geheimen UFO-Stützpunkt auf Terra«, vertraute er dem

Psychologen an. »Ich weiß es hundertprozentig. Blacky hat es ausgeplaudert.«

»Und wo liegt dieser Stützpunkt?«, wollte Thaty wissen, der sich skeptisch gab.

»Das hat er mir nicht verraten«, beteuerte Wiesel. »Noch nicht. Aber wenn Sie ihn unter Druck setzen, wird er singen. Bestimmt. Ein richtiges Verhör hält er nicht durch.«

»Was haben Sie dazu zu sagen, Plekeehr?« Der Psychologe wandte sich dem UFOnauten zu, der die ganze Zeit über unbeteiligt gewirkt hatte und auch jetzt mit völlig ausdruckslosem Gesicht dastand.

Thaty redete ihm ins Gewissen. Er vergaß auch nicht zu erwähnen, dass Plekeehr für seine Informationen eine angemessene Gegenleistung erwarten könnte.

»Wir machen Sie für das, was passiert ist, nicht persönlich verantwortlich, Blacky. Sie sind nicht unser Gegner, nur ein Befehlsempfänger. Der wahre Schuldige ist Alurus. Wenn Sie uns den Stützpunkt zeigen, können Sie mit einigen Vergünstigungen rechnen.«

»Was für Vergünstigungen?«, fragte Plekeehr endlich.

»Nun, vor allem wären Sie kein Gefangener mehr. Ihr Entgegenkommen in der Sache wäre ein Zeichen Ihres guten Willens.«

»Es ist ganz in der Nähe«, sagte Plekeehr zögernd.

»Hier – in Imperium-Alpha?« Thaty schnappte verwundert nach Luft.

»Nein, das nicht. Aber in der Stadt, die Terrania heißt.«

»Und wo genau?«

»Wie soll ich den Ort beschreiben? Ich kann das nicht.«

»Aber Sie würden ihn wiedererkennen?«

»Das bestimmt. Ich habe ein ausgezeichnetes Gedächtnis.«

»Dann führen Sie uns hin.«

Da Julian Tifflor in der wichtigen Sitzung mit den GAVÖK-Delegierten war, entschied sich der Psychologe, die Angelegenheit selbst in der Hand zu behalten. Jetzt war Plekeehr weich, in ein paar Stunden mochte das wieder völlig anders aussehen.

Als Plekeehr darauf bestand, seine blaue Kombination gegen terranische Kleidung auszutauschen, hätte der Psychologe erneut misstrauisch werden müssen. Doch er verließ sich auf die beiden Spezialisten, die er zur Bewachung des UFOnauten mitnahm. Er erfüllte Plekeehr sogar einen zweiten Wunsch und stimmte zu, dass Wiesel mitkam.

Zu fünft bestiegen sie einen Regierungsschweber und verließen Imperium-Alpha durch einen der Flugschächte.

Plekeehr verlangte, dass sie ins Zentrum der Metropole flogen. Er zeigte keinerlei Unsicherheit, die Argwohn erregt hätte, nicht einmal, als er verlangte, dass der Schweber im Park neben einem spiralförmig geschwungenen Hochhauskomplex landen sollte.

Kaum hatte die Maschine auf einem Landefeld aufgesetzt, explodierte Plekeehr geradezu. Er hatte beide Bewacher niedergeschlagen und entwaffnet, bevor der Psychologe überhaupt reagierte.

Einen Paralysator reichte Plekeehr an Wiesel weiter, der nicht weniger verblüfft zu sein schien als Thaty, den anderen nahm er an sich.

»Ich habe gelogen«, sagte der UFOnaut unbewegt. »Alurus hat auf dieser Welt nie einen Brückenkopf errichtet. Ich hoffe dennoch, dass er sich meiner erinnert und mich von diesem Planeten abholt. Deshalb muss ich frei sein. Falls Alurus nicht zurückkommt, werde ich mit dieser Galaxis untergehen.«

Plekeehr verschwand mit Wiesel zwischen den rundum abgestellten Gleitern. Thaty versuchte noch, ihnen zu folgen, aber er sah schon nach wenigen Augenblicken ein, dass er nichts mehr retten konnte.

Über die Funkanlage des Schwebers schlug er Alarm und leitete die Fahndung nach den beiden Flüchtlingen ein. Als er wieder nach Imperium-Alpha kam, war die Konferenz seit wenigen Minuten beendet.

Plekeehr trieb den kleinen Mann mit den unruhigen Augen vor sich her, bis sie längst außer Sichtweite des Schwebers auf dem Parkgelände waren. »Bringe uns in Sicherheit!«, verlangte er dann.

»Du bist verrückt, Blacky«, jammerte Wiesel. »Warum bist du ausgerissen? Wir hatten ein Leben in Luxus, aber jetzt ist es keinen Soli mehr wert.«

»Du wirst schon einen Ausweg wissen«, sagte Plekeehr ruhig.

»Diese Stadt ist mir fremd. Ich kenne hier keinen Menschen. Und überhaupt, Terrania ist eine einzige Falle. Wenn wir in freier Natur wären ...«

»Das hier ist freie Natur!«

»Pah! Es sind bloß einige Hektar unbebautes Land. Und es wimmelt hier nur so von Erholung suchenden Menschen. Wir sind ein zu ungleiches Paar, Blacky, wir sollten uns trennen.«

Wiesel schrie auf, als er Plekeehrs festen Griff im Nacken spürte. Er hatte sich nie Gedanken darüber gemacht, welche Kräfte in diesem Muskelpaket schlummern mochten. Erst seit Plekeehr die beiden LFT-Beamten niedergeschlagen hatte, schätzte er ihn anders ein.

»Schon gut, wir beide bleiben zusammen.« Er stöhnte und rieb sich den schmerzenden Nacken, als Plekeehr ihn losließ. »Willst du mich umbringen?«

»Nur wenn es sein muss.«

Wiesel fröstelte. »Okay«, sagte er hastig. »Überlegen wir uns, wie wir ungeschoren bleiben können.«

Mehrere Spaziergänger waren auf sie aufmerksam geworden und

blickten ihnen nach. Wiesel merkte, dass er immer noch den Paralysator in der Hand hielt, und steckte ihn ein.

»Tu das Ding weg!«, riet er auch Plekeehr.

Aber der UFOnaut schüttelte den Kopf. »Zeig mir, wie man diese Waffe einsetzt!«, verlangte er.

»Doch nicht hier! Wir brauchen einen verschwiegenen Platz, wo uns niemand beobachtet.«

»Sofort!«

Wiesel wurde heiß und kalt, als er Plekeehr in aller Öffentlichkeit den Paralysator erklären musste.

»Das hier ist der Sicherungsflügel, der nur nach oben gedrückt werden muss, sobald die Waffe eingesetzt werden soll. Und das ist der Abzug. Einfach draufdrücken.«

Plekeehr hob den Paralysator und zielte auf einen in wenigen Metern Entfernung vorübergehenden Mann.

»Nicht, Blacky!«, warnte Wiesel noch. Aber es war schon zu spät. Der Passant zuckte wie unter einem unsichtbaren Schlag, dann brach er paralysiert zusammen.

»Ich habe es deutlich gesehen!«, gellte eine schrille Frauenstimme. »Die Männer dort haben geschossen.«

»Nichts wie weg!« Wiesel rannte los.

Plekeehr holte ihn nach wenigen Schritten ein. »Es hat funktioniert«, sagte er im Laufen.

Sie verließen den Park. Wiesel sprang auf eines der Laufbänder einer Hauptverkehrsader. Er wechselte auf ein schnelleres Band über und von dort auf eines, das in die entgegengesetzte Richtung führte. Plekeehr folgte ihm und ergriff ihn an der Schulter.

»Willst du mir davonlaufen?«

»Ich will nur Verfolger abschütteln.« Wiesel blickte sich vorsichtig um. Niemand schien von ihnen Notiz zu nehmen. Mit gesenkter Stimme fuhr er fort: »Jetzt können wir nur noch versuchen, in der Menge unterzutauchen. Wenn Leute um uns sind, fällt es den Robotwächtern schwerer, uns anhand unserer Individualausstrahlung zu identifizieren.«

Plekeehr war so groß, dass er mühelos über die Köpfe der Passanten hinwegblicken konnte. »Ich sehe keine Verfolger«, stellte er fest.

Wiesel antwortete nicht. Er sparte sich die Erklärung, dass sie ihre Verfolger nicht sehen konnten. Die Meute saß in Imperium-Alpha vor den Holoschirmen des Überwachungssystems. Von dort aus dirigierten sie ein Heer von Robotern und Positroniken.

»Mach dich besser ganz klein«, sagte Wiesel und bekam fast einen Schlaganfall, als Plekeehr in die Knie ging. »So war das nicht gemeint, Blacky. Zeig dein Alltagsgesicht und tu so, als sei nichts vorgefallen.«

»Und wie macht man das?«

»Dafür habe ich dir Schauspielunterricht geben lassen!«

Sie wechselten mehrmals die Richtung, bis sie in ein Vergnügungsviertel kamen. Freiluft-Antigravlifte führten zu den verschiedenen Ebenen.

»Hier wird man uns nicht so schnell finden«, sagte Wiesel einigermaßen erleichtert. »Das Publikum, das hierherkommt, ist auf Diskretion bedacht. Die Unternehmer lassen sich auch nicht gerne hinter die Kulissen ihrer Vielzweckpaläste blicken. Trotzdem ist Vorsicht geboten.«

»Könnten wir mit den Waffen hier etwas ausrichten?«, erkundigte sich Plekeehr interessiert.

»Bist du lebensmüde?«, fragte Wiesel zurück.

»Darüber versuche ich mir schon die ganze Zeit klar zu werden«, antwortete Plekeehr.

Er versuchte, Wiesels Ratschlag zu befolgen und nur ja kein Aufsehen zu erregen. Aber es war ihm unmöglich, in dem herrschenden Gedränge allen auszuweichen. Er wurde gestoßen und bedrängt und kam bald dahinter, dass sich keiner daran störte.

Unbeschreiblicher Lärm herrschte. Das Stimmengewirr der Schaulustigen vermischte sich mit Stimmen aus Akustikfeldern und absonderlicher Musik. Das Farbenspiel der Lichtreklamen wechselte unablässig, und ein Meer von Gerüchen wogte durch die teils engen Seitenstraßen.

An Plekeehr schien das alles abzuprallen. Das Durcheinander der optischen Eindrücke und die Geräusche hatten keine Wirkung auf ihn.

»Das da wäre was für uns«, sagte Wiesel erfreut und deutete auf die Fassade eines Etablissements. »Siehst du die Ankündigung? Dort steht, dass man alle Genüsse dieser kosmischen Schau konsumieren kann, ohne vorher berappen zu müssen. Man zahlt erst im Nachhinein, und die Gebühr wird am Ausgang an den Emotionen des Besuchers gemessen. Einer, dem diese Schau überhaupt nicht gefällt, muss demnach auch nichts zahlen. Ich bin sicher, dass du umsonst davonkommst, Blacky. Aber das ist es nicht allein. Wichtig ist, dass wir in der Schau bleiben können, solange wir wollen. Sollen wir es riskieren?«

»Ich verlasse mich ganz auf dich«, sagte Plekeehr.

»Dann nichts wie hinein ins Vergnügen! Das ist die größte Schau des Universums.« Wiesel stutzte, weil der Freund ihm nicht sofort folgte. »Was ist los?«

»Die Menschen neigen zu Übertreibungen«, sagte Plekeehr tonlos.

»Und wennschon. Wir müssen da rein! Worauf willst du warten, Blacky?«

»Ich verstehe nicht, dass sich alle diese Menschen angesichts der bevorstehenden Katastrophe seichten Vergnügungen hingeben können. Sind sie wirklich so ahnungslos?

»Ahnungslos?« Wiesel schluckte krampfhaft. Am besten, sagte er sich, wenn er nicht hinhörte. »Jetzt hauen wir noch einmal so richtig auf die Pauke!«, rief er – aber so richtig Freude hatte er mit einem Mal nicht mehr daran.

26.

»Die Verdächtigen verlassen den Bezirk CT 19 in nördlicher Richtung. Sie benutzen immer noch die öffentlichen Verkehrswege.«

Julian Tifflor lauschte diesen nichtssagenden Meldungen ohne äußerliche Regung. Das ging nun schon seit zwei Stunden so, seit Plekeehr und sein Begleiter den Dalai-Park verlassen hatten.

Niemand wäre so schnell auf sie aufmerksam geworden, hätte Plekeehr nicht einen Passanten paralysiert. Die von Thaty alarmierten Spezialisten hätten beide Flüchtlinge schon zu diesem Zeitpunkt mühelos festnehmen können. Doch Tifflor hatte davon Abstand genommen. Er hoffte immer noch, dass Plekeehr sie zu dem geheimen Stützpunkt der UFOnauten führen würde, wenn er sich unbeobachtet fühlte. Nur deshalb blieben die Spezialisten auf Distanz. Da sie Individualtaster trugen, konnten sie den Flüchtigen außer Sichtweite folgen.

»Glaubst du das Märchen von einem Geheimstützpunkt der UFOnauten in Terrania wirklich?«, fragte Adams, als er kurz vorbeischaute. »Zieh Plekeehr lieber aus dem Verkehr, bevor er wirklich noch Schaden anrichten kann.«

»Nur weiter so«, sagte Tifflor gereizt. »Auf gute Ratschläge habe ich geradezu gewartet.«

Adams ging wieder.

Die Flüchtenden entfernten sich mittlerweile vom Stadtzentrum in südöstlicher Richtung. Tifflor durchschaute die Absicht. Wiesel hoffte, dass er und Plekeehr in der Menge untertauchen konnten. Der Plan wäre vermutlich auch aufgegangen, wenn die Spezialisten nicht schon hinter ihnen gewesen wären.

»Die Observierten verlassen den Wohnbezirk DT 17 und befinden sich auf der Route zum Vergnügungsviertel.«

Tifflor wurde unruhig. Im Vergnügungsviertel am südlichen Stadtrand gab es unzählige Schlupfwinkel, in denen sich dunkle Elemente dem Zugriff der Behörden entziehen konnten. Es war schwer, diesen Stadtteil zu kontrollieren.

Obwohl Wiesel hier fremd war, würde er bestimmt irgendwo Unterschlupf finden. Tiff überlegte, ob er die Aktion abbrechen und die beiden festnehmen lassen sollte. Aber die Aussicht, von Plekeehr vielleicht doch zu einem Stützpunkt geführt zu werden, ließ ihn zögern.

Plekeehrs Äußerungen über eine manipulierte Materiequelle und eine daraus resultierende kosmische Katastrophe, die der Milchstraße bevorstand, gingen ihm nicht aus dem Sinn. In einem Stützpunkt der UFOnauten würden sich darüber womöglich Unterlagen befinden. Diese Chance durfte er sich nicht entgehen lassen, und wenn sie noch so gering war.

»Die Observierten stehen vor einem Vergnügungspalast. Die größte Schau des Universums ... Offenbar halten sie Kriegsrat. Jetzt gehen sie darauf zu ...«

Tifflor sprang von seinem Platz auf und eilte durch die Befehlszentrale. Er löste den Kontaktmann am Funk ab.

»Hier Tifflor!«, meldete er sich. »Ich leite die Aktion jetzt persönlich.«

»Okay«, ertönte die Stimme eines Spezialisten. »Die Observierten haben den Vergnügungspalast betreten. Sollen wir folgen?«

»Ja, aber nur zwei Mann. Die anderen veranlassen, dass das Gebiet um den Palast geräumt wird. Ich schicke Verstärkung und lasse den Bereich hermetisch abriegeln. Plekeehr und Wiesel sollen weiterhin nur unter Beobachtung gehalten werden. Ich komme zum Einsatzort.«

Tifflor ließ alles stehen und liegen. Als er mit der Einsatztruppe am Ort des Geschehens eintraf, hatten die Spezialisten bereits eine Energiebarriere errichtet, um alle Schaulustigen zurückzudrängen. Roboter riegelten das Gebäude ab. Die Besucher, die aus der größten Schau des Universums kamen, wurden einer genauen Überprüfung unterzogen.

Tifflor drang mit zwei Spezialisten durch den Personaleingang ein und suchte den Manager auf.

»Was soll das alles?« Der Mann schien einem Nervenzusammenbruch nahe zu sein. »Ich war einer der Ersten, die beim Unternehmen Pilgervater zur Erde kamen. Ich zahle pünktlich meine Steuern, und mein Etablissement ist behördlich konzessioniert. In meinem Haus passiert nichts Ungesetzliches.«

»Bitte keine Panik«, sagte Tifflor beruhigend. »Unser Vorgehen ist nicht gegen Sie, sondern gegen zwei Ihrer Besucher gerichtet. Geben Sie uns die Pläne Ihres Hauses und eine Aufstellung der in den verschiedenen Abteilungen gebotenen Darbietungen.«

Der Mann kam der Aufforderung nach. Immer wieder beteuerte er, dass alles in seinem Haus völlig legal sei.

Tifflor studierte die Pläne und die Übersicht der Vergnügungen, ein breites Spektrum an Sinnesfreuden verschiedenster Art. Es gab einen Spielsalon »Klein-Lepso«, in dem man sich der Illusion hingeben konnte, mit dem Abschaum der Milchstraße um sein Leben zu pokern. Mit Biomolplast-Masken verkleidete Roboter standen für Duelle zur Verfügung. Wem das nicht genügte, der konnte sich in einem Vakuum-Raum mit Schwerkraftsimulator einen Nervenkitzel besonderer Art verschaffen, indem er versuchte, diesen Raum unter ungewohnten Gravitationsbedingungen und in einem defekten Raumanzug zu durchqueren. Unter der Rubrik »Hetos der Sieben« fand Tifflor die Aufforderung, sich mit Keloskern im strategischen Kampfspiel und mit Laren in semantischen Disziplinen zu messen. Es gab sogar einen Originalkampfanzug des Verkünders der Hetosonen, den Hotrenor-Taak angeblich bei seiner Flucht aus dem Bereich des Schwarzen Loches getragen hatte. Natürlich fehlten Rauschgifthöhlen und Traummaschinen nicht. Sogar die Loower waren mit einer entelechischen Superschau verewigt.

»Weltraumbeben bieten Sie noch nicht?«, wollte Tifflor wissen.

»In drei Tagen werden wir so weit sein«, antwortete der Manager mit entschuldigendem Lächeln.

Tifflor überreichte einem der Spezialisten die Planspeicher und verlangte, dass sie nach verborgenen Hohlräumen in oder unter dem Gebäude suchen sollten.

»Haben Sie in letzter Zeit, vor allem während des Auftauchens der UFOs, seltsame Vorkommnisse in Ihrem Etablissement registriert?«, fragte er den Manager.

»Wie soll ich das verstehen?«

Tifflor gab eine knappe Erklärung.

»Glauben Sie, bei mir verkehren UFOnauten?«, regte sich der Mann auf. »Ich habe Phantombilder der blauen Männer gesehen. Das sind Roboter, wenn Sie mich fragen. Ich würde es sofort merken, wenn so eine Type hier auftaucht.«

»Wie erklären Sie es sich dann, dass einer dieser UFOnauten hier ist? Genau aus diesem Grund muss das Gebäude geräumt werden. Gibt es eine Möglichkeit, das unauffällig zu tun?«

»Das ist ein schlechter Witz«, ereiferte sich der Manager. »Ein verdammt schlechter Witz sogar.«

Nachdem er seinen Schock endlich einigermaßen überwunden hatte, erwies er sich allerdings als überaus hilfsbereit.

»Es gibt verschiedene Möglichkeiten, die Besucher aus dem Haus zu bekommen«, erklärte er. »Aber alle sind für mich unbefriedigend, denn ich arbeite auf Erfolgshonorar. Die Preise richten sich nach der Stimmung der Besucher. Wenn ich sie unsanft aus ihren Träumen wecke, sind alle sauer, was zu negativen Emotionen führt. Und das bedeutet, dass die Einnahmen ausbleiben.«

»Die Regierung kommt für den Schaden auf«, versicherte Tifflor. Damit beseitigte er die letzte Hürde, die der Zusammenarbeit im Weg stand.

Dennoch erwies es sich als nicht ganz einfach, das Gebäude ohne Aufsehen zu räumen. Manche Gäste randalierten und verlangten das am Spieltisch verlorene Geld zurück. Andere akzeptierten es ganz und gar nicht, dass sie brutal aus den schönsten Illusionen aufgeschreckt wurden.

Tifflors Spezialisten meldeten, dass Plekeehr und Wiesel Klein-Lepso aufgesucht hatten. Zum Glück war diese Abteilung momentan nicht sonderlich gut besucht. Nur sieben weitere Besucher befanden sich dort.

Tifflor schickte nach und nach seine Leute dorthin und trug dem Manager auf, die anderen Besucher unauffällig hinauszuekeln. Da in Klein-Lepso ohnehin eine raue Gangart herrschte, fiel es nicht sonderlich auf, als die dort tätigen Roboter auf noch brutaler programmiert wurden.

Drei Gäste zogen sich freiwillig zurück, als sie Duelle gegen vermeintliche Überschwere verloren und schmerzhafte Elektroschocks abbekamen. Zwei Besucher wurden von einem Animierroboter aus dem Verkehr gezogen, der ihnen sündige Höllenfreuden verhieß und sie in ein Separee lockte – wo die Ernüchterung in Gestalt zweier LFT-Männer auf sie wartete.

Zu den letzten zwei Gästen hatten sich mittlerweile zehn von Tifflors Leuten gesellt, sechs Männer und vier Frauen. Tiff wollte nicht das Risiko eingehen, mit ihnen Kontakt aufzunehmen, aber er konnte die Vorgänge in Klein-Lepso wenigstens von der Palastzentrale aus beobachten. Mit der Unterstützung des Managers konnte er sogar die Vorgänge beeinflussen. Er steuerte einen als Ertruser verkleideten Roboter in das Planetarium im Hintergrund des Abteils, in dem sich Plekeehr und Wiesel aufhielten.

»Werdet satt und dick«, begrüßte der Ertruser die beiden.

»Ja, komm nur her«, meinte Wiesel. »Vielleicht kannst du etwas tun, um meinen Freund hier aufzumuntern.«

»Was fehlt ihm?«, ließ Tifflor den Ertruser fragen.

»Er ist gemütskrank«, antwortete Wiesel. »Er scheint Heimweh nach einem fernen Ort oder einer anderen Zeit zu haben, die von hier aus unerreichbar ist.«

Der Ertruser machte mit seiner Pranke eine Bewegung, die das gesamte Planetarium einschloss. »Hier ist das Universum«, deklamierte er mit donnernder Stimme. »Es steht in seiner ganzen Pracht zu eurer Verfügung. Es gibt nichts, was es in der größten Schau des Universums nicht gibt.«

»Lächerlich«, sagte Plekeehr emotionslos wie immer. »Was wisst ihr schon vom Universum?«

»Suchst du Streit, Kleiner?«, dröhnte der Ertruser. »Dann leg dich nicht mit mir an! Was willst du? Sag es deinem großen Bruder.«

Plekeehr, der in einem Sessel hockte, hob den Kopf. Er blickte den Hünen mit dem Sichelhaarschnitt aus seinen ausdruckslosen Augen an.

»Ich bin niemands Bruder auf dieser hässlichen Welt«, sagte er nach einer langen Pause. »Meine Brüder sind weit weg. Keiner von dieser Welt hat das Recht, mich Bruder zu nennen.«

Sein Gesicht war eine steinerne Maske, und seine Stimme war bar jeglichen Gefühls. Trotzdem oder vielleicht sogar gerade deswegen hatte das Gesagte besonderes Gewicht. Auf einen echten Ertruser hätte es überheblich und deshalb beleidigend gewirkt.

Wiesel schien das sofort erkannt zu haben, denn er stellte sich vor Plekeehr. »Lass dich nicht gleich von diesem Klotz provozieren, Blacky«, sagte er begütigend. »Das ist doch nur eine Maschine. Schau her, er kann nicht einmal mir halber Portion etwas anhaben.«

Wiesel boxte den Ertruser einige Male in die Seite. »Siehst du, das Ding ist ganz harmlos«, sagte er dabei. Als der Roboter ihn jedoch mit einer spielerischen Handbewegung zur Seite wischte, wurde er wütend.

»He, du Klotz, das ist gegen die Spielregeln. Der Gast ist König. Ich werde mich beim Manager beschweren.«

»Lass nur, Wiesel.« Plekeehr erhob sich langsam. »Ich merke schon, worauf das hinausläuft. Mir bleibt keine andere Wahl, als mich mit diesem Monstrum zu schlagen.«

Plekeehr schien das ernst zu meinen. Und das verwirrte Julian Tifflor, weil er nicht recht wusste, wie der Ertruser reagieren sollte. Auf Anraten des Managers entschloss er sich, das Spiel fortzuführen.

»Geben Sie dem Gast den Nervenkitzel«, raunte ihm der Manager zu. »Unsere Modelle besitzen eine Sicherheitssperre. Die Situation kann nicht eskalieren.«

»Du willst dich mit mir messen, Wurm?«, ließ Tifflor den Roboter losbrüllen. »Ein Duell auf Leben und Tod?«

»Ich bin bereit«, sagte Plekeehr.

»Mach dich nicht lächerlich, Blacky«, mischte sich Wiesel ein. »Ich hätte dich nicht für so kindisch gehalten, dass du dich mit einem Roboter balgst. Lass uns lieber von hier verschwinden.«

Inzwischen waren die anderen Besucher näher gekommen und bildeten einen Kreis um die beiden Kampfhähne. Sie erweckten den Eindruck von Schaulustigen, doch ihre bloße Anwesenheit vermittelte Tifflor das Gefühl, dass die Situation unter Kontrolle war.

»Was ist mit dir?«, schnaubte der Ertruser.

Plekeehr machte einen Satz nach vorne und landete auf der Brust des Roboters. Er umschlang den massigen Leib mit beiden Beinen, krallte sich mit einer Hand in der Haarsichel fest und umspannte mit der anderen das Ertrusergesicht. Mit einem kräftigen Ruck riss er die Biomolplast-Maske herunter, und der blanke Roboterschädel kam zum Vorschein.

Tifflor hörte Plekeehr leise und wie zu sich selbst sagen: »Ich weiß doch, dass ihr mich in die Enge getrieben habt, Terraner! Das ist das Ende.«

Ohne dass Tifflor etwas dazu beitragen musste, tat der Roboter eine vorprogrammierte Reflexbewegung. Seine Arme packten den UFOnauten um die Körpermitte und hoben ihn in die Luft. Tifflor war sicher, dass der Roboter ihn dabei nicht zu hart angefasst hatte. Dennoch wurde Plekeehrs Körper auf einmal schlaff. Arme und Beine schlenkerten kraftlos um seinen Körper, als der Roboter ihn leicht schüttelte, der Kopf sank auf die Brust. Durch die Optik des Roboters sah Tifflor, dass Plekeehrs Blick glasig geworden war und seine Haut sich leicht bläulich verfärbte.

»Einen Medoroboter, schnell!«, befahl Tifflor. »Plekeehr braucht dringend Hilfe.«

Einer der Spezialisten, der eine medizinische Ausbildung genossen hatte, leistete Erste Hilfe, zwei andere assistierten ihm. Als schon Sekunden später ein Medoroboter eintraf, konnte er jedoch nur noch Plekeehrs Tod feststellen.

»Wie ist das möglich?«, fragte Tifflor fassungslos und ordnete eine sofortige Obduktion an.

Sie hatten den Vergnügungspalast durchsucht und alles auf den Kopf gestellt, aber sie hatten nicht den leisesten Hinweis auf die Existenz eines Geheimstützpunktes gefunden.

Julian Tifflor flog nach Imperium-Alpha zurück. Er brauchte nicht lange auf den Obduktionsbefund zu warten.

»Sagen Sie mir zuerst, wodurch Plekeehr gestorben ist«, verlangte er von dem leitenden Arzt.

»Suizid«, war die Antwort. »Der Mann hat einfach die Luft angehalten und ist erstickt.«

»Wie ist das möglich? Niemand kann einfach das Atmen einstellen. Das ist eine motorische Körperfunktion.«

»Kein Mensch könnte das. Aber Plekeehr war kein Mensch. Er war ein Androide, dessen Lebensrhythmus einer anderen Gesetzmäßigkeit unterlag. Äußerlich wirkte er, von gewissen Eigenheiten abgesehen, wie ein normaler Mensch. Auch seine Anatomie ist durchaus humanoid. Aber das Kreislaufsystem und der innere Aufbau unterscheiden sich in einigen Punkten doch sehr von dem der Menschen. Plekeehr war in der Lage, seine Körperfunktionen einfach auszuschalten.«

»Warum hat er das getan?«, fragte Tifflor.

Der Arzt zuckte die Achseln.

»Seine Beweggründe werden wir vermutlich nie ergründen. Es mag sein, dass Umwelteinflüsse den Selbstmordreflex ausgelöst haben. Als Plekeehr sich in die Enge getrieben sah, da könnte ihm die Nutzlosigkeit seiner Existenz bewusst geworden sein. Diese Erkenntnis muss zum Stillstand des Kreislaufsystems geführt haben. Es war ein willentlich gesteuerter Vorgang.«

Tifflor nickte. Plekeehrs letzte Worte, die er dem Ertruser-Roboter zugeflüstert hatte, schienen diese Theorie zu bestätigen. Der Fremde hatte die Ausweglosigkeit seiner Situation erkannt und seinem Dasein ein Ende gesetzt.

»Danke, Doc«, sagte Tifflor. »Das ist vorerst alles.«

»Die Untersuchungen gehen weiter«, hörte er den Arzt im Hinausgehen sagen. »Eine genauere Autopsie wird es vielleicht an den Tag bringen, welcher Abstammung der Androide war ...«

Tifflor schwieg dazu. Er erwartete nicht, dass Plekeehrs Leichnam seine Herkunft verraten würde. Das Rätsel der UFOs blieb ungelöst.

Die Frage, was sie mit den Weltraumbeben zu tun haben konnten, stand immer noch im Raum. Aber dass es zwischen dem Auftauchen der UFOs und den Weltraumbeben einen Zusammenhang gab, schien durch Plekeehrs Aussagen bestätigt. Er hatte sich mit der Erwähnung der Materiequelle keineswegs nur interessant machen wollen.

Sicher hatte Plekeehr auf seine Art »gefühlt«. Aber seine Gefühle mussten gesteuert und in vorgegebenen Bahnen gelenkt worden sein. Wer Androiden erschuf, der tat dies in bestimmter Absicht und für einen bestimmten Zweck.

Tifflor erinnerte sich, dass Plekeehr während eines Verhörs die Andeutung gemacht hatte, dass er den Vorstellungen seiner Erschaffer nicht ganz entsprochen haben dürfte. *Ich habe zu viel nachgedacht,* waren seine Worte gewesen. Vielleicht war er ein Fehlprodukt gewesen und Alurus hatte sich seiner nur entledigen wollen.

Es war aber genauso gut möglich, dass Plekeehr in besonderer Mission auf Terra ausgesetzt worden war.

Fragen über Fragen, die nun unbeantwortet blieben. Julian Tifflor konnte nur ahnen, dass sich etwas Gewaltiges zusammenbraute. Kosmische Ereignisse bahnten sich an, gegen die andere Probleme, die der Menschheit eben noch enormes Kopfzerbrechen bereitet hatten, zur Bedeutungslosigkeit verblassten. Dazu gehörten Boyt Margor und der Tod von Ronald Tekener und seiner Frau Jennifer Thyron.

Der Erste Terraner veranlasste, dass alle Daten über Plekeehr an NATHAN weitergegeben wurden. Vielleicht konnte der Großrechner auf Luna Licht in die mysteriöse Angelegenheit bringen. Aber Tifflor schraubte seine Hoffnungen nicht zu hoch.

27.

Die gigantische Anlage, die in fernster Vergangenheit entstanden war, lag gut versteckt irgendwo im galaktischen Zentrum. Jener, der sie geschaffen hatte, um bei der Rückkehr seiner Feinde gewappnet zu sein, lebte längst nicht mehr. Aber die robotischen Ortungsanlagen in den über viele Welten verteilten Stationen arbeiteten immer noch. Ununterbrochen lauschten sie in den Weltraum hinaus. Sie warteten auf den charakteristischen Impuls, der die Rückkehr der Horden von Garbesch ankündigen sollte.

Im Jahr 3587 ereigneten sich die ersten Weltraumbeben. Die sensorischen Systeme der Anlage fingen die Begleitimpulse dieser Beben auf und hielten sie fälschlicherweise für das seit Langem erwartete Signal. So kamen sie zu dem Schluss, dass ein Angriff bevorstand.

Die Anlage erwachte ...

Wenn die letzten Flibustier einen neuen Coup planten, dann war es, als bereiteten sie einen Feldzug gegen einen übermächtigen Gegner vor. Sie waren Piraten – Freibeuter in einem Zeitalter, in dem das Verbrechen zu einer kräfteraubenden Form des Broterwerbs geworden waren.

Es wäre allerdings ein grober Fehler gewesen, die Flibustier allesamt für unvernünftig zu erklären. Die Erfolge dieser Piratengruppe bewiesen, dass zumindest das Konzept der Flibustier gut war.

Seitdem nicht nur die von ihnen heimgesuchten Planeten sie zur Fahndung ausgeschrieben hatten, sondern sogar LFT und GAVÖK alles daransetzten, ihnen das Handwerk zu legen, betrachteten sich die Flibustier als exklusiven Verein. Wer jetzt noch zu den Piraten stoßen wollte, der musste nachweisen, dass er auf mindestens drei Planeten steckbrieflich gesucht wurde. Er durfte Tod und Teufel nicht fürchten und vor keiner Schandtat zurückschrecken, sobald reiche Beute lockte. Hatte er darüber hinaus eine wissenschaftliche Ausbildung, war er Experte auf einem Gebiet der Raumfahrttechnik oder verwandter Disziplinen, dann hatte er sogar Aufstiegschancen.

Im Mai des Jahres 3587 gab es sechs Flibustier, die all diese Eigenschaften in sich vereinigten. Sie waren skrupellos und überaus intelligent.

In ihrem Stützpunkt auf Orsafath im Hardura-System arbeiteten sie einen Plan aus, der ihnen enorme Beute einbringen sollte.

Das Wort führte Kayna Schatten. Das war meistens so. Kayna führte gemeinsam mit dem Epsaler Brush Tobbon die Flibustier an. In der Praxis sah diese Rollenteilung so aus, dass Kayna bei der Planung, Tobbon dagegen bei der Ausführung der Raubzüge das Kommando übernahm. Sie ergänzten sich gegenseitig, und niemand dachte vorläufig daran, ihnen die Vorrangstellung streitig zu machen.

Kayna Schatten war nicht nur sehr intelligent, sondern auch sehr hübsch und erst achtundvierzig Jahre alt. Aber wehe dem, der aus ihrem Aussehen die falschen Schlüsse zog. Mancher potenzielle Lieferant wertvoller Beutestücke, der sich von ihr hatte einfangen lassen, schwor hinterher, dem Teufel in Person begegnet zu sein.

»Die GAVÖK führt eine neue Einheitswährung ein, die den interstellaren Handel vereinfachen soll«, begann die Planerin. »Es ist zwar noch nicht so weit, dass alle Völker der Milchstraße diesem Währungsverband beitreten, aber bei den nötigen Umtauschaktionen werden schon jetzt gewaltige Summen transferiert. Die Chance, ein Stück von diesem Kuchen abzubekommen, ist in der Anlaufphase am größten. Sobald die neue Währung im Umlauf ist, wird man sich darauf beschränken, nach dem üblichen System unbrauchbare Banknoten aus dem Verkehr zu ziehen. Jetzt aber werden ganze Planeten mit dem neuen Geld versorgt – und das bedeutet Schiffsladungen von Banknoten.«

»Wir haben doch schon vor längerer Zeit darüber gesprochen«, sagte Pearl »Panika« Simudden mürrisch. »Der Brocken ist zu groß für uns. Die Transportschiffe werden so gut abgeschirmt, dass es Selbstmord wäre, sich ihnen auch nur bis auf ein Lichtjahr zu nähern.«

Kayna Schatten sah den Akonen lächelnd an – wenn sie lächelte, hatte sie ein Engelsgesicht. »Ich weiß das, Panika«, erwiderte sie sanft. »Darf ich trotzdem weitersprechen?«

Simudden nickte.

»Ein glücklicher Zufall hat uns ein Gerät in die Hand gespielt.« Kayna deutete auf ein unscheinbares Kästchen, das in der Mitte des Tisches lag. »Das ist ein 3-P-Veratron, der letzte Schrei auf dem Gebiet der Diebstahlsicherung und Geheimhaltung.«

»Was für eine Sorte Zufall war das?«, erkundigte sich Simudden misstrauisch. Bevor Regierungsleute dahintergekommen waren, dass er sein Amt missbrauchte, um seinen Lebensstandard aufzubessern, war er Abwehrchef auf Sphinx gewesen. Für Zufälle hatte er gar nichts übrig.

»Die Sache ist völlig in Ordnung«, versicherte Tobbon, der Epsaler. »Ich selbst habe das Veratron erst gestern geerbt. Der Kerl, dem es gehörte, nannte ein Luxusschiffchen sein Eigen. Als ich vor ihm stand, besaß er sogar die Unverschämtheit, sich auf seinen Rang als Botschafter der GAVÖK zu berufen.« Tobbon betrachtete lächelnd seine riesigen

Pranken. »Ich habe ihm klargemacht, dass für uns Flibustier solche Dinge völlig uninteressant sind.«

»Und falls es ein Köder war?«

Tobbon maß den Akonen mit verächtlichen Blicken. »Du spinnst. Der Mann war echt, dafür lege ich meine Hand ins Feuer. Er kannte Mutoghman Scerp – glaubst du, der opfert einen seiner Leute, um uns in eine Falle zu locken?«

»Wurde der angebliche Botschafter untersucht?«, bohrte Simudden weiter.

»Du denkst, er könnte ein Androide gewesen sein oder so etwas? Nein, Panika, ich sagte doch, dass mit dem Kerl alles in Ordnung war. Kein Androide zeigt solche Reaktionen, von einem Roboter ganz zu schweigen.«

Simudden wusste haargenau, was der Epsaler meinte. Der GAVÖK-Mann war tot, mehr zu fragen erübrigte sich.

»Und das Gerät«, sagte Simudden nüchtern. »Wurde wenigstens das unter die Lupe genommen?«

»Unsere Spezialisten haben sich damit beschäftigt«, antwortete Kayna Schatten ruhig.

»Wenn ich nicht irre, gehöre ich zu denen, die für solche Dinge zuständig sind!«, erinnerte der Akone beinahe sanft.

»Du kannst dir das Veratron vornehmen, sobald wir hier fertig sind«, versprach die Frau. »Pass auf, Panika, und lass mich ausnahmsweise einmal ausreden. Das Gerät enthält Informationen, wo und wann der nächste Transport der neuen Währung bereitgestellt und abgeholt wird. Wir haben nur knapp zwei Tage Zeit, abgesehen davon, dass man irgendwann den Mann, den Tobbon abgefangen hat, vermissen wird. Danach können wir die Sache vergessen.«

»Das Ganze stinkt!«, behauptete Simudden.

Kayna zuckte die Achseln. Panika war ein gnadenloser Kämpfer, und er setzte ohne Zögern sein Leben aufs Spiel. Aber manchmal übertrieb er es mit der Vorsicht.

»Dieses Gerät ist neu«, fuhr der Akone unbeeindruckt fort. »Ich habe schon davon gehört, was man alles in das Veratron hineingesteckt hat. Es ist unwahrscheinlich, dass es unseren Leuten so leicht gelungen sein sollte, ein echtes, unbeschädigtes Veratron zu knacken. Und eines, das auch nur den leisesten Defekt aufweist, hätte sich längst selbst zerstört.«

»Nimm es nachher mit.« Die Frau seufzte. »Wenn du etwas findest, was deinen Verdacht bestätigt, lassen wir die Finger von dem Unternehmen. Wenn nicht, wirst du für die Dauer dieses Einsatzes den Mund halten, ist das klar? Gut, dann können wir uns endlich mit den wichtigen Fragen beschäftigen. Die JACK LONDON ist startklar. Die Mannschaft wartet nur darauf, dass es losgeht. Übrigens, Panika, ehe du neue Einwände hast – keiner der Crew weiß bis jetzt, was wir planen.«

Panika nickte nur.

»Wir brechen in einer Stunde auf«, fuhr Kayna Schatten fort. »Unser Ziel ist der Planet Xirdell. Wir werden dreißig Stunden für den Flug brauchen.«

»Ist Xirdell der Planet, auf dem das Geld an die Abholkommandos übergeben wird?«, fragte Markon Treffner mäßig interessiert. Er war der Mediziner der Flibustier, ein abtrünniger Ara, der insgeheim hoffte, eines Tages welterschütternde Entdeckungen zu machen.

»Das stimmt nur zum Teil«, erklärte die Planerin. »Auf Xirdell steht ein Depot, mehrere Hallen, bis unter die Decke vollgestopft mit Banknoten und Münzen. Die Bewachung ist gering, nur knapp hundert Mann. Wir werden kurzen Prozess machen.«

»Paralysieren«, schlug Treffner vor.

»Uns bleiben höchstens zwölf Stunden, um das Geld zu verladen und einen ausreichenden Sicherheitsabstand zu dem Planeten zu gewinnen«, fuhr Kayna Schatten fort. »Oder hat einer Lust, ein Gefecht mit dem Abholkommando zu riskieren – mit einer so wertvollen Ladung an Bord?«

»Der Ladung wird nichts geschehen«, versicherte Josto ten Hemmings träge und nahm einen Schluck aus der Taschenflasche, die er stets mit sich führte. »Nicht, solange ich an den Geschützen der JACK LONDON sitze.«

Die anderen nickten beifällig.

»Du wirst die Quartiere der Wächter aufs Korn nehmen«, bestimmte Kayna. »Dann haben wir nichts weiter zu tun, als so viel Geld wie möglich zu verladen. Wir kennen das System, nach dem die Anlage gebaut wurde, wir wissen sogar, in welchen Gebäuden die bereits fertig zusammengestellten Ladungen für die einzelnen Planeten liegen. Ich habe überschlägig ausgerechnet, wann die Ladekapazität der JACK LONDON voll ausgeschöpft ist. Wir werden auf dem Rückflug unter spartanischen Bedingungen leben müssen.«

»Es dürfte kaum eine Meuterei deswegen geben«, bemerkte Körn »Dezibel« Brak lachend. »Welcher Flibustier sträubte sich wohl dagegen, einmal auf Geldsäcken schlafen zu müssen?«

»Werden wir das Geld verwenden können?«, erkundigte sich Simudden.

»Du fürchtest, es könnte präpariert sein?« Kayna Schatten lachte abfällig. »Da hätte die GAVÖK viel zu tun. Nein, Panika, niemand rechnet mit einem solchen Streich. Die Anlage des Depots wurde wirklich geheim gehalten, nur durch das Veratron haben wir davon erfahren. Aber nun zum Rückflug. Alles wie gewohnt. Die JACK LONDON wird nicht nach Orsafath zurückkehren, sondern Dennox III anfliegen. Dort wird die Beute geteilt.« Sie sah sich Beifall heischend um.

»Es hört sich viel zu einfach an«, murmelte Simudden düster.

Die anderen lachten nur.

Als sie eine Stunde später an Bord gingen, hatte Simudden den Haken an der Geschichte noch nicht herausgefunden. Das Veratron kam ihm vor wie eine Bombe, die jederzeit hochgehen konnte. Er behandelte das Gerät wie ein rohes Ei, und in einem Labor der JACK LONDON setzte er seine Untersuchungen fort.

Die Stimmung an Bord war prachtvoll. Nur zwei Flibustier fühlten sich nicht ganz wohl. Der eine war Brush Tobbon. Der Epsaler schmollte, weil es diesmal keinen Kampf Mann gegen Mann geben würde. Der andere war Pearl »Panika« Simudden, der sich immer tiefer in das mikrotechnische Innenleben des Veratrons wagte. Was er fand, gefiel ihm nicht. Aber er entdeckte noch nichts, was er als Bedrohung hätte deuten können. So blieb er in dem Labor und arbeitete, anstatt den Anflug auf Xirdell zu genießen und sich nach Flibustierart in Stimmung zu bringen.

Die Stunden vergingen schnell. In der JACK LONDON sah es aus, als feiere man ein Bordfest. Aber der Schein trog. Ein Flibustier hatte es nicht nötig, sich Mut anzutrinken. Als das Schiff wenige Lichtjahre vor Xirdell in den Normalraum zurückkehrte, damit die Lage sondiert werden konnte, befanden sich alle zum Dienst eingeteilten Flibustier auf ihren Plätzen, und sie waren stocknüchtern.

Der Ausguck – eigentlich die Ortungszentrale – meldete keine Aktivitäten im Raum um Xirdell. Das System erschien wie leer gefegt.

Panika, der die Durchsagen im Labor mithörte, fühlte angesichts dieser Stille eine Gänsehaut. Er roch es förmlich, dass die JACK LONDON in eine Falle flog. Es machte ihn krank, dass niemand an Bord auf ihn hören wollte. Von hilfloser Wut erfüllt, starrte er das Veratron an, und am liebsten hätte er das Ding mit Wucht an die nächste Wand geworfen.

»Wir setzen den Anflug fort!«, erklang Kayna Schattens Stimme über Interkom.

»Kurs liegt an!«, meldete Tobbon grollend. Er hatte die Rolle des Piloten übernommen.

Panika ballte die Hände zu Fäusten, seine Gedanken überschlugen sich. Er vermied es, das Veratron noch einmal anzusehen, als er das Labor verließ und zur Zentrale ging. Die Wahrscheinlichkeit, dass sich ihm im letzten Moment das Geheimnis des Veratrons offenbarte, war zu gering, um damit eine Hoffnung zu verbinden.

In der Zentrale war fast alles versammelt, was an Bord Rang und Namen hatte. Tobbon saß an den Hauptkontrollen, ein Klotz von einem Mann, runde zwei Meter hoch und fast genauso breit. Er trug schon die hellgelbe Kampfkombination, die fast so etwas wie sein Markenzeichen geworden war. Seine großen plumpen Hände, deren Haut braun und rissig wie die Rinde eines alten Baumes war, bewegten sich erstaunlich behutsam, wenn er den Kurs korrigierte. Das Schiff war seine große Liebe – und seine einzige dazu.

Neben ihm saß die Planerin. Ihre dunklen Augen hingen gebannt an den Schirmen, auf denen schon in den nächsten Sekunden Xirdell erscheinen musste. Dezibel und Treffner standen nahe dem Zentralschacht. Sie waren ein seltsames Paar, Dezibel klein und gebeugt, der Ara hingegen hochgewachsen und steif aufgerichtet. Der Galaktische Mediziner war die Ruhe selbst. Dezibel bewegte unruhig die Hände, und seine riesigen weißen Augenbrauen zuckten nervös. Von Dezibel war bekannt, dass er mitunter Skrupel entwickelte. Da der Mathematiker auf dem Planeten Olymp aufgewachsen war und in gerader Linie von Terranern abstammte, reizten ihn die Flibustier manchmal mit der Behauptung, sein terranisches Erbgut sei ihm bei der Ausübung wahren Piratentums im Wege.

Simudden gesellte sich zu ihnen und bemerkte erstaunt, dass Axe, das »Faktotum«, auf seinen krummen Beinen ruhelos durch die Zentrale wanderte, als hätte er nichts anderes zu tun.

»He, Axe!«, rief der Akone. »Bring mir einen Becher Kaffee!«

Axe drehte sich um und nickte, und Panika beobachtete ihn – der Bursche sah wirklich einem Affen ähnlicher als einem Menschen, mit seiner fliehenden Stirn und der platten Nase, schwarz behaart und untersetzt. Jeder an Bord wusste, dass Axe die Chefin der Flibustier bewunderte. Er schien unentwegt zu hoffen, dass Kayna sich eines Tages dazu entschloss, sich wie eine Frau zu benehmen – und ausgerechnet ihn zu ihrem Gefährten zu machen. Eine absurde Idee, dachte Panika, aber was wollte man von einem so beschränkten Individuum anderes erwarten? Andererseits war Axe ein großer Kämpfer.

Axe brachte den Kaffee, und wie immer warf er Panika dabei einen verächtlichen Blick zu. Panika war alles, was Axe niemals sein konnte. Er sah sogar für einen Akonen ungewöhnlich gut aus, er war schlank und durchtrainiert, sein Gesicht war von klassischer Schönheit, und gegen Panikas schmale, gepflegte Hände wirkten Axes Pranken wie die eines Ungeheuers. Axe hasste gut aussehende Männer. In Panika witterte er einen Rivalen im Kampf um Kaynas Gunst.

»Danke!«, sagte Panika betont freundlich. Axe trollte sich mit einem ärgerlichen Brummen.

Die JACK LONDON fiel nahe der Atmosphäre von Xirdell in den

Normalraum zurück. Tobbon hatte perfekte Arbeit geleistet. Das Depot lag im günstigsten Winkel schräg unter dem Schiff. Panika atmete leicht auf, als der Ausguck meldete, dass dort unten noch keine Geschütze auf die JACK LONDON gerichtet waren.

Tobbon jagte das Schiff auf das Depot zu. Dezibel eilte an seinen Platz, denn schon in wenigen Minuten musste er die Kontrolle über die Roboter übernehmen – die Flibustier hatten nicht die Absicht, ihren künftigen Reichtum auf den eigenen Schultern ins Schiff zu schleppen.

»Bist du bereit, Josto?«, fragte Kayna Schatten gedämpft, und ein trockenes Lachen antwortete ihr.

Josto ten Hemmings wartete geduldig, bis die günstigste Entfernung zum Depot erreicht war. Dann feuerten die Paralysatorgeschütze.

Sie wirkten natürlich nicht auf Roboter. Zu dem Depot gehörten vollautomatische, in einem breiten Ring angeordnete Wachstationen. Josto ten Hemmings ließ auch ihnen keine Chance. Es dauerte nur Sekunden, dann waren von den Stationen nur glühende, qualmende Trümmer übrig. Roboter, die noch auf dem Gelände patrouillierten, mussten nach der Landung eliminiert werden.

»Erstes Kommando?«, fragte Kayna Schatten halblaut, während Tobbon das Schiff nahe am Depot landete.

»Einsatzbereit!«, kam die Antwort aus der Hauptschleuse.

Staub wirbelte auf. Der Platz war für ein landendes Raumschiff nicht vorbereitet. Der Raumhafen von Xirdell lag viele Kilometer entfernt. Eine Druckwelle von der Stärke eines Orkans fegte über die niedrigen Gebäude hinweg und riss alles mit sich, was nicht fest verankert war oder wenigstens die Größe eines Gleiters hatte.

Schon verließ das erste Kommando die JACK LONDON. Die Männer flogen wie geplant in kleinen Gruppen jene Hallen an, in denen Geld im Überfluss wartete. Selbst Panika Simudden konnte sich der Faszination dieses Augenblicks nicht entziehen.

Die zweite Gruppe verließ das Schiff. Brush Tobbon stand schwerfällig auf und winkte Axe zu sich.

»Wo willst du hin?«, fragte Kayna scharf.

»Zu den Quartieren«, verkündete Tobbon grollend. »Wir werden nachsehen, ob dort alles in Ordnung ist. Außerdem will ich mir ein Andenken mitnehmen.«

Das war eine fixe Idee von ihm. Auf jedem Einsatz nahm er etwas mit, was nicht zu der eigentlichen Beute gehörte. Diese Andenken bewahrte er in einem Raum auf Orsafath auf, den niemand sonst betreten durfte. Es musste eine ziemlich makabre Sammlung sein.

»Ich komme auch mit«, sagte Treffner eifrig.

»Nein!«, fuhr Kayna Schatten dazwischen. »Wartet!«

»Warum?«

»Wir haben noch genug Zeit. Es ist besser, wenn wir in der Zentrale bleiben, bis die Leute mit dem Laden beginnen. Es könnte immer noch zu Schwierigkeiten kommen.«

»Hat Panika dich angesteckt?«, fragte Tobbon spöttisch.

»Unsinn ...« Kayna Schatten hätte zweifellos noch einiges gesagt, hätte sich Pit Baltham nicht gemeldet. Pit, genannt »Knochen«, weil seine linke Hand seit einem mysteriösen Unfall im Zusammenhang mit einem chemischen Experiment der eines Skeletts glich, gehörte zu denen, die die Hallentore öffnen sollten.

»Wir haben es jetzt!«, verkündete er ruhig. »Das Tor ist offen.«

»Worauf wartest du noch?«, fragte Kayna ungeduldig.

»Auf das Geld«, sagte Knochen, und Panika wusste plötzlich, dass er recht behalten würde – etwas stimmte nicht auf Xirdell. Wenn Baltham derart ruhig sprach, gab es Ärger.

»Was soll das heißen?«, fragte Simudden scharf. »Pit, ich erwarte eine vernünftige Meldung!«

Kayna stand neben ihm, und es schien, als sei sie in dem Moment ganz froh darüber, dass der Akone das Ruder übernahm.

»Ganz einfach, Panika«, erwiderte Baltham. »Die Halle ist leer. Das ganze Ding ist eine Attrappe.«

»Komm zurück!«, befahl Simudden und schaltete auf Rundruf. »Alles ins Schiff! Höchste Alarmstufe!«

»Warte doch«, fuhr Kayna hastig dazwischen. »Wir sollten abwarten, was die anderen Gruppen melden. Diese eine Halle ...«

Panika sah sie beinahe mitleidig an. »Du solltest es am besten wissen«, murmelte er. »Niemand stellt eine einzelne Attrappe zwischen echte Hallen – das wäre idiotisch.«

Josto ten Hemmings meldete sich. »Ich habe mitgehört und sofort eine Sonde in die Mannschaftsunterkünfte geschickt.« Auch er sprach jetzt auf diese Unheil verkündende, ruhige Weise. »Die Häuser sind ebenfalls leer. Da hat nie jemand drin gelebt.«

»Danke«, sagte Simudden. »Alles Gerät bleibt liegen. Lasst euch durch nichts aufhalten. Wir starten in dreißig Sekunden. Wer dann nicht im Schiff ist, muss sich verstecken, bis wir ihn abholen können.«

»Das ist Wahnsinn!«, brüllte Tobbon unbeherrscht. »Das schaffen die Kerle nie. Willst du die Flibustier vernichten?«

Panika Simudden achtete nicht auf ihn. Er streckte den Arm aus, legte die Hand auf den Notschalter und zählte in Gedanken die Sekunden mit.

Von den rund zweihundertundzwanzig Flibustiern waren hundert nach draußen gegangen, dreißig beim ersten Kommando, siebzig beim zweiten. Sie kehrten zurück, so schnell sie konnten, aber für mindestens dreißig wurde die Zeit tatsächlich zu knapp. Trotzdem hätte Simudden den Notstart eingeleitet. Doch im letzten Moment riss Tobbon ihn zurück.

»Die paar Sekunden haben wir auch noch«, bemerkte der Epsaler wütend.

Simudden schluckte einen Fluch hinunter. Enttäuscht registrierte er, dass Kayna Schatten ebenfalls abwartete. Dabei musste sie erkannt haben, worum es ging. Sie wusste auch, dass die Männer des ersten Kommandos noch mindestens zwei Minuten brauchen würden ...

»Ortung!«, schrie Kama Erzo vom »Ausguck«. »Drei Schlachtschiffe im Anflug!«

»Josto«, zischte Kayna Schatten, als sie sich halbwegs von ihrem Schreck erholt hatte. »Nimm sie aufs Korn!«

»Zu spät«, murmelte Simudden.

Tobbon, der ihn noch an den Schultern festhielt, schüttelte den schlanken Akonen, als wäre Panika an allem schuld.

Hemmings hatte das Feuer auf die Schlachtschiffe eröffnet. Aber das war, als versuchte er, mit einem Kleinkalibergewehr einen Tyrannosaurier zu erlegen. Die drei Schiffe – niemand zweifelte daran, dass sie zur GAVÖK gehörten – setzten ihren Anflug unbeeindruckt fort. Sie hatten die besseren Schutzschirme, auch die besseren Waffen, sie waren größer, und – vor allem – sie befanden sich in der Luft. Die JACK LONDON saß noch auf dem Boden fest und glich damit einem flügellahmen Adler, der vergebens versuchte, sich gegen einen Schwarm Geier zur Wehr zu setzen.

Tobbon stieß Simudden und Kayna zur Seite. Er baute die Schutzschirme auf, und plötzlich schien es ihn gar nicht mehr zu interessieren, dass er damit seinerseits die Leute, die sich noch außerhalb des Schiffes aufhielten, zum Tode verurteilte.

»Hangar!«, sagte er. »Meldet euch.«

Die Flibustier waren nicht nur gefürchtete skrupellose Piraten, sie waren auch hervorragende Raumfahrer. Die Sicherheit des Schiffes hatte Vorrang, selbst wenn ein Asteroid aus reinem Howalgonium den Kurs gekreuzt hätte. »Beiboote startklar!«, kam sofort die Antwort.

»Dann los!«

Jedem war bewusst, dass drei Space-Jets nichts gegen Schlachtschiffe ausrichten konnten. Aber sie würden versuchen, den Gegner von der JACK LONDON abzulenken.

Eine Space-Jet blieb zurück, unbemannt und voll ausgestattet mit allem, was für eine eilige Flucht und einen dreimonatigen Flug benötigt wurde. Das war die STÖRTEBEKER, sozusagen die Notreserve für den Fall, dass die Flibustier aufgerieben wurden. Die letzten Überlebenden mussten dann versuchen, mit dem Diskusschiff zu fliehen und zu einem Stützpunkt zurückzukehren.

Kaum waren die Space-Jets draußen, leitete Tobbon den Start ein. Aber sie hatten zu viel Zeit verloren. Die Schlachtschiffe waren nahe genug heran, und sie ließen sich auch von den wütenden Attacken der Space-Jets nicht mehr beirren. Sie schossen sich auf die JACK LONDON ein, aber noch schien es, als wären sie bereit, das Leben der Piraten zu schonen.

Die Schutzschirme hielten stand. Das Schiff dröhnte und bebte, aber das hörte sich bedrohlicher an, als es tatsächlich war.

»Schwächliche Narren«, knurrte Tobbon.

Hemmings feuerte mit allem, was ihm zur Verfügung stand, und die drei Space-Jets umschwirrten die Schlachtschiffe wie zornige Hornissen. Trotzdem kamen die Angreifer unaufhaltsam näher. Ihr kleiner Pulk fächerte auf. Abfangformation.

Das verdammte Veratron!, dachte Simudden wütend. Laut sagte er: »Sie wollen uns lebend haben und uns in aller Ruhe den Prozess machen.«

Kayna Schatten nickte nachdenklich. Tobbon drehte sich um und musterte Panika mit seinen kleinen, hellgelben Augen.

»Das wäre eine Chance, noch einmal davonzukommen«, murmelte er. »Aber unsere Leute werden sich weigern, auf ein solches Spiel einzugehen. Viele werden auf Planeten gesucht, auf denen es die Todesstrafe noch gibt. Wenn die GAVÖK sie ausliefert ...«

»Noch ist die Lage nicht aussichtslos«, sagte Kayna leise.

Tobbon seufzte. »Es gibt praktisch nichts mehr, was wir tun können. Diesmal haben sie uns mattgesetzt.«

»Sie kommen nicht an uns heran, solange die Geschütze sprechen. Und bis uns die Energie ausgeht, wird uns sicher etwas einfallen.«

Sie saßen im Schiff fest. Sie konnten nicht mehr starten, denn dann würden die GAVÖK-Leute nicht mehr zögern, die JACK LONDON zu Schrott zu schießen. Sie konnten auch nicht heimlich das Schiff verlassen, denn ringsherum kochte der Boden. Mit Raumanzügen und Fluggeräten wäre ein Durchbruch zwar möglich gewesen, aber die Gegner hätten jeden Flibustier orten können.

»Sie kassieren die Space-Jets«, stellte Dezibel fest.

Sie machten es sogar auf die schonende Weise. Sie paralysierten die Piloten und holten die Jets mit Traktorstrahlen an Bord.

Tobbon wandte sich wieder den Kontrollen zu. Plötzlich wirkte er sehr ruhig. »Stell das Feuer ein, Josto!«, ordnete er an. »Und du, Axe, gib mir eine Funkverbindung zu den Schiffen da oben. Wir wollen doch mal sehen, wer der Klügere ist.«

Sie brauchten sich nicht abzusprechen. Irgendwie mussten sie die GAVÖK-Schiffe zur Landung verleiten. Alles Weitere würde sich situationsbedingt ergeben.

Kayna Schatten übernahm es, mit dem GAVÖK-Kommandanten zu verhandeln. Niemand auf der JACK LONDON hätte sich besser für diese Aufgabe geeignet.

Der Mann, der schließlich in der Funkübertragung erschien, stammte unverkennbar von Terranern ab. Er hatte aber ungewöhnlich helle Augen und seltsam bläulich schimmerndes Haar. Er betrachtete Kayna völlig ausdruckslos. »Ergeben Sie sich?«, fragte er mit einer trockenen Stimme, die an das Rascheln von Papier erinnerte.

Kayna Schatten seufzte und nickte schwer. In ihren dunklen Augen schimmerte es geheimnisvoll. Wenn sie es darauf anlegte, konnte sie einen normalen Mann allein mit diesen Blicken überrumpeln. Aber der Uniformierte schien durch sie hindurchzuschauen.

»Es hat wohl keinen Zweck, um den heißen Brei herumzureden«, sagte Kayna sanft. »Also: Wir ergeben uns. Wie geht es weiter? Das ist schließlich Ihr Spiel, Fremder.«

Natürlich hatte sie erwartet, dass der Mann von der GAVÖK sich zumindest kurz vorstellte. Aber der Bursche schien von Höflichkeitsfloskeln einer Piratin gegenüber nichts zu halten.

»Bauen Sie die Schutzschirme ab! Sofort!«, befahl er.

Kayna Schatten nickte Tobbon zu. Jeder im Schiff konnte das Gespräch verfolgen, und es war totenstill geworden. Die Schutzschirme erloschen.

»In Ordnung«, sagte der Fremde kalt. »Wir landen jetzt. Die beiden anderen Schiffe werden Sie im Auge behalten. Ich warne Sie! Dies ist eine militärische Aktion, und Sie haben kapituliert. Fällt auch nur ein einziger Schuss, und sei es aus einem Paralysator, eröffnen wir das Wirkungsfeuer auf Sie.«

»Wir verhalten uns ruhig«, versprach Kayna Schatten gelassen.

»Das will ich hoffen«, erklärte der Uniformierte grimmig. »Sofort nach unserer Landung werden Sie und Ihre Leute das Schiff verlassen, einzeln und unbewaffnet.«

Die Verbindung endete abrupt.

»Verdammt!«, sagte Brush Tobbon. »Diesmal lassen sie uns wenig Möglichkeiten offen.«

»Sie können nicht wissen, wie viel Leute sich in der JACK LONDON aufhalten«, sagte Simudden gelassen. Über Rundruf wandte er sich an die Mannschaft. »Jeder hat gehört, was der GAVÖK-Kommandant von uns verlangt. Ihr werdet euch peinlich genau nach seinen Befehlen richten. Nehmt keine Waffen mit! Geht einzeln und nacheinander mit erhobenen Händen aus dem Schiff! Es darf keiner an Bord zurückbleiben oder versuchen, eine getarnte Waffe durchzuschmuggeln. Sie werden euch deshalb für harmlos halten.«

»Das ist gegen die Ehre der Flibustier!«, schrie jemand empört.

Panika lächelte kalt. »Was kümmert es uns, wenn die Narren von der GAVÖK uns falsch einschätzen? Sie werden ihren Fehler sehr schnell bedauern. Ihr alle verfügt über die übliche Mikroausrüstung. Sie bietet genug Möglichkeiten, euch im passenden Augenblick zu befreien. Aber so weit wird es nicht kommen. Wir sechs werden nämlich zurückbleiben. Hier in der Zentrale können die Angreifer uns nicht bemerken, selbst wenn ihnen noch so gute Ortungsgeräte zur Verfügung stehen. Dies ist schließlich nicht irgendein Schiff, sondern die JACK LONDON.«

Beifälliges Gemurmel wurde laut. Jeder wusste, wie gut der Kern der JACK LONDON abgeschirmt war.

»Gut. Dann also weiter im Text. Sobald ihr alle im Schlachtschiff seid, sorgt ihr dort für Unruhe. Alle wissen, wie ich das meine. Ihr beginnt damit, wenn der Letzte die Schleuse betritt. Wir geben euch eine Minute Zeit. Dann starten wir die JACK LONDON und greifen die beiden anderen Schiffe an. Euch sollte es gelingen, den GAVÖK-Raumer innerhalb von – sagen wir – zwanzig Minuten zu übernehmen. Falls wir bis dahin unsere Gegner nicht erledigt haben, kommt uns zu Hilfe! Das war's, Flibustier. Macht eure Sache gut.«

Pearl Panika Simudden schaltete ab. Als er sich umdrehte, sah Kayna Schatten ihn nachdenklich an.

»Dein Plan hat viele Schwachstellen«, sagte sie leise. »Wäre ich der Kommandant dieses Schiffes, das soeben landet, ich würde jeden Gefangenen umgehend paralysieren lassen. Und wenn mich irgendein dummer Gedanke davon abhalten sollte, gäbe ich den Posten den Befehl, beim geringsten Anzeichen von Aufruhr zu schießen.«

Panika lächelte schwach. »Sie sind nicht wie wir, und sie schießen vor allem nicht auf Unbewaffnete, jedenfalls nicht, solange sich das vermeiden lässt. Sie werden selbst dann noch zögern, wenn unsere Leute ihnen schon an die Kehle gehen. Weil sie immer einen fairen Kampf erwarten.«

»Woher willst du das wissen?«, fragte Dezibel skeptisch.

»Weil sie uns nicht paralysiert haben«, bemerkte Kayna Schatten trocken. »Sie hätten es tun können, als unsere Schutzschirme erloschen. Aber sie haben darauf verzichtet, weil Worte wie Kapitulation und ähnlicher Unsinn für sie eine andere Bedeutung haben als für uns.«

Einhundertzweiundachtzig Piraten verließen die JACK LONDON, und sie benahmen sich in der Tat wie zerknirschte Gefangene, die eingesehen hatten, dass ein Leben in Gefangenschaft immer noch besser war als der Tod. Keiner trug eine Waffe bei sich, nicht einmal ein Messer oder einen Schlagring. Mit erhobenen Händen kamen sie aus der Schleuse. Dreißig Todesopfer hatte das Unternehmen bereits gekostet.

Noch immer war es fast unerträglich heiß. Die Leute von der GAVÖK waren keine Barbaren – sie nahmen die Gefangenen am Ende der Rampe in Empfang, verfrachteten sie in Gleiter und brachten sie in kleinen Gruppen zu ihrem Schiff, der PLOPHOS.

In der Zentrale der JACK LONDON beobachteten die Zurückgebliebenen gespannt, wie die Flibustier in das Schlachtschiff transportiert wurden. Axe war auf Tobbons Drängen ebenfalls nicht von Bord gegangen.

Schließlich verschwand der letzte Flibustier in der Schleuse der PLOPHOS.

»Na dann!«, sagte Tobbon, und seine Augen funkelten.

Er legte die Hände auf die Kontrollen – es gab einen ungeheuren Knall, dann dröhnten Donnerschläge durch die JACK LONDON, das Schiff erzitterte, und Überladungsblitze brachen aus mehreren Konsolen hervor.

Brush Tobbon wäre tot gewesen, hätte er nicht ungeheuer schnell reagiert und sich einfach zur Seite geworfen. »Diese Hunde!«, brüllte er dabei. »Sie schießen uns zusammen!«

Ihr Bluff war den Flibustiern *zu* gut gelungen. Der GAVÖK-Kommandant war wirklich zu dem Schluss gekommen, dass sich niemand mehr in der JACK LONDON aufhielt. Diese Leute hatten nichts gegen das Schiff, aber sie waren dennoch vorsichtig genug, nichts zu riskieren.

»In die STÖRTEBEKER!«, brüllte Kayna. »Nehmt die Fluchtschächte! Josto, bei dir alles in Ordnung?«,

»Alles klar«, kam die Antwort.

Sie hatten insoweit Glück, als sich die Leute der GAVÖK darauf beschränkten, die JACK LONDON flug- und kampfunfähig zu schießen. Obwohl sie sehr genau zielten, reichten die Zerstörungen weit nach innen.

Schade, wir hatten ein gutes Schiff, dachte Simudden, während er sich durch den Fluchtschacht katapultieren ließ. Er wusste, dass Tobbon vor Wut kochte und auf Rache sann und dass Kayna bereits überlegte, wie sie der GAVÖK diese Niederlage heimzahlen konnte.

Der Fluchtschacht war zu Ende. Panika schwang sich in den Hangar.

Rauch zog unter der Decke entlang. Die Notbeleuchtung spendete nur fahle Helligkeit, und in dieser Dämmerung sah Simudden deutlich das Glühen hinter einigen Öffnungen im hinteren Hangarabschnitt. Zudem war ein dumpfes Brausen und Rauschen zu vernehmen.

In einem Anflug von Entsetzen erkannte Simudden, dass sie alle viel zu spät dran waren. Dann bemerkte er, dass die Schleuse der STÖRTEBEKER offen stand, und rannte hinüber.

Er war der Letzte. Tobbon saß schon vor den Kontrollen, und ten Hemmings wartete nur auf das Kommando.

»Warum ...?«, fragte Panika, als ten Hemmings das Desintegratorgeschütz abfeuerte.

»Das Schott lässt sich nicht mehr öffnen«, sagte Treffner gelassen. »Keine Sorge, niemand wird unseren Ausbruch vorzeitig bemerken.«

Die JACK LONDON wurde von schweren Explosionen erschüttert. Es war kaum anzunehmen, dass in diesem Durcheinander noch angemessen werden konnte, was Hemmings jetzt auslöste.

Die STÖRTEBEKER war stark bewaffnet. Die Flibustier hatten in dieses Beiboot viel Zeit, Arbeit und Material investiert. Das Ergebnis war beeindruckend. Der einzige Nachteil bestand darin, dass es sehr eng an Bord war, fast schon zu eng für sieben Personen. Ihnen standen nur zwei Kojen und ein Notlager zur Verfügung. Bei den Vorräten an Bord handelte es sich ausschließlich um Konzentrate, die wenig Lagerraum beanspruchten.

Dieses kleine Schiff schoss sich nun den Weg aus der brennenden JACK LONDON frei. Kaum war die glutende Öffnung groß genug, da ließ Tobbon die STÖRTEBEKER nach draußen schießen. Er zog den Diskus schräg aufwärts, flog einen gewagten Schlingerkurs und beschleunigte mit Vollschub. Ehe die GAVÖK-Leute in den Schlachtschiffen recht begriffen, was geschah, hatte die STÖRTEBEKER den Planeten schon hinter sich gelassen und raste davon.

28.

Während ihrer Flucht fingen sie Hyperfunksprüche der Schlachtschiffe auf. Die Kerle von der GAVÖK benutzten einen so einfachen Kode, dass die Flibustier kaum Mühe hatten, ihn zu knacken. Was sie dann hörten, trieb ihnen das Blut in die Köpfe.

Die Niederlage der Flibustier würde sich mit Überlichtgeschwindigkeit herumsprechen und würde sie für alle Zeit unmöglich machen. Die Geschichte wurde so verdreht, dass die Flibustier als wahre Narren dastanden.

»Das glaubt doch keiner«, sagte Dezibel verstört. »Wen es angeht, der kennt uns schließlich.«

Es kam noch schlimmer. Nämlich mit der Behauptung, dass die gefangenen Flibustier einen tölpelhaften Versuch unternommen hätten, die GAVÖK-Leute zu überrumpeln. Danach hatten angeblich gleich drei Überläufer Einzelheiten über die Organisation der Piraten preisgegeben. Natürlich glaubte an Bord der STÖRTEBEKER niemand daran. Selbst dann nicht, als die Namen der sieben Flüchtlinge und ihre detaillierten Beschreibungen durchgegeben wurden.

»Hypnose«, sagte Simudden abfällig. »Niemals hat einer von unseren Leuten freiwillig ausgepackt.«

Den Flibustiern drohte Gefahr. Nicht nur durch den Verlust an Menschen und Material, sondern vor allem durch das Misstrauen, das die Leute von der GAVÖK säten.

»Wir müssen schnell nach Dennox III!«, sagte Kayna besorgt.

Tobbon nickte stumm. Die STÖRTEBEKER raste bereits mit Höchstgeschwindigkeit der Stützpunktwelt entgegen. Verfolger waren nicht zu bemerken.

Endlich lag Dennox III vor der Space-Jet. Es war eine karge, trockene und sehr kühle Welt, ohne Bodenschätze und abseits der gängigen Flugrouten. Damit bot sie ideale Voraussetzungen für ein Versteck, wie die Piraten es brauchten. Zudem lag das Zwölf-Martine-System, zu dem Dennox III gehörte, nicht zu weit vom galaktischen Zentrum entfernt. Sobald Gefahr drohte, konnten sich die Piraten schnell in Bereiche zurückziehen, in denen die Suche nach einem einzelnen Raumschiff äußerst mühsam wurde.

Brush Tobbon funkte den Planeten schon an, als die STÖRTEBEKER etliche Lichtminuten entfernt ihren Überlichtflug beendete.

Dennox III meldete sich nicht.

»Was soll das?«, fragte Tobbon grollend. »Schlafen die Brüder?«

»Da stimmt etwas nicht«, murmelte Kayna Schatten misstrauisch. »Wir gehen vorsichtig näher heran.«

Erst knapp eine Stunde später war die Space-Jet dem Planeten schon nahe genug, dass der Stützpunkt auf den Schirmen sichtbar wurde. Auf den ersten Blick schien alles in Ordnung zu sein. Die kuppelförmigen Bauten waren unversehrt. Ebenso die transparenten Verbindungsgänge. Etwas abseits, auf dem kleinen Raumlandefeld, standen die drei Boote des Stützpunkts.

Nur etwas wirkte seltsam fremd an diesem Bild, aber die sieben Flibustier kamen erst nach einer Weile darauf, was sie daran störte.

Die Anlage machte einen unbelebten Eindruck.

Sie waren noch zu weit entfernt, als dass sie Menschen hätten sehen können. Aber Fahrzeuge hätten am Landefeld bereitstehen sollen, um die wertvolle Fracht der JACK LONDON auf die drei startbereiten Boote aufzuteilen.

»Wir landen«, entschied Kayna nach einiger Zeit. Sie sah die anderen fragend an. Sogar Panika nickte zustimmend.

Was immer auf Dennox III geschehen sein mochte – sie konnten nicht weiterfliegen, ohne wenigstens den Versuch unternommen zu haben, Einzelheiten zu erfahren. In dem Stützpunkt lebten rund einhundertfünfzig Flibustier, und kein Pirat ließ einen anderen im Stich.

Sie hatten alle ein schlechtes Gefühl, als die STÖRTEBEKER in die Atmosphäre des Planeten eindrang. Sogar Axe war noch stiller als sonst.

Der Epsaler setzte die Space-Jet am Rand des Landefelds auf. Während des Anflugs hatten sie alle auf etwas Ungewöhnliches gewartet, aber nichts war geschehen. Auch aus unmittelbarer Nähe wirkte der Stützpunkt zwar verlassen, aber ansonsten normal. Ein steifer Wind trieb Sandwolken vor sich her.

»Die Verwehungen sind schon ziemlich hoch«, stellte Kayna Schatten fest. »Die Roboter haben den Sand seit mindestens sechsunddreißig Stunden nicht mehr weggeräumt.«

»Wir sollten starten und verschwinden«, murmelte Simudden unbehaglich. Kayna warf ihm dafür einen strafenden Blick zu.

Panika zwang sich zum Lächeln. Er fürchtete Tod und Teufel nicht, schließlich war er in gewissem Sinn schon gestorben. Auf Akon war er zum Tod verurteilt worden und erst kurz vor der schon terminierten Hinrichtung davongekommen. Die Akonen suchten immer noch nach ihm, und wenn sie ihn erwischten, würde er gewiss keine zweite Fluchtchance erhalten. So gesehen konnte es ihm egal sein, auf welche Weise er endete.

Die Stille auf Dennox III zerrte dennoch an seinen Nerven. Panika

Simudden wusste selbst nicht, warum – aber er hatte plötzlich Angst. Es war sein Instinkt, der ihn vor einer Gefahr warnte, die schlimmer sein konnte als der Tod oder die Gefangenschaft in einem GAVÖK-Gefängnis.

»Wir sehen uns draußen um«, verkündete Tobbon und nickte Axe zu.

»Alle gehen mit!«, bestimmte Kayna.

»Das wäre unvorsichtig«, mischte sich ten Hemmings ein. »Wir dürfen das Schiff nicht unbewacht lassen.«

»Aber klar«, sagte Kayna belustigt. »Du bleibst hier, Josto. Behalte uns und die Umgebung im Auge, und wenn sich etwas zeigt, was dir verdächtig erscheint – verschwende deine Zeit nicht mit Fragen, sondern schieß!«

»Klar«, erwiderte der Kanonier gelassen.

Da nichts auf die Anwesenheit irgendwelcher Fremder hindeutete, argwöhnte der Ara, es könnte eine Epidemie gegeben haben. Diese Möglichkeit ließ sich nicht ganz ausschließen, denn die Flibustier flogen viele noch wilde und ungezähmte Welten an, auf denen es von Seuchenbekämpfung bestenfalls vage Vorstellungen gab.

Keiner der Flibustier rechnete jetzt noch damit, dass das Schweigen der Besatzung mit einem Angriff zusammenhing.

Die Schleuse, durch die sie die Station betraten, arbeitete fehlerfrei. Innen war die Luft warm und sauber. Die Piraten schüttelten und klopften sich den Staub von den Schutzanzügen, und bei dieser Gelegenheit stellten sie fest, dass auch die Reinigungsautomatik funktionierte. Es gab Licht, Luft und Wärme – nur keine Menschen.

Während sie bis ins Zentrum der Anlage vorstießen, blieb alles ruhig. Sie fanden keine Spuren von Kampfhandlungen oder mutwilligen Zerstörungen.

»Vielleicht haben sich unsere Leute zurückgezogen«, überlegte Dezibel. »Die GAVÖK könnte das Versteck entdeckt haben, und sie haben Dennox III lieber verlassen, als sich einfangen zu lassen.«

»Zu Fuß?«, fragte Simudden spöttisch, und Dezibel schwieg betroffen.

»Sie hätten die Boote niemals zurückgelassen«, sagte Kayna ärgerlich. »Ganz abgesehen davon scheint niemand die Schätze aus den Lagern geholt zu haben. Weiter jetzt. Vielleicht finden wir im Zentrum eine Nachricht.«

Aber auch das war eine vergebliche Hoffnung. Die zentrale Kuppel war ebenfalls intakt – nur eben ohne Menschen.

»Wir teilen uns«, entschied Tobbon. »Drei Gruppen. Ich gehe mit Axe nach Norden.«

Panika Simudden und Kayna Schatten bildeten die zweite, Dezibel und der Ara die dritte Gruppe. Sie suchten gut eine Stunde lang – so vergeblich wie zuvor. Schließlich trafen sie wieder zusammen und gingen gemeinsam zu den Lagerhallen.

Abermals eine Stunde später blickten sie ratlos durch die Transparentwand eines Verbindungsgangs nach draußen. Der Wind war stärker geworden und trieb Schwaden von Staub und Sand vor sich her.

»Nichts«, sagte Kayna Schatten leise. »Als ob sich alle in Luft aufgelöst hätten. Das ist unheimlich.« Niemand widersprach ihr.

In der Messe hatten sie gedeckte Tische vorgefunden, aber die Speisen waren eingetrocknet. Und in den Quartieren waren Lesewände eingeschaltet gewesen, als wären die Benutzer mitten in der Betrachtung davongelaufen.

»Wir sollten verschwinden.« Kayna warf Simudden einen verzweifelten Blick zu. »Wir fliegen nach Carl-Ther-Ahn. Wenn wir Glück haben, erfahren wir dort, was vorgefallen ist. Wenn nicht, kommen wir später mit mehr Leuten und besserer Ausrüstung zurück.«

»Einverstanden.« Tobbons spontane Zustimmung war das beste Zeichen dafür, dass sogar ihm der verlassene Stützpunkt nicht geheuer war.

Der Staub und die Kälte draußen behagten ihnen nicht. Deshalb kehrten sie in den Gang zurück, der bis auf knapp zweihundert Meter an die STÖRTEBEKER heranführte. Sie schlossen die Helme, Tobbon ließ die Schleuse aufgleiten. Er trat auch als Erster hinaus, und die anderen folgten ihm dichtauf. Unwillkürlich senkten sie die Köpfe, als der allmählich zum Sturm werdende Wind sie mit Sand überschüttete. Als die Schleuse sich schloss, geschah es.

Der Epsaler Tobbon war der Erste, der es sah, und er, dem alle nachsagten, dass nichts ihn erschrecken konnte, stieß einen Schrei aus, der seine Gefährten für Sekunden halb taub machte. Er stand in seinem hellgelben Kampfanzug regungslos da und deutete mit dem ausgestreckten Arm zur STÖRTEBEKER. Die Space-Jet wurde von den treibenden Sandschwaden verhüllt, aber sie rissen immer wieder auf, und dann war die Sicht erstaunlich klar. In einem dieser Momente sahen es alle.

Hinter der STÖRTEBEKER stand etwas. Es sah aus wie eine Pyramide aus rostbraunem Material. Dezibel schätzte automatisch die Entfernung und die Größe des Objekts. Demnach stand die Pyramide nicht mehr als fünfhundert Meter entfernt und war mehr als hundert Meter hoch. Sie war an der Basis sicher ebenso breit.

»Wie ist das Ding da hingekommen?« Der Mediziner flüsterte unwillkürlich.

»Josto, was ist los da drüben?«, fragte Tobbon scharf.

»Keine Ahnung.« Die Antwort hörte sich an, als wäre ten Hemmings völlig verstört. »Es war plötzlich da, genau in der Sekunde, als die Schleuse hinter euch zufiel. Verdammt, dieses Ding muss die ganze Zeit über dort gestanden haben. Warum konnten wir es nicht wenigstens anmessen?«

»Das ist die eine Frage«, murmelte Simudden. »Was will es hier, und was ist es überhaupt?, ist die andere«

»Ein Raumschiff«, sagte ten Hemmings. »Ich erkenne Luken, Schleusen, und an der Basis sitzen Antriebseinheiten. Aber ich habe so etwas nie zuvor gesehen. Am liebsten würde ich ...«

»Nein!«, fuhr der Epsaler scharf dazwischen. »Du lässt die Geschütze ruhen! Der Brocken ist zu groß für die Space-Jet. Wir kommen rüber. Achte du auf die Schleusen und sag uns Bescheid ...«

»Schon geschehen! Drei Schleusen öffnen sich. Da kommen Gestalten heraus. Komische Kerle. Ich vermute, Roboter.«

»Maschinen«, sagte Kayna Schatten fast erleichtert. »Wie sehen sie aus?«

»Du kannst sie gleich selbst begutachten. Die Biester schweben verdammt schnell. Rechts von euch – ihr müsstet sie jetzt sehen können.«

Es waren sechs Maschinen. Sie mochten jeweils um die eins achtzig hoch sein, aber sie wirkten größer, weil sie etwa einen Meter über dem Boden hingen. Sie sahen aus wie fremdartige Puppen, Gebilde mit einem übergroßen Kopf und kegelförmigem Unterteil. Der Kugelkopf trug waagerecht um die Mitte ein leuchtendes Band. Die Roboter waren rostbraun, nur das Band schimmerte in allen denkbaren Farben.

»Sie haben es auf uns abgesehen«, stellte Kayna fest. »Was sie auch mit unseren Leuten im Stützpunkt angestellt haben – uns sollen sie nicht bekommen!«

Die Flibustier waren grundsätzlich bewaffnet. Sie trennten sich selbst in ihren Stützpunkten nicht von den Waffen. Gut gezielte Energiesalven schlugen den Robotern entgegen. Sogar der wirbelnde Sand schien aufzuglühen. Aber schon lösten sich die Roboter aus der brodelnden Glut. Sie waren unbeschädigt.

Tobbons schwerer Impulsstrahler war eine Waffe, die ein normaler Mensch kaum anzuheben vermocht hätte. Er gab Dauerfeuer, und die Schüsse der anderen Flibustier vereinten sich mit den seinen. Trotzdem schwebten die fremden Maschinen seelenruhig näher heran.

»Zur STÖRTEBEKER!«, befahl Kayna.

Doch die Roboter versperrten ihnen bereits den Weg. Die Flibustier versuchten auszuweichen. Salve um Salve feuerten sie auf die Maschinen ab und rannten durch den hoch angewehten Sand. Über die Außenmikrofone ihrer Anzüge vernahmen sie das Fauchen der Geschütze, mit denen ten Hemmings auf die Roboter feuerte.

Urplötzlich verstummten die Geräusche.

Sie sind im Schiff! Eisiges Entsetzen griff nach Simudden. *Sie haben Hemmings erwischt.*

Einer der puppenhaften Roboter vollführte eine seltsam eckig wirkende Wendung, dann war er heran. Simudden warf sich zurück und schoss. Aus dem unteren Teil des kegelförmigen Robotkörpers zuckte etwas hervor, und ein dünner, blasser Energiestrahl stand in der Luft.

Panika spürte einen heftigen Schmerz in der rechten Hand. Reflexartig öffnete er die Finger, und dann blickte er fassungslos auf das, was einmal eine Waffe gewesen war. Nur der Griff wirkte noch normal, alles andere war zu einem formlosen Klumpen verbacken. Nein, nicht geschmolzen, denn die Hitze hätte ihm die Hand und den Unterarm verbrannt. Aber welche Wirkung hatte die gegnerische Waffe dann?

Sich herumwerfen ... fliehen ... Der Akone kam nicht mehr dazu, denn der Roboter schwebte kaum einen Meter vor ihm. Aus dem oberen Teil des Kegelkörpers, dicht unter der Einschnürung, die Panika automatisch als Hals bezeichnete, zuckten vier dünne Arme hervor. Metallhände, die drei Finger und zwei Daumen besaßen, griffen nach dem Flibustier. Er wollte zurückweichen, aber die Maschine war viel zu schnell für ihn. Sie packte ihn an den Armen und um die Körpermitte und hob ihn mühelos hoch.

Panika trat nach seinem Peiniger – auf den Roboter machte das überhaupt keinen Eindruck. Er schwebte mit seinem Gefangenen an der Space-Jet vorbei der Pyramide entgegen. Simudden fiel auf, dass der Roboter bei Richtungsänderungen nicht die geringste Körperdrehung vollführte. Als wären für diese Maschine vorne und hinten, rechts und links zumindest in Bezug auf ihre Fortbewegung ohne Bedeutung.

Unterdessen hatten die fremden Roboter auch die anderen Flibustier eingefangen. Simudden sah den Epsaler hilflos in den Armen einer der Maschinen zappeln, und von der Seite schwebte ein Roboter mit Kayna Schatten heran.

Eigentlich, erkannte Panika, gingen sie überaus vorsichtig mit ihren Gefangenen um. Der Griff der seltsamen Hände war gnadenlos fest, aber er verletzte nicht.

Die STÖRTEBEKER stand mit geöffneter Schleuse im Sturm, und der Sand wirbelte über die Rampe. Panika Simudden glaubte in dem Moment, den letzten Blick auf die Space-Jet zu erhaschen. Ein beklemmendes Gefühl schnürte ihm die Kehle zu. Hastig konzentrierte er sich auf den Raumer der Fremden.

Er stellte fest, dass der erste Eindruck getäuscht hatte. Es handelte sich keineswegs um ein pyramidenförmiges Schiff. Was er gesehen hatte, war nur die Breitseite gewesen. Das Schiff war keilförmig, eine Art Scheibe mit der Form eines gleichschenkligen Dreiecks.

Er wurde an der Seitenwand vorbeigetragen, dabei schätzte er, dass das Schiff etwa vierzig Meter tief war. Die Seitenwand schien sich nach oben hin zu verjüngen, aber das konnte er wegen des Sandsturms nicht genau erkennen.

Der Roboter schwebte mit ihm in eine offene Schleuse in der Rückseite des Schiffes. Simudden fragte sich, warum die Maschine einen Umweg gemacht hatte. Er hoffte, dass der Grund dafür Zerstörungen waren, die ten Hemmings an der Vorderseite des Raumers angerichtet hatte.

Außerdem dachte Panika unvermittelt wieder an die Leute aus dem Stützpunkt. Würde er sie im Schiff der Roboter wiedersehen? Hatten diese Maschinen womöglich gewusst, dass in den nächsten Tagen weitere Opfer eintreffen würden?

Spontan wandte er sich an »seinen« Roboter. »Bringt ihr uns zu den anderen?«, fragte er laut.

Die Maschine antwortete nicht. Sie lud den Akonen in einem großen Raum ab. Sobald Panika festen Boden unter den Füßen spürte, sprang er mit katzenhafter Geschmeidigkeit den Roboter an. Aber das verflixte Ding schwebte ebenso schnell zur Seite, und Panika landete ziemlich unsanft auf allen vieren. Augenblicke später war der Roboter fort, und das Türschott schloss sich so schnell, dass Simudden gar nicht erst versuchte, noch nach draußen zu gelangen.

»Nun gut!«, knurrte er und richtete sich auf. »Den Versuch war es wert.«

»Wir haben es alle versucht!«, hörte er Tobbons dröhnende Stimme.

Pearl Simudden fuhr herum. Der Epsaler stand hinter ihm an der Wand. Neben Tobbon saß Dezibel auf dem kahlen Boden.

»Wann haben sie euch hereingebracht?«, fragte Simudden verwundert. »Ich war überzeugt, dass ich als Erster ins Schiff geschleppt wurde.«

»Mir erging es nicht anders«, sagte Dezibel trocken. »Trotzdem war Tobbon schon vor mir da.«

»Und die anderen?«

»... werden sicher bald eintreffen.«

»Wenn wir uns gemeinsam auf einen der Roboter stürzen ...«

»Sinnlos«, knurrte der Epsaler. »Wenn ich das sage, dürfte dir klar werden, dass wir keine Chance gegen die verdammten Dinger haben.«

Panika schluckte eine sarkastische Bemerkung unausgesprochen hinunter. Er begriff, dass Brush Tobbon in seinem Stolz verletzt worden war, als der Roboter ihn wie ein hilfloses Kind davongetragen hatte.

Die Zeit verging, aber von den anderen Gefangenen war nichts zu sehen oder zu hören. Nach mehreren Minuten öffneten sich Durchgänge in den Wänden. Sieben Türen waren es, und aus vier davon traten die restlichen Flibustier. Simudden fragte sich verwundert, warum die Gefangenen unterschiedlich behandelt wurden, aber er schob diesen Gedanken sofort beiseite, weil er ein leichtes Vibrieren unter den Füßen spürte.

Das Schiff der Fremden startete.

29.

Jeder Flibustier hatte eine kleine Kabine zu seiner Verfügung, zu der jeweils eine enge Kammer gehörte, die als Nasszelle diente. Die Kabinentüren konnten sie zuschieben, aber nicht verschließen. In den Kabinen standen bettähnliche, mit elastischem Plastikmaterial bespannte Gestelle. Das alles war nicht gerade gemütlich, aber die Flibustier hatten schon Schlimmeres erlebt.

Zu ihrem großen Erstaunen sorgten die Roboter auch für das leibliche Wohl ihrer Gefangenen. Zwar gab es nur Konzentrate, aber diese waren ungewöhnlich schmackhaft. Nachdem sie einiges zu sich genommen hatten, sanken die Gefangenen auf ihre Lager. Sie schliefen tief und traumlos und fühlten sich nach dem Erwachen stark genug, um sich wieder den komplizierteren Fragen zuzuwenden.

Nach wie vor beschäftigte sie das Verschwinden der Besatzung von Dennox III.

»Die Roboter haben damit zu tun«, sagte Dezibel kauend. Die Piraten saßen beim Frühstück beieinander, und sie hatten für diesen Zweck Tobbons Kabine ausgewählt, die etwas größer war als die anderen Räume. »Aber was, zum Teufel, haben diese Maschinen mit den Leuten gemacht? Ich hatte gehofft, dass wir sie hier im Schiff treffen würden.«

»Das Schiff ist groß«, murmelte der Ara.

»Es wäre doch Blödsinn, uns voneinander zu trennen.«

»Wissen wir, wie die Maschinen darüber denken?«

»Dezibel hat recht«, wandte ten Hemmings ein. »Ich bin ziemlich sicher, dass unsere Freunde nicht an Bord sind.«

»Und was soll dann mit ihnen geschehen sein?«, fragte Treffner.

Josto ten Hemmings fuhr sich mit beiden Händen durch den fuchsroten Bart, der ihm bis zum Gürtel reichte. Seine Mähne war genauso rot, und das Haar hing ihm in wirren Strähnen bis über die Schultern. Wer diesen fetten, ungepflegten Mann sah, konnte nicht erkennen, welche Fähigkeiten in ihm steckten.

»Ich fürchte, wir werden es nie erfahren«, murmelte er. »Es sei denn, die Roboter verraten es uns. Aber dazu müssten wir erst einmal eine Möglichkeit finden, uns mit ihnen zu verständigen. Ich habe den, der mich einfing, mehrmals angesprochen. Ich glaube, der hat kein Wort verstanden.«

»Für Dennox III und die Leute, die dort lebten, können wir nichts mehr tun«, stellte Kayna Schatten nüchtern fest. »Wir müssen auf uns selbst aufpassen. Hat einer von euch eine Idee, warum die Roboter uns überhaupt mitgenommen haben?«

»Mitgenommen ist gut«, sagte Panika Simudden. »Ich nenne das eine glatte Entführung.«

»Wir sind die wohl ungeeignetsten Opfer für eine solche Tat«, gab Kayna zu bedenken.

»Bist du sicher?«, fragte der Akone spöttisch. »Du vergisst unsere Leute. Sie würden alles tun, um uns zu helfen. Aber du hast trotzdem recht. Wenn die Fremden auf unsere gesammelte Beute aus wären, hätten sie die Lager auf Dennox III geräumt. Ich kann mir beim besten Willen nicht vorstellen, was dahintersteckt. Eines ist allerdings sicher: Roboter und Raumschiffe wie diese wurden in der Milchstraße nie zuvor gesehen.«

»Die Galaxis ist groß und noch längst nicht restlos erforscht.«

»Ich sagte nicht, dass sie nicht aus unserer Galaxis stammen. Sie sind nur bisher nie in Erscheinung getreten.«

»Ich kann mir nicht helfen, aber ich habe das Gefühl, dass wir in etwas hineingeraten sind, was noch Folgen haben wird«, murmelte Kayna Schatten nachdenklich.

»Am Ziel werden wir sicher auf die Herren dieser Roboter treffen.« Tobbon bewegte in einer vielsagenden Geste die Hände. »Sie sollen ihr blaues Wunder erleben. Den Robotern können wir nichts anhaben. Aber die, die sie geschickt haben, sind mit Sicherheit empfindlicher. Ich werde ihnen zeigen, was es heißt, sich mit den letzten Flibustiern anzulegen.«

»Und danach?«, wollte Kayna wissen.

»Danach nehme ich mir die Kerle vor, die unsere JACK LONDON vernichtet haben!«

»Das meinte ich nicht. Brush, auch wenn es uns schwerfällt – wir müssen vorsichtig sein. Wir haben keine Ahnung, wohin die Roboter uns bringen, aber eines steht fest: Wir werden auf die Herren dieser Maschinen angewiesen sein, wenn wir jemals zu einem unserer Stützpunkte zurückkehren wollen.«

Brush Tobbon lachte dröhnend. »Für wie dumm hältst du mich? Natürlich werden wir den Fremden um den Bart gehen. Sie hatten bestimmt noch keine so fügsamen und freundlichen Gefangenen wie uns. Wir werden ihnen die Hucke volllügen, bis sie uns vertrauen und uns ein Schiff leihen. Aber dann – dann nehmen wir Rache. Oder ist einer anderer Meinung?« Er sah sich herausfordernd um, doch er traf bei seinen Freunden auf volle Zustimmung.

Nur Dezibel, der wieder in eine seiner nachdenklichen Phasen geriet, fragte sich, ob Tobbon überhaupt merkte, wie zynisch er sprach und handelte.

Zum Beispiel sein Zorn auf die Leute von der GAVÖK. Auch Dezibel hatte an der JACK LONDON gehangen. Es schmerzte ihn, dass er dieses Schiff nie wieder betreten würde. Andererseits hatte Tobbon selbst erst vor kaum vier Wochen grundlos ein nagelneues Handelsschiff der Arkoniden zerschossen. Er hatte es aus einer Laune heraus zerstört, und vorher hatte er die Besatzung sogar gewarnt. Das aber nicht etwa, weil der Epsaler das Leben der Raumfahrer hatte schonen wollen. Im Gegenteil – die Jagd wäre ihm ohne diese Warnung zu kurz geworden. Die JACK LONDON hatte sogar die Rettungsboote verfolgt und zwei von ihnen abgeschossen.

Dezibel hielt wohlweislich den Mund. Zwar klebte an seinen Händen kein Blut, und in den hundertsechsundachtzig Jahren seines Lebens hatte er noch keinen umgebracht; aber er lieferte die Berechnungen für die Flibustier und trug auf diese Weise seinen Teil bei. Wenn er erwischt wurde, würde er kein leichteres Schicksal erleiden als etwa Tobbon oder Axe.

Die Diskussion lief sich fest. Sie wussten zu wenig und konnten eigentlich nichts weiter tun, als abzuwarten.

Gegen Mittag – die Flibustier richteten sich nach der Zeitanzeige ihrer Kombiarmbänder, die sie behalten hatten – kam einer der fremden Roboter. Er schwebte seelenruhig durch eine Tür herein. Axe stürmte spontan vorwärts und versuchte, sich an der Maschine vorbei nach draußen zu drängen. Der Roboter ließ ihn gewähren, aber in Höhe des Türschotts prallte Axe in vollem Lauf gegen ein unsichtbares Hindernis. Benommen ging er zu Boden, kroch aber gleich darauf mühsam bis an die Grenze heran, als wolle er nicht wahrhaben, dass ihm der Weg versperrt war.

»Wir haben eure Unterhaltungen verfolgt«, verkündete der Roboter, nachdem er vor den sechs anderen Flibustiern angehalten hatte.

»Ihr habt unsere Sprache schnell gelernt«, kommentierte Kayna Schatten sachlich.

Der Roboter ging darüber hinweg. Deshalb blieb weiterhin unklar, ob die Maschinen erst durch ihre sieben Gefangenen Interkosmo gelernt hatten oder ob ihre Kenntnisse schon von dem Kontakt mit der Besatzung von Dennox III herrührten.

»Ihr habt euch viele Fragen gestellt«, fuhr der Roboter fort. »Es bestehen Zweifel darüber, ob ihr wirklich so ahnungslos seid. Wir können nicht daran glauben, dass ihr alles vergessen haben sollt.«

»He!«, machte Tobbon überrascht. »Was soll das heißen? Was sollen wir vergessen haben – beziehungsweise wissen, ohne es zuzugeben? Wir haben Roboter wie euch zum ersten Mal gesehen, als ihr uns überfallen habt.«

Entweder hörte der Roboter ihm gar nicht zu, oder die Maschine war entschlossen, keinem der Gefangenen zu antworten.

»Wir erreichen unser Ziel in wenigen Stunden«, fuhr er fort. »Dort wird sich zeigen, wie es um eure Erinnerung bestellt ist. Bis dahin habt ihr Zeit, über eure Lage nachzudenken. Ihr sollt von nun an auch sehen, wohin dieser Flug führt.«

Lautlos, wie er gekommen war, schwebte der Roboter wieder hinaus. Fast gleichzeitig erhellte sich die Decke des großen Raumes. Erstaunt blickten die Flibustier zu dem riesigen Sternenmeer auf.

»Das galaktische Zentrum«, stellte der Ara fest.

»Kein Wunder, dass sie plötzlich bereit sind, uns alles sehen zu lassen«, sagte Simudden. »Hier kann sich kein raumfahrendes Wesen orientieren, solange es nur auf seine Augen angewiesen ist. Wenigstens ist mir jetzt klar, warum diese Roboter nicht schon vor langer Zeit entdeckt wurden.«

Das Sternenmeer schien zum Greifen nahe zu sein. Es war überaus beeindruckend. Die Flibustier kannten die Randbereiche des galaktischen Zentrums, denn sie boten eine Fülle idealer Verstecke. Aber es ging ihnen nicht besser als den meisten anderen Raumfahrern, gleich, welchem Volk sie entstammten – die unglaublich dicht stehenden Sonnen und die energetischen Phänomene in diesem Gebiet flößten ihnen Furcht ein. Umso erstaunlicher war es, dass das Schiff sich ruhig und zielsicher durch diese Hölle bewegte. Offensichtlich flog es mit hoher Überlichtgeschwindigkeit, aber trotzdem blieb die optische Erfassung des Weltraums klar und naturgetreu. Das alles zusammengenommen, mussten die Flibustier zwangsläufig zu dem Schluss kommen, dass die Erbauer der Roboter allen intelligenten Bewohnern der Milchstraße um Jahrtausende voraus waren. Diese Erkenntnis war nicht gerade beruhigend.

Allmählich verlor sich das erste brennende Interesse an den Vorgängen außerhalb des Schiffes. Die Flibustier richteten nur noch ab und zu einen forschenden Blick in die Höhe.

Sie waren sich mittlerweile einig, dass es keinen Sinn hatte, an Bord gegen die Roboter aufzumucken. Sie setzten ihre Hoffnung auf die Landung und das erste Zusammentreffen mit den Intelligenzen, die hinter diesen Maschinen standen. Dann erst wollten sie aktiv werden.

»Wenn wir Glück haben, können wir sogar die Schlappe von Xirdell ausgleichen«, spekulierte Markon Treffner. »Ein Volk, das solche Roboter und derart hervorragende Raumschiffe hat, sollte auch über entsprechende Reichtümer verfügen.«

Als in der Bildprojektion eine rote Sonne ins Zentrum rückte und stetig größer wurde, waren die Flibustier schon recht optimistisch. Sie fühlten sich sicher, denn zuletzt hatten sie Teile ihrer Unterhaltung in ihrem Spezialkode geführt, von dem sie hofften, dass die Roboter ihn nicht einmal als Kode identifizieren konnten. Der Trick bestand darin, alle wichtigen Informationen in banalen Sätzen zu verbergen, die trotzdem einen Sinn ergaben. Für die Roboter musste es sich so angehört haben, als hätten die Flibustier keine anderen Sorgen, als über die Verpflegung und die Betreuung zu meckern.

Die rote Sonne wuchs zu einem riesigen Ball, der rasch die gesamte Decke ausfüllte.

»Wollen diese Maschinen sich in die Sonne stürzen?«, fragte Tobbon verwundert. »Wenn sie nicht bald ausweichen, geschieht ein Unglück!«

Aber das Raumschiff wich nicht aus. Es flog so dicht an der Sonne vorbei, dass minutenlang nur brodelnde Protuberanzen zu sehen waren.

»Sie sind auf Unterlicht gegangen«, stellte Tobbon kopfschüttelnd fest. »Ausgerechnet hier! Hätten wir es nicht mit Maschinen zu tun, würde ich sagen, dass der Pilot so kaltblütig wie einer von uns ist.«

»Unterlicht«, wiederholte Kayna Schatten. »Das heißt vermutlich, dass die Fremden in diesem System hausen. Eine nette Gegend haben sie sich ausgesucht.«

Die Sterne wurden langsam wieder sichtbar, aber sie standen so dicht, dass sie wie ein glühender Wall erschienen. Ein Anblick, der jeden schaudern ließ.

»Ich fürchte, es wird schwieriger als gedacht«, sagte Simudden. »Wer freiwillig hier lebt, obwohl ihm Raumschiffe für eine Umsiedlung zur Verfügung stehen, der kann nicht mehr zurechnungsfähig sein.«

Das Schiff entfernte sich von der Sonne und wurde langsamer. Ein Planet erschien, eine vielleicht erdgroße Welt. Sie wirkte trostlos und steril. Es gab drei Meere und einen blaugrünen Vegetationsgürtel, der den Äquator kennzeichnete. Die Ränder der Grünfläche sahen aus der Distanz so gerade und gleichmäßig aus, als habe jemand den Gürtel mit Farbe aufgemalt. Alles andere wurde von gigantischen Gebäudekomplexen beherrscht.

»Restlos zugebaut«, kommentierte Kayna Schatten trocken. »Du hast recht, Panika – wer dort lebt, kann nicht ganz richtig im Oberstübchen sein. Diese Welt dürfte jedem normal denkenden Wesen wie die Hölle selbst erscheinen.«

»Varovaar!«, sagte Panika Simudden mit einem schiefen Lächeln.

»Was ist Varovaar?«, wollte Dezibel wissen.

»Eine akonische Gottheit«, erklärte Panika bereitwillig. »Sie ist für die Schrecken unserer Welt zuständig – oder sie war es, bis sie entthronten wurde. Wir sollten den Planeten nach ihr benennen.«

Keiner erhob einen Einwand.

Das Schiff setzte über der Tagseite von Varovaar zur Landung an. Ein Ring aus zyklopenhaften Türmen und klobigen würfelförmigen Bauwerken umgab ein kreisrundes Feld, auf dem das Dreiecksschiff tiefer sank.

Vom Boden aus wirkten die Gebäude bedrückend und drohend. Die Türme ragten deutlich höher als einen halben Kilometer auf, und an ihren stumpfen Spitzen saßen Kugeln auf verschieden langen Stielen und Gebilde, die an Antennenfächer erinnerten, aber sicher keine waren. Sämtliche Gebäude bestanden aus Metall. Fenster suchten die Flibustier vergeblich.

»Ich kann mir nicht vorstellen, dass da jemand wohnt.« Nachdenklich beobachtete Kayna Schatten die Projektion. »Diese Gebäude wirken keineswegs so, als hätten organische Wesen sie errichtet.«

Die anderen stimmten ihr wortlos zu. Der Ring aus metallenen Türmen und Würfeln wirkte eher wie ein technischer Komplex, eine gigantische Schaltanlage oder Ähnliches – keinesfalls wie die Heimstatt biologischer Wesen.

Einer der Roboter kam. »Rundumkämpfer« hatte Kayna diese Maschinen getauft, weil sie in jede Richtung schießen und zuschlagen konnten, ohne sich um ihre Körperachse zu drehen.

»Kommt!«, befahl der Roboter.

Die Flibustier folgten dem Rundumkämpfer und stellten fest, dass nur dieser eine gekommen war, um sie zu holen. Axe hob die Fäuste, er sah in der Situation offenbar eine günstige Gelegenheit, doch Tobbon riss ihn grob zurück.

»Warte!«, zischte der Epsaler. »Hier im Schiff hat es sowieso keinen Sinn!«

Axe fügte sich, wenn auch nur widerwillig. Er war keine Intelligenzbestie und unterwarf sich nie der Mühe taktischer Überlegungen. Er verstand auch nicht, warum die anderen immer wieder zögerten. Selbst ein sinnloser Kampf erschien ihm in aller Regel besser als tatenloses Warten.

Der Roboter führte die Gruppe aus dem Schiff und eine schräge Rampe hinab. Erleichtert stellten die Piraten fest, dass die Temperatur angenehm war, etwas über zwanzig Grad Celsius, und dass sie die Luft atmen konnten. Die Schwerkraft entsprach nahezu der Terranorm.

Der Boden unter ihren Füßen bestand aus Metall. Anscheinend war dies das einzige Baumaterial auf Varovaar.

Der Rundumkämpfer schwebte vor ihnen her zu einer lang gestreckten Halle, auf deren halbrundem Dach sich die rote Sonne spiegelte. Eine Tür glitt auf, hinter ihr erstreckte sich ein hell erleuchteter Gang, der sich durch das ganze Gebäude hinzuziehen schien. Unzählige Türen zweigten zu beiden Seiten ab.

»Wo leben deine Herren?«, fragte Kayna den Rundumkämpfer.
Die Maschine schwieg wie gewohnt.
»Jemand muss euch doch gebaut haben!«, fuhr Kayna fort. »Wir möchten mit euren Schöpfern sprechen. Bringe uns zu ihnen, sofort!«
Keine Antwort.
»Vielleicht haben die Roboter sich selbstständig gemacht«, gab Dezibel zu bedenken. »So etwas ist schließlich schon geschehen.«
Sie sahen einander an und dachten alle dasselbe. Wenn sie es mit selbstständigen Robotern zu tun hatten, würden sie es schwer haben, zu entkommen.
»Wir hätten es doch im Schiff versuchen sollen«, raunte Tobbon.
»Ich sag's doch die ganze Zeit«, knurrte Axe empört. »Aber auf mich hört ja niemand.«
Der Rundumkämpfer ließ die Flibustier an sich vorbeigehen. Als sie in dem Gang standen, erschien urplötzlich eine zweite Maschine, die offenbar verhindern sollte, dass die Piraten der Verlockung unterlagen, den Gang entlangzufliehen.
»Da geht's weiter!« Simudden zeigte auf eine offene Tür.
In dem Raum, den sie betraten, war Endstation. Das Türschott schloss sich hinter den Flibustiern, dann waren sie allein.

Ungefähr zum selben Zeitpunkt fand in Imperium-Alpha eine Konferenz statt. Das war nicht ungewöhnlich in diesen Tagen, und es waren beileibe keine banalen Fragen, die zur Debatte standen. Es ging um die UFOs, um das seltsame Wesen namens Plekeehr und die vermuteten Gründe für dessen Handeln. In engem Zusammenhang mit den UFOs stand das Thema Weltraumbeben, und die Beben verleiteten dazu, den Abzug der Loower nicht auf die leichte Schulter zu nehmen.
Ein anderer Themenkomplex, dem wohl oder übel Vorrang eingeräumt werden musste, betraf den Mutanten Boyt Margor. Experten hatten mittlerweile die aus der Provcon-Faust übermittelten Bilder analysiert. Ihren Aussagen zufolge handelte es sich bei den abgebildeten Toten wirklich um Ronald Tekener und seine Frau Jennifer Thyron, und es bestand kein Zweifel daran, dass zum Zeitpunkt der Aufnahme kein Funken Leben mehr in ihren Körpern gewesen war. Eine Täuschung schien ausgeschlossen.
Julian Tifflor empfand tiefe Trauer und ohnmächtigen Zorn bei dem Gedanken, dass er durch Margor zwei seiner besten Freunde verloren hatte. Abgesehen davon hielt sich in ihm hartnäckig ein winziger Funke Hoffnung. Vielleicht war er auch nur unfähig, sich mit dem Gedanken abzufinden, dass er Tekener und dessen Frau nicht wiedersehen würde.

Tifflor zuckte leicht zusammen, als Adams ihn verstohlen anstieß.

»Schon gut«, flüsterte der Erste Terraner. »Ich war einen Moment lang nicht ganz bei der Sache.«

»Das habe ich bemerkt«, erwiderte Adams ebenso leise.

Tifflor konzentrierte sich wieder auf das, was einer der Konferenzteilnehmer über die Weltraumbeben zu sagen hatte.

Neue Berechnungen lagen vor. Diagramme, die zum besseren Verständnis projiziert wurden, erweckten auf den ersten Blick den Eindruck, dass das Mondgehirn NATHAN und die Wissenschaftler das Problem endlich im Griff hatten. Aber je länger Tifflor zuhörte, desto enttäuschter reagierte war.

Die Erklärungen des Experten erschöpften sich im Grunde in Beschreibungen dessen, was der HORDANAAR, der Station Gamma-Zeta und mehreren anderen Raumschiffen widerfahren war. Da war von einem wellenförmigen Gravitationsimpuls die Rede, der sich kugelförmig ausbreitete – aber wo dessen Ursprung zu suchen war, blieb unbeantwortet.

Wir brauchen eine halbwegs sichere Methode der Früherkennung, überlegte Tifflor, während er eines der Diagramme taxierte. *Wir müssen rechtzeitig erfahren, wo die nächsten Beben auftreten, damit die Bewohner gefährdeter Welten wenigstens gewarnt werden können.*

Er sah erstaunt auf, als sich nach dem Vortrag über die Beben Sekkar Sunt von der GAVÖK zu Wort meldete. Der Akone wirkte aufgeregt und zufrieden zugleich, als hätte er eine gute Nachricht – und das, so dachte Tifflor sarkastisch, hatte Seltenheitswert in diesen Tagen.

»Ich kann Ihnen mitteilen, dass es endlich gelungen ist, den letzten Flibustiern das Handwerk zu legen«, eröffnete Sunt.

Der Erste Terraner lehnte sich zurück und musterte den Akonen verwundert. Er erinnerte sich, dass er schon vor Tagen das Gerücht vernommen hatte, der GAVÖK wäre ein Beutekommando der Piraten in die Falle gegangen.

»Wir hatten den Piraten eine Falle gestellt«, fuhr Sunt zufrieden fort. »Wir sorgten dafür, dass ihnen ein präpariertes 3-P-Veratron in die Hände fiel. Manipulierte Informationen, die dieses Gerät den Flibustiern lieferte, machten die gesamte Aktion überhaupt erst möglich.«

Sunt legte eine Kunstpause ein, und Tifflor lächelte flüchtig. Er verstand den Akonen nur zu gut. Die Idee, den Flibustiern eine Falle zu stellen, war alles andere als neu gewesen, nur hatte es früher nie geklappt. Dass die Piraten immer wieder entkommen waren, verdankten sie nicht zuletzt einem verräterischen Akonen, der sich diesem Haufen angeschlossen hatte.

Die Flibustier – verglichen mit den anderen Problemen waren sie ein geringes Übel. Aber es war gut zu wissen, dass die Milchstraße ohne sie ein klein wenig sicherer und humaner geworden war.

»Das Raumschiff der Piraten wurde zerstört, die Mehrzahl der Flibustier gefangen genommen«, redete Sunt weiter. »Wir fanden auch zwei ihrer Stützpunkte. Einen konnten wir ausheben, der zweite war bereits verlassen – es scheint, dass die dort lebenden Piraten gewarnt wurden. Die Sache ist allerdings etwas rätselhaft, denn auf dem Planeten Dennox III blieben vier kleine Raumschiffe zurück, darunter eine Space-Jet, mit der mehrere Piraten zuvor entkommen konnten.«

»Also befinden sich noch einige dieser Bande auf freiem Fuß«, murmelte Tifflor enttäuscht.

»Die Namen der flüchtigen Piraten sind uns bekannt. Die Fahndung läuft zur Stunde auf allen der GAVÖK assoziierten Welten an.«

Im großen Holo erschienen die Konterfeis von sieben Flibustiern. Sunt nannte ihre Namen und erklärte mit knappen Worten die Funktionen der Entkommenen bei den Piraten. Danach sah er sich Beifall heischend um.

Aber so erfreulich die Tatsache insgesamt auch sein mochte, die Reaktion der Anwesenden blieb gedämpft. Zu groß waren die anderen Sorgen. Abgesehen davon empfand Sekkar Sunt wohl selbst Unbehagen angesichts dessen, dass ausgerechnet die Elite der Flibustier entkommen war.

Diese verdammten Piraten haben einfach zu viel Glück, dachte Julian Tifflor.

Minuten später hatte er alle Gedanken an die Piraten schon verdrängt. Boyt Margor und die Frage, wie man an ihn herankommen konnte, ohne der Wirkung der Psychode zu erliegen, waren ihm wichtiger.

30.

Die Roboter ließen den Flibustiern nur wenig Zeit, sich in ihrer neuen Unterkunft umzusehen. Nach kaum zehn Minuten kamen sieben Maschinen.

»Folgt mir!«, befahl einer der Rundumkämpfer.

Die Piraten starrten den Roboter misstrauisch an. »Wohin?«, wollte Kayna Schatten wissen.

»Das werdet ihr zur rechten Zeit sehen.«

»Bringt uns endlich zu euren Erbauern!«, verlangte die Frau ärgerlich.

Der Rundumkämpfer schwebte voraus. Er verharrte, und es irritierte die Piraten, dass er sich auch diesmal nicht umdrehte, um zu sehen, wo die Gefangenen blieben. Nach einigen Sekunden rückten die anderen Maschinen näher und fuhren ihre dünnen Arme aus.

»Wir sollten ihnen gehorchen.« Simudden ging mit gutem Beispiel voran. Selbst Axe erkannte, dass es keinen Sinn hatte, sich gegen die Übermacht zu sträuben.

Die Rundumkämpfer brachten ihre Gefangenen in einen großen Raum fast am Ende des Korridors. Die Piraten reagierten erschrocken, als sie sieben flache Untersuchungstische und die ringsum aufgebauten Geräte sahen.

»Die wollen uns auseinanderschneiden, um unser Innenleben zu erforschen!«, prophezeite der Ara düster.

»Du weißt das natürlich«, bemerkte Tobbon und wandte sich an den ihm am nächsten stehenden Rundumkämpfer: »Was habt ihr mit uns vor?«

»Ihr werdet untersucht.«

»Nur untersucht? Nicht zufällig auch gleich aufgeschnitten und ausgenommen?«

Der Rundumkämpfer schien damit wenig anfangen zu können. »*Euch* bringen wir ganz sicher nicht um«, behauptete er erst nach kurzem Zögern.

»Und wenn wir uns nicht untersuchen lassen?«

»Ihr würdet es euch unnötig schwer machen.«

»Das ist unsere Sache«, erwiderte der Epsaler grollend. »Ich kann Untersuchungen nicht ausstehen. Untersucht, wen ihr wollt, aber lasst eure Klauen von mir!«

Tobbon wich mit einem gewaltigen Sprung zurück. Axe, der den

Epsaler gut genug kannte und seine Absicht schnell erraten hatte, tat es ihm gleich. Die anderen Flibustier reagierten ebenfalls. Es hatte wenig Sinn, die Rundumkämpfer anzugreifen, deshalb konzentrierten sie sich auf die Einrichtung, um wenigstens für möglichst viel Verwirrung zu sorgen. Sie kamen trotzdem nicht weit.

Treffner erwischte es schon beim Versuch, ein empfindlich aussehendes Gerät zu demolieren. Ein Rundumkämpfer packte den Ara am Kragen und schwenkte ihn spielerisch leicht durch die Luft. Kayna Schatten entkam dem nächsten Roboter zwar, indem sie unter einem Tisch hindurchrutschte, aber dann war schon die nächste Maschine über ihr. Den übrigen Flibustiern erging es keinen Deut besser.

»Wenigstens haben wir es versucht!«, sagte Axe. Er wehrte sich auch noch, als ihn eine der Maschinen auf einen Tisch drückte. Stählerne Klammern schlossen sich um seine Gelenke. Vergeblich bäumte er sich auf, warf schließlich nur noch den Kopf von einer Seite auf die andere.

Die Rundumkämpfer drehten sich nicht einmal um, als sie davonschwebten, ihre gefesselten Gefangenen einem ungewissen Schicksal überlassend.

»Was kommt jetzt?« Simudden stieß eine deftige Verwünschung aus. »Markon, du kennst dich mit solchen Sachen am besten aus.«

»Ich möchte wetten, dass wir jetzt die Erbauer kennenlernen«, behauptete der Galaktische Mediziner grimmig. »Sie werden uns begutachten. Wahrscheinlich sind sie zu feige, sich einem Gefangenen zu nähern, bevor dieser gefesselt vor ihnen liegt.«

Die Zeit verging, aber niemand kam.

»Wenn die Burschen uns wirklich untersuchen wollen, sollten sie sich beeilen!«, knurrte Tobbon schließlich. »Sonst sind wir schon halb verhungert, ehe es losgeht.«

Kayna verhielt sich still, und auch Simudden schwieg. Der Akone hatte mehrere Geräte im Blickfeld und konnte das irritierende Spiel winziger Lichter auf ihrer Oberfläche sehen. Eine Zeit lang lauschte er deshalb in sich hinein, aber er spürte nichts. Er entdeckte auch keine Sonden oder sonst etwas, das in der Lage gewesen wäre, ihn abzustatten. Mit der Zeit stellte er jedoch fest, dass die Platte, auf der er lag, leicht vibrierte und wärmer geworden war. Hätte er noch den Kopf anheben können, dann hätte er in dem Moment zufrieden genickt.

»Es wird nicht mehr lange dauern«, sagte Kayna Schatten beruhigend. »Wer immer diese Untersuchung leitet – er hat sich für die schonendste Methode entschieden.«

»Das ist bemerkenswert«, murmelte Treffner. »Vielleicht haben wir uns geirrt, und unsere eigentlichen Entführer sind doch ganz umgänglich.«

Simudden machte sich darüber eigene Gedanken, die er jedoch für sich behielt.

Nach etwa einer Stunde kehrten die Rundumkämpfer zurück. Wieder waren es sieben. Sie befreiten die Flibustier von den Fesseln und führten sie in ihr Quartier zurück.

»Viel Aufregung um nichts«, kommentierte ten Hemmings, nachdem die Roboter verschwunden waren. »Ich habe mir eine Beule geholt.«

»Mir gefällt das trotzdem nicht.« Der Epsaler lief unruhig wie ein gefangenes Tier umher. »Diese verdammten Maschinen ...«

»Wenn sie uns ihre Erzeuger nicht zeigen wollen, müssen wir eben selbst nach ihnen suchen«, sagte Simudden.

»Aha!«, machte Tobbon sarkastisch. »Hast du zufällig einen Schlüssel für die Tür gefunden?«

Der Akone rieb sich das rechte Auge. »Vorsicht!«, bedeutete das. »Feind hört vermutlich mit!« Als er wieder redete, benutzte er die Kodesprache. Im Klartext hieß der Unsinn, den er verzapfte: »Wir haben etwas übersehen. Wir haben immer noch unsere Mikroausrüstung. Für die Tür brauchen wir einen Impulsgeber.«

Kayna Schatten lächelte flüchtig. »Ich habe ein Bad bitter nötig!«, erklärte sie und verzog sich in eine der Kabinen.

»Eine Erfrischung vor dem Abendbrot könnte uns allen nicht schaden«, kommentierte Simudden, und Tobbon versetzte Axe einen sanften Rippenstoß.

Wenig später sammelten der Akone und Kayna alles ein, was die Flibustier aus ihren Kleidungsstücken herausgeholt hatten. Simudden kam flüchtig der Gedanke, dass die Rundumkämpfer ihre geheime Ausrüstung womöglich längst entdeckt hatten, aber er verdrängte diesen Verdacht hastig.

Die Flibustier rückten zusammen. Tobbon, Treffner und Dezibel begannen eine halblaute, aber sehr erregte Diskussion um die Frage, was die Untersuchung ergeben haben mochte, welchen Sinn sie überhaupt erfüllte und wann sich endlich die Erbauer der Rundumkämpfer zeigen würden. Sie sprachen ziemlich offen darüber – sie waren nicht so dumm, die Roboter zu unterschätzen. Wenn die Gefangenen nur über banale Dinge redeten und nicht einmal versuchten, ihre Lage zu analysieren, mussten die Rundumkämpfer dieses Verhalten zwangsläufig als ungewöhnlich einstufen. Es war zu befürchten, dass sie in diesem Fall die Gespräche einer genauen Analyse unterzogen und dabei den Kode aufspürten.

Während die anderen diskutierten, setzten Kayna und Simudden einen winzigen Impulsgeber zusammen. Kayna behielt das Gerät in der Hand und ließ eine abfällige Bemerkung über die Rundumkämpfer fallen. Da wussten die anderen, dass die Vorbereitungen abgeschlossen waren.

»Allmählich bekomme ich Hunger«, sagte Tobbon. Ein Fluchtversuch mit leerem Magen war wenig Erfolg versprechend.

Auch hier erhielten sie nur synthetische Nahrung. Nach dem Essen fanden sich alle irgendwie zufällig nahe der Tür zusammen. Kayna führte den Impulsgeber blitzschnell am Türrahmen entlang.

Das Türschott öffnete sich so überraschend, dass die Flibustier gar nicht schnell genug reagierten.

»Los doch!«, zischte Kayna.

Sie rannte als Erste in den Gang hinein und wandte sich in die Richtung, in der sie den Eingang wusste. Ihre Schritte hallten viel zu laut durch das Gebäude. Sie hörte, dass die anderen ihr folgten, und entdeckte Tobbon neben sich.

»Fang auf!«, rief sie leise. Der Epsaler fischte zielsicher den ihm zugeworfenen Impulsgeber aus der Luft. Er rannte schneller und öffnete das Schott, das zum Landefeld führte.

Kayna Schatten sah sich kurz um. Kein Rundumkämpfer war in Sicht. Es überraschte sie, denn sie hatte die Maschinen für wachsamer gehalten. Aber vielleicht überschätzte sie die Roboter auch. Möglicherweise lag deren Stärke auf einem ganz anderen Gebiet, und sicher hatten sie noch keine Erfahrung im Umgang mit Gefangenen wie den Flibustiern.

Augenblicke später hetzte sie schon an Tobbon vorbei in den riesigen Innenhof, in dem das Dreiecksschiff der Roboter stand.

Es wurde hier nie völlig dunkel. Selbst um Mitternacht konnte es auf Varovaar keine schützende Finsternis geben. Zu viele Sterne standen am Himmel, und sie waren zu nahe und zu hell.

Nichts bewegte sich auf der stählernen Fläche. Kayna reagierte mit wachsender Unruhe darauf.

Wieder lief Tobbon voran. Axe bildete die Nachhut. Kayna entdeckte den Akonen neben sich und warf ihm einen vielsagenden Blick zu. Panika sah sich wachsam und misstrauisch um. Ihm war anzumerken, dass ihm einiges seltsam erschien.

Ein ärgerliches Knurren lenkte Kayna ab. Tobbon war gestolpert, er wirbelte aber blitzschnell herum. Seine gewaltigen Hände schossen vor und hoben etwas hoch, ein kleines, sich windendes Etwas, das ihm im Weg gewesen war. Er musterte es kurz und hielt es dann mit ausgestreckten Armen von sich, als könne er nicht glauben, was er sah. Kayna erreichte den Epsaler – und starrte das Ding ebenfalls erschrocken und ungläubig an.

Es sah aus wie ein terranischer Affe. Aber es war keiner. Seine Arme bewegten sich auf völlig unnatürliche Weise, und anstelle der Ohren hatte es dünne, metallisch glänzende Antennen.

»Ein Roboter!«, knurrte Tobbon. Die Muskelstränge auf seinen

Schultern und an den Oberarmen traten deutlicher hervor, als er seine Hände fester um den seltsamen Körper schloss.

»Nein!«, rief Simudden schrill. »Nicht, Tobbon! Das ist eine Falle!«

Es war zu spät. Tobbon zerfetzte den kleinen Roboter und schleuderte die Bruchstücke von sich. Nichts geschah. Es klirrte nur sehr laut, als die Überreste der Maschine zu Boden fielen.

Tobbon warf dem Akonen einen verweisenden Blick zu und lachte verächtlich. »Gibt es hier eigentlich nichts anderes als Maschinen?«, fragte er grollend, und seine gelben Augen funkelten in mühsam verhaltener Wut.

»Zum Schiff!«, sagte Kayna Schatten hart.

Tobbon wandte sich wortlos ab und lief weiter.

Das Ziel war schon fast zum Greifen nahe. Aber sobald sie das Schiff erreichten, fingen die Schwierigkeiten erst an. Keiner hatte auch nur eine Ahnung, wo sie in diesem Flugkörper nach der Zentrale suchen sollten oder ob es überhaupt eine Zentrale gab. Noch weniger wussten sie, ob es ihnen gelingen würde, den Raumer zu steuern.

Sie erreichten die immer noch offen stehende Schleuse. Keine Rundumkämpfer weit und breit.

»Da stimmt einiges nicht!«, murmelte Dezibel.

An Panika Simuddens ewige Warnungen waren die Flibustier gewöhnt. Wenn aber der Mathematiker jetzt auch noch anfing ...

»Hört auf zu reden!«, fauchte Tobbon. »Eine bessere Gelegenheit kriegen wir nicht. Los jetzt!«

Sie teilten sich. Josto ten Hemmings und Tobbon, die am meisten von Raumschiffen verstanden, suchten die Kommandozentrale. Sie schwebten sofort zum Mittelteil des Schiffes hinauf, denn die Erfahrung hatte gezeigt, dass nicht nur Akonen, Arkoniden und Terraner dort die wichtigsten Anlagen unterbrachten. Die anderen machten sich daran, das Dreiecksschiff systematisch zu erforschen.

»Kommt dir das nicht allmählich sonderbar vor?«, fragte Simudden, als er neben der Frau in einem Antigravschacht aufwärts schwebte.

Kayna Schatten hob ratlos die Schultern. »Merkwürdig ist alles«, gab sie zu. »Aber wir hatten oft Glück. Warum sollte es uns ausgerechnet jetzt im Stich lassen?«

»Glück!«, wiederholte der Akone leise und drehte sich so heftig um, dass er gegen die Schachtwand trieb. »Glück? Verdammt, Kayna, es ist das Gegenteil. Das ganze Schiff ist eine Falle!«

»Du spinnst!«

»Verrate mir eines: Wozu brauchen die Rundumkämpfer einen Antigravschacht? Hast du etwas von solchen Anlagen bemerkt, als sie uns an Bord brachten?«

Kayna erschrak für einen Augenblick. Unsicher sah sie sich um. »Das ist doch verrückt«, murmelte sie, aber es klang nicht mehr sonderlich überzeugt. »Das hier ist das Schiff, mit dem wir gekommen sind.«

»Vielleicht«, antwortete der Akone hart. »Aber vielleicht auch nicht. Schächte gibt es in allen Schiffen. Auch die Roboter können nicht durch Wände gehen. Aber sie brauchen keine gepolten Felder, um sich in vertikaler Richtung zu bewegen.«

»Dort müssen wir raus!« Kayna deutete auf eine Öffnung schräg über ihnen. Sie blickte zurück und sah die anderen, die ihnen folgten. »Warten wir ab, was geschieht«, fügte sie hinzu.

Simudden verzog das Gesicht. Abwarten – das mochte oft eine gute Alternative sein. Aber hier und jetzt ...

»Ich wusste noch gar nicht, dass Roboter auch manchmal schlafen«, bemerkte Treffner, als er zu Kayna und den Akonen aufschloss. Simudden zuckte zusammen, die Frau lachte verhalten.

»Vielleicht ist das die Erklärung«, wandte Kayna sich an den Akonen. »Du bist doch ohnehin der Ansicht, dass die Maschinen sich selbstständig gemacht haben. Ist es nicht so?«

Der Akone nickte vorsichtig.

»Na also. Es gibt Beispiele dafür, dass Maschinen dem Beispiel ihrer Erbauer nacheifern. Sie nehmen die Gewohnheiten der Herren an, und die Herren unserer Rundumkämpfer pflegten sich in die Falle zu hauen, sobald die Sonne hinter dem Horizont verschwand.«

Simudden kannte Kayna Schatten zu gut. Er wusste, dass sie nie eine so unsichere Theorie zur Basis ihres Handelns gemacht hätte. Er sah aber ihr Motiv, das sie zu dieser Behauptung verleitete – auch den anderen war aufgefallen, dass es unnatürlich ruhig war, und sie wurden nervös.

Der Akone ging auf Kaynas Spiel ein. »So wird es wohl sein«, murmelte er. In Gedanken fragte er sich jedoch, warum der Antigravschacht aktiviert war. Und wieso gab es überall im Schiff Licht, obwohl die Rundumkämpfer das bestimmt nicht brauchten? Ohnehin war es zu leicht gewesen, in den Raumer einzudringen.

Sie spielen mit uns. Wenn wir es nicht mit Robotern zu tun hätten, würde ich wetten, dass sie uns diesen Fluchtversuch nur ermöglicht haben, um uns hinterher hohnlachend wieder einzufangen. Aber Roboter können solche Spiele nicht genießen, darum fangen sie gar nicht erst damit an. Was, zum Teufel, steckt dahinter?

Sie kamen schnell voran. Natürlich war es möglich, dass sie deshalb viel übersahen, aber dieses Risiko mussten sie eingehen. Nach etwa zehn Minuten trafen sie auf Tobbon und ten Hemmings. Die beiden hatten einen großen Raum gefunden, der tatsächlich nach einer Kommandozentrale aussah.

»Und sonst?«, fragte Kayna.

Brush Tobbon hob die mächtigen Schultern. »Offenbar wird das meiste in diesem Raumer von einer Automatik getan. Die Rundumkämpfer geben nur die Befehle, um mehr brauchen sie sich nicht zu kümmern. Wir haben einige Versuche gemacht – das Schiff reagiert auf uns. So gesehen halte ich es für möglich, dass wir starten und Varovaar verlassen können. Ob es uns gelingt, in dem Sternendschungel zurechtzukommen, ist eine andere Frage.«

Kayna Schatten musterte zweifelnd die fremdartigen Geräte.

»Wie sieht es mit den Vorräten aus?«, fragte sie. »Dezibel, du überprüfst das.«

Simudden beobachtete einen Holoschirm, der einen Teil des Landefelds zeigte. Draußen war es nach wie vor ruhig. Nichts rührte sich zwischen dem Dreiecksschiff und den Hallen und Türmen.

»Es scheint, als hätten wir genug Zeit, uns mit dem Schiff vertraut zu machen«, sagte Kayna neben ihm. »Brush, wenn sich auch nur ein einziger Roboter da draußen zeigt, startest du.«

»Klar!« Tobbon grinste breit. »Das Schiff hier wird unsere neue JACK LONDON. Die Narren von der GAVÖK sollen sich noch wundern.«

Nun, da sie überzeugt waren, dass sie mit dem fremden Raumer tatsächlich starten konnten, verflog jede Nervosität. Die Flibustier reagierten wieder so eiskalt und zweckmäßig wie früher.

Während der Ertruser Wache hielt, führten die anderen die Untersuchung des Schiffes zu Ende. Simudden und der Kosmomathematiker forschten nach Vorräten. Als sie wieder mit den anderen zusammentrafen, konnten sie zwar nicht genau sagen, wie viel Proviant, Wasser, Luft und Energie tatsächlich zur Verfügung stand, aber sie waren sicher, dass es für einige Tage reichte. Länger wollte ohnehin niemand unterwegs sein.

Sie beschlossen, auf geradem Kurs an der roten Sonne vorbeizufliegen und diese Richtung einzuhalten. So konnten sie hoffen, innerhalb einer vertretbaren Zeitspanne das sternenreiche Gebiet zu verlassen – und dann würden sie sich schon zurechtfinden.

Kayna Schatten warf noch einen Blick in die Runde, dann nickte sie dem Epsaler zu. Tobbon streckte die Hand aus – und plötzlich hing ein seltsamer Geruch in der Luft. Nahezu gleichzeitig sackten die Flibustier in sich zusammen. Nur der Epsaler hielt sich noch einen Atemzug länger auf den Beinen.

Sie wurden nicht bewusstlos. Das war das Schlimmste. Sie fühlten sich nur wie gelähmt. Aber selbst das traf nicht ganz den Kern der Sache. Genau genommen konnten sie sich immer noch bewegen, allerdings reagierten ihre Muskeln und Sehnen so unendlich langsam und schwerfällig, dass die sieben Flibustier tatsächlich völlig hilflos waren.

Die Rundumkämpfer sammelten die wehrlosen Piraten ein. Wenige Minuten später lagen Kayna Schatten und ihre Kampfgefährten wieder in ihren Kabinen, und noch während die Roboter sich entfernten, verlor sich die Wirkung des betäubenden Gases. Die Flibustier wankten wütend und enttäuscht in den Aufenthaltsraum und starrten die Tür an.

»Noch ein Versuch gefällig?«, krächzte Josto ten Hemmings. »Wir haben Material für mehrere Impulsgeber ...«

Niemand nahm die Frage ernst – er tat es selbst nicht.

»Warum haben die Roboter uns so weit kommen lassen?«, rätselte Simudden. »Wozu das Schmierentheater? Sie wollten, dass wir die Flucht versuchten, und haben sogar einiges dafür getan. Und das alles nur, damit sie uns im letzten Moment wieder einfangen konnten. Sie sind doch nur Maschinen.«

»Sadistische Maschinen«, vermutete Axe.

Niemand machte sich die Mühe, ihm zu erklären, dass es so etwas nicht gab. Es war höchstens denkbar, dass jemand die Roboter so programmiert hatte, dass das Ergebnis in etwa dem gleichkam, was Axe sich vorstellte.

»Ein neuer Test«, sagte Treffner und starrte Kayna Schatten an. »Sie wollten sehen, wie wir uns verhalten und mit dem Schiff klarkommen.«

»Ja«, sagte Kayna gedehnt. »So könnte es gewesen sein. Aber dann – verdammt, das hieße, dass sie über unsere Ausrüstung längst Bescheid wussten. Wir dachten, wir handeln aus freiem Willen. Tatsächlich waren wir nur Marionetten!«

Die anderen schwiegen. Der Gedanke alleine war schon erschreckend genug, und es gab zu viele Hinweise, dass Kayna und der Ara recht hatten. Aber wenn das alles zutraf – blieb ihnen dann überhaupt noch eine Chance?

»Wenigstens haben wir nicht schlecht abgeschnitten«, sagte Tobbon zornig. »Mehr ließ sich mit unseren Mitteln und in so kurzer Zeit nicht erreichen.«

»Das kommt auf den Maßstab an, den die Rundumkämpfer verwenden«, gab Treffner zu bedenken. »Und außerdem – wer sagt uns, dass es günstig ist, wenn wir uns besonders schlau anstellen?«

»Du siehst mal wieder alles zu schwarz«, wehrte Kayna ab, und Simudden kam nicht umhin, sie deshalb zu bewundern. Vielleicht hatte sie wirklich keine Befürchtungen. Möglich war es. Dem Akonen war noch kein so gefühlloser Mensch unter die Augen gekommen wie Kayna. Aber wer wusste schon, was bei ihr Show war und was ihr wirkliches Gesicht.

»Was können die Maschinen über uns herausgefunden haben?«, fuhr sie fort. »Das sollten wir wissen. Vielleicht könnten wir daraus die richtigen Schlüsse ziehen. Lasst uns noch mal ganz genau über alles nachdenken. Jedes Ereignis kann wichtig sein.«

Sie diskutierten darüber, aber die Ergebnisse waren mager. Simudden hielt sich zurück, und das fiel den anderen bald auf.

»Was ist los?«, wollte Tobbon wissen. »Hast du keine dunklen Ahnungen auf Lager?«

»Mir gefällt der Zwischenfall mit dem komischen kleinen Roboter nicht«, sagte der Akone gedehnt. »Etwas ist faul daran. Wir haben stets nur einen Robotertyp zu Gesicht bekommen, eben die Rundumkämpfer.«

»Na und? Was hat das schon zu sagen?«

»Sehr viel«, behauptete Simudden. »Sieh mal, Brush, wir müssen davon ausgehen, dass die Rundumkämpfer sich genau ausgerechnet haben, wie unser Fluchtversuch aussehen würde. Das bedeutet, dass alles, was uns unterwegs zustieß, eingeplant war. Ich glaube nicht daran, dass wir nur aus Zufall auf diesen Maschinenaffen getroffen sind. Warum wurde uns das Ding in den Weg geschickt?«

»Um unsere Reaktion zu testen«, murmelte Tobbon unbehaglich.

»Eben.« Simudden nickte düster. »Und du hast die Maschine zerstört. Du hast nicht einmal den Versuch unternommen, ihr auszuweichen oder eine Verständigung zu erzielen. Das war ein Fehler.«

Der Epsaler musterte den Akonen ausdruckslos. Panika gab den Blick ruhig zurück.

»Das ist noch nicht alles«, redete er weiter. »Dieser Maschinentyp passt nicht zu den anderen. Ich glaube, dass sie den kleinen Roboter extra unseretwegen hergestellt haben.«

»So ein Unsinn!«, fuhr Tobbon auf. »In dieser kurzen Zeit ...«

»Das ist kein Argument!«, widersprach Panika Simudden heftig. »Nach dem zu urteilen, was wir bis jetzt von diesem Planeten gesehen haben, stehen den Rundumkämpfern einige Mittel zur Verfügung. Außerdem können sie das Ding schon viel früher hergestellt haben, im Schiff zum Beispiel. Womöglich wurden wir schon während des Fluges unaufhörlich getestet.«

»Was hat das mit dem Maschinenaffen zu tun?«

Simudden lachte humorlos. »Ich hatte mal mit so einem Ding zu tun«, sagte er leise. »Das ist schon lange her. Die Laren waren noch in der Milchstraße, und eines Tages kam so ein verrückter Gäaner zu uns ins Blaue System. Damals liefen bereits allerlei Aktivitäten der GA-

VÖK, aber alles war noch recht unsicher, und es sah nicht so aus, als ob die Konzilsmächte sich in absehbarer Zeit zurückziehen würden. Kurz und gut, dieser Gäaner überbrachte eine Botschaft, und er hatte so einen affenähnlichen Roboter bei sich. Die Maschine war mindestens genauso verrückt wie ihr Herr. Es gab allerlei Ärger mit den beiden, nicht nur auf Sphinx übrigens, sondern auch bei den Blues und den Springern. Aber das ist im Augenblick nicht so wichtig.«

»Ich sehe überhaupt nicht, was das Ganze soll!«, knurrte Tobbon ungehalten.

»Du wirst die Zusammenhänge gleich erkennen«, versprach Simudden. »In der vergangenen Nacht habe ich aus irgendeinem Grund von dem Gäaner und seinem Roboter geträumt. Wie es bei Träumen so ist, vermischten sich Vergangenheit und Gegenwart. Das Gespann tauchte in meinem Traum in der Zitadelle auf Dennox III auf. Und es lief dir, Tobbon, über den Weg. Die verrückte Maschine sprang dich an, und ich sah dich sie in der Luft zerreißen. Im Traum war ich sehr erfreut darüber. Aber jetzt ...«

»Solche Träume gibt es nun einmal«, kommentierte Dezibel philosophisch. »Dagegen ist man machtlos.«

»Ich habe keine prophetische Gabe!«, sagte Simudden ärgerlich. »Ich glaube aber, dass die Rundumkämpfer unsere Träume verfolgen können und dass sie daraufhin den Affen hergestellt haben.«

»Möglich ist alles«, sagte Kayna Schatten. »Aber warum gerade diese Maschine und warum etwas aus *deinem* Traum? Welchen Sinn ergibt das? Wenn schon eine Konfrontation dieser Art – warum nicht eine, die auf dich gezielt war? Wenn die Rundumkämpfer wirklich so gut über uns informiert sind, wie du annimmst, dann wissen sie auch, dass Tobbon normalerweise die Spitze bei solchen Unternehmen übernimmt.«

Noch während Kayna redete, hatte ten Hemmings sich erhoben und war zu der Ausgabestelle geschlendert, an der die Gefangenen sich Konzentrate und Getränke holen konnten. Als Simudden zu einer Antwort ansetzte, schrie ten Hemmings laut auf.

Die Flibustier gingen sofort in Kampfstellung. Aber an der Wand stand nur der Kanonier. Mit beiden Händen umklammerte er seinen Trinkbecher.

»Was ist los?«, fragte Kayna ungehalten.

Josto ten Hemmings grinste verzückt und hielt den Becher in die Höhe. »Schnaps!«, verkündete er. »Das ist Schnaps, Leute!« Er trank, füllte den Becher erneut und lachte schallend. »Für heute«, stellte er fest, »bin ich nicht mehr zu sprechen.«

Die Flibustier stellten ziemlich schnell fest, dass die Versorgungsanlage sich beharrlich weigerte, ein alkoholfreies Getränk zu liefern.

»Wer hat noch Wassertabletten?«, wollte Kayna schließlich wissen.

Da es ohnehin keine Rolle mehr spielte, durchsuchten alle die Verstecke in ihren Kleidungsstücken. »Nichts mehr da«, stellte Simudden ungläubig fest. »Absolut nichts.« Die Notrationen der anderen waren ebenfalls verschwunden.

»Wir versuchen es in den Nasszellen. Wir brauchen Wasser. Wenn wir alle von dem Zeug da trinken ...« Kayna Schatten ließ den Satz offen. Die Flibustier hatten nichts gegen einen kräftigen Umtrunk, aber es kam immer auf die Umstände an. Jetzt schien es, als wollten die Rundumkämpfer ihre Gefangenen regelrecht zwingen, sich zu betrinken.

Josto ten Hemmings sah seinen Gefährten kichernd zu. Die Nasszellen spendeten nur noch eine lauwarme, intensiv nach Alkohol stinkende Flüssigkeit.

»Sollen wir in dem Zeug baden?«, schimpfte Simudden. »Die Roboter wollen uns betrunken machen, na gut. Aber müssen sie uns auch noch das antun?«

»Trink einen Schluck«, empfahl ten Hemmings beschwichtigend und hielt Panika einen Becher hin. »Das beruhigt.«

Der Akone griff automatisch zu und setzte den Becher an die Lippen. Erst da merkte er, worauf er sich eingelassen hatte. Wütend spuckte er das Gebräu wieder aus.

»So etwas trinkst du«, bemerkte er verächtlich. »Das schmeckt abscheulich. Wahrscheinlich wird es aus den Ölabfällen der verdammten Maschinen hergestellt!«

Der Kanonier lächelte nur. Er hatte lange genug gedarbt. Nun holte er alles nach, was er in den letzten Tagen versäumt hatte.

»Dann müssen wir eben durchhalten, solange es geht«, sagte Kayna entschlossen. »Ich möchte nur wissen, was die Rundumkämpfer sich dabei gedacht haben.«

Sie sollte es noch früh genug erfahren.

Die Zeit verging. Die Flibustier – ten Hemmings ausgeschlossen – begaben sich demonstrativ zur Ruhe. Sie wollten nicht von dem Zeug trinken, das ihnen aufgedrängt wurde. Doch sie litten immer stärker unter einem quälenden Durstgefühl und wälzten sich schlaflos auf ihren Lagern. Nach einiger Zeit trafen sie nacheinander wieder bei ten Hemmings ein.

»Habt ihr es euch überlegt?«, fragte der Rothaarige mit schwerer Zunge. Er war betrunkener als je zuvor. Bislang war er immer noch fähig gewesen, klar zu sprechen und geradeaus zu gehen. Doch nun hockte er neben der Zapfstelle auf dem Boden und blickte seine Gefährten mit glasigen Augen an.

»Jeder trinkt nur einen halben Becher«, bestimmte Kayna. »Das muss reichen, damit wir etwas Schlaf finden.«

Aber nach diesem ersten halben Becher wurde das Durstgefühl eher noch quälender. Axe verlor als Erster die Beherrschung. Er schlich hinaus und wurde von ten Hemmings lautstark begrüßt. Sofort waren die anderen zur Stelle.

Kayna Schatten warf Axe einen vorwurfsvollen Blick zu. Das Faktotum senkte beschämt den Blick. Axe fühlte sich blamiert, und das ausgerechnet vor den Augen der Frau, die er abgöttisch verehrte.

Der zweite halbe Becher brachte die Entscheidung. Kayna stand nach knapp einer Viertelstunde mit düsterer Miene erneut vor der Zapfstelle. Ihr war nur allzu klar, was das bedeutete.

»Also gut«, sagte sie grimmig. »Die Maschinen haben vorgesorgt. Dieses Zeug enthält irgendwas, das uns zwingt, immer weiter zu trinken. Es hat offenbar wenig Sinn, wenn wir uns dagegen wehren. Im Gegenteil, je eher wir es hinter uns bringen, desto schneller werden wir hoffentlich wieder Wasser erhalten.«

Es war das wohl schrecklichste Gelage, das je ein Flibustier erlebt hatte. Niemand war fröhlich gestimmt. Sie tranken nicht, weil sie es wollten, sondern weil sie gar nicht anders konnten. Ihre Körper schienen von innen her zu verbrennen, und sie mussten trinken, wenn sie nicht an dieser Hitze ersticken wollten. Aber jeder weitere Schluck schürte das Feuer. Sie verloren allmählich jeden Bezug zur Wirklichkeit. Ihre Welt schrumpfte und umfasste schließlich nur noch sie selbst und die Becher, die stets aufs Neue gefüllt werden mussten, um die Glut in ihren Körpern niederzuhalten.

Schon nach kurzer Zeit verloren sie das Bewusstsein.

Pearl Panika Simudden glaubte, in einem Albtraum gefangen zu sein. Etwas packte ihn und schwang ihn herum. Als er die Augen aufriss, sah er ballonähnliche Gegenstände in der Luft schweben; wie Feuermücken tanzten sie durcheinander. Hastig schloss er die Augen wieder. Sein Magen revoltierte. Er fühlte eine so entsetzliche Hitze, dass er glaubte, verbrennen zu müssen.

Jäh ergoss sich eine eisige Flut über ihn, und er schnappte nach Luft. Ohne eigenes Zutun öffnete er die Augen wieder und schrie auf, als sich ein blendender Lichtstrahl wie ein Dolch durch seine Augen direkt bis ins Gehirn zu bohren schien. Er verlor erneut das Bewusstsein.

Bei seinem nächsten Erwachen war ihm immer noch übel. Er hatte entsetzliche Kopfschmerzen, aber er war immerhin schon wieder so weit, dass er sich erinnerte, was nach dem vergeblichen Fluchtversuch geschehen war.

»Betrunken«, murmelte er vor sich hin. »Wir haben uns vollgepumpt mit dem Zeug. Kein Wunder, dass es mir so schlecht geht.«

Er schlug ganz vorsichtig die Augen auf.

Das Licht war gedämpft. Simudden sah nur eine mattgelbe Fläche über sich. Er wollte sich zur Seite drehen, da merkte er erst, dass er gefesselt war und sich fast gar nicht rühren konnte.

Schließlich gelang es ihm, den Kopf ein wenig zu drehen. Er entdeckte seine Gefährten. Sie lagen in gläsernen Kästen unter der mattgelben Fläche, und ihre Körper waren von Schläuchen und Schnüren wie von bunten Kokons umhüllt.

»Delirium ...« Erschüttert kniff Simudden die Augen wieder zu.

Aber eigentlich konnte er ganz klar denken. Er spürte auch, dass etwas mit ihm geschah. Irgendwelche Dinge tasteten über seinen Körper, hier und da spürte er leichte Stiche.

Allmählich wurde ihm bewusst, dass sein Zustand sich besserte. Die Hitze war jedenfalls gewichen. Er hielt noch einmal Ausschau, und diesmal sah er auch die Schläuche an seinem eigenen Körper. Er stellte fest, dass allerlei Flüssigkeiten in ihn hineingepumpt wurden.

»Erst vergiften sie uns, dann retten sie uns im letzten Moment«, sagte Panika zu sich selbst. »Diese Maschinen müssen wirklich ein bisschen übergeschnappt sein.«

Wie auf ein Stichwort hin geriet ein Rundumkämpfer in sein Blickfeld.

»Was willst du hier?«, fragte Simudden grob. »Lass mich in Ruhe, du Bestie, du hast mir schon genug angetan.«

Falls der Roboter ihn hörte und verstand, zeigte er es nicht. Die Maschine schwebte einfach nur einen halben Meter über dem Boden. Simudden verwünschte ihre Gesichtslosigkeit. Wurde er von dem Roboter angestarrt oder nicht?

Nach einigen Minuten erklärte irgendeine Automatik den Akonen für geheilt. Die Schläuche ringelten sich davon wie lichtscheues Gewürm, und Simudden war wieder frei. Hastig richtete er sich auf und wäre fast an den gläsernen Deckel gestoßen, der sich über ihm öffnete. Das Material war so klar, dass er es vorher nicht bemerkt hatte.

Automatisch sah er sich nach den Gefährten um, aber sie lagen immer noch regungslos da. Er entdeckte den feisten Josto ten Hemmings und lächelte schadenfroh. Anscheinend war er, Panika, doch der widerstandsfähigste Flibustier.

Er konnte sich aber nicht lange darüber freuen, denn der Rundumkämpfer packte ihn mit seinen biegsamen Armen, als wäre er ein Bündel Lumpen.

»Lass mich herunter!«, protestierte Panika. Es war, als spräche er zu einer Mauer.

Der Roboter stellte ihn mit den Füßen auf eine glatte, schräge Fläche, die sich gleich darauf bewegte. Simudden lief instinktiv gegen diese Bewegung an, dann erst sah er sich um, um herauszufinden, wohin die Schräge führte. Was er entdeckte, zwang ihn, seine sportlichen Qualitäten voll zum Einsatz zu bringen. Unter ihm, am Ende der Fläche, bewegten sich schnappende scharfe Greifer.

»Das wirst du mir büßen!«, keuchte der Akone, während er rannte, so schnell er konnte. »Ich bin noch lange kein Fall für die Müllverwertung.«

Der Rundumkämpfer schwebte schräg über ihm. Auch wenn diese Maschinen keine Augen und keine Gesichter hatten, glaubte Panika doch deutlich zu fühlen, dass der Roboter seinem sich abstrampelnden Opfer genüsslich zuschaute.

Rasch merkte Simudden, was der unfreiwillige Alkoholgenuss mit ihm angerichtet hatte. Seine Kondition war nicht mehr die beste. Auch wenn er noch so konzentriert lief, wollten seine Beine ihn in seltsamen Schlangenlinien dem rettenden Rand der Fläche entgegentragen.

»Tu etwas, du Bestie!«, schrie Panika in höchster Not, weil das schnell gleitende Band ihn unaufhaltsam den Greifern näher brachte.

Die Maschine reagierte nicht.

Erst als Panika erschöpft zusammenbrach, schnellte sie vorwärts, packte den Akonen und hob ihn im letzten Moment in die Höhe.

»Glaube ja nicht, dass ich dir dafür dankbar bin«, brachte Simudden keuchend hervor, als er wieder einigermaßen klar denken konnte. Er sah einen zweiten Rundumkämpfer, der mit Kayna Schatten heranschwebte.

»Du brauchst dich nicht anzustrengen!«, schrie er Kayna zu, als sie auf der schrägen Fläche landete und sofort zu rennen anfing. »Es ist nur ein Test. Wenn du nicht mehr kannst, rettet das Biest dich auf jeden Fall.«

Aber Kayna hörte nicht auf ihn. Sie rannte um ihr Leben.

Simudden zuckte die Achseln – und klammerte sich in der nächsten Sekunde erschrocken fest. Der Roboter hatte ihn auf einer kaum fußbreiten Strebe abgesetzt. Die Strebe gehörte zu einem gigantischen Gitter. Der Akone riskierte einen Blick nach unten und schluckte trocken. Wenn er seinen Augen trauen durfte, dann reichte dieses Gitter Hunderte Meter in die Tiefe. Er sah nach oben – auch dort schien es kein lohnenswertes Ziel zu geben. Aber rechts von ihm, ungefähr zwanzig Meter höher als sein derzeitiger Standort, befand sich eine Plattform. Er schätzte die Entfernung auf gut einhundert Meter. Sie überwinden zu wollen erschien als glatter Wahnsinn, denn die einzelnen Felder des Gitters standen nicht eng genug, als dass er sich sicher daran hätte entlanghangeln können. Trotzdem machte er sich auf den Weg, denn der Rundumkämpfer traf keine Anstalten, Simudden aus dieser Zwangslage zu befreien.

Als er etwa vierzig Meter vor dem Ziel wegen der Nachwirkungen des Alkohols den Halt verlor, fing der Roboter ihn auf. Panika Simudden entdeckte Kayna, die gerade die ersten Gehversuche auf dem Gitter unternahm, und auf der Schräge rannte unterdessen Tobbon um sein Leben.

»Sie testen uns systematisch«, murmelte der Akone im Selbstgespräch. »Aber warum haben sie uns vorher unter Alkohol gesetzt? Das ist doch widersinnig. Ohne das würden wir viel bessere Leistungen bringen.«

Der Rundumkämpfer lieferte Simudden einem stationären Rechnersystem aus, das Panika mit einer Flut von Fragen überhäufte. Fragen über Herkunft, Alter und Lebenslauf, über die Organisation der Piraten, über galaktische Politik, Völker und Zivilisationen der Milchstraße und vieles mehr. Einige Fragen waren ausgesprochen seltsam, andere klangen sogar völlig sinnlos. Doch Simudden fand keine Gelegenheit, dem Computer seine Meinung zu sagen, denn die Fragen kamen viel zu schnell.

Irgendwann erreichte er den Punkt, an dem es nicht mehr weiterging. Er verwechselte Begriffe, gab völlig unzusammenhängende Antworten und reagierte schließlich so langsam, dass er oftmals mit vier oder fünf Fragen in Rückstand lag. Endlich hörte die nutzlose Fragerei auf, und der Rundumkämpfer schleppte den Akonen weiter.

»Ich brauche eine Pause, ich kann nicht mehr«, ächzte Panika, als die Maschine ihn vor einer gläsernen Wand absetzen wollte. »Gib mir Wasser, einfach nur Wasser ...«

Der Roboter hielt für einen Augenblick inne, dann ließ er seinen Gefangenen los. Der Akone landete mit den Füßen voran in einer durchsichtigen Röhre, Kraftfelder pressten ihm die Arme an den Leib. Er konnte buchstäblich keinen Finger mehr rühren.

»Sie können Wasser bekommen!«, sagte der Rundumkämpfer plötzlich. »Der Schlauch vor Ihrem Mund ist mit einem Hahn im gegenüberliegenden Raum verbunden. Sie müssen nur dafür sorgen, dass der Hahn aufgedreht wird.«

»Und wie soll ich das anstellen?«, fragte Panika verzweifelt.

»Das ist Ihre Sache«, teilte ihm die Maschine mitleidlos mit, dann entfernte sie sich.

Panika starrte den Schlauch an, und der bloße Gedanke an kühles, klares Wasser machte ihn halb verrückt. Dann entdeckte er Kayna auf der anderen Seite der Glaswand. Sie stand da und starrte zu ihm herüber.

Der Akone rief ihr zu, sie solle den Hahn öffnen, der selbst für ihn deutlich sichtbar war. Aber Kayna reagierte nicht. Er kam daher zu der Überzeugung, dass er sich in einem schallisolierten Bereich befand. Aber wie sollte er Kayna jemals erklären, was er brauchte? Zeichensprache fiel aus, da er sich nicht rühren konnte.

Telepathie!, dachte er entsetzt. *Die Rundumkämpfer wollen herausfinden, ob wir über Psi-Fähigkeiten verfügen!*

Damit war ihm alles klar. Es hatte keinen Sinn, sich länger den Kopf zu zermartern, denn es gab keinen einzigen Flibustier, der über parapsychische Gaben verfügte.

Irgendwann schienen auch die Rundumkämpfer das zu erkennen, denn einer holte Simudden aus der Röhre und gab ihm endlich zu trinken. Danach brachte die Maschine den Akonen ins Quartier zurück. Kayna Schatten kam kurz nach ihm. Sie ging geradewegs zu der verhängnisvollen Zapfstelle und probierte vorsichtig die Flüssigkeit, die in den ersten Becher floss.

»Fruchtsaft!«, rief sie erleichtert.

»Ich will deine Meinung hören«, sagte der Akone, nachdem die Frau ihren Durst gelöscht hatte. Er erklärte ihr die Einzelheiten.

»Sieht tatsächlich so aus, als hätten die Roboter uns nur hierher gebracht, um uns zu testen«, sagte Kayna. »Aber wozu? Und was kommt nach den Tests?«

»Vor allem – warum mussten sie uns unbedingt in einen Vollrausch versetzen?«

»Das lag an Josto, da bin ich mir sicher«, stellte Kayna grimmig fest. »Er hatte zu lange keinen Alkohol, das hat ihn gequält. Du hattest wahrscheinlich recht, die Rundumkämpfer verfolgen unsere Träume. Bei Josto drehte sich alles um den Alkohol.«

»Ihm hätten sie ja von mir aus was spendieren können. Aber uns ...«

»Für Josto ist Alkohol ein wahres Lebenselixier. Die Roboter könnten angenommen haben, dass sie uns auf diese Weise zu besonders hohen Leistungen treiben können.«

Simudden schwieg. Er hatte das Gefühl, dass sie beide etwas Wichtiges übersahen. Aber was? Seine Gedanken drehten sich im Kreis.

»Ich fühle mich wie zerschlagen«, murmelte er. »Ich lege mich erst mal hin. Hoffentlich haben die verdammten Maschinen nicht die Absicht, uns morgen schon wieder durch die Mangel zu drehen.«

31.

Die Rundumkämpfer schienen entschlossen zu sein, alles über ihre Gefangenen herauszufinden, was nur herauszufinden war. Gleich am nächsten Morgen holten sie die Flibustier nacheinander zu neuen Tests und Untersuchungen, und das ging Tag für Tag so weiter.

»Lange halten wir das nicht mehr durch«, sagte Kayna Schatten eines Abends. »Wir müssen es wohl oder übel noch einmal versuchen.«

»Flucht?«, fragte ten Hemmings skeptisch.

»Was denn sonst? Sollen sie uns testen, bis wir einer nach dem anderen tot umfallen?«

»Sie werden schon aufpassen, damit das nicht geschieht«, murmelte Treffner.

»Wie meinst du das?«, fragte Kayna bissig.

»Sie wollen alles über uns wissen. Also führen sie zunächst alle Tests durch, die man mit einem lebenden Wesen anstellen kann. Aber sobald sie damit fertig sind – nun, sie sind sehr wissbegierig. Sie werden wissen wollen, wie wir von innen aussehen.«

»An etwas anderes kannst du wohl gar nicht mehr denken, wie?«, fuhr Kayna den Ara an. »Warum analysierst du nicht stattdessen die einzelnen Untersuchungen? Vielleicht kommst du dahinter, was die Roboter wirklich mit uns vorhaben. Es muss mehr sein als das, was du eben angedeutet hast.«

»Wunschdenken«, murmelte Treffner verächtlich. »Wir müssen den Tatsachen ins Auge sehen.«

Kayna beachtete ihn nicht mehr.

»Sie haben uns noch nie nachts geholt«, sagte sie nachdenklich. »Wir haben uns zwar oft gesträubt, wenn sie uns zu einer Untersuchung gebracht haben, aber das nehmen sie bestimmt nicht ernst. Nach unserem ersten Fluchtversuch haben wir nichts mehr unternommen. Sicher gehen die Roboter davon aus, dass wir den Gedanken an Flucht aufgegeben haben. Mit anderen Worten – jetzt ist ein günstiger Zeitpunkt.«

»Die Mikroausrüstung haben sie uns abgenommen«, murmelte Dezibel düster. »Wie sollen wir mit der Tür fertig werden? Schließlich gibt es keinen zweiten Ausgang.«

»Wir haben keinen gefunden«, sagte Kayna einschränkend. »Aber das ist kein Grund, die Sache fallen zu lassen. Wir suchen noch einmal, und diesmal gründlicher.«

In den letzten Tagen hatten sie sich zu nichts mehr aufraffen können.

Die Roboter holten die Piraten ab, sobald sie wach waren, und brachten sie zurück, wenn sie kurz vor dem Zusammenbruch standen. Heute waren die Flibustier noch halbwegs munter, weil das Testprogramm ausnahmsweise etwas sanfter ausgefallen war.

Ist das Zufall?, dachte Pearl Simudden skeptisch. *Oder stellen sie uns eine neue Falle?*

Trotz seiner Bedenken beteiligte er sich an der Suche nach einem zweiten Ausgang. Sie gingen in aller Gründlichkeit vor, doch die Räume präsentierten sich nach wie vor wie aus einem Guss, ohne Fugen und Ritzen in Boden und Wänden. An die Decke kamen sie nicht heran, aber sie erweckte nicht den Anschein, als gäbe es da oben einen Ausweg.

»Das ist doch sinnlos!«, schimpfte Treffner schließlich. »Vergesst nicht, dass Roboter auf uns aufpassen. Denen unterläuft kein Fehler.«

Axe verlor die Nerven. Es war ohnehin nur eine Frage der Zeit gewesen, denn in den letzten Tagen hatte er in der knapp bemessenen Zeit zwischen ihrer jeweiligen Rückkehr ins Quartier und dem erschöpften Einschlafen immer düsterer vor sich hin gebrütet. Jetzt brach die aufgestaute Wut in ihm durch. Er sprang auf den Ara zu, und in seinen Augen lag ein tückisches Funkeln.

Die Flibustier reagierten blitzschnell. Simudden riss Treffner zur Seite. Tobbon packte Axe noch im Sprung um die Hüfte und hielt den knurrenden, wild um sich schlagenden Mann unnachgiebig fest.

»Ruhig, mein Junge!«, brummte der Epsaler. »Markon hat es nicht so gemeint. Du kennst doch diesen Knochenflicker.«

Axe brüllte und trat wild um sich, aber gegen Tobbon hatte er keine Chance.

»Bring ihn endlich zur Ruhe, Brush!«, rief Kayna wütend.

Der Epsaler legte nur kurz seine Hand auf Axes Nacken, aber das Faktotum verstummte sofort. Er ließ den Bewusstlosen vorsichtig auf den Boden sinken und musterte dabei den Ara drohend. »Noch ein Wort, Markon, dann hast du es mit mir zu tun!«, sagte er heiser. »Ich habe deine blöden Bemerkungen auch längst satt!«

Der Ara wich bebend zurück und hockte sich auf den Boden. Düster blickte er den Epsaler an, der nicht von Axes Seite wich. »Und das alles wegen diesem Affen«, raunte er vor sich hin.

»Sei endlich still!«, herrschte Simudden ihn an. »Wir sind alle ziemlich mit den Nerven runter, und mit deinen dummen Reden gehst du jedem von uns auf den Geist. Reiß dich endlich mal zusammen!«

»Ihr seid alle Narren!«, stieß der Ara giftig hervor. »Ihr macht euch doch nur etwas vor. Und wenn dann einer kommt, der die Wahrheit sagt ...« Simuddens Faust schoss nach vorne, und Treffner sackte zusammen.

»Das wurde Zeit«, bemerkte Dezibel. »Jetzt können wir uns hoffentlich vernünftig unterhalten. Also – einen Ausweg gibt es hier nicht. Dass wir wenigstens einen Versuch zur Flucht unternehmen müssen, dürfte jedem klar sein. Wie stellen wir es an?«

Brush Tobbon stand immer noch neben dem Faktotum. Er beugte sich langsam zu ihm hinab und legte seine Hand auf Axes Brust. Als er sich wieder aufrichtete, stand das Entsetzen in seinem Gesicht.

»Da stimmt etwas nicht!«, flüsterte er. »Axe müsste schon wieder zu sich gekommen sein.«

Kayna sprang so hastig auf, dass sie mit ten Hemmings zusammenstieß, der sich ungläubig vorbeugte. Sie gab dem Mann einen Stoß und war mit wenigen Schritten bei Axe und Tobbon. Der Epsaler betastete in fieberhafter Eile Axes schlaffen Körper.

»Nimm deine ungeschickten Pfoten weg!«, herrschte Kayna ihn an.

Tobbon schrak zurück. »Aber das wollte ich doch nicht«, stammelte er. »Ich habe gar nicht so stark zugedrückt ...«

Simudden eilte heran, und Dezibel kniete sich neben Axe, der in diesem Moment zu sich kam und entgeistert in die besorgten Gesichter starrte. Axe setzte zum Sprechen an, da beugte sich Kayna tief zu ihm hinab. Axe war nur noch imstande, atemlos zurückzustarren.

»Er lebt!«, stellte Kayna fest. »Aber ich fürchte, er wird es nicht mehr lange machen, wenn nichts geschieht.«

Axe stammelte etwas Unverständliches, weil Kayna sich noch tiefer zu ihm herabbeugte. Dezibel grinste anzüglich. Manche von Axes geheimsten Wünschen waren eben doch nicht ganz geheim geblieben.

»Weck Treffner auf!«, fuhr Tobbon den Akonen an. »Mach schon!«

»Der Ara kann auch nichts mehr für ihn tun«, flüsterte Kayna, und sie sah Axe dabei an, als wollte sie ihn hypnotisieren. »Nur die Roboter könnten noch helfen!«

Axe war zwar nicht der Klügste, aber er besaß eine gehörige Portion Bauernschläue und das Talent, sich blitzschnell in eine Rolle einzudenken. Bevor er zu den Flibustiern stieß, hatte er sich gern als bedauernswertes Opfer larischer Experimentierfreudigkeit ausgegeben und sogar hartgesottene Männer fast zu Tränen gerührt, wenn er lallend und stammelnd von den überstandenen Qualen berichtete. Solche Vorführungen hatten einen praktischen Wert, und dasselbe galt für die Rolle, in die er nun schlüpfen musste. Axe liebte Unternehmen, deren Wert er auf Anhieb erkennen konnte.

Also schloss er die Augen und ließ den Unterkiefer schlaff hinabsinken. Wie er es anstellte, blieb sein Geheimnis, aber sein dunkles Gesicht wurde graubleich, und seine Wangen wirkten eingefallen. Er sah erschreckend aus, ein Mensch, der dem Tode näher schien als dem Leben.

Tobbon wandte sich abrupt ab und stapfte zur Tür. Mit beiden Fäusten hämmerte er gegen das Metall und schrie, dass den anderen die Ohren klangen. Panika Simudden und Dezibel bemühten sich unterdessen, den Ara auf die Beine zu bringen, die anderen versuchten, Axe bei Bewusstsein zu halten.

Simudden zerrte den Ara hoch, als er endlich die Augen aufschlug. »Schnell, Markon!«, keuchte er. »Axe stirbt. Tu etwas für ihn!«

»Warum macht der Koloss so einen schrecklichen Lärm?«, beschwerte sich Treffner wehleidig und zeigte auf Tobbon.

»Er versucht, die Roboter zu alarmieren«, erklärte Simudden grob. »Sie könnten Axe bestimmt retten – aber offenbar ist es ihnen egal, ob ihnen eines ihrer Versuchskaninchen verloren geht.«

Treffner stolperte über die eigenen Füße, als er begriff. Simudden zog ihn hastig weiter zu Axe.

»Kümmere dich um ihn! Du bist schuld, wenn es schiefgeht, vergiss das nicht. Deinetwegen musste Tobbon ihn schließlich betäuben.«

Der Ara untersuchte Axe hastig und richtete sich dann schwerfällig auf. »Ich kann nichts für ihn tun. Ich habe auch gar nichts bei mir ...«

Simudden zog ihn an den Schultern hoch, drehte ihn zu sich herum und schlug ihn ins Gesicht, nicht so hart, wie es für einen außen stehenden Beobachter aussehen mochte, aber immer noch so, dass Treffner es spürte. Sekundenlang trat blanker Hass in den Blick des Aras, dann hatte er sich gefangen.

Wo blieben die Roboter? War es ihnen gleichgültig, ob einer ihrer Gefangenen starb? Oder hatten sie das Spiel durchschaut?

Irgendwann hörte Tobbon auf, in hilfloser Wut gegen die Tür zu trommeln, er ließ die Stirn gegen das kühle Metall sinken. Es wurde still in dem großen Raum.

Wenn die Roboter nicht kamen, mussten die Flibustier dafür sorgen, dass wenigstens der Schein gewahrt blieb – und das bedeutete, dass Treffner ein Wunder zu bewirken hatte. Aber wenn sie kamen – was dann? Hatte Brush Tobbon den richtigen Einfall? Wenn ja, dann wurde es Zeit, dass er damit herausrückte.

Endlich öffnete sich mit einem leisen Zischen die Tür.

Zwei Rundumkämpfer postierten sich neben dem Türschott, ein dritter schwebte auf die Gruppe um Axe zu. Die Piraten machten ihm Platz und schauten mit sehr gemischten Gefühlen zu, als die Maschine einen Arm ausfuhr und Axe berührte.

»Steh auf!«, befahl der Roboter.

Axe rührte sich nicht.

»Du bist nicht krank«, fuhr die Maschine stur fort, und die Piraten hielten die Luft an. »Du verstellst dich nur. Ich messe deine Körperfunktionen an, sie sind ungestört.«

»Was verstehst du schon davon?«, fuhr Kayna den Roboter an. »Ob seine Körperfunktionen gestört sind oder nicht, das spielt gar keine Rolle. Axe wird sterben. Wir alle werden sterben, und ihr seid es, die uns umbringt. Ihr mit euren Tests und Untersuchungen! Wer seid ihr überhaupt? Wer hat euch erlaubt, lebende Menschen wie Tiere zu behandeln? Wenn ihr uns töten wollt, dann macht es kurz. Ihr habt kein Recht, uns zu quälen!«

Sie hatte sich in Rage geredet. Den Rundumkämpfer beeindruckte sie damit aber nicht. Der Roboter packte den am Boden liegenden Axe, hob ihn hoch in die Luft und ließ ihn los. Axe fiel aus knapp drei Metern Höhe herab. Das war sicher eine der rabiatesten Methoden, um einem Simulanten auf die Beine zu helfen, und der Roboter hatte sich nicht verrechnet.

Axe mochte sich noch so gut in der Gewalt haben, seine Instinkte zwangen ihn, die Augen aufzureißen und sich in der Luft zu drehen, sich abzufangen und die Wucht des Aufpralls mit vorgestreckten Händen zu mildern. Er rollte sich ab, kam behände auf die Beine und schnellte sich auf den Rundumkämpfer zu.

Die Maschine wischte ihn wie ein lästiges Insekt zur Seite. Axe stürzte erneut, und diesmal verlor er wirklich das Bewusstsein. Der Roboter schwebte wortlos davon.

Lange Zeit redete keiner.

»Es war sowieso ein dummer Trick«, sagte Dezibel endlich. »Nicht einmal ein Kind wäre darauf hereingefallen.«

Tobbon warf dem Mathematiker einen düsteren Blick zu. »Es war ein Versuch, immer noch besser als gar nichts. Warum lässt du dir nichts einfallen? Ich hatte gehofft, dass sie Axe mitnehmen würden, um ihn gründlich zu untersuchen, und ich hätte darauf gedrängt, dass ich ihn begleiten kann. Irgendetwas hätte sich dann schon ergeben.« Der Epsaler wandte sich resignierend ab.

»Warte!«, sagte Simudden leise. »Vorhin, als die Maschine Axe untersuchte, kam mir ein Gedanke. Vielleicht wäre der Versuch sogar ganz günstig ausgegangen, wenn wir etwas gehabt hätten, was sich als Waffe benutzen ließe.«

»Hier gibt es nichts in der Art!«, fuhr Treffner ärgerlich dazwischen.

»Ich weiß.« Der Akone lächelte kalt. »Tische, Sitzgelegenheiten, die Betten – alles ist fest mit dem Boden verbunden und gesichert. Nur eines haben die Roboter vergessen.«

»Was?«, fragte Kayna Schatten mechanisch.

»Unser Essen«, erwiderte Simudden lakonisch.

Alle starrten ihn an. Natürlich, der Konzentratbrei wurde in kleinen Schalen geliefert. Und Schalen, noch dazu mit einem solchen Inhalt, gaben gute Wurfgeschosse ab.

»Warum hast du das nicht eher gesagt?«, fragte Tobbon aufgebracht. »Los, Leute, Essen fassen!«

»Nicht so hastig!«, warnte der Akone. »Unsere Freunde schöpfen sonst Verdacht.«

»Jeder nimmt sich zwei Schalen«, bestimmte Kayna. »Morgen früh nochmal dasselbe. Außerdem ist Brush so verfressen, dass er zusätzliche Portionen anfordern kann, ohne dass er damit Verdacht weckt.«

»Die Roboter werden sowieso wissen, was abläuft«, raunte der Ara. »Sie sehen doch alles, was hier vorgeht.«

»Das Risiko müssen wir in Kauf nehmen. Die Maschinen haben einen wunden Punkt, und das ist der Ring um ihren Kopf. Zweifellos sind ihre Wahrnehmungsorgane darin untergebracht. Der Brei dürfte ihnen für mehrere Sekunden die Sicht verderben, wenn wir es schaffen, genau zu zielen. Es muss aber sehr schnell gehen, Freunde. Und zielt hoch, der Brei läuft von selbst nach unten. Alles klar?«

Als am nächsten Morgen zwei Rundumkämpfer kamen, flogen ihnen die gefüllten Schüsseln entgegen, und der Brei verteilte sich über die Köpfe der Maschinen. Die restlichen Schüsseln in den Händen, stürmten die Flibustier auf den Gang hinaus. Ein Roboter kam soeben aus einem benachbarten Raum. Tobbon war ihm so nahe, dass er seine Schüssel gar nicht werfen musste. Mit grimmigem Genuss leerte der Epsaler den Behälter über dem Kopf des Rundumkämpfers aus. Gleichzeitig wunderte er sich, dass ihm das tatsächlich gelungen war, ohne dass der Roboter ihn abgewehrt hatte.

Kayna warf einen Blick durch die offene Tür und winkte den anderen hastig. Alle stürmten in den Raum, in dem einige Schaltanlagen standen. Keiner hätte zu sagen vermocht, ob die Anlagen für die Rundumkämpfer überhaupt wichtig waren, aber die Flibustier wurden nur noch von dem Wunsch getrieben, ihren Peinigern Schaden zuzufügen.

Mit den harten Schüsseln, aber auch mit den blanken Fäusten droschen sie auf die Konsolen ein. Tobbon schaffte es, eine Metallplatte abzureißen, und als er damit um sich schlug, lösten sich weitere Teile. Im Handumdrehen verfügten die Flibustier über eine ausreichende Zahl von Schlagwerkzeugen, und sie hausten wie die Vandalen in diesem Raum. Flammen schlugen aus einigen Pulten, und Ozongestank breitete sich aus.

Es dauerte beinahe zehn Minuten, bis die Rundumkämpfer kamen. Wie sie dann ihre rebellischen Gefangenen bändigten, war der beste

Beweis dafür, wie schwer die Flibustier ihre Peiniger diesmal getroffen hatten. Die Roboter kamen nicht nur in der Überzahl, sie schossen mit Lähmstrahlen, bis keiner der Piraten mehr auf den Beinen stand.

»Das war gar nicht schlecht«, murmelte Tobbon zufrieden, als er sich langsam wieder bewegen konnte. »Das war gar nicht schlecht. Schade, dass wir keine Waffen gefunden haben.«

»Wenigstens haben wir ihr Programm durcheinandergebracht«, stellte Simudden fest. »Die heutige Untersuchung verzögert sich merklich.«

Axe torkelte bereits zu der Versorgungseinheit, um sich neue Wurfgeschosse zu sichern. Aber die Automatik lieferte keine Schüsseln mehr, nur noch trockene Konzentrate in Würfelform.

»Das war zu erwarten.« Dezibel lachte beinahe. »Was ist mit den Bechern?«

Es gab sie noch, und Axe probierte einen gleich aus. Er merkte schnell, dass die Becher nicht als Wurfgeschosse taugten.

Eine Weile später kamen die Rundumkämpfer.

Diesmal wurden den Flibustiern Gewebeproben entnommen. Die Roboter machten das auf eine schmerzlose, aber trotzdem überaus unangenehme Art und Weise. Und sie waren offenbar entschlossen, jede Zellart zu untersuchen.

»Sie sind tatsächlich übergeschnappt«, sagte Dezibel stöhnend, als sie alle wieder beisammen waren. »Vielleicht war die Anlage hier früher eine gigantische Klinik, und die Rundumkämpfer suchen nun auf eigene Faust neue Patienten.«

Kayna, Tobbon und Simudden sahen den Mathematiker mitleidig an. Treffner war weniger feinfühlig. »Offenbar haben sie dein Gehirn entnommen«, vermutete der Ara spöttisch.

»Ich habe eine logische Erklärung geäußert«, widersprach Dezibel trotzig. »Sie hat sogar den Vorteil, dass alles zueinanderpasst.«

»Wir sind alle sieben kerngesund, Dezibel!«

»Das konnten die Maschinen nicht wissen. Darum haben sie uns auch so gründlich untersucht.«

Für einen flüchtigen Moment dachte Simudden, dass der Mathematiker vielleicht gar nicht so unrecht hatte. Und was die Gesundheit anbetraf – da gab es schon einige schwache Punkte. Gewiss, die Flibustier waren körperlich in bester Verfassung. Aber was war mit ten Hemmings, der die Finger nicht vom Alkohol lassen konnte? Oder mit Treffner, dessen fragwürdige medizinische Aktivitäten früher ganz offenkundig auf einen moralischen Defekt hingedeutet hatten? Wiesen sie nicht alle innere Schäden auf?

Pearl Panika Simudden wurde plötzlich bewusst, was er da gedacht hatte und worauf es hinauslief. Erschüttert und beschämt senkte er den Kopf.

Daran sind nur die Rundumkämpfer und ihre verdammten Tests schuld, dachte er bitter. *Ich brauche dringend mehr Schlaf. Vielleicht renkt das meine Gehirnwindungen wieder ein.*

»Ich schätze, dass sich das Rätsel morgen lösen wird«, verkündete Treffner selbstsicher.

»Wie kommst du darauf?« Tobbon kratzte sich irritiert den Schädel. »Haben die Rundumkämpfer dir mehr verraten als uns anderen?«

Der Ara lächelte überlegen und tippte sich an die hohe Stirn. »Köpfchen, mein Lieber. Ich habe meinen Verstand gebraucht.«

Er legte eine bedeutungsvolle Pause ein.

»Wenn du nicht sofort die Karten auf den Tisch legst, geschieht ein Unglück, das schwöre ich dir!«, fauchte Kayna Schatten wutentbrannt.

»Reg dich nicht so auf!«, sagte der Ara hastig. »Ich habe versucht, die einzelnen Tests in einen Zusammenhang zu bringen. Die Roboter wissen inzwischen alles über uns. Sie kennen jede Faser in unseren Körpern, jeden Gedanken in unseren Köpfen. Sie haben unsere Reaktionen getestet und unsere Reflexe geprüft, unseren Verstand unter die Lupe genommen. Es gibt nichts mehr, was sie noch untersuchen könnten. Die Tests sind vorbei.«

Jetzt schwiegen die anderen.

»Bist du sicher?«, fragte Kayna nach einer Weile.

»Ganz sicher. Was heute geschah, war im Grunde gar nicht mehr nötig.«

»Sehr beruhigend. Ich wollte, die Rundumkämpfer wären zu demselben Schluss gekommen. Welche Erklärung hast du dafür auf Lager, dass sie sich trotzdem noch einmal so viel Mühe gemacht haben?«

»Habt ihr mitbekommen, was mit den vielen Proben geschah?«, wollte Treffner wissen.

»Es hat mich nicht interessiert!«, gestand Tobbon, und in seiner Stimme schwang plötzlich deutliches Unbehagen mit. »Was hast du gesehen?«

»Die Gewebsproben wurden nicht präpariert. Das war vor Tagen noch anders. Da wurden die Proben sofort für allerlei Untersuchungen vorbereitet und von den Robotern selbst analysiert. Diese Maschinen sind für eine komplette Untersuchung ausgerüstet. Versteht ihr, sie müssen keine einzige Probe weiterleiten. Und das war diesmal anders.«

»Stimmt!«, sagte ten Hemmings überrascht. »Das ist mir auch aufgefallen!«

Treffner nickte ihm zu.

»Sämtliche Proben kamen in Spezialbehälter.«

»Na und?«, drängte Tobbon ungeduldig. »Was geschieht damit?«

»Das weiß ich nicht«, sagte der Ara nachdenklich. »Aber ich tippe darauf, dass Kulturen angelegt werden. Wenn es so weit ist, werden die Roboter uns mit großer Sicherheit am Leben lassen – wenigstens bis feststeht, dass alle Kulturen brauchbar sind.«

»Kulturen«, wiederholte Kayna Schatten nachdenklich. »Na gut, warum auch nicht. Möglicherweise bekommen wir ja doch irgendwann eine Erklärung. Abgesehen davon steht nicht fest, dass du die Wahrheit getroffen hast, Markon.«

Als am Abend des nächsten Tages noch immer kein Rundumkämpfer gekommen war, um die Flibustier zu neuen Untersuchungen zu schleppen, stand für sie fest, dass der Ara zumindest in einem recht hatte: Sie würden etwas Ruhe bekommen. Ob den Robotern in einigen Tagen neue Methoden einfielen, mit denen sie ihren Gefangenen zu Leibe rücken konnten, blieb abzuwarten. Aber eines war sicher: Die Rundumkämpfer hatten mit den Flibustiern noch etwas vor. Sonst wäre es logisch gewesen, dass sie die nun nutzlosen Menschen entweder freiließen oder kurzerhand umbrachten.

Die gigantische Anlage irgendwo im Zentrum der Galaxis hatte sich die benötigten Muster zur Erstellung der Armee in aller Eile beschafft. Getreu den Anweisungen des Erbauers würde die Armee dem Aussehen und den Fähigkeiten des Gegners entsprechen. Das war die beste Garantie für den Erfolg.

Es war der zweite Fehler der Station nach der verhängnisvollen Fehlinterpretation der vom Weltraumbeben ausgelösten Impulse, dass sie ein paar Menschen für Mitglieder der Horden von Garbesch hielt und begann, die neutralen Urzellen entsprechend genetisch zu programmieren.

Der eingeleitete Vorgang war nicht mehr aufzuhalten ...

32.

Die sieben Flibustier hatten Varovaar an Bord des Keilraumschiffs wieder verlassen und waren von den Rundumkämpfern zu einer durchaus ähnlichen Welt im dichten Sternenmeer des galaktischen Zentrums gebracht worden. Ihre neue Unterkunft glich der alten, war vielleicht ein wenig ansprechender ausgestattet, aber das interessierte Brush Tobbon nur am Rande. Der Epsaler war auf neue Untersuchungen gefasst, auf irgendetwas, mit dem keiner der sieben rechnete. Als die Roboter dann kamen und tatsächlich ihn mitnahmen, war seine Neugierde längst größer als sein Zorn.

Gefügig, wenn auch innerlich widerstrebend, ließ Tobbon sich durch schier endlos anmutende Korridore und Schächte führen. Eigentlich trieb der Roboter ihn vor sich her. Tobbon ging zwar schnell, doch er ließ sich nicht treiben, ließ die Maschine nicht erkennen, dass er leicht ein sehr viel schnelleres Tempo durchgehalten hätte. Wahrscheinlich wusste der Rundumkämpfer das ohnehin.

Tobbon war so in Gedanken versunken, dass er weiterging, als der Roboter anhielt. Der Epsaler reagierte erst, als zwei Tentakelarme nach ihm griffen und ihn schroff zurückzerrten. Für einen Moment war er versucht, die Maschine anzugreifen – ein neuer, von vornherein aussichtsloser Fluchtversuch. *Nicht jetzt. Mag sein, dass wir hier endlich erfahren, was die Untersuchungen bezweckten.*

Der Roboter schob ihn in einen eher schmalen Raum. Hinter den halb transparenten Wänden zu beiden Seiten schimmerten bunte Lichtflecke. Ihre Bedeutung vermochte der Epsaler nicht einmal zu ahnen.

Am Ende dieses Raumes glitt eine weitere Tür auf. Tobbon suchte sofort nach irgendwelchen Untersuchungsgeräten. Doch da schienen keine zu sein – und als er den angrenzenden Raum betrat, wurde ihm schlagartig klar, dass nicht mehr körperliche Untersuchungen auf die Flibustier warteten, sondern vielmehr irgendwelche Testverfahren.

Brush Tobbon stand sich nämlich selbst gegenüber.

Sie arbeiten mit Spiegelfeldern, war sein erster Gedanke, als er sein Abbild mitten in dem wohnlich eingerichteten Raum sah.

Doch dann bewegte sich das Spiegelbild, obwohl er selbst stillstand.

Eine Projektion!

»Damit könnt ihr höchstens Kinder erschrecken!«, sagte Tobbon zu dem Roboter. »Was soll der Unsinn? Natürlich bin ich in der Lage, mich selbst zu erkennen.«

Langsam ging er auf die Projektion zu. Er streckte die Hand aus und wollte durch das, wie er glaubte, immaterielle Abbild hindurchgreifen.

Aber er stieß auf Widerstand. Seine Finger tasteten über die glatte leichte Bordkombination und griffen prompt nach dem Gesicht. Die Haut war dunkelbraun und rissig – eine perfekte Illusion. Tobbon wusste, wie er selbst sich anfühlte.

»Nun, alter Freund, was hältst du von mir?«, fragte sein Ebenbild.

Der Epsaler fuhr mit einem Satz zurück und prallte gegen den Roboter, der das Türschott blockierte. Die Tatsache, dass sein Ebenbild ihn auf Interkosmo angesprochen hatte, war zu viel für den Piraten gewesen.

»Du musst mich nicht fürchten!«, sagte das Ebenbild. »Oder bemerkst du einen Fehler an meiner Existenzform?«

Tobbon schüttelte den Kopf. »Nein ...«, antwortete er gepresst. »Nein, du siehst genau wie ich aus. Aber was bist du?«

»Woher seid ihr diesmal gekommen?«, fragte sein Ebenbild, anstatt ihm eine Antwort zu geben.

»Woher?«, wiederholte er, völlig verwirrt. »Woher sollen wir gekommen sein? Von Varovaar natürlich, der Welt, auf der wir untersucht wurden.«

»Und vorher?«, erwiderte das Ebenbild.

Brush Tobbon schwitzte plötzlich.

»Vorher? Wir waren auf Dennox III im Zwölf-Martine-System. Aber das musst du doch wissen – dort wurden wir von den Robotern überfallen und gefangen genommen.«

»Brush Tobbon, dein Intelligenzquotient ist nicht so gering, dass du nicht verstehen könntest, worauf ich hinauswill«, erklärte das Ebenbild. »Du brauchst nicht zu sagen, was wir schon wissen, sondern das, was wir nicht wissen. Wo wart ihr vor eurer Ankunft auf Dennox III?«

Das Ding ist stur wie ein Roboter!, dachte Tobbon.

»Vorher hatten wir den Planeten Xirdell überfallen, weil wir einen Geldtransport abfangen wollten«, sagte er nachdenklich. »Aber die GAVÖK-Leute haben uns reingelegt und unsere JACK LONDON vernichtet.«

»Erkläre: Was ist Geldtransport? Was bedeutet GAVÖK und JACK LONDON?«, sagte das Ding, das dem Epsaler immer unheimlicher wurde.

Der Roboter fuhr einen Tentakelarm aus und berührte mit den drei Fingern und den beiden Daumen ganz leicht Tobbons Nacken. Der Flibustier verstand die Warnung.

»Die GAVÖK ist eine Organisation, die von mehreren Völkern der Milchstraße gegründet wurde, um den Widerstand gegen die Konzilsherrschaft zu koordinieren«, erklärte er. »Nach dem Abzug der Laren übernahm die GAVÖK die Rolle einer Dachorganisation aller galaktischen Zivilisationen.« Er spie aus. »Jedenfalls wird das öffentlich so verkündet. Tatsächlich soll die GAVÖK jede Privatinitiative unterdrücken.«

»Deine Antwort wirft eine Menge neuer Fragen auf«, stellte das Ebenbild fest. »Aber beantworte erst die schon gestellt sind!«

»Geld ist ein Tauschmittel für alle möglichen Waren, es ist klein, leicht und einfach zu transportieren. Wenn ich daran denke, wie reich wir heute wären, wenn die Sache mit Xirdell geklappt ...«

»Weiter!«, drängte das Ding.

Der Epsaler fluchte unbeherrscht und hörte erst auf, als der Roboter ihm einen Nackenschlag versetzte.

»Die JACK LONDON war das Schiff meiner Organisation. Zufrieden, Roboter?«

Mit seiner Frage hatte er das Ding provozieren wollen, aber es reagierte überhaupt nicht darauf.

»Weiter!«, sagte es, und Tobbon hatte immer deutlicher das Gefühl, sich selbst reden zu hören. Jede Nuance stimmte. »Welche Völker gibt es in der Galaxis, die ihr mit dem seltsamen Namen Milchstraße bezeichnet?«

Der Epsaler stöhnte. »Ich brauchte Jahre, um alle Völker unserer Galaxis aufzuzählen – vorausgesetzt, ich würde sie alle kennen.«

»Nenne die am wichtigsten sind!«

Tobbon kratzte seine Kopfhaut. »Am wichtigsten waren eigentlich die Lemurer, aber die gibt es seit mehr als fünfzigtausend Jahren nicht mehr. Ihre Zivilisation wurde von den Halutern vernichtet. Die Flüchtlinge zerstreuten sich nicht nur in alle Winkel der Milchstraße, sondern flohen bis in die Nachbargalaxis Andromeda. In Andromeda nannten sie sich später Tefroder und wurden von den Meistern der Insel beherrscht.

Hier in der Milchstraße entwickelten sich aus den verstreuten Flüchtlingskolonien die Akonen, die sich später in Arkoniden, Springer, Überschwere und so aufspalteten. Auf Terra, dem ehemaligen Hauptplaneten, entwickelten sich aus den in die Primitivität zurückgefallenen überlebenden Lemurern später die Terraner, die dann schnell die Vorherrschaft in der Galaxis errangen.« Brush Tobbon reckte sich stolz. »Auch wir Epsaler sind aus dem Volk der Terraner hervorgegangen, genau wie Ertruser, Siganesen und Oxtorner.«

Das Ding schüttelte den Kopf, doch in seiner Stimme schwang etwas wie ein Hauch von widerwilliger Anerkennung mit: »Ihr Garbeschianer habt wirklich eine ausgezeichnete Psycho-Konditionierung erhalten, mein Freund. Aber denkt nicht, dass wir die schwachsinnigen Geschichten von uralten Zivilisationen und Splitterzivilisationen glauben.«

»Sie sind wahr!«, schnaubte Tobbon. »Ich bin kein Garbeschianer, sondern ein Epsaler! Wer steckt eigentlich hinter den Robotern, und was bist du? Ein maskierter Roboter? Warum mit meinem Gesicht und überhaupt mit meiner Statur ...?«

»Du wirst zurückgebracht«, sagte das Ding. »Aber unser Gespräch ist noch nicht beendet. Verhalte dich folgsam!«

Tobbon machte einen Schritt vorwärts, auf seine Kopie zu.

»Auf meine Fragen wird überhaupt nicht eingegangen. Was bin ich eigentlich für euch? Ein Stein?«

Tobbon stieß eine Verwünschung nach der anderen aus, als der Roboter ihn herumzog und zu den Flibustiern zurückbrachte. Er ahnte, dass hinter seinem Doppelgänger mehr steckte, als er annehmen konnte.

»Garbeschianer?«, wiederholte Kayna Schatten nachdenklich. »Das ist doch ein reiner Fantasiename. Es gibt keine Garbeschianer.«

Brush Tobbon zuckte die Achseln. Er hatte ausführlich berichtet, auch, dass er sein Ebenbild für einen ausgezeichnet getarnten Roboter hielt.

»Wir haben nie von Wesen gehört, die sich Garbeschianer nennen«, schränkte Pearl Simudden ein. »Aber bis vor Kurzem wussten wir auch nichts von den Rundumkämpfern, ihren keilförmigen Raumschiffen und den beiden Stahlwelten – und doch sind sie da.«

»Ausgerechnet uns muss das passieren«, sagte ten Hemmings. »Warum?«

Ein Roboter schwebte herein, griff mit zwei Tentakeln nach Axe und entfernte sich mit dem Faktotum der Piraten.

»Ob sie ihn auch mit einem Robot-Doppelgänger konfrontieren?«, überlegte Körn Brak, der Mathematiker.

»Ich frage mich, was das alles soll«, wandte Markon Treffner ein. »Es ist doch nicht nötig, robotische Doppelgänger von uns herzustellen, um uns verhören zu können.«

»Und wenn die Herren der Stahlwelten, die hinter allem stecken, so verschieden von uns sind, dass es gar nicht möglich wäre, eine Kommunikation zustande zu bringen?«, argwöhnte der Akone Simudden.

»Das sind doch nur Hypothesen.« Kayna Schatten winkte heftig ab. »Wir müssen die Wahrheit herausfinden, notfalls mit Gewalt. Außerdem mache ich mir Gedanken, wie wir hier verschwinden können.«

Simudden lachte bitter. »Wie weit uns das bringt, haben wir ja schon erlebt.

Der Roboter brachte Axe zurück. Aber diesmal ließ er den Flibustiern keine Pause wie nach Tobbons Rückkehr. Er nahm Kayna Schatten mit.

Brush Tobbon blickte den beiden missmutig nach. Augenblicke später, nachdem sich das Türschott geschlossen hatte, wandte er sich abrupt Axe zu. »Und?«, fragte er heftig.

Axe grinste dümmlich und rümpfte die Nase.

»Ich habe ebenfalls mein Ebenbild gesehen – aber dieser Roboter war dämlich wie Zundermoos. Eine Zumutung war das geradezu. Der Kerl fragte mich nach den Aufmarschgebieten der Horden von Garbesch.«

»Der Horden von Garbesch?«, fasste Tobbon hastig nach. »Hat dein Doppelgänger erklärt, was das sein soll?«

»Nein, wieso?«, fragte Axe. »Aber ich habe ihm vielleicht was erzählt. Der glaubt tatsächlich, dass ich ein Garbeschaner bin.«

»Garbeschianer«, korrigierte Treffner.

»Unwichtig!«, behauptete Tobbon. »Was hast du deinem Ebenbild erzählt, Axe?«

»Dass wir uns auf der galaktischen Eastside und im Sektor Morgenrot sammeln. So was wollen die doch hören.« Das Faktotum lachte meckernd.

»Wir?«, fragte Tobbon.

»Axe meinte diese Horden von Garbesch«, entgegnete Simudden.

»Die Horden von Garbesch ...!«, wiederholte der Epsaler gedehnt. Er packte Axe am Brustteil seiner Kombination, zog ihn zu sich heran und versetzte ihm danach einen Stoß, dass er durch die Vorhalle flog. »Die Horden von Garbesch!«, schrie er wütend. »Ich habe mir die Zunge wund geredet, um meinem Ebenbild klarzumachen, wer wir wirklich sind – und du stärkst ihren Glauben, wir wären Garbeschianer!«

»Ich wollte das Ding täuschen, Brush«, jammerte Axe. »Du hast doch selbst gesagt, sie müssen nicht alles wissen.«

»Ich breche dir sämtliche Knochen!«, schnaubte der Epsaler. »Jetzt gleich.«

»Lass ihn in Ruhe, Brush!«, erklang Kayna Schattens Stimme.

Tobbon fuhr herum. Die Frau stand unter der offenen Tür, zwei Roboter waren neben ihr.

»Unsere besonderen Freunde haben gemerkt, dass Axe geschwindelt hat«, erklärte die Anführerin der Flibustier. »Jedenfalls, was die Aufmarschgebiete betrifft. Ansonsten gibt es anscheinend kein Argument, das sie davon überzeugen könnte, wir wären keine Garbeschianer. Ich weiß nicht, woher sie ihre Gewissheit nehmen, aber sie ist da.«

Die beiden Roboter schwebten davon, ohne sich umzuwenden. Das Türschott schloss sich.

»Wonach haben sie dich gefragt, Kayna?«, wollte der Ara wissen.

»Offenbar alles, was sie schon Brush gefragt haben. Mein Ebenbild benahm sich übrigens wie ein Vamp. Ich nehme an, das sollte mich über die robotische Natur hinwegtäuschen. Übrigens fiel der Begriff Horden von Garbesch – und zwar in recht abfälliger Weise. Die Unbekannten halten uns für Angehörige verschiedener Gruppen dieses Volkes von Garbesch – und sie halten uns für psychisch konditioniert, damit wir nach einer Gefangennahme nicht die Wahrheit erzählen können.« Sie blickte zu Axe hinüber, der ihren Blick grinsend erwiderte. »Schon deshalb nehmen sie nicht an, dass Axe die Wahrheit gesagt haben könnte.«

»Aber er hat zugegeben, ein Garbeschianer zu sein«, erwiderte Tobbon.

»Genau das interessiert die Roboter nicht. Weil es für sie eine Tatsache ist, dass wir Garbeschianer sind.«

»Und Brush hätte mich beinahe umgebracht!«, rief Axe anklagend.

Pearl Panika Simudden war der Nächste. Zwei Roboter holten ihn ab, und er befürchtete schon das Schlimmste, als sie ihn in einen völlig kahlen Raum schoben und das Türschott sich hinter ihm schloss. Er war allein.

Allerdings dauerte es nicht lange, dann betrat jemand auf der gegenüberliegenden Seite den kreisrunden Raum. Der Akone hatte sich vorgenommen, sich seine Furcht nicht anmerken zu lassen, dennoch hielt er abrupt den Atem an. Der Jemand, der zielstrebig auf ihn zukam, war er selbst.

Simudden musterte sein Ebenbild. Sich selbst in diesem ... diesem Etwas wiederzuerkennen war noch schlimmer, als er nach den Berichten der anderen erwartet hatte.

»Du bist der Garbeschianer, der sich Pearl Simudden nennt«, stellte das Ebenbild fest.

Simudden schwieg dazu.

»Du leugnest also nicht, ein Garbeschianer zu sein?«, fragte der falsche Akone.

Ungläubig starrte der Akone den Doppelgänger an. Er suchte nach körperlichen Abweichungen, nach winzigen Fehlern in der Konstruktion, die den anderen von ihm unterschieden hätten. Aber er fand nichts.

»Was geht hier eigentlich vor?«, wollte er wissen. »Soll das ganze Theater eine Bestrafung sein, oder ...?

Sein Ebenbild fiel ihm ins Wort. »Möchtest du bestraft werden, Pearl Panika Simudden?«

Bei Peeriah!, dachte der Akone. *Diese gütige Stimme und der wissende Blick dieser Augen – das ist nicht meine Art. Der Roboter wurde mit einer völlig anderen Persönlichkeit programmiert. Wenn ich nicht wüsste, wie überlegen die Technik der Unbekannten ist, müsste ich annehmen, er sei ein Wesen aus Fleisch und Blut.*

»Niemand will dir eine Strafe auferlegen«, fuhr der falsche Simudden fort. »Ich bitte dich nur, meine Fragen ehrlich zu beantworten. Erleichtere dein Gewissen, Pearl, und gestehe ein, dass du zu den schandbaren Horden von Garbesch gehörst!«

Er bittet mich!, staunte Panika.

»Ich gehöre nicht zu den Horden von Garbesch, was immer das sein mag«, erklärte er. »Ich bin ein Akone.«

»Warum verleugnest du deine Herkunft, Pearl?« Die Stimme klang deutlich betrübt. »Wehre dich gegen die Konditionierung, die dich zwingt, die Wahrheit zu verschweigen. Wir wissen, dass ihr Garbeschianer Opfer einer meisterhaften Beherrschung des Geistes seid.«

Warum unternehmt ihr dann nichts, um die angebliche Konditionierung auszulöschen? Es gibt Verhörmethoden, die jede Blockade zerbrechen: Ihr mit eurer perfekten Technik kennt sicher noch raffiniertere Methoden als das akonische Energiekommando.

»Ich sage die Wahrheit!«, erklärte er.

»Du betrübst mich«, erwiderte der Doppelgänger. »Aber ich werde versuchen, dir zu helfen.«

Jetzt kommen die harten Methoden, dachte Simudden.

»Erinnere dich, was du zuletzt getan hast, bevor du gefangen genommen wurdest, Pearl!«, verlangte das Ebenbild.

Völlig unerwartet stieg Scham in Simudden auf – Scham über das blutige Gewerbe, das er betrieben hatte. Aber dieses unwirkliche Gefühl verging so rasch, wie es gekommen war.

»Ich war Geschäftsmann«, umschrieb der Akone sein Piratendasein. »Gemeinsam mit anderen trieb ich Handel mit vielen Welten. Hör zu, Roboter: Du bist voreingenommen. Es stimmt nicht, dass ich ein Garbeschianer bin. Ich weiß nicht einmal, was ein Garbeschianer sein soll. Spielen wir also mit offenen Karten. Vielleicht können wir sogar die Grundlage für eine Zusammenarbeit finden – zu eurem und zu meinem Nutzen.«

»Diese Zeit ist also auch überlagert«, sagte das Ebenbild. »Was hast du getan, ehe du Geschäftsmann wurdest?«

Simudden antwortete wahrheitsgemäß. Nur die Tatsache seiner persönlichen Bereicherungen und die Verurteilung durch den Rat von Akon ließ er aus. Das ging niemanden etwas an.

Als er geendet hatte, herrschte minutenlang Schweigen.

»Es scheint, als wärst du perfekt programmiert, Pearl«, stellte der

Doppelgänger schließlich fest. »Aber jedes Programm hat eine Schwachstelle. Wir werden sie gemeinsam finden, wenn wir unsere Zusammenkünfte wiederholen.«

»Du kannst nichts finden, was nicht vorhanden ist«, erklärte Simudden heftig.

Aber sein Doppelgänger war nicht an einer Fortführung des Gesprächs interessiert. Er wandte sich um und ging. Gleich darauf wurde der Akone von zwei Robotern in die Unterkunft zurückgebracht. Die Roboter nahmen den Mathematiker Brak mit, der inzwischen erwacht war.

Brush Tobbon blickte den Akonen prüfend an. »Haben sie dich weichgemacht?«, fragte er.

»Unsinn!«, erwiderte Simudden. »Da gehören schon andere Dinge dazu.«

»Vielleicht setzen sie bald Verhörmaschinen ein«, bemerkte Kayna Schatten argwöhnisch.

Simudden schüttelte den Kopf. »Ich vermute, dass die Unbekannten solche Hilfsmittel nicht kennen. Sonst brauchten sie nicht diese lächerlichen Verhöre zu führen.«

»Wir wissen nicht, was diese Garbeschianer für Wesen sind«, erwiderte Kayna.

»Fantasiegestalten!«, spottete ten Hemmings. Er hatte angefangen, seinen fuchsroten Bart wie ein Springerpatriarch zu flechten.

Kayna war nachdenklich geworden. »Ob Fantasiegebilde oder nicht ...«, sagte sie gedehnt. »Möglich, dass die Unbekannten davon überzeugt sind, dass Garbeschianer nicht maschinell oder mithilfe von Drogen verhört werden können – beispielsweise, weil sie dabei sterben würden.«

Kayna Schatten war überrascht, dass die Roboter sie zum zweiten Mal holten. Aber vielleicht, überlegte sie, war das kein schlechtes Omen. Vielleicht kamen die Dinge endlich in Bewegung.

Sie wurde in einen halbrunden Raum geführt, an dessen gerader Wand unterschiedlich lange und verschieden dicke Röhren befestigt waren. Kayna hob lauschend den Kopf, als sie seltsame Töne zu hören glaubte.

Musik?

Die Töne gingen von den Röhren aus, und sie wurden lauter. Teilweise vereinten sie sich wie zu einer rudimentären Melodie, aber immer öfter erklangen schrille, nervenzerreißende Dissonanzen.

Schließlich wurde der Missklang so extrem, dass Kayna wimmernd zu Boden sank und sich beide Hände auf die Ohren presste. Sekunden später wurde es still.

»Haben die Horden von Garbesch dir deine Erinnerung wiedergegeben?«, fragte eine Frauenstimme.

Die Anführerin und Planerin der Flibustier richtete sich auf den Knien auf. Ein Schott hatte sich geöffnet, und dort stand Kaynas Doppelgängerin.

Was mochte der maskierte Roboter mit den »Horden von Garbesch« gemeint haben? Die grässlichen Dissonanzen? Unwillkürlich assoziierte Kayna das grauenhafte Dissonanzgeheul mit einer anstürmenden wilden Reiterhorde, die blitzende Waffen schwang.

Die Planerin schüttelte den Kopf. Primitive Reitervölker bedeuteten keine Bedrohung für eine hoch technisierte raumfahrende Zivilisation. Wenn die Horden von Garbesch eine kriegerische Organisation waren, dann kamen sie zweifellos mit schwer bewaffneten Raumschiffen.

»Du hast meine Frage nicht beantwortet!«, sagte die Doppelgängerin.

»Ich kann darauf nicht antworten, Roboter.« Kayna stand auf. »Und zwar deshalb nicht, weil ich keine Garbeschianerin bin.«

Seufzend schüttelte die Doppelgängerin den Kopf. »Ihr seid noch besser beeinflusst, als wir angenommen haben. Oder ihr Garbeschianer lügt bewusst. Aber das wäre zwecklos. Komm mit!«

Kayna folgte der Aufforderung. Ihre Doppelgängerin führte sie in eine Halle mit Bogengängen, in denen Präsentationsschirme eine Unmenge an Bedarfs- und Luxusartikeln zeigten. Die Flibustierin reagierte so verblüfft, dass sie die Gestalten, die durch die Straße schlenderten, in Gruppen beieinanderstanden und sich unterhielten, gar nicht beachtete. Aber dann entsann sie sich, dass es den Robotern keineswegs schwergefallen sein musste, dieses Szenario aufzubauen. Die ersten Untersuchungen und Verhöre auf Varovaar hatten genug Informationen dafür erbracht.

Endlich wandte sie ihre Aufmerksamkeit den Passanten zu – und erlebte die nächste Überraschung, denn alle waren ihre Ebenbilder.

Erst nach einer Weile erkannte Kayna Schatten, dass es Unterschiede zwischen den Doppelgängerinnen gab. Es waren keine Unterschiede im Körperbau, sondern in Bekleidung, Frisur, im Mienenspiel und überhaupt in der Art und Weise ihrer Bewegungen.

Kayna wollte die Robot-Nachbildung nach dem Sinn all dessen fragen, aber der Roboter war verschwunden.

Zögernd ging die Anführerin der Piraten weiter. In der Luft lag das Raunen zahlloser halblaut geführter Unterhaltungen. Ab und zu klangen lautere Stimmen und Gelächter auf. Doch niemand kümmerte sich um Kayna. Sie wandte sich an drei Ebenbilder, die angeregt miteinander redeten.

»Was soll dieser Zirkus?«

Die Nachbildungen unterhielten sich weiter, als gäbe es Kayna gar nicht. Kayna Schatten hörte, dass sie sich mit unterschiedlichen Namen ansprachen. Eine Frau hieß Schmudapal, eine andere Somnide, die dritte Virsagum.

Heiße Wut über die Ignoranz stieg in Kayna auf. Sie hatte sich ohnehin nur noch mühsam beherrscht. Mit der flachen Hand schlug sie der Nachbildung Somnide ins Gesicht. »Verdammter Roboter – reagiere gefälligst, wenn ich mit dir rede!«

Gänzlich unerwartet wandten sich die drei Nachbildungen ihr zu, und ebenso unerwartet schlug Virsagum zu. Kayna hielt sich die brennende Wange. Sie verwünschte in dem Moment die Tatsache, dass sie keine Waffe hatte, mit der sie die Roboter zerstören könnte.

»Begreifst du immer noch nichts, Garbeschianerin?«, fragte die Schmudapal-Nachbildung. »Ahnst du nicht, wie sehr du dir mit deinem verstockten Schweigen schadest?«

»Verstockt? Ihr seid verstockt, denn ihr wollt nicht begreifen, dass wir die Wahrheit sagen.«

»So hat es keinen Sinn«, sagte Somnide.

»Einverstanden«, erwiderte Schmudapal. Sie hielt plötzlich eine Waffe in der Hand, in der Kayna ihren eigenen Paralysator erkannte, den die Roboter ihr abgenommen hatten.

Der Schuss fiel, bevor Kayna überhaupt versuchen konnte, die Waffe an sich zu bringen. Die Planerin registrierte, dass ihr Körper steif wurde und stürzte. Sie konnte sich nicht mehr bewegen, aber sie sah und hörte, dass zwei der Nachbildungen sie an Schultern und Füßen packten und wegtrugen.

In einem benachbarten Raum wurde Kayna Schatten entkleidet. Die Schmudapal-Nachbildung legte ihre Kleidung an. Danach kämmte sie das rotbraune Haar, das sie bisher schulterlang offen getragen hatte, und flocht zwei Zöpfe, die sie im Nacken zu einem schweren Knoten formte.

Kayna ahnte, was die Nachbildung vorhatte. Sie würde zu den anderen Gefangenen gehen und sie in dem Glauben wiegen, sie sei die echte Kayna Schatten. Aber Schmudapal würde bestimmt nicht das erfahren, was sie zu erfahren hoffte ...

33.

Naghor Tareschian bremste seinen Gleiter ab, als er vor sich im Schneesturm die blinkenden Warnlichter des Materialtransporters sah.

Sofort sank der Gleiter zu Boden und verschwand halb in einer Schneewehe. Das infernalische Heulen des Schneesturms, der seit viereinhalb Tagen über diesem Gebiet des Planeten Eispanzer tobte, klang für Tareschian plötzlich ein wenig gedämpfter.

Er streifte mit der Hand über die Rufsignaltaste. »Transporter elfdreißig!«, erklang die Kennung des Transporters. Die Bildverbindung blieb gestört – dafür waren die Triwalgoniumlager verantwortlich, die in dieser Region konzentriert auftraten.

»Hier spricht der Koordinator!«, sagte Tareschian. »Habt ihr größere Probleme?«

»Savor, Ordnungspfleger und Transportbegleiter«, erklang die Antwort. »Die Synchronsteuerung der Antigravs ist ausgefallen. «

»Dann müsst ihr den Mikroprozessor eben vorsichtig auftauen«, erwiderte der Koordinator von Eispanzer und zugleich Direktor des Triwalgoniumkombinats.

»Migel war schon draußen und hat es versucht. Er musste umkehren, kam nicht an die Einbauklappe heran.«

Tareschian stieß eine Verwünschung aus. Es war immer das Gleiche. Uralte, provisorisch zusammengeflickte Transportgleiter, mangelhaftes Fördergerät, zu wenig Abstützmaterial für die Stollen und so weiter. Die Klimakombis reichten nicht einmal für die Techniker aus, die mit Außenarbeiten an den Minen beschäftigt waren. Mussten die Piloten notlanden und Außenreparaturen durchführen, konnten sie das folglich nur, wenn zufällig mildes Wetter mit Temperaturen nicht unter minus vierzig Grad Celsius herrschte. Unterdessen aber stockten die Arbeiten in den Minen, weil dringend erforderliches Material fehlte.

Trotzdem musste Triwalgonium gefördert werden. Der Schwingquarz war zwar nicht qualitativ wertvoll wie Howalgonium, aber er wies einige verwandte Eigenschaften auf und konnte als Howalgoniumersatz verwendet werden.

»Ich werde es versuchen«, hörte Tareschian sich sagen. Er schloss die wattierte, wetterfeste Kombination und streifte die Kapuze über den Kopf. Danach setzte er die Schutzbrille auf und zog die Handschuhe an.

Als er die Seitentür des Gleiters zurückschob, traf ihn ein eisiger Windstoß. Feiner Schnee wirbelte in die Fahrzeugkabine.

Der Koordinator ließ sich nach draußen fallen, versank in einer Schneewehe und tauchte nach den Haltegriffen am Rumpf des Gleiters. An ihnen zog er sich hoch und schloss die Seitentür. Danach stapfte er schwankend in Richtung des Transporters.

Er brauchte knapp zehn Minuten für die fünfzehn Meter, dann hatte er die Heckklappe der Frachtmaschine erreicht und hämmerte mit den Fäusten dagegen.

Die Klappe wurde von innen ein Stück angehoben. Jian Savors blasses Gesicht erschien hinter wirbelnden Schneekristallen. Er schrie etwas, aber der Sturm riss ihm die Worte von den Lippen.

Tareschian machte eine fordernde Handbewegung. Savor verstand und holte hinter seinem Rücken die Druckflasche mit dem Düsenstück hervor, das Spezialauftaugerät für die integrierten Schaltungen. Tareschian schob sich bäuchlings unter den Transporter.

Er fluchte, als er die Einbauklappe herabhängen sah. Zweifellos war Schnee in die Einbauvertiefung geweht worden, und das würde den Auftauprozess erschweren. Tareschian wälzte sich auf den Rücken und schob sich noch ein Stück weiter. Der Speicherkristall war mithilfe einer Interfaceschaltung durch einen einfachen Magnetschichtspeicher ersetzt worden. Sicher hatte jemand den Kristall zweckentfremdet, weil irgendwo ein Engpass aufgetreten war. Das machte ein Auftauen mit hoher Leistung schlicht unmöglich.

Tareschian verwünschte den Moment, in dem er sich darauf eingelassen hatte. Mit den Handschuhen konnte er das Auftaugerät nicht bedienen – das war eine der Absonderlichkeiten, die niemand je verstehen würde, der davon betroffen war.

Schon nach kurzer Zeit spürte Tareschian, dass seine Finger steif wurden und er immer größere Mühe hatte, die Sprühdüsen so zu regulieren, dass keine Überhitzung stattfand. Im Unterschied zu Savor und Migel, die beide von Gäa stammten, war er auf dem Planeten Taiga geboren und aufgewachsen. Dort herrschten während des sieben Monate dauernden Winters Schneestürme und Temperaturen zwischen minus dreißig und knapp minus sechzig Grad Celsius. Da die Industrie und Kraftwerke von den Überschweren zerstört worden waren, hatten die Taiganer die lebensfeindlichen Winter ihrer Welt über hundert Jahre lang ohne nennenswerte technische Hilfsmittel überstehen müssen.

Aber auch er war nach einigen Minuten am Ende. Es gelang ihm nur mühsam, die Einbauklappe zu schließen. Danach streifte er sich unter Aufbietung aller Willenskraft die Handschuhe über und schlug die Hände eine halbe Minute lang wie rasend gegeneinander. Das Auftaugerät hinter sich herziehend, kroch er unter dem Transporter hervor.

Wieder öffnete Savor die Klappe einen Spalt weit. Seine Augen weiteten sich vor Überraschung und Respekt, als Tareschian ihm durch heftiges Kopfnicken zu verstehen gab, dass die Arbeit erledigt sei. Mit Handbewegungen forderte Savor den Koordinator auf, in die klimatisierte Steuerkanzel zu kommen.

Doch Tareschian schüttelte nur den Kopf. Er kämpfte sich gegen den tobenden Sturm zu seinem Gleiter zurück. Nach knapp einer Minute hörte er hinter sich das Aufheulen, das einen Probelauf der Antigravprojektoren begleitete. Er wollte lächeln, aber sein gefrorenes Gesicht widersetzte sich dieser Absicht.

Die nächsten zehn Minuten wurden zum Albtraum für den Koordinator. Er fürchtete schon, die Orientierung verloren zu haben, da prallte er gegen ein festes glattes Hindernis.

Der Gleiter!

Mühsam tastete er sich an den Haltegriffen entlang, zog die Tür auf und kroch in die Kabine. Dort blieb er einige Herzschläge lang liegen, bis sein halb gelähmter Verstand ihm sagte, dass er die Tür hinter sich schließen musste, wenn die Klimaanlage in der Kabine nicht versagen sollte.

Er schaffte es irgendwie und schleppte sich dann auch noch auf Ellenbogen und Knien zum Steuerpult.

Als er die Augen öffnete, hatte er das Gefühl des Schwebens. Über sich sah er ein rundes, gerötetes Gesicht schwimmen. Naghor Tareschian wusste, was das bedeutete. Der diensthabende Medotechniker der Zentrale hatte ihm ein schmerzstillendes Mittel injiziert.

Idiot!, dachte er, obwohl er gleichzeitig Erleichterung verspürte, dass ihm die Schmerzen des Auftauens dadurch erspart blieben. Aber schmerzstillende Mittel waren knapp auf Eispanzer und durften nur in wirklichen Notfällen angewendet werden.

»Der Schmerzschock hätte wahrscheinlich zum Tod geführt, Koordinator«, hörte er den Medotechniker wie aus weiter Ferne sagen. »Ich war gezwungen, ein schmerzstillendes Mittel einzusetzen.«

Allmählich fühlte Tareschian sein normales Körpergefühl zurückkehren. »Was ist mit meinen Händen?«, fragte er schwerfällig. Er konnte nicht erkennen, ob er die Worte überhaupt verständlich hervorgestoßen hatte, denn das Taubheitsgefühl in seinem Gesicht verriet ihm, dass die Erfrierungen schwerer waren, als er angenommen hatte.

»Wir mussten nur zwei Finger der rechten Hand und den linken Daumen amputieren.«

Oh, verdammt!, dachte Tareschian. Zugleich entsann er sich, wie viele der Leute auf Eispanzer schon Hände und Füße verloren hatten und wie viele während der schweren Schneestürme für immer verschwunden waren.

»Ist das Nachschubschiff eingetroffen?«, fragte er, immer noch stockend, um sich abzulenken.

»Die IVOR KRAIN landete vor sieben Stunden und ist vor einer halben Stunde wieder gestartet«, sagte der Medotechniker.

Tareschian erschrak darüber, dass er so lange bewusstlos gewesen war. Mühsam stemmte er sich in die Höhe, und irgendwie schaffte er es auch, sich aufzusetzen.

»Was hat das Schiff gebracht? Hoffentlich die angemahnten letzten Bauteile für den Fusionsreaktor.«

Der Medotechniker half ihm vom Bett und stellte ihn auf die Füße. Naghor Tareschian hatte den Eindruck, dass der Boden unter ihm wankte.

»Die Bauteile sind da, Koordinator. Außerdem siebzehn neue Leute. Allerdings wieder nur zusammengekratztes Gesindel, das keine Ahnung von der Arbeit in den Minen hat.«

Tareschians Zorn auf die Verantwortlichen auf Terra erhielt damit neue Nahrung. Sie verlangten immer mehr Triwalgonium, aber wenn es darum ging, qualifiziertes Personal zu schicken, ließen sie ihn im Stich.

»Ich will mir die Leute anschauen!«

»Sie arbeiten schon in den Minen. Wir konnten ihnen keine Schonzeit geben.«

Tareschian grinste schräg. »Das weiß ich selbst«, sagte er gutmütig. »Ich will die Personalunterlagen sehen!«

Auf steifen Beinen und fast gefühllosen Füßen, vom Medotechniker gestützt, stapfte der Koordinator quer durch den Medoraum. Er war schweißüberströmt, als er sich endlich in den Sessel der Personal-Registratur sinken ließ. Er streckte die Hände nach der Holoschablone aus, aber die dicken Verbände sagten ihm, dass er vorerst keine manuelle Arbeit durchführen konnte.

»Lassen Sie die Daten der Neuen durchlaufen!«, bat er den Medotechniker.

Im Kontrollholo erschien das Gesicht des ersten Neuen. Dazu das Dokument eines Schicksals, wie es Milliarden Menschen während und nach der Konzilsherrschaft erlitten hatten. Geschunden, verwahrlost, mehrfach deportiert und nach dem Ende der Konzilsherrschaft mühsam in die neue Zeit eingelebt, irgendwie immer noch entwurzelt.

Die Daten der übrigen Neuen liefen durch. Zwei von ihnen hatten sich tatsächlich freiwillig nach Eispanzer gemeldet. Das war so ungewöhnlich, dass Tareschian sich näher mit ihnen befasste.

Die Namen sagten ihm nichts. Xarl Ektral war ein alter Mann, schmächtig, gebeugt, weißhaarig, faltiges Gesicht und müde, irgendwie gehetzt wirkende Augen. Silper Thule dagegen war ein Bulle von einem

Mann, wenn auch seine krummen Beine nicht zu dem Bild passen wollten. Das, seine dichte schwarze Haarfülle und der dumpfe Gesichtsausdruck verliehen ihm etwas Affenartiges.

Jäh durchfuhr es Tareschian wie ein Stich. Irgendwie kamen ihm die Freiwilligen bekannt vor.

Noch einmal las er ihre Daten. Es war unmöglich, dass er diese Männer schon einmal getroffen hatte. Wo sie bisher gewesen waren, hatte er niemals seinen Fuß hingesetzt.

Es sei denn, die Daten sind gefälscht!

»Die Steckbriefe!«, stieß Tareschian schwer atmend hervor. »Lassen Sie die Steckbriefe auflisten!«

»Aber das dauert, Koordinator«, wandte der Medotechniker ein. »Es sind Steckbriefe von mindestens zweihunderttausend Personen gespeichert.«

»Nicht alle – nur die meistgesuchten Verbrecher!«

Einige Minuten später standen in zwei Holos die Abbildungen und Daten von Männern, die bis auf geringfügige äußere Abweichungen den Freiwilligen glichen. Nur lauteten ihre Namen Körn Brak und Axe.

»Zwei der letzten Flibustier, einer sogar aus der Führungsgruppe!«, flüsterte Tareschian. Er deutete auf Körn Brak. »In diesem schwachen Burschen steckt so viel Bösartigkeit wie im Teufel selbst. – Der andere, Axe, ist unbedeutend, aber in unserer Lage nicht weniger gefährlich. Ein offenbar sadistischer Mörder. Wo wurden die beiden eingesetzt?«

»In der Czifra-Mine.«

Der Koordinator stöhnte gequält. »Ausgerechnet in dem Bergwerk, das die größte Ausdehnung und die modernsten technischen Hilfsmittel besitzt. Es wird schwer sein, sie in dem Labyrinth zu fangen, aber wir müssen sie fassen!«

Ruckartig erhob er sich. Er schwankte noch, aber er fühlte, dass seine Tatkraft zurückkehrte.

»Bestellen Sie Ordnungspfleger Habba in die Leitzentrale! Er soll sich beeilen!«

Matosch Habba hatte ein Aufgebot von vierzehn Männern förmlich zusammengekratzt. Er hatte sie aus der Krankenstation holen müssen, denn die Gesunden leisteten entweder in den Minen ihre Zwölfstundenschicht ab, oder sie lagen erschöpft in ihren Unterkünften und erholten sich von der gefährlichen Arbeit.

Die vierzehn Männer waren leichte Fälle – jedenfalls für die Kriterien auf Eispanzer: Rekonvaleszenten von Lungenentzündung, Erfrierungen, Knochenbrüchen. Sie waren noch schwach auf den Beinen, aber ansonsten wieder einsetzbar.

»Ich danke euch für die freiwillige Meldung zum Aufgebot«, sagte Tareschian.

»Wir haben uns keineswegs freiwillig gemeldet«, erklärte Forset Kerkrade, ein blasser Mann, der Leiter einer Abteufkolonne. »Aber nachdem ich weiß, worum es geht, melde ich mich freiwillig. Wie ich sehe, bist du außerdem schlechter dran als wir, Koordinator.«

Die anderen Männer murmelten zustimmend.

Tareschian nickte dankbar.

»Gib ihnen Schockwaffen, Matosch!«, sagte er und hob seine verbundenen Hände hoch. »Ich kann leider noch keine Waffe tragen. Aber ich kann einen Ausgang sperren – und wenn ich die Verbrecher mit den Füßen bearbeiten müsste, um sie aufzuhalten.«

Habba holte die zwar uralten, aber tadellos gepflegten Schockwaffen, prüfte den Ladestand der Energiemagazine und übergab jedem der vierzehn Männer eine Waffe und ein zusätzliches Energiemagazin. Anschließend erläuterte er ihnen, wie er sich das Vorgehen gedacht hatte.

Minuten später flogen sie mit einem Transportgleiter zu der rund neunhundert Kilometer entfernten Czifra-Mine ...

Die Falle war zugeschnappt. Naghor Tareschian lehnte sich gegen die Wand des Stollens, dessen Ausgang er bewachte. Hier unten, gut fünfhundert Meter unter dem Eis, war es relativ warm, drei Grad Celsius über null.

Der Koordinator musterte die vor Feuchtigkeit glitzernden Wände des Stollens und die aus allem möglichen Material zusammengefügten Abstützungen – und er dachte daran, dass Eispanzer ein warmer Planet mit üppigem Pflanzenwuchs sein könnte, wenn die lange Nacht der Konzilsherrschaft nicht gewesen wäre. Doch heute redete niemand von Terraforming wie vor der Invasion der Laren. Während der Konzilsherrschaft waren die galaktischen Zivilisationen ausgeblutet. Es gab weder genügend Raumschiffe noch Material und schon gar nicht die Fachkräfte, um ein solches Projekt in Angriff zu nehmen.

Die Verhältnisse in der Milchstraße waren weithin unüberschaubar. Selbst die GAVÖK und die Liga Freier Terraner konnten vorerst nur Löcher stopfen, wenn sie dafür andere aufrissen. Umso schlimmer wirkten sich verbrecherische Aktivitäten aus. Es war ein Segen, dass die GAVÖK die Organisation der Flibustier vor rund zehn Tagen zerschlagen hatte. Doch solange sich die führenden Köpfe der Piraten in Freiheit befanden, bestand die Gefahr, dass sie bald wieder wehrlose Planeten und Handelsschiffe überfielen.

Naghor Tareschian fragte sich, warum zwei der Verbrecher nach Eispanzer gekommen waren. Sicher, es war eine von vielen Möglichkeiten, sich den Nachstellungen der GAVÖK und der LFT zu entziehen, bis Gras über die ganze Sache gewachsen war. Nur sah ausgerechnet so etwas den Flibustiern nicht ähnlich. Sie schienen sich in kleine Gruppen aufgeteilt und auf verschiedene Welten verstreut zu haben. Das musste gewichtige Gründe haben.

Wollten Brak und Axe einen Aufstand anzetteln und die Triwalgonium-Minen als Faustpfand benutzen, um die GAVÖK und LFT zu erpressen?

Tareschian schüttelte den Kopf. Wenn sie das wollten, hatten sie sich ein denkbar ungeeignetes Objekt ausgesucht. Die Arbeitsmoral der Menschen auf Eispanzer war ausgezeichnet. Sogar die Versprengten, Heimat- und Haltlosen waren keine potenziellen Meuterer. Die meisten von ihnen begriffen sehr schnell, dass auf Eispanzer einer auf den anderen angewiesen war. Wer den Anstrengungen nicht gewachsen war, der wurde zurückgeschickt, damit er woanders eine neue Chance erhielt.

Und dennoch: Wenn ausgerechnet Körn Brak, das mathematische Genie der Flibustier, nach Eispanzer gekommen war, musste er sich eine echte Chance ausgerechnet haben, hier etwas zu erreichen. Dem stand entgegen, dass weder er noch Axe versucht hatten, ihr Aussehen zu verändern. Sie mussten doch wissen, dass auf allen bewohnten Planeten ihre Steckbriefe vorlagen.

»Hallo, Koordinator!«, flüsterte es im Helmfunk.

»Alles klar?«

»Nichts ist klar«, erwiderte Habba. »Sie müssen gemerkt haben, dass wir ihnen auf die Spur gekommen sind. Jedenfalls sind sie spurlos verschwunden.«

»Seit wann?«, fragte Tareschian.

»Sie wurden acht Minuten vor unserem Eintreffen noch an ihrem Platz gesehen.«

»Dann können sie die Mine bislang nicht verlassen haben«, stellte der Koordinator grimmig fest. »Sag den anderen Männern Bescheid, damit sie darauf gefasst sind, dass die Verbrecher bei einem von ihnen durchschlüpfen werden.«

»Das habe ich schon«, erklärte Habba. »Aber die Flibustier können sich in der Mine tagelang verstecken. Wenn sie ihre Nahrungsration gut einteilen, treibt sie der Hunger nicht so schnell heraus.«

»Die beiden wissen nicht, mit wem sie es zu tun haben. Ich schätze, dass sie zehn bis zwölf Stunden warten, bevor sie zu fliehen versuchen. Gib durch, dass alle Wachen auf Vorrat schlafen sollen, mindestens fünf Stunden.«

»Was?«, ächzte Habba.

»Wir können, Matosch«, sagte Tareschian eindringlich. »Entweder riskieren wir, dass alle Wachen schlafen, wenn die Flibustier nach zehn oder mehr Stunden nach draußen wollen – oder unsere Leute schöpfen jetzt neue Kräfte, während Brak und Axe noch warten.«

Habba lachte trocken. »Ich wusste gar nicht, dass du ein so brillanter Taktiker bist.«

Naghor Tareschian erwachte von einem heftigen Rütteln. Erschrocken riss er die Augen auf – und blickte in Habbas Gesicht.

»Entschuldige, Koordinator«, sagte der Ordnungspfleger. »Du hast so fest geschlafen, dass du nicht einmal den Helmfunk gehört hast.«

»Und du hast geschnarcht, dass wir schon fürchteten, der Stollen würde einstürzen«, fügte jemand spöttisch hinzu.

Tareschian richtete sich auf und erkannte Forset Kerkrade, der schräg hinter Habba stand. »Was ist passiert?«, fragte er.

»Die Verbrecher sind geflohen«, sagte Habba. »Nein, nicht an einem Posten vorbei. Sie haben eine Stollenfräse erbeutet und sich damit einen Stollen vom oberen Bereich der Mine ins Eis gebohrt. Dort sind sie immer noch.«

»Eine Stollenfräse ...«, entfuhr es Tareschian. »Was haben sie mit der Bedienungsmannschaft gemacht?«

»Nur betäubt. Mit einem Gas, das sie, den analysierten Resten nach zu urteilen, in der Mine aus verschiedenen Chemikalien selbst hergestellt haben. Die Grundstoffe werden an verschiedenen Stellen gelagert. Niemand wusste bisher, dass die chemische Verbindung ein Betäubungsmittel ergibt. Die Arbeiter sind übrigens wieder wohlauf und haben keine Nachwirkungen.«

»Das ist die Hauptsache«, kommentierte Tareschian erleichtert. »Ich hätte es den Verbrechern zugetraut, dass sie die Mannschaft einfach umbringen würden.«

»Wahrscheinlich fürchteten sie, dass wir sie in dem Fall totschlagen würden, falls wir sie erwischen.«

»Ja, wahrscheinlich.« Tareschian nickte nachdenklich. »Wer verfolgt sie?«

»Niemand. Unsere Leute verfolgen den Weg der Stollenfräse mit einem Horchgerät, wie es sonst zur Suche nach Verschütteten dient. Die Verbrecher können sich nicht länger als zwei Stunden im Eis halten – von jetzt an gerechnet. Wenn sie nicht rechtzeitig umkehren, erfrieren sie. Das wäre wohl das Beste für uns.«

»Wir müssen sie dennoch lebend haben, Matosch. Wahrscheinlich wissen sie, wo die übrigen fünf Flibustier sich verkrochen haben.«

»Gut.« Habba kaute auf seiner Unterlippe, dann fuhr er sich mit dem

Handrücken über den Mund. »Wir setzen alles daran, die Kerle einzufangen.«

Eine halbe Stunde später erreichten sie mit einer Draisine auf den Gleisen der Minenbahn den Stollen, von dem aus die Tunnelfräse sich den Weg in die Höhe gebahnt hatte. Einige Minentechniker hantierten mit dem Horchgerät.

»Seit einer Viertelstunde steht die Fräse still«, berichtete einer der Techniker.

»Ein Defekt?«

»Das lässt sich von hier aus nicht sagen. Die Arbeitsgeräusche verstummten einfach. Die Verbrecher könnten eine Fehlschaltung ausgelöst haben. Oder sie haben bemerkt, dass die Kälte ihr Leben bedroht.«

Kerkrade scharrte mit den Füßen in dem feinen Eismehl, das beim Fräsen entstand. »Wenn sie Durst hatten und etwas davon zu sich genommen haben, sind sie vielleicht schon tot. Das Teufelszeug entzieht dem Körper mehr Wärme, als man glauben möchte.«

»Also vorwärts!«, sagte Tareschian. »Wir folgen ihnen!«

»Wartet!«, rief jemand.

Der Koordinator sah sich um und erkannte Korten Shoi, einen Bergwerksingenieur, der mit dem vorletzten Transport angekommen war.

»Es könnte auch eine Falle sein«, warnte Shoi. »Lasst einen unbemannten Speedy voranfahren! Ich kenne mich in solchen Situationen aus. Habe auf Trevors Planet eine Sabotagemission gegen die Stützpunkte der Überschweren durchgeführt.« Seine Miene verdüsterte sich. »Wir waren siebzig. Drei Mann kehrten zurück.«

»Wir machen es, wie Korten sagt!«, entschied Habba.

Mehrere Leute eilten davon und kehrten wenig später mit drei Speedys zurück, niedrigen offenen Elektrowagen mit kleinen, breiten Kunststoffreifen, die für Mannschafts- und Materialtransporte in Tunnels ohne Schienen verwendet wurden.

Da alle Speedys für Funkfernsteuerung eingerichtet waren, gab es kein Problem. Habba, Tareschian und Shoi bestiegen den zweiten Wagen. Habba lenkte das Gefährt, während Shoi die Fernsteuerung des ersten Speedys übernahm. Drei Männer des Aufgebots stiegen in den dritten Wagen.

Shoi ließ den ersten Wagen rund zwanzig Meter vorausfahren, dann starteten die anderen. Ihre Scheinwerfer schickten helle Lichtkegel voraus.

Sie fuhren schnell und lautlos durch den Tunnel, den die Fräse ins Eis gebohrt hatte. Die zermahlenen und stark zusammengepressten Eismassen reflektierten das Licht wie gesprungene Spiegelwände.

Der Tunnel führte zuerst schräg in die Höhe, dann bog er ab, beschrieb eine weite, nach oben gerichtete Spirale und senkte sich mit allmählich stärker werdendem Gefälle. Die Speedys rollten mit singenden Reifen durch den Tunnel.

»Langsamer!«, mahnte Tareschian. »Vielleicht benutzen die Piraten auch ein Horchgerät. Die stehen doch überall für Katastrophenfälle herum.«

»Es gibt auch überall Sprengstoffdepots – und sie sind nicht bewacht!« Shoi grinste den Koordinator an. »Deshalb der unbemannte Speedy. – So, jetzt allmählich abbremsen!«

Matosch Habba verringerte die Geschwindigkeit des zweiten Speedys. Der dritte Wagen holte auf, dann wurde er ebenfalls langsamer. Nur das unbemannte Fahrzeug behielt seine Geschwindigkeit bei.

Als der erste Speedy sich ungefähr hundert Meter weit vom zweiten entfernt hatte, blitzte es knapp hinter ihm an beiden Tunnelseiten grell auf. Die Scheinwerfer strahlten etwas an, was auf den ersten Blick ein Wasserfall hätte sein können. Aber es war kein Wasser, sondern durch eine Sprengung zertrümmertes Eis, das in den Tunnel stürzte und eine Barriere bildete, hinter der der erste Speedy verschwand.

»Abspringen!« Shoi packte den Koordinator um die Hüfte und warf sich mit ihm aus dem Wagen. Habba sprang zur anderen Seite ab. Die Männer im dritten Wagen sahen es und folgten dem Beispiel.

Haarscharf schleuderte der dritte Speedy an Shoi und Tareschian vorbei. Deren Fahrzeug hatte sich quer gestellt, wurde von dem dritten gerammt, und dann rutschten beide, allerdings nicht sehr hart, gegen die Eisbarriere.

Aus einem Spalt vor der Barriere sprangen zwei Gestalten in wattierten Kombinationen. Sie stürzten sich auf einen der Speedys und wollten ihn offensichtlich benutzen, um in die Mine zurückzufahren.

Habba hatte sich jedoch schon aufgerappelt, ebenso Shoi. Beide feuerten mit Schockwaffen, trafen aber nicht, da die Verbrecher hinter einem Speedy Deckung gefunden hatten.

Unerwartet löste sich eines der Fahrzeuge und rollte auf die Verfolger zu.

»Er ist unbemannt!«, schrie Korten Shoi. »Vorsicht, sie wollen uns überfahren!«

Er eilte dem leeren Wagen in weiten Sätzen entgegen, warf sich in letzter Sekunde vor dem schon unvermeidlich scheinenden Zusammenstoß zur Seite und rannte weiter.

Der Speedy jagte auf Tareschian zu. Der Koordinator wollte noch ausweichen, glitt aber aus und wurde von dem Wagen an der linken Schulter gestreift. Das Fahrzeug rollte weiter auf Habba zu. Habba versuchte, sich mit grotesk wirkenden Sätzen in Sicherheit zu bringen, aber der Speedy schleuderte seitlich gegen ihn und riss ihm die Beine unter dem Körper weg.

Habba stürzte schwer und blieb wie gelähmt liegen. Als der Elektrowagen wendete und noch einmal Kurs auf ihn nahm, war klar, dass der Ordnungspfleger nicht mehr ausweichen konnte.

Zweimal hintereinander ertönte das feine Singen eines Paralysators. Der Speedy drehte sich ruckartig zur Seite und blieb stehen.

An der Eisbarriere stand Korten Shoi und winkte mit seiner Waffe. »Ich habe sie!«, rief er. »Aber wir müssen sie schnell fortbringen. Sie erfrieren uns sonst.«

34.

Pearl Simudden entfernte mühsam das Lüftungsgitter. Seine Fingerkuppen bluteten bereits, doch das störte ihn nicht im Geringsten. Er befand sich schon etwa einen halben Kilometer Luftlinie von der Unterkunft entfernt und wunderte sich, dass die Roboter ihn noch nicht eingefangen hatten. War es wirklich so einfach, durch die Lüftungsschächte zu fliehen? Oder lag es eher daran, dass er momentan keinen Gedanken an Flucht verschwendete, sondern auf Informationen aus war?

Wahrscheinlich, sagte er sich, waren die Flibustier für die Unbekannten im Hintergrund mittlerweile eher uninteressant geworden. Die Untersuchungen und Tests von Varovaar waren abgeschlossen, und hier, auf dieser für ihn noch namenlosen Welt, gab es längst äußerlich perfekte Doppelgänger der Flibustier.

Trotzdem. Frei bewegen konnten sie sich nicht. Immer wieder war er auf verschlossene Schotten gestoßen, die sich ohne Hilfsmittel nicht öffnen ließen. Nur der Lüftungsschacht erlaubte ein mühsames Vorankommen.

Simudden hatte bereits in einige Räume gespäht, ohne jedoch Auffälliges zu entdecken. Jetzt sah er durch die Gitterabdeckung einen halbdunklen Raum unter sich und die Konturen vieler rätselhafter Gegenstände. Es schien sich um einen Lagerraum zu handeln – vielleicht genau der richtige Ort für Schlussfolgerungen, die anderswo nur schwerer möglich sein würden.

Der Akone hatte Mühe, das Gitter zu lösen. Und dann rutschte es ihm aus den gefühllos gewordenen Fingern und schlug klirrend auf dem Boden auf. Simudden wartete mit angehaltenem Atem, ob Rundumkämpfer erscheinen würden. Als nach Minuten immer noch alles ruhig blieb, griff er nach der Schachtöffnung und ließ sich langsam nach unten sinken. Den letzten Meter ließ er sich fallen und kam federnd auf.

Hier lagerten in der Tat die unterschiedlichsten Gegenstände. Manche ähnelten entfernt an Arbeitskonsolen, andere erschienen dem Flibustier wie Zusammenballungen gläserner Kugeln. Was sie wirklich darstellten, konnte er nicht einmal erraten.

Simudden nahm einige der kleineren Gegenstände in die Hand. Er strich mit den Fingerspitzen über ihre Oberflächen, tastete sie auf der Suche nach verborgenen Öffnungsmechanismen ab – dennoch ließ sich nichts davon zu irgendeiner Funktion erwecken.

Er konnte sich eines Gefühls nicht erwehren, als wäre er auf eine Hinterlassenschaft toter Wesen gestoßen. Wie fremdartig mochten sie gewesen sein, dass er keines dieser Artefakte verstehen konnte?

Ein faustgroßes Gebilde aus halb transparentem Material wirkte nicht so starr wie alles andere. Simudden wurde darauf aufmerksam, weil es im Innern stetig schwach aufblitzte. An der Oberfläche dieses Objekts befanden sich zahlreiche unterschiedlich geformte Erhebungen.

Vorsichtig hob der Akone es auf. In dem Gebilde summte, klickte und rumorte es plötzlich. Er legte es zurück, und die Geräusche verstummten augenblicklich.

Interessiert schaute Simudden das Ding an. Nach einigen Sekunden nahm er es wieder an sich. Abermals ertönte die verhaltene wirre Geräuschkulisse, als er eine der Erhebungen berührte.

Panika lachte erheitert. Aber mitten in seiner Belustigung wurde er sich bewusst, dass er völlig unmotiviert lachte. Er nahm den Finger von der Erhebung – und beinahe schlagartig wich seine Heiterkeit.

Nachdenklich tastete der Akone nach einer der anderen Erhebungen. Er war auf irgendeine Gefühlsbeeinflussung gefasst, dennoch überkam ihn die klaustrophobische Enge so abrupt, dass er nach Luft ringend gurgelnd zurückwich. Selbst nachdem er den Kontakt wieder unterbrochen hatte, wirkte das Empfinden qualvoller Enge noch mehrere Minuten lang in ihm nach.

Welchem Zweck mochte das Gerät ursprünglich gedient haben? Er vermutete, dass es sich um eine sehr komplexe Konstruktion handelte, die mehrere Funktionen simultan erfüllen konnte. Deshalb gefiel ihm die Bezeichnung Simultankomplex, zumindest bis er mehr über die Funktionen in Erfahrung gebracht haben würde.

Er verstaute das Gerät in einer Beintasche seiner Kombination. Vorübergehend spielte Simudden mit dem Gedanken, einfach das Schott des Lagerraums zu öffnen und hinauszuspazieren. Letztlich rückte er aber doch einige der großen Gegenstände zurecht und schwang sich wieder in den Lüftungskanal hinauf.

Als Pearl Simudden in seine Unterkunft zurückkehrte, standen die Flibustier in der Vorhalle beisammen und diskutierten erregt. Die Gespräche verstummten jäh, als sie den Akonen bemerkten.

»Wo warst du?«, fragte Brush Tobbon wütend.

Simudden blickte zu Brak. Der Mathematiker schüttelte kaum merklich den Kopf. Also hatte er nichts verraten.

»Ich habe mich ein wenig in der Station umgesehen«, erklärte er leichthin.

»Ein wenig umgesehen!«, blaffte Tobbon. »Hast du wenigstens etwas Neues herausgefunden?«

»Nein.« Simudden entschied sich erst in diesem Moment, nichts von seinem Fundstück zu erwähnen.

»Dann bist du praktisch umsonst draußen herumgelaufen«, spottete Axe.

»Er hätte ja etwas finden können«, warf Kayna Schatten ein. »Beispielsweise, warum die Nachbildungen wissen, dass wir Garbeschianer sind.«

»Hä?«, machte Tobbon und starrte Kayna verständnislos an. »Machst du jetzt mit diesem Schwachsinn weiter?«

»Ich lege mich aufs Ohr«, erklärte Simudden. »Das Gerede wird mir zu dumm.«

»Du bleibst!«, befahl Tobbon. »Ich nehme an, dass Kayna jetzt, da wir alle beisammen sind, ihren Fluchtplan vorlegen will.«

»Fluchtplan?«, fragte Kayna Schatten. »Wieso?«

Brush Tobbon stieß ein überraschtes Grollen aus. »Was soll der Blödsinn? Du warst es doch, die von der nächsten Flucht geredet hat. Hast du das schon vergessen?«

»Es scheint so«, erwiderte die Planerin völlig ruhig. »Ja, natürlich. Ist ja auch nicht mehr so wichtig, wenn Panika schon alle Aufmerksamkeit auf uns zieht.«

Simudden lächelte betreten, während sich seine Gedanken jagten. Als ehemaligem Abwehrchef im Blauen System war ihm die Psyche anderer Intelligenzen vertraut. Deshalb erkannte er, dass Kayna Schatten falsch reagierte. Von da bis zu dem Verdacht, dass Kayna nicht die echte war, war es nur ein kleiner Schritt. Ja, er war sofort davon überzeugt. Denn zum einen hätte Kayna Schatten von sich aus die Sprache auf den Fluchtplan gebracht, zum anderen war es ausgeschlossen, dass sie ihre Absichten vergaß. Außerdem hätte sie Tobbon sofort zurückgewiesen, als er, was sie gesagt hatte, Blödsinn nannte.

Die Roboter hatten ihnen also eine Nachbildung Kaynas untergeschoben. Zweifellos, um die Gefangenen auszuhorchen.

Der Akone ging die paar Schritte zu seiner Unterkunft. An der Tür wandte er sich noch einmal um. »Lass dir bald einen Plan einfallen, Kayna!«, sagte er. »Wir müssen fliehen, bevor die Unbekannten herausfinden, wer wir wirklich sind.«

Leise lachend schloss er die Tür hinter sich.

Er ließ sich auf die Liege sinken und dachte nach. Er hatte die falsche Kayna Schatten bewusst nicht sofort bloßgestellt. Woher sollte er wissen, ob nicht alle Gefährten durch Ebenbilder ersetzt worden waren, während er durch die Klimaschächte gerobbt war.

Er kam zu dem Schluss, dass er besser daran tat, sich niemandem anzuvertrauen.

35.

»Bringen Sie Ihre Leute gefälligst auf Trab!«, schimpfte Rando Berghurst, der Leiter des Instandsetzungskommandos DINO IX.

»Wir arbeiten bis zum Umfallen, aber wir können nicht zaubern«, erwiderte Harun Marsam, Chef der Kybernetiker, die an der Ausrüstung des alten Flottentenders der DINOSAURIER-Klasse arbeiteten. »Die Laren haben die Positroniken förmlich paralysiert, bevor sie abgezogen sind. Wir müssen praktisch jede einzelne winzige Schaltstelle mithilfe von Richtimpulsen so lange einspielen, bis sie wieder von selbst richtig arbeitet.«

Berghurst rieb sich die Schläfen. »Schon gut, Harun«, sagte er leise. »Entschuldigen Sie bitte, dass ich die Nerven verloren habe. Aber wenn wir die Positroniken nicht einsetzen können, stürzt der Tender in drei Monaten in die Sonne.«

Marsam blickte auf die Holos in der Zentrale der Kommandokugel. Er sah die zweitausend Meter durchmessende Lande- und Werftplattform, unter der sich rund zweihundertfünfzig Meter »Innenleben« verbargen, und kniff die Augen zusammen, als er schräg dahinter und darüber den Glutball der blauen Sonne Ginerva erblickte.

»Über hundert Jahre lang hatten die Laren hier einen Stützpunkt«, sinnierte er laut. »Und was tun sie, bevor sie abziehen? Sie steuern den Tender auf einen Kurs, der ihn genau in die Sonne führt, und machen die Steuerung unbrauchbar.«

»Wir müssen ihn retten«, erklärte Berghurst. »Die LFT braucht solche Tender für die Bergung der zahllosen im All treibenden verlassenen Großraumschiffe.«

»Und die Großraumschiffe sind nötig, damit der galaktische Handel wieder in Schwung kommt«, ergänzte Marsam. Er seufzte. »Wenn ich bedenke, wie tief wir gefallen sind ... Unsere Generation wird wohl nur harte Arbeit und Entbehrungen kennenlernen.«

»Da müssen wir einfach durch, Harun, ob es uns gefällt oder nicht.«

Berghurst hatte einige Ingenieure für eine Besprechung zu sich gebeten. Als er die Gruppe jetzt kommen sah, nickte er Marsam zu und ging den Ingenieuren entgegen.

Mit einem Lächeln begrüßte er Sirja Loerde, eine junge Triebwerksingenieurin, die erst vor einem Monat direkt von Terra gekommen war. Schon bei ihrem Antrittsgespräch war der berühmte Funke zwischen ihnen übergesprungen, und schon zwei Tage später war sie seine Geliebte geworden. Zwar hatte sie einen Ehevertrag, und ihr Ehemann, der Antigravtechniker Kord Loerde, arbeitete ebenfalls auf dem Tender, aber er war ein stumpfsinniger Trinker, der niemals merken würde, dass seine Frau ihn betrog.

Während der Besprechung machte Berghurst mit Sirja unbemerkt von den anderen ein neues Treffen aus – und nach der Besprechung inspizierte er die Reparaturarbeiten an den Feldgeneratoren, mit denen die Hochenergie-Überladungsschirme des Tenders wieder aufgebaut werden konnten. Die Arbeiten gingen hier gut voran, und das hatte momentan noch Priorität. Denn in Kürze mussten die HÜ-Schirme den Tender vor der Strahlung Ginervas schützen.

Wütend blickte Kord Loerde dem Leiter des Instandsetzungskommandos nach, als der die Feldgeneratorsektion IV verließ.

Loerde wusste seit einer Woche, dass seine Frau ihn mit Berghurst betrog. Seitdem er heimlicher Zeuge einer Verabredung beider geworden war, trug er sich mit dem Gedanken, Berghurst zur Rede zu stellen. Aber jedes Mal hatte er kurz davor zurückgeschreckt, eben auch wieder.

Doch Loerdes Wut hatte ein Stadium erreicht, in dem er ein Ventil brauchte. Er wartete, bis die Techniker, die in Sektion IV arbeiteten, gegangen waren. Jedenfalls glaubte er, dass alle die Anlage verlassen hatten. Aber als er sich wenige Minuten später am Steuerelement des dritten riesigen Generatorblocks zu schaffen machte, bemerkte er nur wenige Meter entfernt einen Mann und eine Frau, die sich leise unterhielten.

Loerde duckte sich und lauschte.

»... sie uns bisher nicht erkannt haben, werden sie es auch künftig nicht«, hörte er die Frau sagen.

»Sie müssen mit Blindheit geschlagen sein«, erwiderte der Mann.

Beide kamen auf Loerde zu. Der Techniker wollte sich an dem Generatorblock entlang zurückziehen, stieß dabei aber an die herausragende Konsole des Steuerelements. Das Geräusch war in der Stille ringsum schwer zu überhören.

Im nächsten Moment sah er sich schon dem Paar gegenüber. Beide musterten ihn argwöhnisch, wie ihm schien.

»Lauschen Sie?«, fragte der Mann, ein sehr dünner Mensch mit haarlosem eiförmigen Kopf.

Loerde schüttelte den Kopf. »Ich nehme nur eine Überprüfung vor«, erklärte er und deutete auf das Steuerelement.

»Gehen wir, Milder!«, drängte die Frau. Sie war eine zierliche Technikerin mit großen dunklen Augen und schwarzem Haar, das sie im Nacken zu einem Knoten geschlungen hatte.

Als sie gegangen waren und Loerde das Öffnen und Schließen des Schotts gehört hatte, fiel es ihm wie Schuppen von den Augen. Erst vor einer Woche hatte er über die Bordunterhaltung die letzten von Terra eingetroffenen gesammelten Nachrichten verfolgt. Dabei hatten Meldungen über die Flibustier Priorität genossen; ihre Konterfeis waren mehrfach gezeigt worden.

Die beiden Techniker von eben erinnerten Loerde fatal an zwei der flüchtigen Verbrecher: Markon Treffner und Kayna Schatten. Es konnte gar nicht anders sein.

Ich muss das melden!, dachte er.

Aber dann kam ihm in den Sinn, dass er auch erklären musste, wo er die beiden Verbrecher gesehen hatte – in einer Sektion des Tenders, die keineswegs zu seinem Arbeitsbereich gehörte. Er konnte auch nicht riskieren, einen anderen Ort vorzuschieben, denn das mochte sich bei den obligatorischen Untersuchungen als falsch herausstellen.

Alles blieb besser so, wie es war. Sollten Treffner und Schatten ruhig ihr Unwesen auf der DINO IX treiben. Loerde führte seine Sabotageschaltung am Steuerelement des Generatorblocks zu Ende, dann verließ er die Sektion IV und ließ sich von den Gleitbändern zu den Unterkünften tragen.

Als er beim Durchqueren einer Verteilerhalle ein Geräusch hinter sich vernahm, fuhr er erschrocken herum. Für einen Moment hatte er gefürchtet, die beiden Flibustier hätten ihm hier aufgelauert, weil sie ahnten, dass er sie erkannt hatte. Aber da waren nur zwei Arbeitsroboter, die eine Antigravplattform mit Material begleiteten.

Loerde bemühte sich, sein Zittern zu unterdrücken. Er ahnte, dass er von nun an mit der Furcht vor den Piraten leben musste.

»Probelauf in zwei Minuten«, sagte der für die Schutzschirme des Tenders verantwortliche Ingenieur.

»Sind Sie sicher, dass nichts schiefgehen kann, Jarkin?«, erkundigte sich Berghurst.

Die beiden Männer standen vor dem Kontrollpult in der Zentrale der Kommandokugel. Ringsum herrschte die übliche hektische Betriebsamkeit. Viele Arbeitsstationen waren geöffnet. Spezialroboter arbeiteten an dem komplizierten Inneren.

Jarkin Durou nickte. »Absolut sicher«, erklärte er.

»Inspektionsschiff der LFT im Anflug, Chef!«, meldete ein Funker.

»Es soll in sicherer Entfernung stoppen!«, ordnete Berghurst an. »Sagen Sie dem Inspekteur, dass wir die HÜ-Schirme zur Probe aufbauen. Er kann sehen, wie hier gearbeitet wird.«

»Es ist gleich so weit.« Durou setzte sich an die Kontrollen. Seine Finger glitten über mehrere Sensoren. »HÜ-Schirme aktiviert, Chef!«, sagte er zufrieden.

Berghurst sah in der Außenbeobachtung, dass rings um die DINO IX ein sanftes Flimmern entstand und gleich darauf als grünlich strahlende Hülle Kommandokugel und Werftplattform überspannte.

Der Schirm hatte sich noch nicht vollständig stabilisiert, da zuckten plötzlich grelle Blitze auf. Eine Alarmsirene heulte auf, dann brach das Hochenergie-Überladungsfeld in sich zusammen.

»Explosion in FG-Sektion IV!«, meldete eine Lautsprecherstimme. »Druckabfall!«

Berghurst schnappte prompt nach Luft. »Sie machen nie halbe Sachen, Durou, nicht wahr!«, sagte er leise, aber mit vor Wut bebender Stimme. »Wenn Sie eine Panne verursachen, dann knallt es gleich richtig.«

Über Armbandfunk gab er seine Anweisungen an das Rettungsteam und die Reparaturtrupps. Dann wandte er sich wieder an Durou, der wie erschlagen vor den Kontrollen saß. »Sie sind Ihres Postens enthoben!«, sagte er bebend. »Melden Sie sich morgen früh beim Einsatzstab Außenkommando für Arbeiten, die weder eine Qualifikation noch Verantwortungsgefühl erfordern!«

Langsam erhob sich Jarkin Durou. Sein Gesicht war kalkweiß. »Ich weiß wirklich nicht, was ...«

»Noch schlimmer!«, fuhr Berghurst ihn an. »Falls bei der Untersuchung Fahrlässigkeit festgestellt wird, lasse ich Sie vor Gericht stellen!«

»Der Inspekteur, Chef!«, rief der Funker. »Er will Sie sprechen!«

»Nach seiner Landung!«, erwiderte Berghurst.

»Sofort!«, gab der Funker zurück.

Berghurst hatte ein ungutes Gefühl, als er das Gespräch entgegennahm. Der Inspekteur musterte ihn durchdringend.

»Sie sind Berghurst? Mein Name ist Vadim Klein. Wirklich beeindruckend, was hier geleistet wird.« Der Tonfall des Mannes wurde sarkastisch. »Noch beeindruckender, was Sie sich leisten, Berghurst.«

»Ich habe den Verantwortlichen bereits zurückgestuft«, erwiderte Berghurst.

Klein nickte. »Das ist klar. Wer in der Verantwortung versagt, muss die Konsequenzen tragen. Wissen Sie zufällig, dass Sie als Leiter des Instandsetzungskommandos für alles verantwortlich sind, was auf dem Tender geschieht?«

»Ich kann keinesfalls hinter jedem Arbeitsgruppenleiter stehen und ihm über die Schulter sehen«, entgegnete Berghurst matt.

»Darüber reden wir, sobald ich eingeschleust worden bin«, sagte der Inspekteur. »Denken Sie inzwischen darüber nach, wie Sie den Schaden schnell beheben und den Rückstand aufholen können! Die LFT braucht den Tender!«

Das Bild erlosch.

Berghurst merkte, dass er in letzter Zeit abgelenkt gewesen war. Möglicherweise hatte er seine Aufgabe wirklich nicht immer gewissenhaft genug erfüllt. Er beschloss, diesem Zustand ein Ende zu machen.

Als Loerdes Schicht zu Ende war, schlängelte er sich aus dem Reparaturraum des Antigravprojektors, an dem er gearbeitet hatte, schloss seine Geräte ein und ging zur Kommandokugel.

Seine Sabotage hatte Berghurst zweifellos geschadet. Loerde hatte erfahren, dass kurz vor dem missglückten Probelauf der HÜ-Feldgeneratoren ein Inspektionsschiff der LFT erschienen war. Möglicherweise würde der Leiter nun sogar von seinem Posten abgelöst werden.

Kord Loerde blieb stehen, als sich vor ihm das Schott eines Materialdepots öffnete und ein schwer beladener Transportgleiter herausschwebte. Fünf Männer saßen oben auf der Ladung. Nein, vier Männer und eine Frau – und diese Frau schaute ihn unverwandt an.

Es ist Kayna Schatten!, durchfuhr es ihn. Sofort suchte er nach Markon Treffner. Aber der Ara war nicht bei dieser Arbeitsgruppe.

Als der Gleiter endlich aus seinem Blickfeld verschwand, war Loerde nur noch ein Nervenbündel. Er fröstelte. Wahrscheinlich, sagte er sich, warteten die beiden Verbrecher nur darauf, bis er völlig zermürbt war, und dann würden sie ihm in irgendeinem Winkel auflauern. Wenn er das überstehen wollte, musste er ihnen zuvorkommen.

Kord Loerde sprang wieder auf das Laufband. Allerdings verließ er es nicht bei seiner Unterkunft, sondern ließ sich in den Erholungssektor tragen. Hier gab es Speiselokale, die für gute Bezahlung mehr boten als die übliche Massenverpflegung, Sensitivkinos und kleine Robotkneipen, in denen sich mancher auch mal volllaufen ließ.

Loerde ging an der offenen Tür eines kleinen Geschäfts vorbei, in dem zwei Springer alle nur denkbaren Waren feilboten, angefangen von Seife über Kleidung bis hin zu antiquierten Waffen. Beinahe wäre er stehen geblieben, als er im Laden und im Gespräch mit einem der Springer Treffner sah. Der Flibustier erkannte ihn ebenfalls, denn er verstummte augenblicklich.

Loerde hastete weiter, betrat die nächste Robotkneipe und füllte für eine Kreditmarke ein Halbliterglas mit Bier. Heute wollte ihm das synthetische Produkt aber nicht schmecken. Immer wieder ging ihm die Vorstellung durch den Kopf, dass Treffner bei den beiden Springern eine Waffe gekauft hatte, um ihn zu töten. Zwar war der Verkauf schussfähiger Waffen auf Raumstationen und ähnlichen Einrichtungen verboten, aber die meisten Händler stellten für ein geringes Aufgeld die Schussfähigkeit wieder her.

Loerde überlegte, ob er sich wegen einer Waffe ebenfalls an die Springer wenden sollte. Aber er befürchtete, dass sie mit dem Piraten unter einer Decke steckten. Das war nicht gut. Hanar Dentach, ein Kollege, kam ihm in den Sinn. Besaß Hanar nicht eine alte doppelläufige Schrotflinte? Er hatte einmal zufällig einen Blick in den schmalen Stahlkoffer erhascht, der in Dentachs Unterkunft stand, und dabei die sorgfältig eingefetteten Einzelteile einer historischen Jagdwaffe gesehen. Der Antigravtechniker beschloss, sich die Waffe auszuleihen, vorausgesetzt, er fand bei Dentach auch Munition.

Er trank noch ein Bier und drei Schnäpse, dann entschied er, Dentach sofort einen Besuch abzustatten. Er musste herausfinden, in welcher Schicht der Kollege arbeitete und wann er demnach nicht in seiner Unterkunft war.

Das Problem löste sich einfacher als erwartet. Loerde sah Dentach in einer kleinen Bar sitzen, offensichtlich in ein angeregtes Gespräch mit einer Technikerin vertieft. Beide schienen sich jedenfalls gut zu amüsieren.

Loerde eilte weiter zu den Unterkünften. Er erreichte Dentachs Kabine schnell – und sie war so wenig verschlossen wie alle anderen Kabinen. Das war hier nicht üblich, niemand musste um sein ohnehin spärliches Eigentum fürchten. *Auf gewisse Weise,* dachte der Antigravtechniker, *sind wir alle Nomaden der neuen Zeit – heute in diesem Sektor der Milchstraße und nächsten Monat zehntausend Lichtjahre entfernt.*

Vor der Tür zögerte er. Aber nein, er wollte die Waffe nicht stehlen, sie nur ausleihen. Allein seine Furcht vor den beiden Flibustiern trieb ihn dazu, dass er ungebeten in die Unterkunft eindrang.

Die Waffe fand er schnell. Mehr Zeit brauchte er schon dafür, sie zusammenzusetzen. Die Munition lag in mehreren flachen Plastikschachteln. Er nahm drei Schachteln mit je zehn Schrotpatronen an sich, dann wickelte er die Waffe in eine bunte Decke und wollte die Kabine verlassen.

In dem Moment hörte er von draußen Geräusche!

Hastig wickelte er die Waffe wieder aus und drückte sich in den toten Winkel, der entstehen würde, wenn die Tür aufschwang. Er fasste die Waffe am Doppellauf, entschlossen, jeden, der die Kabine betrat, mit dem Kolben niederzuschlagen – allerdings nicht zu fest, denn er wollte keinen Unschuldigen verletzen oder gar töten.

»Whisky?«, hörte er Dentach mit schwerer Stimme sagen, als die Tür langsam aufschwang. »Nein, hier habe ich keinen Whisky, schönes Kind.«

»Ich habe immer Whisky in meiner Kabine.« Eine Frauenstimme lachte.

»Dann gehen wir doch zu dir!«, sagte Dentach.

Die Tür wurde wieder von außen geschlossen. Loerde wischte sich den Schweiß von der Stirn, wickelte die Waffe zum zweiten Mal in die Decke und verließ wenige Minuten danach die Kabine.

Jarkin Durou atmete auf, als das Pfeifsignal das Ende der zwölfstündigen Schicht verkündete. Zwei Pausen von je einer Viertelstunde und eine halbstündige Mittagspause hatten ihm weiß Gott nicht ausgereicht, sich zu regenerieren. Der Ingenieur fühlte sich von der ungewohnten körperlichen Arbeit ausgelaugt. Zudem war der Schweißroboter ausgefallen, und er hatte dessen Arbeit mit übernehmen müssen. Keine der anderen Maschinen war momentan entsprechend programmiert.

Was für die Rettung des Tenders verlangt wurde, war höllisch. Dennoch murrte niemand. Der Zeitplan hatte von Anfang an keine andere Alternative erkennen lassen.

Durou gab einige Instruktionen an seine Ablösung weiter. Danach hatte er es eilig, seine Kabine aufzusuchen. Er wollte endlich duschen, hatte Hunger wie ein Okrill und sehnte sich nur noch nach ein paar Stunden Schlaf.

In seiner Eile rutschte er auf der Stegleiter aus, die vom Ausstiegsdeck zum dreißig Meter tiefer liegenden Deck für Materialverladung führte. Er stürzte nicht die ganzen dreißig Meter ab, das hätte trotz der geringen Schwerkraft seinen Tod bedeutet, sondern wurde von den Sicherungsplatten der nächsten vier Decks jeweils aufgefangen und fast ganz abgebremst. An der fünften Sicherungsplatte endete sein Sturz. Doch das merkte er nicht mehr, denn er hatte bereits das Bewusstsein verloren.

Als Durou wieder zu sich kam, war er so benommen, dass er mehrere Minuten brauchte, bis er sich überhaupt erinnerte, was geschehen war. In neu erwachender Furcht klammerte er sich an der Leiter fest und blickte nach unten.

Das Erste, was er sah, war der Rücken eines Mannes, der auf der nächsttieferen Sicherungsplatte kauerte und anscheinend nach unten zum Verladedeck schaute. Der Mann musste erst nach Durous Sturz auf die Platte gestiegen sein, sonst hätte er den Lärm gehört und nachgesehen.

Durou wollte ihn schon anrufen, da sah er, dass der Mann unter ihm etwas in Händen hielt, das wie eine Waffe aussah. Jarkin Durou erschrak. Warum lauerte jemand mit einer Waffe im Tender? Eigentlich konnte er nur auf jemanden warten. Und wenn das so war, handelte es sich um einen kaltblütigen Mörder, der wohl nicht davor zurückschrecken würde, einen zufälligen Zeugen seiner Untat ebenfalls umzubringen.

Durou blieb reglos liegen. Er brauchte einige Sekunden, bis er an die Möglichkeit dachte, über Funk die Zentrale zu alarmieren, wenigstens ein stummes Notsignal abzusetzen.

In dem Moment knackte es unter ihm scharf. »Hallo, Schatten! Hallo, Treffner!«, rief der Mann, zugleich krachte es zweimal donnernd.

Eine laute Verwünschung folgte, die Enttäuschung verriet. Anscheinend hatte der Attentäter seine Opfer verfehlt.

Durou richtete sich halb auf und sah, wie der Mann den Doppellauf der Waffe herunterklappte und zwei rauchende Hülsen aus den Läufen sprangen. Hastig suchend griff der Techniker in eine Außentasche seiner Kombination.

Durou erkannte, dass die Waffe erst nachgeladen werden musste. Er handelte instinktiv, als er sich nach unten schwang. Seine Stiefel streiften die rechte Schulter des heimtückischen Schützen, dann prallte er rückwärts gegen die Leiter.

Der Mann verlor die Waffe und taumelte mit wutverzerrtem Gesicht auf Durou zu. Jarkin Durou klammerte sich mit beiden Händen an der Leiter fest und trat mit aller Kraft zu. Sein Gegner gurgelte halb erstickt, als er im Unterleib getroffen wurde, dann kippte er zur Seite, stürzte von der Sicherungsplatte und schlug dumpf auf dem Verladedeck auf.

Durou blickte nach unten. Er wartete geradezu darauf, dass der Techniker aufsprang und erneut angriff, aber der Mann rührte sich nicht. Durou fühlte sich erbärmlich elend. Er ahnte, dass der Attentäter tot war – und der Schock darüber, dass er wahrscheinlich den Tod eines anderen Menschen verursacht hatte, ließ ihn wieder an den Notruf denken.

»Genickbruch«, stellte der Medotechniker lakonisch fest.

»Aus der Waffe, einem antiquierten doppelläufigen Jagdgewehr, wurde zweimal geschossen«, erklärte der Blue Hukiioy Lüyi, der Leiter der fünfköpfigen GAVÖK-Truppe des Tenders. »Auf wen hat der Mann gefeuert, Mister Durou?«

Der Ingenieur zuckte die Achseln. »Ich konnte von dort oben aus nicht erkennen, auf wen er schoss.«

»Kennen wir schon den Namen des Toten und seine Funktion?«, warf Herkor von Traversen ein, ein weiteres Mitglied der GAVÖK-Truppe.

»Er heißt Kord Loerde«, sagte Berghurst, der erst eingetroffen war.

»Woher wissen Sie das?«, fragte Vadim Klein, der mit ihm gekommen war. »Sie können doch unmöglich jeden Techniker beim Namen kennen.«

»Zufall«, erwiderte Berghurst.

»Er hat zwei Namen gerufen, bevor er schoss«, erinnerte sich Jarkin Durou.

»Können Sie die Namen wiederholen?«, fragte der Blue schrill.

Durou runzelte die Stirn. »Ich glaube, Schatten ... und Teffner oder Treffner.«

Klein fuhr herum und blickte den Zeugen durchdringend an. »Sind Sie sicher?«, fragte er erregt. »Schatten und Treffner! Der kleine Hörfehler ist unerheblich. Lüyi, wissen Sie etwas mit den Namen anzufangen?«

Der Blue wiegte seinen tellerförmigen Kopf. »Bei der weißen Kreatur der Wahrheit! Das sind zwei der führenden Raumpiraten, die sich noch auf freiem Fuß befinden. Kayna Schatten ist die Planerin der Flibustier. Wenn diese beiden Verbrecher sich auf dem Tender befinden, stellen sie eine große Gefahr für unsere Rettungsmaßnahmen dar.«

Klein nickte. »Loerde hat einen großen Fehler begangen, als er die beiden Verbrecher allein stellen wollte«, sagte er grimmig.

»Er wollte sie töten!«, widersprach Jarkin Durou heftig. »Das kann ich beschwören!«

»Wahrscheinlich hat er geschossen, weil er plötzlich Angst davor bekam, die berüchtigten Verbrecher allein festzunehmen«, vermutete der Inspekteur. »Es ist schließlich überall bekannt, wie hinterlistig und kaltblütig die Flibustier vorgehen. Sie hätten Loerde umgebracht, wenn er nicht zuerst geschossen hätte.«

»Ich höre die gelbe Sandkreatur wispern«, warf der Blue ein. »Mein lieber terranischer Freund, ich möchte Sie auf einen Widerspruch in Ihren Behauptungen aufmerksam machen. Sie nannten die Piraten hinterlistig und kaltblütig. Warum aber haben sie dann nicht Loerde umgebracht, nachdem er sie verfehlt hatte? In der Zeit, die er gebraucht hätte, um diese antike Feuerwaffe nachzuladen, hätten zwei zu allem entschlossene Personen ihn dreimal umbringen können.«

»Vielleicht fürchteten sie weitere Gegner«, bemerkte Klein.

»Hätten sie nicht viel eher fürchten müssen, dass Loerde sie verriet, wenn sie ihn nicht ausschalteten?«, erwiderte der Blue.

Der Inspekteur wirkte plötzlich unschlüssig.

»Nun, auf jeden Fall müssen wir den Tender nach den Verbrechern durchsuchen, bevor sie Schaden anrichten können«, wandte Berghurst ein. »Übrigens, die Untersuchungen haben ergeben, dass die Explosion des Feldgenerators auf Sabotage zurückzuführen war. Jemand hatte heimlich ein Steuerelement umprogrammiert – und zwar so raffiniert, dass die Manipulation nur bei einer Prüfung sämtlicher Mikroschaltungen entdeckt worden wäre.« Er blickte auf Jarkin Durou. »Damit sind Sie rehabilitiert, Jarkin. Zweifellos wurde die Sabotage von den beiden Flibustiern verübt.«

Jarkin Durou schloss die Augen und seufzte leise.

Rando Berghurst, Vadim Klein, Hukiioy Lüyi und Herkor von Traversen warteten in der Zentrale auf Meldungen.

Es wäre sinnlos gewesen, mit ein paar Mann den Tender durchsuchen zu wollen, der allein in der Lande- und Werftplattform Laderäume mit einer Kapazität von 700.000 Bruttoregistertonnen aufwies, ganz zu schweigen von dem Labyrinth der Maschinenhallen, Lager, Reparaturwerkstätten, Verladeschächten und der übrigen Infrastruktur.

Aus diesem Grund war über Helmfunk lediglich eine Personenbeschreibung durchgegeben worden mit der Anweisung, sofort die Zentrale zu informieren, sobald jemand eine der beiden Personen sah. Dass die beiden Flibustier diesen Aufruf ebenfalls hörten und gewarnt waren, hatten die Verantwortlichen in Kauf genommen. Nach den Schüssen musste den Verbrechern ohnehin klar sein, dass ihre Anwesenheit auf dem Flottentender kein Geheimnis mehr war.

Logischerweise wäre es eine bessere Möglichkeit gewesen, die rund viertausend Hilfstechniker, Techniker, Ingenieure und Kybernetiker von ihren Arbeiten abzuziehen und zur systematischen Suche einzusetzen. Das ging aber nicht, weil ein einziger Ausfalltag bereits das Schicksal der DINO IX besiegeln konnte. Und die Hauptpositronik war auch noch nicht wieder einsatzbereit.

Hukiioy Lüyi studierte mittlerweile seit gut einer halben Stunde eine dreidimensionale Skizze des alten Flottentenders. Besseres Material war nicht aufzutreiben gewesen.

Klein stand irgendwann kopfschüttelnd neben dem Blue.

»Wollen Sie Löcher in den Holoschirm starren, Lüyi?«

»Das ist mir leider nicht möglich.« Lüyis Stimme kippte kurz in den Ultraschallbereich. »Bei der blauen Kreatur der Heimtücke, ich halte es für möglich, dass sich die Verbrecher dort verbergen, wo niemand nach ihnen sucht, weil dort nichts repariert werden muss.«

»Ich bin nicht in der Stimmung, Rätsel zu lösen«, sagte Klein.

»Ich denke, ich weiß, worauf unser Freund hinauswill«, warf Rando Berghurst ein. »Wenn es auf dem Tender einen Raum gibt, der momentan völlig unwichtig ist, dann wird sich auch niemand um diesen Raum kümmern. Folglich können die Flibustier sich dort verbergen, ohne von irgendwem bedrängt zu werden.«

»Das Observatorium!«, stellte Herkor von Traversen fest.

»Richtig«, bestätigte Lüyi. »Wer die weiße Kreatur der Weisheit anruft, erspart sich viele unnötige Gänge.«

»Mit einer funktionsfähigen Positronik wäre ich auch darauf gekommen«, erklärte Vadim Klein verdrießlich. »Zum Teufel, ich weiß, dass man solche Probleme auch mit einem organischen Gehirn lösen kann, aber auf Terra haben wir eine wahre Flut unterschiedlichster Aufgaben, dass wir unsere Zeit nicht damit verschwenden dürfen, sie im Kopf lösen zu wollen. Das hat uns in gewisser Beziehung zu Erfüllungsgehilfen unserer Positroniken gemacht.«

»Dann ist es nützlich für Sie, dass Sie ohne Rechenanlage auskommen müssen«, zirpte der Blue. »Ich schlage vor, dass wir die Luftversorgung und die Schotten der Observatoriumskuppel blockieren und die Verbrecher über Funk zur Aufgabe auffordern.«

Klein erteilte seine Zustimmung mit einer knappen Geste.

Zehn Minuten später standen sie vor dem Hauptschott der Observatoriumskuppel. Als das Schott sich öffnete und zwei Personen sichtbar wurden, hoben die Terraner, der Blue und der Akone ihre Paralysatoren.

Vadim Klein räusperte sich.

»Kayna Schatten und Markon Treffner, ich erkläre Sie im Namen der GAVÖK und der LFT für verhaftet. Sie haben das Recht, die Aussage zu verweigern, aber wenn Sie aussagen, kann alles, was Sie sagen, gegen Sie verwendet werden.«

»Wir verweigern die Aussage«, erklärte Kayna Schatten.

»Das wird Ihnen beiden nicht viel nützen«, erwiderte Klein. Er blickte Lüyi an. »Erheben Sie als Vertreter der GAVÖK Anspruch auf Auslieferung der Gefangenen?«

»Nein«, antwortete der Blue. »Der Tender ist terranisches Hoheitsgebiet beziehungsweise Hoheitsgebiet der Liga Freier Terraner. Da die Gefangenen auch von der LFT gesucht werden, überlasse ich sie Ihnen im Namen der GAVÖK, damit ihnen auf Terra zuerst der Prozess gemacht wird.«

Klein nickte. Er wandte sich an Berghurst: »Schicken Sie bitte einen Hyperfunkspruch nach Karex im Simmer-System. Dort geht morgen ein Kurierschiff nach Terra ab. Es soll die Nachricht mitnehmen, dass wir Schatten und Treffner festgenommen haben. Ich erwarte Nachricht von Tifflor über das weitere Vorgehen.«

»In Ordnung«, erwiderte Berghurst. Er musterte die Gefangenen nachdenklich. »Blutgierige Piraten hatte ich mir immer anders vorgestellt. Eigenartig!« Er schaute verwirrt weg, als Kayna Schatten ihn kokett anlächelte.

»Hyperfunkspruch aus dem Löbon-System, Erster Terraner«, meldete der Marsgeborene Habner a Gorongo, ein Mitarbeiter des LFT-Ermittlungsdiensts. »Der Koordinator des Bergwerksplaneten Eispanzer teilte mit, dass die Flibustier Körn Brak und Axe festgenommen wurden. Beide hatten anscheinend dort untertauchen wollen.«

»Eispanzer!«, sinnierte Tifflor, dann hellte sich sein Gesicht auf. »Ich erinnere mich. Das ist eine der Welten, auf denen das Howalgonium-Surrogat Triwalgonium gefördert wird.« Er blickte auf die Zeitanzeige. »Die nächste Konferenz beginnt in zwei Minuten an, a Gorongo. Fischen Sie die Daten über die letzten Flibustier heraus und befördern Sie sie in meinen Arbeitsspeicher! Ich befasse mich mit der Angelegenheit, sobald die Konferenz beendet ist.«

Tifflor schaffte es gerade noch auf die letzte Sekunde, pünktlich zu sein. Es war keine große Anhörung, die auf ihn wartete, vielmehr hatte diesmal der kleine Konferenzraum ausgereicht. Wissenschaftler und Politiker der GAVÖK und der LFT saßen an dem großen runden Tisch beieinander.

Nach der Begrüßung und einigen einleitenden Worten übergab der Erste Terraner die Leitung der Konferenz an Showner Bekratz, einen auf Gäa geborenen Mathelogiker. Bekratz koordinierte die Auswertung aller über die Weltraumbeben ermittelten Fakten und arbeitete dabei bereits eng mit der lunaren Inpotronik NATHAN zusammen.

»Es ist noch zu früh, um die Ursache oder die Ursachen der Weltraumbeben beim Namen zu nennen«, erklärte Bekratz nüchtern. »In den letzten vierundzwanzig Stunden wurden allerdings zwei neue Beben gemeldet: von dem Planeten Fairside, der sich unmittelbar an der Grenze der galaktischen Eastside und im System der Doppelsonne Calphor befindet, außerdem von der ORNETZ III, einem Schiff der Mehandor.

Auf Fairside gibt es eine gemischte Kolonie aus Neu-Arkoniden, Topsidern und frühen terranischen Siedlern. Sie ist relativ klein, da die Laren die meisten Bewohner mit bislang noch unbekanntem Ziel deportierten. Aber die dortige wissenschaftliche Station hat ein Weltraumbeben aufgezeichnet. Das Epizentrum, wenn ich so sagen darf, lag rund ein viertel Lichtjahr jenseits der Beta-Komponente von Calphor und rief schwere Eruptionen auf dem Stern hervor.

Den Aufzeichnungen zufolge bildete sich eine Strukturverzerrung zwischen Normal- und Hyperraum. Danach trat eine hyperenergetische Stoßwellenfront auf, die sich sphärisch ausbreitete und eine Front starker Gravitationsimpulse vor sich hertrieb. Leider ließ sich die Stärke der Gravitationsimpulse nicht nachweisen, da die Messgeräte bei dreihundertvierzig Gravos versagten.«

»Das ist nicht viel!«, rief ein neu-arkonidischer Hyperphysiker dazwischen. »Aus den Aufzeichnungen der terranischen Beobachtungsstation Gamma-Zeta vor rund einem Monat ging hervor, dass eines der Beben Werte über tausend erreichte.«

»Das ist richtig«, erwiderte Bekratz. »Ich will auf etwas anderes hinaus. Der Bericht von Fairside scheint zum ersten Mal die Theorie zu bestätigen, dass die Ursache der Beben nicht im Einstein-Kontinuum, sondern im Hyperraum liegt.«

»Bestätigen ist doch wohl zu viel gesagt«, warf Velia Nainew, eine terranische Hyperphysikerin, ein. »Messinstrumente können immer nur das aufzeichnen, wofür sie ausgelegt sind. Wenn die Station auf Fairside eine Strukturverzerrung zwischen Normal- und Hyperraum aufzeichnete, dann bedeutet das lediglich, dass solche Effekte aufgetreten sind. Es beweist nicht, dass diese Effekte auslösend waren.«

»Was hat Fairside sonst noch gemeldet?«, fragte Nikor von Perliasch, einer der Stellvertreter des GAVÖK-Vorsitzenden Scerp.

»Nichts weiter, außer dass die Schäden auf dem Planeten in erträglichen Grenzen blieben und dass keine Todesopfer zu beklagen waren.«

»Dann schlage ich vor, wir kommen zu dem Bericht der Mehandor!«, sagte der Akone.

Bekratz nickte.

»Patriarch Ornetz, der mit zwei weiteren Besatzungsmitgliedern seines Raumschiffs in einem Rettungsboot von einem Patrouillenschiff der GAVÖK aufgefischt wurde, sagte aus, dass die ORNETZ III sich im Linearraum befand, als die Katastrophe eintrat. Das Schiff bewegte sich mit einer Relativgeschwindigkeit von siebzigtausend Licht, als es wie von einer Riesenfaust gepackt und in den Normalraum zurückgeworfen wurde. Warum das Schiff explodierte, ist unbekannt. Ein Zusammenhang mit dem Rücksturz kann nicht verneint werden, ist aber auch nicht nachweisbar.«

»Was hat das mit den Weltraumbeben zu tun?«, fragte Homer G. Adams, der bislang schweigend zugehört hatte. »Ich meine, woher will Patriarch Ornetz wissen, dass der Rücksturz seines Schiffes auf ein Weltraumbeben zurückzuführen ist?«

»Eine gute Frage!«, rief Ferengor Thaty.

»Weil das GAVÖK-Schiff, das später das Rettungsboot mit den drei Springern auffischte, einen Bebenherd exakt an der Position ortete, an der die ORNETZ III zurückfiel«, erklärte Bekratz.

Eliah Morsow, ein Hyperphysiker aus dem Wissenschaftlichen Beirat der LFT-Regierung, meldete sich zu Wort. Julian Tifflor wurde abgelenkt, weil Habner a Gorongo zu ihm trat.

»Hyperspruch von der DINO IX, Erster Terraner«, flüsterte der Marsianer. »Die Flibustier Kayna Schatten und Markon Treffner wurden durch Zufall auf dem Flottentender entdeckt und festgenommen.«

»Durch Zufall?«, erwiderte Tifflor sarkastisch. »Ich frage mich, wozu wir die Erfassung und Kontrolle aller Neueinstellungen veranlasst haben, wenn Verbrecher wie die Flibustier erst durch einen Zufall entdeckt werden.«

»Besser durch einen Zufall als gar nicht«, raunte a Gorongo. »Außerdem wird angefragt, ob Inspekteur Vadim Klein, der sich zurzeit auf dem Tender befindet, die beiden Gefangenen mit zur Erde bringen soll.«

Julian Tifflor dachte kurz nach. »Das wird am besten sein«, bestätigte er. »Auch Körn Brak und Axe sollen zur Erde gebracht werden.«

»Die Verbrecher sind anscheinend stümperhaft vorgegangen, sonst hätten sie kaum so schnell entdeckt werden können«, bemerkte a Gorongo.

»Ihnen wäre das nicht passiert, wie?«

Der Marsianer schüttelte den Kopf. »Ganz bestimmt nicht, Erster Terraner.«

Julian Tifflor verfolgte die Debatte nur noch mit halber Konzentration. Er fragte sich, ob die letzten Flibustier versucht hatten, getrennt unterzutauchen, oder ob sie auf Eispanzer, auf dem Flottentender und anderswo einen neuen Coup vorbereiten wollten, was allerdings gescheitert zu sein schien. Dennoch konnte es so sein. Es galt, der Sache mit aller Energie nachzugehen.

Er wurde aus seinen Gedanken aufgeschreckt, als a Gorongo erneut erschien. Ein gequältes Lächeln umspielte die Mundwinkel des Marsgeborenen. Tifflor wusste sofort, dass ihm eine neue und nicht angenehme Überraschung bevorstand.

»Sind die gefangenen Flibustier etwa geflohen?«, fragte er im Flüsterton.

Der LFT-Mann schüttelte den Kopf. »Im Gegenteil, sie haben sich vermehrt«, raunte er. »Auf dem Kolonialplaneten Crish im Danvor-System wurden vor wenigen Stunden Kayna Schatten und Axe verhaftet.«

»Was?« Tifflor fuhr hoch. »Die haben wir doch schon! Wie können sie zweimal festgenommen worden sein? – Ich erwarte, dass alle Gefangenen unter größten Sicherheitsvorkehrungen ins Solsystem überstellt werden! Wir finden heraus, welches teuflische Spiel sie diesmal treiben.«

36.

Ein greller Blitz zerriss die Finsternis. Die Verwüstungen, von den Raumschiffen der Invasoren bei ihrer Landung auf Grilshome angerichtet, waren noch geringfügig im Vergleich zu denen, die das Heer der schwarz glänzenden Roboter hinterließ. Wie eine alles erstickende Flut wälzten sich die Maschinen über die Ebene und die Berge heran.

Das war es, was *er* von der Kuppel des Tempelbergs aus sah. Im nächsten Augenblick lastete die Dunkelheit wieder überall. Nur der Lärm blieb.

Ein fiebriger Schauder schüttelte ihn in seiner goldfarbenen Rüstung. Die Zweifel daran, dass *er* auch diesmal siegreich bestehen würde, drohten seinen Mut in Panik ersticken zu lassen.

Es gab keinen nächsten Blitz. Das Gewitter war weitergezogen. Lediglich hinter den Westbergen wetterleuchtete es noch schwach.

Wenig später brodelte der Glanz der Sonne Chuniir über den östlichen Horizont. Das Morgenrot schuf ein Dämmerlicht, in dessen Schein *er* sah, dass die düsteren Scharen weiter vorgedrungen waren. Immer neue Scharen brandeten gegen die weißen Steinburgen und wurden von den Waffenstrahlen der Urbaniten fortgebrannt. Aber die Reserven der Invasoren schienen unerschöpflich zu sein.

Als der flammend rote Sonnenball zwischen den Bergspitzen auftauchte, zog *er* sein Schwert. Während *er* die Waffe langsam drehte, reflektierte die Klinge das Sonnenlicht in gleißenden Strahlenbündeln, die vom Tempelberg aus die Wogen der Roboterheere lichteten.

Seine Zuversicht stieg. Die Invasoren hatten es nicht geschafft, noch während der Nacht den Tempelberg zu stürmen, in der Zeit, in der *er* wehrlos gewesen war. Aber nun zogen sie sich von den Steinburgen zurück und wälzten sich in einer gewaltigen Lawine heran.

Auch von den Raumschiffen fauchten grelle Strahlbahnen heran. Sie wurden von dem unsichtbaren Schild seiner Rüstung abgewiesen.

Die Strahlenbündel seines Schwertes rissen immer neue Lücken in die Phalanx der heranwogenden schwarzen Kampfmaschinen. Doch über den Bergen im Süden kamen weitere Raumschiffe. Hunderte griffen mit ihren Strahlkanonen den Tempelberg an.

Zwar hielt der unsichtbare Schild seiner Rüstung, aber die schwächere Abschirmung des Tempels flackerte bedrohlich unter dem neuen Beschuss – und immer mehr Raumschiffe verdunkelten den Morgenhimmel. Als *er* den Tempelberg unter seinen Füßen wanken spürte, sank seine Zuversicht. Die Übermacht war zu groß.

Die Abschirmung des Tempels glich einer flammenden Lohe. Der Fels wurde allmählich glutflüssig, Magmabäche ergossen sich in die Tiefe, und der Boden schwankte stärker.

Er schaute immer öfter in den Zenit, doch die Schiffe der Dienenden, die *er* gerufen hatte, ließen auf sich warten. Offensichtlich wurden sie von den Flotten der Invasoren in einer Raumschlacht gebunden.

Mit tosendem Knistern brach die Abschirmung des Tempels zusammen. Die uralten Mauern glühten auf.

Erneut rief *er* die Schiffe der Orbiter. *Er* ahnte jedoch, dass die Flotte zu spät kommen würde, um Grilshome vor den Invasoren und den Tempel und ihn vor dem Ende zu retten.

Noch rissen die Strahlenbündel seines Schwertes Lücken in die Armee der schwarzen Roboter ... Noch hielt sein Schild dem heftiger gewordenen Feuer der Raumschiffe stand ... Aber dann sank der Tempel aufglühend in sich zusammen, und da wusste *er*, dass sich hier und jetzt sein Schicksal erfüllen würde.

Und mit einem gellenden Schrei schlug *er* die Augen auf.

Pearl Simudden wusste nicht, wer er war und wo er sich befand. Er schlug schreiend um sich, bis ihm die Lautlosigkeit auffiel, die ihn umgab ...

Seine unkontrollierten Bewegungen hörten fast schlagartig auf; der Verstand erfasste die Unwirklichkeit der Situation, in der er sich eben noch geglaubt hatte. In dem Moment wusste er wieder, wer und wo er war. Sein Blick erfasste das zerwühlte Bett und die Decke, die er heruntergerissen hatte, als er auf den Boden gefallen war.

Er hatte geträumt.

Seine rechte Hand ballte sich zur Faust, doch ein stechender Schmerz zwang ihn, die Finger wieder zu öffnen. Verblüfft sah er die verbrannte Haut: ein feuerrotes Muster, das sich vom Handballen in Richtung Daumen zog – und das gleiche Muster an den Innenseiten der Finger.

Ungläubig hob er die Hand dicht vor die Augen. Das Brandmal war trocken, aber es war vorhanden – und ebenso vorhanden war der für Brandwunden typische Schmerz.

Konnte er sich an etwas verletzt haben, was er nur geträumt hatte ...?

Das ist unmöglich!, sagte er sich. *Was habe ich eigentlich geträumt?*

Je länger er darüber nachgrübelte, desto mehr zerrannen die Ahnungen von Ereignissen und Dingen, die sich in seinem Traum abgespielt hatten.

Ich trug etwas, das ein Strahlengewitter von mir fernhielt – und ich glaube, ich hielt ein Schwert in der rechten Hand. Ich war nicht ich, aber ich weiß nicht mehr, wer ich war und was ich dort tat, wo ich mich befand.

Pearl Simudden war gewillt, das alles als bösen Albtraum abzutun. Wäre nur nicht das Brandmal gewesen; es war so verdammt real.

Der Akone blickte sich um – und dabei geriet etwas in sein Blickfeld, was er vorher ignoriert hatte.

Der Simultankomplex!

Er wollte sich nach dem rätselhaften Gerät bücken, zuckte aber im letzten Moment zurück.

Ich habe das Ding unter meiner Bettdecke verborgen, damit es niemand sieht, der vielleicht nachts in meine Unterkunft eindringt!, durchfuhr es ihn heiß. *Der Simultankomplex erzeugt Emotionen, wenn ich seine Erhebungen anfasse. Habe ich das im Schlaf getan? Haben die Emotionen mir jenen grauenhaften Traum vorgegaukelt?*

Simudden erschauderte.

Das mag so gewesen sein. Trotzdem erklärt es nicht, wie ich zu dem Brandmal gekommen bin.

Vorsichtig hob er den Simultankomplex auf und verbarg ihn in seiner Kombination. Er fuhr erschrocken herum, als es klopfte, dann lachte er ärgerlich auf.

»Herein!«, rief er.

Die Tür öffnete sich.

»Ich soll dich in die Vorhalle zu einer Besprechung holen«, sagte Markon Treffner. Der Ara sah auf die heruntergerissene Bettdecke. »Du hast offenbar schlecht geträumt, Pearl.«

»Und was für ein Albtraum das war.« Simudden hielt Treffner die rechte Hand entgegen. »Sieh dir das an, Markon! Was sagst du dazu?«

Der Mediziner umfasste Simuddens Handgelenk und zog den Akonen unter eine der leuchtenden Deckenplatten. Nachdenklich musterte er das Brandmal.

»Sieht so aus, als hättest du dich an einem heißen Schwertgriff verbrannt«, vermutete er. »Aber hier ...?« Er blickte sich suchend um.

»So ein Schwert hat in meinem Albtraum existiert«, sagte Simudden irritiert. »Das gibt es doch gar nicht, oder?«

Treffner blickte dem Akonen in die Augen, als suchte er dort etwas, dann schaute er sich wieder das Brandmal an.

»Doch, so etwas gibt es, wenn auch sehr selten. Ein psychogenes Symptom. Es entsteht durch eine Funktionsstörung des Kreislaufs oder einzelner Organe und durch abnorme Sensibilität des vegetativen Nervensystems, oft auch infolge einer hysterischen Anlage.« Er lächelte schwach. »Das alles scheint auf dich nicht zuzutreffen, es sei denn, du hättest dich über Nacht grundlegend verändert. Ein trainierter Mann mit logisch denkendem Verstand, der oft genug durch sein Eingreifen verfahrene Situationen rettete ...«

Der Akone erwiderte das Lächeln. Er war ungemein erleichtert darüber, dass ihm nichts Unmögliches zugestoßen war.

»Unsere Planerin mit dem Engelsgesicht hat oft genug von mir behauptet, ich sei hysterisch«, wandte er ein.

Treffner winkte verächtlich ab. »Weil sie sich durch deine Einwände gestört fühlt«, erwiderte er. »Dabei hat das Fiasko von Xirdell bewiesen, dass deine Warnungen aus rein logischen Überlegungen heraus erfolgten.« Er ließ die Hand des Akonen los. »Stigmata kommen allerdings auch durch suggestive oder hypnotische Einwirkung zustande – und besonders ausgeprägt sind sie, wenn die Stigmatisation als Identifikationsprodukt erscheint. Das wirft die Frage auf, mit wem du dich in deinem Albtraum identifiziert hast.«

»Wenn ich das noch wüsste!«, erwiderte Simudden.

Treffner blickte ihn verwundert an. »Wenn du dich im Traum mit einer Person identifiziert hast, musst du sie kennen, denn dann hast du dich im Wachzustand schon seit längerer Zeit und außerordentlich intensiv mit ihr befasst. Oder war jemand hier, der dich suggestiv oder hypnotisch beeinflusst haben könnte?« Er schaute sich aufmerksam um.

Der Simultankomplex!, dachte Simudden.

Er lachte überzeugend, dann grinste er. »Falls jemand hier war, dann habe ich es wieder vergessen, alter Giftmischer.«

»Das wäre möglich«, räumte der Ara ein. »Dann hätte er dir wahrscheinlich unter Hypnose den Befehl erteilt, ihn total aus deinem Gedächtnis zu löschen.«

Jemand schnaufte laut, dann wälzte Josto ten Hemmings seine Fettmassen zur Tür herein. »Brush hat gedroht, mit dir den Boden aufzuwischen, wenn du nicht sofort erscheinst, Pearl!«

»Da kommt der hohe Herr von Akon ja endlich!«, röhrte Brush Tobbon, als Simudden in der Vorhalle erschien. »Das nächste Mal breche ich dir die Beine!«

»Dann könnte ich überhaupt nicht kommen«, erwiderte Simudden ironisch.

Die anderen Flibustier lachten – mit Ausnahme Tobbons, der dunkel anlief.

Aber bevor es zu einem Wutausbruch des Epsalers kommen konnte, sagte Kayna Schatten rasch: »Ich habe euch gerufen, weil ich feststellen möchte, wer von euch echt und wer eine Nachbildung ist.«

Pearl Simudden lächelte arrogant. »Schau in einen Spiegel, dann siehst du eine robotische Nachbildung – oder wie immer du dich sonst nennen magst.«

Die Planerin der Flibustier starrte ihn wie vom Schlag gerührt an. »Du wusstest, dass die Unbekannten mich für einige Zeit durch eine Nachbildung ersetzt hatten?«, stieß sie erregt hervor.

»Es gehörte auf Akon zu meinem Beruf, die Masken anderer Leute zu durchschauen, vergiss das nicht«, sagte Simudden. »Du bist also nicht mehr die Nachbildung, sondern wieder die echte Kayna? Und wann gedenkst du, unsere nächste Flucht zu planen?«

»Was soll der Themenwechsel?«, fragte Kayna. »Und was soll die Unterstellung, ich hätte den Plan noch nicht fertig?« Sie tippte sich mit dem Zeigefinger an die Stirn. »Hier drin ist der Plan, fix und fertig seit Stunden. Als ich paralysiert bei den Ebenbildern lag, hatte ich Zeit genug, mir einiges auszudenken.«

»In Ordnung, du scheinst echt zu sein«, stellte der Akone fest. »Deine Nachbildung dachte nämlich in völlig anderen Bahnen als du.«

Kayna Schatten blickte die Gefährten nacheinander an. »Also nun zur Tagesordnung: Wer wurde ausgetauscht, während ich nicht bei euch war?«

»Wer wurde während dieser Zeit zu einem Verhör geholt?«, erkundigte sich Simudden.

»Niemand ...« Josto ten Hemmings schnaufte tief, denn in dem Moment schwebten mehrere Rundumkämpfer in die Vorhalle.

Pearl Panika Simudden biss sich heftig auf die Unterlippe. Er ahnte, dass ihnen neue Aufregungen bevorstanden – wenn nicht noch Schlimmeres.

In dem großen Raum, in den die Roboter sie brachten, wurden die sieben Flibustier von mindestens hundert Ebenbildern erwartet – Ebenbildern von jedem Einzelnen von ihnen. Die Piraten wollten stehen bleiben, aber die Roboter ließen das nicht zu und schoben sie mit ihren Tentakelarmen durch die Gasse, die von den langsam zurückweichenden Doppelgängern gebildet wurde.

»Ich sehe mich mindestens zehnmal«, stellte Axe dümmlich grinsend fest. »Praktisch könnte ich mich zwischen ihnen verstecken, da sie mir aufs Haar gleichen.«

»Du solltest dir die Augenlinsen nachschleifen lassen!«, sagte Tobbon dröhnend. »Deine Axe-Typen gleichen dir eben nicht aufs Haar. Jeder hat eine andere Frisur, aber keiner trägt die Haare im Bürstenschnitt wie du.«

»Ihr redet Stuss!«, schimpfte Kayna Schatten. »Wir stehen vielleicht vor unserer eigenen Beerdigung, aber ihr quatscht wie vor einem Beutezug.«

»Das nennt man Galgenhumor«, erklärte Treffner.

Vor einer Art Theke stoppten die Roboter ihre Gefangenen. Ein niedriger, geschlossener Metalltisch, etwa achtzig Zentimeter breit, spannte sich von einer Seite des Raumes zur anderen. In der Wand dahinter gähnten dunkle Schachtöffnungen, vor denen Gitterkörbe hingen.

»Die Kerle wollen uns in die Körbe stecken und dann in die Schächte kippen«, argwöhnte Josto ten Hemmings. Er wandte sich um und versuchte zu fliehen, aber der Tentakelarm eines der Roboter hielt ihn mühelos zurück.

Schräg hinter ihnen setzten die Ebenbilder-Typen ihre Gespräche fort. Sie schienen sich nicht daran zu stören, ob die Gefangenen etwas davon mitbekamen oder nicht. Deshalb konnte Brush Tobbon, der konzentriert lauschte, seinen Kommentar dazu geben, als nacheinander von jedem Flibustier ein Ebenbild hinter die Theke ging.

»Der dort mit dem wallenden Schwarzhaar ist der Axe-Typ namens Kruda!«, röhrte der Epsaler und zeigte auf ein Ebenbild Axes. »Und das dort ist der Panika-Typ namens Nitek!« Sein zorniger Blick fixierte ein Ebenbild Pearl Simuddens, dessen Haar so kurz war wie das des originalen Axe.

»Stell deine unangebrachten Anmerkungen ein, Garbeschianer namens Brush Tobbon!«, röhrte eine Kopie des Epsalers, die soeben hinter die Theke trat.

Verblüfft starrte Tobbon seinen Doppelgänger an, dann grinste er herausfordernd. »Ich wette, du bist Karchai. Du hättest ebenfalls eine hellgelbe Bordkombi anziehen sollen, damit deine Haut besser zur Geltung kommt, robotischer Zwilling. Weißes Faltenröckchen und hellblaue Bluse stehen einem echten Epsaler nicht. Aber du bist ja keiner.«

»Ihr werdet verlegt«, erklärte Karchai. »Dabei kann es vorkommen, dass ihr euch vorübergehend im Freien aufhalten müsst – unter Umständen auch nachts, wenn die Temperatur auf Churuude tief absinkt. Das trifft besonders auf die Gegenden in Polnähe zu. Damit ihr keinen Schaden nehmt, wurden auf Anordnung der Befehlszentrale Varovaar zweckmäßige Kleidungsstücke für euch hergestellt. Sie kommen jetzt zur Auslieferung.«

Anschwellendes Rauschen ertönte, dann fielen mit platschenden Geräuschen die angekündigten Kleidungsstücke in die Drahtkörbe unter den Schachtmündungen. Jede der sieben hinter der Theke stehenden Flibustier-Typen griff in den hinter ihr befindlichen Korb, holte das Kleidungsstück heraus und breitete es vor seinem Original aus.

Kayna Schatten griff sofort mit beiden Händen zu, drehte und wendete das ihr zugedachte Kleidungsstück. Ihre Augen funkelten. »Das ist die Ausrüstung, die wir brauchen!«, flüsterte sie.

»Du hast recht, diese Ausrüstung werdet ihr brauchen«, sagte ihr Ebenbild. »Damit du sachgemäß damit umgehen kannst, erkläre ich dir die speziellen Funktionen.«

Der maskierte Roboter hielt die giftgrün leuchtende Kombination so, dass das Oberteil senkrecht hing, dann berührte er den hinteren Teil des Halswulstes. Sofort entfaltete sich ein giftgrüner Druckhelm.

»Auffaltung und Stabilisierung durch statische Aufladung«, sagte Kayna. »Das hatten wir auch.«

»Wo?«, fragte die Schatten-Type.

Kayna lachte höhnisch. »In der Horde Nummer zwo, Roboter!«

Die Schatten-Type verzichtete auf eine Erwiderung und setzte die Erklärung fort. »Die Helme funktionieren automatisch. Je nach Temperatur lassen sie eine Gesichtsöffnung frei. Sinkt die Temperatur so weit, dass biologische Schäden drohen, wird die Öffnung mittels Transparentfolie verschlossen. Die benötigte Atemluft wird dann vom Versorgungsteil auf der Rückseite angesaugt, erwärmt und zirkuliert in der Kombination.«

Die Schatten-Type drehte die Kombination so, dass Kayna den kleinen Metallzylinder unterhalb der Schulterpartie sehen konnte. »Die verbrauchte Luft wird sofort beim Ausatmen abgeführt und aus dem Innenkreislauf der Kombination entfernt.«

»Das klingt nach Perfektion.« Kayna Schatten sah, dass ihre Gefährten von den jeweiligen Typen ebenfalls informiert wurden. »Aber was bedeuten die runden ockergelben Flecken auf Brust- und Rückenteil?« Sie vermutete, dass die farbliche Kennzeichnung der Unterscheidung von den Ebenbildern diente, wollte das aber bestätigt haben.

»Sie erfüllen den gleichen Zweck wie die selbstleuchtenden grünen Kombinationen«, antwortete die Schatten-Type. »Falls ihr einen Fluchtversuch wagen solltet, werdet ihr durch das grüne Leuchten eurer Schutzkleidung weithin sichtbar sein. Die gelben Flächen sind eine Zusatzkennung, denn sie werden jedem Orbiter auch bei Blendung durch starken Lichteinfall verraten, wer ihr seid.«

»Sehr freundlich«, gab Kayna bissig zurück. »Und wer oder was, bitte, sind Orbiter?«

»Wir sind die Orbiter«, erklärte ihr Ebenbild.

»Aha!«, machte Kayna spöttisch. »Und wen oder was umkreist ihr für gewöhnlich?«

Entweder verstand die Schatten-Type diese Frage nicht, oder sie hatte kein Interesse an einer abschweifenden Kommunikation. Sie erklärte noch, dass die Verschlüsse von Kombination, Stiefeln und Handschuhen nach dem pseudomagnetischen Prinzip funktionierten, dann drückte sie der Planerin die Ausrüstung in die Hände und forderte sie auf, sich umzuziehen.

Dagegen sträubte sich Kayna Schatten vehement. Sie behauptete, es gälte bei ihrem Volk als ungeheuerliche Schamlosigkeit, sich vor Angehörigen des anderen Geschlechts der Bekleidung zu entledigen. Ihre Gefährten verfolgten die erregte Auseinandersetzung teils belustigt, teils verwundert. Letztlich durften die Flibustier tatsächlich ihre Bordkombinationen unter den neuen Schutzanzügen anbehalten.

Als die Gefangenen wenig später weitergeführt wurden, schob Simudden sich an Kaynas Seite. »Warum so hartnäckig?«, wollte er im Flüsterton wissen. »Sonst hast du dir auch nichts daraus gemacht, in Unterkleidung vor uns herumzuhüpfen.«

Kayna Schatten schaute sich nach den sie begleitenden Typen um, dann raunte sie kaum hörbar zurück: »Wir werden die Bordkombis für meinen Fluchtplan noch brauchen.«

»Mich wundert nur, dass die Typen so schnell nachgegeben haben«, bemerkte Simudden.

Minuten später erreichten sie eine riesige Halle, in der sechs große elliptische Fahrzeuge dicht über dem Boden schwebten und zahllose Doppelgänger hin und her eilten.

»Sie stehen offenbar unter Zeitdruck!«, raunte Simudden.

Die Orbiter trieben ihre Gefangenen auf eines der Fahrzeuge zu.

Pearl Simudden fragte sich, ob es sich um ein Raumschiff oder nur um einen großen Gleiter handelte. Immerhin maß das Fahrzeug gut dreißig Meter in der Länge und war rund zehn Meter breit. Der Höhe nach zu schließen, hatte es zwei Decks, die bequeme Stehhöhe boten. Das Heck wirkte wie abgeschnitten. Abschätzend taxierte Simudden die drei großen Düsenöffnungen.

Die Flibustier erhielten keine Zeit für nähere Betrachtungen. Hinter ihnen drängten mindestens fünfzig Orbiter an Bord.

Die Flibustier wurden von einer Gleitrampe zum oberen Deck befördert. Es gab einen großen Passagierraum, und die Kontrollen lagen hinter einer transparenten Abtrennung. Allerdings saßen dort keine Orbiter. Zwei der kegelförmigen Roboter schwebten vor den Instrumenten.

»Wir brauchen Plätze an einer Seite!«, raunte Kayna Schatten ihren Gefährten zu. »Wir müssen sehen, wohin wir fliegen.«

»Wenn die beiden Roboter nicht wären, könnten wir das Fahrzeug in unsere Gewalt bringen!«, röhrte Tobbon ungeniert.

»Vergiss nicht, dass die Orbiter ebenfalls Roboter sind!«, mahnte Kayna.

»Orbiter?«, fragte Axe. »Meinst du die Typen?«

»Offenbar haben sie es nicht jedem gesagt«, erklärte Simudden. »Die Typen nennen sich Orbiter.«

»Orbiter?«, überlegte ten Hemmings. »Das ist doch eine Bezeichnung für Kreisbahn-Satelliten. Wie kommen die Typen zu diesem Namen?«

»Wahrscheinlich reiner Zufall«, antwortete Treffner. »Jedenfalls bezweifle ich, dass die Typen für gewöhnlich Planeten umkreisen.«

Axe lachte wiehernd los, verstummte aber, als eine Schatten-Type ihn vorwärts stieß. Er stolperte, stieß hart gegen einen Sessel und drehte sich um. »Kayna?«, sagte er verblüfft. »Ich dachte, du wärst vor mir!«

»Hast du vergessen, dass es Ebenbilder von uns allen gibt?«, rief die Planerin von weiter vorn.

»Nein, das hier bist doch du, Kayna, und kein Orbiter!«, erklärte Axe hartnäckig und griff nach dem Ebenbild der Planerin. »Oder doch nicht?«, rief er, als das Ebenbild nicht so empfindlich reagierte, wie er es von der echten Kayna Schatten zu erwarten gewesen wäre. Er wurde lediglich weitergestoßen.

»Der Kerl ist saublöd«, schimpfte Tobbon.

Pearl Simudden lächelte da schon in sich hinein. Er hatte wohl als Einziger gesehen, wie Axe der Schatten-Type ziemlich geschickt das breite, mit Sensoren und winzigen Bildflächen ausgestattete Metallarmband entwendet hatte. Die Verwechslung war für Axe nichts anderes als ein raffiniertes Manöver gewesen, um unauffällig an das Armband heranzukommen. Für solche Tricks war er absolut nicht zu dumm.

Verstohlen betastete Simudden die Stelle, an der er unter beiden Kombinationen den Simultankomplex verborgen hatte. Er fragte sich, ob das Gerät auch auf die Orbiter wirken und die positronischen Gehirne verwirren würde.

Unterdessen waren die Flibustier bis nahe an die Trennwand herangekommen und hatten die vordersten Plätze an der Backbordseite besetzt. Niemand machte ihnen die Sitze streitig.

Kurz darauf dröhnte ein Gongschlag durch das Fahrzeug. Über die gewölbte transparente Oberseite des Fahrzeugs huschten farbige Lichter. Als sie erloschen, setzte sich das Fahrzeug in Bewegung. Simudden spürte nichts davon, er sah nur, dass die Hangarwände vorüberhuschten.

Vor dem Fahrzeug öffnete sich ein breites Tor.

Eine weite stählerne Ebene lag unter dem Licht der blassgelben Sonne. Am Horizont ragten riesige, skurril wirkende Bauwerke aus der Stahlwüste auf.

Was die Flibustier sahen, war schlicht atemberaubend. Zwischen Rundbauwerken und Türmen von mehreren Kilometern Höhe lag die stählerne Oberfläche des Planeten völlig eben. Der erste Eindruck einer toten Stahlwüste täuschte jedoch. Von ausgedehnten Arealen stieg Wasserdampf auf, der sich in der Atmosphäre zu Wolken formte. Es gab auch grüne Inseln, auf denen üppige Vegetation wucherte.

Kayna Schatten deutete auf schlanke Türme, deren konisch zulaufende Spitzen in bläuliches Wabern gehüllt waren. Wirbelnde, flirrende Erscheinungen lösten sich mitunter, und es hatte den Anschein, als stiegen sie hoch in die Atmosphäre auf.

»Hochenergiezapfer«, erklärte Josto ten Hemmings. »Ähnliche Aggregate dienen auf Olymp dazu, die Sonne anzuzapfen und die 5-D-Energien für die Container-Transmitter bereitzustellen.«

Pearl Simudden lehnte sich zurück, schloss die Augen und lauschte. Mehr als die Gebäude von Churuude interessierten ihn die Gespräche der Orbiter. Möglicherweise ließen sich daraus wichtige Schlüsse ziehen.

Nach einiger Zeit erkannte der Akone verwundert, dass bei den robotischen Ebenbildern offenbar eine hierarchische Ordnung existierte. Er hatte vernommen, dass die Tobbon-Typen unterschiedlichen Schichten mit unterschiedlichen Funktionen und Befugnissen angehörten. Zwei schienen wissenschaftliche Programmierungen zu besitzen und standen in der Rangordnung der Orbiter damit weitaus höher als jene Tobbon-Kopien, die Hilfstechniker oder Arbeiter zu sein schienen. Entsprechendes galt in etwa auch für die anderen Typen.

Hierarchische Strukturen hatten jedoch nur dann eine Existenzberechtigung, wenn sie als zivilisatorisches Gerüst dienten. Simudden fragte sich, ob die Orbiter eine eigene Zivilisation gründen wollten oder schon gegründet hatten. Aber was für ein Sinn steckte dahinter?

Einen Wall gegen die Horden von Garbesch zu errichten!

Urplötzlich war dieser Gedanke da. Pearl Simudden wollte diese Überlegung schon beiseitewischen, denn Garbeschianer gab es wohl nur in der Einbildung der Orbiter und ihrer unbekannten Herren, als ihm bewusst wurde, welche Folgen es haben musste, wenn die Unbekannten ihren Irrtum nicht erkannten.

Er konnte nicht weiter darüber nachdenken, denn der Gleiter neigte den Bug steil abwärts und setzte zur Landung an. Jedenfalls sah es so aus – bis die Maschine plötzlich wild schlingerte.

Der Akone schaute zu den Robotern im Pilotenstand und erschrak. Beide kegelförmigen Maschinen waren umgefallen. Nur ihre Tentakelarme bewegten sich noch und schlugen immer wieder zuckend auf die Kontroll- und Rechnerpulte. Das Ergebnis waren unkontrollierte Flugmanöver. Soeben zog der Gleiter steil nach oben, aber es war wohl nur eine Frage der Zeit, bis er abstürzen und zerschellen würde.

Hastig stand Simudden auf. Jemand musste versuchen, den drohenden Absturz zu verhindern. Ihm war klar, dass die peitschenden Tentakel ihn schwer verletzen konnten, aber das erschien ihm immer noch als das kleinere Übel.

Er hatte die Trennwand noch nicht erreicht, als die Roboter sich wieder aufrichteten. Ihre Arme schlugen nicht mehr umher, sondern tasteten wieder zweckbestimmt über die Sensoren.

Hinter sich hörte er lautes Stimmengewirr. Er wandte sich um und sah, dass die Orbiter sich teilweise von ihren Plätzen erhoben hatten und durcheinanderredeten.

»Es sah aus, als wären die Roboter irgendwie außer Kontrolle geraten oder beeinflusst worden«, sagte Kayna Schatten erstaunlich ruhig.

Für einen Moment wurden seine Beine weich. Dennoch grinste Simudden. Immerhin glaubte er zu wissen, was den Ausfall der Roboter bewirkt hatte. Er tastete an die Stelle der Kombination, unter der er den Simultankomplex verbarg.

Das faustgroße Gebilde war verrutscht, wahrscheinlich durch eine Bewegung während des Sitzens – und da es sich unter der schweren Gürtelschnalle der grünen Klimakombination befand, hatte die Schnalle wohl auf eine der Erhebungen gedrückt.

Die Fluglage war schon wieder stabil. Der Gleiter sank allmählich tiefer, und die Orbiter beruhigten sich.

Zufrieden lehnte Simudden in seinem Sessel. Er dachte darüber nach, wie er den Simultankomplex nützen konnte.

Als am Horizont eine weitläufige Ansammlung riesiger Gebäude auftauchte, setzte der Gleiter zur Landung an.

»Das könnte eine echte Stadt sein«, vermutete Kayna Schatten. »Seht nur die sternförmig von dem Komplex ausgehenden Hochstraßen und den dichten Verkehr darauf! Wahrscheinlich leben hier die Unbekannten.«

Pearl Simudden sah auf eine der Hochstraßen hinab, die der Gleiter soeben überflog. Sie ruhte auf eleganten Stahlträgern und war selbst ein Gebilde aus Stahl mit halbrunden Vertiefungen. In diesen Senken flimmerten Kraftfelder, allem Anschein nach der Antrieb für die dahinjagenden, nach Tausenden zählenden Fahrzeuge.

Mitten aus der Stadt starteten Raumschiffe – Konstruktionen, die umgedrehten Trögen glichen. Kaum waren diese Schiffe verschwunden, als sich etwa die gleiche Anzahl herabsenkte und zwischen den Bauwerken verschwand.

»Möglicherweise Zubringerschiffe«, vermutete Tobbon.

»Zubringer für Fernraumschiffe ...«, bestätigte Kayna nachdenklich.

Wieder starteten an die hundert Trogschiffe.

»Es sieht aus, als triebe Churuude regen Handel mit anderen Planeten«, sagte Treffner. »Das dürfte aber nicht lange verborgen bleiben. Warum wissen wir trotzdem nichts von dieser Superzivilisation?«

»Bist du sicher, dass die Zubringer Handelsgüter in den Raum befördern?« Simudden wiegte nachdenklich den Kopf. »Sie könnten ebenso gut Kriegsmaterial und Versorgungsgüter für eine Kampfflotte transportieren.«

Die Flibustier blickten sich schweigend an. Wie auch immer, jedem war klar, dass sich in der Milchstraße etwas Ungeheuerliches anbahnte.

»Vielleicht gibt es die Horden von Garbesch wirklich«, sagte Körn Brak nach einer Weile. »Und ebenso vielleicht sind sie erst in der Milchstraße aufgetreten, nachdem die Rundumkämpfer uns bereits entführt hatten ...«

»Dann könnten außerhalb der Zentrumsregion schon schwerste Raumschlachten toben.« Tobbon fluchte erbärmlich. »Wenn wir wieder frei sind, werden wir nichts mehr finden, was sich als Beute eignet. So ein Krieg wird alle Zivilisationen bettelarm machen.«

»Ist das deine einzige Sorge?«, wollte Pearl Simudden wissen. »Und überhaupt: Du glaubst doch nicht im Ernst, dass man uns eines Tages freilassen wird!«

»Nicht freiwillig«, bemerkte Kayna Schatten. »Seht euch die Kombinationen der drei Orbiter an, die in der Mitte sitzen! Sie gleichen unseren, nur leuchten sie nicht froschgrün und haben keine gelben Markierungen. Bestimmt gibt es in der Stadt mehr Orbiter, die so gekleidet sind. Wir müssen also nur einen Tausch vornehmen, um nicht mehr aufzufallen.«

Josto ten Hemmings hüstelte. »Aber sicher, Kayna. Wir sprechen sieben Orbiter an und bitten sie, ihre Kombis gegen unsere zu tauschen.«

»Idiot!«, fauchte Kayna den Hochenergiewaffen-Ingenieur an. »Du mit deinem schnapsverseuchten Gehirn kannst schon lange nicht mehr logisch denken.«

Der Gleiter landete auf einem Platz zwischen gigantischen Hallen. Die kantigen Gebäudeblöcke ragten so hoch empor, dass kein Sonnenstrahl den Platz erreichte.

»Aussteigen!«, rief eine Tobbon-Type.

Die Orbiter standen auf und gingen ruhig nach draußen, gefolgt von ihren Gefangenen. Noch neun weitere Gleiter senkten sich auf die Piste herab. Ihre Passagiere stiegen ebenfalls aus und gingen auf die Hallen zu. Die Flibustier wurden von vierzehn Orbitern in eine der Hallen eskortiert.

Mildes gelbes Licht empfing sie. Ohne Zweifel war es eine imposante Rechenanlage, die etwa ein Zehntel des Hallenvolumens beanspruchte. Zahlreiche Galerien zogen sich an der Kontrollwand entlang, und überall arbeiteten Orbiter.

Aus dem Hallenboden wucherte ein Labyrinth aus Apparaturen.

»Weitergehen!«, befahl einer der Orbiter.

»Wohin?«, wollte Tobbon wissen.

»Zum Chefwissenschaftler des Experimental-Labors.«

»Eine Lieferung neuer Versuchstiere trifft ein«, jammerte ten Hemmings sarkastisch.

Die Flibustier wurden zwischen den Laborapparaturen hindurchgeführt und standen eine halbe Stunde später in einem großen transparenten Hohlwürfel, dessen Innenraum von einem geschwungenen Kommandostand beherrscht wurde. Hinter den Kontrollen stand ein Ebenbild des Aras und blickte ihnen entgegen.

»Eine Treffner-Type als Chefwissenschaftler für Experimente!«, entfuhr es Kayna Schatten.

»Willkommen, Garbeschianer!«, sagte der falsche Galaktische Mediziner. »Mein Name ist Vataal.«

»Wann werdet ihr Orbiter endlich begreifen, dass wir keine Garbeschianer sind?«, erwiderte Markon Treffner, der Echte.

»Ihr leugnet also weiterhin«, stellte der Doppelgänger fest. »Dann werden wir eure Programmierung noch stärker beeindrucken müssen, damit sie endgültig zerbricht. Stellt euch neben mich!« Er trat in die Mitte des Hohlwürfels.

Simudden sah, dass der Chefwissenschaftler des Experimental-Labors in einem Kreis stand, der durch eine rot leuchtende Linie abgegrenzt wurde.

»Ich denke, wir sollen mit einem Transmitter befördert werden.« Der Akone trat ebenfalls in den Kreis. Seine Gefährten folgten ihm. Ihre Begleitmannschaft blieb jedoch außerhalb des Kreises.

Vataal lächelte. »Eure Gedanken an eine Flucht sind irreal. Dort, wohin wir gehen, gibt es keine Fluchtmöglichkeit.« Er hob seinen linken Arm an und tippte mit dem Zeigefinger der rechten Hand mehrmals auf sein Metallarmband.

Simudden sah Axe feixen. Das Faktotum blickte unverwandt auf Vataals linken Arm. Kein Zweifel, das Armband, das er an sich gebracht hatte, musste mit dem der Treffner-Type identisch sein.

Für einen Sekundenbruchteil verschwamm die Umgebung vor Simuddens Augen, wurde aber sofort wieder klar.

Die Umgebung hatte sich verändert. Sie alle standen nun auf einer

Plattform hoch über dem Boden einer anderen, nicht viel kleineren Halle. Überrascht registrierte Simudden, dass die Hallenwand zu seiner Linken aus zahllosen torähnlichen Öffnungen glühte. Aus diesen »Mäulern« schwebten ununterbrochen Orbiter heraus und wurden von unsichtbaren Kraftfeldern auf dem Boden abgesetzt. Gleitbänder beförderten sie zur jenseitigen Hallenwand, wo sie in den geöffneten Hecks der trogförmigen Zubringerschiffe untertauchten.

Die Gleitbänder hielten an, als an den Schiffen blaugelbe Lichter aufflammten. Ohne zu murren, drängten die Orbiter sich enger zusammen, denn der Zustrom hörte nicht auf. Die Heckklappen der Schiffe schlossen sich. Lautlos verschwanden die Fahrzeuge in den Tunnelröhren, aus denen ohnehin nur ihre Heckpartie in die Halle geragt hatte.

Sekunden später glitten neue Schiffshecks heran. Ladeklappen öffneten sich – und von Neuem stiegen die Orbiter ein. Der Akone schätzte ihre Zahl auf vierhundert pro Schiff.

»Das sind nur Kopien von uns!«, rief Markon Treffner. »Tausende von Treffners, Schattens und so weiter! Das ... das ist verdammt schwer zu fassen.«

»Millionen von jedem Typ«, erklärte der Chefwissenschaftler.

»Und alle werden in Fließbandarbeit gestanzt oder gegossen, mit programmierten Positroniken versehen und mit Biomolplastfolie ummantelt«, vermutete Kayna Schatten.

»Außerdem unterschiedlich eingekleidet und frisiert«, ergänzte Simudden. Auch er war nahe daran, angesichts des apokalyptisch anmutenden Aufmarschs perfekter robotischer Nachbildungen die Fassung zu verlieren.

»Glaubt ihr Garbeschianer immer noch, ihr könntet eure Invasion ungestört fortsetzen?«, fragte Vataal und deutete in die Halle hinunter.

»Wie oft sollen wir noch beteuern, dass wir keine Garbeschianer sind!«, brauste Brush Tobbon auf. »Wir haben nie in unserem Leben einen einzigen Garbeschianer gesehen, und wir wissen bis heute nicht, was Garbeschianer oder die Horden von Garbesch tatsächlich sind. Warum glaubt ihr uns nicht, Vataal?«

»Das Signal lügt nicht«, erklärte die Treffner-Type. »Im Grunde genommen brauchen wir euer Eingeständnis nicht einmal, denn wir haben bereits Orbiter in verschiedene Sektoren dieser Galaxis geschickt. Sie werden mitten unter den Garbeschianern erkunden, welcher Tricks die Horden sich diesmal bedienen, um ihre Invasion zu verschleiern. Euer Äußeres und die gründlichen Untersuchungen eurer Körper haben uns schon viel verraten. Wir haben sieben Erscheinungsformen kennengelernt, in denen die Garbeschianer diesmal auftreten.«

»Und was wollt ihr gegen diese Garbeschianer unternehmen?«, erkundigte sich Pearl Simudden ahnungsvoll.

»Wir werden dafür sorgen, dass sie nach ihrer Niederlage nicht wieder fliehen können.«

Vataal berührte erneut einige Sensoren seines Metallarmbands – und wieder wechselte die Umgebung. Sie materialisierten an ihrem Ausgangsort. Das Begleitkommando wartete noch und eskortierte die Flibustier hinaus.

Sie wurden in einen der Gleiter verfrachtet, die sie während des Anflugs auf die Stadt auf den Hochstraßen gesehen hatten. Das Fahrzeug schwebte an, verließ die Halle ...

... und befand sich übergangslos im Energiefeld einer Transferstraße. In rasender Fahrt ließ es die Stadt hinter sich. Das Ziel schien ein kegelförmiges Bauwerk zu sein, das schätzungsweise fünfzig Kilometer entfernt aus der Stahlwüste aufragte. Wenige Kilometer weiter breitete sich eine der großen Vegetationsinseln aus.

Mehrere Rundumkämpfer geleiteten die Flibustier nach ihrer Ankunft in den Kegelbau. Dort wiesen sie ihnen Quartiere zu, die sich in der Bauweise fast nicht von der letzten Unterkunft unterschieden.

Kaum hatte sich die Tür der Vorhalle geschlossen, machte Kayna Schatten kehrt. Die Tür war nicht verriegelt und öffnete sich sofort. Aber die Planerin warf nur einen kurzen Blick nach draußen.

»Diese verdammten Roboter!«, schimpfte sie, nachdem sich die Tür wieder geschlossen hatte. »Fünf von ihnen halten im Flur Wache. An denen kommen wir nicht vorbei.«

Pearl Simudden dachte an den Simultankomplex und daran, wie er auf die Robotpiloten gewirkt hatte. Aber er hielt es nach wie vor für verfrüht, sein Geheimnis zu lüften.

Er fragte sich, wie die GAVÖK und die LFT reagieren würden, wenn völlig unerwartet eine Roboterarmee in ihrem Einflussbereich erschien. Noch dazu die Ebenbilder der am meisten gesuchten Verbrecher – Millionen Hemmings, Tobbons, Schattens und so weiter.

»Ich fürchte, hier werden nicht nur Millionen Typen nach unseren Vorbildern erschaffen«, hörte er den Mathematiker sagen. »Milliarden werden es sein, viele Milliarden sogar. Das lässt sich schnell abschätzen. Hier ballt sich eine unheimliche Macht zusammen – und Churuude ist nur einer von mindestens zwei Planeten der Unbekannten.«

37.

»Kayna Schatten, Brush Tobbon, Körn Brak, Josto ten Hemmings, Markon Treffner, Pearl Simudden und ein gewisser Axe!«, stieß Julian Tifflor verärgert hervor. »Dachtest du, ich wüsste nicht, wie die sieben Flibustier heißen, die von Xirdell entkommen konnten, Homer? Die Namen dieser Mörder, Brandschatzer und Plünderer haben sich in mein Gedächtnis gebrannt.«

Homer Gershwin Adams wartete ab, bis Tifflor Luft holen musste, dann sagte er beschwichtigend: »Ich habe nie daran gezweifelt, Tiff. Ich wollte dir auch nur klarmachen, dass inzwischen von jedem dieser Verbrecher drei und mehr Ausgaben verhaftet wurden. Vor drei Tagen konnten wir noch mit Fug und Recht an ein zufälliges Auftreten zweier Doppelgänger glauben. Heute sieht das allerdings ganz anders aus.«

Tifflor nickte. Nervös schritt er in seinem Kommandoraum in Imperium-Alpha auf und ab, die Hände hinter dem Rücken verschränkt und einen bitteren Zug um den Mund. Nach einer Weile blieb er vor Adams stehen.

»Jemand hat also organisch verkleidete Roboter oder Androiden nach dem Muster der sieben letzten Flibustier hergestellt und uns in die Hände gespielt. Aber wer tut etwas so Unsinniges, Homer? Und warum?«

»Noch können wir nicht beurteilen, ob es unsinnig ist oder nicht«, erwiderte Adams. »Wir kennen den Plan nicht, der sich dahinter verbirgt. Wer das Kapital, die wissenschaftlichen und technischen Mitarbeiter und das Produktionspotenzial hat, solche Doppelgänger herzustellen, der wird das nicht aus reinem Spieltrieb tun.«

»Margor?«, überlegte Tifflor laut.

Adams wiegte nachdenklich den Kopf. »Boyt Margor könnte theoretisch dahinterstecken. Seine krankhaft-geniale kriminelle Begabung würde ihn dazu befähigen, ein neues Spiel gegen uns mit einem solchen Schachzug zu eröffnen. Aber das ist eine reine Spekulation. Wir brauchen handfeste Beweise – und da können uns nur die Vernehmungen der Doppelgänger helfen.«

»Wann treffen die ersten beiden ein?«

Adams blickte auf die Zeitanzeige seines Kombiarmbands.

»Das Inspektionsschiff, das Kayna Schatten und Markon Treffner von der DINO IX bringt, müsste inzwischen gelandet sein. Das Schiff von Eispanzer wird ein paar Stunden später eintreffen. Auf die Kayna

Schatten und den Axe von Crish werden wir noch einen Tag länger warten müssen.«

Tifflor ging zum Waffenschrank, nahm den Gürtel mit Impulsstrahler und Paralysator heraus und schnallte ihn um.

»Gehen wir zum Empfang der Piraten!«, sagte er.

»Sie können die Gefangenen beobachten, bevor Sie mit ihnen reden«, sagte Rodnay Jigger, der Leiter des Labortrakts in Imperium-Alpha und von Beruf Psycho-Kybernetiker.

Als Tifflor und Adams nickten, schaltete er die Übertragung ein. Der Trivideo-Scheinkubus zeigte den Blick in einen Verwahrraum mit der üblichen dürftigen Einrichtung: zwei Spinde, ein Tisch, zwei Stühle und zwei gepolsterte Liegen.

Auf einer der Liegen hatte sich eine knabenhaft wirkende Frau ausgestreckt. Ihre Haut schimmerte in einem hellen Rotbraun, das im Nacken zu einem Knoten geschlungene Haar war tiefschwarz. Die großen dunklen Augen und die vollen Lippen verliehen dem ovalen Gesicht einen beinahe engelhaften Ausdruck.

»Das also ist Kayna Schatten – vielleicht«, kommentierte Tifflor nachdenklich. »Wenn ich sie so ansehe, kann ich mir kaum vorstellen, dass sie zur Führungsspitze einer Mörderbande gehört.«

Auf der zweiten Liege kauerte ein hochgewachsener dürrer Mann in mittlerem Alter. Der eiförmig schmale Kopf mit der hohen Stirn und der kahlen Schädeldecke verriet den Ara. Die Galaktischen Mediziner betrieben seit Jahrtausenden medizinische Forschung, hatten unzählige hochwirksame Medikamente entwickelt – aber auch Drogen und mehr der unangenehmen Dinge – und genossen bei den galaktischen Zivilisationen einen legendären Ruf.

»Kein Zweifel, er gleicht Markon Treffner wie ein Ei dem anderen«, sagte Tifflor.

Er wandte sich an Rodnay Jigger: »Haben Sie schon mit den beiden gesprochen, Professor?«

»Sie haben nicht darauf reagiert.« Jigger lächelte freudlos.

»Bitte lassen Sie die Häftlinge in den Verhörraum führen!«

Jigger erteilte eine entsprechende Anweisung.

Als zwei Roboter die Gefangenen in den Verhörraum führten, warteten Tifflor und Adams bereits dort. Eindringlich musterte der Erste Terraner die Flibustier. Das ungleiche Paar ließ seine und Adams' Blicke mit ausdrucksloser Miene über sich ergehen.

»Sie sind also Kayna Schatten«, wandte sich Tifflor an die Frau.

Sie ließ nicht erkennen, ob sie seine Frage überhaupt wahrgenommen hatte.

»Was versprechen Sie sich von Ihrem Schweigen?«, fragte Tifflor. »Wir wissen, wer Sie sind, und wir kennen Ihre Verbrechen. Die meisten davon werden auch ohne Ihre Mitarbeit zu beweisen sein, sodass Ihnen die Höchststrafe sicher ist.«

Als Kayna Schatten auch jetzt nicht reagierte, wandte sich der Erste Terraner an den Ara.

»Mister Treffner, Ihre Verbrechen wiegen schwer, aber wahrscheinlich nicht so schwer wie die von Miss Schatten. Deshalb sollten Sie klug sein und sich als Zeuge der Anklage zur Verfügung stellen. Wenn Sie uns entscheidend helfen, würde ich mich dafür einsetzen, dass Sie mit einer partiellen Umkonditionierung davonkommen.«

Treffner antwortete ebenfalls nicht.

Adams ließ die Frau von einem der beiden Roboter aus dem Raum führen. Fast gleichzeitig kamen die beiden Gäa-Mutanten Dun Vapido und Bran Howatzer. Sie schauten den Ara durchdringend an.

Tifflor wusste, weshalb Adams die Mutanten gerufen hatte. Dun Vapido als Psi-Analytiker würde allerdings nur dann etwas ausrichten können, wenn einer der Gefangenen redete. Vapido brauchte wenigstens den einen oder anderen Hinweis, um exakte Rückschlüsse auf Hintergrundereignisse ziehen zu können.

Anders verhielt es sich bei Howatzer. Als Pastsensor beziehungsweise Erlebnis-Rekonstruktor vermochte er die Emotionen anderer Personen so exakt aufzunehmen, dass er rekonstruieren konnte, welche Erlebnisse die betreffenden Personen während der letzten zwölf Stunden gehabt hatten. Was vor der Zwölfstundenfrist lag, wurde jedoch immer verschwommener, bis es sich überhaupt nicht mehr rekonstruieren ließ.

Allerdings war Tifflor von vornherein klar, dass Howatzer innerhalb dieser Spanne kaum Verwertbares aufspüren würde.

Etwas Absonderliches haftete dem Schweigen im Verhörraum an. Als Howatzer nach knapp einer halben Stunde wortlos nickte, ließ Adams auch Treffner zurückbringen.

»Nichts, was uns weiterhelfen könnte«, sagte Bran Howatzer bedauernd. »Das ist an sich nicht verwunderlich, da die Gefangenen rund siebzehn Stunden mit dem Inspektionsschiff unterwegs waren. In dieser Zeit konnten sie nichts Verwertbares empfinden und schon gar nicht die Initiative ergreifen oder Handlungen begehen, deren Emotionsspuren Hinweise auf die Rolle der Doppelgänger und der Originale gegeben hätten.«

»Haben Sie überhaupt Gefühlsschwingungen auffangen können?«, erkundigte sich Tifflor.

»Eine gewisse Erwartungshaltung, verbunden mit starkem Fatalismus. Das könnte ein Androide aber synthetisieren – und ein entsprechend ausgerüsteter Roboter auch. Im Grunde genommen wissen wir nicht mehr als zuvor.«

»Wie war es mit den Emotio-Erinnerungen hinsichtlich Nahrungsaufnahme und Ausscheidungen?«, fragte Adams.

»Das war einwandfrei vorhanden«, antwortete Howatzer mit resignierendem Lächeln. »Aber Roboter und Androiden können auch das synthetisieren.«

Julian Tifflor war unzufrieden. Vor allem fragte er sich, ob er tatsächlich andere Ergebnisse erwartet hatte. Er wandte sich an Professor Jigger und beauftragte ihn, alle Untersuchungen vorzunehmen, die notwendig waren, um die wahre Natur der beiden Gefangenen zu erkennen.

Es wurde später Abend, bis der Erste Terraner seinen Arbeitstag abschließen konnte. Müde und von brennenden Fragen gequält, nahm er ein karges Abendessen zu sich.

Um doch endlich abschalten zu können, ließ er sich von Terra Television berieseln. »Abenteurer unserer Zeit erzählen« war eine durchaus beliebte Sendung. Tiff nippte an einem doppelten Whisky, als er anhand einer nur schwer sichtbaren Materiebrücke aus Wasserstoff erkannte, dass die Berichterstattung die Magellanschen Wolken als Hintergrund hatte.

Im nächsten Moment hätte er beinahe den Whisky verschüttet. Das Abbild des Abenteurers, der an diesem Abend vorgestellt wurde, erinnerte ihn an zu viel Ärger und Verdruss. Der Liga-Kundschafter lächelte maliziös, als wüsste er, dass der Erste Terraner, sein Vorgesetzter, die Sendung ebenfalls verfolgte.

Eigentlich war Cern Jost eine beeindruckende Persönlichkeit. Er war erst vierzig, athletisch gebaut, hatte sonnengebräunte Haut, leicht gewelltes hellblondes Haar und trug zudem eine gehörige Portion Selbstbewusstsein zur Schau. Tifflor hatte ihn zum letzten Mal vor über einem Jahr gesehen, damals war er gerade von einem Erkundungsflug aus den Magellanschen Wolken zurückgekehrt. Einen Monat später war Jost an Adams überstellt und mit einem Sonderauftrag in die Eastside geschickt worden.

Wie lange mag er schon zurück sein – ohne sich bei mir zurückgemeldet zu haben?

Als Jost über seine Erlebnisse während des Erkundungsflugs durch die Magellanschen Wolken berichtete, wurden fortwährend Filmaufnahmen eingeblendet, die er anscheinend als sein Privateigentum betrachtete. Jedenfalls hatte er sie Tifflors Stab niemals zur Auswertung vorgelegt, was seine Pflicht gewesen wäre.

Tifflor wählte wütend mehrere andere Programme. Doch er sah und hörte herzlich wenig, denn seine Gedanken kreisten weiterhin um den Mann, der stets durch seine Disziplinlosigkeit aufgefallen war, aber auch durch seine Erfolge.

Der Erste Terraner war plötzlich mit sich selbst im Zwiespalt. Am liebsten hätte er Jost umgehend für seine neuerliche Disziplinverletzung bestraft. Es war ungeheuerlich, dass er als Vorgesetzter erst durch eine Trividreportage erfuhr, dass sein bester Liga-Kundschafter vor Tagen, Wochen oder vielleicht schon Monaten von einem Einsatz zurückgekehrt war. Andererseits war Cern Jost genau der richtige Mann dafür, alles über die mehrfach vorhandenen Flibustier herauszufinden. Wenn einer es schaffen konnte, ihrer Herkunft nachzugehen, dann Jost.

Hart stellte Tifflor sein Glas auf den Servotisch zurück. Er nahm sich vor, alle Termine für den kommenden Morgen zu delegieren und dem disziplinlosen Kundschafter einen Besuch abzustatten.

»Alles klar, Earny?«, fragte Julian Tifflor.

Der Roboter grinste über sein schiefes Biomolplastgesicht. Er war aus Teilen eines Bausatzes zusammengebaut, deren Passgenauigkeit sehr zu wünschen übrig gelassen hatte. Zudem war er mit lebendem Biogewebe überzogen worden, damit er wie ein Mensch aussah.

Aber was für ein Mensch! Die linke Gesichtshälfte war um sechs Zentimeter länger als die rechte, der rechte Arm war fünfzehn Zentimeter länger als der linke, und die Beine änderten ihre Länge wegen unterschiedlich funktionierender Teleskopeinsätze permanent.

Tifflor hatte den Roboter dessen ungeachtet wegen seiner besonderen Qualitäten von Kyron Barrakun ausgeliehen, einem Freund, der in Terrania City gemeinsam mit Carilda Today und Earny die erfolgreiche Firma *Positronik-Kid & Co. – Ermittlungen, Informationen, Datenanalysen* betrieb.

Julian Tifflor und Earny verließen den Gleiter, mit dem sie zu dem supermodernen Wohnblock gefahren waren, in dem Cern Jost laut Auskunft der Zentralpositronik seit zwei Wochen wohnte. Sie schwebten im Antigravlift von der Parkplattform drei Etagen tiefer, dann standen sie vor einem mit Imitatfolie beklebten Türschott. Das uralt anmutende, brüchige und von Moos bewachsene Mauerwerk passte nur nicht ganz in die Umgebung.

Tifflor wischte über den Meldesensor.

Schallendes Trompetengeschmetter ließ ihn fast zusammenzucken. Sekunden danach eine raue Stimme: »Besucher sprengen in den Burghof, Gebieter! Soll ich sie mit meinem Schwert kitzeln?«

»Speicherst du?«, flüsterte Tifflor.

»Total alles, Mister Tifflor.

»Noch nicht!«, erklang nun Cern Josts unverkennbare Stimme. »Frage sie nach ihrem Begehr, Kunibert!«

Die Schotthälften glitten blitzschnell auseinander. In der Öffnung stand ein Ritter in leicht verbeulter, aber blank polierter Rüstung. Er hielt ein Schwert in der rechten gepanzerten Hand. Das Helmvisier war heruntergeklappt, Tifflor konnte nicht sehen, wer in der Rüstung steckte.

»Welches Zeichen tragt Ihr in Eurem Schild, Fremde?«

»Das Zeichen des unter Überdruck stehenden Dampfkessels!«, antwortete der Erste Terraner, wütend über das Theater, zugleich aber auch belustigt. »Meldet Eurem saumseligen Herrn, dass Tifflor vor der Tür steht und ihm gleich einheizen wird!«

Ritter Kunibert schob sein Visier hoch – und Tiff erblickte sekundenlang die rötlich glühenden Augenzellen eines Roboters, dann fiel das Visier wieder herab.

»Entschuldigt mein Augenleiden, edler Herr Tifflor«, sagte Kunibert.

Aus der Wohnung erklang eine lautstarke Verwünschung, dann der Ruf: »Mister Tifflor hat freien Einzug, Kunibert! Du darfst deine Rolle vergessen!«

Der Ritter trat zur Seite und senkte das Schwert. »Ihr dürft eintreten, Hohe Herren!« Abermals schob er sein Helmvisier hoch, aber es klappte sofort wieder herunter.

»Die Scharniere sind ausgeleiert«, kommentierte Tifflor, als er mit Earny an dem Roboter vorbeiging.

Er und Earny betraten einen großen Wohnraum, der wie ein mittelalterlicher Rittersaal eingerichtet war. Tifflor entdeckte aber sehr schnell die Sensoren und Rechnerterminals.

Cern Jost sah dem Ersten Terraner forschend entgegen. Er trug die Freizeitkleidung mittelalterlicher Ritter und hielt affektiert die Fingerspitzen eines Burgfräuleins. Die Frau war mittelgroß, hatte ausgeprägte weibliche Attribute und ein hellhäutiges, fein modelliertes Gesicht mit sanften braunen Augen und einem sinnlichen Mund. Nur die auf beide Wangen tätowierten Drachen passten nicht zu dem übrigen Eindruck.

Der Liga-Kundschafter zeigte sein bestes Lächeln. »Darf ich dir vorstellen: der Erste Terraner, Julian Tifflor«, sagte er zu seiner Dame. »Den zweiten Herrn kenne ich nicht persönlich; er scheint der Glöckner von Notre Dame zu sein. Tiff, hiermit stelle ich Ihnen Aurelia Parr Terstetten vor, Herrin der Burg Drachenstein auf Harnacks Planet!«

Tifflor verneigte sich formvollendet.

»Ich finde, Sie haben lange genug Theater gespielt, Cern«, sagte er dann schroff. »Und ich wette, Burg Drachenstein gibt es ebenso wenig wie Harnacks Planet.«

»Ich würde nicht wetten«, warf Earny ein und hinkte polternd näher. »Es gibt Harnacks Planet wirklich. Er gehörte zur Sonne Viderka und wurde im Jahr zweitausendachthunderteins von Angehörigen der Rottenstein-Sekte besiedelt, die die Rückkehr zum ritterlichen Lebensstil anstrebte und auswanderte, weil sie ihr Ziel auf Terra nicht verwirklichen konnte.«

»Freund Frankenstein ist außerordentlich gut bewandert«, sagte Jost anerkennend.

Earny rollte mit den Augen.

»Ich vergaß, meinen Freund vorzustellen«, sagte Tifflor. »Er heißt Earny van Kid und ist sozusagen ein freier Mitarbeiter. Kommen wir zur Sache! Sie sind seit mindestens zwei Wochen wieder auf der Erde und haben sich nicht bei mir zurückgemeldet.«

»Aber Tiff!« Jost hob beschwörend die Hände. »Ich bin in diesen zwei Wochen noch nicht zur Besinnung gekommen. Sie können sich nicht vorstellen, wie aufreibend es war, mein neues Heim so herzurichten, dass meine liebreizende Aurelia sich darin wohlfühlt. Übrigens, Aurelia Parr Terstetten ist die mächtigste Burgherrin von Harnacks Planet. Sie hat mich nach Terra begleitet, um hier als Botschafterin der Verbündeten Burgen zu wirken. Ich hielt es für meine Pflicht, sie erst einmal in die Gebräuche auf diesem überzivilisierten Planeten einzuweihen – und das war ein schweres Stück Arbeit, für das ich einen Orden verdient hätte.«

»Die letzte Botschafterin, die Sie mir vorstellten, hieß Kmya Loo Tlyander«, bemerkte Tifflor voller Sarkasmus. »Sie scheinen sich darauf spezialisiert zu haben, Botschafterinnen zu sammeln und zu akklimatisieren. Darf ich Sie daran erinnern, dass Sie im Dienst der Liga Freier Terraner stehen und dass es zu Ihren Pflichten gehört, auch für die LFT zu arbeiten!«

»Aber das habe ich Tag und Nacht getan!«

»Was Sie unter Arbeit verstehen, ist für andere Leute ein Vergnügen, dem sie ausschließlich während der Freizeit frönen dürfen! Schluss mit dem Possenspiel! In genau vier Stunden erscheinen Sie bei mir in Imperium-Alpha – und zwar ohne Ihr Fantasiekostüm. Ich kenne eine Dame, die sich um die Botschafterin der Verbündeten Burgen kümmern wird.«

Tifflor musste grinsen, denn er dachte an Kayna Schatten. »Übrigens wird Ihr neuer Auftrag mit einer Menge hübscher junger Damen zu tun haben, Cern.«

Er ging ohne weitere Erklärung.

»Hast du alles gespeichert, Earny?«, fragte Tiff, als sie im Antigravschacht schwebten.

»Total alles. Sogar durch die Wände hindurch drei junge Drachen in der Badewanne und einen illegalen Transmitter im Schlafzimmer.«

Der Erste Terraner holte tief Luft, dann schüttelte er den Kopf.

»Schon der illegale Transmitter reicht, um den Burschen weichzukriegen. Wer glaubt er eigentlich, das er ist?«

Viereinhalb Stunden später war Cern Jost ziemlich blass geworden, nachdem Earny ihm die Fakten vorgetragen hatte.

»Der illegale Transmitter kostet Sie mindestens ein Jahr gemeinnützige Arbeit, Cern«, erklärte Julian Tifflor hart. »Mal sehen, welches weltabgeschiedene Projekt da interessant wäre. Von den drei jungen Drachen in Ihrer Badewanne wollen wir erst gar nicht reden. Aber die Datenkristalle im Register Ihres Terminals sind als Amtliche Verschlusssache gekennzeichnet – und Sie machen sie einer Fremden zugänglich!«

»Ich kenne Aurelia Parr Terstetten gut genug und weiß, dass sie mein Vertrauen nicht missbrauchen wird. Die Menschen auf Harnacks Planet haben einen sehr strengen Ehrenkodex.«

»Das ist beileibe keine Entschuldigung dafür, dass Sie sich über Gesetze und Dienstvorschriften selbstherrlich hinwegsetzen«, erwiderte Tifflor. »Sie werden lange darüber nachdenken können.«

»Aber ich dachte, ich soll einen neuen Auftrag ...«

Der Türmelder summte, und das Holo von Professor Jigger und Homer G. Adams baute sich vor Tifflor auf. Mit einer zustimmenden Geste akzeptierte der Erste Terraner die Öffnungsschaltung. Er registrierte Josts erwachendes Interesse, als er den beiden Eintretenden Plätze anbot. Vorstellen musste er ohnehin keinen.

»Die Untersuchungen der Subjekte sind abgeschlossen«, berichtete Jigger übergangslos. »Es handelt sich nicht nur um einwandfrei organische Lebewesen, sie verfügen auch über Gene, die exakt die Informationen speichern, die für den Aufbau ihrer individuellen Körper erforderlich waren. Unseres Wissens ist diese Tatsache entscheidend, da es bislang noch unmöglich ist, Androiden mit entsprechendem Erbgut herzustellen.« Der Psycho-Kybernetiker lehnte sich zurück. »Bei den Tests der Reflexe, der Reaktionsschwellen und der Hemmfaktoren ergab sich jedoch, dass die Gefangenen nicht identisch mit Kayna Schatten und Markon Treffner sind. Sie wären beide nicht in der Lage gewesen, wie die echten Flibustier aus niederen Beweggründen zu töten.«

Es dauerte eine Weile, bis Julian Tifflor die ganze Tragweite der Eröffnung erfassen konnte.

»Beide sind von der Erscheinung her also natürliche Doppelgänger der Flibustier«, folgerte er. »Denken Sie das, Professor?«

»Nein«, antwortete Rodnay Jigger mit Bestimmtheit. »Inzwischen sind nämlich auch Körn Brak und Axe von Eispanzer eingetroffen sowie Kayna Schatten und Axe von Crish. Die Gefangenen von Eispanzer konnten ebenfalls untersucht werden. Für sie gilt das Gleiche wie für Kayna Schatten und Markon Treffner. Bei den Gefangenen von Crish haben die Untersuchungen erst begonnen, sodass wir in frühestens drei Stunden mit exakten Ergebnissen rechnen können. Aber ich wette, dass alle Ergebnisse sich gleichen werden wie ein Bit dem anderen.«

Cern Jost hatte aufmerksam und mit wachsender Anspannung zugehört. »Wenn ich richtig verstanden habe, dann existieren von verschiedenen Flibustiern plötzlich mehrere Ausgaben, die alle eine andere Persönlichkeit besitzen?«, wandte er ein.

»Von *allen* Flibustiern«, berichtigte Adams. »Es sind nämlich noch einige unterwegs nach Terra. Sie tauchten an vielen Stellen und fast gleichzeitig auf und wurden gefasst.«

»Von speziell geschulten Fahndern?«

»Von ausgesprochenen Amateuren.«

»Dann könnten sie uns absichtlich in die Hände gespielt worden sein!«, rief Cern Jost angespannt. »Wir müssen unbedingt herausfinden, wie sie dorthin kamen, wo sie schließlich gefasst wurden!«

»Wir ...?«, fragte Tifflor gedehnt.

»Ich könnte das für die LFT herausfinden – schneller und gründlicher als jeder andere Kundschafter«, erklärte Jost.

»Ihr Selbstwertgefühl ist sehr bemerkenswert, junger Mann«, sagte Rodnay Jigger.

»In den nächsten Monaten werde ich damit wenig anfangen können«, erwiderte Jost und starrte anklagend an die Decke.

Tifflor runzelte die Stirn. »Ich überlege soeben, ob gemeinnützige Arbeit in einer Wüstenoase der richtige Ort für einen eigentlich begabten Kundschafter ist ...« Er überhörte Josts empörtes Schnaufen.

»Das ist doch ein abgekartetes Spiel«, sagte der Mann. »Es stand also gar nicht zur Debatte, mich als Disziplinarmaßnahme in irgendeine Einsamkeit zu verbannen.«

»Doch«, erwiderte Tifflor ernst. »Aber angesichts Ihrer Qualitäten als Kundschafter und des Mangels an qualifiziertem Personal bin ich gewillt, beide Augen zuzudrücken. Ein Rückfall würde allerdings unbarmherzig geahndet, Cern!«

Der Liga-Kundschafter nickte knapp. »Einverstanden, Tiff. Diesmal wird es keine Klagen über mich geben.«

»Ich hoffe das«, sagte der Erste Terraner. »Bereiten Sie Ihren Start für morgen vor, beschaffen Sie sich alle Informationen und jede Ausrüstung, von der Sie annehmen, dass Sie sie brauchen werden. Ich gebe

Ihnen dabei völlig freie Hand – und ich wünsche Ihnen nicht nur Erfolg, sondern auch, dass Sie gesund zurückkehren. Cern.«

Jost erhob sich und ergriff Tifflors Hand.

»Danke, Tiff! Bitte vergessen Sie Aurelia nicht. Die Verbündeten Burgen von Harnacks Planet haben sie tatsächlich zur Botschafterin bei der LFT gewählt. Die Leute betreiben zwar nur interplanetare Raumfahrt, aber sie sind Nachkommen von Terranern.«

»Ich vergesse es nicht, Cern«, versprach Tifflor.

Als der Kundschafter den Raum verlassen hatte, sagte der Erste Terraner: »Es wird wohl in tausend Jahren keinen besseren Kundschafter geben als Cern Jost, Freunde. Er ist ein Genie, und Genies muss man manchmal eine gewisse Narrenfreiheit gewähren.«

38.

Als die fünf kegelförmigen Roboter die sieben Flibustier aus dem Gebäude geleiteten, war es Nacht. Die Kälte schlug gleich einer eisigen Woge über den Gefangenen zusammen.

Genau acht Stunden waren ihnen geblieben, sich auszuruhen und Fluchtpläne zu schmieden. Pearl Simudden hatte sein faustgroßes Beutestück offenbart, und Axe hatte den anderen das Metallarmband gezeigt.

Während der rasenden Fahrt über eine Transferstraße sahen die Flibustier ununterbrochen Zubringerschiffe starten und landen.

Die Fahrt endete in einem gigantischen Gebäudekomplex. Im Innenhof ragte eine schwarze Kuppel kilometerhoch auf. Sie war bis zur oberen Rundung gut zu sehen, weil aus dem halb transparenten Bau ringsum wahre Lichtfluten nach draußen fielen und weil das obere Drittel der Kuppel von mehreren Kränzen heller Positionslichter umrandet wurde.

Die Gefangenen wurden in die Kuppel geführt. Zahlreiche transparente Etagen erstreckten sich über ihnen. Überall waren Orbiter, und viele von ihnen arbeiteten an ausgedehnten Schaltwänden.

Überrascht stellten die Flibustier fest, dass ihre Roboteskorte sie allein gelassen hatte. Die Orbiter, die an ihnen vorbeiliefen, bedachten sie höchstens mit gleichgültigen Blicken.

»Lasst uns abhauen!«, sagte Axe. »Günstiger wird es nicht.«

»Wir bleiben!« Kayna Schatten deutete in die Höhe. »Ich möchte mir ansehen, was dort vorgeht. Vielleicht ist die Kuppel eine Beobachtungsstation – nicht nur für ganz Churuude, sondern auch für andere Planeten und den Weltraum.«

»Und wennschon ...«, bemerkte Tobbon mürrisch. »Haben wir was davon?«

Durch die vielen Ebenen hindurch ließ sich vage erkennen, dass über ihnen ausgedehnte Bildprojektionen aktiv waren.

Kayna blickte den Epsaler nachdenklich an. »Wenn wir von Churuude fliehen wollen, müssen wir mehr über diese Stahlwelt wissen«, erwiderte sie. »Außerdem interessiert mich, wie viele Raumschiffe über dem Planeten beladen werden.«

»Es genügt, wenn wir uns nur ein Schiff unter den Nagel reißen und damit abhauen können«, sagte Brak. »Wie viele andere Schiffe im Raum herumschwirren, kann uns egal sein.«

Kayna Schatten hatte den Blick kurz durch ihr näheres Umfeld schweifen lassen. »Wir benutzen den nächsten Liftschacht!«, ordnete sie an, ohne auf Braks Bemerkung einzugehen.

»Also los!«Tobbon nickte. »Wenn Kayna sagt, dass es wichtig ist, einen Überblick zu bekommen ...«

Während sie nach oben schwebten, musterte Pearl Simudden die Orbiter, die ihnen aus der Höhe entgegenkamen. Immer noch verblüfften ihn die täuschend lebendig wirkenden Gesichter und die Perfektion der Nachbildungen. Die Ebenbilder trugen unterschiedlichste Fantasieuniformen oder Zivilkleidung, Kopfbedeckungen und Schuhe – und auch in Mimik und Gestik produzierten sie sich in ungeahnter Vielfalt.

Die Flibustier schwebten bis zur oberen Ebene ungefähr in der Mitte der Kuppel. Immer noch wölbte sich das Rund gut zwei Kilometer hoch über ihnen. Die stetig wechselnden Projektionen entlang der Rundung erweckten den Eindruck, als schwebte die Kuppel im Weltraum. Ein imposanter Eindruck ...

... doch was den Flibustiern wirklich den Atem verschlug, das war der Anblick der unüberschaubaren Armada keilförmiger Raumschiffe.

Man stelle sich ein Aquarium vor und darin dicht an dicht Wasserflöhe, immer nur Millimeter voneinander getrennt, dann wird man einsehen, dass ihre Anzahl für menschliche Begriffe aberwitzig groß ist. Genauso erging es den Piraten mit dieser gewaltigen Flotte.

Pearl Panika Simudden hatte das Gefühl, dass ihm eine unsichtbare Hand die Kehle zudrückte. Er wollte etwas sagen, brachte aber nicht mehr als ein heiseres Ächzen hervor.

Die Raumschiffe waren ständig in Bewegung. Unablässig formierten sich riesige Pulks und näherten sich dem Betrachter, was mit Sicherheit bedeutete, dass sie Churuude anflogen. Bei jedem Schiff erschienen Dutzende von Zubringern, dockten an und legten nach einiger Zeit wieder ab. Anschließend zogen sich die Pulks tiefer in den Raum zurück und vereinigten sich zu gewaltigen Flotten.

»Das ist Wahnsinn!«, sagte Josto ten Hemmings tonlos.

»Ein herrlicher Anblick!«, schwärmte Axe und klatschte begeistert in die Hände.

Simudden rang allerdings mit seiner Fassungslosigkeit, und das erst recht, als er zwei Orbiter in seiner Nähe reden hörte.

»Ob die Garbeschianer immer noch denken, ihre Horden hätten eine Chance gegen uns?«, fragte eine Tobbon-Type.

»Sie waren immer schon schwer zu belehren«, erwiderte eine Schatten-Kopie. »Vielleicht, wenn sie die Gesamtheit der Anlagen und der Flotten sehen könnten ...«

Die Schatten-Type stockte, wandte sich um und blickte Simudden durchdringend an. »Was schleichst du hier herum, Garbeschianer?«, fragte sie drohend.

Pearl Simudden schreckte gekonnt aus Gedankenverlorenheit hoch. »Bitte?«, fragte er. »Ich habe dich nicht verstanden.« Er machte einen zögernden Schritt auf die beiden Orbiter zu. »Hast du mit mir geredet?«

Die Tobbon-Type lachte grollend. »Er hat nichts mitbekommen, Agyra. Diese Garbeschianer scheinen unter einem Schock zu stehen. – Was sagst du dazu, Pearl?« Er deutete auf die Bildprojektionen.

Der Akone hob die Hände und drehte die Handflächen nach oben. »Dazu kann ich nichts sagen. Aber wir sind keine Garbeschianer!«

»Leugne nur!«, herrschte Agyra ihn an. »Es nützt euch doch nichts. Schon einmal sind eure Horden vertrieben worden. Leider konnten damals viele von euch fliehen. Aber diesmal werden wir den Horden von Garbesch die endgültige Niederlage bereiten.«

»Ihr werdet Unschuldige treffen«, erklärte Simudden. »Führt doch erst einmal Erkundungen durch, dann werdet ihr erkennen, dass es in dieser Galaxis keine Garbeschianer, sondern nur friedliebende Zivilisationen gibt.«

Wieder lachte die Tobbon-Type. »Wir kennen die Art, wie ihr euch zu tarnen versucht. Aber das nützt euch nichts. Komm, Agyra, wir haben unseren Bericht für die Oberen fertigzustellen.«

»Wer sind die Oberen?«, rief der Akone. »Bringt uns zu ihnen, damit wir ihnen ihren Irrtum klarmachen können!«

Doch die beiden Orbiter interessierten sich nicht mehr für ihn. Sie gingen zum Antigravschacht.

Als die Flibustier bald darauf den Kuppelbau verließen – in einem anderen Bereich als dem, durch den sie gekommen waren –, wurden sie von fünf Schweberobotern empfangen und zu ihren Unterkünften zurückgebracht. Dort standen sie dann in der Vorhalle beisammen und schauten sich verstört an.

»Ihr steht herum wie eine Herde blökender Schafe!«, brauste Kayna Schatten schließlich auf. »Wir haben eine unvorstellbar große Armada von Raumschiffen gesehen, das stimmt. Aber was geht uns das an?«

»Ich finde, es geht uns sehr viel an«, erklärte Simudden. »Diese gigantische Armada wird demnächst über die Zivilisationen der Milchstraße herfallen – und es ist nicht die einzige.« Er berichtete, was er vom Gespräch der beiden Orbiter mitbekommen hatte.

»Das hört sich an, als gäbe es nicht nur zwei solcher Planeten, sondern viele mehr«, folgerte der Ara.

»Und über jedem sammelt sich eine solche Armada.« Brush Tobbon spuckte aus. »Ich wäre gern dabei, wenn Tifflor oder dieses Ekel Mutoghman Scerp diese Flotten zum ersten Mal sehen und das große Flattern bekommen.« Er lachte dröhnend.

»Idiot!«, herrschte Simudden den Epsaler an. »Geht es nicht in deinen dicken Schädel hinein, dass damit das Ende aller galaktischen Zivilisationen gekommen ist?«

»Leg dich nicht mit mir an, Akone!«, drohte Tobbon. »Was geht es uns an, ob die galaktischen Zivilisationen in Schutt und Asche sinken? Wir gehören nicht zu ihnen; wir waren immer Außenseiter und werden das ewig bleiben.«

»Ich fürchte, diesmal hat Pearl logisch gedacht«, wandte Kayna Schatten ein. »Dem Aufgebot der Orbiter haben die galaktischen Zivilisationen nichts annähernd Gleichwertiges entgegenzusetzen. Wenn diese Flotten angreifen, werden alle Zivilisationen ausgelöscht. Begreifst du, Brush? Sie werden nicht nur geschlagen und in ihrer Entwicklung zurückgeworfen, sondern ein für alle Mal ausgelöscht. Es wird hinterher sein, als hätte es sie nie gegeben – und wo nichts übrig bleibt, kann sich auch nichts erholen. Was wird dann aus uns werden?«

Wie vor den Kopf geschlagen starrte Tobbon die Planerin an. Er setzte mehrmals zum Sprechen an, brachte aber kein Wort heraus.

»Wir müssen die Menschheit warnen!«, platzte Körn Brak heraus.

»Du bist verrückt!«, schnaubte Tobbon. »Und außerdem: Wie sollten wir sie warnen?«

»Indem wir mit einem Schiff von Churuude fliehen und aus sicherer Entfernung Terra über Hyperfunk informieren«, erklärte der Kosmo-Mathematiker.

Tobbon tippte sich an die Stirn. »Sobald wir unsere Namen nennen, haben wir alle Schiffe der GAVÖK und der LFT im Nacken.«

»Und wenn wir Decknamen angeben?«, warf ten Hemmings ein.

Simudden lachte bitter. »Damit jeder die Warnung als einen dummen Scherz abtut? Nein, damit würden wir niemandem helfen.«

»Hört zu!«, unterbrach Kayna Schatten den Disput. »Bei der nächsten Gelegenheit überwältigen wir sieben Orbiter. Pearl, das ist wohl ein Fall für dein seltsames Fundstück ... Und Axe, du gibst mir dein gestohlenes Armband!«

Die Flibustier mussten vierzehn Stunden warten, während deren sich niemand um sie kümmerte. Dann wurden sie von fünf Rundumkämpfern abgeholt und wieder in einen Gleiter verfrachtet. Diesmal führte der Weg aber nicht zur Stadt, sondern weiter nach Norden.

Nach etwa zwanzig Minuten rasender Fahrt führte die Transferstraße unter die Oberfläche des Planeten – und zehn Minuten danach hielt der Gleiter in einem Knotenpunkt.

Eine halbe Stunde lang mussten die Flibustier warten, dann wurden sie von einem Orbiter-Kommando abgeholt. In einem offenen Schweber flogen sie durch teilweise transparente Tunnels, die hinter ihren Wänden große Komplexe rätselhafter Aggregate erkennen ließen. Offenbar handelte es sich um Fabrikationsanlagen. In einem Bereich war nämlich zu erkennen, dass Unmengen steingrauer Klimakombinationen ausgestoßen wurden.

»So etwas brauchen wir«, sagte Kayna Schatten, aber da jagte der Gleiter schon an einem anderen Bereich vorüber.

Schließlich endete der Tunnel. »Aussteigen!«, befahl einer der Orbiter – ausgerechnet eine Axe-Type.

Ein Tor öffnete sich vor ihnen. Dahinter lag ein in grünes Leuchten getauchter Korridor, der in einen halbkugelförmigen Raum führte. Aus dessen Wänden ragten zahllose unbekannte Geräte oder Instrumente.

»Wartet hier!«, befahl die Axe-Type.

Als die Orbiter den Raum wieder verlassen wollten, drückte Simudden wahllos auf mehrere Erhebungen des Simultankomplexes.

Panik brach in ihm aus. Er hörte gellende Schreie und riss abwehrend beide Hände nach oben.

Als er wieder klar sehen konnte, stellte er fest, dass die Orbiter den Raum nicht verlassen hatten. Sie standen in unnatürlichen Haltungen vor dem inzwischen offenen Schott, aber sie bewegten sich nicht.

Simuddens Gefährten waren wie er selbst zu Boden gegangen und kamen soeben mehr oder weniger benommen wieder auf die Beine.

Auch die Orbiter bewegten sich wieder. Sie wandten sich ihren Gefangenen zu. Aber die Tatsache, dass die Flibustier ebenfalls unter dem rätselhaften Einfluss gelitten hatten, schien ihnen zu sagen, dass die Garbeschianer an diesem Zustand schuldlos waren. Aufgeregt verließen sie den Raum.

»Die Typen sind tatsächlich nur Roboter«, stellte Treffner fest.

»Wie meinst du das?«, fragte Kayna verwundert. »Wir waren uns doch schon im Klaren darüber, dass die Ebenbilder Roboter sind.«

»Ich hatte allmählich Zweifel daran«, antwortete der Ara. »Vor allem, weil sie atmen. Aber die Tatsache, dass unsere Bewacher eben einfach stillstanden, anstatt wie wir zu Boden zu gehen, klärt die Frage wohl endgültig. Das Stabilisierungssystem erhält eben auch bei Abschaltung ein stabiles Gleichgewicht.«

»Es sind also einwandfrei Roboter – und Pearl kann sie mit dem Gerät desaktivieren«, sagte Kayna. »Aber da wir ebenfalls betroffen sind, können wir nicht schnell genug handeln. Du musst noch einen Test machen, Pearl!«

»Ich fürchte, so viel Zeit haben wir nicht mehr.« Tobbon deutete auf einige der bizarren Geräte in den Wänden.

Simudden schaute hoch und sah, dass genau sieben dieser Geräte in Bewegung geraten waren. Langsam richteten sie sich so aus, dass ihre verlängerten Längsachsen auf jeweils einen der Flibustier zeigten.

Ein anschwellendes Summen und Knistern erklang. Die sieben kleinen Aggregate glühten von innen heraus auf, dann schossen grünlich schimmernde Strahlen auf die Flibustier zu und hüllten sie ein.

Desintegratoren!, war Simuddens einziger Gedanke in dem Moment.

Doch die zerstörerische Wirkung blieb aus. Der Akone wurde jedoch wie von einem jähen Fieberschub geschüttelt. Ein bohrender Kopfschmerz quälte ihn.

»Sie folgen uns!«, keuchte ten Hemmings.

Einige Flibustier hatten versucht, den Strahlenbündeln zu entkommen, aber das grüne Leuchten folgte ihnen unerbittlich.

»Wahrscheinlich soll damit unsere psychische Konditionierung aufgebrochen werden!«, rief der Ara bebend.

Kayna Schatten kauerte sich in den toten Winkel unter »ihrem« Gerät, doch das half nur für Sekunden. Ein anderes Gerät wurde aktiv und schoss sein grünes Leuchten auf sie ab.

Zitternd tippte die Planerin auf die Sensorpunkte des erbeuteten Armbands – und mit einem Mal öffnete sich in der dem Eingang gegenüberliegenden Wand ein Schott.

Brüllend stürmte Axe hinaus. Simudden und Treffner mussten Brak stützen und schleiften ihn gemeinsam in den Flur hinaus. Dort ließen sie sich zu Boden sinken.

»Steht auf!«, rief Kayna Schatten. »Die Projektoren haben sich abgeschaltet, als das Schott hinter mir zufiel. Vielleicht wurde irgendwo Alarm ausgelöst. Wir müssen möglichst schnell hier weg. Also macht schon!«

Sie taumelten weiter. Die Schmerzen und die Benommenheit verflogen allmählich.

Zehn Minuten mochten vergangen sein, da baute sich vor den Flibustiern eine Energiebarriere auf. Als sie sich umwandten, sahen sie eine gleiche Barriere etwa hundert Meter hinter sich. Hemmings hatte die verborgenen Projektoren gerade noch passiert, andernfalls wäre er von seinen Gefährten abgeschnitten gewesen.

Aus und vorbei!, erkannte Pearl Simudden niedergeschlagen. *Wie hatten wir auch hoffen können, einer Macht zu entkommen, die über solche Supertechnik verfügt!*

»Ihr wollt aufgeben?«, fauchte Kayna Schatten zornig. »Seid ihr eigentlich noch Flibustier, die weder Tod noch Teufel fürchten?«

Sie war einige Meter zurückgegangen. Mit den Fingerspitzen fuhr sie über haarfeine Risse in der Seitenwand. Sichtlich angespannt tippte sie dann auf die Sensoren des erbeuteten Armbands.

Es war der siebte oder achte Versuch, als das Schott lautlos aufglitt. Ein kurzer Korridor wurde sichtbar – und an seinem Ende die Einstiegsöffnung eines Antigravlifts. Es bedurfte keiner Worte, die Flibustier hasteten sofort den Gang entlang.

Das Kraftfeld des Schachts trug sie in die Höhe, weiter von den Marterinstrumenten weg und der Oberfläche entgegen, die sie im Unterbewusstsein mit der Freiheit gleichsetzten.

Pearl Simudden suchte immer wieder nach Anzeichen einer Energiebarriere, doch keine neue Sperre baute sich auf. Anders als seine Gefährten setzte er seine Hoffnung nicht instinktiv auf die stählerne Weite des Planeten. Er wollte nur möglichst weit weg von dieser Sektion, in der die Flibustier über kurz oder lang in eine neue Falle geraten würden.

Irgendwie fühlte er sich immer weniger als Raumpirat, als sei er längst im Begriff, eine bessere Rolle zu übernehmen. *Die letzte Möglichkeit, etwas zu tun, was mich reinigt von dem Blut und dem Schmutz, der an mir haftet!,* pochte es unter seiner Schädeldecke.

Als hätte er es geahnt, erblickte Simudden durch die nächste Schachtöffnung ein Gewirr transparenter Wände, Wölbungen und Säulen – und auf dem Boden den durch eine rot leuchtende Linie abgegrenzten Kreis, den er auf Churuude schon zweimal gesehen hatte.

»Aussteigen!«, rief er und schwang sich spontan aus dem Schacht. Er wich sofort zur Seite, um die anderen nicht zu behindern.

»Ein Transmitter!«, sagte Kayna überrascht, als sie den rot leuchtenden Warnkreis sah.

»Und du wirst ihn einschalten. Genau so, wie Vataal mit seinem Armband den anderen Transmitter geschaltet hat. Schnell!«

Sie eilten zu dem Transmitterkreis und stellten sich hinein.

»Ich kann es nicht«, erklärte Kayna. »Ich habe keine Ahnung, welche Sensoren Vataal berührt hat. Die geringste Fehlschaltung kann verhängnisvoll sein.«

»Aber ich kann es«, sagte Simudden. »Ich habe mir eingeprägt, wie Vataal die Schaltung vornahm. Allerdings wusste ich da bereits, dass Axe sich ein solches Armband angeeignet hatte.«

Wortlos reichte Kayna ihm das dünne Metallband weiter. Der Akone dachte nur kurz nach, dann berührte er die ersten Sensoren.

Es funktionierte. Die Umgebung veränderte sich.

Axe wollte etwas sagen, aber Tobbon bemerkte Simuddens warnenden Blick und hielt dem Faktotum den Mund zu.

Nur etwa dreißig Meter entfernt arbeiteten knapp zwei Dutzend Orbiter an einer Schaltwand. Noch hatte keine der Typen die Flibustier bemerkt. Aber falls sich nur einer umdrehte und die Gestalten in den auffälligen Gefangenenkombis sah, würde die Hetzjagd beginnen. Andererseits bot sich hier die erwartete Chance, denn alle Orbiter trugen steingraue Klimakombinationen.

Pearl Simudden deutete auf seine Kombination, dann zeigte er zu einer mehr als mannshohen Speicherbank, die links von ihnen auf halbem Weg zur Schaltwand stand.

Seine Gefährten verstanden. Auf Zehenspitzen schlichen sie hinter die Speicherbank und entledigten sich ihrer grün leuchtenden Kombis, dann zogen sie die breiten Gürtel aus den Schlaufen und legten sie so zusammen, dass die schweren Metallschlösser zu wirksamen Hiebwaffen wurden.

Simudden nahm den Simultankomplex in die Hand und drückte zwei Tasten, die er bisher nicht benutzt hatte – jedenfalls nicht absichtlich. Er ging davon aus, dass er die Paniktasten immer noch berühren konnte, falls sich keine Wirkung bei den Orbitern einstellte.

Urplötzlich schaute *er* von der Kuppe des Tempelbergs hinab auf die anstürmenden Roboterheere. Seine Rechte fuhr zu dem aus der Scheide ragenden Schwertgriff – und die Illusion verschwand.

Ein tierhaftes Brüllen brachte Simudden blitzartig in die Wirklichkeit zurück. Er sah, dass Axe um die Speicherbank herumstürmte.

Wenn die Orbiter nicht ausgeschaltet waren, war also ohnehin nichts mehr zu verderben. »Vorwärts!«, rief Pearl Simudden den Gefährten zu, die benommen oder verzückt umherblickten, dann folgte er Axe.

Als er um die Ecke der Speicherbank bog, schlug sein Herz schneller. Die Orbiter standen wie erstarrt vor der Schaltwand ...

In aller Eile streiften die Flibustier den Orbitern die steingrauen Kombinationen ab, was wegen der totalen Erstarrung der Ebenbilder mit einigen Schwierigkeiten verbunden war. Glücklicherweise befand sich unter den Orbitern mindestens ein Ebenbild jedes Flibustiers. Es wäre fatal gewesen, hätte eine Tobbon-Type gefehlt.

»Das hast du bestens eingefädelt, Panika«, lobte Kayna Schatten, als sie ihre erbeutete Kombination übergezogen hatte.

»Ja, du warst Spitze«, gestand sogar Tobbon grinsend zu.

»Diese Illusion oder Halluzination, die wir vorhin erlebten, die scheint genau mit dem Albtraum beziehungsweise seinem Anfang übereinzustimmen, von dem du erzählt hast, Pearl«, erinnerte der Ara. »Die Sache muss einen tieferen Sinn haben.«

»Zerbrich dir nicht darüber den Kopf, Markon!«, erwiderte Simudden. Er schob den Simultankomplex unter die Beute-Kombination. »Ich sehe nur etwas Symbolisches darin. Vielleicht brauchten oder brauchen die unbekannten Herren von Churuude solche Geräte, um sich in die jeweils erforderliche Stimmung zu versetzen – oft genug eben in Kampfstimmung. Denken wir lieber nach, was wir jetzt tun.«

»Wir verschwinden durch den Transmitter ...«, sagte Axe.

»Die gleiche Schaltung würde uns nur zum Ausgangspunkt zurückbringen«, widersprach Simudden. »Und eine Veränderung der Eingabe erscheint mir zu gewagt. Ich denke, wir suchen einen Antigravlift, der uns an die Oberfläche bringt, falls wir noch nicht ganz oben sind.«

Eine der Tobbon-Typen schwankte plötzlich und kippte steif zu Boden. Axe trat dem Epsaler-Duplikat in die Seite. »Der ist total hinüber«, sagte das Faktotum grinsend.

Ein wenn auch sehr leichter Schlag des echten Tobbon schleuderte den krummbeinigen Gäaner gegen eine Axe-Type und ließ ihn mit ihr zu Boden gehen. »Du vergreifst dich nicht an meinem Ebenbild!«, grollte Tobbon.

Als Kayna Schatten schallend lachte, musste auch der Epsaler lachen. Er packte Axe am Kragen und stellte ihn wieder auf die Füße.

Unterdessen hatte Simudden sich umgesehen. Er glaubte, einen Hinweis auf den Weg zum nächsten Antigravlift gefunden zu haben.

Die Stimmung der Flibustier war mittlerweile fast schon euphorisch zu nennen. Zudem standen sie bereits wenige Minuten später vor einem Zwillingsschacht. Sie schwebten darin etwa fünf Minuten nach oben, dann erblickten sie über sich etwas, das wie eine von der Sonne angestrahlte transparente Kuppel aussah.

»Vielleicht eine Pfortenkuppel!«, vermutete Tobbon. »Dort wird es von Robotern wimmeln!«

»Aber warum denn?«, fragte Simudden ironisch. »Wenn die erstarrten Orbiter noch nicht entdeckt worden sind, wird alles ganz friedlich zugehen. Wir dürfen uns nur nicht auffällig benehmen.«

Sie gelangten tatsächlich in eine transparente Pfortenkuppel an der Planetenoberfläche. Weder kegelförmige Roboter noch Orbiter waren zu sehen. Außerhalb der Kuppel ragte das üppige Grün einer Vegetationsinsel empor. Davor standen zahlreiche große Mannschaftstransporter.

»Wir schnappen uns einfach einen!«, frohlockte Tobbon.

»Erst sehen wir uns draußen um«, widersprach Simudden. »Welchen Sinn hätte es, hier leere Gleiter abzustellen, wenn niemand da ist, der damit befördert werden soll.«

Sie verließen die Kuppel durch eine kleine Schleuse und gingen langsam auf die Gleiter zu. Als sie ungefähr die Hälfte der Strecke hinter sich hatten, tauchten aus dem verfilzten Pflanzendschungel Hunderte Orbiter auf.

»Schnell weg!« Axe wollte davonlaufen, doch der Akone hielt ihn zurück.

»Hiergeblieben! Oder willst du uns verraten? Geh langsam weiter. Es sieht nicht so aus, als hätten die Orbiter uns aufgelauert.«

»Sie haben sich im Wald die Füße vertreten«, kommentierte Markon Treffner.

»Roboter?«, fragte die Planerin spöttisch.

»Was wissen wir denn darüber, was sich in den Vegetationsinseln verbirgt«, sagte der Mathematiker Brak.

»Hallo, ihr da!«, schrie eine Simudden-Type. Der falsche Akone trug fingerdicke Rangabzeichen auf den Schultern seiner steingrauen Kombination. »Beeilt euch! Wir müssen gleich starten!«

»Er meint uns!«, sagte ten Hemmings fassungslos.

»Natürlich meint er uns.« Simudden seufzte. »Er ist ein Offizier und muss ja glauben, dass wir zu seiner Truppe gehören, wenn wir uns in der Nähe der Gleiter herumtreiben.«

Laut rief er zurück: »Wir kommen!«

»In einer geschlossenen Truppe sind wir auch nicht besser dran als in einem Gefängnis«, wandte Treffner ein.

»Vielleicht werden wir zu einem Schiff geflogen«, sagte Kayna Schatten.

»Zu einem Schiff?« Tobbon lachte glucksend. »Außerdem übergibt man uns gleich das Kommando darüber, weil jeder uns ansieht, dass wir raumerprobte Flibustier sind.«

Inzwischen waren noch mehr Orbiter aus dem Dschungel gekommen. Sie stiegen mit beachtlicher Schnelligkeit in die Gleiter. Die sieben Flibustier sahen, dass die Simudden-Type mit den Offiziersabzeichen die Fäuste in die Hüften stemmte und drohend zu ihnen herüberschaute. Sie fielen in einen schnellen Lauf, um den Unmut des Orbiters nicht noch anzuheizen.

»Ihr meldet euch später bei mir!«, befahl der Offizier. »Ich dulde es nicht, dass meine Raumfahrer mir den pünktlichen Start vermasseln!«

»Jawohl!«, erwiderte Simudden, der Echte. Beinahe hätte er noch »Sir« hinzugefügt, aber er fürchtete, dass diese Anrede bei den Orbitern ungebräuchlich war.

Hastig eilten die Flibustier in den nächsten Gleiter. Kaum hatten sie sich auf die noch freien Plätze verteilt, startete der Gleiter schon und ging auf Ostkurs.

Eine Stunde später zeichnete sich die Silhouette einer großen Stadt am Horizont ab. Simudden überlegte beklommen, ob ihr Ziel womöglich die Stadt war, der sie schon zweimal einen unfreiwilligen Besuch abgestattet hatten.

»Er hat ›meine Raumfahrer‹ gesagt«, flüsterte Kayna neben dem

Akonen. Überrascht schaute er sie an, denn vorhin hatte die Planerin zehn Meter weiter hinten gesessen.

»Ich habe getauscht«, erklärte sie lächelnd. »Mit einer freundlichen Schatten-Type.«

Simudden seufzte. »Ich glaube nicht, dass wir auf ein Raumschiff kommen, nur weil uns jemand Raumfahrer genannt hat. Wir haben ja gesehen, dass die Robot-Kopien direkt aus der Fertigung in die Zubringer gehen und nicht erst auf dem Land spazieren fliegen.«

Der Gleiter drehte nach Steuerbord ab. Wenig später tauchte vor ihm einer der bekannten Rundkomplexe auf und schließlich eine lange Reihe von Zubringerschiffen, hinter denen viele tausend Orbiter in Marschkolonnen angetreten waren.

»Weihnachten, Ostern und Pfingsten fallen auf einen Tag!«, flüsterte Kayna triumphierend.

»Was?«, fragte Simudden verständnislos.

»Ach ja, du kennst das nicht«, erwiderte die Planerin, während der Gleiter landete. »Ich wollte nur sagen, dass wir mehr Glück als Verstand zu haben scheinen.«

Die Orbiter drängten nach draußen, und die Flibustier schlossen sich an. Draußen wurden sie von der Simudden-Type erwartet und zu einer der Marschkolonnen geschickt. Diesmal rannten sie ohne Aufforderung, denn die Aussicht, mit einem Raumschiff von der unheimlichen Stahlwelt fortzukommen, war Ansporn genug.

Eine dreiviertel Stunde später, als sie nebeneinander an den Polsterwänden lehnten, die den Frachtraum des Zubringerschiffs in meterbreite Abschnitte unterteilten, sagte Brush Tobbon: »Ich begreife nicht, dass wir so einfach … Na, ihr wisst schon!« Dass er nicht mehr sagte, war den echten Orbitern ringsum geschuldet.

»Eine reine Zeitfrage«, behauptete Simudden. »Hätten wir erst Anschluss suchen müssen, wären wir nirgendwo mehr hineingekommen. Aber abwarten! Auch ›oben‹ wird eine bestimmte Meldung ankommen, und dann erleben wir heiße Stunden.«

»Ich überlege schon, wie wir ohne Brandblasen davonkommen können«, flüsterte Kayna.

39.

Cern Jost steuerte die SUGAR BABY in einen Orbit um den Planeten Manua Levu und sandte ein Rufsignal an den Kontrollturm von Tonga Space Port.

Als nach einigen Minuten immer noch keine Antwort eingetroffen war, entschloss sich der Liga-Kundschafter dazu, auf eine Landeerlaubnis zu verzichten.

Gespannt beobachtete er während seines weiteren Anflugs die Ortungen. Er musste aufgrund seines illegalen Manövers damit rechnen, dass eventuelle Verteidigungsanlagen des Planeten das Feuer eröffneten. Doch alles blieb ruhig.

Jost setzte seine Space-Jet neben dem Kontrollturm auf, damit niemand in Versuchung geriet, mit schweren Waffen auf die SUGAR BABY zu feuern.

Bevor er ausstieg, fasste er in Gedanken die bisherigen Ergebnisse seiner Mission zusammen. Die Doppelgänger der Flibustier, so hatte er herausgefunden, waren nie direkt zu dem Ort gekommen, wo sie schließlich identifiziert und verhaftet worden waren. Sie hatten stets die indirekte Methode gewählt. Sie erschienen jeweils auf Welten, die mit Genehmigung der LFT Arbeitskräfte anwarben und zu Planeten, Raumstützpunkten und an andere Orte schickten, an denen chronischer Mangel an Arbeitskräften herrschte. Die Flibustier hatten sich nur auf Welten rekrutieren lassen, auf denen es keinen Stützpunkt der LFT oder der GAVÖK gab, eine Personenkontrolle hatte also nie stattgefunden. Am jeweiligen Einsatzort waren allerdings alle Vorgesetzten der Überzeugung gewesen, auf Herz und Nieren überprüfte Arbeitskräfte zu bekommen, deshalb waren dort Kontrollen unterblieben.

Manua Levu war die letzte der Welten auf Josts Liste, die nicht überprüfte Arbeitskräfte verschickt hatten – und zwar nach Crish im Danvor-System. Dort wurden beim Abzug der Überschweren beschädigte Raumschiffswerften in fieberhafter Eile wieder aufgebaut.

Jost verließ die SUGAR BABY, aktivierte den Schutzschirm der Space-Jet und betrat den Kontrollturm.

Schon in der Verteilerhalle fand er eine ziemliche Unordnung vor. Auf dem Boden lagen leere Getränkedosen und Schachteln, in denen laut Aufdruck Konzentratriegel gewesen waren. Er wunderte sich vor allem über die leeren Konzentratpackungen, denn in der ganzen Milchstraße produzierten die Lebensmittelindustrien vorerst noch ausschließlich normal konservierte Lebensmittel.

Da der Antigravlift nicht funktionierte, benutzte Jost die Nottreppe. Auch hier lagen Verpackungen und leere Dosen herum.

Im zentralen Kontrollraum fand er zudem Dutzende Flaschen, in denen sich hochprozentige Getränke befunden hatten. Die Stummel von Narkozigaretten passten zu dem Bild, das er sich inzwischen von den Vorgängen hier machte. Nur von denen, die eine ausgelassene Orgie gefeiert hatten, war niemand zu sehen.

Cern Jost schaltete die Fernbeobachtung ein und musterte die Holzhütten von Tonga City. Nicht weit davon entfernt sah er die Ruinen der früheren Stadt. Die Überschweren hatten die von ihnen okkupierten Häuser bei ihrem Abzug gesprengt.

Weder bei den Hütten noch im Bereich des Ruinenfelds sah Jost eine Bewegung.

»Heben Sie bitte die Hände!«, befahl eine helle singende Stimme. Der Sprecher musste direkt hinter Jost stehen, unter dem Schott, das er schon offen vorgefunden hatte.

Der Kundschafter lebte nicht zuletzt deshalb noch, weil er niemals unbesonnen reagierte. Er hob gehorsam die Hände und drehte sich langsam um.

Unwillkürlich lächelte er, als er sich einer Frau gegenübersah. Sie war fast so groß wie er, hatte blauschwarze Haut, weißes Haar, Augen mit Schlitzpupillen, spitz zulaufende Ohren und einen aufreizend weiblichen Körper. Ihr Alter schätzte er auf fünfunddreißig Standardjahre.

Sie erwiderte sein Lächeln nicht.

»Wer sind Sie?«, fragte sie.

»Ich heiße Cern Jost und bin Kundschafter der Liga Freier Terraner«, antwortete er wahrheitsgemäß. »Und wer sind Sie? Zweifellos gehören Sie nicht zur terranischen Kolonie dieses Planeten, Sie sind auch keine Terranerin.«

»Ich bin Chaioanerin und heiße Vljegah«, erwiderte die Frau. Ihr singender Tonfall hatte einen unglaublich exotischen Reiz. »Allerdings lebe ich seit fünfunddreißig Jahren auf Manua Levu. Die Überschweren zwangen das Schiff meiner Eltern zur Landung. Vor elf Jahren starben sie während einer Epidemie. Es gab keine Medikamente.«

»Ja, das waren schlimme Zeiten.« Jost fragte sich in dem Moment zum tausendsten Mal, wer seine Eltern gewesen waren und ob sie vielleicht noch lebten. Er wusste lediglich, dass er im Alter von zehn Jahren unter terranischen Sklaven auf Olymp gelebt hatte und dass er bei einem Überfall larischer Rebellen befreit und in die Provcon-Faust mitgenommen worden war. Dort hatte ihn eine gäanische Familie adoptiert und erzogen.

»Das dort draußen ist Ihr Schiff, nicht wahr?«, fragte Vljegah.

»Ja, die SUGAR BABY ist mein Schiff.«

»Was bedeutet SUGAR BABY? Es ist kein Interkosmo, oder?«

»Es ist Angloterran«, erklärte der Kundschafter und übersetzte den Namen der Space-Jet ins Interkosmo.

Vljegah lächelte. »Ein etwas eigenwilliger Name, aber er gefällt mir. Fliegen Sie nach Terra?«

»Ich fliege nach Terra, Vljegah«, antwortete Jost. »Wenn Sie es wünschen, nehme ich Sie gern mit.« Er kratzte sich hinterm Ohr. »Aber sagen Sie, warum lässt sich von den Siedlern niemand sehen?«

Vljegah lachte.

»Die schlafen ihren Rausch aus. Das einzige Schiff der Kolonie brachte vor einigen Tagen Arbeitswillige nach Crish. Die Rücklieferung bestand aus Alkoholika, Narkozigaretten und Konzentraten. Auf Crish wurde vor Kurzem ein Versorgungsdepot der Überschweren entdeckt.«

»Wenn ich Zeit dafür hätte, würde ich noch mal nach Crish fliegen und einigen Leuten einheizen!«, erklärte der Kundschafter wütend. »Mir hat man dort nichts von dem Überfluss gesagt. Übrigens, wie war das mit den Arbeitswilligen, die nach Crish geschickt worden sind? Waren das alles nur Einheimische?«

»Fast nur«, antwortete Vljegah. »Lediglich zwei waren nicht von hier, ein Mann und eine Frau, lustige Typen, aber ganz verschieden.«

»Interessant«, erwiderte Jost. »Wie kamen sie hierher?«

»Per Anhalter durch die Milchstraße. Sie sagten, sie wären von insgesamt drei Schiffen jeweils einige Systeme weit mitgenommen worden und suchten Arbeit.«

»Wie sah das Schiff aus, das sie auf Manua Levu absetzte?«

Die Frau zog eine abgewetzte Brieftasche aus einer Tasche ihres Overalls, nahm ein Foto heraus und reichte es dem Liga-Kundschafter. »Ich habe es mit einer vor Jahren selbst gebastelten Kamera aufgenommen«, erklärte sie. »Deshalb ist das Bild nicht besonders scharf.«

Cern Jost sah auf dem grobkörnigen Papier ein annähernd keilförmiges Raumschiff. Es war mitten auf der Piste niedergegangen, und hinter ihm ragte der Kontrollturm auf. Deshalb ließen sich die ungefähren Maße des fremdartigen Schiffs abschätzen. Es mochte 110 Meter lang sein und am etwa vierzig Meter hohen, wie abgeschnitten wirkenden Heck ebenfalls 110 Meter breit. Dort ragten auch die Triebwerksringe hervor. Zum Bug hin flachte sich der Keil bis auf eine Höhe von rund 25 Metern ab.

Jost hatte ein solches Schiff nie zuvor gesehen, und er hielt es für ziemlich unwahrscheinlich, dass Boyt Margor ausgerechnet an ein solches Raumschiff gekommen sein sollte.

»Es ist ein schlechtes Bild«, sagte Vljegah.

Jost schüttelte den Kopf. »Für mich und für die LFT-Regierung ist es das Bild des Jahrhunderts, schönes Kind. Bisher hörte ich bestenfalls ›Es sah ungefähr keilförmig aus‹, aber es hätte schließlich auch pyramidenförmig und damit ein bekannter Typ sein können. Mit deinem Foto ist bewiesen, dass es sich um einen völlig fremden Schiffstyp handelt. Wie lange brauchst du, um deine Sachen zusammenzupacken?«

»Zwanzig Minuten«, antwortete die Chaioanerin.

»Ich helfe dir.«

Rund drei Stunden später verließen sie Vljegahs Haus, stiegen in die SUGAR BABY und starteten ...

»Darf ich Ihnen vorstellen, Tiff: Vljegah, meine Informantin vom Planeten Manua Levu.« Cern Jost lächelte tiefgründig.

»Ist sie nicht auch die Botschafterin dieses Planeten?«, fragte Tifflor mit bissigem Sarkasmus und musterte die junge Frau interessiert.

»Das kann sie nicht sein, denn sie ist kein Menschenabkömmling«, erklärte der Kundschafter. »Trotzdem ist sie ganz menschlich.«

»Ist sie das?«, fragte Tifflor. »Sie kommen ganz schön herum, Cern.«

»Das hängt mit meinem Beruf zusammen.« Jost zog das Foto hervor. »Mit großer Wahrscheinlichkeit sind alle Doppelgänger mit diesem Schiffstyp zu jenen Planeten gebracht worden, die als Zwischenstationen auf dem Weg zu ihren Einsatzorten dienten. Vljegah machte das Bild auf Manua Levu.«

»Es ist nicht besonders gut«, wandte Vljegah ein.

Tifflor blickte auf und lächelte die Chaioanerin an. »Für unsere Zwecke ist das unerheblich. Vljegah, Sie haben uns damit einen unschätzbaren Dienst erwiesen.« Er zog sie an sich und küsste sie auf beide Wangen. Dabei grinste er über ihre Schulter den Kundschafter an.

»Sie gefallen mir auch, Tiff«, sagte Vljegah. »Wenn Sie einverstanden sind, heirate ich Sie beide.«

Der Erste Terraner schluckte mehrmals. »Sie meinen, Cern und mich?«, erkundigte er sich vorsichtshalber. »Uns beide, heiraten, zur gleichen Zeit?«

»In der LFT dominiert die monogame Ehe«, erklärte Jost.

»Das macht nichts«, erwiderte Vljegah lachend. »Ich weiß von meinen fünf Eltern, dass auf meiner Heimatwelt die Frauen sich niemals weniger als zwei Männer als Ehegatten nehmen. Es wäre ein Verstoß gegen die guten Sitten, wenn ich nur einen Mann heiraten würde.«

»Es findet sich sicher noch einer«, erklärte Julian Tifflor. »Terra wimmelt von heiratslustigen Männern. Ich selbst muss leider passen. Mein Amt verhindert eine Ehe gründlich.«

Sekundenlang sah Vljegah betrübt drein, dann nickte sie zögernd. »Ich respektiere, dass auf anderen Welten andere Sitten herrschen«, sagte sie.

»Herrscht auf Manua Levu nicht auch die Monogamie?«, erkundigte sich Tifflor.

»Natürlich nicht«, antwortete Vljegah. »Das wäre auch ungerecht, denn auf Manua Levu wird auf fünf Knaben nur ein Mädchen geboren. Ich selbst war dort mit sechs Männern verheiratet.«

Julian Tifflor kam aus dem Staunen nicht heraus. »Und nun haben Sie sechs Männer einfach sitzen lassen?«

»Aber nein, alle sind gestorben, Tiff.«

Der Erste Terraner blickte seinen Kundschafter mitleidig an. »Werde glücklich mit ihr, Cern«, sagte er. »Und genieße dein Leben, denn es ist kurz bemessen.«

Er widmete sich wieder dem Bild des keilförmigen Raumschiffs. »Nicht genug mit den Loowern, den Weltraumbeben, den UFOs, Alurus, Plekeehr und Margor – nun darf ich auch noch an diesem Knochen nagen.«

»Viel Glück dabei, Tiff!«, bemerkte Jost. »Wir machen erst mal ein paar Tage Urlaub.«

»In dem Schloss in Mittelengland, das Sie sich gekauft haben?«

»Das wissen Sie?«

Tifflor lächelte schadenfroh. »Ich erfuhr es von Aurelia Parr Terstetten. Sie muss durch Zufall dahintergekommen sein und nahm selbstverständlich an, dass Sie das Schloss für sie erworben hätten. Deshalb reiste sie vor einigen Tagen hin, um bei der Renovierung mitzuwirken.«

»Wer ist Aurelia?«, fragte Vljegah.

»Die Botschafterin eines exotischen Planeten«, antwortete Jost abfällig. »Eine alte schrullige Dame mit kurzsichtigen Augen, die sich für Burgen und Schlösser interessiert.«

»Und die sich eine Schrotflinte nebst Munition kaufte, bevor sie nach Mittelengland flog«, ergänzte Tifflor.

Jost wurde blass.

»Da fällt mir ein, ich muss dringend etwas auf Olymp erledigen. Das könnte ich gut mit dem Urlaub verbinden. Vljegahkind, bist du auch mit Olymp einverstanden? Dort ist es nicht so überlaufen wie hier auf Terra.«

Tifflor sah den beiden nach, bis sich das Türschott hinter ihnen geschlossen hatte. Dann schüttelte er den Kopf und seufzte.

Seit dreieinhalb Tagen befand sich das Erkunderschiff der Armada im Raum, als Brush Tobbon die Information brachte, dass das Schiff nach Churuude zurückbeordert worden war.

»Nein!« Pearl Panika Simudden hatte den Eindruck, jäh den Boden unter den Füßen zu verlieren. »Wurde ein Grund dafür mitgeteilt?«

Der Epsaler nickte. »Routinemäßige Inspektion. Aber sie suchen nach uns, das ist doch klar. Aber offenbar vermuten sie nur, dass wir uns in der Mannschaft eines Raumschiffs verbergen, denn es wurden von jedem Verband willkürlich drei Schiffe zurückbeordert.«

»Wo ist Kayna?«, fragte der Mathematiker Brak.

»In ihrer Kabine«, antwortete Tobbon. »Kommt, wir beraten dort, wie wir uns aus der Schlinge ziehen.«

»Das sieht böse aus«, bestätigte Kayna Schatten, nachdem sie die Neuigkeit erfahren hatte. Sie blickte Simudden an. »Denkst du, dass du uns mit dem Simultankomplex durchbringst?«

Der Akone machte eine unsichere, eigentlich ablehnende Geste. »Wir kennen ja inzwischen den Dienstbetrieb bei den Orbitern. Wer immer auch jedes einzelne Besatzungsmitglied überprüft und das Schiff durchsucht, wird darüber einen Bericht anfertigen müssen. Eine Beeinflussung der Prüfer mit dem Simultankomplex würde zweifellos Ungereimtheiten in dem Bericht zur Folge haben und deshalb verraten, auf welchem Schiff wir uns verbergen.«

»Varovaar und Churuude wurden deshalb noch nicht entdeckt, weil sie bis vor Kurzem eingemottet waren«, sagte der Mathematiker.

»Was meinst du damit, Dezibel?«, fragte Kayna, die sichtlich von dieser Aussage überrascht war.

»Ich sagte schon einmal, dass mir auf Churuude alles sehr alt vorkam. Meine Recherchen hier im Schiff bestätigen das bislang. Das Material der inneren Schottpanzerungen befand sich immer in einem Vakuum, konnte also nicht korrodieren. Aber es hat eine Patina angesetzt, wie sie unter den Bedingungen nur im Laufe von Jahrhunderttausenden entstanden sein kann.«

»Das spricht doch nicht dagegen, dass die Orbiter erst kürzlich in unsere Galaxis gekommen sind«, wandte Tobbon ein.

»In unserer Unterkunft auf Churuude fand ich die gleiche Patina«, erwiderte Körn Brak. »Die Welten der Unbekannten sind also schon sehr lange voll technisiert. Wären die Anlagen jedoch ständig in Betrieb gewesen, hätten galaktische Raumschiffe und Messstationen die spezifische Strahlung selbst im dichten Sterngewühl eines Tages orten müssen. Da das nie geschah, müssen die Maschinen seit Jahrzehntausenden oder noch länger desaktiviert gewesen sein, und die Schiffe der Armada ruhten stillgelegt in ihren Hangars. Warum wohl?«

»Weil dieses ganze Potenzial dafür geschaffen war, auf etwas zu warten«, antwortete Treffner.

»Auf die Horden von Garbesch«, vollendete Pearl Simudden den Gedanken.

»Auf ein bestimmtes Zeichen, an dem die Unbekannten erkennen, dass die Horden von Garbesch vor der Milchstraße stehen!«, rief der Mathematiker. »Auf ein Signal also, das den ganzen Rummel auslöst.«

»Und das Signal ist eingetroffen«, sagte der Ara. »Folglich müssen die Horden von Garbesch aufgetaucht sein.«

»Eben nicht!«, widersprach Brak heftig. »Die Orbiter glauben, dass die Garbeschianer sich bereits in der Milchstraße festgesetzt haben, denn sie haben uns in der Milchstraße aufgegriffen. Wir aber wissen, dass es zu dieser Zeit keine Garbeschianer in der Milchstraße gab. So gefährliche Horden, dass die Orbiter ihnen gleich eine gigantische Armada entgegenwerfen, wären niemals unbemerkt in die Galaxis eingesickert, sondern mit einem Paukenschlag – und wir hätten davon gehört.

Das beweist, dass es zumindest hier keine Horden von Garbesch gibt. Folglich haben die Unbekannten zwei gleiche oder ähnliche Signale verwechselt.«

»Das ist alles schön und gut, aber es ändert weder an unserer Situation etwas noch daran, dass die Zivilisationen der Milchstraße in höchster Gefahr sind«, erklärte Kayna Schatten. »Und es hilft uns auch nicht dabei, uns vor Entdeckung zu schützen.«

Körn Brak kicherte. »Varovaar und Churuude wurden nicht entdeckt, weil sie desaktiviert waren, Kayna ...!«

»Du meinst ernsthaft, wir sollten uns einfrieren?«, fragte die Planerin der Flibustier.

»Die Möglichkeit dazu hätten wir«, bestätigte Treffner. »Ich habe die Anlagen gleich nach der Ankunft daraufhin überprüft.«

»Aber dann würden bei der Inspektion sieben Besatzungsmitglieder fehlen!«, rief Kayna.

Pearl Simudden grinste anzüglich. »Brush, du bist doch als Einsatzleiter für die Schiffsreparaturtrupps eingesetzt«, stellte er fest. »Dann kannst du dem Kommandanten vielleicht klarmachen, dass er sieben Orbiter zusätzlich braucht, weil sonst bestimmte Aggregate, die unregelmäßig arbeiten, bis zur Inspektion nicht repariert werden können. Die sieben Orbiter könnte er von einem anderen Schiff anfordern, das nicht zur Inspektion zurückgerufen worden ist.«

Der Epsaler grinste breit. »Das ist die Idee! Die Simudden-Type Archetral, die den Erkunder kommandiert, synthetisiert eine Menge Ehrgeiz. Archetral wird kaum wollen, dass bei der Inspektion Aggregate entdeckt werden, die nicht funktionieren.«

»Das ist gut«, bestätigte Kayna. »Kümmer dich sofort um den Kommandanten, Brush! Sobald wir wissen, dass du Erfolg hattest, frieren wir uns ein.«

Sie blickte Treffner an. »Wofür sind die kryonischen Anlagen eigentlich da?«

Treffner zupfte sich an der Nasenspitze. »Es gibt Anzeichen dafür, dass vor langer Zeit Tote oder Verwundete dort eingefroren wurden«, sagte er.

Pearl Simudden sah auf den Monitoren, dass seine Gefährten in den Unterkühlungsboxen lagen und an die Erweckungsautomatik angeschlossen waren. Er aktivierte die Verriegelung und leitete den Unterkühlungsvorgang ein. Injektionspistolen senkten sich aus den Deckenarmaturen der Boxen und pressten sich auf die Körper. Brush Tobbon war der einzige Flibustier, der versuchte, sich gegen den Tiefschlaf zu wehren. Offenbar hatte er bemerkt, dass der Zeitplan nicht stimmte, und daraus geschlossen, dass die Programmierung abgeschaltet und das Unterkühlungssystem manuell aktiviert worden war. Aber die Injektion lähmte die Körperfunktionen des Epsalers schnell.

Simudden verließ die Kälteschlafanlage und ging nachdenklich an seinen Arbeitsplatz, die Planungszentrale für Außeneinsätze, zurück. Das Schiff befand sich inzwischen im Landemanöver. Der Akone fragte sich besorgt, ob es ihm gelingen würde, der Inspektionsmannschaft ein Schnippchen zu schlagen.

Ihm war nichts anderes übrig geblieben, als auf das Versteck in den Kryogenboxen zu verzichten, da statt der angeforderten sieben Orbiter nur sechs vom Nachbarschiff gekommen waren. Eine nicht besetzte Stelle hätte aber die Inspektoren stutzig werden lassen. Bei der Suche wären letzten Endes alle Flibustier in den Boxen gefunden worden.

So lief er allein Gefahr, entlarvt zu werden. Falls das geschah, wollte er aussagen, dass er sich mit seinen Gefährten zerstritten hatte und sie sich noch in Churuude befinden müssten. Glaubte man ihm, waren wenigstens die anderen Flibustier gerettet.

Der Akone lehnte sich nachdenklich in seinem Sessel vor den Monitoren zurück. Einige zeigten die Umgebung des Raumschiffs. Er fragte sich, ob er früher genauso gehandelt hätte wie jetzt. Wahrscheinlich nicht, denn es gehörte nicht zur Moral eines Piraten, sich für seinesgleichen zu opfern.

Warum nahm er dann wirklich das Risiko auf sich? *In der Hoffnung, dass wenigstens einer von uns durchkommt und in die Lage versetzt wird, die Menschheit vor der Orbiter-Gefahr zu warnen.* Simudden schüttelte kaum merklich den Kopf. *Ist die Menschheit mir mit einem Mal wichtiger als meine Freiheit und mein Leben?*

Er verneinte das spontan und sagte sich, dass er nur deshalb so handelte, weil auch er verloren wäre, wenn die Menschheit ausgelöscht würde. Aber er war nicht ganz davon überzeugt, dass es nur deswegen so war.

»Schiff ist gelandet!«, plärrten die Akustikfelder. »Kommandant an Planer für Außeneinsätze! Planen Sie eine Außeneinsatzübung der Kategorie Zeta unter Einbeziehung von höchstem Zeitdruck!«

Simudden bestätigte den Befehl und widmete sich dem Rechnersystem, mit dem er mittlerweile vertraut war. Mithilfe von Fragen und den darauf kommenden Antworten baute er eine Übungssituation auf, errechnete den Bedarf an Personal und Material und gab seine Anweisungen über das Bordfunksystem weiter.

Erst da wurde er sich darüber klar, dass bis auf den Kommandanten und ihn alle Besatzungsmitglieder das Schiff verlassen hatten. Falls der Sinn der Außeneinsatzübung war, die Mannschaft draußen zu überprüfen, brauchte er für sich nichts zu befürchten.

»Kommandant an Planer für Außeneinsätze!«, erklang die Aufforderung. »Kommen Sie in die Zentrale!«

Aus!, dachte Simudden. *Er hat Verdacht geschöpft. Wahrscheinlich wäre ein echter Orbiter an meiner Stelle ebenfalls nach draußen gegangen.*

Es war sinnlos, wenn er sich dagegen sträubte. Er vergewisserte sich lediglich, dass der Simultankomplex unter seiner Bordkombi nicht auffiel, dann eilte er in die Zentrale.

Außer dem Kommandanten erwarteten ihn zwei Tobbon-Typen und drei Rundumkämpfer. Einer der Tobbon-Doppelgänger trug ein kastenförmiges Gerät.

Ein Zellschwingungsdetektor!

Pearl Simudden wusste in dem Moment, dass er verloren hatte. »Ich bin allein«, erklärte er.

»Das sehen wir«, erwiderte der Kommandant. »Wo sind die sechs Fehlenden?«

»Die zur Übung ausgerückte Mannschaft ist vollständig bis auf acht Orbiter«, erklärte eine der Tobbon-Typen. »Zwei stehen hier. Wo sind die fehlenden sechs?«

In Simuddens Ohren rauschte es. Ihm schien es plötzlich, als schwebte er auf einer rosa Wolke. Er musste an sich halten, um nicht zu lachen.

Es ist ein Missverständnis!, dachte er. *Sie verdächtigen mich so wenig, dass sie mich nicht einmal mit dem Detektor überprüfen. Und sie fragen nicht nach den fehlenden sechs Flibustiern. Sie meinen wahrscheinlich die »Ersatzleute« vom Nachbarschiff.*

Siedend heiß fiel ihm ein, dass er nicht an eine Außenübung gedacht hatte. Deshalb waren die sechs Orbiter vom Nachbarschiff auch nicht von ihm angewiesen worden, sich für die Dauer ihres Aufenthalts an Bord als integrierte Teile der Schiffsmannschaft zu betrachten. Und deshalb hatten sie den Befehl zur Außenübung nicht auf sich bezogen, sondern arbeiteten weiter an der Instandsetzung.

Er schlug sich mit der flachen Hand an die Stirn.

»Ich bitte, mein Fehlverhalten zu entschuldigen«, sagte er. »Aber ich hatte sechs Orbiter zu dringenden Reparaturen an den Triebwerkshilfsaggregaten eingeteilt und ihnen eingeschärft, ihre Arbeitsplätze auf keinen Fall zu verlassen, bevor die Arbeiten abgeschlossen sind.«

»Das könnte die Fehlenden zu ihrem Fehlverhalten veranlasst haben, Lykkord«, sagte der Kommandant. Unter dem Namen Lykkord hatte sich Simudden zum Dienst an Bord gemeldet. »Es könnte sich aber auch um die Garbeschianer handeln.«

»Dann müsste einer von denen draußen sein«, erklärte eine der beiden Tobbon-Typen.

»Überprüfen wir erst einmal die sechs Orbiter. Sind sie die Gesuchten, müssen wir alle Besatzungsmitglieder noch gründlicher mit dem Detektor untersuchen als vorher. Sie begleiten uns, Lykkord!«

Während sie sich dem Hecksektor des Schiffes näherten, brach Simudden der Schweiß aus. Wenn die sechs Orbiter befragt wurden, würde herauskommen, dass sie als Verstärkung der normalen Mannschaft vom Nachbarschiff herübergekommen waren – eine Tatsache, die der Kommandant offenbar gar nicht realisierte. Es würde nur logisch sein, dass die Inspekteure dann erkannten, was gespielt wurde.

Als sie das Hilfsaggregat erreichten, an dem die Orbiter arbeiteten, befahl der Kommandant ihnen, nacheinander vor den Detektor zu treten.

Da die Überprüfung negativ ausfiel, hielt es niemand für nötig, zudem noch Fragen zu stellen – und die Inspektoren kamen offenbar überhaupt nicht auf den Gedanken, nach einem einzelnen Garbeschianer zu suchen. Anscheinend nahmen sie als selbstverständlich an, dass die Garbeschianer sich niemals trennen würden – und auf der Grundlage dieser Annahme erschien es auch verständlich, dass sie einen einzelnen nicht überprüften, da alle anderen Besatzungsmitglieder sich ohnehin als echte Orbiter erwiesen hatten.

Unendlich erleichtert kehrte Pearl Simudden in die Planungszentrale zurück. Eine halbe Stunde später befand sich die Besatzung wieder vollzählig an Bord, und das Schiff startete.

Der Akone wartete noch eine Viertelstunde, dann machte er sich auf dem Weg zur Kälteschlafanlage, um seine Gefährten wiederzubeleben.

Pearl Simudden saß bereits wieder an seinem Arbeitsplatz, als er merkte, dass er den Simultankomplex nicht bei sich trug. Es durchlief ihn siedend heiß, als er sich erinnerte. Er hatte das Gerät in der Kälteschlafanlage abgelegt, um zu vermeiden, dass er versehentlich einen oder mehrere der Kontakte auslöste. Immerhin hatte seine Tätigkeit dort einige Verrenkungen erfordert.

Danach hatte er vergessen, das Gerät wieder an sich zu nehmen. Ohne Rücksicht darauf, ob er vielleicht in den nächsten Minuten gebraucht würde, verließ er seinen Platz.

Schon draußen auf dem Korridor überfiel ihn unmotivierte Heiterkeit. Der Akone blieb stehen, lehnte sich an die Wand und presste sich beide Arme an den Leib, um nicht laut herauszuplatzen.

Zwei Orbiter gingen vorbei, ohne ihn zu beachten. Auch er achtete kaum auf sie. Als er gleich darauf aber sah, dass sie die Wand neben dem Einstieg eines Antigravschachts suchend abtasteten, ging ihm auf, was geschehen war.

Jemand hat mit dem Simultankomplex gespielt!

Der Schreck vertrieb Simuddens Heiterkeit. Er sah, dass die beiden Orbiter immer noch suchend herumtasteten.

Auf sie wirkt das Ding desorientierend. Und alle im Schiff sind davon betroffen!

Seine plötzliche Furcht vor einer Katastrophe, die letztlich zur Entlarvung der Flibustier führen musste, hatte etwas Immunisierendes. Simudden spürte keine Heiterkeit mehr. Er rannte los.

In einem der Korridore saß Körn Brak auf dem Boden und lachte sich fast die Seele aus dem Leib. Tränen liefen ihm übers Gesicht. Er würde sich totlachen, wenn die Wirkung länger anhielt.

An vier Orbitern vorbei, die vergeblich nach dem Öffnungsmechanismus eines Schotts suchten, stürmte der Akone weiter. Glücklicherweise lag die Kälteschlafanlage in einem unbedeutenden Bereich, sodass kaum ein Orbiter in ihrer Nähe war.

Simudden öffnete das Schott zum Vorbereitungsraum und sah sich völlig unerwartet Josto ten Hemmings gegenüber. Der Hochenergiewaffen-Ingenieur lachte wie ein Irrer. Seine fleischigen Hände hielten den Simultankomplex umklammert, und mit beiden Daumen drückte er konstant auf eine der Erhebungen.

Simudden verpasste dem Fetten eine schallende Ohrfeige. Hemmings' Kopf flog zur Seite, dennoch lachte er weiter.

Augenblicke später hielt der Akone den Simultankomplex wieder in Händen. Der Ingenieur lachte nicht mehr, er rang stattdessen keuchend nach Atem. Dümmlich starrte er den Akonen an.

»In deine Kabine, du Idiot!«, herrschte Simudden den Rothaarigen an. »Was soll der Mist? Sag bloß, du hast gemerkt, dass ich den Komplex hier zurückgelassen habe, und wolltest ihn dir unter den Nagel reißen!«

Ernüchtert starrte ten Hemmings auf den Simultankomplex. »Habe ich ...?«

»Ja, du hast! Aber jetzt werfe ich das Ding aus dem Schiff, damit es nicht noch einmal in unrechte Hände gerät! Und du verschwinde hier! Geh in deine Kabine und werde wieder normal!«

Simudden lief zu den nächstgelegenen Mannschleusen. Mehrere Raumanzüge hingen dort in den Wandnischen. Er streifte sich einen der Schutzanzüge über, prüfte die Funktionen und betrat die Schleuse.

Viel zu lang erschien ihm die Zeit, bis die Luft aus der kleinen Kammer abgesaugt war und das Außenschott aufglitt. Scheinbar zum Greifen nahe hing Churuude vor ihm im All. Ringsum die bunten Positionslichter zahlreicher Raumschiffe.

Pearl Simudden holte weit aus und schleuderte das Gerät mit aller Kraft dem Planeten entgegen. In den nächsten Tagen würde es wohl in der Atmosphäre verglühen.

Der Akone aktivierte das Einschleusungsprogramm. Das Außenschott wurde verriegelt, Luft strömte zischend in die Kammer, gleich darauf öffnete sich das Innenschott.

Pearl Simudden klappte den Druckhelm zurück – und taumelte gegen die Wand. Sofort war ihm klar, dass der Simultankomplex entweder in diesem Moment aufgehört hatte zu existieren, warum auch immer, oder dass die Entfernung zu groß geworden war. Dieses eigenartige Gerät hatte ursprünglich der Stabilisierung einer Identität gedient ... Er selbst hatte davon profitiert. Diese ungewohnten Gefühlsanwandlungen ...

Das Schwindelgefühl war verflogen. Nachdenklich zog der Akone den Raumanzug aus.

Er fragte sich, was für eine rätselhafte und schillernde Persönlichkeit das gewesen sein musste, die die für Menschen, Orbiter und Kegelroboter so verwirrende und gefährliche Wirkung des Simultankomplexes zur Stabilisierung ihrer Identität benötigt hatte. Aber wahrscheinlich würde er die Antwort darauf nie erhalten.

Als er an der Funkzentrale vorbeikam, in der Kayna Schatten arbeitete, lief er der Planerin fast in die Hände.

»Du bist blass, Panika«, sagte sie besorgt

Sie hat sich sehr verändert – wie wir alle!, dachte Pearl. *Vorübergehend oder für immer?*

»Ich bin nur müde«, erklärte er. »Gibt es etwas Neues?«

»Du solltest dich ausruhen«, erwiderte Kayna Schatten. »Wir brechen noch nicht auf, sondern haben uns nur in einen größeren Verband integriert.«

»Wo wird das Ziel der Armada liegen? Hast du den Funkverkehr abgehört?«

Kayna Schatten nickte. »Einiges spricht für die geplante Aufteilung der Armada in zahlreiche Verbände und demzufolge dezentralisierte Aktionen.«

»Gegen die Horden von Garbesch? Oder hat man sich eines Besseren besonnen?«

»Die Orbiter sind unbelehrbar«, sagte Kayna Schatten. »Alle reden nur davon, dass die Horden von Garbesch geschlagen werden müssen. Und bei dieser Massierung von Raumschiffen zweifle ich nicht daran, dass sie geschlagen werden – auch wenn das Opfer nicht die Horden von Garbesch sein werden.«

»Und die Menschheit ahnt nicht, was da auf sie zukommt«, sagte Pearl Simudden dumpf.

»Wir befinden uns immerhin auf einem Erkunder.«

»Und?«

»Die Erkunder werden der Armada wohl vorausfliegen, bevor größere Aktionen anlaufen. Du könntest mit dem Simultankomplex die Besatzung ...«

Pearl Simudden schüttelte den Kopf. »Er existiert nicht mehr, Kayna. Wir sind wieder auf uns selbst angewiesen.«

ENDE

Perry Rhodan-Buch 111

GEBURT EINER DUNKELWOLKE

erscheint im September 2010

Nachwort

»Erstens kommt es anders und zweitens als man denkt.« Dass dieses bekannte Zitat von Wilhelm Busch auch in der Zukunft nichts von seiner tiefgründigen Bedeutung verloren hat, bekommen die Terraner deutlich zu spüren.

Die eine Bedrohung, die Flotte der Loower im Solsystem, scheint glücklich überstanden zu sein, und eigentlich wäre es nun an der Zeit, dass die Liga Freier Terraner und die Galaktische-Völkerwürde-Koalition in einer gemeinsamen Anstrengung alles das in Ordnung bringen, was nach dem Ende der Larenherrschaft noch in Trümmern liegt. Das ausgehende 36. Jahrhundert sollte eine Zeit des friedlichen Aufbaus sein. Doch erneut ziehen dunkle Wolken herauf und diesmal nicht nur über dem Heimatsystem der Menschen. Große Bereiche der Milchstraße werden wohl unter der Armada der Orbiter zu leiden haben.

Bislang können die Verantwortlichen diese Gefahr noch gar nicht erkennen. Mehrere Doppelgänger der am meisten gesuchten Verbrecher, der Flibustier – zugegeben, das ist ärgerlich, auf Anhieb auch unverständlich, aber es bedeutet keineswegs eine Katastrophe.

Eine Katastrophe anderer Art, die wirklich zum Weltuntergang werden könnte, zeichnet sich mit den Weltraumbeben ab. Der UFOnaut Plekeehr sprach von den Auswirkungen einer manipulierten Materiequelle und einer bedrohlichen Entwicklung, die an ihrem Höhepunkt zur Vernichtung allen Lebens in diesem Teil des Universums führen muss.

Die Frage ist natürlich, wie schnell eine solche kosmische Katastrophe ablaufen wird. Die sich häufenden Bebenmeldungen sprechen eigentlich bereits eine deutliche Sprache.

In der Milchstraße weiß niemand, dass Perry Rhodan und die Besatzung der BASIS längst mehr zu diesem Thema sagen könnten. Aber das Fernraumschiff wird wohl nicht so schnell in die Heimat zurückkehren.

Für die Verantwortlichen in der Galaxis stellt sich zwangsläufig die Frage nach den Zusammenhängen: Was haben die UFOs mit den Weltraumbeben zu tun? Und in Kürze wird man sich wohl auch fragen, wie die Orbiter in dieses Bild einzuordnen sind.

Die in diesem Buch enthaltenen Originalromane sind: *Solo für einen Androiden* (928) von Ernst Vlcek; *Das strahlende Gefängnis* (931) und *Statue der Macht* (932) jeweils von Kurt Mahr; *Ariolcs Vermächtnis* (933) und *Gucky, der Mächtige* (934) jeweils von H. G. Francis; *Die letzten Flibustier* (936) von Marianne Sydow sowie *Planet der Ebenbilder* (937) und *Armada der Orbiter* (938) beide von H. G. Ewers.

Ich wünsche Ihnen gute und spannende Unterhaltung mit diesem und den folgenden PERRY RHODAN-Büchern.

Hubert Haensel

Zeittafel

1971/84 Perry Rhodan erreicht mit der STARDUST den Mond und trifft auf die Arkoniden Thora und Crest. Mithilfe der arkonidischen Technik gelingen die Einigung der Menschheit und der Aufbruch in die Galaxis. Geistwesen ES gewährt Rhodan und seinen engsten Wegbegleitern die relative Unsterblichkeit. (HC 1–7)

2040 Das Solare Imperium entsteht und stellt einen galaktischen Wirtschafts- und Machtfaktor ersten Ranges dar. In den folgenden Jahrhunderten folgen Bedrohungen durch die Posbis sowie galaktische Großmächte wie Akonen und Blues. (HC 7-20)

2400/06 Entdeckung der Transmitterstraße nach Andromeda; Abwehr von Invasionsversuchen von dort und Befreiung der Völker vom Terrorregime der Meister der Insel. (HC 21–32)

2435/37 Der Riesenroboter OLD MAN und die Zweitkonditionierten bedrohen die Galaxis. Nach Rhodans Odyssee durch M 87 gelingt der Sieg über die Erste Schwingungsmacht. (HC 33–44)

2909 Während der Second-Genesis-Krise kommen fast alle Mutanten ums Leben. (HC 45)

3430/38 Das Solare Imperium droht in einem Bruderkrieg vernichtet zu werden. Bei Zeitreisen lernt Perry Rhodan die Cappins kennen. Expedition zur Galaxis Gruelfin, um eine Pedo-Invasion der Milchstraße zu verhindern. (HC 45–54)

3441/43 Die MARCO POLO kehrt in die Milchstraße zurück und findet die Intelligenzen der Galaxis verdummt vor. Der Schwarm dringt in die Galaxis ein. Gleichzeitig wird das heimliche Imperium der Cynos aktiv, die am Ende den Schwarm wieder übernehmen und mit ihm die Milchstraße verlassen. (HC 55–63)

3444 Die bei der Second-Genesis-Krise gestorbenen Mutanten kehren als Bewusstseinsinhalte zurück. Im Planetoiden Wabe 1000 finden sie schließlich ein dauerhaftes Asyl. (HC 64–67)

3456 Perry Rhodan gelangt im Zuge eines gescheiterten Experiments in ein paralleles Universum und muss gegen sein negatives Spiegelbild kämpfen. Nach seiner Rückkehr bricht in der Galaxis die PAD-Seuche aus. (HC 68–69)

3457/58 Perry Rhodans Gehirn wird in die Galaxis Naupaum verschlagen. Auf der Suche nach der heimatlichen Galaxis gewinnt er neue Freunde. Schließlich gelingt ihm mithilfe der PTG-Anlagen auf dem Planeten Payntec die Rückkehr. (HC 70–73)

3458/60 Die technisch überlegenen Laren treten auf den Plan und ernennen Perry Rhodan gegen seinen Willen zum Ersten Hetran der Milchstraße. Rhodan organisiert den Widerstand, muss aber schließlich Erde und Mond durch einen Sonnentransmitter schicken, um sie in Sicherheit zu bringen. Doch sie rematerialisieren nicht am vorgesehenen Ort, sondern weit entfernt von der Milchstraße im »Mahlstrom der Sterne«. Den Terranern gelingt es nur unter großen Schwierigkeiten, sich in dieser fremden Region des Universums zu behaupten. (HC 74–80)

3540 Auf der Erde greift die Aphilie um sich, die Unfähigkeit des Menschen, Gefühle zu empfinden. Perry Rhodan, die Mutanten und andere gesund Gebliebene beginnen an Bord der SOL eine Reise ins Ungewisse – sie suchen den Weg zurück in die Milchstraße. (HC 81)

3578 In Balayndagar wird die SOL von den Keloskern festgehalten, einem Volk des Konzils der Sieben. Um der Vernichtung der Kleingalaxis zu entgehen, bleibt der SOL nur der Sturz in ein gewaltiges Black Hole. (HC 82–84)

3580 Die Laren herrschen in der Milchstraße, die freien Menschen haben sich in die Dunkelwolke Provcon-Faust zurückgezogen. Neue Hoffnung keimt auf, als der Verkünder des Sonnenboten die Freiheit verspricht. Lordadmiral Atlan sucht die Unterstützung alter Freunde, die Galaktische-Völkerwürde-Koalition (GAVÖK) wird gegründet. (HC 82, 84, 85)

Auf der Erde im Mahlstrom zeichnet sich eine verhängnisvolle Entwicklung ab. (HC 83)

3581 Die SOL erreicht die Dimensionsblase der Zgmahkonen und begegnet den Spezialisten der Nacht. Um die Rückkehr zu ermöglichen, dringt ein Stoßtrupp in die Galaxis der Laren vor und holt das Beraghskolth an Bord. (HC 84, 85) Nur knapp entgeht die SOL der Vernichtung; die Entstehung des Konzils wird geklärt. (HC 86) Monate nach der SOL-Zelle-2 erreicht Perry Rhodan mit der SOL die Milchstraße und wird mit einer falschen MARCO POLO und dem Wirken eines Doppelgängers konfrontiert. Die Befreiung vom Konzil wird vorangetrieben. (HC 87, 88)

Im Mahlstrom halten der geheimnisvolle Plan der Vollendung und die PILLE die Menschen im Griff. Die Erde stürzt in den »Schlund«. (HC 86)

3582 Alaska Saedelaere gelangt durch einen Zeitbrunnen auf die entvölkerte Erde (HC 88) und gründet mit einigen wenigen Überlebenden der Katastrophe die TERRA-PATROUILLE. (HC 91)

Die SOL fliegt aus der Milchstraße zurück in den Mahlstrom der Sterne (HC 89) und erreicht die Heimatgalaxis der Feyerdaler, Dh'morvon. Über die Superintelligenz Kaiserin von Therm eröffnet sich eine Möglichkeit, die Spur der verschwundenen Erde wiederzufinden. (HC 90, 91)

Die Inkarnation CLERMAC erscheint auf der Heimatwelt der Menschen, und das Wirken der Kleinen Majestät zwingt die TERRA-PATROUILLE, die Erde zu verlassen. (HC 93)

3583 Die SOL erreicht das MODUL und wird mit dem COMP und dem Volk der Choolks konfrontiert. (HC 92) Hilfeleistung für die Kaiserin von Therm und der Kampf um die Erde. (HC 94) In der Milchstraße machen die Laren Jagd auf Zellaktivatoren. (HC 93) Das Konzept Kershyll Vanne erscheint. (HC 95)

3584 In der Auseinandersetzung mit BARDIOCS Inkarnationen (HC 96) wird Perry Rhodan zum Gefangenen der vierten Inkarnation BULLOC. EDEN II, die neue Heimat der Konzepte entsteht. (HC 98)

3585 Die Invasionsflotte der Laren verlässt die Milchstraße. (HC 97) Erde und Mond kehren aus der fernen Galaxis Ganuhr an ihren angestammten Platz im Solsystem zurück. (HC 99) Perry Rhodan und die Superintelligenz BARDIOC: Das ist große kosmische Geschichte. (HC 100)

3586/87 Die BASIS erreicht das Sporenschiff PAN-THAU-RA. Um eine Bedrohung für die Milchstraße abzuwenden, sucht Perry Rhodan die Kosmischen Burgen der Mächtigen. Die Loower okkupieren das Solsystem. (HC 101–109)

Keilraumschiff der Orbiter

Dargestellt ist eine mittelschwere Kampfeinheit mit einer Seitenlänge von 900 Metern.

Legende:

1. Fernortung
2. Kommando-, Feuerleit- und Ortungszentralen
3. Wohnräume der Schiffsführung
4. Katapult für Sonden und Torpedos
5. Funk- und Navigation
6. Buggeschütz
7. Schutzschirmprojektoren
8. Projektionskopf für Irrregulatorstrahlen
9. Traktorstrahlprojektor
10. Personenschleuse
11. Hangar für Kleinjäger
12. Antigravplatte
13. 70-Meter-Beiboot
14. geöffnetes Hangartor
15. Zwei-Personen-Zerstörer
16. Kontrollanlage
17. Wartungsvorrichtungen
18. Heckgeschütz
19. Lebenserhaltungssysteme
20. Schutzschirmgeneratoren
21. Andruckabsorber
22. Überlichttriebwerk
23. Proviantlager
24. Transportschacht
25. Dockinganlage für Transporter
26. Haupt-Triebwerksprojektoren
27. Energiewandler
28. Unterlichttriebwerke
29. Energiespeicher für Unterlichtantrieb
30. Hangar für Zerstörer
31. Prallfeldprojektoren
32. Generatoren für Prallfelder
33. Ersatzteillager
34. Hangar für 70-Meter-Beiboote
35. Unterkünfte der Beibootbesatzungen
36. Irrregulatorstrahler
37. Schleusentore
38. Rettungsboote und Raumgleiter
39. Hyperenergie-Zapfer
40. Antigravprojektor
41. Energiewandler und -verteiler
42. Hochenergie-Konzentrator für 39
43. Schwerkraftgeneratoren
44. Speicherbänke
45. Versorgung der Kunstlandschaft
46. Erholungsbereich, Kunstlandschaften
47. Atomsonne
48. Schutzschirmgeneratoren